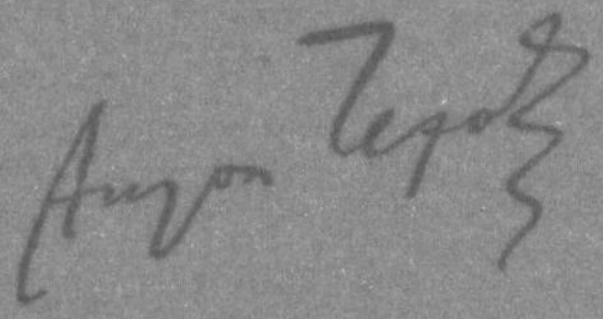

契诃夫像

目　次

一八九〇年

二一〇　致费·亚·库玛宁 ……………………………… 3
二一一　致米·尼·加尔金-符拉斯基 …………………… 4
二一二　致尼·米·叶若夫 ……………………………… 5
二一三　致阿·尼·普列谢耶夫 ………………………… 6
二一四　致莫·伊·柴可夫斯基 ………………………… 9
二一五　致阿·谢·苏沃林 ……………………………… 10
二一六　致亚·巴·契诃夫 ……………………………… 14
二一七　致阿·谢·苏沃林 ……………………………… 15
二一八　致阿·谢·苏沃林 ……………………………… 17
二一九　致亚·谢·拉扎烈夫-格鲁津斯基 ……………… 21
二二〇　致阿·谢·苏沃林 ……………………………… 23
二二一　致莫·伊·柴可夫斯基 ………………………… 25
二二二　致亚·巴·连斯基 ……………………………… 27
二二三　致伊·列·列昂捷夫（谢格洛夫）……………… 28
二二四　致阿·谢·苏沃林 ……………………………… 30
二二五　致阿·谢·苏沃林 ……………………………… 33
二二六　致伏·米·拉甫罗夫 …………………………… 35
二二七　致玛·巴·契诃娃 ……………………………… 38

1

二二八	致玛·巴·契诃娃	42
二二九	致玛·巴·契诃娃	45
二三〇	致康·盖·福契	49
二三一	致玛·巴·契诃娃	50
二三二	致阿·谢·苏沃林	68
二三三	致玛·巴·契诃娃	73
二三四	致亚·巴·契诃夫	75
二三五	致尼·亚·列依金	77
二三六	致玛·巴·契诃娃	79
二三七	致玛·巴·契诃娃	83
二三八	致叶·亚·契诃娃	87
二三九	致玛·巴·契诃娃	91
二四〇	致阿·谢·苏沃林	96
二四一	致阿·谢·苏沃林	98
二四二	致叶·亚·契诃娃	101
二四三	致阿·谢·苏沃林	104
二四四	致伊·列·列昂捷夫(谢格洛夫)	107
二四五	致尼·亚·列依金	109
二四六	致阿·谢·苏沃林	111
二四七	致伊·列·列昂捷夫(谢格洛夫)	113

一八九一年

二四八	致叶·米·沙甫罗娃	117
二四九	致玛·巴·契诃娃	118
二五〇	致阿·费·柯尼	120
二五一	致阿·谢·苏沃林	123
二五二	致阿·谢·苏沃林	125
二五三	致玛·巴·契诃娃	127

二五四	致伊·巴·契诃夫	……	128
二五五	致玛·巴·契诃娃	……	130
二五六	致玛·符·基谢廖娃	……	133
二五七	致阿·谢·苏沃林	……	134
二五八	致阿·谢·苏沃林	……	136
二五九	致阿·谢·苏沃林	……	138
二六〇	致阿·谢·苏沃林	……	141
二六一	致叶·米·沙甫罗娃	……	143
二六二	致丽·斯·米齐诺娃	……	144
二六三	致费·亚·切尔温斯基	……	146
二六四	致阿·谢·苏沃林	……	147
二六五	致阿·谢·苏沃林	……	149
二六六	致阿·谢·苏沃林	……	150
二六七	致阿·谢·苏沃林	……	153
二六八	致阿·谢·苏沃林	……	156
二六九	致阿·谢·苏沃林	……	159
二七〇	致符·阿·季洪诺夫	……	161
二七一	致叶·米·沙甫罗娃	……	162
二七二	致米·尼·阿尔包夫	……	164
二七三	致阿·谢·苏沃林	……	165
二七四	致米·尼·阿尔包夫	……	168
二七五	致亚·巴·契诃夫	……	169
二七六	致娜·米·林特瓦烈娃	……	170
二七七	致阿·谢·苏沃林	……	172
二七八	致符·阿·季洪诺夫	……	174
二七九	致阿·谢·苏沃林	……	175
二八〇	致阿·谢·苏沃林	……	177

二八一	致叶·彼·叶果罗夫	180
二八二	致亚·伊·斯玛京	184
二八三	致阿·谢·苏沃林	186
二八四	致符·阿·季洪诺夫	188
二八五	致谢·阿·安德烈耶夫斯基	189

一八九二年

二八六	致丽·阿·阿维洛娃	193
二八七	致符·阿·季洪诺夫	194
二八八	致阿·谢·苏沃林	196
二八九	致亚·伊·乌鲁索夫	199
二九〇	致丽·阿·阿维洛娃	200
二九一	致阿·谢·苏沃林	201
二九二	致伊·列·列昂捷夫(谢格洛夫)	203
二九三	致阿·谢·苏沃林	205
二九四	致丽·阿·阿维洛娃	207
二九五	致亚·巴·契诃夫	209
二九六	致叶·彼·戈斯拉甫斯基	211
二九七	致丽·斯·米齐诺娃	214
二九八	致丽·斯·米齐诺娃	215
二九九	致阿·谢·苏沃林	217
三〇〇	致叶·米·沙甫罗娃	219
三〇一	致娜·米·林特瓦烈娃	220
三〇二	致阿·谢·苏沃林	223
三〇三	致丽·阿·阿维洛娃	225
三〇四	致彼·瓦·贝科夫	226
三〇五	致阿·谢·苏沃林	227
三〇六	致亚·巴·契诃夫	230

三〇七	致阿·谢·苏沃林	231
三〇八	致丽·斯·米齐诺娃	233
三〇九	致尼·亚·列依金	235
三一〇	致丽·斯·米齐诺娃	237
三一一	致娜·米·林特瓦烈娃	239
三一二	致丽·斯·米齐诺娃	242
三一三	致阿·谢·苏沃林	243
三一四	致阿·谢·苏沃林	246
三一五	致阿·谢·苏沃林	251
三一六	致米·奥·缅希科夫	253
三一七	致伊·列·列昂捷夫(谢格洛夫)	255
三一八	致阿·谢·苏沃林	258
三一九	致阿·谢·苏沃林	261
三二〇	致阿·谢·苏沃林	263
三二一	致阿·谢·苏沃林	266
三二二	致阿·谢·苏沃林	268

一八九三年

三二三	致留·亚·古烈维奇	275
三二四	致符·格·切尔特科夫	276
三二五	致伊·叶·列宾	278
三二六	致阿·谢·苏沃林	280
三二七	致亚·巴·契诃夫	283
三二八	致伏·米·拉甫罗夫	285
三二九	致约·伊·奥斯特洛夫斯基	286
三三〇	致阿·谢·苏沃林	289
三三一	致阿·谢·苏沃林	293
三三二	致阿·谢·苏沃林	297

三三三	致亚·伊·埃尔杰利 ……………………………	299
三三四	致亚·巴·契诃夫 ……………………………	301
三三五	致阿·谢·苏沃林 ……………………………	303
三三六	致阿·谢·苏沃林 ……………………………	306
三三七	致阿·谢·苏沃林 ……………………………	310
三三八	致丽·斯·米齐诺娃 ……………………………	313
三三九	致丽·斯·米齐诺娃 ……………………………	315
三四〇	致维·亚·戈尔采夫 ……………………………	316
三四一	致莫·伊·柴可夫斯基 ……………………………	317
三四二	致亚·巴·契诃夫 ……………………………	317
三四三	致阿·谢·苏沃林 ……………………………	319
三四四	致伏·米·拉甫罗夫 ……………………………	322
三四五	致阿·谢·苏沃林 ……………………………	323
三四六	致维·亚·戈尔采夫 ……………………………	326

一八九四年

三四七	致阿·谢·苏沃林 ……………………………	331
三四八	致阿·谢·苏沃林 ……………………………	333
三四九	致米·奥·缅希科夫 ……………………………	335
三五〇	致阿·谢·苏沃林 ……………………………	336
三五一	致阿·谢·苏沃林 ……………………………	338
三五二	致阿·谢·苏沃林 ……………………………	340
三五三	致丽·斯·米齐诺娃 ……………………………	343
三五四	致亚·米·斯卡比切夫斯基 ……………………………	345
三五五	致阿·谢·苏沃林 ……………………………	346
三五六	致丽·斯·米齐诺娃 ……………………………	349
三五七	致玛·巴·契诃娃 ……………………………	350
三五八	致叶·米·沙甫罗娃 ……………………………	352

三五九	致阿·谢·苏沃林	……………	*354*
三六〇	致塔·利·谢普金娜-库彼尔尼克	……	*356*
三六一	致叶·米·沙甫罗娃	…………	*357*
三六二	致阿·谢·苏沃林	……………	*358*
三六三	致塔·利·谢普金娜-库彼尔尼克	……	*359*
三六四	致伊·伊·戈尔布诺夫-波萨多夫	……	*360*

一八九五年

三六五	致阿·谢·苏沃林	……………	*365*
三六六	致维·维·比里宾	……………	*366*
三六七	致亚·巴·契诃夫	……………	*368*
三六八	致阿·谢·苏沃林	……………	*370*
三六九	致阿·谢·苏沃林	……………	*372*
三七〇	致列·瓦·斯烈津	……………	*374*
三七一	致丽·阿·阿维洛娃	…………	*375*
三七二	致阿·谢·苏沃林	……………	*376*
三七三	致叶·米·沙甫罗娃	…………	*378*
三七四	致亚·符·日尔克维奇	………	*381*
三七五	致阿·谢·苏沃林	……………	*382*
三七六	致阿·谢·苏沃林	……………	*384*
三七七	致叶·米·沙甫罗娃	…………	*386*
三七八	致阿·谢·苏沃林	……………	*387*
三七九	致亚·符·日尔克维奇	………	*389*
三八〇	致阿·谢·苏沃林	……………	*392*
三八一	致阿·谢·苏沃林	……………	*394*
三八二	致尼·亚·列依金	……………	*396*
三八三	致符·伊·涅米罗维奇-丹钦科	……	*397*
三八四	致阿·谢·苏沃林	……………	*398*

三八五	致阿·谢·苏沃林 ……………………………	*401*
三八六	致阿·谢·苏沃林 ……………………………	*403*
三八七	致阿·谢·苏沃林 ……………………………	*405*

一八九六年

三八八	致符·加·柯罗连科 ……………………………	*411*
三八九	致阿·阿·季洪诺夫(卢戈沃依)	*412*
三九〇	致伊·尼·波达片科 ……………………………	*413*
三九一	致叶·米·沙甫罗娃 ……………………………	*414*
三九二	致叶·米·沙甫罗娃 ……………………………	*416*
三九三	致阿·谢·苏沃林 ……………………………	*417*
三九四	致阿·谢·苏沃林 ……………………………	*419*
三九五	致伊·尼·波达片科 ……………………………	*421*
三九六	致阿·阿·季洪诺夫(卢戈沃依)	*423*
三九七	致阿·谢·苏沃林 ……………………………	*424*
三九八	致叶·巴·卡尔波夫 ……………………………	*426*
三九九	致叶·米·谢缅科维奇 ……………………………	*427*
四〇〇	致玛·巴·契诃娃 ……………………………	*428*
四〇一	致米·巴·契诃夫 ……………………………	*430*
四〇二	致阿·谢·苏沃林 ……………………………	*431*
四〇三	致玛·巴·契诃娃 ……………………………	*432*
四〇四	致米·巴·契诃夫 ……………………………	*432*
四〇五	致安·伊·苏沃林娜 ……………………………	*433*
四〇六	致阿·谢·苏沃林 ……………………………	*434*
四〇七	致巴·费·姚尔达诺夫 ……………………………	*436*
四〇八	致尼·伊·柯罗包夫 ……………………………	*438*
四〇九	致叶·米·沙甫罗娃 ……………………………	*439*
四一〇	致维·维·比里宾 ……………………………	*440*

四一一	致达·利·托尔斯泰雅	442
四一二	致阿·费·柯尼	443
四一三	致符·伊·涅米罗维奇-丹钦科	445
四一四	致叶·米·沙甫罗娃	446
四一五	致巴·费·姚尔达诺夫	448
四一六	致符·伊·涅米罗维奇-丹钦科	458
四一七	致米·巴·契诃夫	460
四一八	致阿·谢·苏沃林	461
四一九	致叶·米·沙甫罗娃	463
四二〇	致阿·谢·苏沃林	464
四二一	致阿·谢·苏沃林	465
四二二	致弗·奥·舍赫捷利	468

一八九七年

四二三	致叶·米·沙甫罗娃	473
四二四	致阿·谢·苏沃林	474
四二五	致伊·列·列昂捷夫-谢格洛夫	476
四二六	致巴·费·姚尔达诺夫	477
四二七	致阿·谢·苏沃林	479
四二八	致阿·谢·苏沃林	481
四二九	致尼·米·叶若夫	482
四三〇	致符·伊·亚科温科	484
四三一	致米·巴·契诃夫	485
四三二	致阿·谢·苏沃林	486
四三三	致阿·谢·苏沃林	488
四三四	致叶·米·沙甫罗娃	490
四三五	致弗·奥·舍赫捷利	491
四三六	致丽·阿·阿维洛娃	492

四三七	致盖·米·契诃夫	493
四三八	致彼·阿·谢尔盖延科	495
四三九	致丽·阿·阿维洛娃	496
四四〇	致维·亚·戈尔采夫	496
四四一	致丽·阿·阿维洛娃	497
四四二	致叶·米·沙甫罗娃	497
四四三	致尼·伊·扎巴文	498
四四四	致莉·费·瓦舒克	499
四四五	致莉·费·瓦舒克	501
四四六	致丽·阿·阿维洛娃	502
四四七	致阿·谢·苏沃林	502
四四八	致亚·巴·契诃夫	504
四四九	致阿·谢·苏沃林	505
四五〇	致阿·谢·苏沃林	506
四五一	致叶·齐·柯诺维采尔	507
四五二	致巴·费·姚尔达诺夫	508
四五三	致阿·谢·苏沃林	509
四五四	致米·奥·缅希科夫	511
四五五	致亚·伊·埃尔杰利	512
四五六	致费·德·巴丘希科夫	514
四五七	致尼·亚·列依金	515
四五八	致符·尼·阿尔古京斯基-多尔戈鲁科夫	517
四五九	致娜·米·林特瓦烈娃	518
四六〇	致阿·谢·苏沃林	519
四六一	致列·瓦·斯烈津	521
四六二	致叶·米·沙甫罗娃	523
四六三	致亚·巴·契诃夫	525

四六四	致阿·谢·苏沃林 ……………………………………	526
四六五	致薇·费·柯米萨尔热甫斯卡雅 …………………	528
四六六	致尼·亚·列依金 …………………………………	530
四六七	致姚·艾·勃拉兹 …………………………………	531
四六八	致阿·谢·苏沃林 …………………………………	533
四六九	致尼·米·叶若夫 …………………………………	535
四七〇	致瓦·米·索包列甫斯基 …………………………	536
四七一	致尼·亚·列依金 …………………………………	537
四七二	致阿·谢·苏沃林 …………………………………	538
四七三	致盖·米·契诃夫 …………………………………	540
四七四	致丽·斯·米齐诺娃 ………………………………	541
四七五	致阿·谢·苏沃林 …………………………………	543
四七六	致丽·阿·阿维洛娃 ………………………………	545
四七七	致瓦·米·索包列甫斯基 …………………………	546
四七八	致巴·费·姚尔达诺夫 ……………………………	548
四七九	致亚·亚·霍恰英采娃 ……………………………	550
四八〇	致阿·谢·苏沃林 …………………………………	551
四八一	致丽·斯·米齐诺娃 ………………………………	553
四八二	致丽·阿·阿维洛娃 ………………………………	555
四八三	致瓦·米·索包列甫斯基 …………………………	556
四八四	致瓦·米·索包列甫斯基 …………………………	557
四八五	致阿·谢·苏沃林 …………………………………	558
四八六	致瓦·米·索包列甫斯基 …………………………	560
四八七	致阿·谢·苏沃林 …………………………………	562
四八八	致玛·巴·契诃娃 …………………………………	563
四八九	致维·亚·戈尔采夫 ………………………………	565
四九〇	致费·德·巴丘希科夫 ……………………………	566

四九一	致玛·巴·契诃娃	568
四九二	致亚·巴·契诃夫	569
四九三	致伊·尼·波达片科	570
四九四	致瓦·米·索包列甫斯基	571
四九五	致丽·斯·米齐诺娃	572

一八九〇年

二〇

致费·亚·库玛宁①

最善良的费多尔·亚历山德罗维奇,您的来信收到了,我的回信首先向您恭贺新禧,并且祝您新添五千个订户。

我临走时②曾经要求我的弟弟③到索洛甫佐夫④那儿去取回经过审查的《树精》⑤的**全部**底稿。现在,我们当然来不及刊登到一月号上去了。如果您还没有寄校样来,那就请您等我回去;我在一月十二日或十三日回去。我会把校样读一遍,修改一下,从莫斯科寄到书报检查机关去。

现在我有一个请求:不要发表《树精》了!!⑥ 对《艺术家》来说,《树精》简直一点价值也没有;莫斯科公众不喜欢它,演员们似乎有点发窘,新闻记者纷纷骂它……您把它还给我吧:它登在《艺术家》上不会受到人们的注意,不会给任何人带来好处,您的两百个卢布就好比丢到水里去了。我再说一遍,我的《树精》对《艺术家》来说是没有价值的。

---

① 在莫斯科出版的《艺术家》杂志的出版者。——俄文本注
② 这时契诃夫已经离开莫斯科,到彼得堡去了。
③ 指契诃夫的小弟米哈依尔·巴甫洛维奇·契诃夫。
④ 尼古拉·尼古拉耶维奇·索洛甫佐夫是莫斯科的阿勃拉莫娃剧院的负责人之一。——俄文本注
⑤ 契诃夫的多幕剧。
⑥ 库玛宁接受契诃夫的请求,把这个剧本还给了契诃夫。——俄文本注

要是您答应我的请求，我就会一辈子感激您，您要我写多少短篇小说我就写多少，哪怕写一百二十万篇都行。

我提出这个请求**是认真的**。如果您同意，就请您赶快答复我。要是您不同意，那就会刺痛我的心，给我带来不小的痛苦，因为那会剥夺我修改《树精》的可能。假如剧本已经付排，那我就付排版费，就投河、上吊……您要我怎样我就怎样。

彼得堡的天气真叫人难受。人们坐着雪橇跑来跑去，可是没有雪。这算什么天气，真他妈的见鬼。

祝您健康。

您的安·契诃夫
一八九〇年一月八日
于彼得堡

二一一

致米·尼·加尔金-符拉斯基[1]

米哈依尔·尼古拉耶维奇阁下：

今年春天我打算抱着科学和文学的目标到西伯利亚东部去，顺便访问萨哈林岛[2]中部和南部，因此我斗胆请求阁下尽量惠予协助以达到我上述的目标。[3]

---

[1] 俄国监狱总署署长。——俄文本注
[2] 即库页岛。
[3] 这封信是由契诃夫亲自交给监狱总署办公室的。他在同加尔金-符拉斯基的谈话中更加详细地说明了他这次旅行的目的，并且要求发给他一个书面许可证，以便考察萨哈林岛的监狱和矿场。后来查明，加尔金-符拉斯基在契诃夫来访以后秘密训令萨哈林岛的长官不准契诃夫与当地的政治犯会面。——俄文本注

我愿以诚挚的敬意和忠心做阁下的最恭顺的仆人。

安东·契诃夫①

一八九〇年一月二十日

于彼得堡

小意大利街十八号,阿·谢·苏沃林寓所

二一二

致尼·米·叶若夫②

最善良的尼古拉·米哈依洛维奇,请您原谅我这么久没有答复您的来信。我一直准备动身回到莫斯科去,所以指望跟您见面以后口头答复您。

(一)《美人鱼》③将要在《新时报》上发表。

(二)您的稿费增加一个戈比。从此您将得到每行八个戈比了。

(三)关于寄报的事已经做了安排。

《美人鱼》我十分喜欢,不过在美人鱼的父亲的故事里您的笔调有点接近柯罗连科④(《林啸》)。大体说来您的进步比我显著;说真心话,我十分高兴。您多看点书吧;您必须在您的语言上下功夫,它犯了略带粗糙和过分雕琢的毛病;换句话说,您应当培养对

---

① 关于契诃夫到萨哈林岛的旅行,参看作品《寄自西伯利亚》和《萨哈林岛》的注。——俄文本注
② 尼古拉·米哈依洛维奇·叶若夫(1862—1942),俄国小说家、新闻记者,《新时报》撰稿人。
③ 叶若夫的短篇小说,1890年2月1日在《新时报》第5004号上发表。——俄文本注
④ 符拉季米尔·加拉克季奥诺维奇·柯罗连科(1853—1921),俄国作家。

5

优秀的语言的鉴赏力,如同人们对版画、好音乐等培养鉴赏力一样。您要多读一点严肃的书,语言在那种书里比在小说里谨严而有条理。顺便您也就积累了知识,而对作家来说知识并不是多余的东西。

瞧,我发了一通教训作为结尾!苏沃林向您道歉,因为这以前关于报纸的事他一直没有做好安排。

向您的妻子致意。

诚恳地忠实于您的
安·契诃夫
一八九〇年一月二十八日
于彼得堡

您常到我家里去吗?

二一三

致阿·尼·普列谢耶夫①

亲爱的阿历克塞·尼古拉耶维奇,我一收到您的来信,马上就写回信。您刚过了命名日吧?是啊,我全忘了!!请您原谅,亲爱的,并且请您接受我的迟到的祝贺。

难道您不喜欢《克莱采奏鸣曲》②吗?我不会说这是天才的、永垂不朽的作品,在这方面我不能妄加评论,不过依我看,在我们国内和国外目前所写的一大堆东西里,恐怕找不到一部作品在巧

---

① 阿历克塞·尼古拉耶维奇·普列谢耶夫(1825—1893),俄国诗人。
② 列夫·托尔斯泰的中篇小说《克莱采奏鸣曲》于1889年秋天被书报检查委员会禁止在杂志上发表。托尔斯泰赞助的"媒介"出版社印出三百本石印的单行本,由人们互相传递而得以流传。——俄文本注

妙构思和精彩描写上能赶得上它。姑且不提那些艺术上的优点有的地方达到了惊人的程度，单从它非常刺激人的思想这一点来说，我们就应该感激这部中篇小说了。人们在读它的时候几乎要忍不住叫起来："这是真理啊！"或者："这真荒唐！"不错，它有很恼人的缺点。除了您列举的那些以外，它还有一个使人不能原谅它的作者的缺点，那就是托尔斯泰的大胆，他居然谈论他不懂的而且由于固执也不想弄懂的事情。例如他对梅毒、儿童收容所的判断，对女人厌恶性交等的判断，不但会被人驳倒，而且直接暴露了这个无知的人不肯劳一下神在漫长的一生中读两三本由专家写成的书。然而这些缺点好比被风吹散的羽毛，无影无踪；由于这部中篇小说的优点，那些缺点简直让人看不出来，而且即使让人看出来，也只会使人恼恨地暗想：这部中篇小说没有逃脱人的一切工作的命运，因为人的一切工作都是不完善的，都免不了有瑕疵。

我那些彼得堡的朋友和熟人在生我的气吗？为什么？因为我的拜访没有惹得他们腻味，可是我自己却早就腻味了！请您让他们放心，对他们说我在彼得堡吃过许多次午饭，吃过许多次晚饭，可是没有俘虏过**任何一个**女人，我每天傍晚都打算乘特别快车离开，可是朋友们留住我，而且我得阅读从一八五二年起的全部《海事汇编》。我在彼得堡居住的一个月里所做的工作，我那些年轻的朋友们干整整一年也比不上。不过，随他们去生气吧！

关于我同谢格洛夫①坐马车回莫斯科这件事，我们的小苏沃林为了开玩笑而打了个电报，而我家里的人信以为真了；至于内阁派三万五千个信使②奔驰到我这儿来，为的是请我去做萨哈林岛

---

① 伊凡·列昂捷维奇·列昂捷夫－谢格洛夫（1856—1911），俄国作家，契诃夫的朋友。
② 这是果戈理的《钦差大臣》中的骗子赫列斯达科夫所说的话。由于普列谢耶夫的原信没有保存下来，契诃夫所谈的这件事便无从查考了。——俄文本注

的总督,那纯粹是胡说。我的弟弟米沙①写信告诉林特瓦烈娃一家人,说我正在忙于到萨哈林岛去,他们显然没有正确地理解这件事。如果您见到加尔金-符拉斯基,就请您告诉他,要他不必太在意人们对他的工作报告的评论。我要在我的书里 详细谈到他的工作报告,使它流芳百世;那些工作报告并不出色:材料是精彩而丰富的,然而当官的作者不善于利用这些材料。

我整天坐在家里读书,做札记。我的脑子里和我的纸上没有别的,只有萨哈林岛。这是一种疯狂。Mania Sachalinosa②。

不久以前我到叶尔莫洛娃家里赴宴。③ 一朵野花夹在一束丁香花里,会因为它的好邻居而变得香一点。我也是这样,在那位明星家里赴过宴以后,一连两天感到自己的脑袋上环绕着一圈光环。

我读了莫·柴可夫斯基④的《交响乐》⑤。我很喜欢它。读这个剧本的时候给人留下深刻的印象。这个剧本一定会获得成功。

再见,我亲爱的,您到莫斯科来吧。向您的家人致意。我的妹妹和我的母亲问候您。

您的安·契诃夫
一八九〇年二月十五日
于莫斯科

---

① 契诃夫的小弟米哈依尔·巴甫洛维奇·契诃夫的爱称。
② 拉丁语:萨哈林岛狂。
③ 契诃夫到莫斯科小剧院女演员玛·尼·叶尔莫洛娃家里赴宴,在座的还有许多作家和演员。——俄文本注
④ 莫杰斯特·伊里奇·柴可夫斯基(1850—1916),剧作家,俄国作曲家柴可夫斯基的弟弟。
⑤ 此剧本发表在1890年《艺术家》杂志第9期上。——俄文本注

二一四

致莫·伊·柴可夫斯基

亲爱的莫杰斯特·伊里奇,我很喜欢您的《交响乐》。关于这个剧本在舞台方面的优美,我只有在看戏回来以后才能下判断,因此请您允许我眼前不谈它。不过文学方面的优点是不容置疑的。这个聪明的、描写知识界的剧本是用优美的语言写成的,给人留下深刻的印象。尽管其中一半人物都显得不具有典型性,尽管米洛契卡这类人物着墨不多,可是生活却描写得鲜明有力,多亏您这个剧本,我现在才对以前我不知道的那个圈子里的人有了概念。这是一个有益的剧本。可惜我不是批评家,要不然我就会给您写一封长信,证明您的剧本很好。

您似乎说过观众不会理解您的剧本,因为这个剧本写的是一个专门的圈子里的人。老实说,我读剧本时原本也料想会有过分的地方,可是结果除了"交响乐""歌剧""旋律"以外,一个专门的术语也没有找到,因此请您允许我不同意您的担忧。

叶连娜写得挺好,不过有些地方她用男人的语言讲话。正因为是用男人的腔调说话,她追述蒙盖木①的女歌手的那段话就显得不够热情。换了是我,在这段回忆的话里就会按另一种方式使用标点符号,比方在"手里拿着小手提包"后面我就会使用省略号,其次"她"字索性删掉。不过,要是像叶连娜这样的歌唱家的一举一动本来就像男性,那我就不对了。这些都是小事。

---

① 德国的一个小城。

亚德林采夫像苏沃林的阿达谢夫①。霍迪科夫写得精彩,舅舅是个很可爱的畜生……我最喜欢第一、第二、第五幕,最不喜欢的是第三幕,在第三幕里米洛契卡一句有味道的长句子也没有说过,好像老是在呜咽。结尾很俏皮,再也想不出更好的结局了。

霍迪科夫应当由斯沃包津②扮演。

我想象得出您的《交响乐》在我们的小剧院里会演得多么好。我们的演员们擅长在舞台上的道白,而这是重要的。他们会把第二幕演得出神入化。

请您原谅我写了些鬼才知道是什么样的话,拉拉杂杂。虽然我也算是个文学工作者,可是我不善于表达我的见解。

我四月间到萨哈林岛去。如果在这以前您到莫斯科来,那么我恳切地请求您光临寒舍。祝您健康,并且请您不要忘记您的崇拜者和勉强可称作酒友的人。

安·契诃夫
一八九〇年二月十六日
于莫斯科

二一五

致阿·谢·苏沃林③

谢谢您的张罗。克鲁森施滕的地图册④我现在需用,或者等

---

① 苏沃林的剧本《达吉雅娜·列宾娜》中的一个人物。——俄文本注
② 巴维尔·马特维耶维奇·斯沃包津是彼得堡亚历山大剧院的演员。
③ 阿历克塞·谢尔盖耶维奇·苏沃林(1834—1912),俄国小说家,剧作家和小品文作者,《新时报》的出版者。
④ 地图册由俄国第一个环球航行家,海军少将伊·费·克鲁森施滕编制,他在1803至1806年完成这次航行。——俄文本注

我从萨哈林岛回来再用。最好还是现在就能得到。您在信里写道,这个地图册不好。正因为它不好,我才需要它;好的地图册我已经在伊林①那儿花六十五个戈比买下一本了。

我整天读书写字,读书写字……我越读,就越是坚信我在两个月里连我想做的四分之一工作也来不及做完,可是话说回来,要我在萨哈林岛停留两个月以上又不行:可恶的轮船不等人啊!工作多种多样,然而又都无聊乏味……我得同时又做地质学家,又做气象学家,又做民族志学家,可是我对这些是不习惯的,心里觉得烦闷。趁现在有钱,我就埋头读关于萨哈林岛的书直到三月,然后再坐下来写小说。

我不记得我在写给普列谢耶夫的信上为什么说我要上吊了。多半是因为酗酒吧。当然,我是用开玩笑的方式对他说的,原话好像是这样:"……为此我应当同时又上吊,又升为将军"。升为将军,我倒是完全有资格的,因为我在彼得堡喝了那么多的酒,俄罗斯应当为我感到骄傲才是!我还记得我在写给普列谢耶夫的信上说,我在彼得堡居住的一个月里所做的工作,我那些不知什么缘故生我气的年轻的朋友们干整整一年也比不上;这我可不是胡说,因为我的每一个朋友都比我游手好闲十二倍。我住在您家里的时候,读了许多书,见到许多事,听到许多话,而且不仅仅是同加尔金一个人打交道——这就是我所做的一切,不包括灌葡萄酒和在房间里踱步。

连斯卡雅夫人②用脂油擦脸。马梅谢夫③到我这儿来过,他生气了,因为那条保证用三十年的皮领子给他寄到兹维尼哥罗德去而没有寄到他居住的沃洛科拉姆斯克去。我说这都要

---

① 地图商店店主。
② 莫斯科小剧院演员亚历山大·巴甫洛维奇·连斯基的妻子。——俄文本注
③ 兹韦尼哥罗德城的法院侦查官。

怪您。

要是您的图书室里有维谢斯拉甫采夫的《用钢笔和铅笔所作的速写》①就请您寄来吧。我要为此向您道谢。

奥斯特洛夫斯基②到我这儿来过,问起他妹妹的书的命运③。我说您和涅乌波科耶夫④不满意插图和开本。他这样回答说:"要是插图不中意,那就可以不要,约人重画新插图,至于开本,那就和其他一切问题一样,完全由印刷厂斟酌处理。"我可以写信告诉他说他的书今年夏天出版吗?嘿,他的雪茄烟可真臭!他每一次来访,就因为这种该死的雪茄烟而害得我心惊胆战。他说他那做大臣的哥哥⑤得了糖尿病。

《克莱采奏鸣曲》在莫斯科获得了成功。⑥

为什么您不把那些短篇小说寄来?⑦我今天或者明天把拉扎烈夫(格鲁津斯基)⑧的短篇小说寄给您。我保荐的作家叶若夫由于您增加稿费和寄报纸来而受到感动,向您道谢,眼睛里含着眼泪,嗓音发颤,向着天空举起双手,祷告上苍保佑您和您的全家永生永世万事如意,阿门。

我在我的萨哈林岛的工作中成了一个学识渊博的狗崽子,弄

---

① 俄国航海家维谢斯拉甫采夫在1857、1858、1859和1860年的环球航行的速写集。——俄文本注
② 俄国剧作家奥斯特洛夫斯基的弟弟彼得·尼古拉耶维奇,业余批评家。——俄文本注
③ 奥斯特洛夫斯基的妹妹娜杰日达·尼古拉耶芙娜是儿童文学作家,她的作品集已托契诃夫交由苏沃林出版。——俄文本注
④ 苏沃林的印刷厂的职员。
⑤ 指米哈依尔·尼古拉耶维奇·奥斯特洛夫斯基(1824—1901),俄国国有财产部大臣。——俄文本注
⑥ 参看第二一三封信的注。——俄文本注
⑦ 契诃夫曾写信要求苏沃林选出青年作者寄给《新时报》的短篇小说交他修改以便发表。——俄文本注
⑧ 亚历山大·谢苗诺维奇·拉扎烈夫-格鲁津斯基(1861—1927),俄国作家。

得您只有摊开两只手的份儿。我已经从别人的书里偷来许多思想和知识，冒充为我自己的了。在我们这个讲求实际的时代不这样可不行啊。请您转告阿历克塞·阿历克塞耶维奇①，让他到穆尔加布河岸②去旅行一趟。

我在报上读到罗马尼亚女皇③写了一个剧本，描写的是人民（？）的生活，将要在布加勒斯特的剧院公演。这是个人家不能喝倒彩的作者。我倒恨不得给她喝一喝倒彩呢。

连斯基说，他们那儿④似乎打算排演马斯洛夫的剧本⑤。此外关于他的剧本什么消息也没有听到。

祝您健康。祝您万事如意。

此致

敬礼

亨利·勃洛克公司⑥
一八九〇年二月十九日至二十一日
于莫斯科

您那些十分可敬的马近况如何？骑着它们到什么地方去跑一跑才痛快呢。

---

① 苏沃林的大儿子。19世纪80年代末起为《新时报》的实际掌管人。——俄文本注
② 梅尔夫（现马雷市）附近的穆尔加布河岸上有一个"国王庄园"，由夺取和睦居民的土地而形成。——俄文本注
③ 即叶利扎维塔，她用笔名卡尔曼·西尔娃写作。——俄文本注
④ 指莫斯科的小剧院。
⑤ 俄国作家阿历克塞·尼古拉耶维奇·马斯洛夫的剧本《塞维利亚诱惑者》。——俄文本注
⑥ 莫斯科的一家私营钱庄。——俄文本注

二一六

致亚·巴·契诃夫

毛毛虫：

我必须尽量详细地了解有关萨哈林岛的报刊文献，因为它使我发生兴趣的不仅仅是它提供情报而已。情报当然是重要的，然而，古塞夫①，那些构成这些情报实质的事实的历史阐释也是必要的。那些文章的作者要么是些根本没有到过萨哈林岛，对那儿的情形一点也不了解的人，要么是些有利害关系的人，他们凭借萨哈林岛问题既赚了大钱，又保持了清白②。头一种人的勇气和第二种人的诡谲，作为遮掩的和抑制的因素，对研究者来说必然比一切情报更有价值，因为那些情报大多是偶然的、不准确的；这些因素极好地说明了我们这个社会对待事情，尤其是对待监狱的事情的一般态度。不过，作者以及作者的动机只有在读过他的全部文章以后才能了解。

不管怎样，你不要再到公共图书馆去了。你做过的那些工作已经够了。余下的由我的妹妹去抄，我已经雇下她，她从大斋③的第三个星期起开始到鲁缅采夫图书馆去。可是傻瓜，我会为你找到另一种工作的。我向你叩头，请求原谅。你会在大斋的第四周或者第五周接到的信上看到需要你做的种种工作……关于虱子，

---

① 在俄语里"古塞夫"的原义是"鹅"，含有"蠢鹅"的意思；契诃夫为开玩笑而用这个姓称呼他的大哥。
② 俄国谚语。
③ 基督教节日，在复活节前的四十天内。

我只能说一件事:我脏得要命！奥勃洛摩夫式的扎哈尔①和亚历山大·契诃夫②说,没有虱子和臭虫是不行的,这话很科学;可是,你猜怎么着,我不止一次见过对这类动物一无所知的家庭。虱子对人是有很大帮助的。你不妨到药房去问一问西巴尼拉煎剂。

我们一家都健康。问候娜达丽雅·亚历山德罗芙娜、库克和我的教子③。

你的恩人安·契诃夫
一八九〇年二月二十五日
于莫斯科

二一七

致阿·谢·苏沃林

书和克鲁森施滕的地图册都收到了。我向您鞠躬道谢,请告诉您的图书室,就说我至死都感激它。明天我通过书店④寄给您下列各书:(一)《俄罗斯古代》⑤的索引,(二)维谢斯拉甫采夫⑥,(三)《欧洲通报》一八七二年第八期,(四)《海事汇编》三册(一八五八年第七期,一八五九年第二期,一八五九年第十期),这三本书请您费神交给可敬的瓦西里⑦,以便转交可怜的康斯坦丁·费

---

① 俄国作家冈察洛夫的长篇小说《悬崖》中的一个人物。——俄文本注
② 即收信人,契诃夫的大哥亚历山大·巴甫洛维奇·契诃夫。
③ 亚历山大·巴甫洛维奇·契诃夫的妻子和两个儿子尼古拉和安东。——俄文本注
④ 指苏沃林在莫斯科所开的书店。
⑤ 一种俄国历史杂志。
⑥ 俄国航海家,这里指他的著作《用钢笔和铅笔所作的速写》。
⑦ 指阿·谢·苏沃林的仆人。

多罗维奇①。克鲁森施滕的第二卷我已经寄还给您,至于这本地图册,等我摹下来以后立即奉还。

一直到我动身为止,我会为书跟您纠缠不休。现在我附上一张我所需要的杂志的清单。阁下,请相信,由于这种烦扰我已经遭到足够的惩罚了:由于阅读您寄来的书籍,我的脑子里已经爬满了蟑螂②。这个该死的工作那么磨人,似乎等不到去萨哈林岛,我就要活活地愁闷死了。

明天是春天了,再过十到十五天云雀就要飞来了。可是,唉!即将来临的春天我觉得是别人的,因为我要离开它走了。

萨哈林岛有十分美味的鱼,可是没有烈性酒。

马斯洛夫的剧本即将上演③,现在这是毫无疑义的了。那么您四月初要来看彩排吧?您以前答应要来的。

愿一切圣徒保佑您!

您的

安·契诃夫

一八九〇年二月二十八日

于莫斯科

我们的地质学家、鱼类学家、动物学家等先生们都是些学问很糟糕的人。他们用干巴巴的语言写作,不但读起来乏味,有时甚至要先修改他们的句子才能看懂他们的意思。可是另一方面,妄自尊大和一本正经又多得不得了。实际上这是下贱。

---

① 康斯坦丁·费多罗维奇·维诺格拉多夫是彼得堡检察官,苏沃林的熟人。——俄文本注
② 意为:脑子乱极了。
③ 指马斯洛夫的剧本《塞维利亚诱惑者》1890年4月9日在莫斯科小剧院上演。——俄文本注

二一八

致阿·谢·苏沃林

关于萨哈林岛,我们两个人都错了,不过您大概错得比我更厉害。我这次到那儿去,深信我这趟旅行无论是对文学还是对科学都不会做出有价值的贡献:在这方面我既缺乏知识,又缺乏时间,更缺乏雄心。我并没有洪堡那样的计划,甚至也没有凯南那样的计划①。我想写一本至少一两百页的书,借此略略偿还我对我的医学欠下的债;在医学面前,您知道,我简直太不像话了。或许我什么也写不出来,然而这趟旅行对我来说仍旧没有失去它的芬芳:我会读文件,四处观看,听人谈话,因而会了解和学习到许多东西。我还没有去,可是由于我现在不得不读的那些书,我已经知道了许多东西,而这些东西原是每个人都应该知道的,凡是不知道的都应该挨四十下鞭子,在这以前我却浑浑噩噩,一点也不知道。此外,我认为这趟旅行是一种持续半年的劳动,是体力劳动加上脑力劳动的总和,而这对于我是必要的,因为我成了乌克兰人,变懒了。必须振作一下才行。就算这趟旅行是无聊的事,是固执己见,是胡闹吧,可是请您想一想,告诉我:如果我去了,我会损失些什么呢?时间吗?钱吗?我会受苦吗?我的时间是一点价值也没有的,钱呢,我是素来就没有的;至于讲到受苦,那么我将要坐着马车走二

---

① 德国科学家洪堡于1829年到达俄罗斯的亚洲部分,研究地质学和地球物理学的资料。美国新闻记者凯南于1886年访问西伯利亚的监狱,用私人的方式同政治犯交往。他把这些政治犯的处境写成特写,在美国公开发表。这些特写在俄国遭到查禁,然而在1889年和1890年,这些特写在国外被译成了俄文,经过不合法的途径偷运进俄国。——俄文本注

十五天到三十天,不会再多,其余的时间则坐在轮船的甲板上,或者坐在房间里,接连不断地写出许多信来搅扰您。就算这趟旅行会使我一无所获吧,可是话说回来,难道在全部旅行中不会有那么两三天使我一生一世带着欢乐或者悲伤想起它们吗?等等,等等。事情就是这样,我的阁下。所有这些都缺乏说服力,可是要知道,您的话也同样不能说服人。例如,您写道,萨哈林岛谁也不需要,谁也不会发生兴趣。莫非这话正确吗?只有不把成千上万的人送到萨哈林岛去而且不为它花上百万卢布的社会才会不需要萨哈林岛,不对它发生兴趣。在过去的澳大利亚①和卡宴②之后,萨哈林岛是唯一可以研究犯人的集聚的地点了;整个欧洲都对它发生兴趣,我们反而不需要它吗?就在二十五年到三十年以前,我们俄国人考察过萨哈林岛,做出了惊人的业绩③,由于这种业绩简直可以把人尊为天神,而我们却认为这不需要;我们不知道这是些什么样的人,却只是足不出户,抱怨上帝把人创造得很差。萨哈林岛是一个充满不堪忍受的痛苦的地方,只有心甘情愿和受尽奴役的人才受得了那种痛苦。在萨哈林岛附近和当地工作的人过去就在解决可怕的、极其重要的问题,现在仍旧在解决这些问题。我感到遗憾的是我不善于感伤,要不然我就会说我们应该去朝拜像萨哈林岛那样的地方,就像土耳其人朝拜麦加④一样;航海人员和监狱管理人员尤其应当去看一看萨哈林岛,犹如军人去看塞瓦斯托波尔⑤。

---

① 在19世纪末期,英国把澳大利亚作为最重的刑事犯的流放地和服苦役的地方。
② 法国的卡宴区是政治犯的流放地,气候恶劣,有"干燥的断头台"之称。——俄文本注
③ 契诃夫指的是俄国远东考察家根纳季·伊凡诺维奇·涅韦尔斯科伊在《1849至1855年间俄国海军军官在俄罗斯东部地区的业绩》一书中所叙述的涅韦尔斯科伊、布塞、包希尼亚克等人的考察。——俄文本注
④ 麦加是伊斯兰教的圣地,土耳其人信奉伊斯兰教。
⑤ 乌克兰克里米亚州的一个战略要地。

凭我读过的和目前在读的书可以看出，我们把**上百万**的人长期囚禁在监狱中受折磨，毫无道理而且野蛮地白白囚禁在那里；我们驱使人们戴着手铐脚镣在寒冷的天气中走到几万俄里①之外，给他们染上梅毒病，使他们腐败，繁殖犯罪的人，然后把这些责任统统推到红鼻子的狱吏身上。如今整个文明的欧洲都知道该负责任的不是狱吏，而是我们全体，然而我们对这种事却不闻不问，对它不感兴趣。著名的六十年代②没有为病人和囚犯做**任何**事情，从而违背了基督教文明的基本戒条。在我们这个时代，对病人倒是做了一点事，可是对囚犯却什么事也没做；我们的法学专家对监狱管理根本不感兴趣。不，我要向您保证，萨哈林岛是需要的、有趣的，应该惋惜的仅仅在于到那边去的是我，而不是另一个更理解这个工作、更善于引起社会兴趣的人。我个人却是由于一些微不足道的缘故而到那儿去的。

至于我那封关于普列谢耶夫的信，那么我在写给您的信上说过我在我那些年轻的朋友的心里激起了对我的闲散的不满，可是尽管我游手好闲，我做的事还是比我的朋友多，他们简直什么也没做。我至少还读了《海事汇编》，到加尔金那儿去过，他们却什么也没做。似乎就是这么回事。

我们这儿发生了声势浩大的学潮。事情是从彼得罗夫斯克学院开始的，长官们禁止那儿的学生把姑娘带到公共宿舍里去，不但怀疑那些姑娘是妓女，而且怀疑她们有政治目的。风潮从专科大学波及到综合大学，那儿的大学生现在被骑着大马和手持长矛的赫克托尔和阿基琉斯③的重骑兵团团围住，那些大学生提出下列

---

① 一俄里等于1.06公里。
② 19世纪60年代是俄国资产阶级革命民主主义思潮兴盛的时期。
③ 赫克托尔和阿基琉斯是荷马史诗《伊利亚特》中的两个人物，都是战斗英雄。这里借指沙皇政府的哥萨克军队。

几点要求:

（一）大学完全自治。

（二）教学完全自由。

（三）自由进入大学,不以宗教信仰、民族、性别、社会地位的差别为限。

（四）接受犹太人进入大学,不加限制,并且享有其他大学生的同等权利。

（五）集会自由,承认大学生的组织。

（六）成立大学和大学生的法庭。

（七）取消大学管理人员的警察职权。

（八）降低学费。

这是我从传单上略加删削而抄下来的。我认为这场风波在〔……〕①和女性的群众中闹得最厉害;那些女人渴望考进大学,可是她们在这方面的准备要比男人差五倍,而那些男人在这方面的准备已经很糟,并且在大学里除了少数例外都学习得很差。

我已经寄还您下列各书:克拉宪宁尼科夫②,赫沃斯托夫和达维多夫③,《俄国档案》一八七九年第三期,《考古学协会读物》一八七五年第一期和第二期。

赫沃斯托夫和达维多夫的著作的续篇,如果有的话,请您费神寄来;《俄国档案》我需要的不是一八七九年第三期,而是第五期。其余的书我明天或者后天寄还。

我由衷地同情海④,可是他那么悲痛是无济于事的。现在医

---

① 契诃夫在那些年不理解大学生运动是作为一种与现存制度作斗争的方式。后来他对大学生运动的态度有所改变。（参看第五八八封信）——俄文本注
② 克拉宪宁尼科夫的著作:《西伯利亚旅行的学术研究全集》。
③ 指赫沃斯托夫和达维多夫合著的《两次美洲旅行》。
④ 即 Б.В.海曼,俄国翻译家,主持《新时报》外国专栏工作。

治梅毒非常有效,而且可以治好——这是无疑的。

请您把我的轻松喜剧《婚礼》连同那些书一并寄来。此外我就不需要什么了。您来看马斯洛夫的戏吧。

祝您健康,顺遂。要我相信您衰老,就像要我相信四维空间那么勉强。第一,您还不能算是老人;您思考事情,做工作抵得上十个人,您的思考能力也远远没有衰老;第二,除了偏头痛以外,您什么病也没有,在这方面我愿意起誓;第三,苍老只有在不好的老人那里才不好,只有在难于相处的老人那里才难受,而您是一个好的、不难相处的老人;第四呢,年轻和年老之间的差别是非常相对的,有条件的;最后,请允许我出于对您的敬意而跳进一个深渊,摔得头破血流。

您的安·契诃夫
四十个苦行僧和一万只云雀
一八九〇年三月九日
于莫斯科

有一次我在信上讲起奥斯特洛夫斯基①。他又到我这儿来了。我该对他说什么好呢?

您到费奥多西亚②去吧!天气好极了。

二一九

致亚·谢·拉扎烈夫-格鲁津斯基

最善良的亚历山大·谢苗诺维奇,我把您的邮票寄还您,然而

---

① 参看第一九九封信。——俄文本注
② 苏沃林的别墅所在地,在乌克兰克里米亚州,黑海港口。

不是以它的原始状态寄还，而是已经贴在这封信的信封上了。我把您写给苏沃林的信送进了字纸篓，不过，那半张没写过字的信纸事先已经撕下。这样野蛮迫害的理由在于下述情况：(一)为稿费的事，不应当写信给苏沃林，而应当写信给办公室(涅瓦大街三十八号)，您的信在苏沃林那儿有遭到搁置的危险；(二)所有的撰稿人(除莎士比亚和我以外)在《新时报》上发表的最初几篇小说只得到一枚五戈比的硬币，①这是一个很少很少打破的规则；为了使您的短篇小说《逃亡》②得到七个至八个戈比，为了使我的说情有效，您应当再写两三篇短篇小说，然后再提出总的数字。请您听我的话！

您的《逃亡》不错，可是写得太粗心了。在您这篇小说里一个人物的名字又叫阿尼卡，又叫普罗霍尔。我改了又改，仍旧错过了一个普罗霍尔，它仍旧留在那儿，大概会使得不止一个细心的读者感到莫名其妙。其次，要好好地造句，要使它生动些，有光彩些，而现在您的句子却好比插在熏鲑鱼肚子里的那根长棍，毫无味道。一篇短篇小说应当写上五六天，写的时候全神贯注，要不然您绝对造不好句子。应当让每个句子在写到纸上以前先在脑子里停留两天光景，给它涂一点油。不消说，我自己由于懒惰而没有遵守这条规则，不过我乐于把它推荐给您这个年轻人，尤其因为我不止一次亲身体会到它的有益于写作的性质，而且我知道一切真正的大师的手稿都经过很大的改动，删削的地方纵横交错，涂涂改改，布满补丁，然后这些补丁又被删削、涂改……

叶若夫常到我这儿来。他遭到不幸：他的妻子病了。事情显然不妙，可是他没有灰心丧气。

---

① 俄国稿费论行计算，这里指每一行字五个戈比的稿费。
② 亚历山大·谢苗诺维奇·拉扎烈夫-格鲁津斯基的短篇小说，发表在1890年3月3日《新时报》第5320号上。——俄文本注

请您赶快为《星期六副刊》①写东西,不要犯懒,不要模仿那个每天早晨下决心穿靴子以前总要长久地清嗓子、长吁短叹、搔腰部的庸人。

祝您健康,愿上帝保佑您。

您的安·契诃夫

一八九〇年三月十三日

于莫斯科

我会给胡杰科夫②写信的,您放心好了。

二二〇

致阿·谢·苏沃林

我出于挣钱的动机,不过,部分地也是出于灵感而写了一篇短篇小说③,现随同此信一并寄上。只是,亲爱的,请您把校样寄给我,因为这篇小说是用鞋刷子写成的,需要润色。这得大加删削和作些修改才成;其实我现在就可以改,可是我满脑子的萨哈林岛,凡是有关美文学的东西我现在没有能力分清麻袋和蒲包了④。必须等一个时期,再读校样。

---

① 《新时报》的文艺副刊。
② 谢尔盖·尼古拉耶维奇·胡杰科夫是《彼得堡报》的出版者。拉扎烈夫-格鲁津斯基为该报撰稿。
③ 《魔鬼》,发表在1890年4月1日《新时报》第5061号上。
④ 俄国谚语"从麻袋掉进蒲包里"的意思是"每况愈下";契诃夫利用这句谚语要说明"现在若改,会愈改愈糟"。

菲里波夫的一篇短篇小说①随同我的短篇小说一并寄上；我恳求您，如果您不中意这部作品的话，就把这篇小说退还给他。或许叶若夫的一篇短篇小说②也顺带寄上。我给您道喜，祝您以后老是接到这么大捆大捆的稿子。

为什么您不把那些短篇小说寄给我③？

您寄给我的书，除了菲谢尔的那一本④以外，全都已读完，过几天寄还您。

昨天或者前天米沙不知什么缘故到彼得堡的部里去了。其实根本用不着这么急，况且今年夏天我家的别墅里会连一个男人也没有。他今年夏天应该跟家里人住在一起才是。

再见，我亲爱的，愿上帝保佑您万事如意。向安娜·伊凡诺芙娜⑤致意，吻她的双手。

您的安·契诃夫

一八九〇年三月十五日

于莫斯科

叶若夫问起他的短篇小说《柯尔仁斯基伯爵的诡计》是否合用。

---

① 谢尔盖·尼基季奇·菲里波夫(1863—1910)，俄国小说家和剧评家，书名不详。——俄文本注
② 大概是指俄国小说家叶若夫的短篇小说《星》，发表在1890年3月21日《新时报》第5050号上。——俄文本注
③ 参见第二一五封信的注。——俄文本注
④ 指菲谢尔所著的《西伯利亚史》。
⑤ 苏沃林的第二个妻子。

二二一

致莫·伊·柴可夫斯基

亲爱的莫杰斯特·伊里奇，请允许我涂掉第十三只燕子①，这是个不祥的数字。《艺术家》杂志的主编②前几天到我这儿来过，要求我施展我的全部口才来使得您的《交响乐》在下个季节初登在他的杂志上。我问道："您出多少钱？"他回答说："不多，因为没有钱。"不管怎样，如果您表示同意，您就得记住：对于这个在国营剧院上演的、独树一帜的剧本，《艺术家》只付一百五十卢布到两百五十卢布（不是一个印张的稿费，而是整个剧本的稿费：真是些畜生！）。由于《交响乐》已经被拉索兴印成石印本③，因而失去了它的童贞，他们就不会给两百五十卢布了。无论您同意或者不同意，都请您回信告诉我；不过您不要把话说死，因为到今年秋天您的计划可能改变，我建议您含糊其辞地回答他。您就说，我记住您的要求了。这就够了。

我待在家里，不出大门，专心读着一八六三年萨哈林岛的煤是多少钱一吨，而上海的煤是多少钱一吨，读着振幅和北风、西北风、南风以及其他的风；等我将来在萨哈林岛岸边观察我自己晕船的情形时，那些风是会吹到我身上来的。我在读土壤、下层土壤，读含有轻砂壤土的黏土和含有黏土的轻砂壤土。不过，我总算还没有发疯，昨天甚至寄给《新时报》一篇短篇小说④，不久要把《树

---

① 指契诃夫所用的信纸上小花饰中的燕子。——俄文本注
② 费多尔·亚历山德罗维奇·库玛宁。——俄文本注
③ 指出版家拉索兴主编的《戏剧丛书》。
④ 指《魔鬼》。——俄文本注

精》寄给《北方通报》,不过把《树精》寄出去,在我是很勉强的,因为我不喜欢看见自己的剧本发表出来。

我的小书过一个半到两个星期就要问世了,这本小书是献给彼得·伊里奇①的。我情愿做一名荣誉卫兵,日以继夜地站在彼得·伊里奇所住的房子门口,我对他的尊敬达到了这样的程度。如果论等级,那么他如今在俄罗斯艺术界占第二位,第一位早已由列夫·托尔斯泰占据了。(第三位我送给列宾,而我自己则占第九十八位。)很久以来我就抱着一个狂妄的梦想,打算献给他一点什么。我认为这种呈献是我这个末流作家对他那杰出才能的巨大评价的部分的、最低限度的表示,我由于在音乐方面缺乏才能而不能把这种评价写在纸上。可惜我的梦想不得不实现在我并不认为是最好的一本小书上。它是由特别沉闷的,具有精神病理学性质的随笔合成的,又有着沉闷的书名,因此对于彼得·伊里奇的崇拜者和他本人来说,是根本不合胃口的。

您是契诃夫主义者?多谢多谢。不,您不是契诃夫主义者,而只不过是个宽厚的人罢了。祝您健康,万事如意。

您的安·契诃夫
一八九〇年三月十六日
于莫斯科

莫斯科库德利诺。这是我的地址。

---

① 契诃夫的短篇小说集《闷闷不乐的人们》,1890年在彼得堡由苏沃林出版,附有献词:"献给彼得·伊里奇·柴可夫斯基"。——俄文本注

致亚·巴·连斯基①

最善良的亚历山大·巴甫洛维奇,我寄给您一篇伊·费·戈尔布诺夫的小品文②。这篇作品很有趣。我觉得演员们应当常写一些这类东西,为将来的俄罗斯戏剧史提供材料。只是可惜,有些地方伊·费说了假话,过分热衷于倾向性了。

我每天都打算跟您见面,我有事要找您,可是我为有关萨哈林岛的资料以及其他种种工作忙得要命,简直连擤鼻涕都没有工夫。

我在四月初动身。请代向丽季雅·尼古拉耶芙娜致敬。

您的安·契诃夫

一八九〇年三月十六日

于莫斯科

我接到列维坦③从巴黎写来的信。他在信上谈的大半是女人。我不喜欢。

---

① 莫斯科小剧院演员,1906年起任该剧院总导演。
② 指描写人民日常生活的作者戈尔布诺夫的《白厅》,写的是在莫斯科发生的一件有关签订聘请演员的合同的事,这件事是在俄国商人巴尔索夫的名叫白厅的客厅里进行的;这个作品发表在1890年3月14日《新时报》第5043号上。——俄文本注
③ 伊萨克·伊里奇·列维坦(1860—1900),俄国风景画家。

一二三

致伊·列·列昂捷夫(谢格洛夫)

您好,亲爱的让契克①,谢谢您这封长信以及这封信里从头到尾充满着的善意。我会高兴地读您的军事小说的。它在复活节专号上登出来吗?不论是您的作品还是我自己的作品,很久以来我已经一篇也没有读过。

您写道,您一心想狠狠地骂我一顿,"特别是在道德和艺术性的问题上"。您含含糊糊地说到我的某些应该受到友好的责难的罪行,甚至用"有影响的、报上的批评"来威胁我。假如把"艺术性"那几个字删掉,那么包含在上面的引号里的那句话就变得清楚一些,而且取得了一种老实说使我受窘不小的意义。让,这究竟是怎么回事?我该怎样理解您这句话?难道在道德观念方面我同您这样的人竟然这么不一致,甚至我应当受到责难,受到有影响的批评的特殊关怀吗?要我把您的话理解为您指的是一种深奥的、最高级的道德,我却做不到,因为道德是无所谓低级、高级、中级的,道德只有一种,也就是古时候耶稣基督传给我们而不容许我、您、巴兰采维奇②现在去偷盗、侮辱、说谎等的那种道德。讲到我,假如可以相信我的良心的平静的话,那么我在我这一生当中,不论在言语方面也好,在行动方面也好,在思想上也好,在小说里也好,在轻松喜剧里也好,从没觊觎过我的熟人的妻子,从没觊觎过他们的奴隶,从没觊觎过他们的公牛,从没觊觎过他们的任何牲畜;我

---

① 列昂捷夫的名字是伊凡,相当于法国的人名让,契诃夫为了开玩笑而把法国人名按俄国习惯造出"让契克"这个爱称。
② 卡济米尔·斯坦尼斯拉沃维奇·巴兰采维奇(1851—1927),俄国作家。

没有偷过东西,没有假仁假义,没有巴结强者,没有逢迎他们,没有招摇撞骗,没有靠别人养活。不错,我生活懒散、开怀大笑、吃得过饱、喝得过量、流于放荡,可是要知道这些都是私事,并不妨碍我认为在道德方面我同普通人不相上下。没有立过大功,没有做过坏事,在这方面我跟大多数人一样;我的罪过很多,不过,在道德方面我们却彼此一样,因为这些罪过给我带来种种不快,我已经遭到加倍的报应了。不过,如果您是因为我不是英雄才想狠狠地骂我,那就请您把您的狠毒丢到窗外去吧,把诟骂换成您那种可爱的悲惨的笑声吧,这样反而要好些。

至于"艺术性"这几个字,我怕它不下于商人老婆害怕地狱之火①。每逢人家对我谈到艺术性和无艺术性,讲到合于舞台条件或者不合于舞台条件,讲到倾向性、现实主义等等,我总是茫然失措,迟疑不决,唯唯诺诺,用庸俗的、半真半假的、一文不值的话来回答。我把所有的作品分成两类:我喜欢的和我不喜欢的。别的标准我没有;要是您问我,为什么我喜欢莎士比亚而不喜欢兹拉托夫拉茨基②,我就会答不上来。也许日后我会聪明一点,我会有一个标准,可是目前,所有关于"艺术性"的谈话却只能使我厌倦,在我看来像是中世纪人们所厌倦的经院哲学谈话的继续。

假如您所推崇的批评家知道我和您所不知道的东西,那么他为什么至今一声不吭呢?为什么他不向我们揭示真理和不可违背的规律呢?假如他知道的话,那就请您相信,他早就会给我们指明道路,我们就会知道我们应该做什么,福法诺夫③就不会住在疯人院里④,迦尔

---

① 据基督教的说法,指地狱里用来惩治罪人的燃烧的硫黄、松香。
② 尼古拉·尼古拉耶维奇·兹拉托夫拉茨基(1846—1911),俄国作家。
③ 康斯坦丁·米哈依洛维奇·福法诺夫(1862—1911),俄国诗人。
④ 1890年3月20日列昂捷夫(谢格洛夫)在写给契诃夫的信上说:"福法诺夫住在疯人院里,格列勃·乌斯宾斯基害了幻觉症……巴兰采维奇一心想找个坏蛋来决斗一下,像莱蒙托夫那样死去。"——俄文本注

洵就会活到现在,①巴兰采维奇就不会感到忧郁,我们就不会像现在这么烦闷无聊,您就不会迷上剧院,我就不会迷上萨哈林岛了。可是批评家闷声不响,要不然就说些空洞无聊的废话来搪塞。如果他在您的心目中有威信,那也只不过因为他迟钝、不谦虚、狂妄、大呼小叫,因为他是只空桶,②吵得人不得不去听。

不过,让我们对这些事吐一口唾沫,到另一个歌剧里去歌唱吧③。请您千万不要对我的萨哈林岛之行寄托文学上的希望。我去那儿不是为了观察,也不是为了积累印象,而只不过是为了照一种不同于我生活到现在的方式生活半年而已。您不要指望我,老先生;假如我有机会而且能够做出一点什么,那就谢天谢地;假如办不到,那也请您不要见怪。我在复活节后启程。到适当的时候我自会把我在萨哈林岛的地址寄给您,并且给您作出详细的指示。我家里的人问候您,我问候您的妻子。

祝您,亲爱的、留着小胡子的上尉,健康,顺遂。

您的安·契诃夫
一八九〇年三月二十二日
于莫斯科

二二四

致阿·谢·苏沃林

昨天我寄给您三本《俄罗斯古代》:〔一八〕七八年第二十二

---

① 弗谢沃洛德·米哈依洛维奇·迦尔洵(1855—1888),俄国作家,于1888年3月14日跳楼自杀。
② 俄国谚语:空桶格外响,意为:无知识者爱自夸。
③ 意为:不谈这些,另谈别的吧。

期,〔一八〕七九年第二十四期,〔一八〕八一年第三十二期。您的书留在我这儿的不多了。现在我正坐着,重温《卫生学》(衣服、房舍、通风等),关于这门学问我已经忘掉一半了。我写得不多,而且大都是抄别人的。

疲劳是一种有条件的事。您写道,您一天工作二十个小时而不觉得疲劳。可是话说回来,在长沙发上整整躺一天倒可能觉得疲劳呢。您一连写作二十个小时,要知道,您始终保持着良好的自我感觉。成功、干劲、才能的感觉在刺激您,您喜爱这个工作,要不然您就不会写了。可是您的太子①一连几夜不睡觉,却不是因为他有政论的才能或者对这个工作的热爱,而只是因为他父亲出版了一家报纸而已。差别是很大的。其实他应该做一个医师,律师,每年花两千卢布的生活费,不在《新时报》上发表文章,也不按《新时报》的精神写文章。只有不同旧秩序妥协而且愚蠢或聪明地对它进行斗争的青年才能被认为是健康的,大自然要求这一点,而进步也奠定在这一点上;然而阿历克塞·阿历克塞耶维奇却一开头就陷入旧秩序里了。我们私下交谈时,他一次也没有骂过塔季谢夫②和布烈宁③,这却是坏兆头。您的自由主义倾向比他强烈一百倍,而事情却应当正好相反。他软弱而懒散地提抗议,很快就压低嗓音,很快就同意,一般说来给人这样的一种印象,似乎他对斗争毫无兴趣,也就是说他虽然参加斗鸡,却是一名观众,没有带着自己的鸡。可是人是应当有自己的鸡的,要不然生活就没有趣味了。更加不幸的是他是一个聪明人,有巨大的智慧而又对生活缺

---

① 契诃夫对苏沃林的大儿子阿历克塞·阿历克塞耶维奇的戏称,他当时掌管《新时报》。——俄文本注
② 谢尔盖·斯皮里多诺维奇·塔季谢夫(1848—1906),俄国政论家和历史学家,《新时报》的撰稿人。
③ 维克多·彼得罗维奇·布烈宁(1841—1926),俄国批评家,《新时报》小品文作者。

乏兴趣,就好比一架大机器,要求许多的燃料,消耗许多的器材而又什么也不生产。

您在最近这封信上提到的那种病本身是不好的,不过 ad vitam① 它却不失为一个良好的预言,主要的是这种病能够根治的。至于遗传,那么人必须容忍它,因为它是不可避免的,而且也是必要的。之所以必要,是因为人类从祖先那里除了继承到坏东西以外,还能继承到许多好东西。目前阿〔历克塞〕·阿〔历克塞耶维奇〕的最严重的病就是鼻炎。

鼻炎消耗体力,类似淋病。为了制造有病的鼻子每天所分泌的那种东西,人的机体就不得不耗费许多材料。此外,鼻子还同一切呼吸器官处于直接联系的状态中,用鼻子咳嗽的例子是常见的,而且,比方说,鼻息肉阻塞甚至会引起肺结核。还有一件事也是大家知道的,那就是鼻子同性的范围有一种疏远的、至今还没有研究清楚的联系。

等阿〔历克塞〕·阿〔历克塞耶维奇〕到此地来,我就首先带他到别里亚耶夫②那儿去看鼻子,他是我们这儿公认的最好的专家。比他再高明的,我就不知道了。扎哈林③只善于治炎症、风湿病,一般说来他医的是经得起客观研究的病,而阿〔历克塞〕·阿〔历克塞耶维奇〕得的却是一种智力方面的具有社会、经济、心理性质的病,而且说不定这种病根本不存在也未可知,即使存在,也可能不应当算作病。

请您告诉阿历克塞·阿历克塞耶维奇,就说他三月七日的来信和两篇短篇小说我直到**今天**才收到。至于他的葡萄酒,我早就

---

① 拉丁语:对生命而言。——俄文本注
② 莫斯科的一名医师。
③ 格里戈里·安东诺维奇·扎哈林(1829—1895),俄国科学家,莫斯科大学教授。

断了念头。除了欺骗以外,我什么也没看见。

刚才我托代理处①的学徒寄给您《欧洲通报》一八七五年第六期和《俄罗斯古代》一八八三年第三十七期。

不过,再见吧。现在我该从家里溜出去了,外面天气真好。

您的安·契诃夫
一八九〇年三月二十九日
于莫斯科

二二五

致阿·谢·苏沃林

基督复活了!② 我给您,亲爱的,以及您的全家拜节,祝你们幸福。我究竟是在多马周③动身,还是稍稍推迟一点,这要看卡马河④什么时候解冻。不久我就要开始到熟人那儿去辞行了。临行之前,我请求您给我一个记者证⑤和一点钱。记者证请您务必马上寄来,至于钱,那得等一等,因为我不知道我需要多少。我目前正在从各处收集那些属于我的钱,还没有收齐,等我收齐了,就可以看出来我缺多少。

我家里人的生活费可以维持到九月底,在这方面我已经放心了。

是的,叶若夫有点粗鲁。他是个平民,教养极差,然而不愚蠢,

---

① 指苏沃林在莫斯科开设的书店。
② 基督教徒在复活节的贺词。
③ 复活节后第一个星期。
④ 位于俄罗斯,伏尔加河最大的左支流(注入古比雪夫水库)。
⑤ 契诃夫后来收到《新时报》发给他的访问萨哈林岛的记者证。——俄文本注

正派。他写得一年比一年好,越来越好,这是我确信不疑的。您写道,他的小品文获得了成功。如果这是指那篇写到教士的文章,我就要赶紧声明我没有修改过那篇文章。依我看,目前叶若夫作为工作人员只值五个戈比,可是过上五年到十年,他年纪大一点,就会成为一个有用的人。主要的是他正派,不是酒徒。另外还有一个人,拉扎烈夫,他也是好人。

昨天我对叶若夫读了阿历克塞·阿历克塞耶维奇的来信,那封信上写着您愿意给他,叶若夫预支稿费一百个卢布。叶若夫的妻子害了肺结核,必须把她送到南方去,所以他不拒绝这笔预支的稿费,认为这笔钱来得正是时候。他请求您汇给他一百个卢布,还要求账房不要将他的全部稿费作为预支稿费,而只预支其中的一半。所有这些都挺好。不过,我要求容许我干预这件事,请您不要在现在,而要在他动身的前一天汇给他这笔预支稿费。如果您允许的话,我就等到他来向我辞行的时候给他一百个卢布。早给他是不行的,因为他会零七八碎地花光这笔钱,他那害肺结核的妻子就不得不坐三等车了。

现在谈一谈奥斯特洛夫斯基。请您给我一个答复才好。您答应过出版他妹妹的短篇小说。那么请您写信说一说这本书什么时候开始付印。奥斯特洛夫斯基一家人急得心焦了。

如果阿历克塞·阿历克塞耶维奇真的长了鼻息肉,那治好他的鼻炎跟吸一支烟卷一样容易。可是他长的未必是鼻息肉。

请您把我的轻松喜剧《婚礼》寄来。如果它已经遗失,那就算了,给这个轻松喜剧做安魂祭好了。

昨天有一个参加马斯洛夫的戏演出的演员到我家里来过。他没有骂这出戏。可见这出戏演得挺好。他再三对我说,《塞维利亚诱惑者》这个剧本不是原作,而是翻译过来的。

您责备我过于客观①,说这是对善恶漠不关心,缺乏理想和思想,等等。您希望我描写偷马贼的时候,应该说明偷马是坏事。不过,要知道,这个道理即使我不说,大家也早已知道了。让陪审员②去审判他们吧,我的工作只在于表明他们是些什么样的人。我写道,您要跟偷马贼打交道了,那么,您得知道,他们并不是叫化子,而是衣食温饱的人,这些人无异于狂热的信徒,偷马不单纯是盗窃,而且是癖好。当然,把艺术和说教结合在一起是愉快的事,不过,就我个人来说,这却非常困难,并且由于技术的缘故而几乎不可能。是啊,为了用七百行文字描绘偷马贼,我就得始终按他们的方式说话和思索,按他们的心理来感觉;否则,如果我把主观成分加进去,形象就会模糊,这篇小说也就不会像一切篇幅短小的小说所必须具备的那样紧凑了。我写作的时候,总是充分信赖读者,认为小说里所欠缺的主观成分,读者是自会加进去的。祝您顺遂。

您的安·契诃夫
一八九〇年四月一日
于莫斯科

二二六

致伏·米·拉甫罗夫③

伏科尔·米哈依洛维奇:在《俄罗斯思想》三月号第一四七页

---

① 苏沃林的批评针对着契诃夫的短篇小说《贼》。
② 指读者。
③ 《俄罗斯思想》杂志的主编兼出版者。——俄文本注

简介栏里我无意中读到这样一句话①:"还在昨天,甚至像亚辛斯基②和契诃夫先生这样的专门写毫无原则的作品的作家,他们的名字……"等等。对于批评照例是不答复的,不过,就目前这种情形来说,问题也许不是批评,而纯粹是诽谤。或许就是对于诽谤我也不应该答复,可是过几天我就要离开俄罗斯本土很久③,说不定就此不回来了,因此我忍不住要答复一下。

我从来也不是一个毫无原则的作家或者一个无赖,这两种人是一回事。

不错,我的全部文学活动是由不间断的一系列错误,有时候是大错误构成的,然而这要用我才能的大小来解释,完全不能用我是好人或坏人来解释。我没有招摇撞骗过,没有写过诬蔑或告密的东西,没有奉承过谁,没有说过谎,没有侮辱过人,总而言之,我写过许多短篇小说和文章,虽然我由于它们的拙劣而情愿扔掉它们,然而没有一行文字会使得我现在为它抱愧。如果容许我假定您把毫无原则理解为一种可悲的情形,那就是我,一个受过教育而又常常发表作品的人,对我所喜爱的那些人没有做出什么事来,我的活动比方说对于地方自治局、新司法制度、出版自由、一般的自由等没有留下什么痕迹就消失了,那么在这方面《俄罗斯思想》应当公平地把我看作它的朋友,而不应当责难我,因为到现在为止它在上述那些事情方面所做的并不比我多,而在这一点上我和您都是没有过错的。

如果从外在的一面来评断作为作家的我,那么我在这方面也

---

① 指1890年《俄罗斯思想》第三期简介栏内发表的一篇未署名的评论。——俄文本注
② 叶罗尼姆·叶罗尼莫维奇·亚辛斯基(1850—1930),俄国小说家和新闻工作者,用笔名"马克西姆·别林斯基"发表作品。
③ 契诃夫于1890年4月21日离开莫斯科到萨哈林岛去。

未必应该遭到毫无原则的公开责难。迄今为止我一直足不出户，过着闭塞的生活；我和您在两年当中只见过一次面，而且比方说我有生以来同马奇捷特①先生一次面也没有见过，根据这一点您可以判断我出门的多少，我素来坚决避免参加文学晚会、娱乐晚会、事务性会议等，不经邀请从不到任何编辑部去，一向极力要我的熟人把我多看作医生，少看作作家，总之，我一直是个谦虚的作家。目前我正在写的这封信在我十年活动的全部时期中是我头一次不谦虚。我和同行们保持着良好的关系；我从来也不让自己做同行们以及他们投稿的杂志和报纸的审判官，认为自己不够资格，而且觉得在当前出版业所处的依赖地位下任何攻评杂志和作家的词句不但冷酷而不得体，并且简直有罪。迄今为止我决意拒绝的只是那些质量之差已经明显而且经人证实过的杂志和报纸；每逢我在这些报刊当中不得不有所抉择时，我总是把优先权给与那些由于物质上的或者其他某些情况而比较需要我效劳的报刊，就是因为这个缘故我才没有给您的杂志撰稿，也没有给《欧洲通报》撰稿，而是给《北方通报》撰稿，就是因为这个缘故我得的稿费才不多，如果换一种眼光看待我的责任，我所得的稿费就会比我眼前所得的多一倍。

您的责难乃是诽谤。我没法请求您把它收回去，因为诽谤已经成为事实，就是用斧子也砍不掉了②；我也没法用疏忽和轻率或者诸如此类的理由来解释，因为在您的编辑部里，据我所知，都是些十分正派的、受过教育的人，我想他们写东西、读文章的时候不是敷衍了事，而是对每个字都有责任感的。剩下来我所能做的，就只有对您指出您的错误，请求您相信我的沉重心情的真诚，正是这

---

① 格利果利·亚历山德罗维奇·马奇捷特（1852—1901），俄国作家。
② 俄国谚语：墨写的字就是用斧子也砍不掉。意为：白纸写黑字，一笔勾不掉。

种心情才促使我给您写了这封信。至于在您这种责难之后我们之间非但不能有业务上的关系，就连普通的点头之交的关系也不能再维持，这是不言而喻的。①

安·契诃夫
一八九〇年四月十日
于莫斯科

二二七

致玛·巴·契诃娃②

我的朋友们，通古斯人③！伊凡④从大寺院回去的时候，你们那儿下了雨吗？在雅罗斯拉夫尔下了倾盆大雨，淋得我只好穿上那件皮子的长外套。伏尔加河给我的最初印象被大雨、房舱里沾着雨水的玻璃、到车站上来迎接我的古尔梁德⑤的湿鼻子破坏了。雅罗斯拉夫尔在雨中像是兹韦尼哥罗德，它的教堂使人联想到彼烈文斯基修道院；有许多写别字的招牌，道路泥泞，有些大脑袋的寒鸦在马路上走来走去。

---

① 拉甫罗夫接到这封信后，给契诃夫写了一封道歉信，契诃夫就跟《俄罗斯思想》杂志的编辑部以及伏·米·拉甫罗夫本人恢复了关系。
② 这是契诃夫在去萨哈林岛的旅途上写给他妹妹玛丽雅·巴甫洛芙娜·契诃娃的信。1890 年 4 月 21 日契诃夫乘火车离开莫斯科，去雅罗斯拉夫尔；4 月 22 日离开雅罗斯拉夫尔，乘轮船沿着伏尔加河和卡马河到彼尔姆城去；这封信是在轮船上写的。——俄文本注
③ 东西伯利亚很大一部分居民埃文基人的旧称，这是契诃夫对家人的戏称。
④ 契诃夫的大弟伊凡·巴甫洛维奇·契诃夫。
⑤ 伊里亚·亚科甫列维奇·古尔梁德，大学生，新作家；契诃夫于 1889 年在雅尔塔同他相识。——俄文本注

我一上轮船，头一件事就是发挥我的才能，也就是上床睡觉。等我醒过来时，太阳已经出来了。伏尔加河不错；有水淹的草场，有沐浴着阳光的修道院，有白色的教堂；那地方辽阔得惊人；不论你往哪儿看，到处都可以坐下来钓鱼。岸上有些女学监①溜溜达达，啃着碧绿的嫩草；偶尔可以听见牧笛声。水面上飞着白色的海鸥，像是年轻的德莉希卡②。

这条轮船不怎么好。其中最好的东西是厕所。马桶很高，下面有四级台阶，因此像伊瓦年科③那样没有经验的人很容易把它看成皇帝的宝座。轮船上最糟的东西是伙食。我把食谱报告一下，并且保留原来的写法：菜汤、油煎小灌肠加白菜、鲟鱼丸子、烤猫；"猫"其实是"稀饭"。④ 由于我的钱是用血汗挣来的，我就希望事情正好相反，也就是希望伙食比厕所好，尤其因为喝过科尔涅耶夫⑤的桑托林果酒以后我的整个内脏都不畅通，在到达托木斯克的一路上根本用不着厕所。

昆达索娃⑥跟我同路。她究竟到哪儿去，去干什么，我都不知道。每逢我问起这些，她就非常含糊其词地讲起她的意图，说到有一个人，约她在基涅什马附近某个峡谷那儿相会，然后她就放声狂笑，不停地顿脚，或者不停地用胳膊肘到处碰东西，碰上什么就撞什么，一点也不顾惜〔……〕。轮船走过了基涅什马，也走过了那

---

① 契诃夫对奶牛的戏称。参看第四七封信的注。——俄文本注
② 契诃夫家的熟人达莉雅·米哈依洛芙娜·穆辛娜-普希金娜的外号，后来她在彼得堡的亚历山大剧院做演员，艺名穆辛娜。——俄文本注
③ 亚·伊·伊瓦年科是契诃夫家的熟人。一个吹长笛的音乐家。
④ 俄语中"猫 Кошка"和"稀饭 КАшКа"仅差一个字母。这个食谱中许多单词都写错。
⑤ 亚·阿·科尔涅耶夫是医生，契诃夫一家1886至1890年间在莫斯科萨多瓦-库德林大街上所住房子的房东。
⑥ 奥尔迦·彼得罗芙娜·昆达索娃是契诃夫家亲近的熟人，数学家，当时在莫斯科的天文台工作，所以契诃夫送她一个绰号叫"天文学家"。——俄文本注

个峡谷,可是她仍旧坐在船上不下去,当然,这对我来说倒是很高兴的。顺便要说到,昨天我生平头一次看见她吃东西。她吃的并不比别人少,可是机械地吃下去,仿佛在嚼燕麦似的。

科斯特罗马是一个好城。我见到了普廖斯城,懒散的列维坦在那儿住过;我见到了基涅什马城,我在城里的人行道上散步,观察当地的草包①;我在城里顺便到一家药房里去买氯酸钾,为了治一治我的舌头,自从吃过桑托林果酒以后我的舌头就麻木了。那位药剂师一看见奥尔迦·彼得罗芙娜就喜气洋洋,而且还发窘,她呢,也是这样;显然他们两个人早就相识;从他们之间的谈话来判断,两人不止一次在基涅什马附近的峡谷里溜达过。原来他们这班草包找了个这样的地方!这个药剂师姓柯普费尔。

这儿有点冷,有点乏味,可是总的来说是有趣的。

轮船一刻不停地拉着汽笛;它的音调介于驴叫和风鸣竖琴②声之间。再过五六个小时我就要到下诺夫哥罗德了。太阳正在升起来。夜晚安睡得颇有艺术味道。我的钱安然无恙,这是因为我常常捧腹大笑。

有些很漂亮的拖轮,身后带着五条驳船,看上去倒像是一个年轻文雅的知识分子打算逃跑,而他那粗笨的妻子、他的岳母、他的小姨、他妻子的祖母却拉住他的后襟不放似的。

我向爸爸和妈妈叩头,向其他一切人弯腰鞠躬。我希望谢玛希科③、丽季雅·斯达希耶芙娜④、伊瓦年科举止端庄。我很想知

---

① 在契诃夫的故乡塔甘罗格,人们称呼追求少女的青年人为"草包"。——俄文本注
② 一种古乐器,10世纪起即已使用,木箱状,内装琴弦,一般放在屋顶上,借空气流动引起弦振动,发出鸣响。
③ 玛·罗·谢玛希科是契诃夫家的熟人,大提琴家。
④ 即米齐诺娃,契诃夫家亲近的熟人。中学教师,准备担任歌剧歌手;有一个时期是莫斯科艺术剧院剧团的成员。——俄文本注

道:现在是谁陪着丽季雅·斯达希耶芙娜喝酒喝到早晨五点钟?啊,伊瓦年科没有钱了,我多么高兴啊!

米沙买的那只皮箱要破了。我谢谢你们。我的身体好极了。脖子不痛了。昨天我连一滴酒也没有喝。

请你们从德莉希卡那儿取回那本福法诺夫的书。把那本法国地图册和放在书架上的达尔文的游记回给①昆达索娃。这件事交给伊凡办。

太阳藏到云层里去了,天色昏暗,宽阔的伏尔加河显得阴沉沉。不能让列维坦在伏尔加流域居住。伏尔加把阴沉注入人的心灵。不过,要是在岸上有一个自己的小庄园,那倒十分不错呢。

祝你们万事如意。热诚地致意,一千次鞠躬。

米沙,你要教给丽季雅·斯达希耶芙娜寄挂号印刷品的手续,把果戈理的证件②交给她。记住,有一本果戈理的书要寄还苏沃林作为装订的样本。那么,应当收到三本才对。

要是仆人醒过来的话,我就要咖啡喝,而目前我只好闷闷不乐地喝白开水。问候玛丽尤希卡和奥尔迦③。

好,祝你们健康,顺遂。我会准时给你们写信。

寂寞的伏尔加河人

Hoino Sachaliensis④

你们的安·契诃夫

一八九〇年四月二十三日凌晨

于亚历山大·涅夫斯基号轮船上

---

① 玛·巴·契诃娃小时候把"还给"说成"回给",这个说法一直保留在契诃夫家的日常生活中。——俄文本注
② 指订购果戈理的作品集的取书证。——俄文本注
③ 即玛丽雅·多尔米东托芙娜·别列诺芙斯卡雅和奥尔迦·戈罗霍娃,均为契诃夫家的女仆。
④ 拉丁语:萨哈林岛人。——俄文本注

问老太太①好。

二二八

致玛·巴·契诃娃

我的朋友们,通古斯人!我正在卡马河上航行,可是地点不能确定,似乎是在奇斯托波尔附近。我也不能赞扬两岸的美景,因为天冷得要命;桦树还没长叶,有些地方伸展着一条条白雪地,浮冰在游动,一句话,所有的美全都见鬼去了。我坐在一个房舱里,这儿有各式各样身份的人围着一张桌子坐着;我在听他们讲话,同时问我自己:"您不该喝茶了吗?"要是能够由着我的性儿干,那我就一天到晚不干别的,专门吃喝;可是因为我没有那么些钱整天价吃喝,我就只好睡觉,一睡再睡。甲板上我是不去的,那儿冷。夜间下雨,白天刮那种不舒服的风。

嘿,鱼子!我吃啊吃的,怎么也吃不够。在这方面它类似干酪丸子。好得很,不咸。

不好的是我没有预先想到给自己缝上一袋茶叶和白糖。只好一杯杯地买茶喝,而这既不合算又乏味。今天早晨我原打算在喀山买茶叶和糖,可是睡过了头,错过了。

啊,母亲,您快高兴起来吧!我似乎可以在叶卡捷琳堡②住一天一夜,跟亲戚们见面了。③ 说不定他们的心会软下来,他们会送

---

① 指米齐诺娃的母亲,当时她也在契诃夫家里做客。
② 城名,现改称斯维尔德洛夫斯克。
③ 契诃夫的母亲叶·亚·契诃娃的表妹普·季·西蒙诺娃一家住在叶卡捷琳堡。——俄文本注

给我三个卢布的钱和八分之一磅茶叶呢。

从我刚才听到的谈话,我得出结论:有一个高等法院在跟我一同乘船航行。那都是些平庸的人。不过,有些商人偶尔插一句话,他们倒似乎是聪明人。我常碰见一些非常可怕的阔佬。

鲟鱼比蘑菇还要便宜,可是我很快就吃厌了。还应该写些什么呢。再也没有什么可写的了……不过,这儿有一位将军和一个消瘦的金发男子。那位将军总是从房舱里跑到甲板上去,然后再跑回来,老是把他那张脸送到什么地方去;那个金发男子装出纳德松①的气派,极力向人家暗示他是一个作家;今天吃午饭的时候有一位太太胡说他在苏沃林那儿出版过一本小书;我呢,当然,脸上做出肃然起敬的表情……

我的钱除了吃喝花掉的那部分以外都安然无恙。这些坏蛋,他们不肯白供我吃喝啊!

我既不快乐,也不烦闷,好像我的灵魂凝固了似的。我喜欢坐在这儿一动也不动,闷声不响。比方说,今天我就未必说过五句话。不过,我这是在说谎了:我在甲板上跟一个教士谈了一阵。

人们开始常常遇见异族人了。鞑靼人很多:这是一个可敬的、谦虚的民族。

有一件极方便的事:人从房舱里走出去可以随手锁门,躺下睡觉也可以锁上门。所以在到达彼尔姆以前,我一样东西也不会被人偷掉。

我向大家深深地鞠躬。我热诚地要求爸爸和妈妈不要担心,不要想象根本不存在的危险。问候谢玛谢契卡②和他的大提琴,

---

① 谢苗·雅科夫列维奇·纳德松(1862—1887),俄国诗人。
② 即谢玛希科,在俄国,姓是没有爱称的,契诃夫为开玩笑而给这个姓生造了一个爱称"谢玛谢契卡"。

伊瓦年科和他的长笛,捷尔-米齐诺娃①和她的老太太。请转告久科甫斯基②,就说我惋惜在我动身之前没有机会和他见面。他是个好人。问候库甫希尼科夫夫妇③。要是昆达索娃已经回来,那就也问候她。

祝大家健康,顺遂。

你们的安·契诃夫
一八九〇年四月二十四日傍晚
于伏尔加河彼尔姆号轮船上

请你们原谅,我只对你们讲了吃喝。要不是有吃喝,那我就只好写寒冷,因为没有题材。

那个高等法院作了决议:要茶喝。他们不知从哪儿请来两个在司法职务方面的候补人,他们以办事员的身份同行。其中有一个长得像以裁缝为职业的诗人别洛乌索夫④,另一个像叶若夫。这两个人恭恭敬敬地听长官先生们讲话;他们不敢有自己的见解,装出一副样子,仿佛他们在听高深的谈话,因而顿开茅塞。我喜欢这些堪称模范的青年人。

---

① 这是开玩笑:米齐诺娃所住房子的房东是亚美尼亚人德查努莫夫。——俄文本注
② 米哈依尔·米哈依洛维奇·久科甫斯基是契诃夫家的熟人,莫斯科平民学校的校长。
③ 契诃夫的熟人,女画家索菲雅·彼得罗芙娜·库甫希尼科娃和她的丈夫德米特利·巴甫洛维奇·库甫希尼科夫医师。——俄文本注
④ 伊凡·阿历克塞耶维奇·别洛乌索夫(1863—1929),俄国诗人。

二二九

致玛·巴·契诃娃

我的朋友们,通古斯人!卡马河是一条乏味透顶的河。要理解这条河的美丽,必须是一个贝琴涅格人①,在一条木船上挨着一桶石油或者一袋子鲤鱼一动不动地坐着,不停地灌白酒。河岸是光秃秃的,树木也是光秃秃的,土地是棕褐色的,一长条一长条的雪地伸展开去,风大极了,连魔鬼也没本事刮这么厉害、这么讨厌的风。天上刮着冷风,水上起着涟漪,春汛之后河水如今现出一种咖啡渣滓的颜色,这就使人觉得又冷,又乏味,又可怕;岸上手风琴的声音显得十分凄凉,身穿破皮袄、一动不动地站在迎面驶来的驳船上的人像是由于无穷的愁苦而凝固了。卡马河沿岸的那些城是灰色的;似乎那些城里的居民致力于制造云雾、烦闷、潮湿的围墙、街上的烂泥,这是他们唯一的工作。码头上聚集着许多知识分子,轮船的到达对他们来说是一件大事。大半都是些谢尔巴年科②和丘古耶维茨③之流,戴着同一种帽子,说话是同一种调门,周身带着同一种"第二提琴手"的气派;显然,他们没有一个人的薪水超过三十五个卢布,而且大概都在因病就医吧。

我已经写过有一个高等法院跟我同坐一条船,其中有审判长,有法官,有检察官。审判长是一个健康、强壮的德国籍老人,皈依

---

① 8至9世纪伏尔加河中下游左岸草原上的突厥部落和萨尔马特部落联盟。
②③ 契诃夫住在南方的别墅路卡时所认识的外省的乌克兰人;谢尔巴年科是教师,爱好小提琴。——俄文本注

东正教,十分虔诚,是个采用顺势疗法①的医师,显然是个大色鬼;法官是去世的尼古拉②常画的那种老人:驼着背走来走去,常常咳嗽,喜欢逗乐的话题;检察官是个四十三岁的人,对生活不满意,是个自由主义者、怀疑主义者,又是个大好人。这个法院一路上专门吃东西,解决重大的问题,吃东西,看书,吃东西。这艘轮船上有一个图书室,我看见那位检察官在读我的《在昏暗中》③。他们谈到了我。在当地最受欢迎的是描写乌拉尔的西比利亚克-马明④。人们谈他比谈托尔斯泰多。

我坐了两年半的船才到达彼尔姆,我是这样觉得的。夜里两点钟到达那儿。火车下午六点钟开。我只好等着。天在下雨。总之,雨水、泥泞、寒冷……哎呀呀!乌拉尔铁路搞得挺好。巴罗木里和美尔契基⑤是没有的,虽然火车得翻过乌拉尔山脉。这要用此地生意人、工厂、矿山很多来解释,时间对他们来说是宝贵的。

昨天早晨我醒过来,从火车的车窗望出去,对于大自然不由得生出一种憎恶的感觉:地上白茫茫一片,树上盖着一层白霜,一场真正的大风雪正在追逐这列火车。是啊,这不可气吗?这不混蛋吗?……我没有套鞋,就穿上那双大靴子,一路往卖咖啡的小吃部走去的时候,我那双靴子的煤焦油气味传遍了整个乌拉尔地区。我到达叶卡捷琳堡的时候,这儿也是有雨,有雪,有雪子。我就把那件皮子的大衣穿上了。那些出租马车是一种寒酸得不可想象的东西。它们又脏又湿,没有弹簧;那些马的前腿像这样劈开〔画〕,蹄子很大,背脊精瘦……这儿的轻便马车是对我们的敞篷马车的

---

① 用极微量药物来治疗疾病的方法,18世纪末19世纪初由德国医师萨·哈内曼所创立。
② 指契诃夫的二哥尼古拉·巴甫洛维奇·契诃夫(1859—1889),俄国画家。
③ 契诃夫的短篇小说集。
④ 即德米特利·纳尔基索维奇·马明-西比利亚克(1852—1912),俄国作家。
⑤ 俄国南方铁路上的小火车站,在此泛指"小火车站"。——俄文本注

粗糙模仿。在敞篷马车上加一个破破烂烂的顶篷,如此而已。我越是准确地描摹此地的马车夫以及他的四轮马车,它就越是像一幅漫画。马车不在大路上走,那儿颠簸,而是在水沟旁边走,那儿泥泞,因而松软。所有马车夫的相貌都像杜勃罗留波夫①。

在俄国,所有的城市都千篇一律。叶卡捷琳堡跟彼尔姆或者图拉一模一样。它也像苏梅②,也像加佳奇③。教堂的钟声悦耳动听。我住在亚美利加旅馆(很不错),我一到达立刻就通知亚〔历山大〕·马〔克西莫维奇〕·西〔蒙诺夫〕④,写信告诉他说我打算在旅馆里待两天,足不出门,专门接待匈雅提⑤,而且我要不无骄傲地说,我这次接待将会大获成功。

本地人使外来人生出一种类似战战兢兢的感觉。他们生着高颧骨,大脑门,宽肩膀,小眼睛,大拳头。他们是在当地的铸铁厂里生出来的,他们出生的时候,来接生的不是产婆,而是铁匠。茶房拿着茶炊或者水瓶走进房间来,说不定就会把我弄死。我总是躲到一旁去。今天早晨就走进来这么一个人,高颧骨,大脑门,脸色阴沉,身材高得快要碰到天花板了,两个肩膀有一俄丈⑥宽,而且还穿着一件皮大衣。

我心想:好,这家伙准要把我打死了。不料这个人就是亚〔历山大〕·马〔克西莫维奇〕。我们就谈起来了。他在地方自治局执行处担任委员,掌管他表哥的一个发电风车,编辑《叶卡捷琳堡周报》,由警察局长塔乌别男爵审查通过后出版;他结过婚,有两个

---

① 尼古拉·亚历山德罗维奇·杜勃罗留波夫(1836—1861),俄国文学批评家、政论家。脸瘦长,留一把大胡子。
②③ 均为乌克兰的城市。
④ 契诃夫的母亲叶·雅·契诃娃的表外甥,《叶卡捷琳堡周报》编辑。
⑤ 匈雅提(约1387—1456),匈牙利的统帅和执政者,在此指西蒙诺夫;有如临大敌的意思。
⑥ 俄国旧长度单位,等于2.134米。

孩子,家道殷实,身体肥胖,日渐苍老,生活"牢靠"。他说他没有工夫烦闷无聊。他劝我去参观博物馆、工厂、矿场;我为他出的主意道了谢。他约我明天傍晚去喝茶;我请他到我这儿来吃饭。他没有请我吃饭,而且根本没有坚持要我到他家里去。从这一点妈妈可以得出结论,那就是她的亲戚们的心没有软下来,我们两个人,西蒙诺夫和我,互不需要。我不预备去看望普拉斯科维雅·巴拉美诺芙娜、娜斯达霞·季洪诺芙娜、索巴基·谢苗内奇、马特威·索尔契雷奇了,虽然我的叔母托我转告他们说她曾经给他们写过十封信,却没有得到回信。亲戚这等人是我素来淡漠对待的,如同对待弗罗霞·阿尔捷缅科①一样。

  街上有雪,我故意放下窗帘,免得看到这种蛮荒景象。我正坐在这儿等秋明那边收到我的电报后拍来的回电。我的电报是这样写的,"秋明。库尔巴托夫轮船公司。回电费已付。请告知客轮何时开往托木斯克"等等。他们的回电将要决定我究竟是坐轮船走,还是坐着马车在荒无人烟的地带赶一千五百俄里的路。

  这儿到处都有人通宵敲生铁梆子。必须有生铁铸成的脑袋,才会听着这种无休无止的梆子声而不发疯。今天我试着烧一点咖啡喝:结果却成了马特拉萨葡萄酒②的味道。我一边喝,一边只能耸肩膀。

  我手里卷着五张大报纸,但是一张也没有拿起来看。今天我要去买雨鞋了。

  好,祝你们健康、顺遂,愿上帝保佑你们。代我问候林特瓦烈娃全家,尤其是特罗霞③。问候伊瓦年科、昆达索娃、米齐诺娃等。

---

① 契诃夫在他的南方别墅路卡所认识的一个熟人。——俄文本注
② 契诃夫的故乡塔甘罗格常见的一种廉价葡萄酒。——俄文本注
③ 指"路卡"庄园主亚·瓦·林特瓦烈娃的三女儿娜达丽雅·米哈依洛芙娜·林特瓦烈娃。

希望路卡多一点草包才好。我的钱安然无恙。如果妈妈给尼古拉做一个铁栏杆①,那么我,容我再说一遍,是一点也不反对的。这正是我的愿望。

我会在伊尔库茨克收到你们的信吗?

你们的 Homo Sachaliensis
安·契诃夫
一八九〇年四月二十九日
于叶卡捷琳堡

我寄挂号信——怕收不到。
请你对丽卡说,叫她在她的信上别留**大**的空白。

二三〇

致康·盖·福契②

康斯坦丁·盖奥尔吉耶维奇先生:

我的叔父米特罗方·盖奥尔吉耶维奇③写信告诉我说,在您同他的谈话中多承您表达您的愿望,要我把我的书寄给塔甘罗格图书馆。您对我的深情厚意是我受之有愧的,这使得我的作家的自尊心得到了满足,我找不出话来向您致谢。我感到幸福的是我能够多多少少有益于我的故乡,而我是对故乡欠着很多情的,同时我又对它抱着亲切的感情。

---

① 契诃夫的二哥尼·巴·契诃夫于1889年死在契诃夫家的别墅,葬在附近;此处指在他坟墓四周造一道铁栏杆。——俄文本注
② 契诃夫的故乡塔甘罗格市的市长。——俄文本注
③ 应为米特罗方·叶果罗维奇·契诃夫,此处可能是作者的笔误。

我在莫斯科动身之前,托人把我的三本书给您寄去了。我的第四本书《形形色色的故事》①已经全部脱销,要在我回去以后重版,也就是不会早于明年初。顺便我还托人给您寄去一本列·托尔斯泰的《黑暗的势力》②,有作者的亲笔题词;我请求市立图书馆接受我这份小小的礼物,日后我还要请求它接受我寄去的一切有作者题词的书,这些书是我现在已经有的以及我专为我的故乡的图书馆搜集起来保存着的。

请允许我祝您万事如意,请求您接受我的真诚的敬意。

安·契诃夫

一八九〇年五月三日

于秋明

二三一

致玛·巴·契诃娃

我的极好的妈妈,非常好的玛霞③,可爱的米沙以及我所有的至亲!在叶卡捷琳堡我收到秋明拍来的回电:"赴托木斯克的第一班轮船于五月十八日起航。"这就意味着不管愿意不愿意,我必须坐马车赶路。我就照这样做了。我在叶卡捷琳堡住了两三天,利用这个机会治一治我的咳嗽和痔疮,然后在五月三日从秋明出发。我要坐邮车和私人马车穿过西伯利亚。我采取的是后一种办法④:反正一样。于是我这个上帝的奴隶就被人装进一个像篓子

---

① 契诃夫的短篇小说集。
② 托尔斯泰的多幕剧。
③ 玛丽雅的爱称。
④ 指乘坐私人马车。

一般的东西,由两匹马拉着往前走了。坐在这个篓子里,像个黄雀似的瞧着上帝创造的这个世界,脑子里就什么也不想了……西伯利亚平原似乎就在叶卡捷琳堡开的头,至于在哪儿结束,那只有魔鬼才知道。我要说,要不是一路上这儿那儿碰到些小小的桦树林,要不是寒风刺痛人的脸,那么这个平原就很近似我们俄罗斯南方的草原了。春天还没开始。丝毫也看不到绿色。树林光秃秃,雪没有全部融化;湖里还有颜色混浊的冰。五月九日,圣尼古拉节①,来了一阵严寒,今天是十四日,却下了一俄寸②半的雪。报春的只有鸭子。啊,鸭子好多呀!我有生以来从没见过这么多的鸭子。它们就在脑袋上面飞来飞去,在马车旁边扑棱翅膀,在湖里和水塘里游动,总之,我用一管劣质鸟枪便可以在一天之内打下成千只鸭子来。还可以听见野鹅的鸣叫声……这儿野鹅也很多。此外常常可以看到天空中飞过一行行仙鹤和天鹅……桦树林里有榛鸡和松鸡飞来飞去。本地人不吃兔子,不打兔子,兔子就什么也不怕,用后腿站起来,竖起耳朵,用好奇的眼光盯着过路的人。它们常常横穿过大路,所以这儿的人就不把这看做凶兆了③。

　　坐车赶路真冷……我穿上短皮袄了。我身上倒没什么,挺好,可就是两只脚冻僵了。我拿那件皮子的大衣包上它们,可是不顶事……我下身穿了两条裤子。好,我就这样坐着车走啊,走啊,走个没完……我面前闪过里程标、水塘、桦树林……我们常常追上一些移民,然后又经过驿站……我们还碰见流浪汉,背上背着锅子;这些先生在西伯利亚所有的大道上毫无阻拦地溜达。他们时而用刀子割断一个老太婆的喉咙,为的是把她的裙子拿来做裹脚布,时而从里程标上扯下那块标明数字的铁皮,另做他用,时而把路上遇

---

① 东正教节日,也称夏季尼古拉节。
② 一俄寸等于4.4厘米。
③ 按照俄国的迷信,人在旅行的时候遇到兔子横穿过大路即为凶兆。

到的乞丐的脑袋打出一个窟窿,或者把跟自己一样的流放犯的眼珠打出眼眶,然而对于过路的旅客,他们却一碰也不碰。一般说来,在此地旅行,在盗匪方面是完全没有危险的。从秋明到托木斯克,没有一个邮车的车夫,没有一个私人马车的车夫记得有哪个过路的旅客遭过盗窃;你到了驿站,只管把行李放在院子里;要是你问一声会不会被人偷掉,人家就用微微一笑来回答你。在路上,甚至没有议论抢劫和杀人的风气。我觉得要是我在驿站上或者马车上丢了钱,那么车夫找到了钱就一定会还给我,而且并不因此夸耀自己。大体说来,这儿的人都不错,心地善良,有良好的传统。他们的房间里陈设简单,但是很整洁,主人极力铺排得华美一些;床上柔软舒服,全都铺着羽毛垫子,放着大枕头,地板涂过油漆,或者铺上自制的粗麻布地毯。这当然要用富裕来解释,因为一个家庭拥有十六俄亩①的黑土的份地,在每块黑土上都生长着良种小麦(小麦粉的价钱在这儿是一普特②三十个戈比)。然而,并不是一切都能用富裕和温饱来解释的,还要考虑到生活方式。你晚上走进大家睡觉的房间里,你的鼻子既不会闻到恶浊的空气,也不会闻到俄国香水的气味。不错,有一个老太婆,在递给我茶匙的时候,先把它放在她屁股外面裹着的裙子上面擦一擦,可是另一方面,人家请您坐下喝茶的时候,不会不给您一块桌布,人家当着您的面决不会打嗝,也不捉头上的虱子;他们给您送水或者牛奶来的时候,也不会把手指头浸到杯子里,餐具都干干净净,克瓦斯③透明得像啤酒,总之,处处都是我们乌克兰人只能梦想的洁净,可是话说回来,乌克兰人比起俄罗斯人来不知要干净多少呢!此地的面包烤得极好;头几天我简直吃撑了。馅饼也罢,薄饼也罢,油炸饼也罢,

---

① 一俄亩等于1.09公顷。
② 一普特等于16.38公斤。
③ 俄国的一种清凉饮料,用麦芽或面包屑制成。

白面包也罢,都挺好吃,那种白面包使人想起乌克兰的松软的面包圈。薄饼真薄……不过,其他的一切却不合欧洲人的口味。例如,到处都请我吃一种"鸭汤"。这简直难以下咽:一盆颜色发浑的油汤,其中漂着几块野鸭肉和没煮熟的葱;鸭胃里的东西没有完全洗净,所以你一把它放进嘴里,就逼得你暗想你的嘴和你的rectum① 互相掉换了位子。有一次我要一份牛肉汤和一份煎鲈鱼。他们就给我端来一盘极咸的浊汤,里面漂着几小块硬皮算是肉,至于煎鲈鱼,鱼身上还带着鳞呢。此地人用腌牛肉做菜汤,也用它煎着吃。刚才他们就给我端来一份煎腌牛肉,难吃极了;我吃了几口就丢下。这儿的人喝砖茶。这种茶在口味上像是用丹参和蟑螂泡出来的汁水,在颜色上不是茶,而是马特拉萨葡萄酒。顺便说一句,我从叶卡捷琳堡带来四分之一俄磅②的茶叶、五俄磅糖、三个柠檬。茶叶不够了,可是又没处买。在这些寒碜的小城里,连文官都喝砖茶,最上等的商店所出售的茶叶价格也没有高过一个卢布五十个戈比一俄磅的。那就只好喝丹参了。

各驿站之间的距离决定于前后两个村子之间的距离:二十到四十俄里。这儿的乡村很大,镇子和农庄是没有的。到处都是教堂和学校;农舍是用木头造的,甚至有两层楼的。

天近黄昏,水塘和道路就结冰,夜里完全是严寒天气,简直得穿里外两面毛皮的皮袄。可了不得!马车不住颠簸,因为烂泥结成硬土块了。人的灵魂给颠得翻过来倒过去……天色破晓的时候,我由于寒冷、颠簸、铃铛声而疲乏极了,一心巴望暖和的床铺。我趁车夫换马的时候躲到一个墙角里,蜷起身子,马上就睡熟了,过一忽儿车夫却来拉我的衣袖,说:"起来吧,朋友,该走啦!"第二

---

① 拉丁语:直肠。——俄文本注
② 俄国采用公制前的重量单位,一俄磅等于409.5克。

天晚上我的脚后跟痛得很,像厉害的牙痛似的。痛得难忍难熬。我就问自己:莫非是冻坏了吗?

可是,不能再写了。长官(即区警察局长)来了。我跟他见过面,谈过天。明天再写吧。

一八九〇年五月十四日
于(涂掉"红")雅尔村
离托木斯克四十五俄里

原来是我的长靴在作怪,靴子的后部太窄了。可爱的米沙,要是你将来有孩子(这是我毫不怀疑的),你就得立下遗嘱,叫他们不要追求价钱便宜的东西。俄国货的便宜就是它不合用的证明。依我看,宁可光着脚走路,也不穿便宜的靴子。你们想一想我的痛苦吧!我一再从马车上下来,坐在湿地上,脱掉靴子,让脚后跟休息一下。这在严寒的天气里多么不方便!只好在伊希姆买了一双毡靴……我就这样穿着毡靴赶路,直到它给潮湿和烂泥泡软了为止。

凌晨五六点钟我在一所小木屋里喝茶。在旅途中喝茶是一种真正的乐子。现在我才知道茶的价值,像亚诺夫①那样拼命喝起来。茶使人身上暖和,能驱散睡意,有了茶就可以吃很多面包,而在缺乏其他吃食的情况下是非吃大量面包不可的;就是因为这个缘故,农民才吃那么多的面包和粮食。我一边喝茶,一边跟女人们聊天,此地的女人都明白道理,钟爱子女,心肠慈悲,做事勤快,而且比欧洲的女人自由;丈夫不骂她们,不打她们,因为她们跟她们的统治者同样高大,同样有力气,同样聪明。丈夫不在家的时候,

---

① 亚历山大·斯捷潘诺维奇·亚诺夫是俄国画家,契诃夫的二哥尼·巴·契诃夫的同学。

她们就赶马车,喜欢说俏皮话。他们管束儿女不严,娇纵他们。孩子们睡在柔软的床上,要睡多久就睡多久;他们跟大人一块儿喝茶,吃饭,遇到大人爱抚地取笑他们,他们就骂街。白喉症是没有的。这儿盛行一种很凶的天花病,可是说来奇怪,它在这儿不像在别的地方那么容易传染:得病的只有两三个,他们死去后,这种流行病就结束了。医院和医师是没有的。由医士给人治病。放血和拔血罐疗法被他们疯狂地大量采用。我在旅途中给一个犹太人进行检查,他得了肝癌。这个人极其虚弱,奄奄一息,然而这并没有妨碍医士给他放上十二个拔血罐。顺便谈一谈犹太人。他们在此地耕种、赶马车、摆渡、做买卖,被人们叫做农民,因为他们确实 de jure u de facto① 是农民。他们受到普遍的尊重,照那位长官的说法,他们不止一次被选为村长。我见过一个又高又瘦的〔犹太人〕,他听那位长官讲淫秽的趣闻时,厌恶地皱起眉头,吐唾沫;这是个心灵纯洁的人;他的妻子会烧很好吃的鱼汤。这个人〔犹太人〕的妻子得了癌症,她请我吃狗鱼的鱼子和非常好吃的白面包。关于剥削,这儿是听不到的。顺便也谈一谈波兰人。在这儿常遇到一八六四年从波兰发配到这儿来的流放犯②。他们是些待客殷勤,彬彬有礼的人。有的人生活很富裕,有的则很穷,在驿站当文书。特赦以后,富裕的人们就动身去了祖国,可是不久又返回西伯利亚,因为这儿富裕得多;那些穷人虽然老而多病,却怀念祖国。在伊希姆河流域有一个很富的波兰地主扎列斯基,他有个女儿长得很像萨莎·基谢廖娃③;我出一个卢布,他就招待我吃了一顿极其丰盛的午饭,让我在他的房间里睡了一大觉;他开着一家小酒

---

① 拉丁语:在法律上和事实上。——俄文本注
② 指1863年波兰起义被镇压后的政治犯。——俄文本注
③ 俄国地主、地方行政长官阿·谢·基谢廖夫和儿童文学女作家玛·符·基谢廖娃的女儿。

馆,彻头彻尾变成了富农,同所有的人吵架,不过从他的举止上、伙食上,从他的种种方面,都仍旧流露出波兰地主的味道。他由于贪婪而不回祖国去,由于贪婪而忍受尼古拉节的大雪;他死后,他那生在伊希姆的女儿就会永远留下来,就此在西伯利亚繁殖许多乌黑的眼睛和柔嫩的脸庞的后代!这种偶然的血统混合是必要的,因为西伯利亚的人长得不好看。黑发男子是根本没有的。也许还得给你们描写一下鞑靼人吧?遵命。他们在此地的人数不多。他们都是好人。在喀山省连教士都说他们的好话,而在西伯利亚,他们"比俄罗斯人好",这是那位长官当着俄罗斯人的面说的,那些俄罗斯人肯定了这句话,因为他们闷声不响。我的上帝,俄国的好人何等多呀!要不是因为天冷而使得西伯利亚没有夏天,要不是因为官吏腐蚀农民和流放犯,那么西伯利亚就会成为最富足、最幸福的地方了。

这儿没有菜吃。凡是到托木斯克去的聪明人照例要带半普特重的小菜。我却是个傻瓜,所以一连两个星期我只能喝牛奶,吃鸡蛋,此地的鸡蛋是这样的烧法:蛋黄煮硬,蛋白却煮得很嫩。我连吃两天就吃腻了。这一路,如果不算上〔……〕鱼汤(那是我在喝饱茶以后吃的),那么我就只吃过两次带菜的饭。我没喝过伏特加,西伯利亚的伏特加很难喝,再者我在到达叶卡捷琳堡以前已经戒酒不喝了。不过伏特加倒是应当喝的。它刺激脑筋,在旅途上脑筋麻木、迟钝,因此变得愚鲁,无力了。

打住吧!不能再写下去了。《西伯利亚通报》的主编卡尔塔梅谢夫来找我结交,这是个当地的诺兹德列夫①,酒鬼和浪子。

卡尔塔梅谢夫喝了一阵啤酒,走了。我接着写下去。

在这次旅行的头几天,我的锁骨、肩膀、椎骨、尾骶骨被马车颠

---

① 果戈理的长篇小说《死魂灵》中的一个喜爱撒谎打架的酒鬼、赌棍。

得痛起来……坐也不行,走也不行,躺也不行……不过,另一方面,胸口痛和头痛倒都挺过去了,胃口好得没办法,痔疮也像俗话说的,不声不响了。由于心情紧张,由于常为皮箱忙碌等等,也许还由于在莫斯科喝多了饯行酒,我每天早晨都吐血,这使得我心绪懊丧,引起忧郁的思想,不过到行程的结尾,吐血就停了;现在连咳嗽也没有了;很久以来我都没有像现在,经过两个星期在新鲜空气中漫游之后咳嗽得这样少。而且在这次旅行的三天以后,我的身体也就习惯于颠簸,于是对我来说,出现了一段新的时期,我没有发觉早上过去后中午是怎么来到的,后来傍晚和夜晚又是怎么降临的。日子过得很快,像是人得了慢性病以后的感觉。我原以为还没有到中午,可是赶车的农民却说:老爷,你该留下来过夜,要不然恐怕会在夜间迷路的;我一看表,果然,晚上八点了。

马车走得很快,然而在这种快跑中却没有什么惊人的东西。大概我碰上了一条很坏的道路,冬天坐车才会走得快些。在山上,马车跑得飞快;在马车走出院子以前,在马车夫坐上赶车座位以前,总有两三个人拉住马。这些马使人想起莫斯科的消防队的马;有一次我的马车险些轧死一个老太婆,又有一次险些撞在驿站的墙上。现在请你们听一听我在我的西伯利亚之行中遇到的险遇吧。只是我请求妈妈不要惊叫,也不要哭诉,因为事情已经顺顺当当地过去了。五月五日夜间,天色将近黎明,我坐着马车,由一个很可爱的老人赶着两匹马。那是一辆小小的四轮马车。我睡意蒙眬,由于没事可做就观看原野上和桦树林里闪着的形状像蛇的火光;这是当地人在烧去年的草。忽然,我听见细碎的车轮声。一辆邮车像鸟似的迎面飞来,跑得快极了。为我赶车的那个老人赶紧把车子往右拐,那辆由三匹马拉着的邮车就驶过去了,我在黑暗中瞧着邮车的庞大沉重的车身,车上坐着一个送完邮件回来的车夫。在这辆邮车后面飞来第二辆马车,也由三匹马拉着,也跑得极快。

我们赶紧靠右边走……让我和老头大感不解的是那辆马车不靠右走,却靠左走……我心里刚刚暗想:"我的上帝啊,要撞上啦!"就听见力量很猛的喀嚓一响,双方的马撞在一起,挤成漆黑一团,马轭掉下地,我那辆小小的四轮马车的前部竖起来,我呢,躺在地下,箱子压在我的身上。可是这还没有完结……第三辆由三匹马拉着的马车飞过来了……说实在的,这辆车必然要把我和我的皮箱碾得粉碎,不过,谢天谢地,我没有睡着,没有因为这个袭击受什么伤,用尽气力往旁边一跳,总算跑到旁边去了。"站住!"我对第三辆马车喊道。"站住!"这辆由三匹马拉着的马车撞到第二辆马车上,停住了……当然,要是我在我那辆四轮马车里睡熟了,或者要是第三辆马车紧跟着第二辆驶来,那我就会在回家的时候成了残废,或者成了无头骑士。车祸的结果是车辕断了,马具破了,马轭和行李掉在地上,马匹惊恐而疲乏,大家想到刚刚经历过一场危险而心惊胆战。原来,头一个马车夫使劲赶马,后面两辆三套马车的车夫却睡着了,他们的马就自动追赶头一辆马车,没人管它们。为我赶车的那个老人和那三辆马车的车夫从这场风波里清醒过来,就互相破口大骂。啊,骂得好凶呀!我心想他们临了一定要打起来。你们再也没法设想在这天近黎明的时候,在原野上,眼睛看着附近和远处烧草的火光而夜间的冷空气一点也不暖和,耳朵听着这群野蛮的匪帮骂架,你会感到多么孤独!啊,心头是多么沉重呀!听着骂架,看着断了的车辕,再看着自己破破烂烂的行李,你就会觉得你给扔到另一个世界去了,你马上就要被人踩烂了……骂了一个小时以后,为我赶车的那个老人开始把车辕和马具捆到马车上去,连我的皮带也用上去了。我们勉勉强强,好歹走到驿站,在路上一再停下来……

五六天以后天上开始下大雨,起大风了。那雨白天黑夜不停地下。我那件皮子的大衣起了作用,既遮了雨,又挡了风。这真是件神通广大的大衣。烂泥简直叫人迈不开脚步,马车夫不愿意晚上赶车了。不过,最可怕的而且我一辈子也忘不了的是渡河的情形。我们夜间到了河边……起初是马车夫嚷叫……天下着大雨,刮着大风,冰块在河面上浮动,传来冰块的碰撞声……正巧,一头牛叫起来,听了真叫人高兴。在西伯利亚的河上生活着公牛。可见它们不认气候,只认地理位置……好,在黑暗里过了一个小时,出现了一条庞大的渡船,形状像是驳船;巨大的船桨好比螃蟹的螯。渡船的船工是一些调皮的人,大都是流放的犯人,由于行为不端而被村社发送到这里来。他们满嘴脏话,大声嚷嚷,索取酒钱……渡河的时间很长很长……长得叫人难熬!渡船一步步地爬过去……孤独的感觉重又袭来,那头公牛似乎故意在叫,好像在说:"你别怕,老大爷,我在这儿,我是由林特瓦烈娃家从普肖尔河打发来的!"

五月七日我雇马车的时候,一个私人马车的车夫说额尔齐斯河发大水,淹了草场,又说昨天库兹玛赶车到那边去,好不容易才回来,所以没法去,必须等一等……我就问:那么要等到什么时候呢?他回答说:这只有上帝才知道!这话不明不白;而且,此外,我发誓要在旅途中摆脱我的两个毛病,它们使我破费不少钱,给我惹出不少麻烦,造成不少难堪;那就是容易退让和容易随和。我遇事往往很快就同意,于是我就不得不坐上鬼才知道是什么玩意儿的车子,付出两倍车钱,一连等好几个小时……要是我不同意,不相信,我就会少吃些苦头。比方说,他们赶来的不是一辆坐人的马车,而是一辆普通的、颠得厉害的板车。我不肯坐这辆板车,坚持不让,那么就一定会出现一辆坐人的马车,而先前他们却口口声声说所有的村子里都没有坐人的马车,等等。好,我就怀疑额尔齐斯河的大水是他们仅仅为了不在夜间走泥路送我而捏造出来的,于是我开始抗议,吩咐上路。那个农民是从库兹玛口里听说发大水的,自己并没有亲眼看见,就搔了搔头皮,同意了,老人们也鼓励他,说他们年轻时赶车就什么也不怕。我们就坐上车走了……泥泞、大雨、狂风、寒冷……我脚上穿着毡靴。你们知道湿了的毡靴是什么东西呢?那就等于一双用肉冻做的靴子。我们走啊走啊,后来我的眼睛前面就展开一个其大无比的湖,水面上有些地方露出一块块土地,挺立着一丛丛小灌木,那儿是水淹的草场。远方延伸着额尔齐斯河的高陡的河岸;那上面铺着白雪……我们开始在这个湖里往前走。本来应该回去才是,可是我的固执不容许我这样做,一股不可理解的闯劲占了上风;当初也正是这股闯劲促使我在黑海乘着快艇去游泳,也正是这股闯劲逼得我干出不少蠢事……这大概是一种精神病吧。我们就往前走,选择小岛和长条的土地。那些大桥和小桥指明了方向;它们被水冲坏了。为了过桥就得卸下马来,牵着那些马挨个儿走过去……马车夫卸马,我呢,穿着毡靴在水里跳来跳去,牵着马……这可真是妙!而且这时又是雨又是风……救救我们吧,圣母!最后我们总算来到一个小岛上,那儿有一所小小的农舍,房顶不见了……那些湿马在湿粪上走来走去。从那个农舍里走出来一个农民,拿着一根长棍子,送我们往前走……他用棍子量水的深浅,试探水底的硬地。愿上帝保佑他身体健康吧,他总算把我们领到一个长条的土地上,他把这种地方叫做"脊梁骨"。他教我们从这个脊梁骨极力往右走,或者,我记不清了,也许是往左走,到另一个脊梁骨上去。我们就照这么做了……

我们往前走……我那双毡靴里湿得像是厕所。它咕唧咕唧地响,袜子发出擤鼻涕的声音。车夫一声不响,灰心丧气地吆喝马。他恨不得回去才好,可是时间已经迟了,天黑漆漆的……最后,啊,真是心花怒放!我们到了额尔齐斯河……对岸是陡坡,这边岸上不那么陡。这边的河岸参差不齐,看上去很滑,样子难看,植物却连影子也没有……混浊的河水和白色的浪峰拍打这边的河岸,然后气冲冲地退回去,好像它们满腔嫌恶,不愿意碰到这个难看而滑溜的河岸似的,在这样的河岸上只有癞蛤蟆和杀人犯的灵魂才能生存……额尔齐斯河不喧嚣,不咆哮,那声音听起来倒像是水底下有个人在敲打一口棺材似的……这个该死的印象!对岸很高,棕褐色,荒凉……

这儿有一所小木屋,里面住着渡船工人。有一个渡船工人走出来,申明渡船不能放出去,因为坏天气来了。他说河宽,风大……那有什么办法呢?只得在这所小木屋里过夜了……我至今记得那个夜晚、渡船工人和我的车夫的鼾声、风的呼啸声、雨的抽打声、额尔齐斯河的哀怨声……我在睡觉以前给玛丽雅·符拉季米罗芙娜①写了一封信,我想起博扎罗夫旋涡来了。

第二天早晨他们不愿意开那条渡船,因为有风。只好坐一条小船。我坐着这条小船过河,雨不住地下,风呼呼地刮,行李淋湿了,我的毡靴本来夜间已经放在炉子里烘干了,现在又变成了肉冻。啊,可爱的皮子大衣呀!要是我没感冒,那都是托它的福。日后我回到家里,一定要为此给它擦点脂油或者蓖麻油。到了岸上,我在我那口箱子上整整坐了一个小时,等村子里来马车。我至今还记得马车爬上那道岸坡是很滑的。到了村子里我就烤火取暖,喝茶。流放犯纷纷前来乞讨。每一户人家天天为他们准备**一普特**发了酵的小麦面粉。这像是义务。

流放犯领了面包,就拿到酒馆里去换酒喝。有一个流放犯,是个穿得破破烂烂、刮了胡子的老人,跟他同伙的流放犯在酒馆里把他的眼珠**打出**了眼眶;他听说在这屋里有一个过路的人,就把我当成商人,又是唱歌,又是念祷告词。他又歌唱我的健康,又歌唱我

---

① 玛丽雅·符拉季米罗芙娜·基谢廖娃是俄国儿童文学女作家,地主阿·谢·基谢廖夫的妻子。

的安宁,甚至还唱了复活节的《祝耶稣复活》和《同圣徒们一起安息》,简直什么都唱了!后来他开始胡扯,说什么他原是莫斯科的商人。我留意到这个酒徒看不起农民,而他是靠农民生活的!

十一日我改乘邮车。在驿站上我由于寂寞而读了意见簿。我有了一个发现,这个发现使我惊讶,而且在下雨和潮湿的天气是个无价之宝:原来在驿站的穿堂内有一个厕所。啊,你们简直估计不出这件事的价值!

五月十二日他们没有给我马车,说是不能赶路,因为鄂毕河发大水,淹了所有的草场。他们劝我说:"您坐车离开大道,走小路到红雅尔,在那儿坐小船走十二俄里,就到了杜布罗维诺,在杜布罗维诺人家会给您驿马的……"我就坐私人马车到红雅尔去。我是在早晨到达的。据说小船是有的,不过得略微等一阵,因为老爷爷打发工人坐船到杜布罗维诺去请区警察局长的文书员。好,那就等着吧……一个小时,两个小时,三个小时过去了……中午来到了,随后是傍晚……天知道我喝了多少茶,吃了多少面包,想了多少心事啊!而且我睡了多么久啊!夜晚来了,可是小船仍旧无影无踪。凌晨到了……最后,到九点钟,那个工人总算回来了。谢天谢地,我终于坐上小船走了!这次航行多么畅快啊!空中一片岑寂,摇桨的人本领高强,小岛景色美丽……这次大水是出其不意地冲击人们和牲口的,我看到农妇们驾着小船到岛上去喂奶牛。那些奶牛瘦弱不堪,垂头丧气……遇上寒冷的天气,就没有人来喂它们。我坐船走了十二俄里。在杜布罗维诺的驿站上有茶,你们简直想象不到,他们给我端茶来的时候还送来华夫饼干呢……女掌柜多半是女流放犯,要不然就是流放犯的妻子……在下一个驿站上有一个苍老的文书,是个波兰人,我给他一点安替比林①医治他

---

① 一种解热镇痛剂。

的头痛;他诉说他的穷苦,讲起不久以前有一个奥地利的宫廷侍从萨佩哈伯爵经过西伯利亚,他是个波兰人,愿意帮助波兰人。"他在驿站附近住过,"那个文书说,"可是我居然不知道!圣母啊!他会帮助我的!我给他写过一封信,寄到维也纳去,可是没有接到回信……"等等。为什么我不是萨佩哈呢?如果是的话,我就会把这个可怜的人送回他的祖国去。

五月十四日他们又不给我马车。托木河发大水。多么烦恼啊!不是烦恼,简直是绝望!离托木斯克只有五十俄里远,想不到停住了!换了是个女人处在我的地位上,准会号啕大哭起来……有些好心人给我找到了出路:"老爷,您先坐车到托木河,离这儿只有六俄里远;到了那儿,人家会用小船把您渡过河到雅尔去,在那儿伊里亚·马尔科维奇会把您送到托木斯克去的。"我就雇了一辆私人马车到托木河边一定有船的地方去。我坐着车到了那儿,却没有看见船。据说,有一条船刚刚运着邮件开走,未必会回来,因为起大风了。我就开始等待……地上满是雪,天上下着雨和雪子,刮着风……一个小时,两个小时过去了,船还是没来……命运之神在捉弄我呀!我只好回到驿站上去。在这儿,有三辆由三匹马拉着的邮车和一个邮差准备动身到托木河去。我说那儿没有船。他们就留下了。我得到了命运的奖赏:我吞吞吐吐地问此地的文书员这儿有吃的没有,他说女掌柜有白菜汤……嘿,真高兴啊!啊,这神圣的日子!果然,女掌柜的女儿给我端来一份极好的白菜汤,里面有好吃的牛肉,此外有炸土豆加黄瓜。自从我在波兰地主扎列斯基那儿吃过一顿饭以后,一次也没有这样吃过饭。吃完土豆,我的劲头来了,就给自己煮了点咖啡。大喝一通!

那个邮差上了年纪,显然是个饱经忧患的人,不敢当着我的面坐下,就在将近傍晚的时候准备动身到托木河去。我也动身。我们就去了。我们刚刚走到河边,那条船就出现了,船身竟有那么长,早先我连做梦都没有见过。他们把邮件装到船上去的时候,我亲眼目睹一个奇怪的现象:忽然起了雷声,而下的却都是雪,而且刮着冷风。他们装完邮件,就开船了。可爱的米沙,请你原谅,我真高兴,幸亏没有带你一块儿来!我谁也没带,这件事做得真高明啊!起初,我们的船在草场上那一<u>丛丛</u>的河柳附近航行……如同在暴风雨之前或者暴风雨之中常有的情形一样,水面上突然刮起一阵大风,掀起滔天大浪。船上的舵手主张在柳<u>丛</u>旁边等坏天气过去以后再开船;关于这一点,人们回答说:要是坏天气越来越厉害,那么这条船就得在柳<u>丛</u>里待到夜深,而且大家仍旧会淹死。于是这个问题**按多数**来表决,大家决定仍旧往前走。我的命运真是不妙,净开玩笑!哎,开这种玩笑是何苦呢?我们默默地航行,大家聚精会神……我至今记得那个观看风景的邮差的身材。我也记得那个士兵,他的脸突然涨得通红,像樱桃汁一样……我暗想要是这条船翻了,我就丢掉短皮袄和皮子大衣……然后丢掉毡靴……然后,等等。可是后来,对岸愈来愈近……我心里愈来愈轻松,我的心快活得抽紧了,我不知什么缘故深深地叹息,仿佛突然得到了休息似的,然后就跳上了又湿又滑的河岸……谢天谢地!

到了改信东正教的犹太人伊里亚·马尔科维奇那儿,人们说晚上不能赶路,因为道路不好,又说必须留下来过夜。好,我就留下来了。我喝完茶,就坐下来给你们写这封信,这中间又由于那位长官光临而打断了。那位长官是诺兹德列夫、赫列斯达科夫①和狗的大杂烩。他是酒徒、色鬼、吹牛大王、歌手、爱讲趣闻的人,尽管这样,他却仍旧不失为一个好人。他带来一口装满案卷的大箱子、一张有羽毛褥子的床、一杆枪和一个文书员。那个文书是个英俊的、有知识的人,是个爱提抗议的自由主义者,在彼得堡读过书,

---

① 果戈理的剧本《钦差大臣》中的一个染上彼得堡贵族官僚习气的外省青年。

身份自由，不知什么缘故跑到西伯利亚来了，染上各种重病，由于他的长官柯里亚而变成了一个酒徒。那位长官要来了酒，"大夫！"他哀叫道，"再喝一杯吧，我要跪下了！"当然，我喝了。这位长官开怀畅饮，胡说八道，不知羞耻地说那些脏字眼。我们躺下睡了。早晨他又要来了酒。他一直喝到十点钟，最后大家都动身了。改信东正教的犹太人伊里亚·马尔科维奇给了我到托木斯克去的马车；据说，当地的农民对他是敬若神明的。

我、那位长官、文书员，坐在一辆马车上。一路上那位长官不住扯谎，对着瓶口灌酒，夸口说他没有收过贿赂，他赞叹风景，见着路上相遇的流浪汉就挥拳头。我们走了十五俄里就停住了！那是勃罗甫基诺村……我们在〔……〕小铺旁边停下，走进去"休息一下"，〔……〕跑去买酒，〔……〕做了鱼汤，关于这种鱼汤我已经写过了。那位长官下命令把乡村警察、甲长、修路的包工头叫来，这个醉汉就开始训斥他们，丝毫也不因为有我在场而感到拘束。他像鞑靼人那样骂街。

不久我就跟那位长官分手，沿着一条可憎的大道赶路，在五月十五日晚上到达托木斯克。在最后的两天当中我只走了七十俄里，你们可以判断这条大道是个什么样子！

在托木斯克，街道烂得没法通行。关于这座城，关于当地的生活，我要过几天再写了，现在呢，再见吧。我写得累了。代我问候爸爸、伊凡、叔母、阿辽沙[1]、亚历山德拉·瓦西里耶芙娜、齐娜伊达·米哈依洛芙娜[2]、大夫[3]、特罗霞、大钢琴家[4]、玛丽尤希卡。

---

[1] 契诃夫的表弟阿历克塞·阿历克塞耶维奇·多尔任科。
[2] 林特瓦烈娃的大女儿，医生。
[3] 指林特瓦烈娃的二女儿叶莲娜·米哈依洛芙娜。
[4] 指林特瓦烈娃的小儿子盖奥尔吉·米哈依洛维奇·林特瓦烈夫。——俄文本注

如果你们知道极可爱的公达西哈①的地址,那就请你们写信告诉这个不平凡的、惊人的姑娘,就说我问候她。我衷心地向漂亮的雅梅②致意。要是今年夏天她到你们那儿去做客,那我会很高兴。她很好。请你们告诉特罗霞说,目前我在用她送给我的杯子喝酒。不过,我以前已经用它跟卡尔塔梅谢夫碰过杯了。

杨树是没有的。库甫希尼科娃的将军③说的是假话。夜莺没有。喜鹊和杜鹃倒是有的。

今天我收到苏沃林打来的电报,有八十个词之多。

我拥抱大家,吻大家,为大家祝福。

        你们的安·契诃夫

        五月十六日

        于托木斯克

米沙的信收到了。谢谢。

对不起,这封信像是大杂烩。前后不大连贯。唉,有什么办法呢?坐在旅馆的房间里,还是不写东西的好。请你们原谅,这封信那么长。这不能怪我。我的手止不住想往下写,再者我也想跟你们多谈一会儿。现在是夜里两点多钟。我的手累了。蜡烛上结了烛花,使人看不清字迹了。等我到了萨哈林岛,你们就每隔四五天给我写一封信。原来寄到那边去的邮件不但经海路运去,而且穿过西伯利亚运去。那么,我会按时收到来信,并且会常常收到。

---

① 即奥·彼·昆达索娃。——俄文本注
② 丽·斯·米齐诺娃的外号,"雅梅"即法语 jamais,意思是"从不"。——俄文本注
③ 指索·彼·库甫希尼科娃的父亲彼·萨福诺夫。——俄文本注

明天我要去探望符拉季斯拉甫列夫①和弗罗林斯基②。我的钱安然无恙。线缝还没拆。③ 阿尔捷缅科④怎么样？哈科托年科⑤收到星徽了吗？我庆贺苏梅。

在托木斯克,所有的墙上都画着《求婚》。⑥ 托木斯克的人说这样阴冷多雨的春天只有在一八四二年才有过。半个托木斯克都被水淹了。我的运气可真好!

我在吃糖果。

如果玛霞的喉咙连夏天也生病,那么等九月间她回到莫斯科去以后,让库兹明⑦教授把她的每一个扁桃体都割掉一小块好了。这是一种无关宏旨的手术,没有什么痛苦。不动这种手术,玛霞就会一直到老也没法避免滤泡性咽峡炎和其他炎症。如果叶连娜·米哈依洛芙娜同意做这个手术,那就更好。趁扁桃体还不很肥大,只要割掉很小一块就行了。

我在托木斯克得等到雨停才能走。据说到伊尔库茨克去的那条路糟得很。这儿有"斯拉维扬斯基商场"⑧。那儿的饭菜挺好,可是要走到这个"商场"却不容易,路上的泥泞简直走不通。

今天(五月十七日)我要到澡堂去。据说全托木斯克只有一个澡堂服务员,名叫阿希普。

----

① 谢尔盖·米哈依洛维奇·符拉季斯拉甫列夫是俄国建筑师,歌剧演员符拉季斯拉甫列夫的儿子,契诃夫在他从前的别墅所在地巴布肯诺庄园与其相识。——俄文本注
② Н.М.弗罗林斯基是托木斯克的大学教学医院的住院医师。——俄文本注
③ 契诃夫把钱缝在衣服里。
④ 契诃夫在他当时的别墅所在地苏梅认识的熟人。
⑤ 苏梅的一个制糖厂厂主。
⑥ 契诃夫的轻松喜剧《求婚》公演的海报。——俄文本注
⑦ 符拉季米尔·安东诺维奇·库兹明是莫斯科的教授兼喉科医师。——俄文本注
⑧ 莫斯科的一家上等饭店的名称。

二三二

致阿·谢·苏沃林

总算能够提笔写信了,您好!我这个西伯利亚人向您致意,亲爱的阿历克塞·谢尔盖耶维奇!我非常惦记您和您的来信。

不过,我从头讲起吧。在秋明人家告诉我说去托木斯克的头一班轮船在五月十八日起航。那我就只好坐马车了。头三天,我周身的筋骨酸痛,后来也就习惯,一点也不觉得痛了。只是由于睡不好觉,由于经常为行李忙碌,由于常常跳上跳下,又常常挨饿,我吐过血,这就破坏了我的心境,而我的心境本来就不怎么好。头几天还过得可以,然而后来就刮起冷风,满天开了大洞①,河水淹没草场和道路。我不得不屡次丢下马车,坐上小船。关于我同大水,同泥泞的搏斗,请您读一下随信附上的几张纸;在这些纸上我没有提到我那双大靴子太窄,也没有提到我穿着毡靴在泥地里和水里走来走去,更没有提到我那双毡靴变成了肉冻。道路糟透了,在我这次行程的最后两天,我坐马车只走了七十俄里。

我临走时答应给您寄去从托木斯克起的游记,因为秋明和托木斯克之间的那段旅程早已被人写过,利用过一千次了。然而您在您的电报里却提出您的愿望,要我尽快写出我对西伯利亚的印象,甚至,先生,您还狠心地责备我记性太差,也就是怪我忘了您。在路上写东西简直是不可能的;我用铅笔写下了简短的日记,现在我只能把我在日记本上所写的东西拿给您。为了避免写得太长、

---

① 意思是大雨倾盆。

太乱,我就把我写出来的种种印象分成几章。现在我寄给您六章①。这些东西是**为您个人写的**。我纯粹是为您写的,所以我才不怕在这些札记里采取过于主观的态度,不怕在这些札记里让契诃夫的感觉和思想多于对西伯利亚的描写。如果您认为某些段落写得有趣,值得发表,那就请您惠予发表,署上我的姓,并且也分章刊登,慢慢地登完。总的名称可以叫做《寄自西伯利亚》,然后是《寄自外贝加尔》,然后是《寄自阿穆尔②》,等等。

新的稿子我会从伊尔库茨克寄给您,明天我就动身到那儿去,路上用掉的时间不会少于十天,因为道路很糟。我会再给您寄去几章,而且不管您发表不发表,我一定寄去。您读一下,要是读得厌烦了,就打电报给我说:"算了吧!"

一路上我常常挨饿。我把我的肚子填满面包,免得想望鲜鱼、龙须菜等等。我甚至想望荞麦粥。一连想好几个小时呢。

在秋明我买了些腊肠准备旅途上吃,可是那是什么样的腊肠呀!只要把一小块放进嘴里,你的嘴里顿时就会有一股气味,倒好像你走进了一个马棚,而且正巧马车夫在那儿脱下裹脚布似的;你一嚼,就生出一种感觉,仿佛你的牙咬住一根狗尾巴,而狗尾巴上还粘着煤焦油似的。呸!我吃了两回就丢掉了。

我收到您的一封电报和一封信,您在信上写道,您想出版一套百科全书。我不知道为什么,总之这个百科全书的消息使我很高兴。您出版吧,亲爱的朋友。如果我适合于做一个工作者,我就把十一月和十二月交给您安排,这两个月我将住在彼得堡。我会从早到晚坐着工作。

我这篇游记是在托木斯克最坏的旅馆环境中誊清的,可是我

---

① 即契诃夫的随笔《寄自西伯利亚》,苏沃林收到这篇稿子后就发表在《新时报》上。——俄文本注

② 中俄界河,我国称黑龙江。

下了功夫,而且有意要写得使您满意。我心想,他在费奥多西亚正寂寞,天又热,那就让他读一读寒冷吧。这个札记寄给您就代替信,它是在整个旅程中逐步在我的脑子中形成的。由于这个缘故,请您把您的全部批评性的小品文寄到萨哈林岛去,只有头两篇除外,那两篇我读过了;请您再吩咐人把佩舍尔的《民族志》①也寄到那边去,只是头两卷除外,那两卷我已经有了。

寄到萨哈林岛去的邮件不但经海路运去,也穿过西伯利亚运去;那么,要是给我写信,我就会常常收到来信。请您不要遗失我的地址:**萨哈林岛,亚历山大站**。

唉,开支真大呀!活像开了闸!由于发大水,我付给车夫的钱就几乎加一倍,有时候加两倍,因为那简直是苦役犯的工作,苦透了。我那口皮箱,我那口最可爱的箱子,在旅途上是不方便的:它占很大的地方,不住撞我的身子,发出咚咚的响声,而主要的是随时有破裂的危险。"走远路不要带箱子!"有些好心人对我说过,可是这个忠告我一直到半路上才想起来。怎么办呢?我就把我的皮箱永久流放在托木斯克,另外买了一个皮囊,这东西有一个方便之处,就是可以随便往马车底部一扔。我花了十六个卢布。还有……坐着驿车到阿穆尔去简直是活受罪。它能把人和全部行李都颠得粉碎。人家劝我买一辆马车。今天我就花一百三十个卢布买了一辆。要是在我这次马车行程的终点斯列坚斯克我没法把它卖出去,那我就要大赔老本,痛哭一场了。今天我同《西伯利亚通报》的主编卡尔塔梅谢夫一块儿吃了一顿饭。他是本地的诺士德列夫,性格豪放……他喝掉六个卢布的酒。

---

① 德国地理学家佩舍尔的书《民族志》当时已译成俄文,1890年由苏沃林分卷出版。——俄文本注

打住!有人通报说本城的副警察局长①要见我。怎么回事?!

一场虚惊。原来这个干警察的人是一个文学爱好者,甚至是一个作家;他是来向我表示仰慕之情的。他回家去取他的剧本②了,似乎想用这个剧本来款待我。他马上就会回来,又要妨碍我给您写信了……

请您来信谈一谈费奥多西亚,谈一谈托尔斯泰,谈一谈大海,谈一谈我们双方认识的熟人。

安娜·伊凡诺芙娜,您好!愿上帝保佑您。我常想念您。

问候娜斯秋霞和包利亚③。我心甘情愿为了使他们满意而落到虎口里去,再叫他们来救我,可是,唉!我还没有遇到过老虎。到现在为止,在西伯利亚我所看到的带毛的野兽,只有许多兔子和一只老鼠。

打住!警察局长回来了。他虽然把剧本带来,却没有朗读,而是给我念了一篇短篇小说。写得倒还不坏,然而地方色彩太浓了。他给我看了一块黄金。他要酒喝。我想不起有哪一个西伯利亚的知识分子到我这儿来而不要酒喝的。他说他家里有个"心上人",是个有夫之妇;他让我读了一个向皇帝上书的关于离婚的呈文。然后他约我到托木斯克的妓院去逛一趟。

我们从妓院回来了。那地方真可憎。现在是夜间两点钟了。

为什么阿历克塞·阿历克塞耶维奇到里加去了?关于这一点您在信上告诉过我。他身体好吗?从现在起我会准时从各个城市

---

① 即 Л. П. 阿尔沙乌洛夫,在《西伯利亚通报》上发表过他的随笔《摘自西伯利亚愚人的生活》。——俄文本注
② 大概是指阿尔沙乌洛夫的剧本《法蒂玛》,1891 年出过单行本。——俄文本注
③ 苏沃林和安娜·伊凡诺芙娜所生的女儿阿纳斯塔西娅·阿历克塞耶芙娜·苏沃林娜和儿子包利斯·阿历克塞耶维奇·苏沃林。

给您写信,而且在每一个不给我马车的驿站上,也就是在逼得我过夜的驿站上我也会给您写信。如果迫不得已要留在某个地方过夜,那我会多么高兴啊!你刚刚扑通一声倒在床上,马上就睡着了。在这儿,你赶路,夜里不睡觉,睡眠就比什么都珍贵了,犯困时世上再没有超出睡眠的享受了。在莫斯科,一般地说在俄国,就我现在记得的来说,我从来也不犯困。躺上床去也只是因为不得不这样做罢了。可是现在就大不相同了!还有一点:在路上根本不想喝酒。我喝不下去。烟却吸得很多。思维很差。不知怎的,思想总也不能连贯。时间跑得飞快,从早晨十点钟起到晚上七点钟止这段时间不知不觉就过去了。过了早晨,傍晚紧跟着就来了。在害慢性病的时期才往往会是这样。由于风吹雨淋,我的脸上布满一层鱼鳞,拿镜子一照,都认不出以前自己那副尊容了。

我不想描写托木斯克了。在俄罗斯所有的城市都是一样的。托木斯克是个乏味的城,不清醒,美丽的女人根本没有,亚洲式的无法无天倒是有的。这个城市只有一点值得一提,那就是死过不少总督。

紧紧地拥抱您。吻安娜·伊凡诺芙娜的双手,向她叩头。天在下雨。再见,祝您健康,幸福。如果日后我的信写得短小、粗疏、枯燥,那您不要抱怨,因为在旅途中不是永远能够逍遥自在,想写什么就写什么的。墨水糟得很,钢笔尖上老是粘着头发丝和碎屑。

您的安·契诃夫
一八九〇年五月二十日
于托木斯克

请您描写一下您那所费奥多西亚的房子。您喜欢它吗?

二三三

致玛·巴·契诃娃

这是多么要命的道路啊！我的马车简直是勉勉强强地爬到了克拉斯诺亚尔斯克,而且有两次停下来修理;先是一个扳机断了,那是个垂直地立着的铁家伙,连着马车的前部和轮轴;后来,马车前部下面的一个叫做环子的东西断了。我有生以来从没见过这样的道路,这样宽广的十字路口,这样可怕、荒废的道路。我要在《新时报》上描写它的丑陋,所以我现在就不提了。

最后的三个驿站很好;马车走近克拉斯诺亚尔斯克的时候,似乎是滚到另一个世界里去了。我的马车走出树林,来到一个平原,它颇像我们的顿涅茨草原,只是这儿的山脉宏大多了。阳光普照,桦树长叶了,而在倒退三个驿站的地方桦树甚至还没发芽。谢天谢地,我终于走进了夏天,没有风,没有冷雨了。克拉斯诺亚尔斯克是一个美丽的、有文化的城;托木斯克跟它相比,就成了戴小圆帽子的猪猡,满是低级趣味。这儿的街道干净、平整,房子是石头造的,很大,教堂优雅。

我活着,而且十分健康。我的钱安然无恙,我的东西也安然无恙;我本来丢了一双毛袜,不久就找到了。

目前,如果把那辆马车撇开不谈,那么一切都顺利,没有什么可抱怨的。只是开支大得可怕。生活中不切实际的情况再也没有像在旅途中表现得那么强烈的了。我常常出不必要的钱,做无用的事,说多余的话,每一次等待都会落空。

米沙,你等一等再到日本去吧①,我似乎要从美洲那边绕回来了。

---

① 契诃夫行前同他的小弟约定:他的小弟从海路到日本去,然后这两兄弟会合,一同回俄国去;可是这个约定没有实现。——俄文本注

过五六天我就要到达伊尔库茨克,在那儿住上五六天,然后就坐马车到斯列坚斯克去,那就是我的马车行程的终点了。两个多星期已经过去,在这段时间里我坐着马车不停地赶路,心里只想着这一个方向,而且靠着这个想法活下来;我每天都看到日出,从开始到结束。我已经十分习惯这种生活,以至觉得我好像会一辈子坐着马车奔走,同泥泞的道路搏斗似的。临到眼前没有雨水,没有坑坑洼洼的泥路,我反倒觉得有点奇怪,甚至有点乏味了。而且我周身多么脏,我这张脸多么像个浪荡子!我这身倒霉的衣服磨得多么破啊!

问候父亲、伊凡(他在哪儿?)、亚历山德拉·瓦西里耶芙娜、林特瓦烈娃家的兄弟姊妹们、谢玛希科、伊瓦年科、雅梅、玛丽尤希卡等等。

特向母亲大人禀告:我的咖啡还剩一罐半;我在用野蜂蜜和蝗虫充饥[1];今天我要在伊尔库茨克好好吃一顿饭。离东方越近,物价就变得越贵。黑面,也就是黑麦的面粉,已经要七十个戈比一普特了,而在托木斯克那边只要二十五到二十七个戈比,白面也才三十个戈比一普特。西伯利亚出售的烟叶蹩脚得很,糟得很,我在心惊胆战,因为我的烟叶快要用完了。

请你们写信给叔母和阿历克塞,就说我问候他们。雅梅目前在哪儿?我本来想叮嘱她到博物馆去做工作人员,可是我不知道这个迷人的金发姑娘如今住在哪儿。公达索娃[2]在哪儿?也问候她。

跟我同路的有两个中尉和一个军医,他们都到阿穆尔去。于是那把手枪就成了多余的东西[3]。有这样的伙伴,就是到地狱去

---

[1] 源出《圣经》故事:约翰在沙漠中用蝗虫和野蜂蜜充饥。意为"吃得很差,勉强充饥"。

[2] 即奥·彼·昆达索娃。

[3] 契诃夫原是带着手枪上路做防身之用的。

也不害怕了。目前我们在驿站上喝茶,喝完茶就去游览全城。

我会同意住在克拉斯诺亚尔斯克的。我不懂为什么人们喜欢把这个地方作为流放地点。得到特赦的尤洪采夫①不久以前就住在此地,雷科夫②也住在此地。

不过我们要急着走了,祝你们健康。吻大家,我要对着炉子撩开我的前襟,然后再像主教那样把你们搂在怀里,祝你们万事如意。

看在上帝分上,不要生病,不要出事!祝你们诸事顺利。

你们的 Homo Sachaliensis

安·契诃夫

一八九〇年五月二十八日

于克拉斯诺亚尔斯克

我写给玛霞的信,全家都可以读;如果我写了什么机密的事,那我就在信封上写明"小姐"。这一点请你们记住。凡是写着"小姐"的信只能由玛霞一个人拆看,顺便说一句,我衷心祝愿她事事如意。

哎,特罗霞呀,特罗霞! 我听不见您美妙的笑声了!

二三四

致亚·巴·契诃夫

欧洲的哥哥:

当然,在西伯利亚生活是不愉快的;不过呢,宁可待在西伯利

---

① 待考。——俄文本注
② 莫斯科的斯科平银行的经理,1884 年因贪污而受审,契诃夫曾到法庭旁听审讯情况。参看第二二封信的注。——俄文本注

亚而感到自己是个高尚的人,总比住在彼得堡而以酒徒和无赖闻名的好。我说的可不是在座诸公啊①。

啊,哥哥,我离开俄国本土的时候,写信告诉你说,你会受到我的委托,代我办许多事。临行的时候,我没打算给你写信,而到了路上简直顾不上写信,可是现在我认真地想一下,我发现我要托你办的不是许多事,而只有一件事,此事务请照办,否则定将褫夺继承权以示惩戒。我托你办的事是这样的:等你收到妹妹的关于要钱的信,你就穿上长裤,到《新时报》书店去一趟,在那儿领到我的书的钱②,统统汇给妹妹。如此而已。

西伯利亚是个又冷又长的地方。我走啊走啊,可就是看不到头。有趣的和新奇的东西我见到的很少,然而感想和经历却很多。我不断地同大水、寒冷、泥泞不堪的道路、饥饿、睡意搏斗……我体验到种种感触,那是在莫斯科哪怕出一百万卢布也体验不到的。您应该到西伯利亚来才是!你索性要求检察官把你发送到这儿来好了。

在西伯利亚的所有城市当中最好的是伊尔库茨克。托木斯克连一个小钱也不值,而所有的县城都没有克烈普卡亚③好,也就是都没有你不小心诞生出来的那个地方高明。最恼人的是在那些小县城里没有东西吃,而这在旅途中,唉,多么让人痛心!你坐着马车走近一座城,心里指望着吃掉整整一座山,可是走进城去一看——糟糕!灌肠没有,干酪没有,牛肉没有,连咸鲱鱼也没有,而有的只是淡而无味的鸡蛋和牛奶,这种东西就连乡村里也有。

---

① 这是演说中的一句惯用语,契诃夫说这话含有开玩笑的意思,他大哥就住在彼得堡,而且嗜酒如命。
② 指契诃夫的几本由苏沃林出版的短篇小说集的稿费。
③ 一个镇名,离契诃夫的故乡塔甘罗格七十五公里,契诃夫的爷爷叶果尔·米哈依洛维奇·契诃夫在那里居住。——俄文本注

大体说来,我对我这次旅行是满意的,我不后悔走这一趟。赶路是苦事,然而另一方面,又是绝妙的休息。我休息得很畅快。

从伊尔库茨克,我要动身到贝加尔湖去,这一次要改乘轮船;从贝加尔走一千俄里到阿穆尔,在那儿坐轮船到太平洋,到了太平洋我头一件事就是下去游泳一番,吃一顿牡蛎。

我是昨天到达此地的,头一件事就是到澡堂里去,然后躺下来睡觉。嘿,睡得好香!直到现在我才懂得什么叫做睡眠。

好,祝你健康。向娜达丽雅·亚历山德罗芙娜、不爱说话的库克、和我同名的人深切致意,祝他们万事如意。我的地址是萨哈林岛亚历山大站。你写一写你的工作怎么样,有什么新消息没有。多给我们家里的人写信,因为他们感到寂寞。

我用双手为你祝福。

你的亚洲的弟弟安·契诃夫
一八九〇年六月五日
于伊尔库茨克

二三五

致尼·亚·列依金①

最善良的尼古拉·亚历山德罗维奇,您好!我从伊尔库茨克,从西伯利亚的中心,向您衷心地致意。我昨天晚上到达伊尔库茨克,我到了这儿,心里很高兴,因为我在路上疲乏极了,惦记我的亲人和我久已没有通信的熟人。那么,我给您写点什么有趣的事呢?

---

① 尼古拉·亚历山德罗维奇·列依金(1841—1906),俄国幽默作家。1882年起为《花絮》杂志主编兼出版者。

我就从旅途的特别漫长写起吧。从秋明到伊尔库茨克我坐马车走了三千多俄里。从秋明到托木斯克,我同寒冷,同河里发的大水搏斗;天冷得可怕,在沃兹涅塞尼耶来了一场严寒,下了一场雪,因此我直到住进托木斯克的旅馆才脱掉短皮袄和毡靴。讲到发大水,那简直是埃及的十大灾难①。河水漫上两岸,淹没几十俄里以内的草场,同时也淹没了道路;我不得不屡次丢下马车而换乘小船;可是小船也不会给你白坐,总要弄得你呕心沥血为止,因为你得一连几天坐在岸上淋着雨,吹着寒风,等啊等的……从托木斯克到克拉斯诺亚尔斯克,跟泥泞不堪的道路进行了一场殊死的搏斗。天啊,连回想一下都毛骨悚然啊!我的马车有好几次不得不停下来修理,我就步行,骂街,下车,再上车,等等;从一个驿站到另一个驿站往往要走六到十个小时,修理马车每一次都需要十到十五个小时。从克拉斯诺亚尔斯克到伊尔库茨克,一路上是极其可怕的炎热和灰尘。除了这些以外,还得加上饥饿、鼻子里的尘土、由于睡眠不足而睁不开的眼睛、随时为我的马车(那是我自己买的)有什么地方坏了而操的心……不过话虽如此,我仍旧满意,感激上帝赐给我力量和机会进行这一趟旅行……我见到很多,经历了很多;对于我,不是作为文学工作者而只是作为一个人来说,一切都是非常有趣和新奇的。叶尼塞河、大森林、驿站、马车夫、蛮荒的景色、野生动物、野味、由旅途的不适所引起的体力疲劳、由休息而产生的乐趣,——所有这些加在一起都好到了没法描写的地步。光是我有一个多月日以继夜地处在新鲜空气当中,就十分有趣,有益于健康;足足有一个月,我每天观看日出,从开始一直看到结束。

我要从这儿到贝加尔,然后到赤塔,到斯列坚斯克去,在那儿

---

① 源出《圣经》:古埃及法老拒绝释放犹太俘虏,上帝降下十种灾祸,以惩罚埃及人。借喻"极大的灾难"。

我就不坐马车,改乘轮船,沿阿穆尔航行,直达我的目的地。我并不着急,因为我不想在七月一日前到达萨哈林岛。

要是您有意给我写信,那么这就是我的地址:萨哈林岛的亚历山大站。寄到萨哈林岛去的邮件每天经西伯利亚运去。

您在最近这封信里问我为什么找戈里凯①而不找您要钱(《形形色色的故事》)②。得了吧,我的先生,要知道您以前给我写过信,也当面对我说过,要我务必在戈里凯那儿而不是在您那儿取钱。不过,这都无关紧要。祝您健康、幸福、安宁。您那边的天气怎么样?

向普拉斯科维雅·尼基福罗芙娜和费佳③致敬。再见。

您的 Homo Sachaliensis
安·契诃夫
一八九〇年六月五日
于伊尔库茨克

穿过西伯利亚的旅途完全没有危险。抢劫是没有的。

二三六

致玛·巴·契诃娃

你们好,亲爱的妈妈,伊凡,玛霞,米沙以及所有跟你们在一起的人。

---

① 罗曼·罗曼诺维奇·戈里凯是彼得堡的印刷厂厂主和出版者,《花絮》杂志的创办人。
② 契诃夫的短篇小说集,由列依金主编的《花絮》出版;此处指稿费。
③ 列依金的妻子普·尼·列依金娜和养子费佳·列依金。

79

在最近那封长信里我告诉你们说,克拉斯诺亚尔斯克附近的山颇像顿涅茨山脉,然而这话是不对的;我站在街上看着它们,这才看出它们像高墙似的把这座城团团围住,于是高加索就栩栩如生地浮现在我的脑海中。在傍晚之前我走出城去,渡过叶尼塞河,看见对岸完全是高加索山脉,也那么烟雾腾腾,若有所思的样子……叶尼塞是一条宽广、湍急、蜿蜒的河;它真美,比伏尔加好。有一条出色的渡船穿过这条河,那渡船造得精巧,逆流而上;关于这个东西的构造,等我回到家里再谈。总之,这些山和叶尼塞河是我在西伯利亚遇见的头一样新颖别致的东西。这些山和叶尼塞河使我耳目一新,百倍地酬报了我所经历到的种种困苦,并且促使我骂列维坦是傻瓜,因为他竟然这样愚蠢,不肯跟我一起来。

从克拉斯诺亚尔斯克到伊尔库茨克,连绵不断地伸展着一大片森林。那些树木并不比索科尔尼奇①的树木高大,然而另一方面,没有一个赶马车的知道这树林的尽头在哪儿。这块地方也看不到边。总有几百俄里长。至于这个大森林里究竟有什么东西,有什么人,谁也不知道;只有到冬天才有些人坐着用鹿拉的雪橇,从遥远的北方到此地来买粮食。你坐着马车登上山顶,往前看,往下看,就会看见前面满是山,山后面又是山,再后面还是山,两旁也都是山,所有这些山上都茂密地长满树林。简直叫人不寒而栗。这是第二种新颖别致的东西……

从克拉斯诺亚尔斯克起,炎热和尘土便开始了。天热得可怕。短皮袄和帽子都收起来了。嘴里,鼻子里,脖子后头,到处都是尘土,呸!我们快到伊尔库茨克的时候,必须渡过安加拉河,坐的是平底驳船(也就是渡船)。仿佛故意作对,仿佛开玩笑似的,这时起了一阵狂风……我和我那些军人旅伴十天以来一直巴望着洗一

---

① 莫斯科的一个公园。

个澡,好好吃一顿饭,睡一个觉,这时候想到我们不能在伊尔库茨克过夜,却要在乡村里过夜,我们的脸色都急得惨白了。这条平底驳船怎么也走不到对岸……我们走了一个小时,两个小时,后来,啊,苍天!这条平底驳船加了一把劲,总算靠岸了。好哇,我们马上进澡堂,吃晚饭,睡觉!嘿,洗一个蒸汽浴,吃一顿,睡一觉,那是多么舒服啊!

伊尔库茨克是个出色的城。十分富于文化气息。有剧院,有博物馆,有奏乐的市立公园,有上等旅馆……没有难看的围墙,没有荒唐的招牌,没有写明此地不能停留的荒地。有塔甘罗格旅店。糖二十四个戈比一俄磅,雪松果六个戈比一俄磅。

使我大为伤心的是我没有找到你们的来信。假如你们写过信,那么你们在五月六日以前所写的信我都会在伊尔库茨克收到。我给苏沃林打过一个电报,也没有收到回电。

现在谈一谈取得那种可鄙的金属①的来源。你们需要用钱的时候,就写信给亚历山大(或者打电报给他),要他到《新时报》的书店去一趟,领取我的书的稿费。这是一。第二,把我随同这封信一并附上的一封信②寄出去,事先把这封信看一遍;你们要在八月间寄出这封信,把账单保存下来。

亚历山大那边我已经写信去了。

你们不要错过我那张彩票。

我在信上告诉过米沙,说我大概会绕道美洲回家吗?让他不要急于到日本去。

我活着而且健康。我的钱安然无恙。我把咖啡留起来,到萨哈林岛再喝。我在喝极好的茶,喝过这种茶以后就感到愉快和兴

---

① 指钱。
② 据玛·巴·契诃娃说,这封信是寄给俄罗斯剧作家和歌剧作曲家协会的秘书伊凡·马克西莫维奇·康德拉契耶夫的。——俄文本注

奋。我看到中国人了。这是一个极其善良、相当聪明的民族。我到西伯利亚银行里去，人家很快就把钱交给我，殷勤地接待我，请我吸烟，邀请我到他们的别墅去。此地有上等糖果，但是所有东西都贵得要命。人行道上铺着木板。

昨天晚上我同那些军官们一起周游全城。我听到有人拖长音调喊了六次"救命啊"。多半是有人在掐死什么人。我们坐着马车去找，可是什么人也没找到。

在伊尔库茨克，有带弹簧座的马车。这个城比叶卡捷琳堡和托木斯克好。完全是欧洲风味。

六月十七日①你们要做祈祷，二十九日②要尽量隆重地庆祝；我会在心里跟你们在一起，你们就为我的健康干杯吧。我问候爸爸、林特瓦烈娃一家、雅梅、谢玛谢契卡、伊瓦年科、玛丽尤希卡。好，祝你们健康，愿上帝保佑你们。请你们极力不要忘记你们的怀乡的家人。

安·契诃夫
一八九〇年六月六日
于伊尔库茨克

我的所有东西都揉皱、穿脏、撕破了！我的装束像个骗子。

我大概不会带皮货回去。我不知道这东西在哪儿可以卖掉，而且也懒得打听。

上路必须至少带两个大枕头，而且一定要蒙上深色的枕头套。

伊凡在干什么？他到哪儿去了？去过南方吗？

---

① 契诃夫的二哥尼·巴·契诃夫在1889年6月17日去世，这一天是他的逝世周年。——俄文本注
② 契诃夫的父亲巴威尔·叶果罗维奇·契诃夫的命名日。——俄文本注

离开伊尔库茨克后我要到贝加尔去。我的旅伴们准备呕吐①。

那双大靴子已经穿旧,变得肥大些了。靴后跟不再夹脚。

我已经定了一份荞麦米饭明天吃。我在路上想起乳渣,就在驿站上要了这东西,就着牛奶吃下去了。

你们收到我从各小城寄出的明信片没有?请你们保存好,根据它们可以判断邮政的速度。而此地的邮政是慢慢腾腾的。

二三七

致玛·巴·契诃娃

我正在过荒唐可笑的日子。六月十一日,也就是前天,傍晚我们动身离开伊尔库茨克,希望搭上贝加尔的轮船,那条轮船在早晨四点钟起航。从伊尔库茨克到贝加尔只有三站。在头一个驿站上,人家对我们声明说马车都出去了,因此无论如何没法走了。大家只好留下来过夜。昨天早晨我们离开这个驿站,中午到达贝加尔。我们走到码头上去,打听一下,却得到这样的回答,轮船起航不会早于星期五,也就是不会早于六月十五日。因此,到星期五为止我们只得坐在岸上,望着水,眼巴巴地等待。由于世界上没有一桩没个了结的事情,我是一点也不反对等待的,而且我素来是有耐性等待的,不过问题在于本月二十日斯列坚斯克要开出一条船,沿阿穆尔顺流而下;要是我们赶不上这条船,就得等下一班轮船,那要在本月三十日起航。仁慈的上帝啊,我什么时候才能到达萨哈林岛呢?

---

① 指晕船。

我们是沿着安加拉河乘车到贝加尔的,那条河发源于贝加尔,流入叶尼塞河。你们可以看一看地图。两岸风景美丽如画。山外有山,山上满是树林。天气真好,安静,阳光普照,暖和;我坐在马车上不知为什么感到非常健康,我心中畅快得没法描写了。这大概是因为我在伊尔库茨克住得过久,而安加拉河的河岸又类似瑞士。颇有点新颖别致。我们的马车沿着河岸走到河口,往左拐;那儿就是贝加尔,在西伯利亚,贝加尔是叫做海的。它像一面镜子。对岸当然是看不见的,离这儿有九十俄里远呢。河岸又高又陡,石头多,树木密,左右两边都可以看见岬,它们伸进海里像是阿尤-达格或者费奥多西亚的托赫捷别尔。这地方像克里米亚。里斯特威尼奇纳亚驿站坐落在水边,跟雅尔塔惊人地相似;如果有白色的房屋,那就完全是雅尔塔了。只是山上没有建筑物,因为山势过于陡峭,在这样的山上建筑房屋是不可能的。

我们租了一所难看的房子作为住处,一昼夜付一个卢布。这房子使人想起克拉斯科夫地方的任何一座别墅。在窗外,离地基两三俄尺远的地方就是贝加尔。山峦、树木、贝加尔的镜子般的水面,都促使我们想起我们必须在这儿坐等到星期五。我们干些什么事好呢?再者,我们不知道他们拿什么东西给我们吃。当地人光是吃荟葱①。既没有肉,又没有鱼;他们没有给我们牛奶,光是答应给。一个小白面包就要价十六个戈比。我买了一些荞麦米和一小块熏猪肉,吩咐他们煮一锅浓粥;这并不好吃,可是没办法,只好吃。我们整个傍晚都在村子里打听有没有人卖母鸡,结果没有找到这样的人……然而,白酒却有!俄国人是大混蛋。要是你问他为什么不吃肉和鱼,他就会辩白说没有这种东西运来,交通不便,等等,可是话说回来,就连穷乡僻壤都有白酒,要多少有多少。

---

① 一种生在沼泽地带的野葱。——俄文本注

另一方面,要得到肉和鱼总比得到白酒容易,白酒贵得多,运输也困难得多。不,这多半是因为喝白酒远比费力气到贝加尔去捕鱼或者养牲口有趣。

昨天午夜来了一条小轮船;我们就去看这条轮船,顺便问一声有东西吃没有。人家对我们说,明天可以吃到正餐,可是现在是夜间,厨房里没有火,等等。我们就为"明天"道谢,总算还有希望嘛!可是,唉!船长出来了,他说这条小船凌晨四点钟就要开到库尔土克去了。多谢多谢!在一个小得转不过身子的饮食部里,我们喝了一瓶带酸味的啤酒(三十五个戈比),看见一个碟子上放着琥珀般的珠子,原来是白鲑鱼的鱼子。我们回到家里——倒头就睡。我讨厌睡觉。我每天在地板上铺开那件破皮袄,里子朝上,在头部放上那件揉皱的大衣和枕头,穿着长裤和坎肩睡在这一堆东西上……文明,你在哪儿啊?

今天下雨,贝加尔被雾遮没了。谢玛希科会说:"真有趣!"其实乏味得很。只好坐下来写东西,可是在坏天气又没有工作的兴致。可以预料,我准会烦闷到极点;要是只有我一个人,那还将就,然而跟我在一起的还有中尉和军医官,他们喜欢谈天和吵嘴。他们知道得很少,可是样样都谈。而且有一个中尉还有一点赫列斯达科夫的味道,爱吹牛皮。坐在马车上或者房间里,独自面对自己的思想,远比同外人相处有趣得多。除了这些军人以外,跟我们同行的还有伊尔库茨克技术学校的一个学生因诺肯季·阿历克塞耶维奇,他是个孩子,相貌很像那个爱说"海子"①的那不勒斯人,但是比他聪明,善良。我们带着他,把他送到赤塔去。

你们给我道喜吧:我在伊尔库茨克把我自己的那辆马车卖掉了。赚了多少钱我不说,要不然妈妈就会晕倒,一连五夜睡不着觉。

---

① 即"孩子",指此人发音不准。

这封信你们大概会在七月二十日至二十五日之间收到,或者还要更迟一些。我还要寄一两封信到苏梅去,然后开始寄到莫斯科去。可是地址是哪儿呢?总得想个办法才行。你们在莫斯科的地址务必打电报告诉我①。打到哪儿去?你们会知道的。

玛霞,你到克里米亚去了一趟,我很高兴。我给你打过一个电报,打给雅尔塔的阿斯莫洛夫书店和坐在书店里的卡拉伊姆人西纳尼②。你收到了吗?戈罗杰茨基③得到了答复,他给我打来一个极长的电报。戈罗杰茨基的事未必会搞成功。第一,他不会写作,而且总的来说他没有才能〔……〕;第二,维希涅格拉茨基④到亚洲去的旅行已经不那么有趣,不值得"派遣"记者(也就是付出驿马费、出差费等等)。

祝你们健康,不要烦闷。伊凡在哪儿?问候他。也问候谢马什科,也问候雅梅。多承林特瓦烈娃一家打电报来,向他们叩头。

雾散了。我看见山上有云。嘿,好家伙!你觉得这简直就是高加索……

再见。

你们的 Homo Sachaliensis

安·契诃夫

一八九〇年六月十三日

于贝加尔岸上的

圣里斯特威尼奇纳亚

---

① 1890年夏天契诃夫一家动身到苏梅去的时候,准备回到莫斯科时改换住处。——俄文本注
② 伊·阿·西纳尼是雅尔塔一家书店的老板。
③ Д. М. 戈罗杰茨基是雅尔塔的出版商和书商。
④ И. А. 维希涅格拉茨基是沙皇政府财政大臣。——俄文本注

二三八

致叶·亚·契诃娃①

你们好,亲爱的家人!我终于能够脱掉又重又脏的靴子、穿旧的长裤、由于灰尘和汗水而发亮的深蓝色衬衫,能够洗一把脸,像一个人那样穿衣服了。我已经不是坐在旅行的马车上,而是坐在阿穆尔的轮船叶尔马克号的头等舱房里。这样的变化发生在十天以前,原因如下。我在里斯特威尼奇纳亚写给你们的信上说过,我误了贝加尔的轮船,只得不在星期二而在星期五穿过贝加尔,因此我一直要到六月三十日才能坐上阿穆尔的轮船。然而命运之神反复无常,玩一些使人意想不到的花招。星期四早晨我去贝加尔岸上散步;我看见那儿有两条小轮船,其中一条小船的烟囱正在冒烟。我就问:这条轮船到哪儿去?人家说,"到海的那一边",到克留耶沃去;有一个商人租下这条船,把他的车队运到对岸去。我们也要"到海的那一边",到包亚尔斯卡亚站去。我就问:从克留耶沃到包亚尔斯卡亚站有多少俄里远?人家回答说:二十七俄里。我就跑去找我的旅伴,请求他们冒险乘这条船到克留耶沃去。我说"冒险",是因为我们到达克留耶沃之后,那儿除了码头和看守人的小屋以外什么也没有,我们就得冒找不着马车,被困在克留耶沃,误了星期五的轮船的危险,而这可是要命的,因为那就要等到下个星期二了。旅伴们同意了。我们就拿起我们的行李,迈开快活的步子往轮船那儿走去,然后立刻走进餐厅:看在造物主的分上,给我们一点菜汤吧!我情愿用半个王国换一盘菜汤!这个餐

---

① 契诃夫的母亲叶甫盖尼雅·亚科甫列芙娜·契诃娃。——俄文本注

厅极不像样,是按窄小的厕所的格式造成的,可是厨师格利果利·伊凡内奇原是沃罗涅日城的一个家奴,手艺高超。他让我们美美地吃了一顿饭。天气晴好无风,阳光普照。贝加尔的水一片碧绿,比黑海的水清澈。据说,在水深的地方可以看到一俄里深的水底;而且我亲眼看到这种有岩石和山峰的深处,淹没在碧绿的水里,还听说,这儿严寒刺骨。在贝加尔的航行是美妙的,我永生永世也忘不了。只是有一件事不好:我们坐的是三等舱房,而整个甲板都给车队的马占据了,那些马凶恶得像是得了疯病。那些马使我的旅行具有了特殊的色彩,倒好像我坐上了一条贼船似的。我们到了克留耶沃,那个看守人就动手把我们的行李运到驿站去;他赶车,我们跟在那辆板车后面,沿着极其秀丽的河岸步行。列维坦简直是个畜生,他竟没有跟我一块儿到此地来。这是一条树林中的道路:右边是树林,一路蔓延到山上,左边也是树林,一路下坡,伸展到贝加尔去。这是什么样的山沟,什么样的峭壁啊! 贝加尔的情调温柔而热烈。顺便说一句,天气很暖和。我们走完八俄里,到了梅斯康斯卡亚站;那儿有一个旅客,是恰克图的一个文官,请我们喝了一阵好茶;那个驿站给我们马车,到包亚尔斯卡亚站去。于是,我们不是在星期五而是在星期四就动身了;不仅如此,我们比邮车早走了一昼夜,而邮车是照例要把驿站上所有的马都占用的。我们开始拼命赶路,抱着在二十日之前到达斯列坚斯克的微弱希望。至于我们怎样先在色楞格河①沿岸赶路,后来穿过外贝加尔,等见面的时候再谈,目前我只想说色楞格河美丽绝伦,而在外贝加尔我找到了我所要找的一切:又是高加索,又是普肖尔河的谷地,又是兹韦尼哥罗德县,又是顿河。白天我坐着马车在高加索赶路,晚上就在顿河草原上了,而早晨从昏睡中醒过来,一看,又到了波

---

① 在俄蒙边境。

尔塔瓦省;整整一千俄里就是这样走完的。上乌金斯克是个挺可爱的小城,赤塔却不好,像苏梅一样。至于睡眠,至于好饭食,当然是无从谈起了。马车奔驰,到了驿站就换马,一心巴望下一个驿站能够不给我们马,让我们停留五六个小时。一昼夜跑两百俄里;夏天不能跑得再多了。我们坐在车上发呆。再者,天气热得要命,而到夜间又很冷,我的呢大衣外面还得套上那件皮子的大衣;有一天夜里甚至得穿上短皮袄。我们走啊走啊,在最后两个驿站给每个车夫一个卢布的茶钱,今天早晨赶到了斯列坚斯克,恰好在轮船起航的一个小时以前。

这样,我的马车行程就结束了。这段行程前后有两个月之久(我是在四月二十一日启程的),如果扣除坐火车和轮船所用掉的时间,扣除在叶卡捷琳堡度过的三天,扣除在托木斯克用掉的一个星期,在克拉斯诺亚尔斯克度过的一天,在伊尔库茨克的一个星期,在贝加尔停留的两天,在大水期间为等船而用掉的天数,那就可以判断我的旅行的速度了。我一路顺利,愿上帝保佑大家都能这样。我一次也没有病过,在我随身所带的这一堆东西里我只遗失了一把小折刀、一根皮箱上的皮带、一小罐苯酚药膏。我的钱安然无恙。像这样走完一千俄里是很少有人办到的。

我已经十分习惯于在大道上乘车旅行,因此我现在反而不自在,不相信我没有坐马车,听不到吆喝马的声音了。上床睡觉,我能够伸直两条腿,脸上不再有灰尘,这也变得奇怪了。然而最令人奇怪的是库甫希尼科夫送给我的那瓶白兰地还没打碎,白兰地一滴也没漏掉。我应许过必须到太平洋的岸边才打开瓶塞。

我正在石勒喀河①上航行,这条河在波克罗夫斯卡亚站附近同额尔古纳河②汇合,流进阿穆尔。这条河不比普肖尔宽,甚至还

---

①② 均在中俄边境。

比它窄。河岸满是石头:悬崖和树林。完全是蛮荒的景色……轮船转弯抹角地走,免得搁浅或者尾部撞着河岸。在险滩附近,轮船和木船常常互相碰撞。天气闷热。刚才轮船在乌斯季-卡拉停住,上来五六个苦役犯。那儿有金矿和苦役犯监狱。

昨天我们到过涅尔琴斯克。那个小城不怎么样,然而还可以住。

你们,我的先生们和女士们,生活得怎么样?你们的消息我一点也不知道。你们该一个钱一个钱地攒起来,给我打个详细的电报才是。

这条轮船在戈尔比切过夜。此地的夜晚漫天大雾,航行是危险的。我要在戈尔比切发出这封信。

我坐的是头等舱房,因为我的旅伴坐二等舱房。我离开他们了。我们一起赶路(三个人坐一辆马车),在一块儿睡觉,互相厌烦了,特别是我讨厌他们了。

向我所有的熟人问候和致意。吻妈妈的手。由于玛霞到克里米亚去了,我就把这封信寄给妈妈。伊凡在哪儿?爸爸六月二十九日在路卡吗?

我的字迹难看,颤抖。这是因为轮船在颠簸。写字是困难的。

我休息了一下。我去找我那些中尉喝茶去了。他们两个人睡足了觉,心绪平和……其中有一个是施密特中尉(他这个姓我听着刺耳),在步兵部队服役,身量高,块头大,嗓门大,是库尔兰人①;他爱吹牛皮,是个赫列斯达科夫,所有的歌剧都会唱,然而他的乐感却比熏鲱鱼还差;他是个不幸的人,把驿马费都胡乱花掉了,能背诵密茨凯维奇②的诗,教养差,过于坦率,唠唠叨叨惹人恶

---

① 即拉脱维亚人。
② 密茨凯维奇(1798—1855),波兰诗人,民族解放运动革命家。

心。他像伊瓦年科那样喜欢讲他的舅舅和舅母。另一个中尉美列尔是地形测绘员,文静,谦虚,是个十分有知识的小伙子。要不是施密特,那么跟这个人可以共同旅行一百万俄里而不感到厌烦,然而有施密特在场,他对任何谈话都要插嘴,这就惹人讨厌了。不过这些中尉跟你们有什么相干呢?这种事没有趣味。祝你们健康。我们似乎快要到戈尔比切了。

向林特瓦烈娃一家热诚地致意。我要另外给爸爸写一封信。阿辽沙①从伊尔库茨克寄来一张明信片。再见!我很想知道这封信怎样寄到你们手里。多半要走四十天吧,不会更快。我拥抱大家,祝福大家。惦记你们。

你们的安·契诃夫
一八九〇年六月二十日
于阿穆尔,叶尔马克号轮船上

明天我要起草一份电报稿子,希望你们把它发到萨哈林岛去,寄给我。我要极力把我所要知道的一切事容纳在三十个字里,你们得极力严格地遵守这个格式。

牛虻不停地叮人。

二三九

致玛·巴·契诃娃

我已经写信告诉你们说,我们的轮船搁浅了。在乌斯季-斯特烈尔卡,在石勒喀河和额尔古纳河汇合的地方(看地图),这条

---

① 即阿·阿·多尔任科。——俄文本注

吃水两英尺半的轮船撞上一块石头,穿了几个窟窿,底舱里灌满水,船就沉底了。他们着手把水排出去,打补丁;一个赤身露体的水手爬到底舱去,站在水里,水齐到他的脖子,他用脚后跟试探那些窟窿;每一个窟窿都从内部铺上一块呢子,涂上脂油,再钉上一块木板,用一根支柱顶住,这根支柱像房柱似的顶住天花板;这就是修理的情况。排水的工作从昨天傍晚五点钟开始直到深夜,可是水始终没有减少;这工作只好推迟到今天早晨做了。到了早晨他们又发现几个新的窟窿,就又着手打补丁,排水。水手们在排水,我们这些乘客呢,却在甲板上溜达,聊天,吃吃,喝喝,睡睡;船长和他的助手也干乘客们所干的这类事,并不着急。右边是中国的河岸,左边是波克罗夫斯卡亚站和阿穆尔地区的哥萨克;要是你高兴,你可以待在俄国领土上,也可以跑到中国去,不受禁止。白天天气热得受不了,只能穿绸衬衫了。

船上十二点钟开午饭,晚上七点钟开晚饭。

不幸的是有一条信使号轮船载着许多乘客迎面向这个站开来。信使号也不能再往前走,这两条轮船就都停在这儿不动了。信使号上有一个军乐队。结果呢,无异于举行了一个大庆祝会。昨天一整天我们的甲板上不断奏乐,吸引来船长和水手,因而妨碍轮船的修理。女乘客们大喜过望:又是音乐,又是军官,又是海员……嘿!特别高兴的是贵族女子中学的学生。昨天傍晚,驿站上歌舞升平,哥萨克把乐队雇去奏乐了。今天继续修船。船长答应午饭后开船,不过他答应得无精打采,眼睛瞧着一旁,显然他在说谎。我们并不着急。我问一个旅客我们到底什么时候才能开船,他就反问道:

"难道您觉得待在这儿不好吗?"

这倒是实话。既然不烦闷,那么停在这儿又有何妨呢?

船长、他的助手、轮船公司职员都十分客气。坐三等舱房的一些中国人,性情温和而又可笑。昨天有一个中国人坐在甲板上,用童高音唱了一支极其忧伤的歌;同时他那模样比任何漫画都可笑。大家都瞧着他笑,他呢,置若罔闻。他唱完童高音,又唱男高音,天啊,那是什么嗓音呀! 那是羊叫或者牛叫〔下面删掉"而根本不是唱歌"〕。这些中国人使我联想到那只善良而驯服的动物。他们的辫子又黑又长,像娜达丽雅·米哈依洛芙娜一样。顺便提一下驯服的动物:厕所里养着一条驯服的小狐狸。你去洗脸,它就坐在那儿瞧着你。要是它很久看不到人,就哀叫起来。

多么古怪的谈话呀! 大家光是谈黄金,谈金矿,谈志愿船队①,谈日本。在波克罗夫斯卡亚,每一个农民,就连教士,都开采黄金。移民流刑犯也干这个行当,他们在此地很快就发财,也很快就穷困。有些穿厚呢长外衣的人②除了香槟酒以外什么也不喝,他们到酒馆必须踩着大红布去,这种大红布是从他的农舍一直铺到酒馆的。

到了秋天,请你们费神把我的皮大衣寄到敖德萨的《新时报》书店去,事先要征得苏沃林的许可,这在礼貌上是必不可少的……套鞋不要了。请把你们的信和地址③也寄到那儿去。要是你们凑巧有多余的钱,那就给我汇一百个卢布到敖德萨,托《新时报》书店转交给我,以防万一。务必托它"转交",要不然我就得跑到邮局去取。不过,如果你们没有多余的钱,那就不必汇了。你们回到莫斯科后,要劝我的父亲服溴化钾④,因为他到秋天常常头晕;如果有这样的情形,就必须在耳朵后面贴一个水蛭⑤。还有什么事

---

① 轮船公司的名字。
② 指农民。
③ 契诃夫家准备从别墅回到莫斯科后另外找房搬家。
④ 一种镇静剂。
⑤ 医学上用于放血疗法。

呢？请你们托伊凡到伊林那儿去(彼得罗夫斯克大街)买一张外贝加尔地区的地图,如果可能,就买一张大幅的,并且按挂号印刷品寄到下列地址:伊尔库茨克,技术学校学生因诺肯季·阿历克塞耶维奇·尼基京收。报纸和信件都替我保存好。

阿穆尔是个非常有趣的地区。新奇极了。这儿的生活热火朝天,像这样的生活在欧洲是闻所未闻的。它,也就是这种生活,使我想起美洲生活的故事。岸上人烟稀少,风光独特,景色秀丽,使人恨不得留在此地生活一辈子。上面这几行我在六月二十五日已经写了。轮船在颤动,妨碍写字。我们又在航行了。我已经在阿穆尔河上走了一千俄里,见到一百万幅华美的风景画;我兴奋得头都发晕了。我看见过极美的悬崖,要是公达索娃异想天开,跑到这个悬崖的山脚下来神魂颠倒,她就会快活得死掉,要是我们由索菲雅·彼得罗芙娜·库甫希尼科娃带头,到此地来野餐,那我们就能互相说:去死吧,丹尼斯,你写不出再好的了①。这真是惊人的天然景色!而且天气多么热!多么温暖的夜晚!早晨常常有雾,但是十分暖和。

我用望远镜观看岸上,看见不计其数的鸭子、鹅、潜鸟、苍鹭以及种种生着长嘴的家伙。这儿才是租住别墅的地方!

昨天在烈依诺沃那个小地方有一个金矿的矿主请我去给他的妻子看病。我从他家里出来时,他把一沓钞票塞在我手里。我觉得难为情,就开始拒绝,把钱塞回去,说我自己也很有钱;我们讲了很久,互相说服,可是最后我的手里仍旧留下十五个卢布。昨天有一个长着彼得·波列瓦耶夫②的脸的金矿矿主在我的舱房里吃饭;吃饭时他不喝水而喝香槟酒,也请我们喝。

此地的乡村如同在顿河流域一样;差别是在建筑结构方面,然

---

① 这句话是俄国女皇叶卡特琳娜二世的宠臣波将金听完剧作家丹尼斯·伊凡诺维奇·冯维辛的喜剧《旅长》以后对冯维辛说的。——俄文本注
② 契诃夫的二哥尼·巴·契诃夫的朋友。

而这种差别并不大。居民们不持斋,即使在受难周①也吃肉;姑娘们吸纸烟,老太婆抽烟斗,这已经成了风气。看见农民吸纸烟是奇怪的。这是什么样的自由主义!啊,这是什么样的自由主义呀!

在轮船上,空气因为谈话而变得火热。在此地,人们是不怕大声谈话的。这儿没有人来逮捕,也没有地方可以流放,你爱说多少自由主义的话都任你说。这儿的人大都独立自主,很有头脑。如果在乌斯季-卡拉,在苦役犯劳动的地方(其中有许多不劳动的政治犯),发生了什么纠纷,那么整个阿穆尔地区就会愤慨。告密是行不通的。逃亡的政治犯可以自由地坐着轮船到大洋去,不担心船长会出卖他。这多多少少是因为大家对俄罗斯本土发生的事十分冷淡。人人都说:这关我什么事?

我忘了在信上告诉你们,在外贝加尔赶车的不是俄罗斯人,而是布里亚特人。那是一个可笑的民族。他们的马真凶。没有一次套车不出事的。那些马比消防队的马还要狂。他们给拉边套的马套车的时候,总得先给它拴上脚绊;脚绊一松开,这辆三套马的马车就一溜烟,不知飞奔到哪儿去了,弄得人气都喘不过来。要是不给马拴上脚绊,那么在套车的时候它就尥蹶子,用蹄子不停地踢车杆,扯破马具,让人觉得它是一个被人抓住了犄角的小鬼似的。

六月二十六日。我们快要到布拉戈维申斯克了。祝你们健康、快乐,不要忘了我。恐怕已经忘了吧?我向大家深深地鞠躬,友爱地吻大家。

Antoine②

一八九〇年六月二十三至二十六日
从波克罗夫斯卡亚站到布拉戈维申斯克

---

① 基督教节日,复活节前最后一个星期。
② 法语:安东。

我十分健康。

二四〇

致阿·谢·苏沃林

您好,我亲爱的朋友!阿穆尔是一条很好的河;我从它这儿得到的收获超过了我的期望。我早就想把我的快乐告诉您,可是这条可恶的轮船七天以来一直颤动,妨碍写字。再者,要描写像阿穆尔河岸这样的美景,我是完全没有这个本领的;我在它面前甘拜下风,承认自己是个乞丐。是啊,该怎样描写它呢?请您想象一下苏拉姆山口,让它做这条河的河岸,这就是阿穆尔了。山岩、峭壁、树林、成千上万只鸭子、苍鹭和各种长嘴的家伙,再就是一片连绵不断的荒地。左边是俄国的河岸,右边是中国的河岸。想看俄国的河岸就看俄国的河岸,想看中国的河岸就看中国的河岸。中国也像俄国一样荒凉,村子和哨所很少见到。我的脑子里一切都乱糟糟的,变成碎末了,而这是不足为怪的,阁下!我在阿穆尔河上航行了一千俄里以上,看到无数幅风景画,可是话说回来,在到达阿穆尔以前我还到过贝加尔、外贝加尔……说真的,我见识了那么多,得到那么多的乐趣,就连现在死掉都不觉得可怕了。阿穆尔的人是新奇的,生活是有趣的,不像我们的生活。大家谈论的只是黄金。黄金,黄金,黄金,别的什么也不谈。目前我有一种愚蠢的心境,不想写作,写得又短又不像样;今天我寄给您四张稿纸,写的是叶尼塞河和原始森林,以后我会寄给您关于贝加尔、外贝加尔、阿穆尔的文章。您不要丢掉这些稿纸,我要把它们收集起来,像根据乐谱那样根据它们谈一谈那些我无力在纸上表达出来的事。现在我换乘轮船蚂蚁号了,据说这条轮船不颤动;也许我可以写东西了。

我爱上阿穆尔了;我甘愿在这儿住上两年。这儿又美丽,又空旷,又自由,又暖和。瑞士和法国绝没有见识过这样的自由。在阿穆尔地区的最糟的流放犯也比俄国最高的将军呼吸得畅快。要是您在这儿住一阵,您就会写出很多好东西来,吸引读者,而我却没有这个本领。

从伊尔库茨克起,我就常常遇到中国人,而在此地,他们比苍蝇还多。这是一个极其善良的民族。〔……〕

从布拉戈维申斯克起,日本人,或者说得准确一点,日本女人,开始出现。她们是些身材矮小的黑发女人,头发扎成又大又复杂的发髻,身材好看,而且依我看大腿似乎比较短。她们穿着漂亮。在她们的话语里"茨"〔……〕的声音特别多。

我把一个中国人招呼到小吃部来,为的是请他喝白酒,他在喝酒以前却把杯子依次送到我、小吃部服务员、仆役面前,并且说:请!这是中国的礼节。他喝酒不像我们那样一口喝干,而是一小口一小口地抿,每抿完一口总要吃点东西,然后为了对我表示谢意而送给我几个中国硬币。这是一个非常讲礼貌的民族。他们穿得虽然不阔气,却十分好看;他们吃东西津津有味,而且彬彬有礼。

您打电报给我说,要我绕道美洲回去。这一点我自己也想到过。不过这很费钱,使我害怕。讲到汇钱,不但可以汇到纽约,而且可以汇到符拉迪沃斯托克,由伊尔库茨克的西伯利亚银行转来,这家银行对待我非常客气。我的钱还没用完,不过我花得很厉害。在马车上面,我就遭到了一百六十个卢布以上的损失;我的旅伴,那两个中尉,又从我这儿拿去不止一百个卢布。可是,话虽如此,也未必再需要汇钱了。如果日后缺钱,到时候我自会找您。我十分健康。您自己想想吧,要知道我有两个多月一直待在露天底下。这是什么样的锻炼啊!

我在赶着写这封信，因为过一个小时叶尔马克号就要带着邮件回去了。这封信会在八月间送到您的手里。我吻安娜·伊凡诺芙娜的手，求上苍保佑她健康，顺遂。那个以自己的熨平的长裤惹人厌烦的青年大学生伊凡·巴甫洛维奇·卡桑斯基到您那里去过了吗？

我在旅途中行医。在阿穆尔地区烈依诺沃这个只住着金矿矿主的小地方，有一个丈夫请我去给他那怀孕的妻子看病。我从他家里出来的时候，他把一沓钞票塞到我的手里；我觉得难为情，就开始拒绝，极力说我是个很富的人，不缺钱用。女病人的丈夫极力说他也是个很富的人。结果我把那沓钞票塞回他的手里，可是我的手里仍旧剩下十五个卢布。

昨天我给一个男孩看病，拒绝了他的妈妈塞到我手里的六个卢布。我后悔拒绝这笔诊疗费了。

祝您健康，幸福。请您原谅我写得这么糟，不详细。您给我写的信寄到萨哈林岛去了吗？

我在阿穆尔游泳。在阿穆尔游泳，同黄金走私贩子一块儿谈话、吃饭，这不有趣吗？我要跑到叶尔马克号上去。再见！谢谢您告诉我关于我的家庭的消息。

您的安·契诃夫

一八九〇年六月二十七日

于布拉戈维申斯克

二四一

致阿·谢·苏沃林

您好！我正在鞑靼海峡航行，从萨哈林岛北部到南部去。我在写信，却不知道这封信什么时候送到您手里。我健康，不过霍乱正在从四面八方张大绿眼睛瞪着我,为我布下陷阱。在符拉迪沃斯托克、日本、上海、芝罘、苏伊士,甚至似乎在月球上,到处都有霍乱,到处都有检疫所和恐怖。在萨哈林岛,人们正在等待霍乱,在检疫所里设立了法庭。一句话,事情糟透了,在符拉迪沃斯托克,死了许多欧洲人,其中有一位将军夫人。

我在萨哈林岛北部住了整整两个月。我受到本地的行政当局非常殷勤的接待,其实加尔金根本没有为我写过一言半语寄到此地来①。不管是加尔金也好,男爵夫人俄罗斯麝鼹②也好,我愚蠢地请求赐予协助的其他一些天才也好,都一点也没有给过我什么帮助;我不得不自担风险地进行活动。

萨哈林岛的将军柯诺诺维奇是一个有知识的正派人。我们不久就混熟了,因而什么事办起来都顺利。我要带回一些公文去,从中您可以看出我从一开始就在多么有利的条件下活动③。我看见了**一切**;所以现在问题不在于看见了**什么**,而在于**怎样**看见的。

我日后会写出什么东西来,我不知道,可是我做过的工作却不少。足够写三篇学位论文了。我每天早晨五点钟起床,睡觉很迟,整个白天十分紧张,因为我想到我还有许多工作没有做;可是现在,当我搞完了关于苦役的工作时,我有这样一种感觉,好像我看到了一切,但却没有看到最主要的东西。

顺便要说到,我很有耐性地对萨哈林岛全部人口做了调查。我巡察所有的居民点,走进家家户户农舍,同每个人谈过话;我进

---

① 参看第二一一封信的注。——俄文本注
② 这是契诃夫对瓦·伊·伊克斯库尔男爵夫人的戏称。这个男爵夫人在俄国官僚当中颇有势力,有时也为文学工作者出一点力。——俄文本注
③ 1890年7月30日契诃夫从萨哈林岛长官那儿得到证件,准许他搜集、统计情报和资料供他写作关于萨哈林岛上苦役和永久流放情况之用。这个证件要求各地长官"对安·巴·契诃夫为上述目的查访监狱和居民点时给予合法的协助,必要时应让契诃夫先生有机会从官方文件里摘取各种材料"。——俄文本注

行调查是采用做卡片的办法①,我已经登记过将近一万名苦役犯和移民流刑犯。换句话说,在萨哈林岛没有一个苦役犯或者移民流刑犯没有跟我谈过话。我调查得特别成功的是孩子们,在这方面我寄托了不小的希望。

我在兰德斯别尔格②家里吃过饭,在过去的男爵夫人盖木勃鲁克③的厨房里待过一阵子……我到过所有的名人家里。我旁观过鞭笞刑④,这以后一连三四夜我都梦见那个挥鞭抽打的人和那匹可憎的牝马。我同被铁链锁在独轮手推车上的犯人谈过话。有一次我在矿场上喝茶,因纵火罪而被发送来的、过去的彼得堡商人包罗达甫金,从衣袋里取出一个茶匙,送给我;后来,我的神经出了毛病,我就暗自起誓再也不到萨哈林岛来了。

我本来想给您多写一点,可是在舱房里坐着一位太太,不停地哈哈大笑,叽叽喳喳。我写不下去了。她从昨天傍晚起就哈哈大笑,喋喋不休。

这封信要绕道美洲送到您手里;我大概不会绕道美洲回去。大家都说到美洲走一趟又贵又乏味。

明天我会远远地看见日本本土、松前岛。现在是夜里十一点多钟。海上一片漆黑,起风了。我不明白这条轮船怎么能航行,确定方向,因为天色黑得伸手不见五指,而且这条船是在像鞑靼海峡这样荒僻的、不大熟悉的水路上航行的。

每当我想到我离开世界有一万俄里远,我就变得心灰意冷。好像我要过一百年才能回到家似的。

---

① 契诃夫带回去的卡片有一万张之多,目前保存在国立列宁图书馆手稿部,并且有一小部分保存在中央国家文学艺术档案库内。——俄文本注
② К. Х. 兰德斯别尔格是刑事犯,过去是近卫军的军官。——俄文本注
③ 女刑事犯。——俄文本注
④ 1890 年 8 月 13 日契诃夫在杜埃观看鞭笞刑。——俄文本注

向安娜·伊凡诺芙娜和您的全家深深鞠躬,热诚致意。愿上帝赐给您幸福,保佑您万事如意。

您的安·契诃夫
一八九〇年九月十一日
于贝加尔号轮船上,
位于鞑靼海峡

我感到寂寞。

二四二

致叶·亚·契诃娃

您好,亲爱的妈妈!我差不多是在动身回俄国的前夜给您写这封信①。我天天在等志愿船队的轮船,希望它至迟在十月十日来到此地。我把这封信寄到日本去,它从那儿取道上海或者美洲送到您的手里。我住在科尔萨科夫站,这儿没有电报局,没有邮局,轮船在两个星期里至多来一次。昨天轮船来了,从北方给我带来一捆信和电报。从那些信上,我知道玛霞喜欢克里米亚;我想高加索会使她更喜欢;我又知道伊凡始终没把教员的事搞成,何去何从始终拿不定主意。目前他在哪儿?在符拉季米尔吗?我又知道米哈依洛②,谢天谢地,整个夏天没有找到工作,因此住在家里,又知道你们去过圣山,又知道路卡乏味而多雨。怪事!你们那儿多雨而寒冷,可是在萨哈林岛,从我到达的那天起直到今天,

---

① 契诃夫在10月13日动身离开科尔萨科夫站。——俄文本注
② 指契诃夫的小弟米·巴·契诃夫,当时刚大学毕业。

天气一直晴朗暖和；早晨偶尔微寒有霜，有一座山上覆盖着白皑皑的雪，然而大地上还是一片苍翠，树叶没有脱落，自然界一切都顺利，仿佛我们别墅所在地的五月天气。这就是萨哈林岛！我还从信上知道，巴布肯诺夏天风光美妙，苏沃林很满意自己的房子①，涅米罗维奇-丹钦科②感到烦闷无聊，叶若夫这个可怜的人的妻子死了，最后，伊瓦年科同雅梅常常通信，昆达索娃不知到哪儿去了。伊瓦年科会把我杀死的③；至于昆达索娃，大概又在街上溜达，挥舞着胳膊，骂人废物了，所以我不急于为她痛哭一场。

　　昨天午夜我听见轮船的汽笛声。大家都从床上跳起来：乌拉，轮船来啦！我们就穿好衣服，拿着提灯，走到码头上去；我们远远望去，果然有轮船的灯火。大多数人断定这是彼得堡号，也就是我回俄国要乘的那条轮船。我兴高采烈。我们坐上一条小木船，往那条轮船驶去……这条小木船走啊，走啊，最后我们在雾里看见那条轮船的乌黑的船身了；我们当中有一个人用沙哑的嗓音叫道："这是什么船呀？"我们听到了回答："贝加尔号④！"呸，该死的东西，多么叫人失望啊！我很寂寞，萨哈林岛惹我讨厌了。是啊，三个月以来我什么人也没看见，光是看见苦役犯或者那些只善于谈论苦役刑、鞭笞刑、苦役犯的人。这是一种凄凉的生活。我一心想快点到日本去，再从那儿到印度去。

　　我身体健康，不过我的眼球的震颤不算在内，而现在我却常常闹这个病，每次闹过之后脑袋总是痛得厉害。眼球的震颤，我昨天

---

① 指苏沃林在费奥多西亚新买的房子。
② 符拉季米尔·伊凡诺维奇·涅米罗维奇-丹钦科（1858—1943），俄国剧作家，导演，莫斯科艺术剧院的创办人之一。
③ 这是开玩笑。伊瓦年科同米奇诺娃常通信，意味着在谈恋爱，而米奇诺娃同契诃夫很接近，伊瓦年科就可能把他看做情敌。
④ 这条船要开回萨哈林岛北部去。

闹过，今天也闹过，所以我写这封信的时候，脑袋痛，身子重。痔疮也在发作。

在科尔萨科夫站住着日本领事葛江先生和他的两个秘书，他们成了我的熟人。他们像欧洲人那样生活。今天本地的行政长官穿着一身礼服来找他们，把颁给他们的勋章交给他们；我也不顾头痛，到他们那儿去了，而且不得不喝了一些香槟酒。

我住在南方的时候有三次坐车离开科尔萨科夫站，到纳依-布奇去，那儿有真正的海浪哗哗地响。请你们翻看地图上面南部地区的东岸，在那儿你们会找到这个凄凉而贫困的纳依-布奇。海浪打翻了一条小木船，船上有六名美国捕鲸者，他们在萨哈林岛岸边遇险；如今就住在这个站上，神气地在大街上散步；他们在等待彼得堡号，要同我们一起启程。

九月初我寄给你们一封取道旧金山的信。收到了吗？

问候爸爸、众弟兄、玛霞、叔母同阿辽沙、玛丽尤希卡、伊瓦年卡和一切熟人。皮货我不会带回来；萨哈林岛上没有皮货。祝你们健康，愿上帝保佑你们大家。

您的安东
一八九〇年十月六日
于萨哈林岛南部
科尔萨科夫站

我会给大家带礼物回去。符拉迪沃斯托克和日本的霍乱都停止肆虐了。

二四三

致阿·谢·苏沃林

您好,我亲爱的朋友!乌拉!瞧,我终于又坐在我自己的房间里的桌子旁边,向我那褪色的家神祷告,给您写信了。现在我的心情十分舒畅,仿佛我根本就没离开过家似的。我完全健康,平安。我给您写一个极简短的汇报吧。我在萨哈林岛不是像您的报纸上刊登的那样①生活了两个月,而是三个月零两天。我的工作是紧张的;我对萨哈林岛的全部人口做了充分的、详细的调查,看到了**一切**,只有死刑除外。等我们见面的时候,我会给您看一下苦役犯的各式各样零碎东西,它们装满整整一口箱子,作为原始材料是异常珍贵的。现在我知道了很多事情,可是我带回来的感想却是不好的。我住在萨哈林岛时,我的内脏只体验到一点苦味,仿佛吃了哈喇的油一样,可是现在,每当回想起,萨哈林岛在我的心目中却成了一个大地狱。我紧张地工作了两个月,拼着命干,可是到第三个月,由于上述的苦味,由于烦闷,由于想到从符拉迪沃斯托克到萨哈林岛流行霍乱,因而我有在苦役犯地区过冬的危险,我就泄了气。然而,谢天谢地,霍乱停止了肆虐。十月十三日轮船把我从萨哈林岛带走了。我到过符拉迪沃斯托克。关于沿海地区,一般说来关于我们东方的海滨以及它的船队、任务、太平洋的幻想,我只有一句话要说:穷得要命!贫穷、愚昧、毫无价值,这一切使人到了绝望的地步。一百个人当中只有一个诚实的人而有九十九个贼,

---

① 1890年12月3日《新时报》第5304号上刊登了一条消息,讲到契诃夫从萨哈林岛旅行归来,这条消息的结尾说:"在萨哈林岛北部的苦役犯和流放犯的居住地点,他住过两个月,认真研究了当地的生活和风俗。"——俄文本注

他们玷污了俄罗斯的名声……我们经过日本而没有停船,因为那儿有霍乱;因此日本的东西我一样也没有给您买,您交给我买东西的那五百个卢布我统统为我个人的需要花掉了,因此您有权利根据法律把我发送到萨哈林岛去永久流放。在我的旅途中,头一个外国港口是香港。那儿的海湾极好,海上的交通繁忙,我就连在画片上也从没见过这样的情景;道路、有轨马车、登山铁路、博物馆、植物园都很出色;不管你往哪儿看,到处可以看到英国人对他们的职员关心备至,甚至为海员设立俱乐部。我坐了人力车,也就是由人拉的车,我在中国人那儿买了各式各样的小玩意儿;我听见同路的俄国人骂英国人剥削外国人就暗自愤慨。我心想:是的,英国人剥削中国人、印度兵、印度人,可是另一方面给了他们道路、自来水、博物馆、基督教,你们也剥削,可是你们给了什么呢?

我们离开香港以后,船就摇晃起来。这条轮船没有装货,船身摇晃到三十八度之多,因此我们很怕翻船。我没有晕船,这个发现使我感到又惊又喜。在到新加坡去的路上他们把两个死尸丢进海里。当你看到一个裹着帆布的死人翻着斤斗飞进海水里,而你又想到海面离水底有几俄里深时,你就会毛骨悚然,而且不知什么缘故你会开始觉得你自己也会死掉,被丢进海水里去。我们那头有角的牲口病了。按照医师谢尔巴克①和鄙人的判决,那头牲口被杀死,丢进海里去了。

新加坡我记不大清了,因为我们的轮船经过它的时候,不知什么缘故我心情忧郁,差点哭出来。后来紧跟着就是锡兰②,那地方是天堂。在这儿,在这个天堂里,我坐火车走了一百多俄里,饱览了棕榈树林和铜色皮肤的女人〔……〕。从锡兰起我们不停地航

---

① 阿·维·谢尔巴克是俄国志愿船队轮船公司的医师。——俄文本注
② 斯里兰卡的旧称。

行十三个昼夜,烦闷得人都发呆了。我很好地熬过了炎热。红海冷冷清清;我望着西奈①,深受感动。

上帝创造的世界是好的。只有一种东西不好,那就是我们。我们多么缺乏公正和谦虚,我们对爱国主义理解得多么差呀!一个酗酒的、精力衰退的酒鬼丈夫爱他的妻子儿女,可是这种爱有什么意思呢?据报纸上说,我们爱我们伟大的祖国,可是这种爱表现在哪儿呢?知识是没有的,有的只是厚颜无耻和过分的自负;劳动是没有的,有的只是懒惰和卑鄙;公正是没有的,荣誉的概念没有超出"制服的荣誉",而这种制服却成为我们的被告席的日常装饰品。应当工作,其余的统统见鬼去吧。主要的是应当公正,其余的也会自然而然地解决。

我一心想跟您谈一谈。我的灵魂在沸腾。除了您,我不想找任何人,因为只能跟您一个人谈。让普列谢耶夫见鬼去吧。让那些演员也见鬼去吧。

您那封电报到我手里已变得不像样子。所有的字都译错了。

我从符拉迪沃斯托克到莫斯科是跟伊克斯库尔男爵夫人(她就是麝鼹)的儿子,一个海军军官②同行的。他的母亲在"斯拉维〔扬斯基〕商场"下榻。我马上就要去找她,不知什么缘故她叫我去一趟。她是个好女人,至少她的儿子喜爱她,而她的儿子是一个纯洁诚实的孩子。

我多么高兴啊,没有加尔金-符拉斯基事情也办成了!关于我,他连一行文字也没有写,我是以一个十足的陌生人在萨哈林岛出现的。

我什么时候才能看见您和安娜·伊凡诺芙娜呢?安娜·伊凡

---

① 埃及的省。
② Γ.格林卡。——俄文本注

诺芙娜怎么样？请您来信详细地把一切都讲一讲,因为节前我未必会到您那儿去。问候娜斯嘉和包利亚;为了证明我到过苦役犯地区,等我到您家里去的时候,我就拿着一把刀子向他们扑过去,用撒野的声音大叫一声。我要放火烧着安娜·伊凡诺芙娜的房间,向可怜的检察官柯斯嘉①宣扬带煽动性的思想。

紧紧地拥抱您和您的整个房子,只是席捷尔②和布烈宁除外,对这两个人我要求只限于鞠躬,而且这两个人早就该发送到萨哈林岛去了。

关于马斯洛夫,我常有机会跟谢尔巴克谈起。我很喜欢马斯洛夫。愿苍天保佑您。

您的安·契诃夫
一八九〇年十二月九日
于莫斯科,小德米特罗夫卡,
菲尔冈寓所

二四四

致伊·列·列昂捷夫(谢格洛夫)

您好,亲爱的让！由于命运的支配,一颗陨落的星又回到您的星座来了。我又待在莫斯科,给您写信了。再一次问您好！

我的旅行和我在萨哈林岛的居留,我不打算描写了,因为这种描写即使极为简短,也会成为一封长得没有尽头的信。我只想说：我心满意足,见多识广,极其入迷,因此别的什么都不需要,即使一

---

① 即康斯坦丁·费多罗维奇·维诺格拉多夫。
② 即亚历山大·亚历山德罗维奇·季亚科夫,俄国反动政论家,《新时报》经常撰稿人,以笔名"席捷尔"和"涅兹洛宾"发表文章。

下子得了瘫痪症,或者被痢疾送到另一个世界去,也不会抱屈了。我可以说:**我生活过了!我够了**。我既到过地狱,萨哈林岛就是这个样子,也到过天堂,那就是锡兰岛。什么样的蝴蝶、昆虫,什么样的小蝇子、小虫子我没见过啊!

这趟旅行,特别是穿过西伯利亚的路程,像是慢性的重病;走啊走的,走个没完,那是沉闷的,然而另一方面,那种种经历的回忆又是多么轻松、畅快啊!

在萨哈林岛我生活了三个月零三天。关于我的萨哈林岛工作的成果,我们见面时再谈;可是,现在我们来谈一谈当前的大事吧。**普列谢耶夫**真的得到两百万遗产吗?您的身体怎么样,您在写什么,您有什么文学计划?您跟老太婆分手,搬出彼得堡郊区……我庆贺您进入一个新时代。愿上帝保佑您在新居万事如意。

我一直身体健康,可是在群岛那儿我们遭到风暴,刮起凛冽的东北风,我着凉了;现在我在咳嗽,流不尽的鼻涕,每到傍晚就觉得发烧。应该去治一治了。

我家里的人高兴得容光焕发。

啊,我的天使,但愿您知道我从印度带回来多么可爱的野兽!那就是獴①,有中等年龄的小猫那么大,是些很快活伶俐的野兽。它们的特性是胆大、好奇,喜欢跟人亲近。它们常同响尾蛇厮杀,总是得胜,不怕任何人和任何东西;讲到它们的好奇心,那么房间里是没有一个包袱或者纸包不经它们拆开的;它们一碰到人,首先就是跑过去,看一看他的衣袋:那里面藏着什么东西?每逢它们独自留在房间里,它们就**哭起来**。说真的,很值得从彼得堡到这儿来看一看它们。

---

① 哺乳动物的一属,捕食蛇、蛙、鼠、鱼、蟹等动物。

我要到姨母①家里去看望他们了。祝您身体健康。

我最早也要到新年才去彼得堡。我向您的妻子热诚地致意。

您的安·契诃夫
一八九〇年十二月十日
于莫斯科,小德米特罗夫卡,
菲尔冈寓所

我家里的人问候您。

二四五

致尼·亚·列依金

最善良的尼古拉·亚历山德罗维奇,为了证明我到过苦役犯居住地萨哈林岛,我随信附寄给您一张红色的证件②。这是我送给您的一件小小的、不值钱的礼物,借以报答你那些信给我带来的巨大快乐。我在萨哈林岛接到您的三封信:一封是七月八日的,一封是八月五日的,一封是八月六日的。我没有答复这些信,这是因为我的回信会比这封信迟得多地送到您手里。西伯利亚的邮政真是要命。

我带回来的谈话资料不计其数,因此我用一种希望来安慰自己,那就是我能够一连一个月做一个有趣的、谈话的伴儿。整个西伯利亚我是坐着马车穿过的,在阿穆尔上我航行了十一天,然后坐船穿过鞑靼海峡,看到了鲸鱼,在萨哈林岛住了三个月零三天,对

---

① 费·亚·多尔任科。——俄文本注
② 这是一张关于列依金的剧本在萨哈林岛公演的戏报。——俄文本注

岛上全部人口进行了调查,为此走遍所有的监狱、楼房、农舍,在兰德斯别尔格那儿吃过饭,同包罗达甫金一块儿喝过茶,等等,等等;后来,在回来的路程中,我经过正在闹霍乱的日本,到过香港、新加坡、锡兰的科伦坡、塞得港,等等,等等。我不晕船,所以乘船航行对我来说是十分平安的。我还从锡兰带回莫斯科两头野兽,一公一母,就连您那些塔克斯猎犬①和那条出色的阿彼尔·阿彼里奇②在它们面前也会自惭形秽。这些野兽的名字叫獴。这种动物是家鼠和鳄鱼、老虎、猴子的杂种。目前它们待在笼子里,它们是因为品行恶劣才给关到那儿去的;它们打翻墨水瓶、玻璃杯,扒开花盆里的土,揪乱女人的发型,总之一举一动像是两个小魔鬼,好奇心重,胆子大,情意绵绵地依恋人。没有一个动物园里有獴,它们是罕见的动物。布雷姆③从没见过它们,根据别人的话描写它们,把它们叫做"蒙戈"。您来看它们一趟吧。

在我旅行期间我一直身体健康;在群岛那儿突然刮起冷风,我得了感冒,如今在咳嗽、发烧,闹了一场地地道道的伤风。

那么,您生活得怎么样,您的工作怎么样?样样事情都请您详细地写一写。请您顺便写一下那些评论家究竟出了什么事④,这是您在一封信上讲起过的。比里宾⑤在干什么?劳驾代我问候他。

目前我住在小德米特罗夫卡;这条街挺好,这是一幢独家住

---

① 一种身长、腿短而弯曲、毛光滑的小狗。
② 狗名。
③ 布雷姆(1829—1884),德国动物学家,旅行家。
④ 1890年8月5日尼·亚·列依金在写给契诃夫的信上讲起一些因受贿而被控的评论家。——俄文本注
⑤ 维克多·维克多罗维奇·比里宾(1859—1908),俄国幽默作家,小品文作者。用笔名"伊·格雷克"和"迪奥根"发表文章。列依金主编的《花絮》杂志编辑部的秘书。

宅,有两层楼。眼下我并不烦闷,可是烦闷正在窗外瞅着我,点着手指威胁我。我要加紧工作,可是话说回来,人光靠工作是不能满足的啊。

刚才我吃了蓖麻油。好家伙!

严寒,在我走过热带地方以后,仿佛有零下一百度了。我冻得发僵。问候普拉斯科维雅·尼基福罗芙娜和费佳,祝他们万事如意。如果在我出外的这段时间里您出版了新书,那就请您寄给我一本。

好,祝您健康,顺遂,愿苍天保佑您,然而我指的不是目前笼罩着彼得堡地区的这个灰色的苍天,而是住着虔诚的圣徒们的那个真正的苍天。

您的安·契诃夫
一八九〇年十二月十日
于莫斯科,小德米特罗夫卡,
菲尔冈寓所

二四六

致阿·谢·苏沃林

我亲爱的,刚才我打了一个电报,说我的短篇小说①要完工了。我有一个合适的短篇小说,可是它又长又窄像蜈蚣一样,我得把它略略润色一下,誊清一遍。我一定会寄给您的,因为现在我不懒,而是一个勤恳工作的人。

普列谢耶夫的模样加上他那两百万的遗产,在我的心目中是带着喜剧性的。我们倒要看一看他怎样抱着他那百万家财过下

---

① 《古塞夫》。——俄文本注

去！这笔钱对他究竟有什么用呢？为了每天吸雪茄烟，吃掉五十个甜馅饼，喝矿泉水，一天有三个卢布也足够了。

我带回来将近一万张萨哈林岛的卡片和许多各式各样的文件。现在我想要一个精明能干的姑娘，好让她帮我理清这堆垃圾；我不好意思把这个工作推给我妹妹去做，因为她的工作本来就够多的了。

我的肚子〔……〕大起来了。到过热带之后我就得了感冒：咳嗽，每到傍晚就发烧，头痛。

格利果罗维奇①从来也没有在佩斯基做过扫院子的人，所以那么看轻天堂。他胡说。

我觉得，永远活着会像一辈子不睡觉那么困难。

如果在天堂里日落的情景也像在孟加拉湾那么好，那么我敢于向您保证，天堂是一个很好的东西。

贝拉米的小说②的内容，在萨哈林岛时就由柯诺诺维奇将军讲给我听了；有一次我在萨哈林岛南部某个地方过夜时读过这篇小说的一小部分。现在，等我到彼得堡去，我再把它整个读完。

告诉我，列依金是在什么时候提升为四等文官的？这块文学界的鲱鱼肉写信告诉我说："今年夏天我减轻了十六俄磅体重"；他写到火鸡，写到文学和白菜。他来信的语气惊人地平稳镇静。

等到了彼得堡，我会把一切事情向您从头讲一遍。当初您劝我不要到萨哈林岛去，您是多么不正确呀！现在呀，我既有了肚子③，又有了可爱的〔……〕，脑子里又有无数小蚊子，计划多得不

---

① 德米特利·瓦西里耶维奇·格利果罗维奇（1822—1899），俄国作家。
② 美国作家贝拉米著有乌托邦式小说《回顾》，由 Б. 盖依从英文译成俄语，以《过一百年后》为名，在苏沃林的出版物上发表，于1891年出版。——俄文本注
③ 指肚子大了。

得了,诸如此类不胜枚举;如果我一直待在家里,现在我会多么萎靡不振啊。在我出门旅行以前,《克莱采奏鸣曲》对我来说是一件大事,可是现在依我看,它却显得可笑,似乎不近情理了。要么就是因为我在这趟旅行当中成长起来了,要么就是因为我疯了,总之,鬼才知道我是怎么回事。

我同谢尔巴克医师相识了。依我看他是一个出色的人。在他工作的地方,人人都喜爱他;我同他差不多交成朋友了。他的过去是一锅粥,连魔鬼都闹不清楚。

好,祝您健康,请您不必太在意您的病:如果根据您的信来下判断,那么一点严重的问题也没有。假如您得了伤寒或者肺炎,那可就是另一回事了。

您的安·契诃夫

一八九〇年十二月十七日

于莫斯科

二四七

致伊·列·列昂捷夫(谢格洛夫)

大尉①,我祝您圣诞节好,祝您获得合乎您的头衔和才能的一切东西。

我要赶紧道歉。您在您的一封来信中表示了一种愿望,要我把我的一只獴起名叫让·谢格洛夫。这样的愿望不论是对獴来说,还是对印度②来说,都是过于光荣的,然而,可惜,这个愿望来

---

① 俄国作家列昂捷夫原是军人。
② 獴的产地。

迟了;一只獴已经起名叫小坏蛋,海员们就是带着爱心这样叫它的;另一只獴生着一对十分狡猾诡谲的眼睛,名叫维克托·克雷洛夫①;第三只是雌的,胆子小,不满意,老是坐在悬壶洗手器下面,名叫奥穆托娃②。

莫斯科的空气里噼啪作响③,零下二十四度。我本来打算明天到乡下去看望小科克兰④,可是严寒的天气作梗。然而我又不得不去:我觉得自己身体不大好。

不过,这一个夏天您搞了多少剧本啊!这不是创作,而是发酒疯!要是我有权柄,我就要因为您迷恋舞台,损害艺术而把您送交战地法庭,或者至少用行政手段把您流放到维柳伊斯克去。剧院是一个有益的机构,然而还不足以使优秀的小说作家把十分之九的精力贡献给它。

我很想去参加您的命名日宴会,跟您一块儿喝酒。

请您把巴兰采维奇的地址告诉我。要是您见到这个人,那就请您代我问候他。

祝您健康,亲爱的让。那些獴和我全家人祝贺您,问候您。

我向您的妻子致意,请您向她转达一千种最美好的祝愿。

您的安·契诃夫

一八九〇年十二月二十六日

于莫斯科

---

① 即符拉季米尔·亚历山德罗维奇·亚历山德罗夫(1856—?),当时俄国流行的一个剧作家,维克托·克雷洛夫是他的笔名。

② 莫斯科的柯尔希剧院的女演员。——俄文本注

③ 形容天寒地冻。

④ 实际上是指到乡下去看望俄国女作家玛·符·基谢廖娃和地主阿·谢·基谢廖夫。契诃夫把他们的儿子谢扎·基谢廖夫戏称为科克兰。大科克兰和小科克兰兄弟是法国的名演员;基谢廖娃的儿子(小科克兰)曾在莫斯科读书,长期寄居在契诃夫家。——俄文本注

一八九一年

二四八

致叶·米·沙甫罗娃①

我刚刚读过您的短篇小说②的校样,叶连娜·米哈依洛芙娜,又一次发现它很好。您的进步是极大的。再过一两年,我就不敢碰您的小说,不敢给您提意见了。

这个短篇小说真好,所以请允许我不谈费多托夫,也不谈您未来的演员事业。③

你该敬畏上帝才是,干吗还要这个沙斯土诺夫④?我记得在凯旋门附近某地看见过一家沙斯土诺夫食品杂货铺。我给短篇小说起个什么名字,悉听尊便,不过最好想出一个不那么带食品杂货铺气味的名字。《未婚妻》这个名字不合适。我想出的一个书名⑤也不恰当,可是它比您的好。

《In vino》⑥发表在哪儿?

说真的,您丢开费多托夫吧。难道演员事业在对您微笑吗?

---

① 叶连娜·米哈依洛芙娜·沙甫罗娃(1871—1937),俄国女作家。——俄文本注
② 《未婚妻》。1891年1月18日这篇小说在《新时报》的《增刊》上发表时改名为《出嫁》。——俄文本注
③ 当时沙甫罗娃在莫斯科费多托夫戏剧学校读书,准备做演员。——俄文本注
④ 沙甫罗娃在她的短篇小说《未婚妻》上所用的署名。——俄文本注
⑤ 契诃夫在沙甫罗娃的短篇小说的校样上将《未婚妻》改名为《出嫁》。——俄文本注
⑥ 意大利语:《在酒里》;沙甫罗娃的一篇短篇小说的书名。

要是十分之九的女演员有您这样的文学才能,她们就会丢开舞台,做祷告了。请原谅,我写得那么简短。我是严肃地对待您给我的信上提出的问题的,我祝愿您万事如意,为您高兴;如果我开始冗长地叙述我的笨拙的思想,那就要用五个印张的纸,而这是乏味的,对您来说也不需要。

我又变成我原先在雅尔塔的时候①的那种样子了?可是,难道我成了另一个人?我在花布舞会②上闷闷不乐,这话不错,可是要知道,花布舞会不是雅尔塔,雅尔塔也不是花布舞会。

我很高兴,因为这次花布舞会净赔了一千五百个卢布。这在你们可是活该!

好,祝您健康,顺遂。我大概要在彼得堡住到一月底。

要是您给我写信,那我是欢迎的。

真诚地忠实于您的安·契诃夫

一八九一年一月十一日

于彼得堡

二四九

致玛·巴·契诃娃

我疲乏得很,像是一个演完五幕八场的芭蕾舞女演员。宴会啦,我懒得答复的信件啦,谈话啦以及种种无聊的事情。我马上就得坐车到瓦西里岛③去赴宴;我觉得烦闷无聊,而且应该工作了。

---

① 1889年夏天契诃夫曾到雅尔塔去旅行和小住。
② 指1891年1月6日在莫斯科的贵族俱乐部举行的舞会,是由"无家可归的贫穷儿童保护协会"组织的。——俄文本注
③ 俄罗斯涅瓦河三角洲最大的岛,属于彼得堡。

我要再住三天,看一看再说;要是芭蕾舞接着演下去,我就动身回家去,或者到苏多罗加去看伊凡①。

有一股浓重的恶意的空气包围着我,这种恶意极不明确,而且对我来说是不可理解的。人们请我吃饭,对我唱庸俗的赞歌,同时却又准备吃掉我。这是为什么?鬼才知道。要是我开枪自杀,我倒会因此给我的十分之九的朋友和崇拜者提供极大的乐趣。而且他们是多么浅薄地表现他们的浅薄的感情!布烈宁在小品文里骂我②,可是在任何地方都没有在报纸上骂自己的撰稿人的风气;马斯洛夫(别热茨基)不到苏沃林家里去赴宴;谢格洛夫专讲种种针对我的诽谤;等等。所有这些都极其愚蠢,无聊。他们不是人,而是一种霉菌。

我无意中碰见德莉希卡。她正好跟我住在一所房子里。明天我会跟她见面。

我的《孩子们》③出第二版了。

由于这个缘故我得到一百个卢布。

我身体健康。睡得迟……

我同苏沃林谈起过你:你不会在他那儿工作,这是我的主张。他对你极有好感,而且爱上昆达索娃了。

问候丽季雅·叶果罗芙娜·米玖科娃④。我等着她的计划⑤。

---

① 契诃夫的大弟伊·巴·契诃夫在苏多罗加附近的一个玻璃工厂所开办的学校里担任教师。——俄文本注
② 指布烈宁发表在1891年1月11日《新时报》第5341号上的小品文《批评随笔》。布烈宁在这篇小品文里写道:"乌斯宾斯基、柯罗连科、契诃夫等先生们"开始衰退了。这篇文章里包含着对契诃夫的露骨的讽刺:"这一类平庸的才子不再会观察他们周围的生活,于是随心所欲地乱跑,跑到西伯利亚去,跑到西伯利亚以外的地方去,跑到符拉迪沃斯托克,跑到萨哈林岛去……"——俄文本注
③ 契诃夫的儿童文学作品集。——俄文本注
④ 指丽季雅·斯达希耶芙娜·米齐诺娃。——俄文本注
⑤ 指在萨哈林岛开办学校。——俄文本注

你对她说,不要吃面食,要躲着列维坦。比我再好的崇拜者,她不论在思想里找,还是在上流社会里找,那可是再也找不到了。

谢格洛夫来了。

昨天格利果罗维奇来过;他吻了我很久,说了些假话,老是要求我给他讲日本女人。

伊拉克里①来了。我需要跟他谈一谈,可是电话坏了。

问候大家。

你的安·契诃夫
一八九一年一月十四日
于彼得堡

二五〇

致阿·费·柯尼②

阿纳托利·费多罗维奇阁下:

我没有急于答复您的来信,那是因为我至早也要在星期六才动身离开彼得堡。

我后悔没有到纳雷希金娜夫人③那儿去,不过我觉得最好还是把对她的访问推迟到我的小书问世的时候,那时我会更加自由地运用我拥有的材料了。我的短暂的萨哈林岛的往事在我的心目中显得那么巨大,弄得我每逢想谈它,都不知道从何谈起,我每一

---

① 萨哈林岛的一个修士司祭。——俄文本注
② 阿纳托利·费多罗维奇·柯尼(1844—1927),俄国司法活动家,文学工作者,著有回忆录《在生活的道路上》。——俄文本注
③ 即叶利扎维塔·阿历克塞耶芙娜·纳雷希金娜,沙皇宫廷女官,担任"流放苦役犯妇女慈善救济机关"和"流放犯家庭救济协会"的主席。——俄文本注

次都觉得我谈的不是该谈的。

萨哈林岛的孩子和少年的境况①我极力描写得详尽。这种境况不同寻常。我见过挨饿的儿童,见过十三岁的情妇,见过十五岁的孕妇。姑娘们从十二岁起就开始卖淫,有时是在月经开始之前。教堂和学校仅仅在纸上存在,教育孩子们的是社会氛围和苦役的环境。顺便要说到,我记下了我跟一个十岁男孩的谈话。当时我在上阿尔穆丹村子里进行调查;所有的移民流刑犯一概是乞丐,而且以嗜赌如命闻名。我走进一个农舍,大人都不在家;有一个浅色头发的男孩坐在一条长凳上,背部伛偻,光着脚,正在呆呆地出神。我们开始谈话:

我:你父亲的父名叫什么?

他:不知道。

我:怎么会呢?你跟父亲在一块儿过,会不知道他叫什么名字?丢人哪。

他:他不是我真正的父亲。

我:怎么会不是真正的父亲呢?

他:他是我妈的姘头。

我:你母亲是有丈夫的呢,还是在守寡?

他:守寡。她就是因为她的丈夫才来的。

我:什么叫做"因为丈夫"?

他:她把他杀死了。

我:你记得你自己的父亲吗?

他:不记得。我是私生子。我妈是在卡拉生下我的。

在阿穆尔的轮船上,有一个杀死自己妻子的罪犯戴着脚镣,跟

---

① 契诃夫在《萨哈林岛》一书中为这个问题专辟一章,即第十七章。——俄文本注

我同船到萨哈林岛去。他身边带着他的女儿,这是一个六岁上下的女孩,一个孤儿。我发觉那个父亲从上甲板走下去上厕所的时候,押解兵和他的女儿就跟着他走;那个父亲待在厕所里时,持枪的士兵和女儿就站在门口。等到那个罪犯往回走,上楼梯,他的女儿就跟着他往上爬,拉住他的脚镣。夜里,那个女孩同罪犯和士兵挤成一堆睡觉。我记得在萨哈林岛参加过一次葬礼。人们在埋葬一个动身到尼古拉耶夫斯克去的移民流刑犯的妻子。在挖好的墓穴旁边站着四个抬棺材的苦役犯,他们是 ex officio① 的;我和财务主任算是哈姆雷特和霍拉旭,在墓地上走来走去;有一个切尔克斯人是死者的房客,由于闲着没事而来送葬,还有一个女苦役犯,她是出于怜悯心而来的:她带来死者的两个孩子,一个是怀抱的婴儿,另一个是阿辽希卡,四岁的男孩,上身穿着女人的上衣,下身穿一条蓝色长裤,膝部打着显眼的补丁。天气寒冷,潮湿;墓穴里有水,苦役犯们在笑。从这儿可以看见海洋。阿辽希卡好奇地瞧着墓穴;他想擦一擦他那冻僵的鼻子,可是他那件女上衣的长袖子不容许他这样做。人们往墓穴里填土的时候,我问他:

"阿辽希卡,你母亲在哪儿?"

他像一个输了钱的地主那样摇一下胳膊,笑呵呵地说:

"刨坑埋掉啦!"

苦役犯们笑起来;切尔克斯人转过身来向着我们,问一下他该把这些孩子怎么办,他是没有义务养活他们的。

我在萨哈林岛没有遇见过传染病,先天的梅毒症很少,然而我看见过瞎眼的儿童,很脏,满身疱疹,以及证明没人照管而发生的各种疾病。

当然,我不预备解决儿童问题。我不知道该怎么办。不过我

---

① 拉丁语:兼管这个职务。——俄文本注

觉得在这方面,慈善事业以及监狱经费和其他经费的余款是无济于事的;慈善事业在俄国带有偶然的性质,余款是根本没有的,因此,按我的看法,靠这两样东西来解决问题是有害的。我认为应当由国库来解决。

我的莫斯科的地址是小德米特罗夫卡,菲尔冈寓所。

请容许我为您的亲切,为您答应到舍下来拜访而向您道谢;我是真诚地尊敬您而且忠实于您的。

安·契诃夫
一八九一年一月二十六日
于彼得堡

二五一

致阿·谢·苏沃林

我正想着歌德和埃克曼,他们就来了①。

我不久以前在我那伟大的中篇小说②里提到过他们的谈话。我说这个中篇小说伟大,是因为它真正称得起伟大,也就是又大又长,甚至使我写得厌烦了。我写得又大又笨,主要的是缺乏计划。不过呢,反正也没关系。

让布烈宁再得到一个新的证据去证明青年作家们一无是处吧。③

---

① 埃克曼是歌德的秘书;当时,埃克曼辑录的《歌德谈话录》一书已由阿威尔基耶夫(俄国小说家,剧作家,翻译家)译成俄语,刚由苏沃林的出版社出版。——俄文本注
② 《决斗》。
③ 参看第二四九封信的注。——俄文本注

这部中篇小说离结束还远,人物多得要命。我对人物总是贪多。在您到此地以前,我会写好一半,或许还要多一点,我会拿给您,请求您看一遍。请您预先体会一下这种乐趣吧,就跟我也要预先体会一下您的批评一样,不过您的批评,我倒不怕,因为您是一个十分善良的人,而且又出色地了解这个工作,这是罕见的结合。

我没有到波隆斯基[①]那儿去,倒不是因为我不喜欢他。我只顾忙乱和奔走,干脆就把他忘了。我没有到波隆斯基那儿去,就如同我没有祝贺安娜·伊凡诺芙娜的命名日的原因一样。这是个教养的问题!大概我缺乏教养,就是这么回事。我会给波隆斯基写一封眼泪汪汪的信去,至于安娜·伊凡诺芙娜,等我到彼得堡去的时候再向她赔罪,不过,我不会因此就变得有教养些。

谁在莫斯科写信给波隆斯基谈起我呢?这是比比科夫[②]。

您收到的那封关于评论卡尔波夫[③]文章[④]的匿名信是狂妄无耻的,如此而已。也可以说,它很愚蠢。

卡尔波夫是个愚蠢而恶毒的人,非常爱面子,像阿威尔基耶夫一样,这种人最后会用假名写批评文章的。

您那篇论托尔斯泰的文章[⑤]是一篇十分可爱的东西。写得非常非常好,它又有力,又委婉。总之,那一期特别成功:又有您的论文,又有《弗朗索瓦》[⑥]。那是一篇精彩的小说。托尔斯泰所添的

---

① 雅科夫·彼得罗维奇·波隆斯基(1819—1898),俄国诗人。
② 维克托·伊凡诺维奇·比比科夫是俄国作家。
③ 叶甫契希·巴甫洛维奇·卡尔波夫(1859—1926),俄国剧作家,亚历山大剧院导演,后来担任彼得堡的文艺小组剧院的导演。
④ 1891年2月2日《新时报》第5363号上发表了一篇评论卡尔波夫的文章。——俄文本注
⑤ 指1891年2月5日苏沃林发表在《新时报》第5366号上的论文《短信》,这篇文章评论托尔斯泰的《克莱采奏鸣曲》和该书的《跋》。——俄文本注
⑥ 指列夫·托尔斯泰根据法国作家莫泊桑的原著改写的短篇小说,刊登在1891年2月5日《新时报》第5366号上。——俄文本注

关于妹妹的话("她是你的妹妹!")并不像您所担心的那样损害作品。只是这篇小说因为添了这句话而似乎失去了新鲜的气息。不过,这也没关系。

祝您健康,愿上帝保佑您不产生忧郁的思想。难道阿达谢夫又要扮演连斯基公爵吗?最好是由切尔诺夫①来扮演。他也是块木头,不过似乎是一种比较软的木头。

我开始衰老了,这是因为我很喜欢"谈论文学"而得出这个结论的。这是稳重。

问候安娜·伊凡诺芙娜、男孩和大鼻子的女孩②。

您的安·契诃夫
一八九一年二月六日
于莫斯科

二五二

致阿·谢·苏沃林

您好,我亲爱的。您那封有关《托尔米多尔》③的电报弄得我很为难。我是非常想到彼得堡去的,然而不是为了萨尔杜和那些光临我国的巴黎人,而是什么也不为,仅仅去走一趟。可是实际的考虑把我约束住了。我考虑到我得赶紧写中篇小说,我不懂法国话,因而会在包厢里占据别人的位子,我的钱很少了,等等。一句话,现在依我看,我是个不好的同伴,虽然我似乎极力使我的举动

---

① 即亚·谢·施瓦茨希尔德,俄国亚历山大剧院的演员。
② 指苏沃林的小儿子包利亚和女儿娜斯嘉。——俄文本注
③ 法国剧作家萨尔杜的剧本《托尔米多尔》正在彼得堡由一个到达俄国作旅外演出的法国剧团在米哈伊洛夫斯基剧院公演。——俄文本注

得体。

我的中篇小说正在向前推进。一切都平稳,顺畅,冗长的地方几乎没有,然而您知道什么事情很糟吗?我这个中篇里没有行动,这把我吓坏了。我担心人家很难把它读到一半,更不要说读完了。不管怎样,我仍旧会把它写完。我会送给安娜·伊凡诺芙娜一个用仿皮纸印成的本子,供她在沐浴时阅读。我希望她在水里被什么东西咬一口,哭着离开那里。

您走后我心情忧郁。一般说来,我总是心情忧郁的。

那个了不起的女天文学家教完我法语语法后不知什么缘故到彼得堡去了。柯瓦列甫斯卡娅①的桂冠不让她安睡,她似乎想进专修班学校。

《求婚》②没有成为谢肉节③的剧目;显然,演员们生气了,因为到现在为止我一直没有到剧院里去过。昨天尤仁④又去了,他们没有接待他。涅米罗维奇⑤去了,他们也没有接待他,在我的地平线上正在堆集乌云,我在等一场带雹子的暴雨。刚才米沙从阿列克辛回来了。这也算是工作⑥!像这样的工作我也同意去干呢。罗什福尔伯爵夫人彻底拒绝我们了⑦。我心想,她即使在蜜月的幸福日子里曾经用她的拒绝使她的丈夫伤心,也不会像现在使我们伤心得这么厉害。现在可叫我们住到哪儿去呢?我非常害怕灰色的别墅环境,天花板上净是裂缝、污斑,厨房里充满油烟,可

---

① 索菲娅·瓦西里耶芙娜·柯瓦列甫斯卡娅(1850—1891),俄国数学家,斯德哥尔摩大学教授。——俄文本注
② 契诃夫的轻松喜剧。
③ 大斋前的一个星期。
④ 即亚历山大·伊凡诺维奇·苏木巴托夫-尤仁(1857—1927),俄国剧作家和演员。
⑤ 即符·伊·涅米罗维奇-丹钦科。
⑥ 契诃夫的小弟做税务员的工作。
⑦ 罗什福尔伯爵夫人是地主,她拒绝在她的庄园里出租别墅。——俄文本注

是今年说不定只好尝一尝这种别墅的味道了。

请您给我寄钱来。我没有钱了,而且似乎也没有地方可以拿钱。据我推测,我在有利的条件下可以在九月之前从您那儿得到大约一千个卢布。请您斟酌这个数目办吧,只是不要通过邮局把钱汇来,因为我不耐烦到邮局去取钱。

请您来信讲一讲《托尔米多尔》。

问候安娜·伊凡诺芙娜、包利斯和漂亮的娜斯嘉。"啊,娜斯嘉,啊,娜斯嘉,快开门吧……"

完全属于你们的安·契诃夫
一八九一年二月二十三日
于莫斯科

二五三

致玛·巴·契诃娃

高尚的小妹妹:

我预定星期日动身出国。我先到维也纳,从那儿再到威尼斯,然后走遍意大利全境。我大概不会到西班牙去,所以关于西班牙的三角披巾请你不要再去想它了。

随信附上三百卢布的沃尔科夫期票一张。希望它不致被人从这封信里偷去才好。

我恳切地要求你把**所有号码**的报纸都保存下来,等我回来读。

我去参观过巡回展览。列维坦在庆祝他的辉煌的缪斯的命名日。他的画引起热烈的赞扬。格利果罗维奇在画展上给我做向导,解释每一张画的优点和缺陷;他对列维坦的风景画十分入迷。波隆斯基发现那座桥过于长;普列谢耶夫看出画的名称不符合它

127

的内容:"得了吧,他把这幅画叫做静谧之地,可是这儿样样东西都生气蓬勃啊……"等等。不管怎样,列维坦的成功是不同寻常的。

昆达索娃到苏沃林家里去过。据说她的笑声响极了,弄得埃米利①和阿德尔②一听到"m-elle③student④"来了就战战兢兢。她又是笑又是跺脚。

顺便说一句。要求列维坦和昆达索娃为萨哈林岛的学校多少募捐一点款项吧。

亚历山大和他家里的人都健康。

祝大家健康,愿上帝保佑大家。不要忘记我。

完全属于你们的安·契诃夫
一八九一年三月十六日
于彼得堡

把信纸送给丽卡吧,要不然它,也就是信纸,就要发霉了。
要是这封信里没有期票,你们就打电报给亚历山大吧。

二五四

致伊·巴·契诃夫

目前我在威尼斯,我是前天从维也纳到达此地的。我只能说一点:比威尼斯更出色的城市我这辈子还没见过。这是个十足的迷人的东西,满是光彩,生气勃勃。街道和小巷是没有的,只有水

---

①② 均为苏沃林子女的家庭教师。
③ 法语:小姐。
④ 英语:大学生。

渠;街头出租的马车是没有的,只有威尼斯小划船;建筑式样惊人,没有一个地方不引起历史的或者艺术的兴趣。你坐着小划船,观赏中世纪威尼斯共和国首领们的宫廷、苔丝德蒙娜①的房子、著名画家的房子、宫殿……在那些宫殿里有塑像和画,像那样的塑像和画我们连做梦都没有见过。一句话,迷人得很。

从早到晚我整天坐在小划船上,在各条街道上航行,或者在著名的圣马可广场上漫步。这个广场平坦而清洁,好比镶木地板。这儿有圣马可大教堂,那是一种没法描写的东西;这儿有首领们的宫廷,有高楼大厦,我一看到那些高楼大厦就觉得仿佛人们在照着乐谱歌唱,就感到惊人的美,就心醉神迷。

还有那傍晚!上帝,我的主啊!在这样的傍晚人简直会因为不习惯而死掉呢。你坐在小划船上航行……天气暖和,四周静谧,满天星斗……在威尼斯是没有马车的,所以这儿安静得很,像在原野上一样。你的身旁有许多小划船来来往往……迎面漂来一条小划船,满是灯彩。船上坐着拉低音提琴的、拉小提琴的、弹吉他的、弹曼陀林的、吹短号的,有两三个太太和几个男人,于是你听见了歌唱和音乐。他们唱的是歌剧。那是什么样的歌喉啊!你坐着小划船再往前走一点,那儿又是一条有歌手的船,随后又是一条,一直到午夜空气里始终混杂着男高音、小提琴和种种动人心弦的响声。

我在这儿遇见梅列日科夫斯基②,他兴奋得要发疯了。穷苦的和屈辱的俄国人在这儿,在这美丽富足和自由的世界中,很容易发疯。我一心想在这儿住一辈子;你站在教堂里,听着管风琴的乐声,就恨不得皈依天主教才好。

---

① 莎士比亚悲剧《奥赛罗》中的女主人公。
② 德米特利·谢尔盖耶维奇·梅列日科夫斯基(1865—1941),俄国小说家,诗人,批评家和政论家。宗教哲学协会的创立者。

卡诺瓦①和提香②的大墓穴着实壮观。此地,伟大的艺术家像国王一样下葬,埋在教堂的墓园里;这儿不像我们那儿那么轻视艺术!塑像和绘画不管怎样赤身露体,教堂一概给予保存的地方。

元首的宫殿里有一幅画,上面有将近一万个人像。

今天是星期日。圣马可广场上要奏乐。

好,那么,祝你健康。愿你万事如意。要是日后你有机会到威尼斯来,那就会是你一生中最好的日子。你该看一下此地的玻璃生产!你那些瓶子③跟此地的相比简直不成样子,甚至想想都恶心。

我以后还会写信,现在就再见吧。

你的安·契诃夫

一八九一年三月二十四日④

于威尼斯

二五五

致玛·巴·契诃娃

令人心醉的、天蓝色眼睛的威尼斯向你们大家致意。啊,先生们和女士们,这个威尼斯是多么美妙的一座城呀!请你们想象一下由许多你们从没见过的房屋和教堂构成的这座城吧:建筑式样令人陶醉,一切都优雅而轻巧,好比那些鸟一样的小划船。这样的房屋和教堂只有那些具有巨大的艺术鉴赏力和音乐鉴赏力并且天

---

① 卡诺瓦(1757—1822),意大利杰出的新古典主义雕塑家。——俄文本注
② 提香(1490—1576),意大利文艺复兴盛期威尼斯派画家。——俄文本注
③ 伊凡·巴甫洛维奇·契诃夫在一个玻璃厂附近的学校里工作。——俄文本注
④ 契诃夫3月17日离开彼得堡出国,3月19日到达维也纳,3月22日到达威尼斯。——俄文本注

赋了狮子气质的人才造得出来。现在请你们设想一下:大街小巷里不是马路而是水,请你们设想一下全城没有一匹马,你们看不见马车夫而只看见小划船的划手坐在他们的惊人的小船上,那些小船无异于轻巧、温柔、有长喙的小鸟,几乎不碰到水面,只要有一丁点的波浪就会颤抖。从天到地满是阳光。

有些街道宽得像涅瓦大街①,也有些街道窄得只要一张开胳膊就可以挡住整条街。这座城的中心是圣马可广场以及著名的大教堂,它也是以圣马可命名的。大教堂富丽堂皇,特别是从外面看。它的旁边是中世纪威尼斯共和国首领们的宫廷,奥赛罗在那儿对着首领们和元老们发表政见。

总的说来,没有一个地方不勾起回忆,不激动人心。例如苔丝德蒙娜住过的那个小屋就给人留下一个印象,觉得很难叫人离开这所房子。

威尼斯最好的时光是晚上。第一,繁星;第二,长水渠,水面上映着灯火和星光;第三,小划船,小划船,还是小划船,天一黑下来,它们就仿佛活了;第四,恨不得哭一场才好,因为四面八方传来音乐声和美妙的歌声。前面漂来一条小划船,满是五颜六色灯彩;灯火通明,可以让人看清低音提琴、吉他、曼陀林、小提琴……然后又来了一条这样的划船……男男女女都在歌唱,而且唱得多好啊!完全是歌剧。

第五,天气暖和……

一句话,谁不到威尼斯来,谁就是傻瓜。这儿的生活费是很低的。每个星期的膳宿费用是十八个法郎,也就是六个卢布,一个月是二十五个卢布,小划船的划手一个小时收费一个法郎,也就是三十个戈比。博物馆、科学院等地方是任人参观,不收费用的。此地

---

① 彼得堡的一条街名。

生活费比克里米亚便宜十分之九,可是要知道,克里米亚在威尼斯面前简直是拿乌贼同鲸鱼相比。

我担心爸爸会因为我没有向他辞行而生我的气。我请求他原谅。

这儿出产什么样的玻璃,什么样的镜子啊!为什么我不是一个百万富翁呢?

我向爸爸、妈妈、税务员、姨母同阿辽沙、金发的丽卡、谢玛谢契卡同他的太太①、连斯基、漂亮的列维坦、库甫希尼科夫夫妇深深鞠躬。

明年我们大家到威尼斯来租住别墅吧。

空中回荡着洪亮的钟声。我的通古斯朋友们啊,我们皈依天主教吧!但愿你们知道教堂里的管风琴多么好听,这儿有什么样的塑像,有什么样的跪着祷告的意大利女人!

不过,祝你们健康,不要忘记我这个罪孽深重的人。

从维也纳到威尼斯通着一条早先人们对我讲过很多的、美丽的道路。可是我对这条道路却失望了。我在高加索、在锡兰见过的山脉、深谷、雪峰远比这儿的雄壮。Addio②。

你们的安·契诃夫
一八九一年三月二十五日
于威尼斯

---

① 指他的大提琴。——俄文本注
② 意大利语:再见。

二五六

致玛·符·基谢廖娃

罗马大主教委托我庆贺您的命名日,并且祝您的钱像他拥有的房间一样多。而他有一万一千个房间哪!我在梵蒂冈走来走去,累得筋疲力尽,等我回到家里,我觉得我的腿像是棉花做的了。

我在 table d'hôt① 上用饭。您可知道,我对面坐着两个荷兰女人:一个长得像普希金的达吉雅娜②,另一个像她的妹妹奥尔加③。我在吃饭的那段时间里始终瞧着她们两个人,暗自设想一幢带小塔楼的清洁的白色小屋、上等的牛油、出色的荷兰干酪、荷兰鲱鱼、仪表堂堂的牧师、庄重的教师……于是我一心想娶一个荷兰女人,一心想让人在一个托盘上画出我跟她一块儿在一幢清洁的小屋旁边。

我看见了一切,凡是人家嘱咐我去的地方我到处都去过了。人家让我闻的东西我也都闻过了。不过目前我只感到疲劳,想喝白菜汤和荞麦粥。威尼斯使我入迷,弄得我神魂颠倒,可是等到我离开它后,紧跟着就来了贝德克尔④和坏天气。

再见,玛丽雅·符拉季米罗芙娜,愿上帝保佑您。我和罗马大主教向高贵的大人⑤、瓦西丽萨⑥、叶丽扎威达,亚历山德罗芙娜⑦

---

① 法语:公用的桌子。——俄文本注
②③ 均为普希金的诗体小说《叶甫盖尼·奥涅金》中的人物。
④ 卡尔·贝德克尔(1801—1859),德国出版商,以出版导游书册而闻名。后来"贝德克尔"一词成了旅行指南的代称。
⑤ 即阿·谢·基谢廖夫。——俄文本注
⑥ 即玛·符·基谢廖娃的女儿亚·阿·基谢廖娃。
⑦ 基谢廖娃子女的家庭教师。

深深鞠躬。

这儿的领带便宜得惊人。它便宜极了,弄得我甚至也许要开始吃它了。一个法郎买两条呢。

明天我乘车到那不勒斯去。请您祝愿我在那儿遇到一个漂亮的俄罗斯女人,尽可能是一个寡妇或者一个离了婚的太太才好。

旅行指南上说,在意大利游历的时候,风流韵事是必不可少的条件。好吧,见它的鬼,我倒是什么都同意的。风流韵事就风流韵事吧。

请您不要忘记这个罪孽深重、真诚地忠实于您而且尊敬您的

安·契诃夫

一八九一年四月一日

于罗马

向椋鸟先生们致敬[①]。

二五七

致阿·谢·苏沃林

您的来信收到了。Merci[②]。杰德洛夫-基根的署名是单姓[③],他是个小说家和有趣的旅行家,我只听说过他,却没有读过他的作品。是的,您说得对,我的灵魂需要加点香精了。目前我会带着乐趣,甚至带着欣喜读一点严肃的文章,然而不是专门论述我的文

---

① 基谢廖娃喜爱椋鸟而养着这种鸟。
② 法语:谢谢。
③ 即俄国作家符拉季米尔·留德维果维奇·基根(1856—1928),他的笔名是杰德洛夫。

章,而是一般的文章。我渴望读到严肃的文章,近来的俄罗斯批评家却没有一个能够使我满意,反而惹得我生气。我会如醉如痴地读一点新的评论普希金或者托尔斯泰的文章,这也就会成为我那闲散的智慧所需要的香精了……

我也怀念威尼斯和佛罗伦萨①,准备再爬一次维苏威②;博洛尼亚③在我的记忆里已经模糊,暗淡了;讲到尼斯④和巴黎,那么在回想它们的时候,"我痛心疾首地回顾我的一生"⑤。

在最近一期的《外国文学通报》上发表了一篇维达的短篇小说⑥,那是我们的米哈依尔,税务稽查员,从英文翻译过来的。为什么我不懂外国语言呢?我觉得我会把小说翻译得很出色;每逢我读别人的译文,我就会在脑子里把一些字改换一下,把一些句子重新编排一下,结果就成了一种轻松的、飘飘然的、类似花边的东西了。

逢星期一、星期二、星期三,我总是写萨哈林岛那本书;在其余的日子,除星期日以外,我写长篇小说,星期日写短篇小说。我干得很起劲,可是,唉!我的家庭人口众多,我这个写作的人好比一只虾跟别的虾同装在一个篓里:挤得很。这些天来天气晴和,别墅所在地干燥而有益于健康,树林很多……奥卡河里有许多鱼虾。我看到火车和轮船。大体说来,要不是很挤,我就会十分十分满意了。您什么时候到莫斯科去?请您务必来信。您不会喜欢法国画展,对这一点您得做好准备。当我们早晨五点钟在谢尔普霍夫坐

---

① 意大利中部城市。契诃夫于1891年5月2日从国外回到莫斯科,5月3日乘火车到阿列克辛附近的别墅。——俄文本注
② 意大利南部著名活火山。
③ 意大利北部城市。
④ 法国东南滨海疗养地和旅游中心。
⑤ 引自普希金的诗篇《回忆》。——俄文本注
⑥ 《雨天》,发表在《外国文学通报》1891年第5期上。——俄文本注

上一条寒碜的小轮船,往卡卢加航行时,您会喜欢奥卡河的。

我不打算结婚。我希望我现在是一个秃顶的小老头,在一个讲究的书房里挨着一张大桌子坐着。

祝您健康,安宁。向您的全家深深鞠躬。请您务必给我写信。

您的安·契诃夫

一八九一年五月十日

于阿列克辛

我在写一个轻松喜剧①。出场人物是安娜·伊凡诺芙娜、艾瓦佐夫斯基②、伊凡·巴甫洛维奇·卡桑斯基、书报检查官马卡罗夫。

二五八

致阿·谢·苏沃林

您来信提到的那封信早已收到,而且已经写过回信了。啊,格林斯基③,格林斯基!他不是很久以前就到我家里去过,以主编的十足傲气约我为他写稿,**甚至答应刊登我的短篇小说吗**?啊,古烈维奇,古烈维奇!他大概会被弗列克塞尔④和女人们打垮!要知道《北方通报》对他来说是坟墓。办大杂志完全不同于教育工作啊。⑤

---

① 大概是开玩笑。——俄文本注
② 伊凡·康斯坦丁诺维奇·艾瓦佐夫斯基(1817—1900),俄国海景画家。
③ 包·包·格林斯基是《北方通报》杂志继萨巴希尼科娃之后的出版人。——俄文本注
④ 阿基姆·利沃维奇·弗列克塞尔(笔名沃伦斯基)(1863—1926),俄国文学批评家,俄国早期象征主义者。——俄文本注
⑤ 契诃夫接到古烈维奇来信为《北方通报》杂志约写小说,以为这个写信人是俄国教育家和历史学家亚科甫·格利果利耶维奇·古烈维奇,殊不知是他的女儿,《北方通报》的主编留包芙·亚科甫列芙娜·古烈维奇。——俄文本注

我会为您写圣诞节故事,这是确定无疑的。要是您高兴的话,我甚至会为您写两个。我正坐在这儿写啊,写啊……我终于着手工作了。那本萨哈林岛的书至少要让它出版,我已经写了那么多。可惜的只是我那些该死的牙痛起来,胃也失调。我不时跑到树林里去,跑到山沟里去。

我那些书①要出版多少册都由您。请您不要忘掉《卡希坦卡》②。现在应该撒开链子,放它出去了③。如果给它加上插图,封面用藏在您那靠近窗子的书桌抽屉里的那幅狗像,它就可以出版了。我是个写得虽然慢,却又多产的作者。到我将近四十岁的时候,我会有成百本的书,可以开办一家自己著作的专卖店了。拥有许多书而别的什么也没有,这是使人十分害臊的。

六月间您会在费奥多西亚收到一些转交我的信。我把这个地址写给萨哈林岛人了,因为我不知道今年夏天我会住在什么地方。万一您不到费奥多西亚去,那就请您做出适当的安排,免得我那些信不知去向。您也不要忘记六月初彼得堡号轮船会运来那匹爪哇的马,这匹马是我在新加坡为您买下,而轮船上的军官答应给我运到敖德萨的。要是它运来了,那倒是一匹好得出奇的马。请您不要忘记写信到敖德萨的书店④去,托那儿的人在轮船到达的时候上船去取那匹马,挑一个天气暖和的日子送到费奥多西亚去。

亲爱的,您的图书室里有塔甘采夫⑤的《刑法》吗?如果有的话,能把它寄给我吗?我本想买一部,可是现在我是"穷亲戚",叫花子,穷光蛋。还要请您告诉您的书店(打电话),要他们赊账寄

---

① 指契诃夫在苏沃林的出版社出版的短篇小说集。
② 契诃夫的中篇小说,契诃夫在1888年准备出版,因等候插图而拖延下来。参看第一五四封信。——俄文本注
③ 《卡希坦卡》这个动物故事的主人公是一条狗,名叫卡希坦卡。
④ 指苏沃林开办的书店的分店。
⑤ 尼古拉·斯捷潘诺维奇·塔甘采夫(1843—1923),俄国法学家。

给我两本书:《流放犯条例》和《监禁条例》。您不要以为我想做检察官;我需要这些书是为了我那本萨哈林岛的书。我主要是同终身的惩罚作斗争,我在这种惩罚里看到了万恶之源①;此外我要同流放犯的法律作斗争,这种法律非常陈旧,自相矛盾。

我头一次在《俄罗斯新闻》上读到波达片科②的作品③。它很好。

比比科夫是在什么意义上抢光了一个上了年纪的太太?要知道,女人有时候是会说谎的。

您问:要不要开始做一次访问地主们的旅行?行,这挺好。不过,请您等一等,让我写作一个时期吧。

您那儿积存着沙甫罗娃的《在女算命者家里》。那篇短篇小说不坏。为什么您不把它登出来呢?那位女作者心情不安了。

问候您的全家。我要跑到山沟里去了。

您的安·契诃夫
一八九一年五月十三日
于阿列克辛

二五九

致阿·谢·苏沃林

俗话说得好:及时行乐。我原住在一个木头造的别墅里,离奥卡河有四分钟的路程,四周是别墅和住别墅的人;只有桦树,别的

---

① 契诃夫在《萨哈林岛》一书中的第二十二章讨论这个问题。——俄文本注
② 伊格纳季·尼古拉耶维奇·波达片科(1856—1928),俄国作家。
③ 特写《总见解》,发表在1891年5月9日《莫斯科新闻》第125号上。——俄文本注

什么也没有。我住腻了。我认识了一个地主,姓柯洛索甫斯基①,在他那荒芜而富有诗意的庄园②里租了大的石砌房子的楼上一层。这地方多么美啊,但愿您知道就好了!房间很大,好比贵族俱乐部③里的房间;有一个极妙的花园,那儿的林荫道我从来也没见识过;有河,有池塘,有供我的老人们去做礼拜的教堂,有各式各样齐全的设备。丁香、苹果树正在开花,一句话,棒极了!今天我搬到那儿去,丢下这个别墅不要了。这个别墅租价九十个卢布,而庄园租价一百六十个卢布。这件事破费不小。

是啊,您为什么不来捕鱼呢?这儿的鲫鱼和虾不计其数。

罗什福尔有两层楼④,然而对您来说,不论是房间还是家具,都不够用。再者,交通也使人疲劳不堪,从火车站得坐着马车绕一条差不多有十五俄里的路才能到达。其他的别墅也不行,柯〔洛索甫斯基〕的庄园只有到明年才适合您住,那时上下两层楼就整修一新了。说真的,有钱和有家室的人给自己找别墅比骆驼钻针眼还难。对我来说,别墅多的是,而对您来说却一个也没有。

我的一只獴到树林里去,没有回来。它大概死掉了。

我暗自发过誓不在报纸和杂志上发表我的萨哈林作品,可是现在,但愿您知道诱惑有多么大!今天我能寄给您值一百个金路易⑤的稿子呢。

昨天我为萨哈林岛的气候忙了整整一天⑥。写这类东西是很难的,不过到头来我总算获得了成功。我给那儿的气候描绘出了

---

① 即叶·德·贝利姆·柯洛索甫斯基。
② 这个庄园名叫包吉莫沃。——俄文本注
③ 指莫斯科的贵族俱乐部。
④ 柯洛索甫斯基的庄园附近是女地主罗什福尔伯爵夫人的庄园,这里指庄园里的正房。——俄文本注
⑤ 法国古代的金币。
⑥ 《亚历山德罗夫斯克区的气候》在《萨哈林岛》的第七章中。——俄文本注

一个谁看了都会浑身发冷的画面。不过写数字是多么讨厌啊!

我每天早晨五点钟起床;显然,到老年我会四点钟起床。我的祖先都很早起床,比公鸡还早。我发觉起床很早的人都是喜欢忙忙碌碌的人。那么,我将来会成为一个闲不住的、心思不定的老头子。

《不速之客》①是一部克雷洛夫格调的轻松喜剧:毫无特性。这个戏有住别墅的丈夫的味道②,而且有这样一个含意:西伯利亚的舅舅不应当到外甥这儿来做客。而且这个剧本是生硬地拼凑成的。读者或者观众期待着那位客人会追求女主人,可是剧本里连这一点也没有,前后三幕一概单调乏味。我还想说一点:常写这样的剧本无异于每天到〔……〕③去,不久就会耗尽精力的。

古烈维奇小姐和菲洛克塞尔④先生不会把《北方通报》办出什么成绩来;他们会把他们翻译过来的犹太哲学家⑤的气味带到那个杂志里去,却不会把他的聪明才智带到那儿去;〔……〕

祝您健康。如果您打算到我这儿来,就请打一个这样的电报:"阿列克辛,别兹杰特内医师收转契诃夫。"我的信地址如下:图拉省,阿列克辛城。

您的安·契诃夫

一八九一年五月十八日

于阿列克辛

---

① 俄国作家和剧作家伊·列·列昂捷夫-谢格洛夫的三幕喜剧。——俄文本注
② 契诃夫指的是列昂捷夫-谢格洛夫以前写出的喜剧《住别墅的丈夫》。——俄文本注
③ 契诃夫指的大概是"妓院"。
④ 俄国文学批评家弗列克塞尔的外号,他的笔名是沃伦斯基。——俄文本注
⑤ 指留包芙·亚科甫列芙娜·古烈维奇由拉丁文译出的、经沃伦斯基编纂和注解的、已经出版的荷兰哲学家斯宾诺莎书信集。——俄文本注

二六〇

致阿·谢·苏沃林

　　一只獴跑进树林去,没有回来;我们花七十五个戈比买下的一匹小母马被绳套勒死了。天冷。没有钱。不过,话虽如此,我还是不羡慕您。目前住在城里是不行的,这又乏味又无益于健康。我希望您从早晨到吃午饭的时候在某地的凉台上喝着茶,写点艺术性的东西,比方剧本什么的,午饭以后直到傍晚为止就钓鱼,进行平静的思考。您早该享受目前种种偶然的事件不容您享受的那种权利,我想到我生活得比您还要安静就觉得害羞,似乎这不公平。难道整个六月您真的住在城里吗?这简直叫人心惊胆战呢。

　　校样①已经都安排好,涅乌波科耶夫大概已经放心了。我在信上给您提过的那些书都已经收到。关于谢格洛夫的剧本,我从来也没有跟他谈过什么。不知他是从哪儿知道我称赞它的。

　　您写道,我是一个用砖砌成、外边涂了石灰浆的人,没有给报纸②写过什么东西。不过请您设身处地替我想一想吧。我的文学生涯总是这么乱糟糟,没章法,连魔鬼也会感到棘手。我本来想写中篇小说,由于出国③而耽误了;现在要接着写那部中篇小说却没有工夫,萨哈林岛套在我脖子上了④。我想坐下来写点短东西,而且已经试过,可是我一想到萨〔哈林岛〕必须在秋天以前脱稿,就停下来,徒唤奈何了。请您等一等,亲爱的,我不久就会从我的

---

① 指契诃夫的短篇小说集《形形色色的故事》的第二版。——俄文本注
② 指苏沃林的《新时报》。
③ 契诃夫在1891年3月和4月到奥地利和意大利游历。
④ 指契诃夫的专著《萨哈林岛》。

背上卸掉这个苦役,于是我就从头到脚完全属于您了。我对您用人格担保,萨哈林岛的书会在秋天发表,因为我,说老实话,正在写啊,写啊,不停地写,要是您不信,我可以给您寄一点物证去。多亏我跟公鸡同时起床,所以没有人打搅我的工作,我的工作热火朝天,不过这又是一种枯燥的、细致的工作,吃力不讨好:为了一行可恶的文字就得花整整一个小时翻阅文件,浏览各种乏味的东西。描写天气,或者根据许多片断的材料来对苦役进行历史的、批判的特写,这是多么乏味啊,我的上帝!

您写道,在最近一个时期"姑娘们变得十分露骨地淫荡起来"。啊,您可别变成席捷尔!如果她们真的淫荡,那么这跟时代是毫不相干的。以前甚至比现在更淫荡些,因为这种淫荡似乎合法化了。请您回忆一下叶卡特琳娜吧,她打算叫马莫诺夫娶一个十三岁的姑娘。普希金在他的《驿站长》①里同一个十四岁的姑娘长吻,而莎士比亚的女主人公的年龄都在十四岁到十六岁之间。您并没有那么多的证据足以做出概括的结论。

顺便讲到姑娘们(**下面删掉十三行半,字迹不清**。)

新闻:我们办了一个轮盘赌。赌注不超出一个戈比。轮盘赌的收入用在公共事业上,组织野餐。我是庄家。

祝您健康。不要沉湎于忧郁的思想,一切都会安排得挺好。问候安娜·伊凡诺芙娜、娜斯嘉、包利亚。

您的安·契诃夫
一八九一年五月二十七日早晨四点
于包吉莫沃

---

① 普希金的短篇小说。

二六一

致叶·米·沙甫罗娃

　　夫人,您的《错误》也确实是个错误。这篇小说只有个别的地方是好的,而其余的地方却是一个充满枯燥描写、走都走不通的密林:索尼雅、死人、爸爸、妈妈,然后又是索尼雅和死人……眼睛都看花了!"高尚的贫穷"和那些姑娘您写得很成功,那您就应该专门描写那个可爱的姑娘以及她的爸爸、难缠的厨娘和溜冰场的诱惑,那样一来这个短篇就会出色了。您的《女算命者》①登出来了。您看见了吗?关于稿费,请您原谅,我没有对苏沃林说。虽然您的作品每一行值十个戈比以上,可是我不打算破坏《新时报》建立已久的制度:在那儿,开头总是五个戈比②,然后逐步上升,如同在职的文官一样,即使是莎士比亚来稿也一视同仁。您以后会拿到八个戈比,然后是十个,随后是十二个,再后是十五个,一路升上去直至十卢布的金币。等我到八十岁,您到九十岁,我们就可以拿到每行十卢布金币了。

　　先前我在巴黎的时候,您的信从意大利转过来。我看完您的信,双手一摊。我能回答您一些什么话呢?为了回答您打算利用巴尔捷涅夫诉讼案③的想法,也许我只能给您开一个药方:Kalie bromati④……临睡服一匙。这个想法几乎是发狂,甚至是疯癫。

---

① 指沙甫罗娃的短篇小说《在女算命者家里》,发表在1891年5月24日《新时报》第5471号上。——俄文本注
② 即每一行稿费五个戈比。
③ 指当时在华沙发生的女演员维斯诺甫斯卡雅被她的情人巴尔捷涅夫杀死一案;沙甫罗娃写信给契诃夫,说到她有意利用这个诉讼案的材料写一部长篇小说。——俄文本注
④ 拉丁语:溴化钾(一种镇静剂)。

第一,您同巴尔捷涅夫并不认识,也不可能认识;第二,像可怜的维斯诺甫斯卡雅的生活这样复杂的荒唐事,也许只有陀思妥耶夫斯基才理得清楚。再者,您何必让您的想象力驰骋到华沙去呢？莫斯科就在眼前,充满米莫奇卡①之流的人和种种两条腿的野兽。

我们应当见一见面才对。您该唱个歌,让我听一听。我们该谈一谈文学,谈一谈克里米亚。

祝您健康,愿苍天保佑您。

您的仆人安·契诃夫

一八九一年五月二十八日

于图拉省,阿列克辛城

请您不要为我的批评生气。如果我写的话和我下的断语有点尖锐,那也只是因为我把您看做同行和文学工作者,而不是业余作者;如果我把您看做业余作者,那我也许会对您的《错误》说出一大堆恭维话来。

菲里培奇②怎么样？

二六二

致丽·斯·米齐诺娃

迷人的、了不起的丽卡：

您被切尔克斯人列维坦迷住了,完全忘了您答应过我的弟弟

---

① 指俄国女作家丽·伊·韦塞里茨卡雅(笔名米库里奇)的长篇小说《米莫奇卡在矿泉疗养地》中的主人公。——俄文本注
② 即亚历山大·菲里波维奇·费多托夫(1841—1896),俄国戏剧活动家,演员,莫斯科小剧院导演,他所创办的戏剧学校的校长。——俄文本注

伊凡,说您六月一日到我们这儿来,而且根本没有答复我妹妹的信。我也给您写过信,寄到莫斯科去,约您来,可是连我的信也成了旷野的呼声①。虽然您已经被上流社会接纳(在脑袋有点大的马尔基耶尔②家里),可是您仍旧教养很差,所以有一次我用鞭子惩罚您,我至今不后悔。您得明白我们天天等您来不但心焦,而且也增加我们的开支:我们午饭照例只吃隔夜的菜汤,可是我们等客人的时候,还要在邻居的厨娘那儿买一些煮熟的牛肉煎着吃。

我们有出色的花园、幽暗的林荫道、僻静的角落、小溪、磨坊、小木船、月夜、夜莺、火鸡……河里和池塘里有很聪明的青蛙。我们常去散步,在那种时候我总是闭上眼睛,弯起右胳膊,想象我在挽着您的胳膊一路散步。

如果您来,那就请您在火车站上打听马车夫古兴,他会把您送到我们这儿来。您也可以在小火车站下车,不过那样一来您得早点通知我们,为的是我们可以派快马去接您。从小火车站到我们这儿只有四俄里。

问候列维坦。请您要求他不要在每一封信上都写到您。第一,这在他那方面来说未免不宽宏大量;第二,他的幸福跟我毫不相干。

祝您健康,幸福,不要忘记我们。

守夜人的妻子问候您。

这是我的署名。

那只獴找到了。玛霞身体健康。

---

① 意为没人理睬。
② 索·萨·马尔基耶尔是俄国儿童文学女作家,契诃夫家的熟人。——俄文本注

刚才我接到了您的信。它从头到尾满是可爱的字眼,例如"叫鬼掐死您才好""叫鬼把您撕碎才好""该死的""打个脖儿拐""坏蛋""大开一顿"等等。不消说,像特罗菲姆这样的赶大车的对您有了极好的影响。

您既可以游泳,也可以在傍晚散步,这都是快乐。我的整个内脏充满湿罗音和干罗音①,可是我游泳,散步,却仍旧活着。

您需要喝矿泉水。我赞成这样做。您务必要来,要不然就会闹出坏事来的。大家向您深深鞠躬,我也如此。您的字迹仍旧秀丽。

一八九一年六月十二日

于包吉莫沃

二六三

致费·亚·切尔温斯基②

我揣摩不透。为什么您把您的信寄到塔甘罗格去呢?为什么全世界都认为我住在塔甘罗格呢?不但是您,甚至萨哈林岛的办公厅也把它的公文寄到塔甘罗格去交我收下。我不明白。我已经有六年没在那个城里住了,在最近这段时间甚至想都没有想到过它。目前我住在瑟兹兰-维亚泽姆斯基铁路线上,靠近阿列克辛城,我的住址如下:图拉省,阿列克辛城。我跟您是邻居。

斯卡比切夫斯基③的文章我是从来也不看的。不久以前他的《最

---

① 肺结核的症状。
② 费奥多尔·亚历山德罗维奇·切尔温斯基(1864—1917),彼得堡律师,作家。——俄文本注
③ 亚历山大·米哈依洛维奇·斯卡比切夫斯基(1838—1910),俄国文学批评家;1886年他曾在评论中预告契诃夫日后会"醉死在围墙脚下"。契诃夫直到晚年还对高尔基提起过这个评论(参看高尔基的《回忆契诃夫》)。

新文学史》落到我的手里,我看了一点点就丢开了,我不喜欢它。我不懂为什么要写这种东西。斯卡比切夫斯基之流是殉教徒,自告奋勇地在街上走来走去,嚷道:"皮匠伊凡诺夫缝的靴子很差!"以及"细木匠谢苗诺夫做出来的桌子很好!"谁需要这种叫嚷呢?靴子和桌子并不会因此变得好一点。总之,这些先生寄生在别人的劳动上,依赖别人的劳动,因此这些先生的劳动在我看来是完全莫名其妙。至于人家在骂您①,那倒没关系。他们越早一点向您开枪就越好。

您的剧本登在哪儿了?我一直在旅行,什么东西也没读。请您把单行本寄给我吧。

还有一件事:您可知道《法律通讯》和《法学年鉴》是谁主编的吗?要是您知道,就请您写信告诉我。我会十分感激您。

祝您健康。

您的安·契诃夫
一八九一年七月二日
于包吉莫沃

二六四

致阿·谢·苏沃林

谢谢您的邀请。我多半会去的,然而一时还不能去,虽然我热切地渴望海洋、沙滩、夜晚的谈话以及克里米亚和费奥多西亚的其他好处。我很忙;我工作勤恳,然而写出来的东西却不多。您不久

---

① 1891年5月30日彼得堡的《新闻和交易所报》上发表了斯卡比切夫斯基的一篇文章《文学大事记》,这篇文章对切尔温斯基发表在《北方通报》1891年5月号上的诗剧《在穷乡僻壤》作了否定的评论。切尔温斯基在写给契诃夫的信上讲起他由于这个评论而产生的非常不快的心境。——俄文本注

就会获得美学的乐趣了:我要寄给您一篇小说①,如今它已经写好一半以上了,其中将要包含四五篇小品文。

　　谢谢您增加五个戈比②。唉,这不能改变我的局面!为了做到像您所说的那样发一笔财,从那种为一个小钱操心和为琐碎事担忧的旋涡里爬出来,我只有一个办法,就是不讲道德。娶一个女财主,或者把《安娜·卡列尼娜》冒充为我的作品。由于这都行不通,我就对我的局面摆一下手,任凭它爱怎么样就怎么样好了。

　　有一回您对我夸奖法国作家罗德,说托尔斯泰喜欢他。前几天我有机会读到他的一部长篇小说③,失望得摊开双手。他是我们的马奇捷特,只是稍稍聪明一点罢了。矫揉造作和枯燥无味的地方多极了,他极力打算独创一格,然而艺术性却使人感到非常少,就像在包吉莫沃有一天傍晚您跟我一块儿煮的粥里的盐一样。这个罗德在序言里懊悔自己早先是自然科学家,现在则因为最近文学界新兵的唯灵论成功地代替了唯物主义而高兴。这是幼稚的夸耀,而且粗鄙,拙劣。"左拉先生,如果我们不及您那么有才气,那么另一方面我们却相信上帝。"

　　我们这儿的天气好极了。现在是早晨,阳光灿烂,却像是五月,我心里高兴。安静得很,安静得很。

　　《采蘑菇者》已经收到,可是蘑菇却没有。咖啡原来是……炒熟了的。昨天和前天都有雨,可是该死的蘑菇却不长出来,我们都灰心了。

　　我接到莱辛④的一封信。他在写东西。您崇拜他吧。

　　普列谢耶夫这个家伙到斯卡尔科甫斯基的司里⑤去干什么?

---

① 中篇小说《决斗》。——俄文本注
② 即每一行增加五个戈比稿费。
③ 《三颗心》,1891年巴黎版。——俄文本注
④ 指彼得堡的亚历山大剧院的演员巴·马·斯沃包津,他喜爱德国剧作家莱辛的著作《汉堡剧评》,常谈起它,因此契诃夫这样戏称他。——俄文本注
⑤ 即到康·阿·斯卡尔科甫斯基主管的矿业司去。——俄文本注

您就是宰了我,我也弄不懂。难道诗人梅烈日科夫斯基和他的缪斯还在国外吗?唉,唉!

向安娜·伊凡诺芙娜、娜斯嘉、包利亚深深鞠躬。祝您健康。

您的安·契诃夫
一八九一年七月二十四日
于包吉莫沃

二六五

致阿·谢·苏沃林

我终于写完我那冗长而使人疲劳的小说①。按挂号印刷品寄到费奥多西亚交您收下。请您费神读一遍。对报纸来说它未免太长,按内容来说它又不宜于分章发表。不过,随您的便吧。

要是您推迟到秋天发表这篇小说,那么我就会在莫斯科看校样;这样做,这篇小说不会有什么损失,而《新时报》的钱柜反而会得利,因为我的校样永远会缩减行数。

由于这篇小说是我目前唯一的资源,那么为了使我放心,请您打个电报给我,说您收到它了。

这篇小说占四个印张以上。这真可怕。我疲乏了,结尾是拖拖拉拉地写成的,像是秋天泥泞的夜晚的车队:慢慢腾腾,走走停停,因此就耽搁时间了。如果您不淘汰这篇小说,那么我要把稿费的一半用来偿还我欠报纸的债,另一半供我糊口。要是您推迟到秋天发表这篇小说,那么请您打电报给可敬的会计处,要它赶快给我汇三百个卢布来,记在这篇小说的账上,否则我囊空如洗,连出

---

① 中篇小说《决斗》。——俄文本注

门的路费也没有了。当然,汇钱只应当在这篇小说合用等等条件下办理。

唉!我不会到您那儿去了。我是用低沉阴郁的声调说这句话的。我没有路费,而又不想借新债。

这儿有很多菌子。天气炎热。

请您来信告诉我:您要在费奥多西亚住到哪月哪日?说不定我会抽身去一趟也未可知。

请代问候安娜·伊凡诺芙娜、娜斯嘉、包利亚。

祝您健康。

您的安·契诃夫
一八九一年八月十八日
于包吉莫沃

二六六

致阿·谢·苏沃林

今天我连同小说①寄给您一封信,现在呢,我又写一封信来答复刚收到的您的来信。您说到尼古拉和给他治病的医师的时候,强调"这一切都做得缺乏爱心,甚至就自己的小小的方便而言也缺乏自我牺牲精神"。您这话泛指一般的人倒是对的,可是试问,您要医师怎么办呢?要是这种病真像您的保姆所说的那样,"肠子破了",那么,这时即使想为病人牺牲性命,又有什么办法呢?照例,当家人、亲戚、仆人采取"各种措施",拼命使劲的时候,医师总是坐在那儿,模样像个傻瓜,袖手旁观,垂头丧气地为自己,为自

---

① 契诃夫的中篇小说《决斗》。——俄文本注

己的科学害臊,而且极力保持外观的镇静……医师们常常经历到可憎的时光,可憎的日子,但愿任何人都不要尝到这种滋味。不错,在医师当中,也不乏无知之徒和卑鄙小人,如同在作家当中,在工程师当中,在一般人当中一样,然而我所讲到的那种可憎的时光和日子,唯独医师们才会经历到,那么凭良心说,由于这一点,许多事情我们都应该多加原谅才是。

至于"对这种人光打他的脑袋还嫌不够,他应当挨一顿鞭子",我倒也准备同意您的意见,只是您得证明这种人到现在为止一直享受幸福的生活,他没有被命运打垮,没有被命运打击得心神麻木。

阿历克塞·阿历克塞耶维奇在费奥多西亚吗?啊,在沙滩上玩辟开①可真好!

我那做教员的弟弟②由于热心工作而获得一枚奖章和一个莫斯科的职位。他是一个就好的意义上说的顽强的人,而且达到了目的。他还没满三十岁,可是他在莫斯科已经被人看做模范教师了。

昨天晚上我醒过来,想到我已经寄给您的那个中篇小说。当我写它而且拼命赶工的时候,我的脑子里乱哄哄的,我不是在用脑筋而是在用生锈的铁丝工作。匆忙是不应该的,否则写出来的就不是创作,而是粪堆了。如果您不淘汰这篇小说,那么请您推迟到秋天再发表,那时我就可以看校样了。

叶若夫的短篇小说《考验》③粗俗而十分缺乏教养,然而读起

---

① 旧时的一种纸牌戏,三十二张牌,玩者二到四人。
② 即契诃夫的大弟伊·巴·契诃夫,他原在弗拉季米尔省苏多格达县的一个学校里工作,这时候已调到莫斯科,在彼得罗夫斯克-巴斯曼学校工作。——俄文本注
③ 短篇小说,发表在1891年8月13日《新时报》第5551号上。——俄文本注

来却有趣。这个人在明显地进步。

人家写信告诉我说,柯诺诺维奇将军奉召到彼得堡来,为亏空四十万卢布作出解释。

那位女天文学家如今在巴统。由于我对她说过我也要到巴统去,她就把她的地址寄到费奥多西亚去了。近来她变得越发聪明。有一次我听见她同您认识的动物学家瓦格纳①的学术争论。我觉得那位有学问的硕士跟她相比简直是个小孩子。她有很好的逻辑和大量合理的想法,可是在〔……〕旁边却没有舵,因此她这条船走啊走啊,便自己迷失了方向。

好,愿上帝保佑您万事如意。祝您健康。

请代问候安娜·伊凡诺芙娜、娜斯嘉、包利亚和阿历克塞·阿历克塞耶维奇,如果他还没走的话。

有一个农妇用车子运黑麦,她从这辆车子上头朝下地摔下来。她摔得很厉害:脑震荡、颈椎骨脱落、呕吐、剧痛等等。人家把她送到我这儿来了。她哼哼唧唧,长吁短叹,求上帝让她快死,可是她瞧着那个用车子送她来的庄稼汉,嘟哝道:"你,基利拉,扔掉那些兵豆②,以后再脱粒,眼下得先磨燕麦。"我就对她说,以后再谈燕麦,目前应该谈更重要的事,可是她对我说:"他的燕麦好得很哪!"这是个喜欢为人张罗的、嫉妒心重的女人。这样的人是容易死掉的。

我九月五日动身到莫斯科去。得找新住处了。

祝您万事如意!

您的安·契诃夫

一八九一年八月十八日

于包吉莫沃

---

① 符拉季米尔·亚历山德罗维奇·瓦格纳(1849—1934),俄国动物学家,写有许多学术论著。
② 一年生矮小草本。荚果短扁。种子可制凉粉,或做牲畜的精饲料。

二六七

致阿·谢·苏沃林

随信寄上米哈依洛夫斯基①论托尔斯泰的小品文②一篇。请您读一读,长一长见识。这篇小品文挺好,可是说来奇怪,这样的小品文哪怕写了一千篇,事情却仍旧没有向前推进一步,人家仍旧不明白这类小品文是为了什么目的写的。

其次,随信寄上我们莫斯科的教授季米利亚节夫③引起议论的小册子④,这是当前轰动社会的大事。事情是这样的:在我们莫斯科而且一般地说在俄罗斯,有一个教授包格丹诺夫⑤,动物学家,是个很显赫的、出色的人物,他把一切都抓在自己的手心里,从动物学到俄罗斯报刊他样样都要管。这个人无法无天,高兴干什么就干什么。于是季米利亚节夫向他发动了进攻。他在小册子里,而不是在报纸上发表论文⑥,因为,我再说一遍,所有的报纸都掌握在包格丹诺夫的手里。〔下面删掉一句:"就连《新时报》也不例外。"〕如果有的时候〔……〕或者大臣们把报刊抓在手心里,那为什么不允许莫斯科大学这样做呢?于是以包格丹诺夫为代表的

---

① 尼古拉·康斯坦丁诺维奇·米哈依洛夫斯基(1842—1904),俄国社会学家,政论家,民粹派文学批评家。
② 《论杂事的信。第三十五篇》,发表在1891年8月23日第231号《俄罗斯新闻》上。——俄文本注
③ 克利门特·阿尔卡季耶维奇·季米利亚节夫(1843—1920),俄国自然科学家,达尔文主义者,俄国植物生理学学派创始人之一。——俄文本注
④ 即《科学的丑剧》,莫斯科,1891年版。——俄文本注
⑤ 阿纳托利·彼得罗维奇·包格丹诺夫(1834—1896),俄国动物学家和人类学家,莫斯科大学教授。
⑥ 这本小册子名为《科学的丑剧》,莫斯科,1891年版。——俄文本注

大学就把它抓过来了,而且手段相当狡猾……不过,关于这些以后等见面的时候再谈,因为信里写不下所有的事情。

寄上短文一篇①作为那本小册子的补充。季米利亚节夫在同冒牌的植物学斗争,我想说:动物学也跟植物学差不多。您把这篇短文从头读到尾吧;不必是植物学家或动物学家才能理解我们由于无知而认为高尚的东西其实是很**低下**的。

如果这篇短文合用,那就请您把它发表出来;如果不便刊登,那么,不消说,只有把它丢掉了事。您会觉得这篇短文尖锐,然而我在这篇文章里一点也没夸大,丝毫没说假话,因为我采用了证据确凿的材料②。

我用字母Ц署名,而没用我的姓,这是因为,第一,这篇短文不是我一个人写成的;第二,作者必须不让人知道,因为包格丹诺夫知道瓦格纳同契诃夫生活在一起,而瓦格纳正要为他的博士论文进行答辩,等等,他这篇论文可能由于我的罪过而不作任何解释地被退回来。再说,我何必一定要署真名呢?

这篇文章不应该有稿费,因为这篇文章有一半是摘录季米利亚节夫的文章和其他文件。

因此,有两个条件:作者的姓名必须极端保密,不要稿费而只要一俄磅烟叶。倘使上述条件哪怕有一个不同意,这篇短文就请勿发表。

这篇短文如果需要时应当缩短和改变风格。

我在写我的萨哈林岛,感到烦闷,很烦闷……老是在精神高度紧张的情况下生活,我都厌倦了。

---

① 契诃夫的小品文《魔术师》,发表在1891年10月9日《新时报》第5608号上,署名"Ц"。——俄文本注
② 安·巴·契诃夫曾经到莫斯科去,访问动物园,亲自证实这件事情的反科学的背景。在小品文《魔术师》里契诃夫用新的材料肯定了季米利亚节夫的种种论断。——俄文本注

根据您的电报来判断,我那篇小说①没有使您满意。您不应该太客气而不把它退还给我。我会把它寄到《北〔方〕通〔报〕》去的。顺便说一句,我已经接到那边寄来的两封信了。这篇小说在报纸上刊登未免太长,而且天知道这是多么令人不快。

我在九月二日或三日到莫斯科去。

您的电报在火车站放了四天。您不该把它寄到火车站去。应当这样:阿列克辛,契诃夫收。

我看了几个庄园。小庄园倒有,而适合您住的大庄园却没有。小庄园售价有一千五的,有三千的,有五千的。一千五的有四十俄亩土地,有一个大池塘,有带花园的小房子。

唉,我多么讨厌病人啊!邻近的一个地主突然得了神经性中风,人家就用一辆破旧而颠簸的马车把我接去了。最讨厌的是怀抱婴儿的农妇和称起来乏味的药粉。

亚历山大添了一个儿子。

饥馑的年月来了。大概会发生各种疾病和小小的骚乱。

我向安娜·伊凡诺芙娜、娜斯嘉、包利亚深深鞠躬,祝他们万事如意。

我常游泳。水凉。刺激皮肤。

祝您健康。

您的安·契诃夫

九月二日以后请您把信寄到莫斯科,小德米特罗夫卡,菲尔冈寓所。

阿历克塞·阿(历克塞耶维奇)的身体怎么样?他的鼻炎怎么样了?

一八九一年八月二十八日
于阿列克辛包吉莫沃

---

① 中篇小说《决斗》。——俄文本注

二六八

致阿·谢·苏沃林

您喜欢那篇小说①,好,谢天谢地。近来我变得非常多疑。我老是觉得我穿的长裤不像样,我写的东西不对头,我给病人的药不对症。这大概是神经有毛病吧。

假如拉德齐耶甫斯基②这个姓确实不好,那可以另换一个姓。就让他姓拉吉耶甫斯基吧。冯·柯连③还是不改为好。在动物学界,瓦格纳、勃兰特④、福塞克⑤之类的姓多的是,人们却不承认有俄国人,其实他们都是俄国人。不过,还算有一个柯瓦列甫斯基⑥。顺便说一句,俄国的生活十分混乱,什么姓都可以用。

萨哈林岛⑦正在步步前进。有时我很想为它下三五年的功夫,拼命用功写它,可是有时又疑虑重重,恨不得把它丢开了事。不过说真的,要是能为它下三年功夫,那多好啊!我会写出很多废话来,因为我不是专家,不过,说实话,我也会写出一点正经的东西。萨哈林岛之所以好,就因为它会在我死后生存一百年,这是因为对于一切从事监狱工作和关心监狱的人来说,它会成为文学的源泉和参考资料。

---

① 契诃夫刚脱稿的中篇小说《决斗》。——俄文本注
② 《决斗》的男主人公的原姓。最后定稿时改为拉耶甫斯基。——俄文本注
③ 《决斗》中的另一个人物,动物学家。
④ 勃兰特(1839—1891),俄国动物学家,科学院院士。
⑤ 维克托·安德烈耶维奇·福塞克(1861—1910),俄国动物学教授。
⑥ 马克西姆·马克西莫维奇·柯瓦列甫斯基(1851—1916),俄国历史学家,法学家,进化论学派社会学家,彼得堡科学院院士。
⑦ 指契诃夫的专著《萨哈林岛》。

您说得对,阁下,今年夏天我做了许多工作。要是再有这样一个夏天,我也许就会写出一部长篇小说,买下一个庄园了。这可不是闹着玩的,我不但得以糊口,甚至还能偿清一千卢布的债务呢。等我到了莫斯科,我会从协会①领到《蠢货》②的一百五十到二百卢布,上帝就是这样供养我们这班闲汉的。

我写出了关于逃亡者和流浪汉的一章③,既有趣而又有教益。等我日后万不得已要分卷发表萨哈林岛的时候,我就把这一章寄给您。

现在我提出一个请求。阿·维·谢尔巴克写信给我,说他有意在您那儿出版一本带插图的书④(顺便说说,他这本书十分有趣);他想把他的小品文和论文收集起来,合成一本书。他要求我在您面前说一说情。如果您同意,我就打电报到符拉迪沃斯托克,告诉他。请您尽快答复,因为彼得堡号很快就要开到符拉迪沃斯托克了。

我没有到费奥多西亚去在您那儿小住,这对我的健康是一个巨大的损失。我体重减轻了。

请您告诉我您什么地方麻痹?关于麻痹,您不止一次对我谈过,前不久还写信提过。是进行性的吗?不,我的先生,您这不是麻痹,而是烦闷,很可怕的东西。

《卡希坦卡》⑤怎么样了?这本东西在您那儿放了三年,要不然我就已经挣到三千了。

---

① 指俄罗斯剧作家和歌剧作曲家协会,它代替剧作家收受剧本的上演费。——俄文本注
② 契诃夫的一个轻松喜剧。
③ 这一章在《萨哈林岛》全书出版以前曾于1892年在《俄罗斯新闻》出版的《赈济饥民》专刊上首次发表。——俄文本注
④ 谢尔巴克的这本书没有出版。——俄文本注
⑤ 契诃夫的中篇小说,已经约定交由苏沃林出版,因等候插图而未出版。

请您转告阿历克塞·阿历克塞耶维奇,说我羡慕他。我也羡慕您。这倒不是因为您的妻子私奔了,而是因为您常在海洋里游泳,住在暖和的房子里。我住的棚子里却很冷。我巴望现在有地毯,有壁炉,有古铜器,有学术谈话。呜呼,我永远也做不成托尔斯泰主义者!在女人方面我首先喜爱美丽,在人类的历史方面我首先喜爱文化,这个文化表现于地毯、带弹簧座的马车、思想的敏锐。啊,但愿我快些变成一个小老头,挨着一张大桌子坐着才好!

我向安娜·伊凡诺芙娜和叶甫盖尼雅·康斯坦丁诺芙娜①深深鞠躬,祝她们万事如意。如果安娜·伊凡诺芙娜像您来信所说的那样得了游走肾,那么要知道,这种病是不危险的。

愿上帝保佑您!

您的安·契诃夫
一八九一年八月三十日
于包吉莫沃

附言:日后您回来的时候,请您给我带一点辣椒来,费奥多西亚的这种产品好得很。请您带些绿的和红的来。

您收到对动物学的批评②了吗?

拉德齐耶甫斯基在抄写什么?在内地,所有的书面工作都由小职员按特殊的报酬承担,而那些八等文官和九等文官就喝酒取乐。

要是把《决斗》里的关于动物学的谈话删掉,这篇小说会因此变得生动些吗?

现在请您把信寄到莫斯科小德米特罗夫卡,菲尔冈寓所。

---

① 苏沃林的大儿媳。
② 指契诃夫的小品文《魔术师》。参看第二六七封信的注。——俄文本注

二六九

致阿·谢·苏沃林

我已经到达莫斯科,并且坐在家里,没有出过门。我家里的人正在忙于改换住宅,可是我一声不响,因为我懒得动。为了便宜一点,他们打算搬到处女地①去。

您为我的中篇小说②所推荐的书名《虚伪》是不合用的。只有在描写自觉的虚伪的小说里,这个名字才合用。不自觉的虚伪不是虚伪,而是错误。托尔斯泰把我们有钱和吃肉都叫做虚伪,这就太过分了。

昨天我得到消息,说库烈平③已病入膏肓。他脖子上生了一个毒瘤。在他死以前,这个毒瘤会吃掉他的半个脑袋,并且使他受到神经痛的煎熬。听说库烈平的妻子已经写信给您了。

死亡在一点一点地吞食人类。它是精通此道的。请您写一个剧本,讲一个老化学家发明了一种长生不老的药,人喝下十五滴,就会永远活着;可是这个化学家把那瓶长生不老的药打碎了,因为生怕像他自己和他妻子那样卑鄙可憎的人会永远活下去。托尔斯泰否定人类长生不老,可是,我的天啊,这话多么意气用事啊!我前天读了他的《跋》④。您就是打死我,我也得说这篇文章比我所

---

① 莫斯科的地名。
② 《决斗》。——俄文本注
③ 亚历山大·德米特利耶维奇·库烈平是莫斯科新闻记者,1882年起为幽默杂志《闹钟》的编辑,后来为《新时报》工作。
④ 指托尔斯泰的中篇小说《克莱采奏鸣曲》的《跋》。它发表在列·尼·托尔斯泰文集的第八卷,1890年由莫斯科的马蒙托夫印刷厂排印,1891年6月出版。——俄文本注

鄙视的《致省长夫人的信》①还要愚蠢,还要令人窒息。让这世界上的大人物的哲学都见鬼去吧!一切大圣大贤都像将军那样专横,都像将军那样不礼貌、不客气,因为他们相信自己不会受到惩罚。第欧根尼②往人家胡子里吐唾沫,因为他知道他不会因此出事;托尔斯泰骂医生是无赖,对重大问题态度蛮横,因为他也是第欧根尼,知道人家不会把他拉到警察局去,也不会在报纸上骂他。所以,让这世界上的大人物的哲学都见鬼去吧!所有这种哲学以及一切狂妄的跋和写给省长夫人的信的价值,都赶不上《霍尔斯托密尔》③里面的一匹母马。

请代问候我的中学同学阿历克塞·彼得罗维奇④,祝他身体健康,心情愉快,做上迷人的梦。希望他梦见一个赤身露体、弹着吉他的西班牙女人。

向安娜·伊凡诺芙娜和阿历克塞·阿历克塞耶维奇深深致敬。

祝您健康,请您不要忘记我这个罪人。我十分烦闷无聊。

您的安·契诃夫
一八九一年九月八日
于莫斯科,小德米特罗夫卡,
菲尔冈寓所

---

① 即果戈理所著的《与友人书简选》中的信,这些信是果戈理写给卡卢加省的省长斯米尔诺夫的妻子斯米尔诺娃-罗塞特的,它们的内容暴露了果戈理思想中的另一面。——俄文本注
② 第欧根尼(锡诺帕的)(约前404—约前323),古希腊犬儒学派哲学家。
③ 列夫·托尔斯泰的一篇描写马的生活的短篇小说。——俄文本注
④ 即阿历克塞·彼得罗维奇·柯洛木宁(? —1900),俄国律师,彼得堡文艺小组负责人之一。——俄文本注

二七〇

致符·阿·季洪诺夫[1]

我寄给您一篇短篇小说[2],最善良的符拉季米尔·阿历克塞耶维奇,可是它该起个什么名字,我却说不出来。目前要给它起名字,如同确定一只还没孵好、破卵而出的小鸡的毛色那样困难。谢谢您来信约稿。

您已经有两个孩子了吗?这挺好。如果有孩子,那就说明您身体健康,您生活得不寂寞。您的主编工作一点也没使我惊讶,也没使我生出什么疑问,甚至也没生出您急于回答的那个疑问。主编不由文学工作者担任,由谁来担任呢?只是,如果您许可的话,我要向您提一个忠告:您要阅读**全部**来稿,不要对新手采取不信任的态度。要刊登自然科学的论文,不必把篇幅拨给字谜和批评文章。

我在拼命工作。我在写萨哈林岛。这个工作的结束依我看是十分遥远的,如同大家根据波兹内舍夫[3]的药方而变得贞洁的时代一样。我工作了整整一个夏天,目前也在工作,可是钱却一个也没有。出国旅行把我榨干了。

您的戏剧事业怎么样了?您的声望处在什么样的境况?

祝您健康,幸福。希望您和您的孩子们万事如意。我至早要在十二月到彼得堡去。

如果您没有忘记,就请您把《北方》寄给我一本,好让我熟

---

[1] 符拉季米尔·阿历克塞耶维奇·季洪诺夫(1857—1914),俄国作家。
[2] 当时季洪诺夫在主编彼得堡的《北方》杂志。这篇小说有意刊登在《北方》上。
[3] 列夫·托尔斯泰的中篇小说《克莱采奏鸣曲》中的主人公。——俄文本注

悉一下。

> 您的安·契诃夫
> 一八九一年九月十四日
> 于莫斯科

二七一

致叶·米·沙甫罗娃

我们这些老单身汉有狗的气味吗?① 就算是这样吧,然而关于治妇女病的医师们生性好色而无耻,请您允许我略略争论一下。妇科医师们是同狂热的散文打交道的,像那样的散文您做梦也没见到过,如果您知道它是怎么回事,那么您凭您的想象力所固有的那种凶狠,也许会说它有一种比狗味都不如的气味呢。凡是经常航海的人总是喜欢陆地;凡是永远陷在散文中的人就热烈地渴望诗意。所有的妇科医师们都是理想主义者。您的医师读诗歌,您的敏感向您提示了真理;换了是我,就还要补充一点:他是个极端自由主义者,又有点神秘主义者的味道,幻想一个涅克拉索夫笔下的俄罗斯女人做他的妻子。著名的斯涅吉廖夫②一谈起"俄罗斯女人"来就嗓音发颤。另一个我认识的妇科医师爱上一个他从远处看见过的、戴着面纱的、神秘的陌生女人。还有一个妇科医师每逢新戏开演总要到剧院去,散戏以后就在衣帽架旁边骂这出戏,口口声声说作者应当专门描写理想的女人,等等。您还忽略了优秀的妇科医师不可能是愚蠢的人或者平庸的人。即使是教会中学的

---

① 这封信大概是契诃夫就沙甫罗娃的一篇作品提出意见。
② 符拉季米尔·费多罗维奇·斯涅吉廖夫(1847—1916/17),俄国妇科学的奠基人之一,莫斯科大学教授。

学生的智慧,也比秃顶引人注目得多,可是您注意到并且着重指出秃顶,却把智慧丢开了。您还注意到并且着重指出那个胖子(好家伙!)在分泌一种脂肪,却根本忽略了他是一位教授,也就是他一连好几年思考着,做着一件使他高出于千百万人、高出于所有的薇洛琪卡和塔甘罗格的希腊女人、高出于一切宴会和酒浆的事。挪亚①有三个儿子:闪、含,另一个似乎是雅弗。含只注意到他父亲是个酒徒,完全忽略了挪亚是天才,他造出一条方舟,拯救了人类。写作的人不应当仿效含。请您牢记这一点。我不敢要求您喜爱妇科医师和教授,可是我敢于向您提出公正,对客观的作者来说公正是比空气还要宝贵的。

那个出身于商人家庭的姑娘写得精彩。医师讲到他不相信医学的那些话挺好,然而不必令他每说一句话就喝一口酒。喜爱死尸,这是您的成见的激愤。您没见过死尸。

其次,离开局部来谈整体。在这方面请您容许我大喊救命。这不是一篇短篇小说,不是一部中篇小说,不是一个艺术作品,而是一长排笨重阴森的营房。

您那种艺术风格当初曾经迷住过鄙人,如今却到哪儿去了?轻松、新颖、优雅,都到哪儿去了?请您读一遍您的短篇小说吧:宴会的描写,然后是作穿插用的太太们和小姐们的描写,然后是人群的描写,然后是宴会的描写……如此这般无穷无尽。描写、描写、描写……可是行动却完全没有。应当干脆从那个商人的女儿写起,把笔墨集中在她身上,取消薇洛琪卡,取消希腊女人,所有的人物都取消……只留下医师和商人的后代。

我们得见面谈一谈才好。那么,您不预备搬到彼得堡去了。

---

① 据《圣经·旧约》记载,在古代洪水时期,挪亚奉神谕制成方舟,使一家人幸免于难。

我本来指望在彼得堡见到您,米沙一再说您仿佛打算搬到那儿去。好,祝您健康。愿天使保佑您。您的想象变得有趣起来。

请您原谅这封信写得那么长。

您的安·契诃夫

一八九一年九月十六日

于莫斯科

二七二

致米·尼·阿尔包夫[①]

尊敬的米哈依尔·尼洛维奇,我差不多已经为您准备好一篇短短的中篇小说了:大体已经写好,可是没有加工,也没有誊清。还有一两个星期就可以完工,不会再迟。它的书名是这样的:《我的病人的故事》[②]。不过我心里充满一种性质非常严重的疑问:书报检查官会放过它吗?要知道《北〔方〕通〔报〕》是一个要经书报检查官审查的刊物,而我的这篇小说虽然,老实讲,并没有宣传什么有害的学说,然而就这个作品的人物的成分来说,书报检查官可能不会喜欢。这篇小说从头到尾贯穿着一个过去的社会主义者[③],而且在这篇小说里内务副大臣的儿子是作为第一号人物出场的。不管是我那个社会主义者也好,我那个副大臣的儿子也好,都是本分人,在这篇小说里没有从事政治工作,然而我还是担心,

---

[①] 米哈依尔·尼洛维奇·阿尔包夫:俄国小说作家,从1891年起为《北方通报》杂志编辑。——俄文本注
[②] 这篇小说后来改名为《匿名氏故事》,契诃夫早在1887年至1888年就开始写它,但未完成;1891年又重新写作这篇小说。——俄文本注
[③] 指俄国的民粹派恐怖分子。

至少认为向读者宣布这篇小说还为时过早。我会把这篇小说寄给您,您就把它读一遍,决定该怎么办。如果依您的看法它会被书报检查官通过,那就请您把它付排,宣布这篇小说即将发表;不过,假如您读完以后发觉我的怀疑是有根据的,那就请您费神把它退还给我,不要付排,也不要送审,因为倘使书报检查官不批准这篇小说,我就不便于把它寄给未经书报检查官审查的刊物:人家知道这篇小说没有被通过,就不敢发表它了。

请代问候卡济米尔·斯坦尼斯拉沃维奇,并且请向他转达希望他万事如意的愿望。

祝您健康。

真诚地尊敬您的
安·契诃夫
一八九一年九月三十日
于莫斯科

二七三

致阿·谢·苏沃林

您那篇《短信》①多么出色啊!这个作品写得热情而漂亮,其中所有的思想统统是正确的。目前来谈论懒惰、酗酒等等,其古怪和不通情理不下于在人呕吐的时候或者得伤寒症的时候给他讲大道理。饱足,也如同一切力量一样,永远包含着某种成分的厚颜无耻,这种成分的厚颜无耻首先表现在饱汉教导饿汉上。如果说在

---

① 指苏沃林发表在 1891 年 10 月 19 日第 5618 号《新时报》上的小品文《短信》,这篇文章讨论的是省长巴兰诺夫谴责农民的"懒惰"(这一年俄国不少地区遇上荒年)。——俄文本注

人十分伤心的时刻安慰往往显得可憎,那么教训一定会起多么大的作用,这种教训一定会显得多么愚蠢,多么使人感到侮辱。按照他们的看法,谁欠缴税款十五个卢布,谁就是没出息的人,就喝不得酒,而他们却在计算欠缴政府多少税款,欠缴第一大臣们多少,欠缴所有的首席贵族和主教又是多少。近卫军欠下了多少债呀!关于这一点只有裁缝们才知道①。

好,我的行程是这样。首先我要把供《专刊》登载的短篇小说②从我的脖子上卸掉。这篇小说的篇幅很大,大约有两个印张,它属于那种写起来乏味而困难的作品,无头无尾;我要卸掉它,叫它见鬼去。然后我就到巴兰诺夫将军的省③里去;我得在伏尔加河上乘船航行,还得坐马车。随后我就去找您。不过扎莱斯克④我不想去。在冬天观看庄园,我办不到。那种覆盖着白雪、周围是光秃秃的树木的庄园,我是干干脆脆、抱有成见地不理解的。

您盼咐他们给我汇四百来吗?Vivat dominus Suvorin⑤!这样一来,在《决斗》的稿费账下我已经从您的书店里收到 400+100＋400。按我的计算,《决斗》的全部稿费在一千四百左右。这样看来,有五百是还债⑥的。好,这也很不错了。明年开春以前我一定要还清全部债务,要不然我就会苦闷,因为到春天我又打算在各编辑部预支稿费了。我想不管三七二十一,到爪哇去跑一趟。

---

① 俄国近卫军在裁缝那里做军服,常常连工带料不给钱,参看契诃夫的短篇小说《上尉的军服》。
② 契诃夫写了一篇短篇小说《妻子》,打算把它交给《赈济饥民》专刊发表。——俄文本注
③ 即到下诺夫哥罗德省去,为了办理赈济饥民的组织工作。——俄文本注
④ 苏沃林的庄园所在地。
⑤ 拉丁语:苏沃林先生万岁!——俄文本注
⑥ 指契诃夫欠《新时报》的债。

维斯科瓦托夫发表在《新闻报》上的答复①里有点耍无赖的味道(他把您叫做小品文作家,等等),他这个人似乎不怎么样,就跟他的俄语知识一样,不过,他真的是伪造吗?您的小品文的调子所发出的音乐倒是每一个人都很理解的。好,教授们也倒霉了。

啊,我的好朋友,我是多么烦闷呀!如果我是医生,那我就需要病人和医院;如果我是文学工作者,我就需要生活在人民中间,而不是住在小德米特罗夫卡,同一只獴生活在一起。我需要哪怕一丁点的社会生活和政治生活,哪怕很少的一丁点也行,而这种离群索居生活,没有大自然,没有人,没有祖国,没有健康和食欲,是算不得生活的,而只是一种〔……〕罢了。

您在您那扎莱斯克的庄园里钓到那么多的鲈鱼和狗鱼,那就请您看在这许多鱼的分上,把英国幽默作家比尔南德②的作品出版吧。请您把它付排吧。

我向您家里的人深深鞠躬。祝您健康一千年。

您的安·契诃夫

一八九一年十月十九日

于莫斯科

尼·米·叶若夫曾经寄给您一篇短篇小说《渺小的人物》③。他想问一声:这个作品合用吗?

---

① 由于俄国杰尔普特大学教授 П.А.维斯科瓦托夫发表了他寻获的莱蒙托夫的诗《恶魔》的抄本,他就同苏沃林发生了笔战。苏沃林在1891年9月24日《新时报》第5593号上发表一篇文章《长诗〈恶魔〉的伪造品》,随后维斯科瓦托夫在1891年10月11日281号《新闻报》上发表了一篇答复苏沃林的文章《论长诗〈恶魔〉的最后定稿,(答苏沃林先生)》,此后苏沃林又在1891年10月16日《新时报》第5615号上发表一篇短文《再论〈恶魔〉的伪造品》。——俄文本注

② 应是"贝尔南德"。——俄文本注

③ 发表在1891年10月24日《新时报》第5684号上。——俄文本注

二七四

致米·尼·阿尔包夫

十分尊敬的米哈依尔·尼洛维奇:

我有点张皇失措。关于我在上封信里告诉您的那篇中篇小说①,目前我把它放在一边了。这个作品不会得到书报检查官的通过②,这一点现在是毫无疑义了。把它寄给您,就等于完全白费时间,使得您本来要我务必为一月号供应一篇小说,结果却落空。不久以前苏沃林到莫斯科来,我对他念了这篇小说的头二十行,讲了讲内容,他就说:"我就下不了决心发表这篇东西。"于是,我就有点张皇失措,做出了这样的决定:这篇小说暂时放在一边,我为您另写一篇。

我也确实在写,③不过,老实说,我的写作进展迟缓。十一月初我要到彼得堡去,会跟您见面。我要极力在这以前把这篇小说写好;不过,如果到那时它还没脱稿,那我就在彼得堡写完它。请您看在造物主的分上原谅我。

您的安·契诃夫
一八九一年十月二十二日
于莫斯科

---

① 即契诃夫的中篇小说《我的病人的故事》,参看第二七二封信的注。——俄文本注
② 《北方通报》杂志的所有稿件必须事先送书报检查机关审查,经它通过后才能刊登。
③ 契诃夫在写他的短篇小说《妻子》,原先他准备把它交给《赈济饥民》专刊发表。11月间他把这篇小说交给《北方通报》杂志,而把为《萨哈林岛》一书所写的关于逃亡者和流浪汉的一章,即第二十二章,交给专刊发表。——俄文本注

二七五

致亚·巴·契诃夫

不论是每逢星期三和星期二刊登我的小说,还是根本不发表我的小说,对我来说简直是无所谓的①。我把这篇中篇小说交给他们,是因为我欠着《新时报》的债;要不是这个原因,我这篇小说就会在大杂志上发表,在那儿它就会一次登完,我也会多得一些稿费,那就不会惹得我那些可敬的同事叽叽喳喳。他们认为我在垄断……好,那你就站在他们的观点上,对他们说:我一直宽宏大量,将近两年没发表过什么东西,给彼捷尔森②啦,马斯洛夫啦,苦役犯席捷尔③啦,让出了一百零四个星期一和一百零四个星期三……你向苏沃林要求一下,叫他让出星期三的篇幅吧;难道我需要星期三的篇幅吗?我根本不需要它们,正如我根本不需要为《新时报》撰稿一样,为它撰稿对于作为文学工作者的我来说没有带来别的,只带来了坏处。在我和苏沃林之间存在着良好关系,即使我不为《新时报》撰稿也能存在下去。

我在账房里再没钱可拿了,因为我请求他们把钱偿付我欠报

---

① 这话是为了答复契诃夫的大哥亚·巴·契诃夫(《新时报》的工作人员)在1891年10月23日写给契诃夫的信上的如下一段话:"落在你头上的(从《新时报》的撰稿人方面来的)诟骂,从来也没有像现在这么多,这是在你的《决斗》占据了星期二和星期三的小品文篇幅以后。"契诃夫的中篇小说在1891年10月22日开始在《新时报》上刊登。编辑部在这一期上加了如下的按语:"安·巴·契诃夫的中篇小说包含一系列的小品文。我们尽可能在规定的日子,也就是每周的星期二和星期三陆续刊登。"——俄文本注
② 符拉季米尔·卡尔洛维奇·彼捷尔森是俄国军事工程师,新闻工作者,《新时报》撰稿人。
③ 《新时报》的反动政论家,契诃夫出于痛恨而骂他"苦役犯"。

纸的债了。

啊,我忙得不可开交!钱却一点也没有,而又没有地方可以去拿钱,而且不幸的是,我同有钱的女人结婚的事纯粹是流言蜚语。

我们这儿的人都健康。

问候你的继承人和你的配偶。

你的安·契诃夫
一八九一年十月二十四日
于莫斯科

二七六

致娜·米·林特瓦烈娃

尊敬的娜达丽雅·米哈依洛芙娜,我没有按我的心愿到下诺夫哥罗德去①,却坐在家里,写东西,打喷嚏。莫罗佐娃②到大臣那儿去过了,他绝对禁止个人的主动精神③,甚至对这种主动精神摆起手来。不知怎的,这就一下子弄得我灰心丧气了。此外,我又完全没钱,不停地打喷嚏④,工作一大堆,我的姨母害病并且今天去世了,再加上局面不定,情况不明,一句话,所有这一切合在一起,就弄得像我这样的一个懒人没有成行。我把我的行期推迟到十二月一日。十二月间我要完全迁移到内地的某个地方去,像住别墅一样地住下来。我要到下诺夫哥罗德去,然后再从那儿爱到

---

① 参看第二七三封信。——俄文本注
② 瓦尔瓦拉·阿历克塞耶芙娜·莫罗佐娃是俄国的女厂主,大慈善家,瓦·米·索包列甫斯基教授的妻子。——俄文本注
③ 意思是赈济饥民只能由沙皇政府出面而不能私人进行。
④ 指感冒。

哪儿就到哪儿去。

长久见不到您是寂寞的,波斯王①走了以后就更寂寞了。我叮嘱家里不接见任何人,我独自坐在书房里,好比苇丛里的一头公牛:我看不见任何人,任何人也看不见我。这样好些,要不然大家就会把门铃的绳子扯断,我的书房就会变成烟馆和聊天处了。这样的生活是乏味的,然而有什么办法呢?我要等夏天来,到那时我就可以自由自在了。

我在拍卖獴。我也很乐于拍卖吉里亚罗甫斯基②和他的诗,可是没有人买。他仍旧几乎每天傍晚到我这儿来,用他的怀疑、奋斗、火山、受剿刑的罪犯、哥萨克首领以及其他种种求上帝饶恕他的废话来折磨我。

《俄罗斯新闻》正在排印为饥民利益编成的专刊。如果您许可的话,我就叫他们给您寄去一本,由邮局代收书价。

好,祝您健康,幸福。问候您全家,向他们致意。

地理学家安·契诃夫

一八九一年十月二十五日

于莫斯科

我们全家问候您。

我们一家人都健康,然而很伤心。姨母是我们大家都喜爱的人,在我们这儿被认为是善良、温柔、公正的化身,这是说如果这些品德可以体现在一个人身上的话。当然,我们每个人都是要死的,不过仍旧伤心。

---

① 契诃夫对林特瓦烈娃家的亲戚亚历山大·伊凡诺维奇·斯玛京的戏称。——俄文本注
② 符拉季米尔·阿历克塞耶维奇·吉里亚罗甫斯基(1853—1935),俄罗斯诗人,小说家,新闻记者。用笔名"吉里亚舅舅"发表作品。

来年四月我要到您那个地区去。我希望来年春天我会有一大笔钱。我是根据迷信来判断的:没有钱就是快有钱了。

问候大殉教徒伊瓦年科。希望他在他那神圣的祈祷里提到我!大家希望他在圣诞节到莫斯科来。

二七七

致阿·谢·苏沃林

尔热甫斯卡雅女子寄宿学校的女教师们为赈济饥民而寄给《新时报》编辑部五个卢布八十五个戈比。请您吩咐他们把这消息刊登出来,钱我已经交给阿历克塞·阿历克塞耶维奇了。

我劝过阿历〔克塞〕·阿历〔克塞耶维奇〕不要到扎莱斯克去。第一,一个有鼻炎的人在一条坎坷不平的、如今既不走雪橇也不走马车的道路上走二十五俄里,这是不大妥当的;第二,冬天观看庄园只有在希图对它失望的时候才可以去;第三,他尽可以在来年四月间去,反正那个庄园也不会走掉,而计划也可能改变;第四,我打算明天跟他一块儿到捷斯托夫①去吃饭,这可是比什么都重要的。

请您不要每周两次刊登《决斗》,而只刊登一次吧。刊登两次是违背这个报纸建立已久的制度的,而且人家看起来好像我每周都从别人那里夺去了一天时间似的,可是话又说回来,对我,对我的中篇小说来说,每周登一次也好,每周登两次也好,反正都一样。

在彼得堡的文学界同行当中专门在议论我的动机的不纯洁。

---

① 莫斯科的一家饭馆的名称。

刚才我得到一个愉快的消息,说是我同家财豪富的西比利亚科娃①结婚了。一般说来,我得到的都是许多好消息。

我每天晚上醒过来,就读《战争与和平》。我带着好奇心,带着纯朴的惊讶心情读着,好像以前没有读过似的。这个作品好得出奇。只是我不喜欢拿破仑②出场的地方。拿破仑一出场,立刻就出现了紧张,出现了种种花招,为的是证明拿破仑比实际上更愚蠢。凡是皮埃尔③、安德烈公爵④或者十分渺小的尼古拉·罗斯托夫⑤所做的事和所说的话,都漂亮、聪明、合情合理、生动感人;然而凡是拿破仑所想和所做的事却都不近情理、不聪明、夸张,毫无意义。等我将来搬到外省去住(我现在白天黑夜地巴望这一点),我就会从事医疗工作,读长篇小说。

我不会到彼得堡去。

假如我在安德烈公爵旁边,我就会把他医好。读起来真叫人奇怪,公爵是一个有钱的人,白天黑夜都有医师守着他,又有娜达莎⑥和索尼亚⑦看护他,而他的伤口却会发出尸体的气味。那时的医学多么糟啊!托尔斯泰写这部很厚的长篇小说的时候,一定不由自主地充满了对医学的憎恨。

祝您健康。我的姨母去世了。

您的安·契诃夫
一八九一年十月二十五日
于莫斯科

---

① 俄国的一个百万富翁的妻子。
②③④⑤⑥⑦ 均为托尔斯泰的长篇小说《战争与和平》中的人物。

二七八

致符·阿·季洪诺夫

那么,最善良的符拉季米尔·阿历克塞耶维奇,我随信寄上一个短小的、供家庭阅读的、情意缠绵的爱情故事①。这个作品就是《市民》②,可是,您看,我写完这篇小说后,给它起了另外一个比较合适的名字。如果您用这个名字发表这篇小说,那么三月间我会寄给您另外一篇短篇小说,就叫做《市民》。不过,随您的便吧。

要是您觉得这个作品太长,乏味,那就请您退还我,我会为您另写一篇东西。由于现在离一月份还有足足一个月时间,那么您还来得及把这篇小说的校样寄给我,我也来得及看完校样。

还有什么话要对您说呢?请您约《花絮》杂志的伊格雷克③为《北方》写各种小品文。这人就是维克托·维克托罗维奇·比里宾,住在柯洛科尔纳亚第九大街十二号。在彼得堡的所有评论家当中,他是最有才气的。

我一贫如洗,倒霉透顶,穷得吃不饱饭了。如果您在最短期间汇给我一点钱,那您就像是一个在沙漠里迎接旅行者的担水人了。

随信附上一张订购杂志的单子。请您做出安排,按这个地址寄出《北方》④,杂志费在我的稿费里扣除。

---

① 契诃夫的短篇小说《伟大的人》,后来改名为《跳来跳去的女人》。参看第二八四封信的注。——俄文本注
② 1891年10月11日契诃夫在写给季洪诺夫的信上,应收信人的要求,通知他说,他打算以《市民》为名写一篇短篇小说寄给《北方》。——俄文本注
③ 应是"伊·格雷克",俄国作家比里宾的笔名。
④ 这是契诃夫代他的叔叔米·叶·契诃夫在塔甘罗格订购的。

好,祝您健康。请您来信。我衷心祝愿您成功。

　　　　　　　　　　　您的安·契诃夫

　　　　　　　　　　　一八九一年十一月三十日

　　　　　　　　　　　于莫斯科

　　一个星期以前我的朋友尼·米·叶若夫,小说家,寄给您一篇短篇小说。您收到了吗?

二七九

致阿·谢·苏沃林

　　我托您的书店把您寄来的两篇稿子①还给您。一篇短篇小说是印度的故事②。莲花啦、桂冠啦、夏夜啦、蜂鸟啦,这些东西都是在印度!这篇小说从渴望青春的浮士德开始,以托尔斯泰风味的"真正的生活的幸福"结束。我删掉一些地方,润色一下,结果成了一篇虽然没什么了不起,可是倒还轻松,读着有趣的小说。另一篇短篇小说③文理不通,写得有点女人气,而且拙劣,可是有情节,有一点点刺人。您看,我把它缩短了一半。这两篇小说都可以发表……我觉得,如果多收集一点这样的短篇小说,然后在校样上读它,就可以编成一期有趣的、花样繁多的圣诞节专号了。顺便说一句,第二篇小说里就有圣诞节枞树。

---

①　苏沃林应契诃夫的要求把一些由《新时报》收到而需要修改的稿子寄给契诃夫,托他代为修改。——俄文本注

②　即俄国漫画家亚历山大·伊格纳托维奇·列别杰夫的《印度的故事》,发表在1891年11月30日《新时报》上。——俄文本注

③　这篇小说未发表。

叶若夫见识少,知道的也少,可是请您等一下再对他做出判决。他同拉扎烈夫或许真会有所成就也未可知。拉扎烈夫头脑聪明,他不肯写关于莫斯科报纸的事。如果我在下星期六以前写成一篇关于莫斯科的小品文①,您总不至于反对吧?我想重操旧业②了!

我一直在幻想,幻想。我幻想来年三月间从莫斯科搬到农庄去,十月和十一月间到彼得堡来,住到三月。我打算在彼得堡哪怕能住一个冬天也好,而这只有在一个条件下才有可能,那就是我在莫斯科没有我的小黑窝。我在幻想,我会有整整五个月的时间跟您谈文学,尽我的能力为《新时报》工作。而在农庄上我要竭力从事医疗工作。

包包雷金③到我这儿来过。他也在幻想。他对我说他要写一篇东西,近似于俄罗斯长篇小说的生理学,论述它在我们这儿的起源以及它的自然的发展过程。他讲话的时候,我无论如何也不能摆脱一种想法,觉得我面前站着的是一个躁狂者,不过是个文学的躁狂者,把文学看得比生活中的一切都重要。在莫斯科,我在家里很少看到真正的文学工作者,因此同包包雷金所谈的一席话依我看无异于天降的甘露,其实我并不相信长篇小说的生理学以及它的自然的发展过程,也就是说或许这种生理学在自然界确实存在,可是我不相信凭现有的各种办法能够掌握它。包包雷金一听到果戈理就直摆手,不肯承认他是屠格涅夫、冈察洛夫、托尔斯泰……的祖宗。他把果戈理撇开,单独放在俄罗斯长篇小说奔流着的河床之外。哼,这我就不懂了。既然站在自然发展的观点上看事情,

---

① 契诃夫写出一篇小品文《在莫斯科》,署名基斯里亚耶夫,发表在 1891 年 10 月 7 日《新时报》第 5667 号上。——俄文本注
② 在 80 年代初期,契诃夫曾经常为《花絮》杂志写小品文《莫斯科生活花絮》。
③ 彼得·德米特利耶维奇·包包雷金(1836—1921),俄国作家。

那么,不但果戈理,就连狗叫也不能放在那个河床之外,因为自然界中万物都相互影响,甚至我刚才打个喷嚏也不会对四周的自然界没有影响。

您说我们一块儿来写一篇短篇小说。如果是这样,那您就不要写完,给我留下一小块地方。不过,要是您打消了合写的念头,那您就赶紧写完它,再开头写新的。明年夏天,我们来为夏天的读者写出两三篇短篇小说吧:您写开头,我写结尾。

今天库烈平下葬了。《新时报》送了一个花圈。在六个花圈里这是最大的一个,然而不是最漂亮的一个。一想到自己去看新上演的戏而在剧院里遇不到常客库烈平,就觉得有点怪。

您怕流行性感冒?不过要知道,您的流行性感冒已经过去了。您尽管神经不好,疲劳,因而容易动怒,可是您的身体却硬朗,这是我越来越相信的。您会再活二十六年零七个月呢。

祝您健康。我在读谢德林的《外省人日记》。多么冗长乏味!同时它又多么近似真正的生活。

向安娜·伊凡诺芙娜深深鞠躬。

您的安·契诃夫

一八九一年十一月三十日

于莫斯科

二八〇

致阿·谢·苏沃林

我收到《卡希坦卡》的校样以后,立刻作了修改,写了新的一章①。

---

① 契诃夫为《卡希坦卡》的单行本写了新的一章《不安宁的一夜》。——俄文本注

我把这篇小说多分了几章。现在它已经不是四章,而是七章了。新的一章多加了一些页数,也许写得还可以。这个家里的朋友和不忠实的妻子①,当然被我删掉了。我把校样寄给您,请您把它寄给涅乌波科耶夫,并且解释一下为什么写了新的一章。如果您觉得这一章是多余的,那就请您丢掉它。

那两篇稿子②您收到了吗?

昨天乌鲁索夫公爵③到我家里来过,从七点钟一直坐到夜间十二点半,畅谈法国的文学工作者。他是个营养充足、家道殷实、善于欣赏福楼拜和〔……〕、显然对自己很满意的人。不过就连他的脑子里也有一根刺。如同您有进行性麻痹症一样,他也认为他有脊髓结核。这成了一个使他痛苦的、毫无根据的 idée fixeo④,使他感到自己有痛风症的疼痛,常找医师们谈话。

我不断从彼得堡,从维尔纳⑤,从俄国各个城市接到关于《决斗》的信。这都是一些不相识的人写来的。这些信高度地热诚,充满好感。在外省的报纸上,在第三篇小品文以后开始发表批评《决斗》的文章。那么可以指望,这本小书⑥会收回成本的。

等《卡希坦卡》问世时,请您吩咐他们给动物保护协会的理事会寄一百本去。

昨天有一个看上去很年轻的人从沃罗涅日给我寄来一本手稿,大约有四十个印张之多,写满了蝇头小字。那是一部长篇小

---

① 这些人物在《卡希坦卡》的初稿(《在学术界》)中本来就没有。——俄文本注
② 指契诃夫代《新时报》修改的读者投稿。参看第二七九封信的注。——俄文本注
③ 亚历山大·伊凡诺维奇·乌鲁索夫(1848—1900),俄国律师,戏剧学家,作家。
④ 法语:成见。
⑤ 可能是维尔纽斯1939年前的名称维尔诺之误。
⑥ 指《决斗》出单行本。

说。书名颇为新奇:《精神乞丐》。这个青年作者要求我读一遍,给他写出我的意见。您想象得到我多么害怕!昨天晚上我开始翻看这部长篇小说,原来那里面尽是诚实的往事、为民众服务、利益的一致、落日……另一个已经不年轻的、退休的上校给我送来两份稿子:《不受欢迎的文明传播者,或无知的果实》和《出名的马车夫》。第二篇稿子里写一个有理想的青年人穷得当了马车夫(这是对冷漠的社会的责备,这个社会把它的最优秀的代表逼到这么可怕的地位上);瞧,这个马车夫就坐在赶车座位上,同车上的乘客大谈马克思、巴克尔①以及穆勒②的逻辑学。

　　古烈维奇没有给我预支稿费。她是怎么搞的呢? 当然,我倒不伤心,可是,她那个处境啊!这个可怜虫没有钱,然而印刷厂要钱,买纸要钱,作者要钱。菲洛克谢尔要钱……为我那篇短篇小说③她得给我六百个卢布。我已经写信给她,请她不要客气,稿费随她有便的时候寄给我好了。顺便说一句,我"熬出头"了。我已经写了那么多,要是人家准时寄给我稿费,那我就可以蛮不错地生活到来年动身到别墅去的时候了。

　　愿上帝保佑您! 阿卡基·莫斯科甫斯基④很有资格做《新时报》的编内撰稿人。

您的安·契诃夫
一八九一年十二月三日
于莫斯科

---

① 巴克尔(1821—1862),英国历史学家,实证论社会学家,社会学地理学派代表人物。
② 穆勒(1806—1873),英国哲学家、经济学家和逻辑学家。
③ 指寄给《北方通报》的《妻子》。——俄文本注
④ 此人未查明。——俄文本注

二八一

致叶·彼·叶果罗夫①

尊敬的叶甫格拉甫·彼得罗维奇,我这次打算到您那儿去而又没有如愿的旅行②经过是这样的。我动身到您那儿去不是抱着新闻记者的目的,而是受到委托,或者更确切地说,是根据一个不大的小组的协议,这个小组里的人希望为饥民做一点事。事情是这样的:公众不相信行政当局,因此不肯捐出款项。关于盗用公款、无耻的偷窃行为等等流传着成千上万个离奇的故事和传说。大家避开教区的公署,对红十字会很愤慨。令人难忘的巴布肯诺的主人③,地方行政长官,直截了当、斩钉截铁地对我大声喝道:"在莫斯科,在红十字会,有人在偷窃啊!"在这样的情绪下,行政当局未必能得到社会的重大帮助。可是另一方面,公众又打算做慈善工作,它的良心不安。九月间,莫斯科的知识界和财阀组成小组,他们思索、议论、活动,邀请内行的人来出主意:他们不停地谈到如何避开行政当局,独立自主地做饥民的组织工作。大家决定派代表到饥馑的省份去,想就地了解实际的情况,开办食堂等等。某些小组的若干头目,一些有声望的人,到杜尔诺沃④那儿去要求批准,杜尔诺沃拒绝了,申明赈济的组织工作只能由教区的公署和红十字会办理。一句话,个人的主动精神从一开始就被摧毁了。

---

① 叶·彼·叶果罗夫是俄国下诺夫哥罗德省地方行政长官,前炮兵军官。——俄文本注
② 契诃夫到叶果罗夫那儿去是为了办理赈济饥民的组织工作。——俄文本注
③ 指基谢廖娃的丈夫基谢廖夫。
④ 伊凡·尼古拉耶维奇·杜尔诺沃(1834—1903),沙皇政府的内务大臣,后来担任大臣会议主席。

大家垂头丧气,心灰意懒;有的人愤愤不平,有的人干脆打退堂鼓了。必须有托尔斯泰的那种勇气和威望才能不顾一切禁令和情绪,按一个人的天职所要求的那样去工作①。

好,现在来谈一谈我自己。我是完全同情个人的主动精神的,因为每一个人都可以按自己的愿望做好事;而行政当局、红十字会等等的一切考虑依我看是不合时宜、不切实际的。我认为只要有某种冷静和善心就可以避开一切可怕的、微妙的障碍,为了这个工作没有必要去找大臣。当初我到萨哈林岛去②,身边连一封介绍信也没带,然而在那边,凡是我需要做的工作我都做了;那么,为什么我不可以动身到饥馑的省份去呢?我还想起一些行政人员,例如您,例如基谢廖夫以及我所认识的一切地方行政长官和税务稽查官,都是些极端正派和值得最大的信任的人。于是我决定,如果可能的话,哪怕在一个不大的地区也可以把下列两个原则结合起来:行政当局和个人的主动精神。我一心想赶快到您那儿去,商量一下。公众是信任我的,它也会信任您,我就可以指望成功了。您记得我给您写过一封信。当时苏沃林到莫斯科来,我对他抱怨说我不知道您的地址。他就给巴兰诺夫打了一个电报,多承巴兰诺夫的盛情,把您的地址寄来了。苏沃林正害着流行性感冒;每逢他到莫斯科来,我们照例总是难舍难分,整天在一起讨论文学,在这方面他十分精通。这一次我们也讨论不休,结果我就从他那儿感染了流行性感冒,躺在床上,咳嗽得厉害。柯罗连科到莫斯科来了,正赶上我害病。我肺部的并发症弄得我受了整整一个月的苦,待在家里闭门不出,简直什么事也没做。现在我的状况已经改善,不过我仍旧在咳嗽,消瘦。这就是事情的经过。要不是流行性感

---

① 当时列夫·托尔斯泰在萨马拉省为饥民开办食堂。——俄文本注
② 指1890年契诃夫的萨哈林岛之行。

冒作梗,说不定我们已经一块儿从公众手里募到两三千款子,或者如果情形顺利的话还不止此数也未可知。

您对于报刊的激愤是完全可以理解的。新闻记者的议论惹得您生气,因为您是熟悉事情的真实情况的,这就如同他们关于白喉症的外行的议论也惹得我这个医生生气一样。可是,请问,这有什么办法呢?这有什么办法呢?俄国不是英国,也不是法国。我们的报纸都不富裕,只有很少的人归它调遣。派彼得罗夫斯克学院的一个教授或者恩格尔哈特①到伏尔加河去走一趟,那是费钱的;派一个精干而有才能的撰稿人出去一趟也不行,因为家里需要他。换了是《泰晤士报》②,它就会自己出钱在饥馑的省份安排调查,在每一个乡里派一个凯南去长住,每天给他四十个卢布,结果就会大有改观;可是《俄罗斯新闻》或者《新时报》有什么办法呢?它们有一万收入,就已经被人认为是克罗伊斯③式的财富了。讲到新闻记者本身,那么要知道,这些先生是只凭格列勃·乌斯宾斯基的著作来了解农村的。他们的地位是高度虚伪的。他们跑到一个乡里,闻一闻,写一点,就又走了。他既缺乏钱财,又缺乏自由,更缺乏威望。他一个月挣两百个卢布,东奔西跑,祷告上帝,只求人家不要因为他的迫不得已的、无法避免的谎话而生他的气。他感到自己有罪。可是要知道,有罪的不是他,而是俄国的黑暗。为西方的记者效劳的有出色的地图、百科全书、统计学的研究性著作;在西方,记者可以坐在家里写作。可是在我们这儿呢?我们的记者只能从谈话和传言中获得消息。要知道,迄今为止,在我们全俄国只有三个县经人研究过,那就是切列波韦茨、坦波夫,还有另外一

---

① 亚历山大·尼古拉耶维奇·恩格尔哈特(1832—1893),俄国政论家,农学家。——俄文本注
② 英国的一家报纸。——俄文本注
③ 传说古代拥有无数财富的吕底亚末代国王。

个什么县。这是在全俄国啊！报纸说谎，记者是浪荡之徒，可是有什么办法呢？**不写是不行的**。要是我们的报刊保持沉默，局面就会更可怕，这一点您是会同意的。

您的信和您的关于从农民手里购买牲畜的计划①给我一种触动。我用我的全部心灵和全部力量准备听从您的吩咐，做您需要我做的一切。我思索了很久，这就是我的意见：指望富人不行。时机迟了。每个富人都已经施舍了他注定要施舍的成千上万的款子。如今全部力量在那些捐助半个卢布和一个卢布的普通人身上。凡是在九月间讨论个人主动精神的人已经置身于各种小组和委员会，正在工作。那么，目前还剩下的是普通人。请您登一个征求捐助的启事。您写一封致编辑部的信，我把它发表在《俄罗斯新闻》和《新时报》上。为了使上述的两个原则结合起来，我们两个人可以共同在那封信上署名。假如这在您的职责方面有所不便，那就可以由一个第三者，一个新闻记者，写出一篇东西，说在下诺夫哥罗德县五个区里已经组织了某种工作和某种工作，谢天谢地，事情进行得很顺利，请求各界人士将捐助款项汇交地方行政长官叶·彼·叶果罗夫，该人居住某某地点，或者汇交安·巴·契诃夫，或者汇交某某报纸的编辑部。只是应该写得长一点。您写得详细一点，我再加以补充，事情就圆满了。必须写到捐助，然而不要借款。谁都不肯借钱，这种事使人害怕。借出钱去困难，而收回来就更困难。

在莫斯科我只有一个熟识的富豪，那就是瓦·阿·莫罗佐娃，著名的慈善家。昨天我拿着您的信到她那儿去过。我谈了一下，在那儿吃的饭。目前她热衷于识字委员会，这个委员会为学生开办食堂，她把所有的钱都送到那边去了。由于识字和买马是两个

---

① 参看第二八二封信。——俄文本注

不可通约数①，瓦·阿就答应我说，如果您愿意为学生开办食堂，并且寄来详细的情报，她那个委员会可以同您合作。我**不便于**马上向她要钱，因为人家不停地从她那儿拿钱，没完没了，弄得她像一只受惊的狐狸。我只要求她万一成立什么组织和委员会，那么请她务必不要忘记我们，她答应我说她不会忘记。您的信和您的想法我也告诉《俄罗斯新闻》的主编索包列甫斯基了，这是为了万无一失。我到处传播消息，说事情已经安排好了。

如果日后有零碎的一个卢布和半个卢布，我就如数汇给您，决不耽搁。请您管自支配我，请您相信：对我来说多少做一点工作是真正的幸福，因为到现在为止我对饥民和那些帮助饥民的人简直什么事也没做。

我们全家都健在，只有尼科尔卡②除外，他在一八八九年因肺结核而死，费多霞·亚科甫列芙娜（您记得吧，她到伊凡的学校来过），她十月间也因肺结核去世。伊凡在莫斯科教书，米沙做税务稽查员。

祝您健康。

您的安·契诃夫
一八九一年十二月十一日
于莫斯科

二八二

致亚·伊·斯玛京

再一次问您好，大人！

---

① 数学上的专用名词，借喻"两件不相干的事"。
② 契诃夫的二哥尼·巴·契诃夫。

谢谢您的电报。我们在焦急地等您的答复①,因为二十日快要到了。等我收到玛霞的电报,当天我就会去张罗委托书,把钱汇给您。

好,现在谈点正事吧,老兄。我在莫斯科闭门不出,然而另一方面我在下诺夫哥罗德省的工作却在沸腾,蓬勃!我同我的朋友,一个地方行政长官②,一个极好的人,一块儿在下诺夫哥罗德省最荒僻的地区(在那儿既没有地主,也没有医师,甚至没有知识少女,而如今这类少女就连在地狱里都是很多的)去办一种小小的事业,我们打算为此募到大约一万卢布的款子。除了各种赈济工作以外,我们主要致力于挽救来年的收成。由于农民们低价出售他们的耕马,很便宜地卖掉,春播作物的田地就有得不到耕种的严重危险,因而饥荒的历史就会重演。所以我们就收购下那些马,加以饲养,到春天再归还给它们的主人。我们的工作已经打好了基础,一月间我要到那边去考察成果。我在信上跟您谈起这件事是有所为的。假如您或者别人在热闹的宴会上有机会为饥民募到哪怕半个卢布,或者假如有个柯罗包奇卡为同一个目的而交给您一个卢布,假如您自己在赌钱当中赢了一百个卢布,那就请您在自己的神圣的祷告中提到我们这些罪人,慷慨地分给我们一小部分!这不是说现在,而是任何时候都行,可是至迟不要过春天。到春天那些马就不再是我们的了。关于花掉的每一文钱,捐献者都会收到最详细的报告,如果他愿意的话,这报告还可以写成诗篇,在我的叮咛之下吉里亚罗夫斯基会写出这种诗篇的。一月间我们要在报纸上刊登。请您把施舍或者寄给我,或者直接寄到战地去:下诺夫哥罗德省,包果亚甫连诺耶火车站,地方行政长官叶甫格拉甫·

---

① 契诃夫的妹妹玛·巴·契诃娃定于12月20日动身到索罗庆采城附近斯玛京的庄园去,为的是查看当地出售的若干田庄。——俄文本注
② 即叶·彼·叶果罗夫。

185

彼得罗维奇·叶果罗夫。

您从哪儿知道我们对苏木巴托夫冷淡下来了？正好相反,我们仍旧对他的才能入迷。

难道我会住在索罗庆采或者它的附近吗？这有点叫人难以相信。不过,要能这样可真好。夏天和秋天钓鲍鱼,冬天就跑到彼得堡和莫斯科去……

请来信。

整个心灵属于您的
安·契诃夫
一八九一年十二月十一日
于莫斯科

二八三

致阿·谢·苏沃林

现在我才明白为什么您夜里睡眠不好。要是我写出这样的短篇小说①,那我也会一连十夜睡不着觉。最可怕的地方是瓦莉雅像家神似的勒死男主人公,把死后的生活的秘密告诉他。这个地方又可怕,又合乎招魂术。瓦莉雅的那些话,特别是两个人骑马溜达的地方,一个字也不能删掉。请您不要去碰它。这篇小说的思想好,内容离奇而有趣。

我只能改正一些校对性质的错误；我把"曾经"改成"已经",把"急速"改成"飞快",把"曼陀林"改成"齐特琴"。此外

---

① 苏沃林把他的短篇小说《世纪末》寄给契诃夫,请他提意见；后来这篇小说发表在1891年12月25日《新时报》上。——俄文本注

我就什么也找不到了。不过,也许只有一个意见可以提一提:删掉题词的结尾。这个题词构思得十分恰当,可是我划掉的那几个字使得它过于冗长。要知道,您的短篇小说多多少少带有吓唬读者、毁掉他十二根神经的目的,那么您何必说"我们的神经的时代"呢?的确,根本就没有什么神经的时代。人们过去怎样生活,现在也还是怎样生活,现代的神经在任何方面都不比亚伯拉罕、以撒、雅各①差。请您删掉结尾几个字,而把这段题词**留下来**。

由于您已经写了小说的结尾,那么,如果我把我写的结尾②寄给您,我就不至于打搅您了。我灵机一动,忍不住写了这么一段。要是您高兴的话,请您读一下。

短篇小说之所以好,就是因为人可以拿着笔一连写它几天而不觉得光阴在流逝,同时又感到这有点像是在生活。这是从卫生的观点来看。至于从益处和其他的观点来看,那么写一篇不坏的、有内容的短篇小说,让读者度过十到十二分钟有趣的时间,就如同吉里亚罗夫斯基常说的一样,绝不像打个喷嚏那么容易。为什么您很少写短篇小说呢?为什么您夏天不写短篇小说呢?要知道您的想象力丰富得很!

今天我又头痛得难受。我不知道该怎么办。大概不是因为衰老;如果不是因为衰老,那就是因为更糟的一种什么原因了。

今天有一个小老头给我送来一百个卢布供赈济饥民用。

我要么在本月十七日,要么在节期③的第二天动身去找您。

---

① 《圣经·旧约》中的人物,以撒和雅各是亚伯拉罕的儿子和孙子;在此借喻"古代的人"。
② 苏沃林不知道契诃夫写的这篇小说的不同的结尾。这个结尾没有保存下来。——俄文本注
③ 指基督教圣诞节,在12月25日。

我有钱。我妹妹在二十日动身去查看农庄,我想送她一程,再者把两个老人丢下孤零零地过节也于心不忍。不管怎样,我会在您的家里迎接新年。这是**确定不移**的。我把您的短篇小说拿给玛霞看了。让她在睡前读一下吧。

祝您健康。万事如意!

您的安·契诃夫
一八九一年十二月十三日
于莫斯科

校样随信附上。

二八四

致符·阿·季洪诺夫

亲爱的符拉季米尔·阿历克塞耶维奇,您提到的那封信,我**没有收到**。

真的,我不知道我那篇小说①的名字应该怎么办才好!《伟大的人》我一点也不喜欢。必须另起一个名字,这是确定无疑的。那就叫做《跳来跳去的女人》吧②。

那就这样,叫《跳来跳去的女人》好了。请您不要忘记改名。

一百五十个卢布收到了。Merci-c。

---

① 契诃夫寄交《北方》杂志发表的短篇小说,原名《伟大的人》。
② 契诃夫在符·阿·季洪诺夫寄来短篇小说《伟大的人》的校样以后,改换了这篇小说的名字。同时,契诃夫在校样上删掉这篇小说第二章中的一段话:"她觉得要是她看到真正的伟大的人,例如普希金或者格林卡,她就会乐得要死;她希望她早晚会遇到这样的人。"——俄文本注

祝事事如意！

您的安·契诃夫

一八九一年十二月十四日

于莫斯科

二八五

致谢·阿·安德烈耶夫斯基①

我们从心理学谈起吧。凭您最近的这封信来判断，您身上有一种仅仅上帝、诗人、很美丽而被宠坏的女人才有的容易激愤的性格。三女神需要牧人的意见，②美丽的女人享受过音乐、花卉、丈夫的爱抚以后忽然想吃酸白菜或者荞麦米，您也就是这样需要我的批评。这证明您是个诗人。

您那些小书③我已经专心地读过，十分满意。我记得留托斯坦斯基一案④我是在乡下一个富有诗意的环境里朗诵的，事后大家议论了您很久，您的诗篇整个夏天放在我屋里的一个圆桌上，我和凡是有机会走到那个桌子旁边的人整个夏天都在读它。现在您那些小书已经装订封面，跟我的其他 bijoux⑤ 一齐装进箱子里，等着送到果戈理诞生地索罗庆采去，我正要到那儿去长住。

---

① 谢尔盖·阿尔卡季耶维奇·安德烈耶夫斯基(1847—1918)，俄国律师、诗人和翻译家。——俄文本注
② 源出希腊神话，在一次婚礼上，由于司纷争的女神扔出一个题有"送给最美丽的女神"字样的金苹果，引起了赫拉、雅典娜和阿佛洛狄忒三女神之间的争吵，最后在伊得山放牧牲口的特洛伊王子帕里斯把金苹果判给了阿佛洛狄忒。
③ 指1891年在莫斯科出版的《辩护词》和1886年在圣彼得堡出版的《诗集》。——俄文本注
④ 指《辩护词》一书中《采杰尔巴乌姆与留托斯坦斯基一案》一文。——俄文本注
⑤ 法语：珍品。

不过我能够给您写点什么呢？我尊重您的小书和您的作者感觉，那么我应当严肃地写点意见，不能胡说。任何诟骂都不及肤浅的批评那么侮辱人，那么庸俗。我得承认，说来惭愧，在我的信里正是这种肤浅最显著。只有在人们向我提起个别的问题，或者将它摆在我面前的时候，我才能够发表议论。我的智慧也许不下于斯帕索维奇①，我脑子里有思想，可是它们不善于像汹涌的潮水那样倾注到纸上来。我尝试过给您写点意见，可是写出来的却成了à la② 斯卡比切夫斯基的报纸文章了。

关于您的演说，那就必须写上许多的话，要么就索性什么也不写。写许多我无能为力。像您和柯尼等法律学家的演说，对我来讲有双重趣味。第一，我在其中寻找艺术价值和技巧；第二，我寻找有学术意义或者有司法实践意义的东西。您那篇关于某士官生杀死自己同学的演说③惊人地优雅、朴素、生动：人物是活的，我甚至看见了山沟的底部。关于纳扎罗夫一案的演说④是在业务方面最高深、最有益的一篇演说。不过，话又说回来，这篇演说又严肃又冗长。

我一定把我的小书寄给您，或者亲自送给您。早先我没有把它们寄给您，是因为我不知道您要不要，而且多多少少还因为我认为或者我觉得已经把它们寄给您了。

为什么您不写剧本呢？

我要在本月二十七日之后到彼得堡去。

您的安·契诃夫

一八九一年十二月二十五日

于莫斯科

---

① 符拉季米尔·丹尼洛维奇·斯帕索维奇（1829—1906），俄国律师，法庭演说家，作家。——俄文本注
② 法语：类似，同……一样。
③ 指《辩护词》一书中《缅希科夫一案。谋害同学及自杀未遂》一文。——俄文本注
④ 指《辩护词》一书中《纳扎罗夫一案。在上诉参政院的演说》。

一八九二年

二八六

致丽·阿·阿维洛娃①

尊敬的丽季雅·阿历克塞耶芙娜,您的短篇小说我已经收到而且读过了。老实说,由于您不希望跟我见面,我本应该痛骂您的短篇小说才是,不过……愿上帝宽恕您吧!

这篇小说写得好,甚至好得很,不过假如我是作者或者主编,我就一定会为它再花一两天工夫。第一,布局。……应当直接从这几个字开始:"他往窗子那边走去"等等。其次,男主人公和索尼雅不应当在过道上讲话,而应当在涅瓦大街上,并且他们的谈话应当从中间叙起,好让读者认为他们已经谈了很久。等等。第二,杜尼雅这个人物应当改写成男人。第三,关于索尼雅要多写一点……第四,不必把主人公写成大学生和家庭教师,因为这陈旧了。您把男主人公写成直接税司的文官,把索尼雅写成军官什么的吧。……巴雷希金娜②是一个不美的姓。《归来》这个名字有雕琢的味道。……不过我看我忍不住在向您报复了,因为您像叶卡特琳娜时代的宫廷女官那样对待我,也就是说您不愿意我对您的短篇小说不在书面上而在口头上提出批评。

要是您乐意的话,我就把您这篇小说交给戈尔采夫③,他在三

---

① 丽季雅·阿历克塞耶芙娜·阿维洛娃(1865—1942),俄国女作家。——俄文本注
② 这个姓在俄文中原义是"利钱"。
③ 维克托·亚历山德罗维奇·戈尔采夫(1850—1906),俄国政论家,《俄罗斯思想》杂志的主编。

月一日以前会到我这儿来。不过最好还是修改一下,反正也不用着忙。您把这篇小说重写一遍,就会看出来这种改动怎么样:它会变得动人一点,完整一点,人物也会鲜明一点。

讲到语言和风格,那么您是个好手。假如我是主编,我就会付给您每个印张不下于两百卢布的稿费。

请您今天就写信告诉我您打算怎么办。我听候吩咐,并且是尊敬您和准备为您效劳的

安·契诃夫
一八九二年二月二十一日
于莫斯科

您的主人公有点太性急。请您删掉"理想"和"冲动"等字。滚它们的!

每逢批评别人的东西,人就会觉得自己成了一位将军。

二八七

致符·阿·季洪诺夫

亲爱的符拉季米尔·阿历克塞耶维奇,请您原谅我这么久没有答复您的信。第一,不久以前我刚从沃罗涅日省回来;第二,我在买一个庄园①(千万别在夜里说起这件事啊),成天出入各式各样的公证处、银行、保险公司和其他寄生的机关。这次购置庄园气得我简直要发疯。我像是这样一个人,这个人只为了吃一碟加葱

---

① 契诃夫原打算在乌克兰买一个田庄,没有成功(参看第二八二封信的注)。这时候他在库尔斯克铁路线上圣洛帕斯尼亚附近谢尔普霍夫县买下了梅里霍沃庄园。——俄文本注

的炸肉饼而走进一家饭馆,可是在那儿遇见一个好朋友,于是大吃大喝,像猪一样,结果付了一百四十二个卢布七十五个戈比的账。我原打算花五千的代价买一个庄园,用这笔钱应付过去,可是,唉!各式各样的地契啦,典契啦,抵押契约啦,这种种打击从一开头就把我束缚住了,我听见我的骨头发出碎裂的响声;我一闭上眼睛就清楚地看到我的庄园在拍卖。唉!

您不该认为您在谢格洛夫的命名日宴会上失态。当时您喝醉了,如此而已。您跳舞是在大家都跳舞的时候,至于您在赶车座位上表演的特等骑术,没有引起别的,只引起了普遍的乐趣。至于您的批评,那大概是很不严厉的,因为我不记得这个批评了。我只记得我和符威坚斯基①听您讲到某些话的时候,笑得厉害,而且笑了很久。

您要我的传记吗②?那我就写在下面。我于一八六〇年诞生在塔甘罗格。一八七九年我在塔甘罗格的中学毕业。一八八四年我在莫斯科大学医学系毕业。一八八八年我获得普希金奖金。一八九〇年我穿过西伯利亚,完成赴萨哈林岛的旅行,由海路返回。一八九一年我周游欧洲,喝到上等葡萄酒,吃到牡蛎。一八九二年我同符·阿·季洪诺夫在命名日宴会上饮酒取乐。一八七九年我在《蜻蜓》③上开始写作。我的集子有《形形色色的故事》《在昏暗中》《故事集》《闷闷不乐的人》、中篇小说《决斗》。我在戏剧方面也胡乱写过点东西,然而不多。我的作品翻译成各种语言,唯独外国语言除外。不过,德国人倒早已翻译过我的作品了。捷克人和塞尔维亚人也称赞我。连法国人也不见外。我十三岁就了解爱情

---

① 阿尔谢尼·伊凡诺维奇·符威坚斯基(1844—1909),俄国批评家,图书编目学专家。用笔名"博学的文艺评论家"在《北方通报》《欧洲通报》和其他杂志上发表文章。
② 季洪诺夫打算在《北方》杂志上登出契诃夫的照片,并且附有传记资料。——俄文本注
③ 俄国的一个幽默文艺杂志。

的秘密。我跟同事们,不论医师还是文学工作者,一律保持极其良好的关系。我独身。我希望获得养老金。我行医,甚至夏天常常去做法医的验尸工作,不过已经有两三年没有做了。在作家当中我喜欢托尔斯泰,在医学家当中我喜欢扎哈林。

不过,这些都是废话。您爱怎么写就怎么写吧。如果缺乏事实,您也不妨用抒情诗来代替。

祝您健康,顺遂。问候您的女儿们。

您的安·契诃夫
一八九二年二月二十二日
于莫斯科

二八八

致阿·谢·苏沃林

前天我到我购置的庄园①上去过一趟。印象还不错。从火车站到庄园的那条路一直是连绵不断的树林。那距离好比从博布罗夫到科尔舍沃。庄园本身挺可爱。正房是新的、坚固的,带有花哨的装饰。我的书房有一大排意大利式窗子,光线充足;这个书房比莫斯科的那个宽绰一些。不过总的说来还是嫌挤。仓房和其他的建筑物都是新的。果园和花园挺好。用具,如果不把三角钢琴算在内,都不中用。那些温床很好。温室却没有。

买庄园是乏味的。这是一种惹人生气的俗事。自从我们分手以来,我一直在干蠢事,我在那些鄙俗的人中间感到自己是个不切实际的傻瓜,办事外行。我跑遍了各式各样的寄生机关,付出去的

---

① 参看第二八七封信的注。——俄文本注

钱总比原来期望的多一倍。……买庄园的种种手续使我破费一千卢布以上。那个卖给我庄园的画家是个性情乖戾的人,生怕我溜掉,就不管大事也好,小事也好,老是对我说谎,弄得我每天都有新发现。原来他的庄园欠了一大笔债,我得偿还这些债款,同时拿到一个钱也不值的收据;如果首席公证人不核准地契,我的钱就白花了。

核准预定在星期一举行。星期二我就到庄园去,在那儿住到六月。然后我就到费奥多西亚去,到高加索去,随后到彼得堡去。谢天谢地,再也用不着付房钱,付柴火费了。我有一百六十俄亩的树林,柴火够用了。

东西已经收拾好。昨天我送出六十普特重的行李,运费不到六个卢布。米沙到塔普卡诺沃去过一趟。他说那儿只有十个房间。那些房间极大,然而对您来说仍旧嫌挤。我们什么时候去呢?可以坐马车去,直接从洛帕斯尼亚动身。

亲爱的朋友,我为那笔钱向您衷心道谢。您给了我翅膀。要不是《新时报》的银行,我就会活活急死了。贷款的一半大概会在八月间偿清,因为我的集子有好几版我没拿钱。总的说来,这笔债务会在三年内偿清,不会再迟,或者两年内偿清,不会再早。我不会再拿我的书的稿费,直到我的债务还清为止。

我买了二十条丁鲹,放在池塘里了。这是为了繁殖。我已经向捕鱼的人订购鲤鱼。

我曾经向您要过五十本《卡希坦卡》①,为了捐给识字委员会,可是直到现在没有收到。请您吩咐他们通过莫斯科的分店②寄来。您猜怎么着,那些插图读者倒是喜欢的,而我却一点也不喜欢。开本很好。

---

① 契诃夫的描写动物生活的中篇小说,1892年由苏沃林的出版社出版带插图的单行本。——俄文本注
② 指苏沃林的书店。

关于地方行政长官,您写得十分有趣①。大体说来,您的信写得好,可是不能使我感到满足,因为显得太短了。换了是我,就会写得长一些。这个题材确实十分吸引人,而且读者也读得津津有味。不能描写暴动时期怎样祈祷,怎样把圣水洒在树条②上,这是多么可惜啊!或许能够写吧?

我收到包利亚和米佳③的十个卢布,这是他们抽彩得来的钱。这笔钱已经按照他们指定的用途送出去了。过一个半星期到两个星期以后包利亚和米佳会拿到收据和详细报告。您就这样告诉他们吧。我很感动。

不久以前我同叶尔莫洛娃见过面。我们谈了您很久。她的丈夫舒宾斯基④打算去找您,为了谈一谈莫斯科的小品文作家瓦西里耶夫⑤。关于瓦西里耶夫,他讲了那么多的罪行,弄得人瞠目结舌。

愿上帝保佑您。您旅行以后感到身体健康一些,精力旺盛一些。不是吗?

您的安·契诃夫
一八九二年二月二十八日
于莫斯科

乌鲁索夫在《La Plume》上写了一篇关于我的批评文章⑥。

---

① 指苏沃林的小品文《短信》,发表在1892年2月26日《新时报》第5745号上。——俄文本注
② 指打人用的树条。
③ 苏沃林的亲戚。
④ 尼古拉·彼得罗维奇·舒宾斯基是(十月革命前俄国的)律师。
⑤ 即谢尔盖·瓦西里耶维奇·弗列罗夫(1841—1901),俄国新闻记者,戏剧评论家,用笔名"谢·瓦西里耶夫"发表文章。
⑥ 乌鲁索夫在1892年2月1日法语杂志《La Plume(笔)》第67号上发表了一篇论契诃夫的中篇小说《决斗》的文章《Notule sur l'actualité russe(关于俄国现状的概述)》。——俄文本注

二八九

致亚·伊·乌鲁索夫

亲爱的亚历山大·伊凡诺维奇,昨天我准备去看望您,可是晚上八点钟,一种情况却出人意外地驱使我完全往另一个方向走去:有一个女人[1]来了,吩咐我跟着她去。我只得服从。要是这人是个警察,我就会对她进行武装抵抗,仍旧到您那儿去,可是这人并不是警察,却是另一种威力,在那种威力面前连上帝也会发抖呢。

我衷心感激您的赠品[2]。您那篇优雅的文章我要终身保存着,并且把它填进我的履历表,在那张表的"不应得的奖赏"栏内它会占据最显著的地位。不过,似乎,我讲得过于文绉绉了。可是这也没关系。

我收到叶连娜·米哈依洛芙娜·沙甫罗娃(Б.阿法纳西耶沃巷,拉奇诺娃寓所)的回信了:她很高兴。她很想表演,而且,我要再说一遍:她是一个很不错的女演员。她给人的头一个印象是有点娇声娇气,可是您不要因此而惊慌。她有激情,有血性。她善于唱茨冈歌曲,很能喝酒。她擅长打扮,不过她的发型一副蠢相。星期三的《新时报》上发表了她的短篇小说《娇小的小姐》。

我星期四或者星期五动身到我的庄园里去。我在等候首席公证人核准地契。

再一次道谢。

您的安·契诃夫
一八九二年三月一日
于莫斯科

---

[1] 指契诃夫家的熟人丽·斯·米齐诺娃。——俄文本注
[2] 指法语杂志《La Plume》的单行本,其中刊登了乌鲁索夫论契诃夫的中篇小说《决斗》的文章。参看第二八八封信的注。——俄文本注

二九○

致丽·阿·阿维洛娃

您为了什么缘故生我的气呢,尊敬的丽季雅·阿历克塞耶芙娜?这使得我心神不安。我担心我的批评①既尖刻,又不清楚,还肤浅。我再说一遍,您那篇小说很好,而且我似乎一个字也没有提到要作"彻底的"修改。只要把那个大学生改成另一种品位的人就行了,因为第一,不应当支持公众当中的一种错误想法,好像思想是大学生和穷家庭教师所专有的特权似的;第二,现在的读者不相信大学生,因为看出他们不是英雄,而是应当学习的小孩子。愿上帝保佑您,不要军官也罢,我让步就是,那您就留下杜尼雅,不过您要擦干她的眼泪,吩咐她扑点粉。让她成为一个独立自主的、活泼的、成熟的、读者会相信的女人吧。夫人,如今人们不相信爱哭的人了。爱哭的女人往往又是女暴君。不过,这个问题说来就话长了。

我想把这篇稿子交给戈尔采夫,目的只有一个,那就是希望看到您的短篇小说在《俄罗斯思想》上发表。我顺便给您开一个我随时能够而且愿意把您的作品寄去的大杂志的名单:《北方通报》《俄罗斯思想》《俄罗斯评论》《作品》等,《周报》②大概也行。您恐吓说主编们永远也不会看见您。这话不对。既是蘑菇,就应听人采食③。如果您打算认真地干文学工作,那就要不顾一切地干下去,毫不犹豫,遇到挫折也不灰心。请您原谅这种

---

① 参看第二八六封信。——俄文本注
② 在彼得堡出版的一份具有自由主义倾向的月报。
③ 俄国谚语,意谓"既然干一样工作,就要无怨无悔地干到底"。

教训。

星期三或者星期四我要动身离开莫斯科了。我的住址（供普通信函用）：莫斯科-库尔斯克铁路，圣洛帕斯尼亚。我买了一个庄园。过一两年它就会被拍卖，因为我是连同它对银行所负的债务一起买下来的。这是我干的蠢事。如果您不再生我的气，愿意把您的稿子寄给我，您就按普通信件寄到洛帕斯尼亚，或者按挂号印刷品寄到谢尔普霍夫。

祝您万事如意，获得圆满的成功。麻烦您代我问候娜杰日达·阿历克塞耶芙娜①。等我到了彼得堡，我一定到她家里去。谢尔盖·尼古拉耶维奇有多么出色的天鹅呀！我是在展览会上看见的。

真诚地尊敬您而且忠实于您的

安·契诃夫
一八九二年三月三日
于莫斯科

二九一

致阿·谢·苏沃林

昨天连斯基送给我一张学生公演的戏票。他的学生在小剧院公演《深渊》②。这是个惊人的剧本。最后一幕，就是给我一百万，我也写不出来。这一幕是一个完整的剧本；等我有了自己的剧院，我要专演这一幕。有两个学生演得十分出色。我称赞其中的一

---

① 丽·阿·阿维洛娃的姐姐，谢·尼·胡杰科夫的妻子。——俄文本注
② 俄国剧作家亚·尼·奥斯特洛夫斯基的剧本。——俄文本注

个,连斯基却皱起了眉头:显然这个学生不得宠。

我每天都有新发现。跟那些爱说谎的人打交道真是要命!卖主是个画家①,他毫无必要地说谎,说了又说,愚蠢得很,结果是天天都有失望的事。我每时每刻都在等待新的欺骗,因此窝了一肚子的气。人们习惯于写而且说:只有商人才少量尺寸,少称分量,可是瞧一瞧贵族吧!看着都叫人恶心。他们不是人,而是普通的富农,或者连富农都不如,因为富农固然搜刮钱,可是他工作,而我这个画家搜刮了钱,光是大吃大喝,训斥女仆。您可知道,那些马虽然一匹顶十匹用,却从夏天起就没有见过一颗燕麦,一截干草,光吃麦秸。奶牛不出奶,因为在挨饿。画家的妻子和情妇住在一起。孩子们穿得又脏又破。猫身上有一股臭气。家里有许多臭虫和大蟑螂。这个画家装出对我忠心耿耿的样子,与此同时却怂恿农民们欺骗我。由于用眼睛难以看出我的土地在哪儿,我的树林在哪儿,他就唆使农民们指给我看一大片树林,其实那片树林是属于教堂的。然而农民们不听他的话。总之,又无聊又庸俗。可恶的是这个挨饿的、肮脏的坏蛋居然以为我也像他那样吝啬,每个小钱都掂着花,我也喜欢骗人。农民们受尽欺压,战战兢兢,一肚子气。我把有关庄园的短信寄给您。我要到当地去打听一下。

您书店里的人说《卡希坦卡》销得挺好。如果确实如此,那就最好不要迟延,立刻出第二版。

您打算创办剧院,而我一心想到威尼斯去,写……剧本。我在莫斯科没有住宅了,我多么高兴啊!这是一种我从来也没有享受过的舒服。

阿历克塞·阿历克塞耶维奇身体怎么样?我不明白他为什么

---

① 指 Н.П.索罗赫京,他是契诃夫之前梅里霍沃庄园的主人。——俄文本注

要洗淋浴。

祝万事如意！

> 您的安·契诃夫
> 一八九二年三月三日
> 于莫斯科

二九二

致伊·列·列昂捷夫(谢格洛夫)

我亲爱的让，您的愿望会实现；我会把这篇小说寄到《周报》去。这是我乐于做的，特别是因为这个杂志在我看来是可爱的。请您转告航海长①，说我至迟不过四月就会在他的船上占据一个舱室。

是的，像拉钦斯基②这样的人世上是很少见的。我，亲爱的朋友，明白您的兴奋。在布烈宁之流和阿威尔基耶夫之流（世界上到处是这些人）使人感到窒息以后，拉钦斯基这种思想先进的、富于人道主义精神的、纯洁的人就成了春天的和风了。我为拉钦斯基不惜牺牲性命，可是，亲爱的朋友……请您允许我用这个"可是"，而且不要生气：我是不会把我的孩子送进他的学校里去的。为什么呢？我小时候就接受过宗教教育以及这一类的培养，例如在教堂里唱教会歌曲，朗诵使徒福音、赞美诗，准时参加晨祷，负责在祭坛上帮忙，在钟楼上打钟等。结果怎么样呢？每逢我现在回忆我的童年，它在我的眼里总是显得相当阴暗；现在

---

① 指《周报》主编米哈依尔·奥西波维奇·缅希科夫。——俄文本注
② 谢尔盖·亚历山德罗维奇·拉钦斯基是国民教育活动家，莫斯科大学教授，主张对儿童进行宗教教育。——俄文本注

我不信宗教了。您要知道,当初我同我的两个哥哥在教堂里唱三重唱《改邪归正》或者《天使长的声音》的时候,大家都感动地瞧着我们,羡慕我的父母,与此同时我们却感到自己是小小的苦役犯。是的,亲爱的!对拉钦斯基我能理解,可是在他那儿受教育的孩子我却不能理解。他们的内心我琢磨不透。如果他们的内心有快乐,他们就比我和我的哥哥们幸福了,而在我们,童年就是苦难。

做一个勋爵是挺好的。住的地方宽敞、暖和,谁也不会拉断门口的门铃,但是很容易一落千丈,从勋爵一下子变成看门人或者茶房。先生,这个庄园值一万三千,而我只付了三千。其余的是债务,这会很久很久地像一根链子似的拴住我。

我的地址是莫斯科—库尔斯克铁路,圣洛帕斯尼亚,梅里霍沃村。这是供普通信件和电报用的地址。

您到我这儿来吧,让,跟苏沃林一块儿来。您跟他商量一下吧。我的果园真好!多么素雅的院子!多么可爱的鹅呀!

请常常来信。

问候您的待人亲切的妻子,向她致意。亲爱的朋友,祝您健康,快乐。

您的安·契诃夫
一八九二年三月九日
于梅里霍沃

请您把您最近的中篇小说①的单印本寄给我。

---

① 《靠近真理》,发表在《俄国通报》1892 年第 2 期上。——俄文本注

二九三

致阿·谢·苏沃林

工人的劳动几乎贬值为零,所以我很自在。我开始体会到资本主义的美妙了。在下房里拆毁一个火炉,在那儿安一个厨房炉灶以及种种附属设备,然后在正房拆掉一间厨房,安上一个荷兰式火炉,一共只花二十个卢布。两把铲子的价钱是二十五个戈比。把冰窖装满冰,一个短工每天挣三十个戈比。一个年轻的工人,识字,不喝酒,不吸烟,又管种地,又管擦皮靴,又管照料温床,一个月挣五个卢布。铺地板啦,装隔板啦,糊壁纸啦,所有这些都便宜得很。我真是得其所哉了。不过,假如我付出去的劳动报酬哪怕只抵得上我得来的悠闲报酬的四分之一,我也会不出一个月就倾家荡产,因为炉工、木工、细木工等等的人数颇像循环小数,有永不完结的危险。自由自在的、不离群索居的生活也要求宽大的钱袋。我已经惹得您厌烦了,可是我还要写一件事:车轴草的种子要一百个卢布,而燕麦的种子还不止一百。这下你就急得转磨了吧!人们向我预言收成和财富,可是这于我有什么用呢?与其将来有一个卢布,不如现在有五个戈比。我只好坐下来工作。为了种种零星的开支,至少得挣五百个卢布。有一半已经挣到了。可是雪在融化,天气转暖,鸟儿歌唱,天空晴朗,春天来了。

我在读很多的作品。我已经看完列斯科夫发表在《俄罗斯评论》一月号[①]上的《传奇性格的人》[②]。它富于宗教色彩,而且颇有辣味。美德、虔诚、荒淫融合在了一起。不过这篇小说很有趣味。要是您没

---

① 可能是笔误,应为"二月号"。
② 《传奇性格的人》发表在1892年2月《俄罗斯评论》上。——俄文本注

看过,那就看一遍吧。我又读了皮萨列夫评论普希金的文章①。这个人给奥涅金和达吉雅娜抹了一脸黑泥,不过普希金始终不会受到损伤。皮萨列夫是包括布烈宁在内的现代一切批评家的爷爷和爸爸。在毁谤方面同样的浅薄,在卖弄小聪明方面同样的冷酷和沾沾自喜,在待人接物方面同样的粗暴和不客气。使得皮萨列夫丧失人性的,可能不是他的思想,因为他根本就没有思想;而是他那粗暴的口吻。我觉得他对达吉雅娜的态度,特别是对我衷心喜爱的她那封可爱的信的态度简直可恶。这种喋喋不休、吹毛求疵的检查官式的批评散发出一股臭气。不过,去他的吧!

您什么时候才到我这儿来呢?是在报喜节②以前坐雪橇来呢,还是以后坐马车来?我们的修整工作差不多完全完工了;只有我的书架还没做好。等到我们装好冬天的双层窗,我们就开始把所有东西都油漆一新,到那时这所房子就有一种十分体面的外观了。夏天我们要造一个有抽水马桶的厕所。

果园里有椴树林荫道,有苹果树、樱桃树、李树、马林果树。

有一次您在信上说,要我提供您一个写喜剧的题材。我一心希望您动手写喜剧,所以凡是我脑子里所有的题材,我统统都愿意提供给您。您来吧,我们可以在露天底下从容讨论了。

祝您目前健康,顺遂。问候您家里的人。阿历克塞·阿历克塞耶维奇到乡下去了,这很好。

您的安·契诃夫
(星期三)③
于梅里霍沃

---

① 俄国政论家、文学批评家德米特利·伊凡诺维奇·皮萨列夫(1840—1868)的论文《普希金和别林斯基》。——俄文本注
② 东正教十二大节日之一,在俄国旧历3月25日(公历4月6日或7日)。据说天使于此日告知圣母:耶稣将诞生。
③ 即1892年3月11日。

二九四

致丽·阿·阿维洛娃

尊敬的丽季雅·阿历克塞耶芙娜,您的短篇小说,假如您打算在带插图的杂志上发表,那就可以寄给《北方》或者《世界画报》。《北方》的主编是符·季洪诺夫,《世界画报》的主编似乎是亚辛斯基。这两个人都心地善良,待人殷勤。

您的短篇小说《在路上》我读过了。倘使我是带插图的杂志的发行人,我就会十分满意地把这篇小说发表在我的杂志上。只是我要以读者的身份给您提一个意见:您描写苦命人和可怜虫而又希望引起读者的怜悯的时候,那您就得极力冷漠才行,这会给别人的痛苦添上一种近似背景的东西,那种痛苦就会在这个背景上明显地浮出来。可是如今在您的小说里您的主人公哭,您自己也叹气。是的,您得冷漠才是。

不过,您不要听我的话,我是一个不好的批评家。我没有能力清楚地表达我的批评观点。有的时候我信口开河,简直要命。要是您愿意通过我而同带插图的杂志的编辑部打交道,那么我会继续为您效劳。只是请您不要把稿子寄到洛帕斯尼亚去,要不然它就会在谢尔普霍夫县搁置到夏天,同另外那些早就在那儿等我的挂号信和印刷品放在一起了。请您把挂号信寄到下列地址:图拉省,阿列克辛城,米·巴·契诃夫。我弟弟每个星期都到我这儿来,寄到阿列克辛去的信不会搁置的。

您的信[①]弄得我很伤心,叫我不知如何是好。您写到我似乎

[①] 这封丽·阿·阿维洛娃写给契诃夫的信没有保存下来。关于这封信请参看丽·阿·阿维洛娃的回忆录:《我生活中的安·巴·契诃夫》,载《同时代人回忆契诃夫》,莫斯科1954年出版。——俄文本注

在列依金家里说过某些"奇怪的话",然后您要求我出于对女人的尊敬不要"用这种口气"谈到您,最后甚至说"单是由于这种轻信的态度就很容易溅人一身泥"……这究竟是什么意思呢?我和泥。……我的尊严不容许我为自己辩白;再者,您的责难过于含糊,叫我无从分辩起。据我的理解,这件事涉及某人的毁谤。对不对?我恳切地请求您(要是您对我的信任不下于对毁谤者的话),不要相信你们彼得堡人议论人们的一切坏话。或者,要是一定要相信的话,那就一概相信,不分青红皂白,一股脑儿全包下来:我娶了一个有五百万陪嫁的姑娘啦,我跟好朋友的妻子搞风流韵事啦,等等。看在上帝分上,您定下心来吧。要是我的话不足以说服人,那就请您同亚辛斯基谈一谈,在参加纪念日宴会后他是跟我一块儿到列依金家里去的。我至今记得,我们俩,我和他,谈起您和您的姐姐是多么好的人,谈了很久……当时我们俩刚刚参加过宴会,带着几分酒意,可是就算我醉得像鞋匠一样,或者昏了头,那我也不会下流到用"这种口气",溅人一身"泥"(您居然抬起手来写出这个字眼!),习以为常的正派和对母亲、妹妹以及总的来说对女人的热爱不允许我这样做。说您的坏话,而且是当着列依金的面!

不过,随您的便吧。对别人的毁谤进行申辩,无异于向〔……〕借钱,那是徒劳无益的。您愿意把我看成什么人就把我看成什么人吧。

我只有一个过错。事情是这样的。当初我收到您的一封信,您在信上问起我的某篇毫无价值的短篇小说。当时我跟您不大熟识,忘了您的姓——阿维洛夫,我就把您的信一扔,把邮票攫为己有了;一般说来,对于一切问讯,尤其是女士们的问讯,我都是照此办理的。可是后来在彼得堡,您向我暗示到这封信,我才想起您的署名,我就觉得负疚了。

目前我住在乡下。这儿很冷。我一面把冰雪扔到池塘里去,一面愉快地想着我的决定:从今以后我再也不到彼得堡去了。

祝您万事如意。

诚恳地忠实于您而且尊敬您的
安·契诃夫
一八九二年三月十九日
于圣洛帕斯尼亚,梅里霍沃

二九五

致亚·巴·契诃夫

消防队员萨沙①!你的杂志我们收到了,而且高兴地读完了那些伟大的消防总队长的传记和他们荣获的各种勋章的名单。希望你,萨谢契卡,也得到一枚"狮子和太阳"勋章。

目前我们住在自己的庄园里。如同那个辛辛纳图斯②那样,我把所有的时间都花在劳动上,凭我脸上的汗水来养活自己。妈妈今天持斋,坐着我们自己的雪橇到教堂里去了;爸爸从雪橇上摔下来过,那些马跑得好快呀!

爸爸仍旧像从前那样发表空洞的议论,提出一些问题,例如:为什么这儿有雪?或者:为什么那儿有树,这儿却没有呢?他老是看报,而且随后对我们的母亲讲起彼得堡成立了一个对牛乳的分

---

① 萨沙和下文的萨谢契卡是契诃夫的大哥亚·巴·契诃夫的爱称,当时他在主编《消防队》杂志。——俄文本注
② 辛辛纳图斯(公元前519? —?),罗马政治家,其事迹带有神秘色彩。公元前458年为独裁官。据传说,他是谦虚、英勇和忠于职责的典范,每次出征归来都要回家耕地。

类法①作斗争的协会。他像所有的塔甘罗格人一样,除了点灯以外,什么工作也不会干。他对农民们疾言厉色。

我收到叔叔写来的一封精彩的信,他向我们道喜,而且说"伊莉努希卡②哭了"。

好,至于我的钱方面的事,那可是糟得很,因为庄园方面的开支十倍于它的收入。我想起了图内福尔:该生产了,却没有蜡烛。我也是这样:该种地了,却没有种子。鹅和马都得喂食,可是房子的墙却帮不上忙。是啊,萨谢契卡,不光是莫斯科爱钱呢。

池塘就在果园里,离正房二十步远。它很深,有六俄尺③。用雪把它填满,预先体会着日后从池中心蹿出一条鱼来,那是多么快活呀。那么,沟渠呢?……难道挖沟渠不如主编《消防队》愉快吗?早晨五点钟起床,感到自己不必到什么地方去,也没有人来找自己,难道不愉快吗?听公鸡、椋鸟、云雀、山雀啼鸣,难道不愉快吗?从另一个世界接到成捆的报纸和杂志,难道不愉快吗?

不过,萨沙,等到日后我的庄园拍卖,我就要在涅任买一所花园房子,在那儿住到老死。"这还不能算是全完了!"等到外人搬进我的庄园,我就会这样说。

要是今年夏天你不到我们这儿来,哪怕只过一天辛辛纳图斯的生活,那你就未免太糟糕、太可恶了。几天以前有一个紧挨着我的挺漂亮的庄园卖出去了,价钱是三千。有正房,有厢房,有果园,有池塘,总共五十俄亩土地……你看看!多少马林果树,多少草莓丛啊!

今天我和米沙把雪扔进池塘的时候,想起当初你对别斯钦斯基④

---

① 契诃夫的父亲不大懂学术名词,把"赝制品"读成在俄文里发音相近的"分类法"了。——俄文本注
② 契诃夫的叔叔米·叶·契诃夫家的保姆。
③ 旧俄长度单位,一俄尺等于0.71米。
④ А.Я.别斯钦斯基是新闻记者,契诃夫家在故乡塔甘罗格的邻居。——俄文本注

唱的歌:"纳乌木,纳乌木,费尔卡契"等等。你可真行啊,萨沙!

我那些棚子的外观很朴实。

祝你健康。问候娜达丽雅·亚历山德罗芙娜和你的后代。米哈依尔①的头上怎么样了?好了呢,还是仍旧长满了痂?如果有什么问题,就让娜〔达丽雅〕·亚〔历山德罗芙娜〕给我详细地写一封信来,我会开一个药方(免费)。

你的辛辛纳图斯
一八九二年三月二十一日
于圣洛帕斯尼亚,梅里霍沃

《消防队》的第二期编得比第一期好。

你的亲属们觉得十分光彩,因为你同一位伯爵②共事,而且刊登公爵们的照片。请你,好哥哥,向伯爵大人问安,并且向他讨一个卢布,好哥哥。

要是我寄去一篇关于消防队的短篇小说,那位伯爵会付给我多少稿费?给一百卢布吗?

二九六

致叶·彼·戈斯拉甫斯基③

尊敬的叶甫盖尼·彼得罗维奇,您的《兵士的妻子》④是一个

---

① 亚·巴·契诃夫和娜·亚·契诃娃的儿子。
② 《消防队》杂志的创办人 А. Д. 舍烈美捷夫。——俄文本注
③ 叶甫盖尼·彼得罗维奇·戈斯拉甫斯基(1861—1917),俄国小说家,剧作家。——俄文本注
④ 这个喜剧后来改名为《分离》,于1894年发表在《艺术家》杂志的第9期上。——俄文本注

好作品。早先我在《艺术家》上读到过您的《富人》①；老实说，我不喜欢它：在那个剧本里您一点也没有创新，您的人物，从那个早已用俗了的富农起，到那个已经被人写过上千次的傻女人为止，都是没有趣味的。然而《兵士的妻子》完全是另外一回事。我很久没有读到过这样好的剧本了。戏剧方面我懂得少，要判断您的剧本在什么程度上适宜或不适宜于上演，我办不到；不过从文学方面来说，它完全使我满意。它在文学方面的优点十分吸引人，因此我毫不犹豫地把它列入我们的描写人民生活的优秀剧本里去，而且现在，正如您所看到的那样，我忍不住把这个看法写信告诉您了。人物是生动的，写得朴素而鲜明。所有的人物都好，连基利尔也在内，这个人物由于您耍了花招而略微夸大，雕琢。语言精彩。有分寸感，恰到好处。

请您原谅，我是个很蹩脚的批评家；也许我是个好批评家，可是不善于把自己的批评观点写在纸上。由于这个缘故，我不能给您写出什么使得作为作者的您很想读到的东西。

如果书报检查官只是因为剧本里有兵士和兵士的妻子出场而不肯通过这个剧本②，那么您可以把兵士改成工厂的工人或者莫斯科街头马车的马车夫。这个剧本的实质仍旧不会变。要知道您所写的不是对兵士的生活的批评，而是对活人的批评。问题不是在军服上，不是在农民的长衫上。

在第三幕结尾您的基利尔过于尖刻。我认为应该让他表示一下亲热，好让阿菲米雅凭他的腔调明白是怎么回事。我不知道，也许这种尖刻的转变是您鉴于舞台条件而故意写出来的吧，不过在生活里和在中篇小说里，没有微细的差异是不行的。再者也不必

---

① 发表在1891年12月《艺术家》杂志第17期上。——俄文本注
② 这个剧本的名字就是在书报检查官的坚持下由《兵士的妻子》改为《分离》的。

把基利尔写成无赖。喜爱女人的小伙子多半不是恶毒的人,内心懒散,柔和,跟女人本身一样不明智,这就是他们迷人的一面。至于不幸的、心灵痛苦的、受尽公公和生活折磨的女人,用蛮横和幻想是无法打动她的心的。

"мы-ста"和"шашнадцать"①大大破坏了优美的口语。照我根据果戈理和托尔斯泰的作品所下的判断,正确性并不排除语言中的人民精神。这些"мы-ста"和"шашнадцать"永远使我觉得像是那种妨碍人们观看晴朗的天空的 mouches volantes②。它给人一种多余的、恼人的印象。

此外还有什么呢?兵士格利果利宽恕了那个女人,这从各方面来说都是非常好的,大概在舞台效果方面也如此。可是为什么要叫他打着流氓腔说话呢?莫非这是必要的,表现性格的吗?像宽恕这种宽宏大量的美好举动和这样的语言在生活里也许可以并存,可是在艺术作品里这种并存却散发出虚假的气息。关于酒的买卖和利钱的那些话,破坏了宽恕以及我们大家对于勤务兵的那种善良的印象的一切魅力。您笔下的那个青年人过早地谈论酒的买卖和抵押贷款。这是可怕的事。鸟爪还没钩住,脚掌也悬空着,您却已经写道,小鸟落网了。让它活下去吧!要不然索性从头写起,从鸟爪写起,那就可以让人看明白了。

我再说一遍,这个剧本很好;您把它寄给我,我从心底里感到高兴。我很想跟您谈一谈,进一步互相了解。

第四幕里在阿菲米雅上场以前,那段对话您写得极其巧妙。可是您不认为阿丰卡会把事情弄糟吗?要知道顶层楼座上的看客会哈哈大笑,弄得演员没法演下去。演员可怜,观众照例不会把阿

---

① 按照土音改变拼法的两个俄国单词:"我们是"和"十六"。
② 法语:一闪而过的小飞虫。

丰卡看做傻女人，却会看做一个丑角。这是个危险的角色。

我由衷地祝愿您万事如意，主要的是祝愿您得到成功和兴旺发达。我诚恳地祝愿您而且诚恳地相信您有真正的戏剧才能。

尊敬您的安·契诃夫

一八九二年三月二十三日

于圣洛帕斯尼亚，梅里霍沃

二九七

致丽·斯·米齐诺娃

丽卡，我的户外和我的心里都是严寒，因此我就不给您写那种您希望收到的长信了。

哦，您是怎样解决别墅问题的呢？您是个爱说谎的人，我不相信您：您根本不打算住在我们附近。您的别墅在米亚斯尼茨卡亚区的瞭望台附近①，那儿才称您的心。对您说来，我们等于零。我们是去年的椋鸟，这种椋鸟的歌声您早已忘记了。

亚·伊·斯玛京在我们这儿住了两天。今天乡村警察来过了。寒暑表上的水银落到零下十度了。我把从字母 C 开始的所有难听的骂人话都用到这个水银上去，而我得到的回答却是它那冷冷的白眼……春天究竟什么时候才来啊？丽卡，春天什么时候才来啊？

最后这个问题请您按字面来理解，不要从中寻找隐秘的含意。唉，我已经是一个苍老的青年人，我的爱情不是太阳，既不会为我，也不会为我所爱的那只小鸟造出春天来！丽卡，我强烈地爱恋着

---

① 俄国女画家索·彼·库甫希尼科娃的住址。——俄文本注

的并不是你。我爱的是我在你身上看到的我过去的苦难和我虚度的青春年华。

一八九二年三月二十七日

于梅里霍沃

二九八

致丽·斯·米齐诺娃

亲爱的梅丽塔①,请您把我的《不伤大雅的话语》②带来,而且请您务必释放我的《形形色色的故事》。

我们大家都在焦急地等您光临。这儿的房间都已经焕然一新,变得宽绰了;昨天一整天我们把一个小屋收拾好,准备安置我们的贵客。

哎呀!昨天晚上,紧挨着我们的女地主库甫希尼科娃(跟萨福③同姓)的庄园烧得片瓦无存。这是一个警告。我们的房子和果园被火光照得通亮,教堂里不住地敲钟,人声鼎沸,可是我们什么也没看见,什么也没听见,因为睡熟了。我们睡得好香!傍晚八点钟上床,早晨七点钟起床。我们吃得也多。大体说来,可以保证过上一年光景我们就会成为大牲口了。我在干体力劳动;我的筋肉结实,我的力气每个小时都在增长,因此等到日后我的庄园拍卖,我就到索洛蒙斯基的马戏院里去充当大力士。

---

① 奥地利剧作家格里尔帕策的悲剧《萨福》中的一个人物,这个戏于1892年在莫斯科的小剧院上演。这是契诃夫对米齐诺娃的戏称。——俄文本注
② 契诃夫早年的短篇小说集。
③ 剧本《萨福》中的另一个人物,契诃夫用来戏称女画家库甫希尼科娃。——俄文本注

要是您不到我们这儿来,我们得给您想出一些什么样的痛苦呢?那我就要用开水浇在您的身上,用烧红的钳子从您的背上揪下一小块牛肉来。

我们这儿的臭虫和蟑螂多得很。把这些东西做成三明治,一定很好吃。

给我来信吧,梅丽塔,哪怕只写两行也行。不要过早地把我们忘掉。至少请您装出您还记得我们的样子。欺骗我们吧,丽卡。欺骗总比冷漠好。

您在我们这儿会感到舒适。要是我们的庄园里确实缺乏某些舒适设备,我们就极力使得您不需要这类舒适。

我们这儿有一条出色的椴树林荫道。现在已经可以在这条林荫道上散步了,因为我们扫掉了那儿的雪,把雪扔进池塘里去了。那个叫做池塘的地方是一个小小的深坑,坑底下略有些咖啡色的冰。

我没有钱,梅丽塔。房间里略略有点煤气。没有通风小窗。我的父亲弄得满房间都是敬神的神香气味。我呢,弄得空气里弥漫着松节油的气味。厨房里飘来香气。我头痛。没有离群索居。主要的是没有梅丽塔,没有今天或者明天看见她的希望。

祝您健康。欺骗我们吧,梅丽塔。

问候列维坦。

那么翻译①呢?翻译怎么样了?难道您以为我会白给您钱吗?

从头到脚,整个心灵都完全属于您的,到入土为止,到失去理智为止,到痴呆为止,到发疯为止一直属于您的**安土昂·奇耶**

---

① 丽·斯·米齐诺娃应该按契诃夫的要求把一个德语剧本译成俄语。参看第三一二封信。——俄文本注

阔夫①(乌鲁索夫公爵的发音)

一八九二年三月二十九日(星期日)

于梅里霍沃

二九九

致阿·谢·苏沃林

　　本来天气很冷,大家垂头丧气,鸟儿飞回南方,我就没有给您写信,免得我的恶劣心境感染您。现在鸟儿飞回来,我就写信了。一切都像以前一样:既不烦闷,也不快活。我大部分过的是一种毫无精神活动的生活,然而经常受到一种想法的干扰,那就是应当写作,永远写作。我在写一篇中篇小说②。我打算在发表这篇小说以前把它寄给您审查一下,因为您的意见对我来说比金子还珍贵,不过您得快一点看才行,因为我没有钱了。这个中篇里有很多议论,缺乏爱情的成分。有情节、开端和结局。有自由主义的思想倾向。有两个印张的篇幅。不过,我得跟您商量一下才好,因为我生怕写了一大堆废话和惹人厌烦的话。您有卓越的鉴赏力,我相信您的初步印象就像相信天上有太阳一样。如果他们不忙着发表我的小说,容我一两个月的时间进行修改,那就请您允许我把校样寄给您。在目前这种时候,这种谨慎是必不可少的。要是让·谢格洛夫在发表他那篇荒诞而狂热的中篇小说《靠近真理》以前,把它交给您或者我看过一遍,也许现在它就不会产生这种对青年作家来说不值得称赞的印象了。一个人闭塞地生活在自尊自大、自私

---

① 即"安东·契诃夫"。
② 《第六病室》。——俄文本注

自利的甲壳里,仅仅间接地参与社会思想活动,那么虽然自己不愿意,却也会有写出乱七八糟的东西的危险。您允许我把校样寄给您吗?

请您无论如何极力在动身去费奥多西亚以前将您的散文出版。请您把其中的一本送去装订以后寄给伊凡,托他转交我,或者由您亲自带来。您在我的果园开花的时候到我这儿来吧,那时候正赶上青蛙和夜莺的音乐会。关于住处请您管自放心。

在乡下生活比在城里便宜,可是我碰上了最不顺心的时候。燕麦的价钱原是十五个戈比,现在却是八十;干草没有,牧草仅仅in spe①,而我却有六头牲口,鸟儿还不算在内。它们在吞噬我。

我多么希望办一个养蜂场啊!我有一个办养蜂场的极好的地方。可以放两百个蜂箱。这个工作是十分引人入胜的。

我身上仍旧流着乌克兰人的血。我吩咐人把井上那个先进的抽水机拆掉,人一抽水,它就尖声叫喊;我打算安上吱吱嘎嘎响的吊杆,这个东西会使得本地的农民莫名其妙。我还吩咐人把仆人的住房刷成白色。"吩咐人",这话已经颇有地主的气派了;说得确切点,这应当是请求人,因为所有粉刷、修理各种小东西等工作都由我家里的人在做,为首的是米沙。温床由我们自己栽培和种植,没有雇工;到春天,树木也要由我们自己栽种,菜园也是这样。总之是为了节俭!起初,体力劳动弄得我浑身酸痛,现在倒也无所谓,习惯了。作为工人和地主,我是一文不值的。我只会把雪铲到池塘里去,还会挖沟渠。至于钉钉子,我总是钉歪了。

由于我现在写的东西很多,我有意寄给您一篇短篇小说供复活节专号刊用。可是目前我抽不出工夫来。以后再寄吧。

这封信您大概会在复活节前夕收到。基督复活了!愿上帝保

---

① 拉丁语:在将来(才有)。——俄文本注

佑您万事如意。我向安娜·伊凡诺芙娜和孩子们热诚地致意,送上一千个祝愿。等日后我写剧本①的时候,我需要伯尔纳②的文章。什么地方可以得到他的书呢?他是一个头脑十分聪明的人,犹太人和胸襟狭隘的人都喜欢他。

都德③的新的中篇小说《离婚以后》④写了三个美妙的女人,不过这篇小说至少在结尾的地方是伪善的。如果分裂派教徒或者阿拉伯人反对离婚,那我是能够理解的,然而都德以说教者的资格要求互相厌恶的夫妇不要离婚,这就极其可笑了。法国人看厌了裸体少女,现在为了换一换口味而想来玩弄道德了。

您的安·契诃夫

一八九二年三月三十一日

于圣洛帕斯尼亚,梅里霍沃

三〇〇

致叶·米·沙甫罗娃

请您高兴吧,《米哈依尔·伊凡诺维奇》⑤找到了。您只贴了两张邮票,应当贴五张,由于这个缘故您这个包裹就给运到谢尔普霍夫县,那边发给我一个通知,对我罚款四十二个戈比。其实应该对您罚款四十二个卢布才对,因为您所写的那个作家宣传不道德

---

① 多半指《烟盒》。参看第三〇五封信。——俄文本注
② 伯尔纳(1786—1837),德国作家,政论家和文艺评论家。——俄文本注
③ 都德(1840—1897),法国小说家。
④ 都德的中篇小说《玫瑰和尼内特》经亚辛斯基翻译后改名为《离婚以后》,发表在《作品》1892年第3期上,此外又由加尔佩林-卡明斯基译出,刊登在《俄罗斯评论》1892年第1期和第2期上。——俄文本注
⑤ 沙甫罗娃的一篇短篇小说的手稿。

的思想。他对米哈依尔·伊凡诺维奇说:"您要记住,上帝是需要各种各样的人的。"按照现有的观念,上帝乃是最高的道德的表现。他只可能需要道德完善的人们。如果化学家和生物学家说自然界没有什么纯洁的东西,一切存在的东西都是必要的,那么这话倒是可以理解的,这是自然科学家的观点,而不是道德家的观点。可是您的列宾是在作道德说教。

这篇短篇小说照例写得可爱,风趣,男主人公是个生动的人物,然而布局有点不妥。男主人公时而躺在圈椅上,时而摇摇晃晃,时而吃饭,时而打牌,时而散步,总之,地点和时间都有那么多,不能不使人期待很多的行动,可是行动却没有。您从躺在圈椅上写起,应当以吃饭结束才是。祝您复活节快乐。到我这儿来做客的弟弟①问候您,而且同我一起祝您万事如意。

忠实于您的安·契诃夫
一八九二年四月六日
于圣洛帕斯尼亚,梅里霍沃

三〇一

致娜·米·林特瓦烈娃

基督复活了,尊敬的娜达丽雅·米哈依洛芙娜。契诃夫全家庆贺您和您的一家人,并且送上热诚的祝愿。

现在,我们终于找到一个田庄,买下来,而且在这儿住了一个多月了。我的妹妹好像已经把详细情形写信告诉您了。两百十三俄亩的土地、一片不好的树林、一个果园、一个花园、离房子一俄里

---

① 指契诃夫的小弟米·巴·契诃夫。——俄文本注

半远的一条小河、果园里的一个池塘、一所宽敞的房子等等。总算用不着修缮,谢天谢地。我们生活得安静而健康,然而生活费并不低,因为那些挺尸鬼(这是对马的通称)一天要吃掉一千普特的燕麦,而这儿的燕麦却要九十个戈比一普特。

在复活节,我们到自己的教堂里去做晨祷和日祷。从莫斯科来了一些客人,他们也到那儿去了。

我们这儿完全是春天了。天气暖和,晴朗,百鸟齐喧。我们常在果园里和田野上散步,欣赏四周的空旷,我们住在莫斯科的时候对这样的空旷已经十分生疏了。我们这个地段的周围满是树林,树林,树林,因此我预见到日后采起蘑菇来收获会丰富得很。我们种了十四俄亩的黑麦,还想种春播作物;可是我没管这些事,也不想管;我在料理果园,而且,要是有余钱,我想养蜂。在我们这儿马林果和草莓不计其数。醋栗也一样。李子和苹果很多,樱桃我倒没看见;不过,据说,樱桃也有。我们这儿最好的东西是一条椴树林荫道,颇像包吉莫沃的那条林荫道。(顺便说说,在我们离开莫斯科以前,盖-盖[①]到我们家里来过。据说,他那红头发的阿涅玛依萨[②]不知去向了;她不愿意在包吉莫沃管理家务了。)

一到晚上,我们这儿就有猫头鹰叫,它们预告我们的庄园不久就会拍卖。我是在极可爱的条件下买下这个庄园的,所以这个拍卖绝不是我的多疑的果实。等到它,也就是拍卖,实现,我就搬到涅仁城去住,在那儿买一所房子,腌小黄瓜。

我早晨四五点钟起床,然而,说来丢脸,十点钟就躺下睡觉了。

[①] 即贝利姆-柯洛索甫斯基,地主,契诃夫家于1891年夏天住在包吉莫沃庄园里。——俄文本注

[②] 即阿美纳伊萨·艾拉斯托芙娜·恰列耶娃,包吉莫沃庄园贝利姆-柯洛索甫斯基的女管家。——俄文本注

十二点钟吃午饭。我想到美洲或者更远的某个地方去,因为我非常厌恶我自己。

过了五月一日,我们就会焦急地等候您的光临。您不能拒绝我们的邀请,因为我们全家会含着眼泪央求您,这是一。第二,要是您不到我们这儿来,那我就不还您的债。您在光临的头一天就会收到即使不是全部债款,至少也是其中的一部分;不过,要是您在六月一日以前不来,那您就会连一个子儿也收不到。我起誓!

我们在等伊瓦年科。苏沃林会来,我要约巴兰采维奇来。当然,苏沃林会来的。

先前,流传着关于普列谢耶夫生病的传说,似乎他的病很危急;后来我得到消息,说他的病丝毫也不危急。这个老人住在尼斯,不是一天一天而是一个钟头一个钟头地变得苍老。著名的库斯毛尔①准许他在彼得堡过夏天。冬天他再到尼斯去。可是这个老人何必到尼斯去呢?他该回到原来的环境里去,那时候他欠着许多债,然而生活轻松愉快,无忧无虑。

青年作家比比科夫因肺结核而死;大家都不喜欢他,而且他从基辅写信来,说他得了肺结核,大家也不相信他的话。

您知道吗,我差点在切尔尼戈夫省离巴赫马奇不远的地方买下一个庄园。是扎尼科威茨卡雅②向我推荐的。要是我没有在北方买下庄园,那我就一定会在扎尼科威茨卡雅家附近买下它。

请您来吧。说真的,北方并不像您想象的那么坏。在您光临以前我们会装好有吊杆的井。您来吧,哪怕只是为了看一看我们

---

① 库斯毛尔是德国的内科医师。
② 玛丽雅·康斯坦丁诺芙娜·扎尼科威茨卡雅是乌克兰话剧女演员。

的可笑的农庄,尤其是看一看那个池塘,也是好的。

再见!愿上帝保佑您。

衷心地忠实于您的安·契诃夫

一八九二年四月六日

于莫斯科-库尔斯克铁路,

圣洛帕斯尼亚,梅里霍沃

三○二

致阿·谢·苏沃林

多马周的星期三和星期四我会在莫斯科。这是确定无疑的。您到了莫斯科,就打电报到下列地址:"莫斯科,特威尔门,米乌斯学校,契诃夫。"这是伊凡的地址。我本想早一点去,可是短篇小说还没写好。从受难节①起,直到今天,我的家里不断来客人,客人,客人……我连一行文字也没有写。

要是照您信上所说,沙皮罗②会送给我一张大幅照片,我就不知道该拿它怎么办才好了。这是个笨重的礼物。您说我以前年轻得多。是啊,您想象一下吧!不管多么奇怪,我已经早就过了三十岁,觉得自己将近四十了。我不但身体上苍老,心灵上也苍老了。不知怎么我对人间万物抱着一种愚蠢的淡漠态度,而且不知什么缘故这种淡漠态度的开始同我的国外旅行是同时发生的。我起床和入睡的时候总有这样一种感觉,似乎我对生活的兴趣已经耗尽了似的。这或者是一种病,在报纸上通称为过度疲劳,或者是一种

---

① 基督教节日,复活节前的星期五,大致在4月末。纪念耶稣被钉死于十字架上。
② 俄国摄影师。

为意识所觉察不到的内心活动,在长篇小说里通称为内心的转变;如果是后者,那倒更好了。

昨天和今天我头痛,而且是从视觉的模糊开始,这种病是我从母亲那儿继承来的。

画家列维坦在我这儿做客。昨天傍晚我和他一起去打猎。他一枪打中一只丘鹬;这只丘鹬翅膀上遭到枪伤,掉在一个水洼里。我拾起它来:长长的嘴、又大又黑的眼睛、漂亮的羽毛。它带着惊讶的神情看人。拿它怎么办呢?列维坦皱起眉头,闭上眼睛,嗓音发颤地要求道:"老兄,用枪托打它的脑袋吧。……"我说我办不到。他继续烦躁地耸肩膀,颤动脑袋,要求我。那只丘鹬也继续带着惊讶的神情看人。我只得听从列维坦的话,把它打死了。一个美丽多情的动物消灭了,两个蠢货走回家去,坐下来吃晚饭。

让·谢格洛夫素来坚决反对一切异端邪说,连妇女的智慧也包括在内,无怪乎您跟他消磨一个傍晚而觉得烦闷无聊了。可是,另一方面,如果拿他,比方说,同昆达索娃相比,那么在她面前他就成了一个小小的昆虫。顺便说一句,如果您见到昆达索娃,那就请您问候她,并且说我们在等她到我们这儿来。在新鲜空气中她往往十分招人喜欢,而且比在城里聪明得多。

吉里亚罗夫斯基到我家里来过。他搞了些什么呀,我的上帝!他骑遍了我所有的马,爬到树上去,吓唬狗,为了显示他的力气而折断一根木头。他唠唠叨叨讲个不停。

祝您健康,顺遂。我们莫斯科再见!

您的安·契诃夫
一八九二年四月八日
于梅里霍沃

三〇三

致丽·阿·阿维洛娃

尊敬的丽季雅·阿历克塞耶芙娜,我有生以来没有写过诗。不过,只有一次我在一个小姑娘的纪念册上写过一首寓言诗①,然而这是很早很早以前的事了。这首寓言诗一直留传到现在,许多人都能背诵出来,可是那个小姑娘已经二十岁,我自己呢,顺从普遍的规律而变成文学界的一条老狗,居高临下地看待这种歪诗,忍不住打哈欠了。大概在我的招牌下是一个同姓的人或者冒名顶替者在写诗吧。姓契诃夫的人是很多的。

是的,目前乡村里挺好。不但好,甚至好得出奇呢。现在是真正的春天,树长出嫩叶来,天气炎热。夜莺歌唱,青蛙用各种调门聒噪。我手头一个子儿也没有,然而我这样想:富有的不是那些有许多钱的人,而是那些有办法目前在早春天气所提供的美好环境中生活的人。昨天我到莫斯科去了一趟,可是在那儿由于烦闷,由于种种伤脑筋的事而几乎透不过气来。您可知道,我的一个熟人,一位四十二岁的太太②,认为她自己就是我的《跳来跳去的女人》(《北方》第一期和第二期)中的那个二十岁的女主人公,整个莫斯科都在责难我故意中伤。主要的罪证是表面的相似:这位太太画画,她的丈夫是医师,她跟一个画家私通。

我正在结束一部中篇小说③。它十分枯燥,因为其中完全缺

---

① 1887年6月契诃夫在萨莎·基谢廖娃的纪念册上写过一首寓言诗。——俄文注
② 指女画家索·彼·库甫希尼科娃。——俄文注
③ 《第六病室》。——俄文注

乏女人,缺乏恋爱的成分。我不喜欢这样的中篇小说,我是不假思索,无意中写成这样的。要是我知道您在六月后的地址,我可以把它的校样寄给您。

我也想写一个喜剧,可是萨哈林岛的工作妨碍我写。

祝您万事如意,主要的是祝您健康。

是的!有一回我写信给您说,人在写悲惨的小说的时候应当冷漠。您却没有明白我的意思。人可以为自己的小说哭泣,呻吟,可以跟自己的主人公一块儿痛苦,可是我认为这必须做得让读者看不出来才行。态度越是客观,所产生的印象就越是强烈。我要说的就是这个意思。

诚恳地忠实于您的安·契诃夫
一八九二年四月二十九日
于圣洛帕斯尼亚,梅里霍沃

三〇四

致彼·瓦·贝科夫①

十分尊敬的彼得·瓦西里耶维奇:

叶罗尼木·叶罗尼莫维奇写信告诉我说,您同《世界画报》的编辑部接近。请您费心在有便的时候转告这个编辑部:他们所发的预告②给我留下极不愉快的印象,这个预告把我称为"才华横溢

---

① 彼得·瓦西里耶维奇·贝科夫(1843—1930),俄国批评家,图书编目学专家,《世界画报》杂志主编。——俄文本注
② 1892年4月25日《世界画报》杂志在第一页上刊登一个申明:"在最近一期的《世界画报》上将要发表我们才华横溢的小说家安东·巴甫洛维奇·契诃夫的新作《在流放中(生活特写)》。"——俄文本注

的",并且把我的短篇小说的名字印成招牌字体那么大。这颇像一个牙科医师或者按摩师的广告,无论如何是不登大雅之堂的。我知道广告的价值,而且不反对它,然而对文学工作者来说,跟读者和同行的关系方面的谦虚和文学方法才是最出色、最可靠的广告。大体说来,同《世界画报》打交道,我不走运:我要求预支稿费,他们却用这种预告款待我。不给我预支稿费,倒也罢了,可是总得顾惜我的名誉才对。请您原谅我写给您的第一封信就发出怨言,惹人厌烦。

我恳切地请求您原谅我,并且相信我带着怨诉找您,也只是因为我诚恳地尊敬您。

安·契诃夫
一八九二年五月四日
于圣洛帕斯尼亚,梅里霍沃村

三〇五

致阿·谢·苏沃林

您没有到我这儿来,照您信上所写的,是因为那三个姑娘①弄得您发窘。可是,第一,姑娘们早已走了;第二,不管有多少姑娘,我的两个房间总是供您使用的,因为这些房间是既不住姑娘,也不住小伙子的。

难道我们在秋天以前就见不到面了吗?这叫人伤心得很。大体说来我心情并不舒畅,而没有希望很快跟您见面,是十分乏味

---

① 契诃夫在1892年5月28日写给苏沃林的信上说:"一下子有三位小姐"到梅里霍沃他家里来。——俄文本注

的。至少请您不要忘记把您的地址寄来,我也好给您写信。

天气炎热,可是没有雨。大自然死气沉沉,人也懒洋洋。我们的黑麦已经长得跟人一般高了,过二十天就得收割,可是燕麦还不到一俄寸高。这不像是丰收。不过,蚊子倒没有。我听说让·谢格洛夫选择符拉季米尔作为他永久居住的地方,不由得心惊胆战:要知道他在那儿会被蚊子咬死的,那地方让人烦闷得没有尽头,烦闷极了!那是所有的省城当中最乏味的一个,连剧院也没有。他最好还是到图拉或者沃罗涅日去。

我在写一篇中篇小说①,那是一个小小的爱情故事。我写得很带劲,在写作过程的本身中找到了乐趣,而我这个过程是细致和缓慢的。可是每逢我头痛,或者我身旁有人在胡说八道,我就咬牙切齿地写了。我常头痛,听胡说八道的机会就更多。我有一个有趣的喜剧题材,不过还没有把结局想出来。谁为剧本发明了新的结局,谁就开辟了新纪元。这些可恶的结局却始终没有出世!主人公要么结了婚,要么开枪自杀,别的出路是没有的。我给我将来的喜剧起这样一个名字:《烟盒》。我要等到想出一个跟开头同样妙的结局的时候才会写它。等我想出这个结局,我只要用两个星期的工夫就可以把它写好。

斯塔尔·冯·霍尔施泰因男爵未来的岳父②是乏味的。这是一口棺材,而棺材越是装饰得华丽,它就越是乏味。这是第一千零一个证明:幸福不在于钱③;这是一个庸俗的真理,然而仍旧不失为一个真理。魏恩贝格④讲得有趣。我喜欢他那对狡猾的眼睛。

---

① 《邻居》。——俄文本注
② 俄国诗人阿·尼·普列谢耶夫,他的女儿同这个男爵订婚了。——俄文本注
③ 普列谢耶夫继承了两百万卢布的遗产。
④ 巴维尔·伊萨耶维奇·魏恩贝格是俄国的一个说书人。

我倒是乐于到费奥多西亚去的。当然,solo①。请您写信到那里去,因为我说不定会去的,免得那儿的人把我看做冒名顶替者。我写完这个中篇,就到那儿去写喜剧。我喜欢大房子。在海里游泳倒不碍事,因为我的身体不要紧。您哪个月回来呢?看在苍天分上,我们是不是一块儿在费奥多西亚过一个九月或者十月呢?对我来说,这真是妙极了,我好比登上天堂了。要是我还没有惹得您讨厌,您就考虑一下,答复我吧。在秋天以前我的财政状况会平稳顺利,我不会抱怨说"非写东西不可"了。要是我们事先讲妥,那我就在费奥多西亚迎接您。

我们的女仆干活勤快,使我们暗暗吃惊,不料她是个职业窃贼。她偷钱、手帕、书、照片……每个客人都发觉自己少了五个到十个卢布。我暗想,她偷了我多少个钱啊!我没有锁上书桌抽屉和数钱的习惯。我想她偷了两百;我至今记得,今年三月和四月间我老是觉得奇怪,我的钱会用掉那么多。

《俄罗斯评论》没有出版。

我收到斯沃包津的一封信;他抱怨他让蚊子咬得吃不消。他就住在符拉季米尔省。

请您来信务必写得长一点。

问候您的妹妹和彼得·谢尔盖耶维奇。请您告诉那位招人喜欢的产婆②,就说她是个可爱的人。

愿上帝保佑您。

您的安·契诃夫
一八九二年六月四日
于梅里霍沃

---

① 意大利语:独自(去)。
② 以上三个人是科尔舍沃村的居民;契诃夫是在沃罗涅日省居留期间同他们相识的。——俄文本注

三〇六

致亚·巴·契诃夫

我收到了《消防事业史》①,心里暗想:谁能料到鸡窝里飞出了金凤凰?最近一期的《历史通报》②使我的惊讶更有充分理由了,我就不断地对自己提出这个问题。是的,萨沙,你是个天才。塔甘罗格的米哈依洛夫教堂的看守人一定会引以为荣,因为他们的主持司祭有这样一个侄子③。

我们从你的朋友尼·亚·列依金那儿听说你不久就要到我们的庄园里来。这是个绝妙的想法,所以不要迟疑,应该立即实行。不过你来的时候要戴着铜盔④。临行之前,托你办一件事,一件非常重大的事!请你跟你十分喜爱的朋友列依金(涅瓦河流域伊万诺沃村)通信商量一下,从他那儿把我的两条漂亮的塔克斯猎犬带来。这些狗的运费由我负担。我付钱。你可不能不带狗来。那是两只很可爱的动物,它们一路上会让你得到安慰。你会喜欢它们的,萨沙。

我们大家都健康。父亲心情激动:科斯特罗马的主教维萨利昂获得一级安娜勋章,而莫扎伊斯克的主教亚历山大,年纪比他

---

① 契诃夫的大哥亚·巴·契诃夫的著作,全名是《俄罗斯消防事业的历史概述》,1892年在圣彼得堡由 А. Д. 利沃夫出版;亚·巴·契诃夫在书上题词:"赠安东·巴甫洛维奇·契诃夫。不光是你一个人能写书……作者。1892年5月29日,于圣彼得堡。"——俄文本注
② 1892年《历史通报》第6期刊登了亚·巴·契诃夫的论文《回忆普列尼拉(诗人杰尔查文的妻子叶·亚·杰尔查文娜)》。——俄文本注
③ 这个教堂的主持司祭是契诃夫的叔叔。
④ 指消防队员的头盔。

230

大,却还没得到这种勋章。

问候你的太太和儿女。不要成为短裤,来吧。

你的恩人安·契诃夫
一八九二年六月九日
于圣洛帕斯尼亚,梅里霍沃

三〇七

致阿·谢·苏沃林

您可真叫我吃惊不小。我以为您已经在比秋格①一带闲逛或者在国外游泳,我早就写信寄到博布罗夫去了,不料您还停留在彼得堡。既然您在彼得堡住了这么久,那为什么不给我写信呢?

八月间我会高高兴兴地跟您一块儿到费奥多西亚去。要是您乐意的话,我会在那儿跟您一块儿舒畅地度过九月和十月。我甚至愿意留在那儿过冬。真的,要是您能八月间回来就好了!这对我来说是十分十分愉快的。请您来信把您秋天的意图写得详细些。至于霍乱,那人是不应该怕它的。它离这儿还远着呢,而且九月份以前大概就结束了。在我们这个时代它的生命力是不强的。

我在等待您的中篇小说,急于实现作者的愿望。要是您在国外也寄给我一个什么作品,那我就会很高兴,因为我目前对文学有一种渴望。我既想写东西,又想读作品,还想搞批评。

女天文学家还没来。

您希望我给您写一点我的印象。梅里霍沃不是外国。目前,有两个印象在我的心里占优势:一个是由割草而来的美好的

---

① 河名,位于俄罗斯欧洲部分,顿河左支流,经过沃罗涅日省。

印象,另一个是由女人样的、肥胖的、挨饿的索罗赫京而来的可憎的印象,他是我的前任,他还没有死心,仍旧千方百计地打算讹诈我。

我的心灵渴望博大、崇高,可是我又不得不过一种狭隘的、在卑贱的卢布和戈比当中打发掉的生活。再也没有比小市民的生活以及它的小铜钱、伙食、荒谬的谈话、谁也不需要的传统美德更庸俗的东西了。我的心灵痛苦不堪,因为我意识到我是在为钱工作,钱是我的工作的中心。这种痛心的感觉连同正义,使得我的作家生活在我的心目中成为一种可鄙的行业;我不尊重我所写的东西,我颓唐,觉得自己乏味;我暗自庆幸我有医疗工作,不管怎样,我干医疗工作总还不是为钱。我应当在硫酸里洗个澡,烫掉我身上的一层皮,然后再长出一身新毛来。

请您给我多多来信。反正您有的是闲暇的工夫。您疲乏,可是您仍旧在写东西。说真的,您走得那么远,我感到寂寞。我的生活起了急剧的变化:如今除您以外我不跟任何人通信了。我偶尔跟有病的斯沃包津打个招呼,其他的好朋友都用沉默来回答我的沉默。友情的材料已经用完了。

天没有下雨。春播作物算是完了。黑麦会长得颗粒很小。

常有病人来。一个只有一只眼睛的农妇来了。她送给我一条毛巾。

好,祝您万事如意,主要是心情舒畅,睡眠良好。

真的有一场文学界的盛典,格利果罗维奇的五十周年纪念活动,在等着我们吗?

您的安·契诃夫

在洛帕斯尼亚当地,正在出售首席贵族留明的一个大庄园,有宫殿,有树林,有河,有一千零一夜。另外也有些出售的庄园,索价三四万和五万,其中似乎没有一个不需要修缮的。留明的庄园倒完好无损。据说,那儿甚至有个动物园呢。

一八九二年六月十六日

于圣洛帕斯尼亚,梅里霍沃

三〇八

致丽·斯·米齐诺娃

高尚的、正派的丽卡!您一写信给我,说我的信并没有使我承担任何责任,我就轻松地叹了一口气,于是现在我就给您写这样一封长信,用不着害怕哪一位老大娘看了这封信,要叫我跟您这样的怪物结婚了。在我这方面,我也要赶紧请您放心,您的信在我的眼里只有香花的意义,而没有证明文件的意义;请您转告施塔克尔贝格男爵、您的表哥、龙骑兵的军官们①,就说我不会成为他们的障碍。我们契诃夫家的人跟他们巴拉斯之流不同,是不会妨碍年轻姑娘们生活的。这是我们的原则。所以您自由了。

有一条迷路的哈巴狗,也不知是谁家的,在我们这儿住熟了。谢玛希科来了。伯爵夫人②走了,不久又会来的。空气里弥漫着一种用米沙的话来说叫做飞黄腾达的浓重气味。还有什么事呢?樱桃正在成熟。昨天我们已经吃樱桃加醋栗果酱的甜馅饺子了。顺便谈一谈甜馅饺子。我的邻居瓦烈尼科夫③千方百计要买我这块地。他要把所有的房屋都拆掉,准许我们在这儿住到下一个冬天(一八九四年),大概付给我不下于一万卢布。怎么样?我倒渴望搬到那个地段去。如果我同瓦烈尼科夫谈妥成了交,那么秋天

---

① 均是丽·斯·米齐诺娃的熟人。——俄文本注
② 克拉拉·伊凡诺芙娜·玛穆娜,契诃夫家的熟人。——俄文本注
③ 地主,契诃夫家庄园的邻居。他的姓在俄文里的原义就是"甜馅饺子"。

我就要开始在我那荒凉的树林里造房子;要使我的幸福得以圆满,我只缺三千卢布,这我已经跟您谈过了。甜瓜①,我知道您长大成人②以后就不再爱我了。不过您还是寄给我三千,来报答往日的幸福吧。这不会使您承担任何责任,我呢,也不会欠债不还,今年冬天会给您送去奶油和樱桃干。

我们这儿一直平静,安定,和睦,不过我大哥的孩子们所造成的喧哗除外。然而要写作却仍旧是困难的。思想无法集中。为了思考和拟稿,就得走出屋子,到菜园去,在那儿锄掉那些稀疏的、不妨碍任何人的小草。我有一个耸人听闻的消息:以拉甫罗夫为代表的《俄罗斯思想》寄给我一封信③,信里充满委婉的感情和保证。我深受感动,要不是因为我有不回信的习惯,我就会回答说:两年前我们之间的误会我认为已经结束了。不管怎样,我的孩子,您在我家里的时候我开头写的那个具有自由主义思想的中篇,我要寄给《俄罗斯思想》了。那是一个什么样的故事啊!

您梦见列维坦和他那对充满非洲人的热情的黑眼睛吗?您继续收到您那个七十岁的情敌④的来信,并假惺惺地回她的信

---

① 契诃夫对米齐诺娃的戏称。
② 当时米齐诺娃二十二岁,比契诃夫小十岁。
③ 1892年6月23日拉甫罗夫写信给契诃夫说:"我们共同的朋友巴·马·斯沃包津对我讲起您有意把您的短篇小说交给《俄罗斯思想》发表。当然,您的作品会在《俄罗斯思想》的篇页上受到最亲热的接待,此外,还会一下子永远结束两年以前我们中间发生的可悲的误会(参看第二二六封信和注)。两年前,我原准备趁热打铁,立即答复您的来信,我原想向您保证,说我本人以及总的说来我们全体工作人员,对于作为作家和人的您,丝毫也没有表现恶感的意图,说由我主编的这个杂志素来是带着最大的同情关注着您的文学活动的。……"——俄文本注
④ 指女画家索·彼·库甫希尼科娃;她同列维坦私通,当时是四十五岁。——俄文本注

吗？丽卡,您的身子里有一条大鳄鱼①,实际上我做得对,我听从常理的吩咐,而没有听从我那被您咬伤的心的吩咐。您离我远点吧,越远越好！或者不,丽卡,只能如此:您就容许我被您的香水熏得晕头转向,帮着我把您扔在我脖子上的套索勒一勒紧吧。

我能够想象您读着这几行的时候,多么幸灾乐祸,扬扬得意,多么恶毒地大笑……唉,我似乎在写蠢话了。您把这封信撕掉吧。请您原谅,这封信写得这么潦草;您不要拿给外人看。唉,唉！

巴索夫写信告诉我说您又抽起烟来了。这真糟,丽卡。我鄙视您的性格。

每天都在下小雨,然而地面仍旧是干的。

好吧,再见,我的心灵的玉米。我粗鄙而恭敬地吻您的扑粉盒,嫉妒您的旧靴子,因为它们天天看见您。请您给我来信,讲一讲您的成功。祝您顺遂,请您不要忘记被您征服的

沙皇米季依斯基

一八九二年六月二十八日

凌晨四点钟

于梅里霍沃

三〇九

致尼·亚·列依金

请您原谅,最善良的尼古拉·亚历山德罗维奇,我这么久没有答复您的信。由于至今还没有传播到我们此地的霍乱病,我受到

---

① 借喻"伪善者"。

地方自治局的聘请,担任防疫医师①,分配到一个地区;目前我坐车走遍各个农村和工厂,搜集材料供防疫大会用。关于文学工作,连想一想的工夫都没有了。一八四八年在我那个地区有过一次严重的霍乱,我们预料这一次势头也不会减弱,不过这要看天意了。地段都很大,所以医师们专门致力于疲劳的旅行。没有隔离病房,悲剧将要在农民的小木房里或者光天化日之下发生。没有助手。消毒剂和药品倒是答应无限量发放的。道路很糟,而我的马车更糟。至于我的健康,那我是不到中午就开始感到疲倦,希望躺下去睡觉了。这是霍乱还没有来之前的情形,至于霍乱来了以后会怎么样,那我们就看看再说吧。

除了这种流行病以外,我还期待另外一种流行病,这种病是一定会传布到我的庄园来的。那就是缺钱。由于我的文学工作的停顿,我的收入也停止了。要是不把今天我医治淋病而得来的三个卢布计算在内的话,那我的收入就简直等于零了。

黑麦在所有的十四俄亩土地上都长得十分旺盛。人们已经在收割。由于最近的雨水,燕麦也大见改善。荞麦长势喜人。樱桃不计其数。

现在是晚上七点多钟。我得到地方行政长官那儿去,他为我召集了一个会议。这个地方行政长官是我的邻居(相距三俄里远),沙霍甫斯科依公爵②,二十七岁的年轻人,身材魁梧,嗓音洪

---

① 1892年7月6日谢尔普霍夫县第三区地方行政长官请求契诃夫同意参加对霍乱流行病的斗争,契诃夫作了肯定的回答。契诃夫的朋友,地方自治局医师彼·伊·库尔金在回忆契诃夫参加对霍乱流行病的斗争情况的文章中说:"地方自治局医师的责任被全部担任下来。安·巴·契成为县防疫委员会的义务成员,十分认真地参加谢尔普霍夫城里以及该县地方自治局诊所的一切会议。他加入他那个地区有关学校和工厂的防疫问题的各种委员会;他视察学校的校舍,工厂的厂房,等等。在梅里霍沃村,他在自己的家里定期接诊前来治病的病人。"(《社会医师》杂志1911年第4期)——俄文本注
② 即谢尔盖·伊凡诺维奇·沙霍甫斯科依。

亮。他和我两个人在会议上锻炼口才,极力说服那些怀疑论者不要相信胡椒浸的酒、小黄瓜等东西有治病的效力。小孩子普遍腹泻,常常是痢疾。

好,祝您健康。稿费①请寄到谢尔普霍夫城,因为洛帕斯尼亚没有邮局。谢尔普霍夫城,梅里霍沃村,这样写就行了。

再一次祝您健康。问候您家里的人。西罗季宁医师住在我附近的一个别墅里。

您的安·契诃夫
一八九二年七月十三日
于圣洛帕斯尼亚,梅里霍沃

三一〇

致丽·斯·米齐诺娃

您,丽卡,是个爱挑眼的人。您在我信上的每一个字里都看见讥刺或者挖苦。没什么可说的,您这个性格可真好。您不该认为您会成为一个老处女。我敢打赌,日后您会成为一个心眼歹毒、吵吵闹闹、叽叽喳喳的娘儿们,放高利贷,拧隔壁人家的孩子的耳朵。一个倒霉的九等文官,穿一件褪色的家常长袍,会荣幸地把您叫做他的太太,他会一再偷您的露酒喝,借以浇灭家庭生活的愁苦。我常常暗自想象两个可敬的人物,您和萨福,靠着一张小桌子坐着,大喝露酒,回忆过去,而隔壁房间里却有两个人坐在火炉旁边下棋,脸上现出胆怯和负疚的神情,其中一个人就是您那位九等文

---

① 指由《花絮》杂志出版的契诃夫短篇小说集《形形色色的故事》的稿费。

官,另一个的头顶秃了一大块,是犹太人,我不愿意说出他的姓来①。

玛霞早已同玛穆娜一起到路卡去了。有一个过路的医师告诉我说他在哈尔科夫城附近,也就是在梅列法,亲眼观察了两个霍乱的病例。如果这方面的传说传到苏梅,玛霞就会从那儿逃走了。我等她在七月二十日以前回来。我哪儿也不能去,因为我由本县的地方自治局指派担任治霍乱的医师(没有薪金)。我的工作多得不得了。我坐车走遍乡村和工厂,在那些地方宣传霍乱的防疫。明天谢尔普霍夫城里要召开一个防疫大会。对霍乱我并不在意,可是不知什么缘故必须跟别人一块儿怕它。当然,关于文学连想一想的工夫都没有。我疲乏,非常爱生气。没有钱,讲到挣钱,我既没有工夫,也没有情绪。狗拼命地叫。这意味着我会得霍乱而死掉,或者会收到保险赔偿金。还是我死掉更正确,因为蟑螂还没消灭。他们交给我二十五个村子,助手却一个也没有。光我一个人不顶事,我在当一个大傻瓜。您到我们这儿来,跟农民们一块儿打我吧。

不过您,可爱的姑娘,住在托尔若克而不住在我们这儿,是大大失算了。由于至今还没来到我们这儿的霍乱,我跟所有的邻居都熟识了。有许多招人喜欢的年轻人。比如说,我的邻居沙霍甫斯科依就是二十七岁。他一连几天待在我这儿。

等到霍乱的恐怖消失,我就到克里米亚去,而甜瓜却会在托尔若克住下去,跟自己的亲人一块儿闷闷不乐,然后,闷闷不乐一阵以后,就到莫斯科去,沉迷于一种无害的娱乐中,那就是去找萨福,抽烟,和亲戚对骂,观看费多托夫那里的演出。……这真可爱极了!

---

① 指库甫希尼科娃的丈夫,医师。

剧本弄好了吗？没有？

我们这儿有雨，天气炎热。黑麦极好，可是没有人收割。樱桃也没有人采摘。不过所有这些财富并不使我觉得光彩。只有一件事让我高兴，那就是我想到我不必到莫斯科去了。丽卡，到我们这儿来过冬吧！真的，我们会挺好地一起生活一阵的。我要致力于您的教育，祛除您的坏习惯。主要的是我要让您忘掉萨福。

好，祝您健康。这一次我不给您什么温柔的话了，因为您在这种话里只看见讥刺。当然，我不会在信上落下款。由于固执，我不会落下款。

附言：我的一个女朋友，一位相貌不美然而招人喜欢的小姐，戒烟了，可是传说她又开戒了①。好一个顽强的骗子！请您给我来信。听见了吗？我跪着央求您了。

一八九二年七月十六日
于梅里霍沃

三一一

致娜·米·林特瓦烈娃

尊敬的娜达丽雅·米哈依洛芙娜，请您转告伊瓦年科，就说我为他的电报付了一个卢布。这笔钱是不该花的，因为我对玛霞说过，如果亚历山大·伊格纳契耶维奇②同意，那就要他立刻来，不必费心打电报，踌躇不决地抓耳挠腮。我们早就在等他了。我个人则在焦急地等他。

---

① 米齐诺娃就是戒了烟又开戒的。
② 即伊瓦年科。

这里盛传您的姐姐叶连娜·米哈依洛芙娜经过我们这儿,到霍通去了。前天我听说她被派到别洛彼索茨卡亚乡。我们三年以前能想到我们会有机会一块儿在谢尔普霍夫县跟霍乱作斗争吗?霍通的医疗区同七月十七日建立的我的梅里霍沃区接境。可见命运本身要我们做"尊敬的同事"。叶连娜·米哈依洛芙娜面临着组织医疗区的任务;她会大伤脑筋,因为我们的地方自治局以办事拖拉出名,把所有繁重的组织工作都推到医师们身上。我大发脾气,像是一条拴着链子的狗;我管二十三个村子,可是到目前为止我连一个病床也没收到,大概也永远得不到一个医士,而在防疫会议上他们是答应过我的。我坐车走遍各个工厂,像讨饭似的为我将来的病人央求住处。我从早到晚坐着车子奔走;虽然霍乱还没来,我却已经疲倦了。昨天傍晚我遇上一场倾盆大雨,浑身淋透,没有在家里过夜,早晨在泥地里步行回家,不住地骂街。我的懒惰在我身上受到极大的委屈。我认为叶连娜·米哈依洛芙娜也不会轻松些。不过这只是最初一段时期的情形。过一两个星期一切走上正轨,我们就可以坐下来了。大概霍乱不会特别厉害。而且就是厉害也不可怕,因为地方自治局给予医师以最广泛的全权了。也就是说,我一个子儿也收不到,然而我能租小木房,雇人,要多少有多少,并且在严重的情形下能够从莫斯科把防疫队叫来。在这儿,本地人很有知识,同事们都是认真办事的内行,农民们也习惯于医疗工作,不一定需要人多费唇舌,要他们相信我们医师们在霍乱方面是没罪的。他们大概不会打我们。

玛霞什么时候回来?她不在,菜园里发生了可怕的混乱。牛犊和鹅吃掉了半个菜园。小鸡帮它们的忙。我呢,没有工夫去照料菜园,因为我往往整天不在家里。

我在报上读到哈尔科夫省有霍乱。在什么地方?在铁路线上的苏梅地区吗?要是霍乱到了西部地区,那就伤脑筋了。它在那里能够给自己营造一个坚固的巢,说不定明年春天就又回到俄国来了。

有一个非常重要的注意事项。要是您的院子里有人得了霍乱,那么起初就让他服臭樟脑。身体强壮的人可以同时服氯化亚汞或者蓖麻油。在蓖麻油里,臭樟脑就溶解了。一次服十格令①。我们决定用这样的医疗方法:起初是臭樟脑,然后是康坦法,也就是用单宁酸灌肠,皮下注射盐水。此外,我会使用各种加热方法(热咖啡加白兰地,热褥垫,热水浴等等),起初在服臭樟脑的时候要同时服山道年,这种药对肠子里的寄生虫直接起作用。用山道年是我自己想出来的。要是没有霍乱,我就什么药也不用。

我希望这个该诅咒的霍乱会放过我们,我们这一辈子还可以再见面两百八十三次。不言而喻,今年夏天我不能到您那儿去了。要是您八月间或者九月间到我们这儿来,那您就做得非常非常厚道了。根据我进行过的历史查考,在梅里霍沃,一八七一年和一八七二年根本没发生过霍乱,一八四八年只有两个外来的病人。这儿从来也没有过白喉、伤寒……您搬到我们这儿来吧。我会在第二区给您造一所房子,而且不准我们的女仆卡捷莉娜到您那儿去,原来她也是一个可怕的贼和蠢货。达莉尤希卡②称王称霸了。

好,祝您健康,愿上帝保佑您。向您的全家热诚地致意。如果玛霞和克拉拉·伊凡诺芙娜③还没有离开您的家,那就也问候她们。

整个心灵属于您的安·契诃夫
一八九二年七月二十二日
于梅里霍沃

---

① 俄国药衡单位:一格令等于62.2毫克。
② 契诃夫家的女仆。
③ 即玛穆娜,当时正同玛霞一起出外旅行。

三一二

致丽·斯·米齐诺娃

彼得·瓦西里奇①带着他那当炮兵的儿子到我们这儿来做客,那个炮兵吃过午饭以后总是要放一阵枪,当然不是放炮。彼得·瓦西里奇十分亲热,多情,弄得我都开始相信真正的友谊了。每放完一枪,他就走到他的儿子跟前去,温柔地吻他的头……我衷心祝愿您也有这样的丈夫和这样的儿子。

您把剧本的翻译工作退还那个德国女人了?您可知道,我早就料到会有这一着。您根本缺乏干正规工作的愿望。就因为这个缘故您才生病,闷闷不乐,号啕痛哭;就因为这个缘故你们这些少女才只能干那种报酬很低的教书工作,在费多托夫那儿学些无聊的东西。我原给您写了一封辱骂的长信,可是改了主意,没有寄出去。那样的信是打动不了您的,只会弄得您六神不安而已。

玛霞还没来。我们每天都在等她。从八月一日起我就要开始等您光临。我的工作忙极了。地方自治局聘请我做区的医师,我不便于推辞。事情就是这样。

亲爱的,请您给我来信,要不然我寂寞极了。我已经讨厌吃喝,厌恶睡觉,而写作、钓鱼、采蘑菇却没有工夫。最好您来。这比信好。我擅长医治霍乱,所以在梅里霍沃居住是没有危险的。

霍乱已经进入莫斯科,并且到了莫斯科的城郊。

好,祝您健康,金发姑娘。下一次请您不要用您的懒惰惹我生气,而且劳驾,不要起意为自己辩白。凡是涉及按期完成的工作和

---

① 即贝科夫。

应许的诺言的地方,我不能接受任何辩白。我不能接受而且不能理解这种辩白。

我在等您,在渴望您的光临,就像沙漠的居民贝都英人①渴望水一样。

祝万事如意!

您的 Antoine

一八九二年七月二十七日

于梅里霍沃

玛霞和伊瓦年科到达此地了。伊瓦年科在离我们三俄里远的地方得到一个工作。您来吧。

七月三十日

三一三

致阿·谢·苏沃林

我那些信在追您,可是总也抓不住您。我常常给您写信,顺便说一句,还有一封信是寄到圣莫里茨②去的。凭您的来信判断,我的信您一封也没收到。第一,在莫斯科和莫斯科近郊已经有霍乱了,我们这个地方过几天就会有。第二,我已经奉命担任治疗霍乱的医师,我这一区包括二十五个村子、四个工厂和一个修道院。我做组织工作,建立隔离病房等等;我感到孤寂,因为一切关于霍乱的工作都使我的心灵感到陌生,而这种工作要求经常的奔走、谈话

---

① 指在阿拉伯半岛和北非沙漠地区从事游牧的阿拉伯人。
② 瑞士东南部格劳宾登州一政区。最初以治病的矿泉闻名,17世纪成为上流社会的矿泉疗养地和夏季游览地。

和琐碎的忙碌,这对我来说就疲乏不堪了。写作是没有时间了。文学早已丢开;我成了乞丐、穷光蛋,因为我认为拒绝各区的医师应得的酬劳费对于我,对于我的独立精神是合宜的。我感到乏味,不过,假如从鸟瞰的角度来看待霍乱,那么霍乱是有很多有趣的东西的。可惜您不在俄国。① 短信②的材料就白糟蹋了。好的东西比坏的东西多,因而这次霍乱同去年冬天我们观察过的饥荒迥然不同。目前大家都在工作。大家都在拼命工作。在下诺夫哥罗德的集市上,人们创造了奇迹,像这样的奇迹甚至能够促使托尔斯泰对于医学,对于一般说来文化人对生活的干预,采取尊敬的态度。他们似乎已经把套索扔在霍乱的脖子上了。他们不但减少得病的人数,而且还降低了死亡率。在广大的莫斯科,感染霍乱的人一个星期没有超出五十个,可是在顿河流域霍乱每天感染上千个人,差别是极大的。我们这些县里的医师已经做好准备;我们的行动纲领已经拟定;现在有理由认为在我们这个区里我们也会降低霍乱造成的死亡率。我们缺乏助手,我们只得同时又做医师又做防疫员;农民们粗鲁,不爱干净,不信任人,不过我们一想到我们的劳动不会白费,那么这一切就几乎引不起我们的注意了。在谢尔普霍夫县的所有医师当中,我是最可怜的一个;我的马和马车很糟,我又不认识路,而且一到傍晚我就什么也看不见;我没有钱了,我很快就疲劳了,主要的是我无论如何也忘不了我应该写作,我很想丢开霍乱,坐下来写作。而且我也想跟您一块儿谈一谈。寂寞极了。

我们在生产方面的努力以圆满的成功结束了。这是一次丰收;在我们卖粮食的时候,梅里霍沃给了我们一千多卢布。菜园也很出色。黄瓜堆积如山,白菜多得惊人。要不是该死的霍乱,我就

---

① 苏沃林当时在国外旅行。
② 指苏沃林在《新时报》上按期发表的以《短信》为名的小品文。

可以说我没有一个夏天过得像这个夏天这么好。

女天文学家到我这儿来过。她在医院里住在医师太太的家里,像女人那样干涉霍乱的工作。她老是夸大其词,到处看到阴谋。她是个奇怪的女人。她已经跟您处熟,喜欢您了,不过她并不属于切尔特科夫①所说的那种得到书报检查官批准的人。谢格洛夫确实不对②。我不喜欢这样的文学。

关于霍乱的骚动已经一点也听不到了。人们在谈论某些被捕者,谈论传单等等。据说文学工作者阿斯狄烈夫③被判十五年苦役。如果我们的社会主义者真的要为自己的目标利用霍乱④,那我就会藐视他们。为美好的目标而采用可憎的手段就使得目标本身也变得可憎。让他们骑在医师和医士的背上好了,可是为什么要对人民说谎呢?为什么要向人民保证,说他们的愚昧是对的,他们的粗鄙的成见是神圣的真理?难道这种无耻的谎言能够换来美好的未来吗?如果我是政治家,那么即使人家应许我一个佐洛特尼克⑤的下流谎言可以换来一百普特的幸福生活,我也不会下决心为了未来而侮辱现在。

秋天我们能见面吗?我们能一块儿在费奥多西亚住一阵吗?您从国外旅行回来以后,我做过霍乱工作以后,彼此之间会有许多

---

① 符拉季米尔·格利果利耶维奇·切尔特科夫是托尔斯泰的信徒,"媒介"出版社的创办人。
② 苏沃林的原信没有保存下来,因此这里指的是什么事已无从查考。——俄文本注
③ 尼古拉·米哈依洛维奇·阿斯狄烈夫(1857—1894),俄国政论家,民族志学家。——俄文本注
④ 契诃夫大概听信了当时俄国反动派散布的谣言。行政当局和警察当局的机关报认为把工人们由于经济的和政治的因素所进行的罢工描写成为"霍乱的骚动"是有利的。当时在伏尔加河流域以及其他地方确实有霍乱的骚动,然而那是富农分子挑起来的。俄国作家和医师维·维·魏列萨耶夫描写过这种骚动,参看他所著的《回忆录》。——俄文本注
⑤ 旧俄重量单位,一佐洛特尼克约合4.27克。

有趣的事可讲。我们在克里米亚消磨一个十月吧。说真的,这不会乏味的。我们来写作、谈话、吃东西吧……费奥多西亚已经没有霍乱了。

请您看在我的特殊处境的分上多多给我写信吧。现在我的心情不可能好,您的信会打断我对霍乱的关心,暂时把我引到另一个世界里去。

祝您健康。向我的中学同学阿历克塞·彼得罗维奇①致意。

您的安·契诃夫

一八九二年八月一日

于梅里霍沃

我要按照康坦法医治霍乱:先是用四十度的单宁酸大灌肠,然后皮下注射盐水。灌肠的效用极好:使肠子发热,减少泻肚。注射有时能创造奇迹,而有的时候会使心脏麻痹。

三一四

致阿·谢·苏沃林

您就是杀了我,我也不再给您写信了。我写信寄到阿巴齐亚去过,寄到圣莫里茨去过,我至少写过十次信。到目前为止您连一个可靠的地址也没寄给我,所以我的信连一封也没送到您手里,我的长篇描写和关于霍乱的医疗方法都白费了。这真叫人伤心。不过最叫人伤心的是在我写了一系列的信,说明我们这儿关于霍乱的种种伤脑筋的情形以后,您忽然从欢畅的、碧绿的比亚里茨②写

---

① 即柯洛木宁,俄国律师,苏沃林的女婿。——俄文本注
② 法国西南部大西洋-比利牛斯省城镇,是一个气候温和的旅游疗养地。

信给我说您羡慕我的悠闲！愿上帝饶恕您！

是啊，我平安无事。今年的夏季十分美好，天气干燥、暖和，山珍海味应有尽有，然而从六月开始的今年夏季的全部魅力全然被霍乱的消息破坏了。正当您时而写信来约我去维也纳，时而约我去阿巴齐亚的时候，我却已经做了谢尔普霍夫县地方自治局的区的医师，正在抓霍乱的尾巴，迅速组织新的医疗区。我这一区有二十五个村子，四个工厂，一个修道院。我每天上午接诊病人，午后到各处奔走。我坐车，对贝琴涅格人宣讲，医病，生气；由于地方自治局在组织医疗站方面一个小钱也没给过我，我就缠住那些财主，时而要这个，时而要那个。原来我能成为一个出色的乞丐；由于我的乞讨的口才，目前我这一区已经有了两个上等的隔离病房以及各种设备，此外还有五个隔离病房不是上等的，而是很差的。我甚至给地方自治局免掉了消毒方面的开支。石灰啦，矾啦，以及种种带香味的东西，我都在工厂主那儿要到，够我所有的二十五个村子使用了。一句话，阿·彼·柯洛木宁应当因为跟我同在一个中学里读过书而骄傲。我的心灵疲惫。我感到乏味。自己不属于自己，脑子里考虑的只有腹泻，夜间一听到狗叫声和敲门声就打哆嗦（莫非是来找我吗？），坐着糟透的马车在从没见过的大道上赶路，阅读的都是有关霍乱的书，等待的也只是霍乱，同时又对这种病，对自己为之服务的那些人冷漠至极，我的先生，这简直是一锅叫人倒霉的大杂烩啊。霍乱已经到莫斯科城里和莫斯科县里。我们只好随时等它到此地来。从霍乱在莫斯科的进展情形来判断，必须认为它已经衰退，开始丧失自己的力量了。而且必须认为它被莫斯科和我们所采取的对策降伏了。知识界工作得很起劲，既不顾惜性命，也不顾惜钱财；我每天看见他们，深受感动，在这种时候我一想起席捷尔和布烈宁对这个知识界大发脾气，就感到有点憋气。在下诺夫哥罗德，医师们和一般的文化人创造了奇迹。我读着关于霍乱的报道，又惊又喜。在古老的年代，当成千上万的人得病死掉的时候，人们甚至不可能幻想如今在我们眼前完成的这种惊人的战绩。可惜您不是医生，您不能分享我的快乐，也就是说对于目前所做的一切您不可能充分体验，领会，重视。不过，讲起这些，话就不能很短了。

霍乱的医治方法要求医师们首先要慢，也就是说为每一个病人要用五小时到十小时的工夫，或者还不止。由于我打算应用康坦法（用单宁酸灌肠和皮下注射盐水），我的局面就会比蠢材的局面还要愚蠢。在我为一个病人忙碌的时候，就会有十个人害病而死掉。要知道，如果不算一个医士，在那二十五个村子里只有我一个人，那个医士称呼我大人，当着我的面不敢吸烟，缺了我就寸步难行。一天只有个别几个病人，我就会很有办法，而如果这种传染病发展到每天哪怕有五个病人，那我就会光是生气，疲乏，感到自己有罪了。

当然，关于文学就连想一想的工夫也没有。我什么也没写。我拒绝了生活费，因为我要为自己保留哪怕一点点行动的自由，所以目前我身无分文。我在等着黑麦打完场，卖出去，而在那以前我只好靠《蠢货》和我们这儿多得不计其数的蘑菇糊口。顺便说一句，我的生活开支从来也没有像现在这样低过。在我们这儿样样东西都是自己的，连粮食也是自己种的。我认为过两年以后我的家庭的全部开支每年不会超过一千卢布。

日后您在报上看到霍乱已经结束的时候，那就意味着我已经又动手写作了。至于目前，我在地方自治局工作，并不认为我是文学工作者。同时捉两只兔子是不可能的。①

您写道，我把萨哈林岛②丢掉了。不，我不会丢掉我这个孩

---

① 俄国谚语，意为同时想达到两个目的。
② 指契诃夫的著作《萨哈林岛》。

子。每逢写小说让我感到乏味,我就会愉快地干这个非小说的工作。至于我什么时候写完萨哈林岛,在什么地方发表,这对我来说并不重要。目前,在加尔金-符拉斯基坐在监狱总署署长宝座上的时候,我并不太想出版这本书。不过,窘迫也许会逼着我出版,那就是另一回事了。

我在我所有的信里纠缠不已地向您提出一个也许您不想答复我的问题:今年秋天您住在什么地方,您愿意跟我一块儿在费奥多西亚和克里米亚过九月的一部分和十月吗?我焦急地渴望吃、喝、睡觉和谈论文学,也就是什么也不做而同时又觉得自己是个正派人。不过,如果您厌恶我的闲散,那么我可以应许您我会跟您一块儿或者在您旁边写剧本,写中篇小说……怎么样?您不愿意?那就愿上帝保佑您吧。

女天文学家来过两次。这两次我都跟她相处得乏味。斯沃包津来过。他变得越来越好了。重病促使他经历到内心的转变。

您看,我这封信写得多么长,不过我并不相信它会寄到您手里。请您想象一下我的霍乱工作的乏味、我在霍乱工作中的寂寞、被迫的文学上的闲散,您就常给我写信,多写一些吧。您对法国人的嫌恶,我有同感。德国人远比他们高明,不过不知什么缘故大家都说德国人愚鲁。法俄交好,我可不喜欢,就跟我不喜欢塔季谢夫一样。这种交好有点胡闹。不过,菲尔绍①到我们这儿来,我倒十分喜欢。

我们这儿长出很好吃的土豆和极好的白菜。您怎么能不喝白菜汤呢?我既不嫉妒您的海,也不嫉妒您的自由,更不嫉妒您在国外感受到的好心情。俄国的夏天比什么都好。而且,顺便说一句,我并不太想到国外去。我去过新加坡、锡兰,也许再加上我们的阿

---

① 菲尔绍(1821—1902),德国病理学家,人类学家。——俄文本注

穆尔以后,意大利,甚至维苏威火山都似乎不迷人了。我到过印度和中国,没有看出外国和俄国有多么大的区别。

在比亚里兹,目前住着我的邻居,著名的"乐园"的主人奥尔洛夫-达维多夫伯爵,他是为了躲避霍乱而逃去的;他交给他的医师向霍乱作斗争的费用仅仅是五百卢布。他的妹妹,伯爵小姐,住在我这一区里;我去找她,为了跟她谈一谈给她的工人们设立隔离病房的事情,而她对待我的态度倒好像我是去找她谋事似的。我心里很不好受,就对她撒谎说我是个有钱的人。我对修士大司祭也说了同样的谎言,这个人拒绝为修道院里可能会有的病人提供病房。我问他日后怎样处置在他的客房里得病的人,他回答我说:"他们是家道殷实的人,他们自己会给您钱……"您听明白了吗?我冒火了,就说我并不需要付钱,因为我有钱,我是要维护修道院……往往会有这类极愚蠢的、极恼人的局面……奥尔洛夫-达维多夫伯爵动身之前,我跟他的妻子见过面。她耳朵上戴着大颗的钻石,裙子里衬着腰垫①,举动很不得体。她有百万家财。同这样的人相处,人就会生出一种愚蠢的宗教学校学生的心情,想无缘无故地撒一撒野。

有一个教士②常到我这儿来,坐了很久,他是个漂亮的小伙子,鳏居,有私生的儿女。

写信来吧,要不就会遭殃。

您的安·契诃夫
一八九二年八月十六日
于梅里霍沃

---

① 19世纪80年代流行的垫在女子连衣裙内后腰下的小托垫,以使体形显得松软好看。
② 大概是尼古拉·涅克拉索夫,瓦斯基诺村的司祭。——俄文本注

三一五

致阿·谢·苏沃林

您那封报告斯沃包津去世①的电报送到我这儿的时候,正赶上我坐着马车走出院子,去给病人看病。您可以想象到我的心境。今年夏天斯沃包津到我这儿来做过客;他十分可爱,温和,稳重,心肠软,而且非常依恋我。我十分清楚:他不久就要死了;他自己也心里有数。他像老人那样期望日常的恬静,并且已经痛恨舞台和有关舞台的一切,害怕回到彼得堡去了。当然,我应当去送葬,可是,第一,您的电报是在傍晚前送来的,而葬礼大概是在明天;第二,离我们三十俄里远的地方有霍乱,我不能离开我的医疗站。有一个村子里有七个人得了病,已经死了两个。霍乱可能传到我这一区来。奇怪得很,快到冬天了,霍乱却席卷了各大区。

我答应过我担任区里的医师到十月十五日为止,到这一天我这一区就正式解散。我要解雇医士,关闭隔离病房;如果发生霍乱,我就会成为一个可笑的人物了。请您再补充一点:附近一区的医师得了胸膜炎,那么,要是他得了霍乱,我出于同行的义气就得接受他和他那个区。

到现在为止我这儿连一个霍乱的病例也没有,然而却有别的传染病:伤寒、白喉、猩红热等。在夏天的初期,工作很多;后来,临近秋天,工作就越来越少了。

我很想跟您见面,谈一谈。您什么时候到莫斯科去?我十月

---

① 俄国演员巴·马·斯沃包津于1892年10月9日在米哈伊洛夫斯基剧院正当演出的时候去世。——俄文本注

十五日、十六日、十七日会在莫斯科；要是您愿意的话，请您写信到下列地址：莫斯科、新巴斯曼大街、彼得罗夫斯科-巴斯曼学校①。到二十日我又要回家，二十九日到谢尔普霍夫城去参加防疫大会，以后我就不知道命运会把我带到哪儿去了。到日本去才好呢！

今年夏天我的文学工作的成果由于霍乱作梗而几乎等于零。我写得很少，我关于文学思考得就更少了。不过，我写了两个不大的中篇②，其中的一篇还可以，另一篇就差了，大概会发表在《俄罗斯思想》上。我收到拉甫罗夫的一封很动人的信③，我十分诚恳地同他和解了。

今年夏天，日子过得有点艰难，可是现在我觉得没有一个夏天过得像这个夏天这么好。尽管霍乱的纷扰和缺钱的景况一直把我困到秋天，但我还是热爱生活，渴望生活。我种了多少树啊！由于我们这种"传播文化"的工作，梅里霍沃在我们的眼里变得面目一新，现在显得异常舒适美丽，不过实际上或许它毫无可取之处也未可知。习惯势力是强大的，私有制观念是根深蒂固的。说来奇怪，不付房钱是多么愉快啊。我结交了新的朋友，建立了新的关系。以前我们对农民们的恐惧，如今看起来是荒谬的。我在地方自治局里工作，参加防疫会议，坐车到各工厂奔忙，这也使我满意。人们已经把我看作自己人，路过梅里霍沃的时候常常在我这儿过夜。除此以外您还得再添上一些事，那就是我们买了一辆带篷的、舒适的轻便马车，铺了一条新路，因此坐车出门已经不必穿过村子，我们正在挖掘一个池塘……还有什么呢？一句话，到现在为止一切都新鲜有趣，至于以后会怎样，我就不知道了。天已经下雪，冷了，可是我并不向往莫斯科。烦闷无聊的感觉到现在还没有过去。

---

① 契诃夫的大弟伊·巴·契诃夫的地址，他在那个学校里担任教师。
② 《第六病室》和《我的病人的故事》（第二篇后来改名为《匿名氏故事》）。——俄文本注
③ 参看第三〇八封信的注。——俄文本注

我的邻居沙霍甫斯科依公爵是个年轻人,常到我家里来,他的话很多;他在等您,为的是给您看一看他继承下来的十二月党人的信①。他说这类信很多。

此地的知识界很可爱,很有趣。主要的是他们十分正直。只有警察不招人喜欢。

我们有七匹马。有一头母牛犊,长着一张宽脸,阿尔高兹种的。有两条小狗,米尔和梅利里兹。

我在焦急地等您的信。劳驾,给我来信吧。我把《基度山伯爵》删节了②。我该拿它怎么办呢?

您的安·契诃夫
一八九二年十月十日
于梅里霍沃

三一六

致米·奥·缅希科夫

尊敬的米哈依尔·奥西波维奇,刚才我读完您的文章《论阅读》③,

---

① 沙霍甫斯科依的祖父 Ф.П.沙霍甫斯科依参加过1825年12月14日的十二月党人起义,死于1829年。——俄文本注
② 契诃夫应苏沃林的要求将法国作家大仲马的长篇小说《基度山伯爵》加以删削,准备出版。还在1892年5月28日,契诃夫就写信对苏沃林说:"我拿《基度山伯爵》怎么办呢?我把它压缩,弄得它像是一个害伤寒的人了。一个大胖子变成一个骨瘦如柴的人了。第一部写的是伯爵尚未发财时的情形,文笔很有趣,写得很出色,可是第二部除了少数例外的地方以外却让人受不了,因为伯爵所说的和所做的纯粹表现了夸大的愚蠢。不过大体说来这部长篇小说是引人入胜的。"——俄文本注
③ 发表在《周刊》(以《周报》的增刊形式出版的一个月刊)1892年第10期上。——俄文本注

想起到现在为止我还没有答复您最近的来信。请您原谅我的无礼。人在不知道该怎样回答的时候是难以回答的。您问我是否能很快地寄给《周报》一个长一点的短篇或者中篇;我手边既没有现成的中篇,也没有现成的短篇,因为我的工作多得要命,不过我又不愿意回答您说"不"或者"不能很快"……请您允许我像姑娘们那样含糊其词地回答您,姑娘们总是明明满心希望回答"是",却不知什么缘故又说不出口。如果十一月初我没有寄给您什么东西,那么我就会在十二月间极力寄去。

您的文章有趣味,有道理,有说服力。要是我出版一个杂志,那我一定会约您写稿,而假如您拒绝我,我就会难过。那篇文章有疏漏,您拨出很少的篇幅来谈语言的性质。要知道,对您的读者来说有一件事很重要,那就是他要知道为什么野蛮人或者疯子只使用一两百个字,同时在莎士比亚支配下的却有好几万字。在这方面您的文章写得有点不清楚。例如您写道(第一五五页):语言达到什么样的程度,人民的文化水平也就达到什么样的高度。结果就成为这样了,似乎语言越丰富,文化就越高。可是依我看正好相反:文化越高,语言才越丰富。词的数量和词的搭配最直接地依赖于印象和表象的总和;缺了印象和表象,就既不可能有概念,也不可能有定义,因而不可能有语言丰富的理由。在同一页上,后面有两个地方由于阐述得不充分而也许会使人得出违反您的原意的解释:第一,智力不发达的农民和野蛮人能够具有丰富而精练的语言,那就是说语言的丰富和智力的不发达可以同时并存喽?第二,"语言败坏"究竟何所指,不大明确。这是指语言退化呢,还是另有所指?要知道,有过这样的事:语言不但败坏,甚至消灭了。假如丰富的大俄罗斯语言在生存竞争中消灭了布里亚特语①或者丘

---

① 俄罗斯布里亚特民族使用的语言,属蒙古语族,文字以俄文字母为基础。

洪语①,那么这会是布里亚特语或者丘洪语的败坏吗？弱肉强食,如果工厂的和兵营的语言开始在某些地方占上风,那么这是不能怪它们的,这是事物的自然规律。

我不知道我的意思是否表达清楚。请您原谅,我忍不住想批评一下。在其他各页上一切都令人满意,我同意您所有的论点。您对学校工作的见解依我看也不是空想。

谢谢您寄来的伊凡·列昂捷夫②的地址。

祝事事如意。

真诚地尊敬您的安·契诃夫
一八九二年十月十二日
于圣洛帕斯尼亚,
梅里霍沃

三一七

致伊·列·列昂捷夫(谢格洛夫)

要不是《周报》的航海长把您的地址寄给我,并且讲起您,那我就不会知道您在哪个星球上,您的近况如何。我已经很久没有给您写信了,亲爱的让,而且很久很久没有看到您那悲惨的笔迹了⋯⋯是啊,就跟您知道的一样,我已经搬出莫斯科,住在自己购置的庄园里了。我欠下了债(九千哪!!),天气坏极了,既没法坐马车出去,也没法坐雪橇出去,然而我并不向往莫斯科,也不想走

---

① 俄罗斯丘洪人(十月革命前人们对爱沙尼亚人以及彼得堡郊区卡累利阿人和芬兰人的俗称)使用的语言。
② 即俄国作家列昂捷夫-谢格洛夫,他当时迁到符拉季米尔城去了。——俄文本注

出家门到任何地方去。家里暖和,外面空旷;大门外有一条长凳,人可以在那条长凳上坐一阵,瞧着棕色的原野,想这,想那……四周一片肃静。狗不吠,猫不叫,只听得见一个小妞儿在果园里跑来跑去,把羊和牛犊赶回原地去……我在付出利息和贡赋,可是这儿的开支仍旧比在莫斯科租房低一半。我以治霍乱的大夫的身份接诊病人,他们立刻就惹得我烦恼极了,不过这仍旧比在莫斯科同来客谈文学轻松三分之二。又暖和又空旷,邻居有趣,生活费也比莫斯科低,可是,亲爱的上尉①……我老了!我老了,或者懒得生活了,我不知道这是怎么回事,就是不太渴望生活了。我不是想死,然而活得好像厌烦了。一句话,我的灵魂在领略冬眠的味道。

斯沃包津这个人多么好啊!今年夏天他到我这儿来过两次,住了几天。他素来可爱,不过在他一生中的最后半年里给人留下了不平常的、动人的印象。或者,也许只是我觉得如此,因为我知道他不久就要死了。我(而且您也一样)因他的去世而失掉了一个真诚地依恋我们,对我们所做的大事或小事不加选择一概真诚地喜爱的人。他在您背后总是叫您让,喜欢说您的好话。这人是我们的朋友和我们的庇护人。

那么,现在您在干什么?您在写什么?不管您的中篇小说也好,您的剧本也好,我是一概乐于读的。我对我的同辈远比对一切新人关心得多。无论国外怎样骂您的《靠近真理》,可是我觉得这个作品比波达片科的一切好作品高出十筹。这是毫无办法的,他老了!老人总是怨天尤人,脾气固执的……顺便谈一谈您这个中篇。国外谈论到它的所有文章当然纯粹是胡说。这不是批评,而是对作家的诽谤。不过这个中篇从外表来看是沉闷的,这是指小说的形式;而从内在的一面来看也沉闷,这是指小说的调子。书信

---

① 列昂捷夫原是军官。

和日记是不适宜的体裁,再者也没有趣味,因为书信和日记比转述容易写。调子从一开头就不对劲。仿佛您在用别人的乐器弹奏似的。这里缺乏的恰好是我以前在您的所有作品里读到过的那种必不可少的风味:既没有您那种好心肠,也没有您那种真诚的随和。也许您这样写是必要的,也许惩罚人们是必要的,不过……这是我们该做的事吗?我是个粗鲁而死板的人,不会用恰如其分的形式表达我的思想,不过即使缺乏这种表达形式,您也会了解我想说而又说不出来的话。在我看来令人不快的主要是您的中篇小说发表在《俄罗斯通报》①上,这个刊物是连批评家也不读的,更不要说公众了。这个杂志是以百位数来计算它的订户的。

至于我,那么我在夏天写了两个情节进展比较缓慢的中篇②,我借助它们略为改善了一下我的经济状况,然而,唉!我的声誉却没有增加许多。我没有写作的兴致,再者整个夏天医疗工作也妨碍我写东西。我已经很久没有心情愉快地写作了,而这是一个坏征象。我带着一篇小说(《邻居》)在《周刊》上露了露面,然而那是一篇不应该发表的东西:没头没尾,只有一个脱了毛的中段。

我们该谈一谈才是,让!应该到捷斯托夫去坐一坐!怎么样?您觉得如何?如果您由于某种缘故对我冷淡了,那就请您记住我仍旧跟先前一样喜爱您,而且我们目前还保留着的东西已经不多,那就请您为了我而打起精神来吧。

问候您的妻子。她在《周刊》上读到关于她的文章③吗?

---

① 俄国的一个文学和政治的杂志,具有反动的倾向。——俄文本注
② 《邻居》和《我的病人的故事》。——俄文本注
③ 指1892年10月17日《周刊》第42期;在这一期的《札记》这篇文章里讲到伊·列·列昂捷夫迁到符拉季米尔城去了。这篇文章还提到列昂捷夫的妻子。——俄文本注

祝您健康,顺遂,亲爱的朋友。

请您告诉您的妻子,说我自己养着鹅、鸡、鸭、羊、牛犊……我的母亲得到安慰了。

您的安·契诃夫
一八九二年十月二十四日
于莫斯科—库尔斯克铁路,圣洛帕斯尼亚,
梅里霍沃

三一八

致阿·谢·苏沃林

身体摇晃,两眼发黑而脚步踉跄,甚至失去知觉几秒钟,以及头脑中有刮风和起旋风的感觉,这在您这样年纪①的人,在妇女,在营养不良的青年,都是差不多寻常的现象。对这种印象应当不以为然;应当记住自己的年纪,在头脑工作的时候,在身上穿着很重的皮大衣的时候,走路不要太快。我自己在大学二年级做学生的时候就摇摇晃晃,这使得我很痛苦;现在我父亲常常头晕,失去知觉十秒钟到二十秒钟,可是这一点也不使我心慌。对农村的老人来说,这是一种普通的病,我总是这样治疗:叮嘱病人不要害怕,不要改变生活方式,如果不懒的话就服缬草酊②十滴,每天四次。这种药是在脉搏微弱和平常的情况下使用的。不过每个病例都必须区别对待,然而无论如何,像常有的情形那样,医治癌症或者肺结核的时候不必对病人说谎。目前一两个月,在您还没习惯

---

① 苏沃林当时五十八岁。
② 一种镇静剂。

的这段时间里,您会老是觉得马上要跌倒,您会故意挨着墙走,为的是有个扶手的地方;可是请您不要容许自己这样做,恰恰相反,遇到有跌倒的可能的时候,您就对自己说:"跌倒吧,跌倒吧。"……您不会跌倒的。街上有许多人走路,可是谁也不跌跤。主要的是不要拦阻自己到剧院去,到任何地方去。您去看画展的时候,可以随身带一个轻便的折椅,那种折椅的形状像字母 X,价钱是九十个戈比。每看完两三幅画,您就坐下来歇一歇。长久的谈话要求血液加速涌向肺部,因而头部的血液外流,就往往使得脑子疲劳,因此您不要多说话。最好是不要发生便秘。假如您不像安娜·伊凡诺芙娜,而且相信我的医疗天才,那我就给您开一个好方子:治便秘的药丸。不过在这方面您认为我是个"乡巴佬",甚至是个不狡猾的"乡巴佬"。让老天爷给您当裁判吧!顺便讲一讲我的天才……今年夏天我学会了医治腹泻、呕吐和各式各样的霍乱,连我自己都欣喜万分:我早晨开始医治,不到傍晚就治好,病人请求吃东西了。托尔斯泰把我们叫做恶棍,可是我坚决相信大家缺了我们这些人就寸步难行。离我三十俄里远的地方有十六个人得了霍乱,只死了四个人,也就是百分之二十五。这样小的百分比我干脆这样解释:没有我的同行彼得·伊凡诺维奇①和伊凡·柯尔尼洛维奇②的干预就达不到;顺便说一句,本月二十九日我要同他们一起去赴宴。我们要为谢尔普霍夫县的大夫和他的妻子办一个盛大的宴会,今年夏天防疫会议期间他们夫妇俩曾经多次请我们吃饭。

请您务必读一下《俄罗斯思想》三月号上加林的《乡间数年》③。在情调方面,以及也许可以说在诚恳方面,以前我们的文

---

① 即库尔金,医师。——俄文本注
② 即柯甫烈因,医师。——俄文本注
③ 俄国作家尼古拉·盖奥尔吉耶夫·加林-米哈依洛夫斯基的中篇小说,发表在 1892 年《俄罗斯思想》第 3 期至第 6 期上。——俄文本注

学里还没有过这类的东西。开头有点落陈套,结局也夸大,不过中间部分读起来却舒服极了。那么真实,简直美不胜收呢。

我一定寄给《新时报》一个短篇。我那篇交给《俄罗斯思想》发表的小说①的校样,我也会寄给您,算是惩罚我的罪过。这篇小说要在明年三月号上发表(他们不敢在征订之前发表,怕书报检查机关查禁②),而我忍不住想早一点用它来款待您。

我在读巴什基尔采娃③的《日记》④。满篇废话,不过将近结尾的地方倒有点人道主义的意味。

当然,我会到您那儿去的,可是不会早于圣诞节。至于像您来信所说的那样要我到《新时报》去认真工作,挣大钱,那么关于第一点,也就是去工作,我的精力不够,因为我是个很差的、懒散的新闻工作者;而第二点,我已经拿到了。

米沙从阿列克辛调到谢尔普霍夫来了。他要在自己的地区,也就是在我这儿住下。关于亚历山大,听说他变成一个素食者,戒酒了。伊凡得到升迁,因为工作过多而瘦了下来。

天气糟糕透顶。

好,祝您健康,不要怕自己的病。莫连盖依姆是个显赫的人物,得到了荣誉团一级勋章,可是就连这样的人在复活节晨祷的时候也出了岔子……

您的安·契诃夫
一八九二年十月二十七日
于梅里霍沃

---

① 指中篇小说《我的病人的故事》,发表在《俄罗斯思想》杂志1893年第2期和第3期上,后来改名为《匿名氏故事》。——俄文本注
② 《匿名氏故事》的主人公是一个民粹派的恐怖分子。
③ 玛丽亚·亚历山德罗芙娜·巴什基尔采娃(1861—1884),俄国女画家。
④ 巴什基尔采娃的《日记》发表在《北方通报》杂志1892年第1、2、3、5、12期上。——俄文本注

阿姆菲捷阿特罗夫①写得很好。

三一九

致阿·谢·苏沃林

请您转告安娜·伊凡诺芙娜说,到现在为止我没有把我那个新的中篇②寄给她,那是因为我还没把最后一章交去排印,我正在对它进行修改。这个中篇,或者照安娜·伊凡诺芙娜的说法,这个"作品",要在三月间登出来。

请您转告阿历克塞·阿历克塞耶维奇,说我寄给他一封有关斯维亚特洛甫斯基大夫的文章的信③,说我在焦急地等他回信。那篇文章写得挺好,我生怕阿历克塞·阿历克塞耶维奇对这篇文章冷淡。

白天大雪纷飞,而到了晚上那月亮,一轮美丽惊人的月亮,照得明晃晃的。真是壮观啊。不过,话说回来,那些不得已冬天住在乡间的地主们的耐性却使我暗暗吃惊。冬天,乡间的工作极少,谁要是不这样那样地同脑力劳动打交道,谁就不可避免地势必变成一个贪吃的人,一个酒徒,或者屠格涅夫笔下的佩加索夫④。单调的雪堆和光秃秃的树、漫长的夜晚、月光、日以继夜的死一般的沉

---

① 亚历山大·瓦连京诺维奇·阿姆菲捷阿特罗夫(1862—1937),俄国小品文作家和小说家。
② 《我的病人的故事》。——俄文本注
③ 未见此信。契诃夫在写给阿历克塞·阿历克塞耶维奇的信上所谈到的大概是 B. B. 斯维亚特洛甫斯基的《医师们是怎样生活和死亡的》,发表在1892年12月15日《新时报》第6053号上。——俄文本注
④ 指屠格涅夫的长篇小说《罗亭》中的一个人物。——俄文本注

寂、农妇、老太婆,所有这些都使人懒惰,冷漠,心情郁闷。如果日后您在您那些短信里想要打发知识分子到农村去,那就请您务必定下一个条件,要那些不会写作、读书、治病、在工厂工作、在学校教书或者像已故的戈洛赫瓦斯托夫①那样钻研历史的人留在城里,要不然他们就会变得傻头傻脑。我的一个邻居是一个青年知识分子,对我坦率地说,他很喜欢读书,可是总也不能把一本书读完。他在这种冬天的傍晚究竟干些什么事,这在我是不可思议的。

您的头晕怎么样了?要是您已经把它忘了,那就谢天谢地。您写长篇小说吧!写长篇小说吧!头晕就头晕,您管自写长篇小说和剧本好了。

梅列日科夫斯基根本没有给我写信谈到杂志。现在,文学杂志成了他的渴望的中心,而且显然,他同意我的意见,那就是我不适宜做编辑。我会乐于做一个撰稿人和一个顾问,也乐于拨出冬天的四五个月来做新的工作,如果这种工作令人相信是重要的话。

把唐璜②写在散文里,这是一件奇妙的事情。在这个巨大的工程里什么人都有:有普希金,有托尔斯泰,甚至也有抄袭拜伦的俏皮话③的布烈宁。曼弗雷德④在舞台上是引人入胜的,然而跟歌德的浮士德相比就十分单薄了。我看过大剧院演出的曼弗雷德,那时候波萨特在莫斯科⑤,他给我留下了强烈的印象。

最近一次我离开彼得堡,坐的是三等卧车。我邻座的乘客吸

---

① 巴维尔·德米特利耶维奇·戈洛赫瓦斯托夫(1839—1892),俄国的斯拉夫派作家。
② 中世纪传说中的一个放荡不羁的骑士形象。后来成了许多文艺作品的典型。
③ 指英国诗人拜伦所写的未完成的讽刺长诗《唐璜》。
④ 拜伦所写的诗剧《曼弗雷德》。
⑤ 1887年2月24日契诃夫观看了拜伦的悲剧《曼弗雷德》,由德国悲剧演员波萨特演出。——俄文本注

臭烘烘的雪茄烟,我正好睡在上面,旁边有一块搁板,通宵顶在我的腰上。我有钱坐特别快车,为什么我要扮演一个守财奴,我自己也不明白。

莫斯科有许多人热衷于买不大的庄园,而出售的庄园却极少,所以要是我乐意,我倒能发一笔大财呢。人家为第二区所愿意付的代价就比它本身的价值高,不过我避开了财务方面的诱惑。日后我要让出大约十俄亩地供地方自治局的医院使用,余下的土地由我家里的成员平分。我会以老单身汉的身份死去。

莫斯科省已经没有霍乱了。

请您给我写点快活的事吧。我很想跟您见面。祝您健康。

您的安·契诃夫

一八九二年十一月二十二日

于梅里霍沃

三二〇

致阿·谢·苏沃林

您的意思不难明白,您不该骂自己没有把话说清楚。您是个瘾大的酒徒,我却用甜柠檬水招待您,您对柠檬水作出了应有的评价,公正地指出那里面没有酒精。我们的作品里正好缺乏这种使人陶醉和神魂颠倒的酒精,这方面您是说得很明白的。为什么缺乏呢?姑且把《第六病室》和我本人撇开不谈,我们来笼统地谈一谈,因为这样要有趣些。要是您不嫌乏味的话,我们就来谈一谈一般的原因,让我们着眼于整个时代吧。请您凭良心说,在跟我同辈的人们当中,也就是年纪在三十五到四十五岁之间的人们当中有谁给过世界哪怕一滴酒精?难道柯罗连科、纳德松和当代一切剧作家不是柠檬水吗?难道列宾①或者希什金②的画看得您脑袋发晕吗?它们可爱,有才气。您不住赞叹,同时您又无论如何忘不了您想抽烟。科学和技术目前正在经历一个伟大的时代,可是对我们这些人来说这却是一个疲沓的、酸溜溜的、乏味的时代,我们本身就酸溜溜,乏味,只会生出胶皮孩子③,这一点只有斯塔索夫④才看不见,上苍赐给他一种难得的本领,就是喝了泔水也会醉。这原因不在于我们愚蠢,不在于我们缺乏才能,也不像布烈宁所想的那样在于我们脸皮厚,而在于一种对艺术家来说比梅毒和阳痿还要糟的病。我们缺少"一点东西",这话是正确的,这是说您撩起我们的缪斯的衣襟,就会看见那儿是平的。请您记住,凡是被我们称为永垂不朽的或者单纯地称为优秀的作家,凡是使我们陶醉的作家,都有一个非常重要的共同标志:他们在向某个地方走去,而且召唤您也往那边走;您呢,不是凭头脑,而是凭整个身心感觉到他们都有一个目标,就像哈姆雷特的父亲的阴魂也自有他的目标,不是无故光临和惊扰人的想象力的。有些作家,按照各人的口径,有比较切近的目标:废除农奴制、解放祖国、政治、美丽,或者像丹尼斯·达维多夫⑤那样干脆就是白酒;有些作家有遥远的目标:上帝、死后的生活、人类的幸福等等。其中最优秀的作家都是现实主义的,按照生活的本来面目描写生活,不过由于每一行都像浸透汁水似的浸透了目标感,那么您除了看见生活的本来面目以外就还

---

① 伊利亚·叶菲莫维奇·列宾(1844—1930),俄国画家。巡回展览画派代表人物之一。
② 伊凡·伊凡诺维奇·希什金(1832—1898),俄国画家。
③ 指的是俄国作家德·瓦·格利果罗维奇的短篇小说《胶皮孩子》。——俄文本注
④ 符拉季米尔·瓦西里耶维奇·斯塔索夫(1824—1906),俄国艺术和音乐评论家,艺术史家。
⑤ 丹尼斯·瓦西里耶维奇·达维多夫(1784—1849),俄国诗人,1812年卫国战争中的英雄。

感觉到生活应当是什么样子,这一点就迷住您了。那么我们呢?我们啊!我们也按照生活的本来面目描写生活,然而再往前就一步也动不得了……您就是拿鞭子抽我们,我们也没法往前走了。我们既没有切近的目标,也没有遥远的目标,我们的灵魂里简直空空如也。我们缺乏政治,我们不相信革命,我们没有上帝,我们不怕幽灵,至于我个人,连死亡和失明都不怕。凡是无所要求、无所指望、无所畏惧的人就不能成为艺术家。这究竟是不是病,问题并不在名称上,不过我们得承认我们的局面糟透了。我不知道过十年到二十年以后我们的情形会怎么样,到那时候情况也许变了,然而目前,不论我们有没有才能,期望我们写出什么真正有价值的东西来总是轻率的。我们机械地写作,这也只是顺从那建立得很久的社会秩序而已,在那种秩序下有的人做官,有的人经商,有的人就写文章……您和格利果罗维奇认为我聪明。是的,我至少还有这点聪明,那就是不对自己隐瞒自己的病,不对自己说谎,不借人家的破布例如六十年代的思想等来掩盖自己的空虚。我不会像迦尔洵那样跳楼自杀,然而我也不用对美好的未来的希望来迷惑自己。我既不能对我的病负责,也不能医好我的病,因为必须认为这种病自有一种潜藏着的不为我们知道的好目标,上帝不是白白把它送到我们这儿来的。……俗话说得好:她不会无缘无故跟一个骠骑兵在一块儿,不会无缘无故的!

好,现在来谈一谈智慧。格利果罗维奇认为智慧能够胜过才能。拜伦聪明得不亚于一百个魔鬼,可是他仍旧有才能。如果有人对我说某人胡说八道是因为他的智慧胜过了才能,或者才能胜过了智慧,那我就要说某人既没有智慧,也没有才能。

阿姆菲捷阿特罗夫的小品文远比他的小说好。好像是从瑞典语翻译过来的。

叶若夫写道,他把他那些短篇小说收集在一起,或者更确切地说,选择了一下,想求您给他出版一本小书。他得了流行性感冒,他的女儿也得了流行性感冒。这个人泄气了。

我会来的;如果您不赶我走,我就会在彼得堡住上差不多一个月。说不定我要到芬兰去一趟。我什么时候来?我不知道。一切都要看我在什么时候写完一个大约有五个印张篇幅的中篇,免得来年春天再去借钱。

愿苍天保佑您!

您那到瑞典和丹麦去旅行的计划怎么样了?

您的安·契诃夫

一八九二年十一月二十五日

于梅里霍沃

三二一

致阿·谢·苏沃林

讲到晚近这一代的作家和艺术家在创作中缺乏目标,这是一个充分合法的、顺理成章的奇异现象;如果萨左诺娃①无缘无故地大惊小怪,那却并不等于我在信上说假话,昧良心。她写信给您以后,您自己就知道了她的不诚恳,要不然您就不会把我的信②寄给她了。我在写给您的信上常常讲些不公平的和幼稚的话,不过我从来也没写过什么言不由衷的话。

如果您要寻找不诚恳,那么萨左诺娃的信里倒有一百万普特。"最大的奇迹就是人本身,我们永远也不会厌倦于研究人"……或

---

① 俄国女作家,《新时报》撰稿人。——俄文本注
② 即上一封信。——俄文本注

者"生活的目标就是生活本身"……或者"我相信生活,相信它的光明的时刻,为了它不但可以而且应当活下去;我相信人,相信他的灵魂的好的一面",等等。难道这些话都诚恳,都有什么意义吗?这不是见解,而是水果糖。她强调"可以"和"应当",因为她不敢说出事实的真相是怎样,必须认真对待哪些事。她得先说明事实的真相是怎样,然后我才肯听可以怎样和应当怎样。她相信"生活",这就是说如果她是聪明人,那她就什么也不相信,或者如果她是个乡下娘儿们,那她就干脆相信农民的上帝,盲目地画十字。

您在她的信的影响下对我讲到"为生活而生活"。多谢多谢。要知道,她那封富于生活乐趣的信比我那封信更像坟墓一千倍。我写道,没有目标,那么您明白我认为那些目标是必不可少的,我会乐于去寻求那些目标;可是萨左诺娃写道,不应当用种种永远不能到手的好东西去引诱人们……"要珍惜目前已经拥有的东西",而且,照她的想法,我们的全部不幸就在于我们老是寻求某些高尚的和遥远的目标。如果这不是娘儿们的逻辑,那就一定是绝望的哲学。谁真诚地认为高尚而遥远的目标对人如同对母牛一样的不必要,认为"我们的全部不幸"就在于寻求那些目标,谁就只好吃喝睡觉,或者等到这种事干腻了,就索性跑几步,一头撞在箱子角上。

我不是骂萨左诺娃,而只是想说她决不是一个乐观愉快的人。显然她是一个好人,可是您毕竟不该把我的信拿给她看。她跟我素不相识,现在我就觉得难为情了。

在我们这儿,人们已经赶着车子鱼贯而行,大家在烧素的胡瓜鱼菜汤了。有过两次厉害的暴风雪,弄得大道都不好走了,不过现在已经平息下来,有圣诞节的气氛了。

您读过《俄罗斯思想》上符·克雷洛夫那篇论国外戏剧的文章①吗？这个人喜爱戏剧，我也相信他，不过我不喜欢他的剧本。

似乎我有一件事做得有点对不起您。我引诱了一个青年作家，也就是叶若夫，知名的小说家。有一次我跟他谈起他的书的出版，写信的时候也提到过这件事，然而并未明确说妥，可是今天我突然收到他的来信，他说已经把他的小说寄给您排印。书名是《云和其他故事》。云！这像是苹果了。

据说有十二个莫斯科的文学工作者寄给您一封抗议阿姆菲捷阿特罗夫的信②。是真的吗？

祝您健康。您再也不要给我写信说您比我坦率。祝万事如意。

您的安·契诃夫
一八九二年十二月三日
于梅里霍沃

三二二

致阿·谢·苏沃林

彼·包特金的稿子③随信奉还。这篇稿子应该处处都加以删削，要么就一处也不删。换了是我，我就不会发表这样的短篇小说。这是一篇拼命要作出揭露性评价的作品，写得相当差劲。

---

① 《欧洲戏剧事业概略》，发表在《俄罗斯思想》1892 年第 11 期和 12 期上。——俄文本注

② 尼·米·叶若夫在写给契诃夫的信上告诉他说，有一群莫斯科的文学工作者因 1892 年 10 月 7 日《新时报》第 5976 号上发表阿姆菲捷阿特罗夫的论罗克沙宁的文章而向苏沃林提出抗议。——俄文本注

③ 苏沃林曾将包特金的小说寄给契诃夫，请他校订。——俄文本注

现在有一件事奉托。请您费心把随信附上的一张货运单送交德·瓦·格利果罗维奇。请您提醒他说,有一次他领着我在大莫尔斯卡亚街参观博物馆,我答应他为博物馆订购一批从前我很喜欢的乌克兰陶器。在波尔塔瓦省米尔哥罗德县霍穆捷茨村有一个陶器匠,在他的同行中颇有名气:他造出很美而且很有特色的器皿,可是不久学了人家的榜样,就变得有点官气,造双头鹰①、花字②等等了。我不知道现在他寄去一些什么东西,因为这些东西是直接寄到彼得堡去的。请德〔米特利〕·瓦〔西里耶维奇〕派人到货车站去取(我不知道是哪个车站);要是必须付出某些小小的费用,那么等见面的时候我再还给他。如果那些东西合用,我就会很高兴;如果那些东西很糟,那就让德〔米特利〕·瓦〔西里耶维奇〕大度包容。我是应该得到从宽发落的,因为那些东西不是我亲自选出来的。

唉,要是您知道我多么疲劳就好了!我已经累得在勉强支撑了。客人,客人,客人……我的庄园正好坐落在卡希拉大道旁边,每一个过路的知识分子都认为有义务、有必要到我这儿来一趟,取取暖,有的时候甚至留下来过夜。光是大夫就有一大群!当然,招待客人是愉快的,可是话说回来,自己的量自己知道③。要知道我就是为了躲开客人才离开莫斯科的。刚才女天文学家来了,要留在这儿过夜……这下子我的舌头就要忙了!

可是我得不停地写作,赶着寄出去,因为对我来说不写作就等于欠债度日,心情忧郁。我在写一个作品④,其中有百把个人物,

---

① 帝俄的国徽。
② 指贵族的家徽。
③ 意为:客人太多就受不了。
④ 从契诃夫的札记来判断,这个作品可能是"已经开了头而没有写完的中篇小说"(参看第二六〇封信的注),或者就是中篇小说《三年》。——俄文本注

有夏天,有秋天,可是所有这些在我的脑子里都断了线,乱了,忘了……呸,糟糕透了!到彼得堡去吗?可是在彼得堡我总是工作得不起劲,写得少。到莫斯科去,在那儿住旅馆吗?然而在莫斯科住旅馆,我会活活地憋闷死的。大概到头来我还是会到彼得堡去,而我的作品却连半个印张也没写成,并且一路上把我脑子里的东西统统忘光。我羡慕您,您在皇村有个住宅,不过,我不相信您在那儿会离群索居。即使在那儿,人家也会找上您的门的。

我的脑子里常常闪过一个大胆的念头:我要不要每年冬天在格罗莫夫的别墅里租用两三个房间,也就是说我要不要变成小型的亚辛斯基?那儿又是农村,又离您近。您觉得如何?

我一直想安排好我的外部生活,想出种种办法,而所有这些为我个人的忙碌最终却会得到这样一个下场,那就是某一位严厉的先生会说:不管您待在哪儿,您也还是搞不出什么名堂来!

女天文学家到高加索去了一趟,如今要到彼得堡去研究数学。她想做文学工作,发表根据别人的著作编写的东西,这在俄国杂志上还从来也没登载过,不过她说马上动手干起来是不行的,因为准备工作就 minimum① 需要四年。这个女人显然认为她会活到三百八十六岁。

您用一句漂亮的话结束了您的信:"Morituri te salutant!"②我们都是 morituri,因为我们任何人都不能自己说:naturus sum③。

不过我还是要祝您健康,顺遂。这封信是由女天文学家带到邮局去的。祝万事如意。

您的安·契诃夫

---

① 拉丁语:至少。——俄文本注
② 拉丁语:赴死的人向你致敬!(古罗马角斗士在作战前走过统帅府的时候发出的呼喊声)——俄文本注
③ 拉丁语:我就要诞生了。——俄文本注

有一个办法更好一些:要是可能的话,请您派瓦西里到尼古拉耶夫车站(货运单上写明这个车站)去取那些陶器;要是您愿意的话,就请您看一看这些东西,再派人送到格利果罗维奇那儿去。要不然他也许会忙得生气的。

一八九二年十二月八日
于梅里霍沃

一八九三年

三二三

致留·亚·古烈维奇

十分尊敬的留包芙·亚科甫列芙娜：

我每天都准备去看您①，可是我衰弱得像是一条破船，海浪把我送到不该去的地方去了。我去看您，是为了谈一谈，道一声歉，主要的是为了要求您允许我不对您许下诺言。再也没有比让人家失望，由于自己不按时完成任务而惹人生气更苦恼的事了。我根本不善于按期写完一篇东西。今年秋天我写出来的东西统统被我废弃不用了，目前我什么也不写，只是期望好心的缪斯来垂访我，震撼我的衰弱的心灵。在所有的小说家当中我是最懒和最不可靠的一个。请您原谅我这种忏悔者的口吻，可是您给我诚恳地写过信，我就也诚恳地答复您。

假如米哈依尔·尼洛维奇来了，那就请您代我问候他。

忠实的安·契诃夫
一八九三年一月九日
于彼得堡，意大利街，十八号②

---

① 1892年12月20日契诃夫到达彼得堡。1893年1月7日留·亚·古烈维奇写信给契诃夫，要求他有便就到她那儿去，并且提醒他说他答应过给一个短篇供《北方通报》2月号刊登。——俄文本注
② 苏沃林的彼得堡住址。

三二四

致符·格·切尔特科夫

十分尊敬的符拉季米尔·格利果利耶维奇：我对希利亚科夫①先生说过我要等回到家里再给您写信，然而由于我把我的行期还要推后几天，我就在彼得堡给您写信了。

如果希〔利亚科夫〕先生写信告诉您说我生气了，那他就有点夸大其词了，不过我认为这也没有多大关系；我同他进行了一场事务性的谈话，我向他表达的与其说是大惑不解，不如说是惊讶。我感到惊讶的是"媒介"这个久负盛名并且在社会的信任和好感方面已经站稳脚跟的出版社并不打算利用自己的盛名，却拖拖沓沓，举足不前……老的出版物已经被人看腻了，而新的却没有，您应许出版的东西极少，使人看不出有这样的希望：您的事业的发展就其规模而言会符合它的任务。看起来倒好像您厌倦了或者失望了似的。这就是我对希〔利亚科夫〕先生所说的话。我还说到如果作者还活在人世，那么出版他的著作而不经他看校样是不行的。我把我的小说寄给您的时候，那些小说都没有经过修改（不过《命名日》②除外），原本指望您一定会把校样寄给我。每本小书出版的时间都不止一两年，那么在这段时间里简直可以不光是看一次校样了。至于《妻子》③，那我是给您写过信的，说明按它的原来面目出版不行，非加以修改不可。不管怎样，看校样乃是一种十分良好

---

① 亚历山大·莫杰斯托维奇·希利亚科夫（1863—?），新闻记者，托尔斯泰主义者。在"媒介"出版社工作。——俄文本注
② 契诃夫的短篇小说，发表于1888年。
③ 契诃夫的短篇小说，发表于1892年。

的习惯,忽视它是不应该的。假定我是出版者,那么我在取得作品的时候就会规定一个必不可少的条件,那就是作者务必要看校样。我所说的就是这些。此外我似乎没有说过什么别的了。

那两本小书①,《妻子》和《命名日》,我都收到了。您问起我对这些出版物的外貌是不是满意。我觉得,对售价二十戈比的书来说这种开本未免太大了。这种小书在橱窗里和在书店里陈列,所占的地方很大。小书越是小巧,就越是容易安放,装订,外观也越是庄重。那个圆圈里的字"知识分子读者的读物"是完全不妥当的。这些字并不严肃,虽然它们表达的是严肃的思想。换了是我,就会废弃这些字,或者把它们搬到书籍广告中去,在广告里它就不那么惹眼了。

您写到诽谤。我向您保证,到现在为止关于"媒介",关于您的活动,我所听到的只有好话。不论是文学工作者还是社会各界人士,对您都是充分同情的。我的观察和我的结交的范围并不宽广。我只为我认识的人回答这个问题,可是我认为如果社会上流传着类似诽谤的话,这种话是会传到我的耳朵里来的。不过,我再说一遍,凡是能够使您不高兴的话,我一句也没有听到过。一切都顺利。

伊·伊·戈尔布诺夫②我没见到。有人告诉我说他得了病,不出家门了。

您所提的数目(二百四十卢布)③我同意,不过关于钱的事我没有同希〔利亚科夫〕先生谈起过。请您把这笔钱寄到谢尔普霍

---

① 指契诃夫的小说《命名日》和《妻子》的单行本,1893年于莫斯科由"媒介"出版社出版,列入"知识分子读者的读物"丛书。——俄文本注
② 即俄国作家伊凡·伊凡诺维奇·戈尔布诺夫-波萨多夫,"媒介"出版社的基本工作人员之一,1897年起任该社主编。——俄文本注
③ 指稿费。

277

夫去,那里更需要这笔钱,而在这儿,在彼得堡,我怕会白白地花掉。我的住址是莫斯科-库尔斯克铁路,圣洛帕斯尼亚,这是供普通信件用的,而供挂号信和保价信用的地址是莫斯科省,谢尔普霍夫城。

《第六病室》已经收进了集子①,这个集子正在印刷,过一个星期就要出版。把这篇小说让给您,就等于不出这个集子,而这个集子至少会给我一千卢布。目前,这笔钱对于我是十分急需的,因为我写得少,而且只靠文学生活。请您原谅我的这种打算。

过三四天我就离开此地回家去了,而且一直到五月以前我会住在家里,不出去。

祝您万事如意,请您相信我的诚恳的尊敬和同情。我仍旧乐于对您的事业有所裨益,如果到现在为止裨益甚少,那么这不是出于我的愿望,而是因为我的力量不大。

忠实的

安·契诃夫

一八九三年一月二十日

于彼得堡

三二五

致伊·叶·列宾

十分尊敬的伊里亚·叶菲莫维奇,我先前说起过的我那篇关于病院的小说②现在随信寄上。

---

① 指契诃夫的小说集《第六病室——村妇——恐惧——古塞夫》,1893年由苏沃林的出版社在圣彼得堡出版。同年《第六病室》由"媒介"出版社出版单行本。——俄文本注
② 《第六病室》。——俄文本注

想来您不会见怪,关于客西马尼花园里是否有月亮的问题①,我已经向一个年轻的司祭,一个研究古代文献等的神学家请教过了。前天我跟他谈过一次话,他推荐给我《出埃及记》②第十二章,认为这是最重要的文献资料。今天我收到他的一封来信,现在附上。这封信里有两三个指示,也许有用。信上提到的狄东的著作③可以在苏沃林那儿得到。

写这封信的人是一个有学问和有见识的人。如果这个问题对他来说不清楚,那就无异于说这个问题对于所有的神学者都是不清楚的。至于天文学家,那么就连他们也未必能对您说出什么明确的意见来。

不管怎样,必须认为那时候是有月亮的。不知什么缘故格就画了月亮④。显然,关于这个问题的详细的研究(当然,这是说如果确实有这种研究的话)促使他画出了月亮。

我现在也能清清楚楚地看见您那幅画。这就是说它给我留下了强烈的印象。而您却说这是个乏味的题材呢。

列·利·托尔斯泰⑤到我这儿来过,我们说好了一块儿到美国去⑥。

祝您万事如意,再一次向您道谢。

---

① 契诃夫在 1 月 20 日左右访问伊·叶·列宾的画室。列宾把自己的一幅画《基督在客西马尼花园里》拿给契诃夫看,并且表示怀疑,不知他画的这个月夜是否正确。——俄文本注
② 《圣经·旧约》中的一篇。——俄文本注
③ 多半指的是法国作家和传教士安利·狄东所写的专著《耶稣基督》。——俄文本注
④ 契诃夫指的是俄国画家尼古拉·尼古拉耶维奇·格在 1868 至 1869 年画成的一幅画《基督在客西马尼花园里》。——俄文本注
⑤ 列夫·利沃维奇·托尔斯泰(1871—1945),列夫·托尔斯泰的儿子,也是作家。——俄文本注
⑥ 契诃夫打算动身到美国的芝加哥去参观世界博览会,这个博览会预定在 1893 年 4 月开幕。但是这次旅行没有实现。——俄文本注

诚恳地尊敬您的

安·契诃夫
一八九三年一月二十三日
于彼得堡

三二六

致阿·谢·苏沃林[1]

我的父亲病了:他背痛得厉害,手指麻木,然而不是一直如此,而是一阵阵地发作,类似心绞痛。他发表哲学议论,饭量抵得上十个人,任何力量也不能使他相信对他来说最好的药就是节制饮食。一般说来,我在医疗工作中和家庭生活中发现,要是有人劝老人们少吃一点,他们总是把这种话看做人格侮辱。在这个意义上,对素食主义的抨击[2],尤其是布烈宁对列斯科夫的攻讦[3],在我看来就显得十分可疑了。要是您开始宣传吃大米,人家就会讪笑您。我认为只有贪吃的人才应该加以嘲笑。

我这儿,老兄,出了祸事:我的妹妹得了一种像是伤寒的病。这个可怜的姑娘是在莫斯科开始害病的。我把她送回家来的时候,她的嗓音完全嘶哑,身体十分虚弱,体温四十度,周身酸痛,心

---

[1] 契诃夫于 1 月 26 日从彼得堡回到莫斯科,准备在那儿停留大约两个星期,"为了写完一篇供《俄罗斯思想》刊登的中篇小说",可是由于他的父亲生病而在 1 月 29 日离开莫斯科回到梅里霍沃,同时还把在莫斯科得病的妹妹玛·巴·契诃娃送回去。——俄文本注

[2] 契诃夫指的是 1893 年 2 月 1 日《新时报》上发表的 H. 捷姆别的小品文《关于素食主义问题(摘自拉比们的札记)》。——俄文本注

[3] 1893 年 1 月 29 日《新时报》上刊登布烈宁的小品文《文学晚会。象征主义的小说》,署名"阿列克西斯·扎斯米诺夫伯爵",这篇文章讥笑了尼·谢·列斯科夫的素食主义。——俄文本注

里苦恼……我在她身边忙了两夜。她呻吟道:"我要死了!"这弄得我们全家,特别是我的母亲提心吊胆。有的时候玛霞看上去好像马上就要死了。现在她已经一连四昼夜头痛得厉害,动一动都难受。再也没有比给自己家里的人医病更苦恼的事了。凡是该做的,都已经做了,可是每秒钟都觉得做得不对头。……

我的毕业证书,我不知道放在哪儿了,不过我的身份证却在家里。在必要的时候我可以寄上一个关于我是医生的证明。不过要请您等到三月末。我心中迟疑不决。顺便说一句,现在我觉得《海鸥》①这个名称不合宜。闪光、田野、闪电、箱子、螺旋拔塞器、裤子……这都不行。我们就叫它"冬天"吧。"夏天"也成。也可以叫"月"。不是可以简单地叫做"十二"吗?

《作品》一月号上发表了梅列日科夫斯基的剧本《暴风雨过去了》。要是您缺乏时间和兴致把这个剧本通读一遍,那就请您光是读一读结尾,在这个地方梅列日科夫斯基甚至胜过了让·谢格洛夫。文学方面的伪善是最恶劣的伪善。

为什么您对雷塞布②这班人这样严厉?法国人是一个残忍的民族;他们有断头台,从他们的监狱里走出来的是精力衰竭的白痴;他们有恐吓的制度,然而就连他们也认为这个判决过于严厉,或者至少委婉地说这个判决在他们看来显得严厉了。雷塞布这班人已经从高空跌下来,受到审判,一夜之间头发变白了。依我看,宁可遭到过于温情和不礼貌的责备,也不去冒对人残忍的危险。

---

① 契诃夫指的是契诃夫和苏沃林筹划出版的一个文学刊物。预定由契诃夫担任这个刊物的主编。参看第三三〇封信。——俄文本注
② 斐迪南·雷塞布是法国工程师,在他的倡导之下苏伊士运河和巴拿马运河挖掘成功。由于雷塞布为挖掘巴拿马运河而创办的股份公司破产,就引起了一场丑态百出的纷争,暴露了法国资产阶级,特别是法国资产阶级出版界的卖身投靠,雷塞布和这个股份公司的其他负责人被送交法院受审,被判处五年监禁。(后来这个判决被撤销了)——俄文本注

您的报纸上出现一段真正残忍的电讯。五年的监禁以及褫夺权利等等,这是最高限度的惩罚,连法院检察官都满意了,可是那段电讯说:"我们认为这过于宽大。"我的天啊,何必这样呢!谁需要这样呢?

太阳照得光灿灿的。可以感受到春天的气息。不过这不是用鼻子闻出来的,而是在心灵的某个地方,在胸口和肚子之间,感觉出来的。夜间很冷,白天房檐上却滴水了。

女天文学家在彼得堡,为此我荣幸地庆贺您。我希望她到您家里去,一连坐上八个小时。她想到某个地方去学习,据她的朋友,一个女医师①说,她将来会大有出息的。

如果您真的要到国外去,而且要在那儿跟普列谢耶夫见面,那就请您对他说,要他给我买半打椅子②。他不买,我就不答应。我并不是需要那些椅子,而是要让他有所感觉。请您也打听一下关于守身如玉的问题。

我原先住在您家里的时候身体发胖而且强壮,可是在这儿又垮下来了。我变得非常容易生气。我不是天生就为了尽责任,尽神圣的义务。请您原谅这种狂妄。有一个大夫③说得对,他是我中学的同学,我已经不记得他了,最近他却出人意料,从高加索的一个荒僻的地方寄给我一封信;他写道:"所有优秀的知识分子都欢迎您从泛神主义转变到人类中心主义。"人类中心主义是什么意思?我从来也没听说过这个词。

我仍旧在吸雪茄烟。

请您一定要对安娜·伊凡诺芙娜说我问候她,因为她说我在信里照例用一句套话"问候您的全家"敷衍了事。我向她深深地

---

① 即薇·安·格鲁霍甫斯卡雅-巴甫洛夫斯卡雅。——俄文本注
② 当时阿·尼·普列谢耶夫得到两百万遗产,到国外去住了。——俄文本注
③ 即约·伊·奥斯特洛夫斯基。参看第三二九封信的注。——俄文本注

鞠躬，感激她待客的殷勤，这是我永远也忘不了的。我在您家里过得真好。

愿上天、太阳、月亮和星星保佑您。请您来信。新的消息一点也没有。祝万事如意。

您的安·契诃夫
一八九三年二月五日
于梅里霍沃

三二七

致亚·巴·契诃夫

谢谢你的奔走①，萨谢契卡。等到我日后做了四等文官，那么我看在你目前的勤劳的分上准许你跟我不拘礼节，也就是说不必称呼我"阁下"。我准备再等一个月，因为我的身份证的期限是二月二十一日，不过我不打算再多等了。请你告诉拉果津②，要是他在三月一日以前不给我寄身份证来的话，我就要写信给塔甘罗格的伏科夫③了。

我们这儿不大顺利。我逐项写明如下：

（一）父亲病了。他背部的椎骨疼痛，手指麻木。这不是经常

---

① 契诃夫托他的大哥亚·巴·契诃夫代为奔走，在医疗司里谋一个职，为的是获得身份证，然后辞职。亚·巴·契诃夫在1893年2月2日写给契诃夫的信上说：在履行一系列的手续以后（而这需要用一个月的时间），契诃夫就会被医疗司录用为编外低级文官，并且在3月1日以前得到身份证。参看亚·巴·契诃夫的文章《安东·巴甫洛维奇·契诃夫的第一个身份证》(《俄罗斯财富》1911年第3期）。——俄文本注
② 列·费·拉果津是医疗司司长。——俄文本注
③ 这是开玩笑。伊凡·伊凡诺维奇·伏科夫是塔甘罗格的小市民的行会会长。——俄文本注

的,而是一阵一阵发作,类似心绞痛。这显然是年老的现象。必须加以医治,可是"老爷们大嚼"得厉害①,不知节制;白天吃煎饼,晚饭又喝热汤,吃种种乱七八糟的冷荤。他说自己"被麻痹症打垮了",可是不听劝告。

(二)玛霞病了。她在床上躺了一个星期,发高烧。大家认为这是伤寒。现在好多了。

(三)我得了流行性感冒。我什么事也不做,很容易生气。

(四)那头良种的小牛犊冻伤了耳朵。

(五)那些鹅啄掉了一只公鸡的冠子。

(六)常有客人来,而且留下来过夜。

(七)地方自治局要求我写出医疗报告②。

(八)正房有些地方下陷,有些房门关不住。

(九)严寒仍旧没有过去。

(十)麻雀已经成群结队地飞来了。

不过,最后一项可以不算。不过,请你靠着桌子坐下,用手指头挖着鼻子,想一想麻雀的不道德吧。要是你不乐意,那就算了。

你的照片已经按你的吩咐转交。然而,由于我们家里所有的五斗橱上和窗台上都堆满了照片,你的礼物就根本没有产生任何印象。在这个世界上我认为有两种工作最没益处:锯木③和照相。

请把下列这些话转告尼古拉和安东。奶奶和玛霞姑姑说:要是他们好好念书,背熟祈祷文和诗,要是他们不欺侮米沙,彼此之间也不吵架,那么到大斋期间就给他们寄礼物去。假如娜达丽雅·亚历山德罗芙娜写信告诉我们说他们品行不端,不配做十二

---

① 指契诃夫的父亲吃很多东西。
② 契诃夫当过地方自治局的区医师;1892 年当霍乱威胁莫斯科省的时候他在梅里霍沃一带组织过临时的医疗区。(参看第三〇九封信的注)——俄文本注
③ 疑是"喝酒"之误,这两个词在俄语中相似。契诃夫的大哥亚历山大嗜酒。

等文官①的儿女,那他们就会什么也得不到。安东有鸡胸,锻炼对他是不可缺少的。长着这样的鸡胸叫他以后没法做人。

由于流行性感冒,我的脑子里和心里一片阴暗。家里弥漫着医院的气氛。

问候娜达丽雅·亚历山德罗芙娜,祝万事如意——金钱、安宁和健康。也问候孩子们和加加拉。

祝你健康。

你的安·契诃夫
一八九三年二月六日
于梅里霍沃

三二八

致伏·米·拉甫罗夫

您的电报,亲爱的伏科尔·米哈依洛维奇,深夜三点钟把我惊醒了。我想来想去,什么也没想出来,而现在已经是九点钟,该给您寄一封回信了。《我的病人的故事》这个名字绝对不合用,有医院的味道。《听差》也不成:不符合内容,而且粗俗。那么该想一个什么名字呢?

(一)在彼得堡。

(二)我的熟人的故事。

头一个名字乏味,第二个又似乎太长。干脆就叫《熟人的故事》也可以。不过接着说下去吧:

---

① 这是开玩笑。亚·巴·契诃夫没有官阶。这个官阶很低。

(三)在八十年代。

这个名字标新立异。

(四)无题。

(五)无题的小说。

(六)匿名氏故事。

最后这个似乎合适,您中意吗?要是您中意,那就行了。

可是书报检查官会怎么样①?我有点担心。

谢肉节在我家里过得郁闷极了。家里有些病人。现在好一点了。

祝您万事如意。

您的安·契诃夫
一八九三年二月九日
于梅里霍沃

三二九

致约·伊·奥斯特洛夫斯基

十分尊敬的约瑟夫·伊萨耶维奇:前几天我从彼得堡回来,收到您的信。这封信是从莫斯科转到我这儿来的,您把它寄到那里去了,而我从去年春天起就不再住在那里。那么,我的过迟的、医疗上的帮助②变得不必要,就不能怪我了。这个女病人,谢天谢

---

① 意为:书报检查官能否通过这篇小说。
② 1893年1月17日约·伊·奥斯特洛夫斯基写信给契诃夫,要求契诃夫对他的熟人,在莫斯科得病的E.B.拉科甫斯卡雅给予医疗上的帮助。——俄文本注

地，现在病好了。她那儿有我的一个同学①，一个很好的人，也是医师；我把您委托我的事转托给他，他十分愉快地照办了。我自己不能到拉科甫斯卡雅女士那儿去，因为我住在谢尔普霍夫县里我自己的庄园上；不过主要的原因是我的家里就有病人，我不能丢下他们走开。

您问起我的哥哥尼古拉。唉！他在一八八九年死于肺结核了。他是个有才能的画家，已经出名，而且大有前途。他的死是我一生中的憾事。关于别的中学同学，我只有极少的消息。萨威里耶夫在顿河流域某个地方担任地方自治局医师；泽姆布拉托夫也在库尔斯克铁路线上担任医师；艾因戈恩②在彼得堡的歌剧院里唱歌，艺名是切尔诺夫；谢尔盖延科③住在莫斯科，为当地的报纸写作，颇有成就；乌纳诺夫(他不是像报纸上登载的那样姓奥纳诺夫)死于霍乱。库库什金过着歌剧演员的漂泊生活。沃尔肯施泰因兄弟当律师。马克·克拉索在罗斯托夫城做医师。另外还有谁呢？我再也没有听到别人的消息了。据说济别罗夫死了。

我的所谓的 curriculum vitae④ 在主要的几点上您是知道的。医学是我的合法的妻子，文学是我的不合法的情妇。她俩当然是互相妨碍的，不过还不至于闹到彼此排斥的地步。一八八四年我在大学(莫斯科大学)毕业。一八八八年我获得普希金奖金⑤。一八九〇年我到萨哈林岛去了一趟，我想出版整整一大本关于它的

---

① 指尼古拉·伊凡诺维奇·柯罗包夫，契诃夫在莫斯科大学的同班同学，医师。——俄文本注
② 即阿尔卡季·亚科甫列芙娜·艾因戈恩，俄国歌剧演员，契诃夫在塔甘罗格中学读书时的同班同学。
③ 彼得·阿历克塞耶维奇·谢尔盖延科(1854—1930)，俄国小说家和政论家，契诃夫在塔甘罗格中学的同班同学。
④ 拉丁语：简历，简单经过。——俄文本注
⑤ 这是俄国科学院颁发的。

书。这就是我的整个履历表。不过还有一件事：一八九一年我游历过欧洲。我独身。我不富裕，完全靠工作得来的钱生活。我年纪越大，就写得越少，变得越懒。我已经感到苍老了。我的身体不太好。至于泛神主义①，虽然您在这方面说了我一些好话，可是我对您说的只有这一点：眼睛不会长得高过额头，各人是按各人的能力写作的。我很想进天堂，可是无能为力。如果文学工作的质量仅仅完全取决于作者的善良意志，那么，请您相信我的话，我们就会用十位数和百位数来计算好作家了。问题不在于泛神主义，而在于才能的大小。

对拉赫曼·扎哈尔(在中学里大家叫他泽尔曼吧？)我记得很清楚。请您转达我的问候，祝他获得成就。

多承您约我到您那儿去，谢谢。等我日后到高加索去，我就会利用您的邀请。目前，由于您记挂我，由于您的善意，请您允许我向您道谢。如果以后您又想起要托我办什么事，那我会全心全意为您效劳。

您的安·契诃夫
一八九三年二月十一日
于莫斯科-库尔斯克铁路，圣洛帕斯尼亚，
梅里霍沃

---

① 1893年1月17日约·伊·奥斯特洛夫斯基在写给契诃夫的信上说："最优秀的知识分子在读过您最近发表的小说《第六病室》以后，如果可以这样说的话，都欢迎您在这篇小说里从泛神主义转变到人类中心主义。不瞒您说，我为这件事高兴也不下于其他的人。依我之见，所有的天才和人杰都应当 viribus unitis〔拉丁语：联合起来〕扫除放在解决人类迫切问题的道路上的障碍。不消说，在这方面小说家向来都起着主导作用……"——俄文本注

三三〇

致阿·谢·苏沃林

您被瓦格纳的唯物主义思想吓坏了吗？哪有这样的唯物主义者！他是个乡下娘儿们，是个草包，真要是讲到他的思想倾向，那他多半是个唯灵论者，甚至是个托尔斯泰主义者。讲到唯物主义者，那我比他高明一百万倍。然而问题不在这儿。如果那个杂志不合您的心意，那就不应该出版。① 我完全同情您，虽然我不知道您会怎样摆脱瓦〔格纳〕。人总不能如实地说："滚开吧，傻瓜！"应当想出一个理由才是，只要说得过去就行。您把什么事情都推在我的身上吧。您就说："契诃夫原来答应担任这个杂志的副主编（或者秘书），可是现在不肯干了；缺了他，我就不能同意出版这个杂志，因为我自己忙得要命，顾不上处理这个杂志的外部事务等等"。把我交给那些自然科学家去折磨好了，这样公平些，因为同瓦〔格纳〕相识②是从我这里开始的。

我这儿什么新闻也没有。您在信上对我讲到巴西大使馆随员的事③，可是我们这儿既没有随员，甚至也没有情妇。在我居住此地的所有时间里只出过一次事：一头山羊把一个小牛犊的犄角撞断了。我能跟您交换的新闻就只有这么一点点……

---

① 指杂志《博物学家》的出版。预定由苏沃林担任这个杂志的发行人，由瓦格纳担任主编。——俄文本注
② 1891年夏天契诃夫在包吉莫沃别墅同瓦格纳相识。——俄文本注
③ 苏沃林大概在信上告诉契诃夫一些"宫廷的丑闻"，那些天苏沃林在日记上写过这些事。（参看1923年在彼得堡出版的《阿·谢·苏沃林日记》中1893年2月8日的笔记）——俄文本注

您喜欢《十二》吗?① 啊,先生!可是,请您允许我让您伤心,而且使您一年减少七万五千卢布的收入。我认为这个杂志为时过早,也就是说不是这个杂志,而是我的主编工作。我坚决拒绝担任主编。要是您愿意的话,我可以用冬天的三个月的时间来为它工作,可是我不能担任主编。我没有那种本事,再者,恐怕也懒得干。

我们这儿本来已经解冻,感受到春意了,可是现在又袭来了严寒,只有鬼才知道是什么气息了。鸟雀和牲口受苦了。

我给地方自治局写了一个去年的医疗报告②,除了数字以外,还发表了一些伟大的思想。这个报告不完备,因为去年我医治了一千多个病人,而我只来得及登记六百个。

星期三我在医疗站看门诊的时候,人家送来一个三岁的男孩,他一屁股坐在一口开水锅里而烫伤。那样子真是吓人。烫伤最严重的地方是屁股和性器官。背上也全是伤痕。

我的妹妹快活起来了,可是体温仍旧有三十八度。可见这不是流行性感冒,而是肠伤寒。

我家里的人在看那本从您那儿拿来的皮谢姆斯基③的书,发现他的书看起来很沉闷,他陈旧了。我在读屠格涅夫的作品。好得很,可是比托尔斯泰逊色多了!我认为托尔斯泰永远也不会陈旧。他的语言会陈旧,可是他本人仍旧会年轻。不过,我们还是让文盖罗夫④去评断这种事,我们自己转过来谈谈比较切近的问题

---

① 参看第三二六封信的注。——俄文本注
② 参看第三二七封信的注。——俄文本注
③ 阿历克塞·费奥菲拉克托夫·皮谢姆斯基(1821—1881),俄国作家。
④ 谢苗·阿法纳西耶维奇·文盖罗夫(1855—1920),俄国文学史家,图书编目学专家。——俄文本注

吧。您的耳朵怎么样了？您在皇村的住宅呢？您什么时候到国外去？

列依金来信写道，彼得罗夫斯基①派人到他那儿去，凭现金取走一千六百本书。切尔特科夫写信来，打算出版我的《恐惧（圣诞节故事）》和另外八篇小说②。乌鲁索夫公爵打电报来，说不久要举行一个文学晚会，约我参加，而我为了拿到这个电报付出了一个卢布。区警察局局长索取欠缴的税款四个卢布十六个戈比，等等，等等。大量的信件往返。

我的父亲在持斋，像是一个苦行修士。整整一个星期他什么东西也没吃，光是早晨喝茶。

唉！关于雪茄烟我还没给您写呢！雪茄烟已经把我完全征服，别的烟我一概不屑一顾。不过我一天不是吸三支雪茄烟，而是吸四支，因为这儿的早晨是非常长的。

我在写一个中篇。我给一个移民的集子寄去一个短篇。③ 我的消息就是这些。请您务必来信，并且请您原谅我的信写得这么糟。我的脑袋里有一种感觉，好像有一个洗衣女工把我的脑子取走，放在碱水里洗过了似的。

愿上帝保佑您。祝您幸福。

您的安·契诃夫

---

① 俄国书商。——俄文本注
② 1893年2月4日和6日切尔特科夫在写给契诃夫的信上要求出版他的下列小说：《恐惧》《困》《在法庭上》《沃洛嘉》《苦恼》。——俄文本注
③ 契诃夫把他旧日的一篇短篇小说《卖唱的》加以修改，易名为《歌女》，寄给"为贫苦移民救济协会募捐的科学文艺专刊"（《道路》，1893年在彼得堡出版）。——俄文本注

现在有两份杂志读起来很有趣:《历史通报》①和《周刊》的小册子。在头一种杂志里杜罗夫、波尔托拉茨基、茹德拉、关于萨比宁娜的文章、亚辛斯基②等都有趣。在第二种杂志里,就连您这个忙人都不妨读一读随笔《在霍乱流行的时候》③和短篇小说《指望名誉和财产》④,这篇小说显然是一个莫斯科律师写的,这人极喜欢讥讽。附注:《在霍乱流行的时候》是一个住在国外的医师写的。这篇作品里有许多针对我们这些医师的挖苦话。马纳谢因在进行舌战。⑤

请您打电话给书店,要他们做出安排,在《俄罗斯新闻》上为《第六病室》⑥登一个广告。他们本来答应过这样做的。

一八九三年二月十三日
于梅里霍沃

---

① 俄国的一种历史文献月刊,在彼得堡出版,发行人是阿·谢·苏沃林,主编是谢·尼·舒宾斯基。——俄文本注
② 指《历史通报》1893年1月号和2月号上发表的作品:《回忆丑角杜罗夫》《回忆 B.A.波尔托拉茨基》、П.И.茹德拉的随笔《拉多加湖惨祸》、尼·阿的文章《纪念 M.C.萨比宁娜》、叶·叶·亚辛斯基的随笔《不在乔治-桑迪亚》,以及他的另一篇随笔《文学的初阶(回忆录的第1页)》。——俄文本注
③ 一篇随笔,署名 B.П.,发表在《周刊》1893年1月号和2月号上。——俄文本注
④ 俄国作家 H.尤里因的中篇小说,发表在《周刊》1893年2月号上。——俄文本注
⑤ 在俄国《医师》周刊1893年第2期上大事记栏内发表了一篇针对 B.П.的随笔《在霍乱流行的时候》的短文,作者没有署名,是该刊的主编维·阿·马纳谢因写的。——俄文本注
⑥ 指由苏沃林出版的包括《第六病室》在内的契诃夫小说集。

三三一

致阿·谢·苏沃林

我还没看到《俄罗斯思想》①,可是我在预先品尝它的味道。我不喜欢普罗托波波夫:他是个爱发议论、用他的脑子折磨人、有的时候公平、然而干巴巴、恶狠狠的人。我个人同他素不相识,从没跟他见过面;他常常写到我,可是我一次也没有读过。我做不了报刊工作者:我对于辱骂,无论针对什么人的辱骂,都存着一种生理上的厌恶;我说生理上,那是因为每逢我读过普罗托波波夫、席捷尔、布烈宁以及其他的人类审判官的文章,我的嘴里老是留下一

---

① 《俄罗斯思想》1893年第2期上发表了俄国文学批评家和政论家米·阿·普罗托波波夫的论文《论文学的信。第五封,第一章》,矛头针对着阿·谢·苏沃林的儿子、《新时报》的掌管人阿·阿·苏沃林以及《新时报》。1893年1月间阿·阿·苏沃林到巴黎去,因为巴黎有一家报纸发表短讯说,巴拿马公司(参看第三二六封信)分发支票的时候,《新时报》的一个撰稿人收到一张五十万法郎的支票。阿·阿·苏沃林极力恢复《新时报》的名誉,同时他不是代表这个报纸发言,而是以俄国整个出版界的名义发言,他并无任何权利这样做。普罗托波波夫在文章里写道:"在法国的报刊上发表了一种推测或者断语,说《新时报》直接或间接地参与了巴拿马的掠夺。这样的推测如果有什么使人难堪的地方,也只是使这个报纸大为难堪而已,但是它丝毫也没有涉及俄国所有的出版物总合而成的俄国出版界。我们这些俄国的作家们是从什么时候起竟然不得不同《新时报》一起为它的行动分担责任呢?难道这家公开的报纸的道德就是我们的道德,难道它那种掺杂着保守主义、自由主义、进步性质的反动倾向不是它特有的财产并且只为两三家无聊的小报所支持吗?恰恰相反,一切纯洁的刊物和一切正直的作家至今首先关心的问题之一,就是迫切要求断绝同《新时报》的任何联系,绝不同它保持任何的一致,特别是道德方面的一致。假如这家报纸确实从巴拿马的资金中收到五十万法郎,那么这个事实无非是画完它的面貌的最后一根线条,仅此而已……"苏沃林写给契诃夫的信上必是提到这篇文章,而且斥之为诬蔑,可是这封信没有保存下来。而契诃夫还没看过普罗托波波夫的文章就给苏沃林写了回信。——俄文本注

股铁锈的味道,那一整天的兴致就此断送了。我简直觉得痛苦。斯塔索夫骂席捷尔是臭虫①,可是席捷尔为什么骂安托科尔斯基,为什么呢?要知道,这不是批评,不是世界观,而是憎恨,是兽性的、永不满足的恶毒。为什么斯卡比切夫斯基要骂人呢?为什么要用那种口气,好像他们不是在评断艺术家和作家,而是在审判犯人似的?我不懂,我不懂。

请您不必回答普罗托波波夫;第一,不值得回答;第二,拉甫罗夫和戈尔采夫不能对普〔罗托波波夫〕的文章负责,正如您不能对布烈宁的文章负责一样;第三,您一开始就采取了不正确的观点。您写信给我,表示气愤,认为人家骂了您的儿子,可是要知道,人家骂的不是您的儿子,而是报刊工作者阿·阿·苏沃林,他写过巴勒斯坦②,常在《新时报》上发表作品,曾经写文章骂过马尔坚斯③,而且在巴黎以俄国出版界的名义讲话,还发表了由他亲笔签名的

---

① 1893年2月10日《新时报》第6089号上发表了席捷尔的反犹太主义的文章,评论同一天在彼得堡的美术研究院开幕的俄国雕塑家安托科尔斯基的展览。1893年2月16日第45号《新闻和交易所报》上,俄国著名的艺术批评家斯塔索夫发表了一篇评论这个展览的长文章。斯塔索夫指出这是一个在俄国和外国得到高度评价的雕塑家的杰出的展览,他在文章的结束部分说:"然而席捷尔-季亚科夫先生却是一个全然的例外,他往安托科尔斯基身上泼了满满一桶污水并用种种道德上的脏话加以辱骂。我们的艺术家的主要罪名原来是他是犹太人。在这方面,这个《新时报》的撰稿人写尽了人们在这家报纸上所能期望读到的并且通常成为这家报纸的可耻的篇页的装饰品的一切东西:这儿除了恶毒、憎恨、荒诞、狭隘以外什么也没有。"斯塔索夫举出一系列证据推断席捷尔在写出评论以前没有去看过展览,而只看过照片,并且用下面的两句话结束他的论文:"臭虫咬人并不危险,可是它冒出来的臭气却是可憎的。"——俄文本注

② 指插图本《巴勒斯坦》,共三十册,由阿·阿·苏沃林写出正文,于1893年出版。——俄文本注

③ 费多尔·费多罗维奇·马尔坚斯(1845—1909),俄国国际法专家,彼得堡大学教授。——俄文本注

关于他的旅行的小品文①。他是一个独立自主的知名人士,能够保护自己。从您的信看起来,好像阿〔历克塞〕·阿〔历克塞耶维奇〕独立于《新时报》之外,并没有参与报纸的工作而代人受过似的。不,您不要回答,否则您回答了,人家又质问,于是您又回答,这就把您引进一个密林,弄得您在走出这个树林之前会头痛十次。普罗托波波夫的那篇诬蔑性的,或者说得轻一点,草率的论文,不会增加任何东西,也不会减少任何东西;您的朋友和敌人的数量仍旧会跟先前一样。而您的心情,我是理解的,十分理解的……不过,随它去吧!

顺便谈谈阿历克塞·阿历克塞耶维奇。请您转告他,就说他寄给我的那份手稿②至今还在我这儿,我不知道该拿它怎么办,不过我好像也加了加工。请他不要因为我的延误而生气。愿上帝保佑他。只是叫他别学着吸烟。我吸雪茄烟,结果得了支气管炎。

我的中篇小说要在三月号上结束③。没有写"续完"而写了"待续",那是我的过错,因为我看最后一次校样的时候,随手写了个"待续"而没有写"续完"。这篇小说的结尾您不满意,因为我把它弄糟了。应当拖长一点才是。不过拖长了也危险,因为人物少,如果老是那两个人物在两三个印张上闪来闪去,就会变得乏味,那两个人物反而变得模糊了。不过,对于我们这些老头子,有什么可说的呢。再者,您什么时候才能把您的长篇小说寄给我呢?我急等着看它,好给您写出长篇的批评呢。

我的天啊!《父与子》是多么漂亮的作品啊!简直好得要叫

---

① 指阿·阿·苏沃林的小品文《谈巴黎之行》,发表在1893年1月12日《新时报》第6061号上。——俄文本注
② 这份手稿的作者不详,是由阿·阿·苏沃林寄给契诃夫,托他修改,准备刊登在《新时报》上的。——俄文本注
③ 指在《俄罗斯思想》上刊登的《匿名氏故事》。1893年3月号的《俄罗斯思想》上在这篇小说的结尾错误地注明"待续"而应该是"续完"。——俄文本注

人喊救命了。巴扎罗夫的病写得那么有力,弄得我自己都觉着衰弱,而且生出那么一种感觉,好像我从他那儿传染了这种病似的。再者,巴扎罗夫的结局呢?那些老头子呢?库克希娜呢?鬼才知道这些是怎么写出来的。这纯粹是天才的手笔。《前夜》我不喜欢,只有叶莲娜的父亲和结尾除外。那个结局充满悲剧的意味。《狗》①极好:这篇作品的语言惊人。要是您忘记了这篇作品,那就请您务必读一读。《阿霞》②可爱,《世外桃园》③写得很糟,不能使人满意。《烟》④我完全不喜欢。《贵族之家》比《父与子》差劲,不过结尾也像是奇迹。除了巴扎罗夫家的老太婆,即叶甫盖尼的母亲,乃至一般的母亲,特别是上流社会的太太们(只是她们都很相像,例如丽莎的母亲和叶莲娜的母亲),以及原是农奴的、拉夫列茨基的母亲和那些普通的农妇以外,屠格涅夫笔下的一切女人和姑娘都因为装模作样而叫人受不了,而且,对不起,虚假。丽莎和叶莲娜不是俄罗斯的姑娘,而是一些未卜先知的皮提亚⑤,过于自命不凡。《烟》里的伊丽娜,《父与子》里的奥津左娃,以及所有那些热情的、迷人的、不满足的、有所追求的母狮子统统都是胡诌出来的。一想起托尔斯泰的安娜·卡列尼娜,屠格涅夫的那些小姐和她们的诱人的肩膀就全见鬼去了。妇女的反面人物,无论是屠格涅夫略略加以丑化的(库克希娜),或者加以取笑的(舞会的描写),都写得很出色,而且极其成功,就像通常所说的,无懈可击。风景描写是好的,不过……我觉得已经不习惯这类写法,需要换一种样子来写了。

我妹妹痊愈了。我父亲也痊愈了。我们在等霍乱,但是我们不怕,因为我们准备好了,不过不是准备死,而是准备花地方自治局的钱。如果霍乱真的来了,它就会占去我许多时间。

---

①②③ 均为屠格涅夫的中篇小说。
④ 屠格涅夫的长篇小说。
⑤ 古希腊德尔斐的阿波罗神殿预言女祭司。

祝您活下去,健康,安宁。单独问候安娜·伊凡诺芙娜。

完全属于您的

安·契诃夫

一八九三年二月二十四日

于梅里霍沃

有人寄给我们许多乌克兰的腌猪油和灌肠。快活极了!

为什么您一个字也没有提到小说家们的聚餐会①?要知道这个聚餐会是由我想出来的。

三三二

致阿·谢·苏沃林

目前我在莫斯科,明天就回家去了。请您把您的长篇小说②按挂号印刷品寄到谢尔普霍夫去。一般说来,如果您要寄给我挂号信、有价证券、债券、股票等,那就请您一定寄到谢尔普霍夫。这个城是税务稽查员公务活动的中心,因此我同那里的联络颇为可靠。请您把这一点也转告阿历克塞·阿历克塞耶维奇,昨天我给他寄去两份稿件。巴采维奇的论萨哈林岛石油的文章③您或者阿〔历克塞〕·阿〔历克塞耶维奇〕应当读一读校样。这篇文章写得很像公文。

昨天我在拉甫罗夫那儿吃饭。唉,从前我给他写过谩骂的信④,

---

① 契诃夫是小说家的每月聚餐会的发起人;他在1893年1月12日参加过第一次聚餐会。——俄文本注
② 阿·谢·苏沃林的长篇小说《世纪末的爱情》,1893年在圣彼得堡由苏沃林的出版社出版。——俄文本注
③ 这篇文章没有在《新时报》上发表。——俄文本注
④ 参看第二二六封信。——俄文本注

可是现在我变节了!! 在拉甫罗夫那儿吃饭是愉快的。那纯粹是莫斯科式的掺杂着文明和古风的气派,所谓的大杂烩。每人都喝了五杯白酒,戈尔采夫提议为文学和大学的科学结合干杯。关于您和您的信①大家一个字也没有提到。我们喝了马德拉酒②、白葡萄酒、红葡萄酒、香槟酒、白兰地、蜜酒,拉甫罗夫提议为他的亲爱的好朋友安·巴·契诃夫干杯,并且同我亲吻。大家吸很粗的雪茄烟。

昨天在宴会上我认识了文学工作者埃尔杰利③,沃罗涅日的食堂的创办人④。印象很好。他是个聪明而善良的人。他约我一块儿到托尔斯泰那儿去一趟,因为托尔斯泰近来对我特别关注,然而我拒绝了这个建议,因为我没有工夫,主要的是我想 solo 到托尔斯泰那儿去。

过一会儿我要到《俄罗斯思想》去要五百个卢布。要用钱买种子了。这个思想⑤在出版三月号以后所欠我的稿费正是这个数目。用完这五百个卢布以后我就得开始吃素,因为新的作品我还没动笔写,而阔绰的未婚妻一直不见踪影。要是您在街上丢了五万,让我捡到那才好哪!如果我今天取到钱,我就给自己买一顶漂亮的帽子和一件薄大衣。眼下应该准备薄大衣了。我要买一顶惊人的帽子,总的来说我打算打扮一下。

我不知道关于我这部中篇小说的结尾您的看法怎样。我觉得

---

① 大概指上封信提到的普罗托波波夫在《俄罗斯思想》上公开发表的信。(参看第三三一封信)——俄文本注
② 大西洋上葡属马德拉群岛出产的一种加度葡萄酒,酒精含量为十八至二十度。
③ 亚历山大·伊凡诺维奇·埃尔杰利(1855—1908),俄国作家。
④ 他在1892年沃罗涅日省闹饥荒的时候在那儿办赈济性的食堂。——俄文本注
⑤ 指《俄罗斯思想》杂志。

它不牵强,情节流畅,合理。这是我抓紧赶出来的,问题就糟在这儿。在匆忙中是一定免不了有败笔的,这只有到事后才能发现,那就用斧子也砍不掉了。我原想加一个小小的尾声,说明这个匿名氏的稿子怎样落到我的手里,但要留到出书的时候用,也就是等到这个中篇印单行本的时候再用①。而出书可能就在四月。这个中篇有五个多印张,也就是差不多比《第六病室》大一倍。那么这本书会很厚,不致让读者失望。只是书报检查官未必会通过这本书。不过,到那时候再说吧。

我妹妹已经痊愈。

祝您健康,顺遂。

您的安·契诃夫
一八九三年 März② 四日
于 Moskau③

三三三

致亚·伊·埃尔杰利

道路泥泞到了极点,既不能行车,也不能走人,我不知道这封信什么时候送到火车站去。可是我一心想给您写信,尊敬的亚历山大·伊凡诺维奇,所以我就没有耽搁,即刻来做这件愉快的工作了。首先我对您写来的那封美好的信十分感激。像您这样的人的好感,我是知道尊重和珍视的。对于您我已经久仰大名,并且早就

---

① 《匿名氏故事》的单行本没有出版过,在契诃夫文集里这个尾声也没有出现。——俄文本注
② 德语:3月。——俄文本注
③ 德语:莫斯科。——俄文本注

怀着崇敬之情。

第二,我把我的地址寄给您。供普通信用的地址是:莫斯科-库尔斯克铁路,圣洛帕斯尼亚。供挂号信和邮包用的地址是谢尔普霍夫,安·巴·契诃夫,此外不需要添写详细地名了。那么请您把《加尔杰宁的一家》寄到谢尔普霍夫。《加尔杰宁的一家》①我已经读过,不过我没有这本书,我会因为有这本书而高兴。那些利用我的藏书的人也会高兴。

我在家里已经住了一个星期,可是我一行也没有写,只接诊过三个病人。我被一些不愉快的信②弄得垂头丧气。

您是沃罗涅日人吗?我们一家人最初也是来自沃罗涅日省,奥斯特罗戈日斯克县。我的祖父和父亲是切尔特科夫家的农奴,这个切尔特科夫就是现在出版图书的切尔特科夫的父亲。

祝您万事如意。听说这封信明天可以发出去,因为雇工费多尔明天早晨步行到火车站去。

您的安·契诃夫
一八九三年三月十一日
于梅里霍沃

---

① 指亚·伊·埃尔杰利的长篇小说《加尔杰宁的一家,家仆、追随者和敌人》,1890年在莫斯科出版,作者寄给契诃夫时写了一段题词:"送给最尊敬的安东·巴甫洛维奇·契诃夫留作美好的纪念。亚·埃尔杰利,1893年9月13日于莫斯科。"——俄文本注
② 指阿·谢·苏沃林的信。因为这件事契诃夫在同一天写信给他的妹妹玛·巴·契诃娃说:"阿历克塞·阿历克塞耶维奇·苏沃林打了拉甫罗夫一个嘴巴。他为此来过一趟。那么我同苏沃林(指阿·谢·苏沃林,这件事是在得到他的同意后发生的)之间的关系从此完结了,虽然他给我写了一些诉苦的信。这个狗崽子每天骂人,因此出了名,如今却因为自己挨骂而打人。这可真叫公平。可恶。"(也可参看第三三一封信的注)——俄文本注

三三四

致亚·巴·契诃夫①

你,A ла тремонтàна②的儿子,问起春天我们这儿的情况如何。我要回答说:糟透了。又是雪又是风,道路不通,夜间严寒,椋鸟飞来了,可是想了一想,又飞走了。天气再坏也没有。可惜我不是个酒鬼,不能喝得酩酊大醉。显然,这个春天会很冷,很糟。除了关于春天的富于诗意的想象以外,农事也使我激动:牲口没有东西吃了,因为地上铺着雪。我们按空前未有的价钱卖出麦秸,差不多三十五个戈比一普特。干草是一丁点儿也没有了,不但我们这儿没有,邻居那儿也没有。而马和奶牛却要拿东西喂。由于道路泥泞,谁也不到谢尔普霍夫去,我仍旧坐在家里,没有拿到身份证。

我原打算写信给苏沃林,可是连一行也没有写,所以我那封惹得太子③和他的弟弟④愤慨的信纯粹是虚构的⑤。不过,既然有这样的话,那就一定事出有因:旧房子已经开始破裂,非坍下来不可了。我可怜老头子,他给我写了一封表示悔过的信;跟他大概不必

---

① 这封信是第一次全文发表,原信是在普希金家中(列宁格勒)获得的,在安·巴·契诃夫的《全集》出版之后。——俄文本注
② 意大利语"东北风"的音译。这是契诃夫对他父亲的戏称。——俄文本注
③ 指苏沃林的大儿子阿·阿·苏沃林。
④ 苏沃林的儿子米·阿·苏沃林,他掌管通往阿·谢·苏沃林的图书贸易公司的火车站上的书亭。
⑤ 1893年3月31日亚·巴·契诃夫写信给契诃夫说:"我不知道你写给苏沃林老头的信的内容,可是我知道这封信的后果。米·阿和太子(阿·阿·苏沃林)异口同声地责备你忘恩负义。他们说你浑身上下,从金钱到荣誉,都是受恩于老头子。没有他帮忙,你就什么也不是。可是作为报恩的表示,你却插手他的家庭生活,挑拨他反对他的孩子。关于这一点,在我们的编辑部里正在议论纷纷,甚至当着我的面讲……"——俄文本注

彻底决裂;至于编辑部和那些太子,那么跟他们发生任何关系,对我来说都是完全不合脾胃的。近些年来我已经变得冷漠,感到自己的 animam① 摆脱了俗世的纷扰,所以不管编辑部里的人怎么说,怎么想,我是根本无所谓的。再者,按照我的信念来说我跟席捷尔之流相距七千三百七十五俄里之远。他们作为评论家,简直使我觉得可恶,这一点我已经对你说过不止一次了。

可是有一件事我不能冷漠对待,那就是你几乎每个月都要 volens – nolens② 经历到一些伤脑筋的事。我越是渐入老境,就越是清楚地看到你的生活道路上布满了玫瑰的刺,就越是粗俗地想起我们的生活的衬裤是用什么材料缝制成的。我们的童年被种种灾祸所摧残,我们的神经脆弱到了极点,我们没有钱,将来也不会有,生活的勇气和能力我们也没有,我们的健康状况很差,良好的心情对我们来说几乎是达不到的,简而言之,就像〔……〕米什卡·切烈米斯③所说的那样,您不会合理的④。

复活节伊凡和阿历克塞·多尔任科到我们这儿来了。伊凡结了婚,把他的新娘带来让我们看看,她是科斯特罗马的一个贵族家庭的女儿,伊凡对她称呼"你"的时候有点胆怯。至于多尔任科,你可知道,小提琴拉得很好。他在乐队里演奏,而且教音乐课。谁能料到鸡窝里飞出了凤凰!

附近有一个农妇要分娩了。一听到狗叫声,我就心惊胆战,等着人家来叫我。我已经去过三次了。

叶果鲁希卡⑤来信说他的父亲,也就是我们的叔父,大大地受

---

① 拉丁语:灵魂。——俄文本注
② 拉丁语:不由自主地,不管愿意不愿意。——俄文本注
③ 契诃夫的父亲从前在塔甘罗格所开的一家小铺里当学徒。
④ 可能是"顺利"之误,俄语中两词相近。
⑤ 盖奥尔吉·米特罗方诺维奇·契诃夫,契诃夫的堂兄。——俄文本注

到时间的动词①的影响,身体衰弱,头发花白,说话声音小了。巴威尔神父,米哈依洛夫教堂的主持司祭,常常发脾气,让他不得安宁。你记得巴威尔神父吗?应当把他送到编辑部去才是呢。

祝你健康,常常来信。向娜达丽雅·亚历山德罗芙娜深深鞠躬,吻她三次②。至于你的孩子,我在信中打他们。

新闻一点也没有。

你的安·契诃夫
一八九三年四月四日
于梅里霍沃

三三五

致阿·谢·苏沃林

您好,祝您平安归来。我没有给您写信寄到柏林去,因为道路泥泞,我不常派人到火车站去,而且我收到您在威尼斯写的那封信的时候,算了一算,您大概已经到柏林了。

好吧,首先写写我自己,从我生病写起。那是一种可恶的、糟糕的病。那不是伤寒,而是比伤寒更坏的病,那是痔疮,〔……〕,又痛又痒,心情紧张,既不能坐着,也不能走路,闷着一肚子的气,简直走投无路。我觉得好像大家都不愿意理解我,所有的人都愚蠢,不公平;我发脾气,说蠢话;我心想要是我走了,我家里的人就会松一口气。事情就是这样!我这种病既不能用久坐的生活来解释(因为我一直很懒),也不能用我的放荡行为来解释,更不能用遗

---

① "动词"指"流动"。
② 东正教徒祝贺复活节的礼节。

传性来解释。我以前得过腹膜炎；必须认为我的肠子的间隙由于腹膜炎而缩小，有的地方因为太紧而压迫血管。结论是：应该动手术了。

至于其他的一切倒都挺好。寒冷的春天似乎结束了；我常常到旷野去散步，晒一晒太阳。我在看皮谢姆斯基的作品。这是个具有很大很大才能的人！他的最好的作品是《木匠行会》。他那些长篇小说由于细节烦琐而使人疲劳。他书中一切具有暂时意义的东西，例如他针对当时批评家和自由主义者的一切讥刺，他自以为正确而且合乎时代潮流的一切批评见解，他作品中随处可见的一切所谓深刻思想，用现代的眼光看起来都是多么浅薄而幼稚啊！事实也正是如此：长篇小说的艺术家应当丢开一切只具有暂时意义的东西。皮谢姆斯基的人物是活生生的，非常有气质。斯卡比切夫斯基在他的《史》里抨击他的蒙昧主义和变节①，可是，我的天啊，在当代所有的作家当中我看不出哪个作家像皮谢姆斯基那么强烈地信奉自由主义思想。他笔下的一切教士、官吏、将军，都是十足的坏蛋。谁也没有像他那样唾弃旧司法制度和兵士生活。顺便说说，我也读了布尔热的《国际都市》②。布尔热又写罗马，又写教皇，又写柯勒乔③，又写米开朗基罗④，又写提香，又写督治⑤，又写五十岁的美人，又写俄罗斯人，又写波兰人，然而这一切即使跟我们的粗糙而简单的皮谢姆斯基相比，也显得多么单薄，牵强，腻人，虚假啊。

---

① 参看俄国批评家亚·伊·斯卡比切夫斯基的书《现代文学史》第12章，第215页，1891年由弗·费·巴甫连科夫在圣彼得堡出版。——俄文本注
② 法国小说家保罗·布尔热的长篇小说，1893年由《俄罗斯思想》杂志出版。——俄文本注
③ 柯勒乔(1494—1534)，意大利文艺复兴时期重要画家。
④ 米开朗基罗(1475—1564)，意大利文艺复兴盛期雕塑家、画家、建筑设计家和诗人。——俄文本注
⑤ 威尼斯共和国和热那亚共和国的元首。

好,现在干脆由我来写一页恋爱故事吧。① 这件事得保守秘密。我的弟弟米沙钟情于一个娇小的伯爵小姐,跟她谈起了恋爱,而且在复活节之前被正式承认为未婚夫了。强烈的爱情,奔放的幻想……复活节那天,伯爵小姐来信说她动身到科斯特罗马去看望她的姑母了。到最近这些天为止她一直没有写信来。米沙日思夜想,苦恼至极,后来听说她在莫斯科,就动身去找她,可是,啊,真奇怪!他看见窗外和门外围满了人。这是怎么回事呢?原来这所房子里正在举行婚礼,那位伯爵小姐嫁给了一个金矿主。怎么样?米沙绝望地回到家里来,把伯爵小姐所写的那些温柔缠绵充满爱情的信塞到我的鼻子底下来,要求我解答这个心理学问题。鬼才能解答这种问题!一个娘儿们还没来得及穿破一双鞋,就已经说过五次谎了。不过,这话似乎是莎士比亚说的。

此外还有一个新闻,然而不是恋爱方面的,而是精神病学方面的。叶若夫似乎发疯了。我没有见到他,而是从他的来信判断的:他火气很大,在信上很不恰当地骂街头马车的车夫,这种情况他是从来也没有过的,因为他腼腆,温和,用小市民的标准来衡量是纯洁的。这是一种最粗暴的狂妄。他来信说他把一篇下流的短篇小说寄到一个编辑部去了,他为了安抚他那受到良心谴责的心灵而要求我读一下这篇小说的抄本。这篇小说讲到有两个从事慈善事业的太太正在走路,遇见一个衣衫褴褛的小男孩,就问,"你住在哪儿?"那个男孩回答说:在〔……〕②。书把他的神经完全搅乱了。我应当到莫斯科去一趟,给他看一看病,把他送到大夫那儿去才是,可是我在害痔疮,不能坐火车,只能步行去。

我大概不到美国去了③,因为没有钱。今年春天我一个钱也

---

① 在俄语中"恋爱"和"长篇小说"是同一个词,这里是一语双关。
② 疑指"妓院"。
③ 契诃夫本来想到美国去参观1893年4月起举行的世界博览会。

没挣到,我一直害病,为天气发脾气。我离开了城市,这是多么好啊!请您告诉那些以文学为生的福法诺夫、切尔姆内① ettutti quanti②,说住在乡下比住在城里不知要便宜多少。这是我现在每天都体验到的。对我来说,我这一家人已经不要破费什么了,因为住宅、粮食、蔬菜、牛奶、黄油、马——一切都是自己的,不用花钱买了。而且工作那么多,时间简直不够。在所有姓契诃夫的人当中只有我一个人躺着或者靠书桌坐着,余下的人统统都是从早干到晚。把诗人和小说家都赶到乡村去吧!他们何苦这样讨饭,半饥半饱地过活呢?要知道,对穷人来说,城市生活并不能提供在诗歌和艺术方面的丰富材料。他们足不出户,仅仅在编辑部里,在啤酒店里才看到人。

有许多病人来。不知什么缘故,很多是肺结核病人。好,祝您健康,亲爱的朋友。

干旱开始了。

您的安·契诃夫
一八九三年四月二十六日
于梅里霍沃

三三六

致阿·谢·苏沃林

我巴不得立刻就坐车到彼得堡去找您,目前我的心情就是这样,可是离此地二十俄里远的地方却有霍乱,而我是本区的医师,

---

① 俄国作家阿·尼·切尔曼的笔名。——俄文本注
② 意大利语:之流。——俄文本注

必须守在这个地方不动。出外两三天本来倒是可以的,然而我那女医士吞服了吗啡,中毒程度达到四分之三,于是我这个医疗区和病人就没有可以交托的人。剩下来没有别的办法,只好幻想您到梅里霍沃来找我,而您又十分厌恶梅里霍沃。我幻想您光临此地,而且带来那种从坚卡捷买来的、每百支六个卢布五十个戈比的雪茄烟,也就是"阿塔瓦①所吸的那一种"。

这个春天我过得确实不痛快。关于这一点我已经写信告诉过您了。我在害痔疮,心境糟透了。我生气,苦闷;我家里的人不肯原谅我的这种心境,因而不肯原谅我每天找碴儿吵架,不肯原谅我拼命渴望孤独。而且这个春天的天气坏得很,挺冷。再者我又没有钱。不过后来刮起了和风,夏天来了,那一切就都烟消云散了。这个夏天好得惊人,十分少见。晴朗暖和的白昼难以计数,雨水充沛——这样美满的结合大概一百年里也只有一次。收成好得出奇。在莫斯科省庄稼简直是难得熟透的,可是现在它长得齐腰那么高了。要是永远有这样的收成,那么单靠这个庄园就可以够吃的了,甚至单靠干草也行了,干草在我这儿经过一定的努力以后可以割下一万普特。去年秋天我挖了一个池塘,四周栽上了树。如今池塘里已经有一大群的小鲫鱼游来游去了。浴场也相当不错。今年春天我戒了烟,而且滴酒不沾,现在每天吸一两支雪茄烟,发现不吸烟对于健康十分有益。要是您戒掉烟,那就做对了。不过这都是小事,无关宏旨。描写西伯利亚生活的剧本我没有写,而且也把它忘了,可是另一方面我把我的《萨哈林》送出去发表了②。我请求您注意看一看。至于以前您在我这儿读过的旧稿,请您忘掉吧,因为它虚伪。我写了很久,而且久久感到我走错了路,到后

---

① 俄国作家谢尔盖·尼古拉耶维奇·捷尔皮戈列夫的笔名。
② 契诃夫的著作《萨哈林岛(摘自游记)》发表在《俄罗斯思想》杂志 1893 年第 10、11、12 期上和 1894 年第 2、3、5 和 6 期上。——俄文本注

来就发现了虚伪。虚伪的地方恰好就在于我似乎要用我的《萨哈林》开导什么人,同时似乎隐瞒着什么,忍住了不说。可是,我一开始描写我在萨哈林感到自己成了一个什么样的怪人,那儿有些什么样的下贱东西,我就顿时感到轻松,我的工作也就沸腾起来了,当然写得不免有点幽默的味道。开头的几章在《俄罗斯思想》十月号上发表。

我还写了一个短短的小故事,有两个印张的篇幅,名为《黑修士》①。要是您到我这儿来,我就会让您读一遍。对了。而且到这儿来并不那么困难。目前我的马车和马都还可以,道路也不错;拥挤和寂寞都没有,而且真要是嫌拥挤、嫌寂寞,也可以到树林里去走一走。至于写剧本,我一点心思也没有。

我的弟弟伊凡结婚了,可是米哈依尔时而威胁说要辞职,时而又威胁说要调到外省去②。

米哈依尔·亚历山德罗维奇·列维茨基以前在谢尔普霍夫做过法院的法警,是一个极其正直的人,家里人口很多,负债累累;他给彼尔姆省的省长写了一个呈文,要求任命他担任那个省一个县的地方行政长官。要是您认识内务部的哪个三等文官,那就请您在遇见他的时候替这个人说一说情。我不为这种烦扰道歉,因为我自己就经常为人说情,而且不止一次碰钉子。

星期日,乏味之神波达片科③要到我家里来。

女天文学家夏天来过,仍旧放声大笑,时而话少,时而话多,什么东西也不吃,总的来说她很疲乏。然而她不是一个渺小的人,这

---

① 契诃夫的中篇小说,发表在《艺术家》杂志1894年1月号上。——俄文本注
② 这是由于失恋,详情请参看上一封信。
③ 1889年契诃夫在敖德萨同俄国作家伊·尼·波达片科相识,那时候在契诃夫的印象里波达片科是一个十分乏味的人。后来契诃夫对波达片科的看法改变了(参看第三三七和三四三封信)。——俄文本注

就把她装点得十分有趣,因此同她在一起是不会乏味的。

有个新闻:我有了两条外貌丑陋的塔克斯猎犬——布罗姆和希娜。爪子弯曲,身体瘦长,可是非常聪明。

医疗工作使人疲劳,而且有时候琐碎不堪。有些天我得从家里出去四五次。你刚从柯留科夫家里回来,可是院子里已经有瓦斯金家派来的人在等你了。而且那些抱着婴儿的农妇惹得我厌烦极了。九月间我要彻底丢开医疗工作。

您想饱餐一顿吗?我也非常想。我十分向往海洋。在雅尔塔或者费奥多西亚住上一个星期,这对我来说是真正的享受。在家里是好的,可是在轮船上似乎还要好一千倍。我渴望自由和钱。真想在甲板上坐一坐,喝一喝葡萄酒,谈一谈文学,傍晚跟许多女人在一起。

您九月间动身到南方去吗?当然,我说的是俄罗斯的南方,因为到国外去我的钱不够。要是您不讨厌的话,我们就一块儿去。

我们该谈一谈瓦格纳的事了,主要的是得预先商量好,免得我说东,您说西。当初我极力劝他打消他跟您合办杂志的意图,我后悔了:这导致了不愉快的通信①。

必须本人是一个很大的经营田产者,才可以购置很大的田产,要不然它就会破产。在经营田产方面要获得成功,全部诀窍就在于白天黑夜注意照管。如果阿历克塞·阿历克塞耶维奇无意于冬天住在庄园里,那我是不会庆贺他的:他会感到沉闷,特别是开头的时候。开头的时候开支是可怕的,一切都可怕。照我的看法,最好的田产就是有一个庄园,而土地不超出三十俄亩。

要是您大发慈悲,肯到我这儿来,您就这样打一个电报:"洛帕斯尼亚,契诃夫收。星期二坐早班火车来。"不坐早班火车,就

---

① 在安·巴·契诃夫的档案中保存着俄国动物学家符·亚·瓦格纳讨论如何创办《博物学家》的信件。参看第三三〇封信的注。——俄文本注

坐邮车或者九点钟那班车……不过要是您写封信来，那就更好了。莫非要跟您在莫斯科相会吗？您到了莫斯科，**务必**要打电报来，因为我在莫斯科没有地方落脚；要我在莫斯科城里走来走去等候您，那可是乏味的。我去，只打算在"斯拉维扬斯基商场"住一夜，早晨九点钟动身回到梅里霍沃来。

祝万事如意！！请写信来！！！

您的安·契诃夫

一八九三年七月二十八日

于梅里霍沃

三三七

致阿·谢·苏沃林

我打算到托尔斯泰那儿去，他在等我，可是谢尔盖延科盯住我，想跟我一块儿去，而带着卫队或者带着保姆去找托尔斯泰，那却是区区无法从命的。谢尔盖延科对托尔斯泰一家人说："我可以把契诃夫带来。"他们就要求他把我带去。然而我不愿意由谢〔尔盖延科〕介绍而认识托尔斯泰。顺便说说，谢尔盖延科跟波达片科一块儿到我家里来了。他说他给您写了一封信，谈到钱的问题；他说他不欠您的钱了，因为他写了一些短篇小说，而且由阿历克塞·阿历克塞耶维奇派去采访德雷福斯一案①，可是他还没有同会计处算清账目，因而生怕您对他同您的财务关系有误解；至于那三百个卢布，他打算用一个中篇来抵销，这个中篇已经写好，就

---

① 指敖德萨一个经营粮食出口的商号德雷福斯公司被控舞弊一案。——俄文本注

要寄出去,等等。这是他对我说的,我就转告您。他是个冒冒失失、令人生厌的乌克兰人,不过似乎还不是一个说谎的人。我要收回"乏味之神"这个形容词。敖德萨的印象欺骗了我。① 姑且不谈别的方面,波达片科唱歌和拉小提琴都很出色。撇开小提琴和抒情歌曲不谈,我和他在一起也是颇不乏味的。

我头痛已经有两天了。我刚从一个工厂回来,我是到那儿去给病人看病的,坐着一辆跑车在泥地里来来去去。今天从早晨起到吃午饭止,我一直由人家领着去医治一些腹泻和呕吐的婴儿。一句话,关于文学连想一想的工夫都没有。您高兴,说我可以喝您供应的葡萄酒了,可是这在什么时候发生呢,也就是说我什么时候才能喝到您供应的葡萄酒呢?您出国旅行的消息使我心里难过。我在您的信里读到这个消息的时候,我心灵的窗户似乎就关上了。在遭到灾难或者烦闷无聊的时候,我到谁那儿去呢?我去找谁呢?我常常心绪非常恶劣,在这种时候我就想谈天,想写信,可是除了您以外我跟谁也不通信,跟谁也谈不久。这倒不是说您比我所有的朋友都好,而是说我跟您处熟了,只有跟您在一起我才感到自由自在。您至少把您的地址寄给我吧。我会给您写信,给您寄我的小说的校样去,这是说假如我没有得霍乱或者白喉而死掉的话。但是,这种情形大概不会发生,那么到深秋时节我就会跟彼得堡的颓废派一块儿吃午饭和晚饭了。

由于我不知道您的书店里谁在管事,我该找谁接洽,那就请您费神打听一下:在我为买庄园而拿过的五千当中我还欠多少钱?今年一月间为了付这笔债我交过五百卢布的现金,并且要求那位浅色头发的女士交给波丽娜·亚科甫列芙娜②两千卢布,这是根

---

① 参看第三三六封信的注。——俄文本注
② 波丽娜·亚科甫列芙娜·列昂捷娃是《新时报》书店里的女出纳员。——俄文本注

据书①的账目我应分到的。我的名下一共有五千多,可是将近三千都送到印刷厂去了。老兄,请您问清楚再通知我。我的书似乎销得不畅,因为火车站上已经不卖了;我大概还欠得很多。

如果契诃夫号轮船②这个说法已经传到彼得堡的话,那大概是一种俏皮的虚构。谢格洛夫在符拉季米尔:他害怕女人,写人民剧院和活着的人飞上天去了。

您那封论德国人和我们的不学无术的短信③写得很精彩。您那些优秀的思想配上活泼的谈吐而理直气壮,您的文字简直流畅极了。

您问的是什么长篇小说啊?您指的是那部没有写成的长篇小说呢,还是一般的同女人的恋爱?为什么您认为我不会回答这个问题?我有什么问题没回答过呢?

再说一说救世军④。我看见过这种游行队伍:姑娘们穿着印度长衫,戴着眼镜,敲着鼓,拉着手风琴,弹着吉他,举着旗子,后面跟着一大群〔……〕黑皮肤的顽童,有一个穿红上衣的黑人……那些处女唱着一支刺耳的歌,鼓声咚咚地响。这发生在昏暗的暮色里,在一个湖岸上。

请您务必来信。

您的安·契诃夫

---

① 指契诃夫在苏沃林的出版社出版的那些短篇小说集。
② 《俄罗斯思想》的主编维·亚·戈尔采夫在伏尔加河流域的一份报纸上读到这条河上有一艘名为"安东·契诃夫"的轮船的消息,就写信告诉了契诃夫。——俄文本注
③ 指阿·谢·苏沃林发表在1893年8月4日《新时报》上的小品文《短信》,写的是同德国签订通商条约的事。——俄文本注
④ "救世军"是一种模仿军队机构的宗教慈善组织。1893年8月2日契诃夫在写给苏沃林的信上说:"……救世军、它的游行队伍、它的庙宇等,我在锡兰的康提城看见过。它留给我的印象是新奇的,然而太刺激神经。我不喜欢。"——俄文本注

附言:托尔斯泰很喜欢您。莎士比亚要是活着的话,也会喜欢您的。请您从国外带给我十支雪茄烟!!

前几天有一个病人为了表示感激而送给我十支雪茄烟,价钱是五个卢布,盒子上有一句题词:"他甚至出家为僧了。"

普列谢耶夫老头在哪儿?他的钱在哪儿?①

一八九三年八月七日

于梅里霍沃

三三八

致丽·斯·米齐诺娃

亲爱的丽卡,我没有给您写信,因为没什么可写的;生活空虚极了,弄得人只感觉到苍蝇在叮人,别的就什么也没有了。您来吧,亲爱的金发姑娘,我们谈一谈,吵一吵,然后又和好;您不在,我就寂寞得很,我情愿给五个卢布,只求能够跟您谈上哪怕五分钟也好。霍乱没有发生,可是有痢疾,有百日咳,有坏天气以及淫雨、潮湿、咳嗽。到我们这儿来吧,漂亮的丽卡,唱一唱歌吧。傍晚显得很长,而我的身旁又没有一个愿意赶走我的烦闷的人。

彼得堡我是要去的,那要在我有权利去的时候,也就是霍乱过去以后。大概十月间我就会到那儿去住了。我考虑在那个地区造一所房子,渴望着搬家。不过,这都是些庸俗的事。不庸俗的只有诗情,而这又是我所缺乏的。

钱!钱!要是有钱,我就会到南部非洲去,目前我正读到一些

---

① 参看第三二六封信的注。——俄文本注

关于那个地方的很有趣的信①。生活中应当有目标,而人在旅行的时候往往是有目标的。

我们的黄瓜熟了。布罗姆②爱上了美莉里司小姐③。我们生活得安宁。我已经不喝白酒,不吸烟,可是不知什么缘故每到吃过晚饭以后总是十分想睡觉,而且房间里有雪茄烟的气味。格拉德科夫④瘦了一点,公爵⑤胖了一点。瓦烈尼科夫那儿,据他说,三叶草的收成很好。笨蛋伊瓦年科仍旧笨手笨脚,常常踩到玫瑰、蘑菇、狗尾草等。他会在伊凡的学校里工作吗?在这方面您知道些什么消息吗?我为他极度难过,如果可行的话,如果不会被人曲解的话,我就会送给他一小块土地,给他盖一所房子。要知道他已经是老头儿了!

我也是老头儿。我觉得生活似乎打算略为嘲弄我一下,因而我赶紧把自己算成老头儿了。当我错过我的青春,想照普通人那样生活而又做不到的时候,我就会有一个理由:我是老头儿了。不过,这都是些蠢话。请您原谅,丽卡,可是,说真的,此外没有什么可写的了。我需要的不是写信,而是坐在您旁边,跟您谈话。

我要去吃晚饭了。

我们的苹果熟了。我一天睡十七个小时。丽卡,要是您爱上了什么人而忘了我,那就请您至少不要嘲笑我。玛霞和米沙到巴布肯诺去看望基谢廖夫一家,大失所望,这倒是个新闻。此外再也没有什么可写的了。波达片科和谢尔盖延科到我们这儿来过。波达片科给我留下了极好的印象。他唱得很好听。

---

① 大概指波兰作家显克维奇的书《非洲来信》,1893年在圣彼得堡出版。——俄文本注
②③ 契诃夫的两条狗。——俄文本注
④ Н.П.格拉德科夫是梅里霍沃附近的地主。——俄文本注
⑤ 指梅里霍沃附近的地主谢·伊·沙霍甫斯科依,地方自治局的活动家。——俄文本注

祝您健康,我亲爱的丽卡,别忘掉我。要是您被某个提善①迷住,那也请您给我写一封信,哪怕只写一行也行。

您的安·契诃夫
一八九三年八月十三日
于梅里霍沃

三三九

致丽·斯·米齐诺娃

亲爱的丽卡,您从外来语字典里找着"利己主义"这么一个词,就在每封信上都用来款待我。那您就给您那条小狗起这么一个名字吧。

我吃饭,睡觉,写作,都是为了我自己的快乐吗?我吃饭,睡觉,是因为大家都吃饭和睡觉;就连您,尽管长得体态轻盈,对这个弱点也并不陌生呢。至于为自己的快乐写作,那么您,迷人的姑娘,随随便便说出这么一句话来,也只是因为您没有根据亲身的体验熟悉这条消耗人生命的小虫子,不管在您看来它显得多么渺小,然而却是颇有分量,具有使人苦恼的力量。

我在各方面都成功吗?是的,丽卡,一切都成功,也许只有一点除外,那就是目前我身无分文,而且我不能跟您见面。不过,我也不想跟您争论。随您去想吧。只是,我的朋友,我不能欣赏您那种惊讶:为什么您无缘无故地想要狠狠地批评我一顿呢?

等我到了彼得堡,我一定会去看望您,可是我在指望命运会大发慈悲:也许在我去彼得堡以前您会再到梅里霍沃来一趟吧。

---

① 意大利文艺复兴盛期画家提香之误,契诃夫故意这么写,在此暗指俄国当时的风景画家列维坦,他同米齐诺娃很接近。

今年冬天我要搬到莫斯科去,在那儿住上十到十五天。

天气冷,丽卡,糟得很。

您的安·契诃夫

我多半在九月十日左右到莫斯科去。

一八九三年九月一日
于梅里霍沃

三四〇

致维·亚·戈尔采夫

亲爱的维克托·亚历山德罗维奇,我是在星期三到家的,把校样①带回来了。我想把上个月我读过的《萨哈林岛》第四章和第五章再读一遍,因此请您尽可能在下星期三以前不要把它付印。

天气糟透了。幸亏莫斯科来了客人,要不然就可能活活把人给闷死。这封信明天由那个您称之为"女知识分子"的金发姑娘②带到莫斯科去,目前她在我们这儿做客。

祝您万事如意。问候伏科尔·米哈依洛维奇和米特罗方·尼洛维奇③。

您的安·契诃夫
一八九三年十月二十四日
星期日
于梅里霍沃

---

① 指契诃夫的著作《萨哈林岛(摘自游记)》的校样,它发表在《俄罗斯思想》上。
② 指丽·斯·米齐诺娃。——俄文本注
③ 米特罗方·尼洛维奇·烈美佐夫是俄国作家,《俄罗斯思想》编辑部的工作人员。——俄文本注

三四一

致莫·伊·柴可夫斯基①

这个消息使我震惊。我非常悲伤……我深深地尊敬和喜爱彼得·伊里奇,非常感激他。我由衷地向您表示同情。

契诃夫
一八九三年十月二十七日
于莫斯科

三四二

致亚·巴·契诃夫

忘恩负义的、卑鄙的哥哥：

请你穿上套鞋,把我随信附上的居留证立刻送到司里去,换一个更适当的东西②。如果他们现在准我请假,而以后,像你信上所写的那样,过两个半月准我辞职,那就行了,因为我恰恰是现在需要居留证,过两个半月就不需要了,因为那时候我要住到彼得堡去。你要恭恭敬敬、低首下心地完成我托付你的这个任务,虽然我是一个编外低级文官,可是我能叫你大吃苦头：我可以要求政府管

---

① 这是契诃夫得到作曲家彼·伊·柴可夫斯基逝世的消息后打给他的弟弟剧作家莫·伊·柴可夫斯基的电报。——俄文本注
② 契诃夫曾委托他的大哥亚·巴·契诃夫到沙皇政府医疗司去疏通,准许他在司里供职,以便取得身份证,然后再辞职,结果医疗司答应录用契诃夫为编外低级文官,发给他一个居留证；目前契诃夫要求把居留证换成身份证；在京城居住必须有身份证。——俄文本注

理你的财产,并且由于你滥用财产而对你加以监督。请你问一下善良的拉果津先生或者秘书先生:为了辞职需要交什么文件？以前我没有在机关里工作过,没有打过仗,没有受过审,没有结过婚,没有得到过勋章和文学奖章。我有两封地方自治局大会的感谢信,因为我组织过防治霍乱的工作,立过英勇的功劳;一八八八年我由于听父母的话而得过普希金奖金。我有不动产:两百十三俄亩土地。我的出身非同寻常,身价显赫。我父亲做过警察局的市议员,我叔叔至今还担任教堂的主持司祭,跟巴威尔神父吵闹不休①。

多承列依金同情,②请你向他道谢。等他中风以后③,我就给他打电报去。

我们一家人都健康。我也如此。我稍微有点咳嗽,不过离肺结核还远着呢。我在害痔疮。我在害肠炎。我常闹偏头痛,有时候一连闹两天。我心里发慌。我好吃懒做,吊儿郎当。

梅里霍沃现在很好,特别是树林里;可是到火车站去的那条路——唉!

那些公狗平静下来了。

要是他们把身份证交给你,那你就用挂号信寄到莫斯科伊凡那里,托他转交给我。由于你的聪明才智不是生来就有,而是后天得来的,由于有学问而没有信仰就是误入歧途,又由于苍蝇使空气清新,那你就该安分守己,不要出类拔萃。我在莫斯科还要住一个半星期。

---

① 参看第三三四封信。
② 1893 年 10 月 24 日亚·巴·契诃夫在写给契诃夫的信上说:"你,我的朋友,肺结核病重,不久就要死了。祝你升入天堂!今天列依金带着这个可悲的消息到我们编辑部里来了。"——俄文本注
③ 列依金是个大胖子。

〔……〕等苏沃林回来,你就告诉他说我住在莫斯科。

忘恩负义的哥哥,祝你健康。问候你一家人,愿你身上的酒味稍稍少一些①。

安·契诃夫

一八九三年十月二十九日

莫斯科,新巴斯曼大街,

巴斯曼学校,教员宿舍②

三四三

致阿·谢·苏沃林

如果我最近的一封信是八月二十四日写的③,那么我那些寄到国外去的信您显然没有收到。也许您收到以后又忘了吧?不过,反正没什么关系。

关于普列谢耶夫的那个女性的共同继承人④,我想起我同律师助手普列瓦科的一次谈话。这个律师告诉我说另外还有一个女继承人,不过可以花钱贿赂她。不知什么缘故当时我觉得这些律师自己就在寻找这个女继承人,为的是吓唬普列谢耶夫,多勒索他一点。

我活着而且健康。咳嗽比以前厉害多了,可是我认为离肺结核还远得很。吸烟已经减少到每昼夜只吸一支雪茄烟。今年夏天

---

① 亚·巴·契诃夫嗜酒。
② 伊·巴·契诃夫的地址,他在那里当教员。
③ 契诃夫那些写给苏沃林的寄到国外的信显然遗失了;如今保存下来的只有从1893年8月24日起的信。——俄文本注
④ 俄国诗人普列谢耶夫继承到两百万遗产,这里指的是另外一个女人要求共同继承这笔遗产。——俄文本注

我守在家里没有出外,医治病人,到病人家里去,等着霍乱来临……我医治过一千个病人,费了很多时间,可是霍乱没有来。我什么东西也没有写,在不做医疗工作的时间里老是散步,读书,或者整理我那本庞大的《萨哈林岛》。前天我从莫斯科回来,在那儿我在一种陶醉的氛围里生活了两个星期。由于我在莫斯科所过的生活是由接连不断的一系列盛宴和新的结交构成的,大家就纷纷开玩笑叫我阿威朗①。以前我从没感觉到这样自由。第一,在莫斯科没有住宅,我就可以爱住在哪儿就住在哪儿;第二,身份证仍旧没有拿到,而且……到处都是姑娘,姑娘,姑娘……整个夏天我由于缺钱而苦恼,我嘟嘟哝哝;不过现在开支小了,我就放心了。我正在感到摆脱金钱的自由,也就是说我开始认为我的家用一年之中不致超过两千,于是我可以写东西,也可以不写了。

帕斯卡尔②写得好,不过这个帕斯卡尔的内脏有点不妙。每逢我夜间腹泻,我总是把一只猫放在我的肚子上,让它暖着我,就像放一块热敷用的湿毛巾一样。克洛蒂尔德或者阿维萨加简直就是给大卫国王取暖的猫。她在人世间的命运就是给老头取暖,别的什么也没有。这可真是值得羡慕的命运啊!我可怜这个阿维萨加,她没有写过赞美诗,可是在上帝面前她大概比盗窃者乌利耶夫的妻子纯洁,优美。她是个人,是个有人格的人;她年轻,自然需要青春,可是,对不起,必须是法国人才会以鬼才知道的什么名义叫她给一个头发花白、长着两条青筋突起的鸡腿的丘比特③去当热水袋。我感到可惜,因为使用克洛蒂尔德的是帕斯卡尔,而不是另

---

① 阿威朗是俄国的海军上将,1893年率领俄国舰队到法国土伦去签订法俄同盟条约,因此在法国和俄国多次参加欢迎和庆祝的盛宴。契诃夫从梅里霍沃到达莫斯科后,他的朋友和熟人不断举行盛宴欢迎他,因而被人送了"阿威朗"的绰号。——俄文本注
② 指法国作家左拉的长篇小说《帕斯卡尔医生》中的男主人公。——俄文本注
③ 古罗马神话中的爱神。

外一个年轻一些、强壮一些的人;在年轻姑娘的拥抱中疲惫不堪的老国王大卫,是那种已经遭到秋天的潮寒而仍旧自以为会成熟的甜瓜;俗话说得好:春兰秋菊,物各有味。而且,这是什么样的胡说啊:难道性交的能力是真正的生命和健康的标志吗?〔……〕一切思想家到四十岁就已经无力性交了,而野蛮人到九十岁却可以有九十个妻子。农奴时代的地主直到他们老态龙钟,中风瘫痪为止,一直保存着他们的生殖力,能够使阿加什卡和格鲁什卡受精。我不是在教训人,而且等我老了,大概也难免会像阿普列尤斯在《金驴记》①里所说的那样尝试着"拉紧自己的弓"。从人道主义来判断,帕斯卡尔跟一个姑娘一块儿睡觉,这并没有什么糟糕,这是他个人的事;糟糕的是左拉因为克洛蒂尔德跟帕斯卡尔一块儿睡觉而赞扬她,糟糕的是左拉把这种乱伦叫做爱情。

女天文学家在过穷日子。她老了,瘦了,眼眶发黑,神经……这个可怜的人,她开始对自己失去信心了。而这是比什么都糟的。那种对什么都没有信心而且以前也从没有相信过的人,是有福之人。我们打算帮助她,可是所有这类尝试都碰了壁,因为她自尊心太强。

近来我变得很轻浮,同时又喜欢跟人们在一起,而这是以前从来也没有过的;文学成了我的阿维萨加,我对它非常入迷,简直弄得我轻视医学了。不过在文学方面我所喜爱的倒不是您期望我写的或者不再期望我写的那些长篇小说和中篇小说,而是我能够一连好几个小时躺在长沙发上看书。讲到写作,我却缺乏激情。

我没有考虑写剧本。我无意于写它。我跟波达片科见过多次面。敖德萨的波达片科和莫斯科的波达片科相比简直是乌鸦和鹰。差别是极大的。我越来越喜欢他了。

---

① 古罗马作家阿普列尤斯所著的长篇小说,又名《变形记》。

321

送到监狱总署去的《萨哈林岛》不是初校样,而已经是清样,虽然当初他们批准我去萨哈林岛的时候,约定只送初校样。我收到这个署寄来的一封庸俗的、官气十足的信:"由于您的来信……"然后是号码。不是"鉴于",而是"由于"。看了真叫人憋气。

我听说您在写新剧本。我很高兴。

不过,再见吧。等见面的时候我们再谈一谈短篇小说。您十一月间或者十二月间总要到莫斯科去吧?

祝您万事如意。我去的时候也在斯拉维扬斯基商场住。亚辛斯基在莫斯科。

乌拉!

您的安·契诃夫
一八九三年十一月十一日
于梅里霍沃

三四四

致伏·米·拉甫罗夫

谢谢您的约请,亲爱的伏科尔·米哈依洛维奇。我接到您的信的时候,甚至没法祝您胃口好,因为您已经吃过饭了。您在十一日写完您的信,丢进邮筒,这封信当天从邮筒里被取出来,十二日送出去。凌晨三点钟邮车从莫斯科开出,五点三刻到达洛帕斯尼亚。六点多钟我就收到信了。

我十分愉快地读了《毫无规则》①。这是个隽永而有趣的作

---

① 波兰作家显克维奇的长篇小说,由拉甫罗夫译成俄文,《俄罗斯思想》杂志出版,并且寄赠契诃夫一本。——俄文本注

品,不过其中有那么多的议论、格言、援引哈姆雷特和恩培多克勒①的话、重复、强调,因此有些地方使人看得疲劳,仿佛在读诗篇似的。卖弄多,朴实少。不过这个作品仍旧亲切,动人,给人以深刻的印象;读它的时候,你会产生跟阿涅尔卡结婚,在普洛舍沃吃早饭的愿望。

如果德米特利·瓦西里耶维奇②还没有离开莫斯科,那就请您代我问候他。

我们这儿在下雪,路上走雪橇了。我的雪橇挺好,备有毛毯,修饰一新。

祝您健康。

您的安·契诃夫
一八九三年十一月十三日
于梅里霍沃

三四五

致阿·谢·苏沃林

有一回您在信上问起大仲马的《基度山伯爵》。我早已把它删削过了③;可怜的书啊,我把它缩短得连已故的斯沃包津看见以后都大吃一惊,画了一幅漫画④。应该把这本书直接送到您那儿

---

① 恩培多克勒(约公元前490—前430),古希腊哲学家、政治家、诗人、宗教教师和生理学家。
② 即德·瓦·格利果罗维奇。
③ 苏沃林打算出版法国作家大仲马的长篇小说《基度山伯爵》的节本,委托契诃夫做删节工作。参看第三一五封信和注。——俄文本注
④ 斯沃包津在写给契诃夫的信中保存下来的漫画上,画着契诃夫在给一本厚书删节,大仲马坐在他背后看着他删,不住流泪。——俄文本注

去呢,还是托书店转交您?

波达片科的剧本①的演出成绩平平。这个剧本里有点东西,不过这点东西却被种种纯粹外部性质的荒唐事(例如医师们的会诊不真实到了可笑的程度)以及莎士比亚式的格言堆砌得密不通风了。乌克兰人②是固执的人;他们觉得他们说的话都精彩,而且把他们的伟大的乌克兰真理看得那么高,不仅为它牺牲艺术的真实,而且违背常理。甚至有这样的格言:"真理的火炬灼伤了举着那火炬的手。"写得最成功的是第二幕,在这一幕里生活的庸俗总算冲出格言和伟大真理的包围,露到外面来了。

我买下这块田产的时候,对旧日的主人还欠着三千,为这笔钱给了他一张抵押契约。十一月间我收到一封信,说如果我现在按抵押契约还钱,我就可以少出七百卢布。这个建议是有利的。第一,这块田产就不是值一万三千,而是值一万两千三百;第二,不必支付利息了。我就努力了一下,昨天付清该付的钱,勾销了抵押契约;我为这件事庆贺自己。这笔债弄得我一直很苦恼。目前这块田产只有银行的债务五千八百卢布,然而这算不了什么。欠银行的债务简直可以说是愉快的,因为利息可以逾期六个月再付。一句话,现在我可以认为自己似乎什么债务也没有了。

《俄罗斯思想》一月号上要刊登我的小说《女人的王国》。这个作品描写一个姑娘。《艺术家》一月号上会发表一篇作品,描写一个害自大狂的青年人;这个中篇的名字叫《黑修士》。以后我还会以许多作品奖赏俄国的公众,不过这些作品还没写成,或者刚刚开头,所以目前就不提了。我打算照波达片科那样写作,一年写出六十个印张来。

---

① 俄国作家波达片科的剧本《生活》于1893年12月13日在莫斯科小剧院第一次公演。——俄文本注
② 波达片科是乌克兰人。

莫斯科的书店里早已没有我的书了。好像我已经结束了我的事业似的。圣诞节前是生意最兴隆的时候,而我的书要么没有出版,要么放在库房里,像是流不过水去的石头①。

明天早晨我就要回到乡下去,在那儿住到一月十二日。然后,我大概要到彼得堡去。

您的儿子②来过,想跟我谈一谈,同我和波达片科一块儿吃了牡蛎后就走了,结果什么也没谈。

我已经有身份证了。③ 医疗司寄给我一份退职书,其中写着我是单身汉,没有参加过远征和会战。

前几天我到瑟京④那儿去了,了解了他的事业。那是极其有趣的。那是真正的人民的事业。也许它是俄国唯一的具有俄罗斯精神而不是把买书的农民推推搡搡轰出门外的出版商号。瑟京是个聪明人,讲话有趣。等日后您有机会到莫斯科来,我们就一块儿到他的库房、印刷厂、买主投宿的客房里去走一走。那两千三百个卢布我就是在他那儿拿到的,我把一些小东西拿给他去出版了。

城市使我疲劳。我要高高兴兴地动身到乡下去了。

请您来信说一下《基度山伯爵》的事。我的地址照旧:洛帕斯尼亚。祝您活下去,健康,顺遂,仁慈;愿一切圣者保佑您。衷心问候安娜·伊凡诺芙娜和孩子们。

您的安·契诃夫
一八九三年十二月十八日
于莫斯科

---

① 俄国谚语:"放平的石头流不过水去。"意谓"凡事要自己努力,不能听其自然。"
② 指阿·阿·苏沃林。——俄文本注
③ 参看第三四二封信。——俄文本注
④ 伊·德·瑟京是俄国出版商。——俄文本注

昨天我看了扎尼科威茨卡雅演的一个最愚蠢的戏①。我觉得又是惋惜又是害臊。

三四六

致维·亚·戈尔采夫

刚才波达片科和丽卡来了。波达片科在唱歌。然而你不能来，这多么叫人伤心啊！天气晴朗，葡萄酒也出色，不过主要的是你可以摆脱莫斯科的种种印象而休息一下，那些印象显然使你厌烦极了。再者，我们也不妨谈谈这个，谈谈那个，例如谈谈校样②，这份校样在等你，因为等不着你而躺在那儿睡觉；不过，我至迟到新年会把它寄给你。

唉，发表在《俄罗斯新闻》上的我那篇小说③被他们那么起劲地剃了个头，结果连头发带脑袋一齐剃掉了。这是一种纯粹孩子气的圣洁，而且这种懦怯也是惊人的。要是他们只删掉几行，那倒也罢了，可是要知道他们简直是掐掉中段，咬掉尾巴，弄得我的小说黯淡无光，读起来简直叫人恶心了。

好，我们姑且假定这篇小说有伤风化，然而既是这样，那就根

---

① 指乌克兰话剧女演员玛·康·扎尼科威茨卡雅所演的斯塔里茨基的剧本《伊凡·库巴拉节前夜》，该剧由乌克兰的萨多夫斯基剧团在天堂剧院上演。——俄文本注
② 指契诃夫的中篇小说《女人的王国》，发表在《俄罗斯思想》杂志上。——俄文本注
③ 指《大沃洛嘉和小沃洛嘉》，发表在1893年12月28日《俄罗斯新闻》第357期上。后来，这篇短篇小说收进集子重新出版的时候，契诃夫对它只做过修辞方面的校改，因此《俄罗斯新闻》编辑部对这篇小说作了什么样的删略，就不得而知了。——俄文本注

本不应该发表它,要不然至少也该对作者说一声,或者写信跟作者商量一下才对,尤其因为这篇小说并没有刊登在圣诞节专号上,而是无限期推延发表。不过,这些事是没有趣味的。请原谅我惹你厌烦。

波达片科问候你,他优游自在,并且叫道:我总算落到可以不要预支稿费的地步了!(指按别人的命令写东西)

请写信说一下你什么时候到这儿来。要知道除了新年以外,我们还可以一块儿过主显节①呢。

关于剧本②也应该见面谈一谈,要是你乐意的话,这个剧本也许会写成的。我是乐意写的。你好好考虑一下吧。

钱老是没有,而且不会很快就有,真要命。我原来指望《俄罗斯新闻》的一月份的稿酬,可是自从这篇小说出了意外以后,我对这笔稿酬就兴味索然了。你对萨勃林③不要提起这件事。最妥当、最平和的办法就是我借口没有空暇,作为主要的理由,来推辞以后再为他们写稿。

请你把你的女儿带来。我们的塔克斯猎犬下崽了,要是她想要的话,就送给她一只小狗。我们在坐雪橇了。

到三十一日夜间请你在你的神圣的祷告里提到我,就像我会提到你一样。祝你健康,亲爱的朋友。

丽卡唱起歌来了。

你的 Antoine
一八九三年十二月二十八日
于梅里霍沃

---

① 即耶稣洗礼节,1月6日(公历1月18或19日)。东正教十二大节日之一;纪念耶稣开始传道受洗。
② 大概契诃夫和戈尔采夫有一个合写剧本的计划。——俄文本注
③ 米哈依尔·阿列克谢耶维奇·萨勃林是《俄罗斯新闻》的编辑之一。——俄文本注

一八九四年

三四七

致阿·谢·苏沃林

您讪笑我的严正不苟、枯燥乏味和学术价值,讪笑重视我的著作①的后代;我呢,以德报怨,津津有味地读您最近论分裂教派②的那封信③,给您以巨大的赞扬。这是一封精彩的信,它的成就是完全可以理解的。第一,它热情洋溢;第二,它具有自由主义倾向;第三,它很有道理。自由主义倾向,您素来是表达得非常成功的,而每逢您表达某些保守主义思想,或者甚至使用某些保守主义的辞藻(例如"走到宝座的台座下"),您就使人想起一口一千普特重的铜钟已经有了裂口,因而发出了虚假的响声。

我的《萨哈林岛》是学院派的著作,我会因它而获得都主教马卡里的奖金。现在医学不能责备我负心了:我对学术以及被老作家称之为学究气的东西做出了应有的贡献。我很高兴我那小说的衣柜里居然会挂上这件粗硬的囚衣。让它挂着吧!把《萨哈林岛》刊登在杂志上④当然是不应该的,这不是杂志上的作品;我想,印

---

① 指契诃夫的《萨哈林岛》。——俄文本注
② 又称旧礼仪派,俄国拒绝17世纪教会改革的宗教团体和教会的统称,他们成了官方正教会的反对派或敌对派。
③ 指阿·谢·苏沃林的小品文《短信》,刊登在1893年12月29日《新时报》第6406号上。这篇小品文讲的是1667年俄国宗教分裂运动的历史。——俄文本注
④ 《萨哈林岛》当时在《俄罗斯思想》杂志上连载。

成一本小书倒会有点用处。不管怎样,您不该讪笑。谁笑到最后,谁才笑得最好。请您不要忘记我不久就要看您的新的轻松喜剧①了。

谢尔盖延科在写苏格拉底②的生活悲剧③。这些固执的汉子总是抓大东西,因为他们不会创造小东西而又有不同寻常的大野心,因为他们根本没有文学鉴赏力。写苏格拉底比写小姐或者厨娘容易。从这一点出发,我就不认为写独幕剧是轻而易举的事。其实您自己也不认为这样,虽然您装得好像这是轻而易举的事,小事。如果轻松喜剧是小事,那么布烈宁的五幕悲剧④就也是小事了。

我向您和安娜·伊凡诺芙娜恭贺新禧;我本来打算给您打一个贺电,可是不忍心差遣雇工到火车站去。您答应过由莫斯科的书店寄给我一本您的长篇小说⑤的精装本。您没有回答我的两个问题:《基度山伯爵》该怎么办⑥?是否可以把至今还留在我这里的皮谢姆斯基的书托莫斯科的书店寄还您?我没有玻璃门的书橱,我担心这些精装的书会被灰尘弄坏。

客人们把我惹得很厌烦。不过也有令人愉快的客人,那就是波达片科,他不住地唱歌。今天我在等剧作家涅米罗维奇-丹钦科。饭厅里,女天文学家在喝咖啡,放声大笑。伊瓦年科跟她在一起,隔壁房间里住着我弟弟的妻子,等等,等等。

---

① 即《他退休了》,1894年1月12日在彼得堡的亚历山大剧院首次公演。——俄文本注
② 苏格拉底(前469—前399),古希腊三大哲人中的第一位。他和柏拉图、亚里士多德共同奠定了西方文化的哲学基础。
③ 即《苏格拉底》,首次刊登在《田地》杂志的《每月文学增刊》1900年2月号和3月号上。——俄文本注
④ 大概指五幕剧《阿格利平娜之死》。——俄文本注
⑤ 指《世纪末的爱情》,1893年由阿·谢·苏沃林的出版社在圣彼得堡出版。——俄文本注
⑥ 参看第三四五封信的注。——俄文本注

盖杰布罗夫①死了，使人感到悲伤。《周报》的文学增刊我很喜欢，他一死就没有人经营了。据说他付的稿酬优厚。我同他相交很浅，只有一回在他那儿发表过作品。

有人要到火车站去了②。祝您获得人间的和天上的一切幸福。向安娜·伊凡诺芙娜深深鞠躬。我本来想给她写一封信，回答她那封用诗写成的信，可是什么也没写出来。

做大臣是多么乏味啊！我是这样觉得的。

您的安·契诃夫

一八九四年一月二日

于梅里霍沃

三四八

致阿·谢·苏沃林

关于伊瓦年科，您完全看错了：他身上丝毫没有心术不正。至于我素来衷心同情的那个不幸的女天文学家，我不知道该对您说什么好。她过于饶舌，是因为她有精神病。就连在县城里，她都被人认为是一个搬弄是非的女人，然而，依我看她却不是一个搬弄是非的女人，而只是一个惹人讨厌的女人罢了。在最近这段时间里她身上显出一种类似意志麻痹的现象，她丧失了一切工作能力，而且显然是永远丧失，无法挽回了。现在她又不知到什么地方去了。

---

① 即巴·亚·盖杰布罗夫，《周报》的主编兼发行人，于1893年12月31日去世。——俄文本注
② 意思是：可以把这封信带去寄了。

关于都主教马卡里的学院奖金①,说真的,我是在开玩笑,根本没有料到您会这样严肃地回答我。您信上提到的我的经济损失,我已经算过一笔账:我在那次旅行和这个工作②上所花的钱十年也收不回来,至于我已经拿到的钱,却早已花光了。整个节期③我一文不名,因为没有地方可以去拿钱,又因为十二月份我住在莫斯科的时候,在饭店里花了很多钱。

您生维克托·克雷洛夫④的气。您尽量仔细地看一看他那呆板无神的眼睛吧。这是一头野兽,混杂着狐狸的血。他把每一个人都看做他要俘获的动物。不管您怎样生他的气,不管您怎样跟他斗争,他却仍旧把您仅仅看做他要俘获的动物。

三月间我要写一个剧本。今年夏天我要极力医好咳嗽,我的咳嗽变得越来越 crescendo⑤ 了。今年秋天我要写五千行左右的长篇小说,像玛霞·克烈斯托甫斯卡雅⑥一样。冬天我要到彼得堡去。可是目前这个冬天我却不想到彼得堡去,因为我觉得目前那儿的人都心绪不佳,而我的情绪却极其激昂。三月底,如果有钱的话,我要到南方去旅行三个星期,而且想请求您允许我到您在费奥多西亚的那所房子里临时住一下。

我每天吸雪茄烟已经不超过一支了,我仍旧能够喝很多的酒而不致对健康有任何明显的后果。一月十二日⑦,如果有适当的

---

① 参看第三四七封信。——俄文本注
② 指1890年的萨哈林岛之行和写作《萨哈林岛》这本书。——俄文本注
③ 指圣诞节和新年。
④ 俄国剧作家符·亚·亚历山德罗夫,1893至1898年担任彼得堡各皇家剧院的剧目审查方面的主管人。——俄文本注
⑤ 意大利语:厉害。——俄文本注
⑥ 玛丽雅·弗谢沃洛多芙娜·克烈斯托甫斯卡雅(1862—1910),俄国女作家和女演员。——俄文本注
⑦ 即达吉雅娜节,莫斯科的大学生庆祝莫斯科大学建校周年纪念的传统节日;契诃夫毕业于这所大学。——俄文本注

同伴的话,大概又得为科学的荣誉而干杯了。

愿苍天保佑您。

您的安·契诃夫
一八九四年一月十日
于梅里霍沃

三四九

致米·奥·缅希科夫

十分尊敬的米哈依尔·奥西波维奇,我听说您不久以前到过莫斯科;我们竟没有见到面,我很遗憾。我原想跟您谈一下巴威尔·亚历山大罗维奇①,表一表同情,并且请求您把我的同情转达给他的家人。我同这个已经去世的人相交很浅,可是如果可以根据报纸来判断主编,那么他就是一个有才能的、很可爱的人。

我欠着您的债:您写信告诉我说我的《第六病室》译成了英文,我却没有答复您的信。老实说,我这样做,也就是不答复您的信,是故意的。您希望从我这儿得到我的自传,可是这在我无异于一把尖刀。我不会写我自己。

多承您到今年还寄《周报》来,我谨向您衷心致谢。请您务必继续把我算做您的撰稿人,不要因为我写作太慢而生气。我的脑子里聚集着许多供中篇小说和短篇小说用的题材,可是我目前处于不自由的状态,而且在六月以前不会从这种状态里解脱出来。六月以后,直到我的末日,我就要专写小说了。我甚至会丢开医学,我认为我有权这样做,因为我已经以《萨哈林岛》这本书对它

---

① 巴·亚·盖杰布罗夫,参看第三四七封信的注。——俄文本注

做出贡献了。今年我觉得自己比去年和前年已经自由多了。我甚至自由活动起来,给《俄罗斯思想》①和《艺术家》各寄去一篇小说。最近,在《艺术家》的一月号上要发表我的小说《黑修士》。这是一篇有关医学的小说,historia morbi②。其中对夸大狂作了一番探讨③。

今年我未必会到彼得堡去。要是您有机会到莫斯科去,那就请您事先通知我,或者从莫斯科打一个电报来。

祝您万事如意。

您的安·契诃夫
一八九四年一月十五日
于圣洛帕斯尼亚
梅里霍沃

三五〇

致阿·谢·苏沃林

请您把《医师报》的第一期和第二期要来,读一遍那上面的《论性交问题》。这篇论文是由一个好心的人写成的,"由于我妻子的非常合理的和正当的要求"④而没有署名。它合乎您的口味,也就是说您会在这篇论文里找到一些您喜爱的思想。这篇文章谈的是性交在青年和人类天才身上留下的烙印。您写过一个少女在

---

① 契诃夫交给《俄罗斯思想》发表的小说是《女人的王国》,刊登在该杂志1894年1月号上。——俄文本注
② 拉丁语:病历。——俄文本注
③ 参看第三五〇封信的注。——俄文本注
④ 作者在文章前面所加的按语。——俄文本注

性交以后变得憔悴和消沉,那么您一定会给善良的作者送去一个飞吻。请您务必费神读一下。

看来,我在精神方面是健康的。不错,我不太想生活下去,然而目前这还不是一种在真正意义上的病,而大概是一种过渡的、在日常生活中很自然的心理。不管怎样,如果作者描写心理病态的人,这并不意味着作者自己就害这个病。《黑修士》是我在冷静地思考、摒除任何忧郁思想的情况下写作的。无非是兴致来了,想描写夸大狂而已①。至于那个从旷野另一头飞来的修士,是我在梦中见到的。我第二天早晨醒来后,把这个修士讲给米沙②听了。那么,请您告诉安娜·伊凡诺芙娜,说谢天谢地,可怜的安东·巴甫洛维奇还没有发疯,不过晚饭吃得太多,因而梦见了修士。

我一直忘了在信上对您说:请您把《俄罗斯思想》十二月号上埃尔杰利的一个短篇《与灵魂交往的人们》读一遍。那篇小说富于诗意,还有一种古老童话式的可怕味道。这篇东西要算是莫斯科的最好的新东西之一了。如果您还想知道别的新闻,那就请听:伊·伊·伊凡诺夫③奉命担任戏剧文学委员会④的委员了。《每日新闻》的订户大增,《莫斯科小报》江河日下……那些为光临莫斯科的格利果罗维奇设宴⑤的人目前在说:在这次宴会上我们说

---

① 契诃夫在这段时间对精神病学特别感兴趣。俄国作家叶·叶·亚辛斯基回忆起1893年底他同契诃夫的谈话,那时候契诃夫已经写完《黑修士》了。契诃夫对亚辛斯基说:他"对一切所谓的心灵失常极感兴趣。如果我没有成为作家,那我大概就会成为一个精神病学家了……"——俄文本注
② 关于这件事请参看米·巴·契诃夫的书《关于契诃夫。会面和印象》。莫斯科-列宁格勒1933年版。——俄文本注
③ 伊凡·伊凡诺维奇·伊凡诺夫(1862—?),俄国文学史家和批评家。——俄文本注
④ 为莫斯科各剧院审核上演剧目的机构。
⑤ 《俄罗斯思想》杂志在莫斯科设宴招待俄国老作家德·瓦·格利果罗维奇以纪念他的文学活动五十周年。契诃夫没有参加这个纪念宴会。——俄文本注

了多少谎话,他也说了多少谎话啊!

那些小说家不该把他们每月的聚餐会叫做"阿尔扎马斯"①。这是虚伪的。

我马上就要到谢尔普霍夫去开卫生会议②,我在那儿会烦闷得要命,因为会上只谈例行公事。

如果您听我的话而读《医师报》,那么在这两期上您会找到艾利斯曼关于素食主义的演说③。我不明白这个可怜的素食主义究竟碍了谁的事!

愿大大小小的天使们都来保佑您。

您的安·契诃夫

一八九四年一月二十五日

于梅里霍沃

三五一

致阿·谢·苏沃林

某甲同女公民某乙结婚,后来按正式手续离婚:女公民某乙承担了罪名,公民某甲得到了再一次结婚的权利。离婚以后过了五年,公民某甲和女公民某乙和解,重又同居,相亲相爱。请问现在应当把他们算做什么样的人,是夫妇呢,还是情人?这在我写小说

---

① 这个"小说家聚餐会"是由契诃夫提倡而举办的。"阿尔扎马斯"是1815至1818年间俄国的一个文学小组。——俄文本注
② 在这个卫生会议上有好几位医师,包括契诃夫在内,就1893年各医疗站的防治霍乱的活动作年度报告。——俄文本注
③ 指俄国教授、医师、卫生学家费多尔·费多罗维奇·艾利斯曼的演说《在现代科学面前的素食主义》,在彼得堡召开的俄国医师协会第五次代表大会第一次全会上发表,后来刊登在1894年《医师报》第1期上。——俄文本注

的时候是需要解决的。要是我日后在克里米亚写剧本,这对那个剧本也是需要的①,并且请您托莫斯科的书店把那个冷淡的犹太聪明人路德维希·伯尔纳的书②寄给我。我打算在剧本里描写一位先生,他经常引用海涅和路德维希·伯尔纳的话。他像《前夜》③里的英沙罗夫那样对那些爱他的女人说:"那么,欢迎呀,我的妻,在人们和上帝面前!"每逢他 solo 在舞台上或者跟女人们在一起,他就装腔作势,装成拉萨尔④,装成未来的共和国总统的样子;可是在男人身旁的时候,他却默默不语,显出神秘的样子;只要跟他们发生一点点冲突,他就会歇斯底里发作。他信奉东正教,然而却是个黑发男子,姓京节尔特。他打算办一份报纸。

我收到作家杰德洛夫的一封信。他喜欢旅行,打算今年春天到伏尔加河去。他写道:"伏尔加河以前我只在下诺夫哥罗德看过一眼,对它发生了极大的兴趣。那儿有文化,俄罗斯的文化!谁会料得到呢!"他打算带一个画家一路去,由他出钱;他希望发表作品的时候每个印张得到一百五十卢布的稿费。他在信尾写道:"能不能向阿·谢·苏沃林提出这样的建议呢?您能答应把这个想法告诉他吗?"瞧,现在我就把它告诉您了,不过这个想法对我来说是十分不清楚的。他的要求是什么?要您在报纸上发表他的通讯呢,还是要您出版他的带插图的书?他把这趟旅行叫做远征。请您费心回答我,我好写信告诉他。他的通讯是有趣的。

我不是在三月中而是在三月初到克里米亚去。我急着要去,因为我咳嗽得不好受,特别是在黎明的时候,咳得我厌烦极了。暂

---

① 契诃夫的这个构思在小说和剧本里都没有实现。——俄文本注
② 大概,契诃夫要的书是德国政论家和批评家路·伯尔纳的《摘自日记》,列入阿·谢·苏沃林的出版目录。——俄文本注
③ 屠格涅夫的长篇小说。
④ 拉萨尔(1825—1864),德国工人运动中机会主义派别的首领。——俄文本注

时还没有什么大不了的。这种咳嗽倒不是在精神方面,而是在所谓的机械方面使我不安。我彻底戒烟了;在这件事上并不需要什么意志力,不知怎的我对吸烟渐渐冷淡下来,就不吸了。

我们到底什么时候见面呢?秋天?冬天?或者,也许四月间您会到费奥多西亚去吧?我的克里米亚地址以后您会知道的;如果您到南方来,就请您打一个电报来,我好去接您。跟您见面,对于我是真正的节日呢。

祝您健康,安宁。明天我要到莫斯科去,住上两天。好得很,特别快车在我们的火车站上停车了。米沙奔走了一下,调到乌格利奇去了。他不愿在这儿待下去。他痛恨他的工作①。

向安娜·伊凡诺芙娜深深鞠躬。

您的安·契诃夫
一八九四年二月十六日
于梅里霍沃

三五二

致阿·谢·苏沃林

您好!! 我在雅尔塔,在最乏味的雅尔塔,已经生活了差不多一个月;我住在俄罗斯饭店三十九号房间,而三十八号房间里住着您所喜欢的女演员阿巴利诺娃②。天气是春天的天气,暖和而晴朗,海洋像个海洋的样子,可是人非常无聊,茫然,毫无生气。我把

---

① 米沙是税务员。
② 安东尼娜·伊凡诺芙娜·阿巴利诺娃是彼得堡的亚历山大剧院的女演员,后来在契诃夫的戏剧《海鸥》里扮演过波丽娜·安德烈耶芙娜的角色。——俄文本注

整个三月放在克里米亚,是做了一件蠢事。本该到基辅去,在那儿潜心观察圣地,欣赏乌克兰的春天才是。

我的咳嗽没有见好,可是四月五日我仍旧要动身回北方的老家去。我不能在这儿久住。再者也没有钱。我只带来三百五十个卢布。如果扣除一来一往的路费,那就剩下两百五十个卢布,靠这点钱是不能流连忘返的。要是我身边有一千或者一千五,那我就到巴黎去了,而由于许多原因这样做是对的。

总的说来我身体健康,只在某些方面有病。例如咳嗽,心律不齐,痔疮。不知什么缘故,我心律不齐已经有六天了,接连不断,老是觉得不舒服。完全戒烟以后,我就不再有那种阴郁而不安的心境了。也许因为我不吸烟的缘故,托尔斯泰的训诫就不再感动我了,在我灵魂的深处我对它抱着反感,这当然是不公平的。我的身上流着农民的血①,农民的美德不会使我惊讶。我从小就相信进化,而且也不能不相信,因为在我挨打的时代和我不再挨打的时代之间的差别是非常大的。我喜爱聪明人、神经质、彬彬有礼、机智。讲到人们挑开鸡眼,他们的包脚布冒出令人窒息的臭气,我是毫不介意的,犹如我看见小姐们早晨戴着卷发纸走来走去也不介意一样。不过以前托尔斯泰的哲学强烈地感动过我,有六七年的工夫迷住我,影响我的倒不是这种哲学的基本原理,这些原理我早先就已经熟悉了,而是托尔斯泰的表达方式、他那种审慎,另外大概还得算上他那种独特的魅力。然而现在我的心里却有一种东西在提出抗议;深思熟虑和正义告诉我说:对人类的爱,在电力和蒸汽中比在戒绝性交和戒绝肉食②中多。战争是坏事,审判是坏事,不过因此却不能得出结论说:我应该穿树皮鞋,应该跟长工和他妻子一

---

① 契诃夫的祖父和父亲都曾经是地主的农奴,后来用钱赎回了自由。
② 指托尔斯泰主张的禁欲主义。

块儿睡在炉台上,等等,等等。可是问题不在这里,不在于"拥护什么和反对什么",而在于对我来说,不管怎样托尔斯泰已经消失,他不在我的灵魂里了,而他在离开我的时候说:我一走,您的房子可就空了。我就此变得空空如也。种种理论都使我厌倦,我读马克斯·诺尔道这样的空谈家的著作的时候简直要呕吐①。发烧的病人不饿,可是想吃点东西,他们就这样来表达他们的不明确的愿望:"我想吃点什么酸的。"同样我也想吃点什么酸的。而且这不是偶然的,因为我发觉周围的人好像都有这样的心情。仿佛以前大家在热恋中,现在不再热恋,正在找一些新的令人迷恋的东西似的。有一件事很可能,很快会真的发生,那就是俄罗斯人会再经历一次对自然科学的热衷,唯物主义运动会再一次成为时新的东西。目前自然科学正在造出奇迹,它会像马迈②一样深入人心,用它的质量和规模来征服公众。不过,这一切都掌握在上帝的手里。而一谈起哲理来,人就忘乎所以了。

有一个德国人因为翻译我的一个短篇③而从斯图加特汇来五十个马克。您觉得怎样?我是拥护公约的,可是有一个下流坯在报纸上发表文章,说我似乎在谈话中表白了反对公约的意思④。

---

① 90年代初德国政论家马·诺尔道的下列著作被译成俄文:《探求真理(怪论)》,1891年在彼得堡发表;《退化》,1893年在莫斯科发表;《人类的心灵活动》,1893年在莫斯科发表;《时代病(长篇小说)》,1893年在莫斯科发表。——俄文本注
② 马迈(?—1380),鞑靼军事长官,金帐汗国的实际统治者。
③ 德国城市斯图加特的一个出版社的老板卡尔·马尔克梅斯汇来翻译契诃夫的短篇小说《妻子》的稿酬,同时在信里通知契诃夫说,这篇小说将要刊登在《外国小说丛书》第五卷里。——俄文本注
④ 莫斯科的《每日新闻》报编辑部组织了对作家和画家的访问记,为的是表明他们对文学公约的态度。1894年2月末 H. P. 对契诃夫进行了访问,这篇访问记登载在1894年3月1日《每日新闻》第3468号上。这篇访问记硬说契诃夫对文学公约抱着否定的态度,并且引用了契诃夫本人并没有说过的话。——俄文本注

他硬说我讲过一些甚至我不可能说出口的话。

请您把信寄到洛帕斯尼亚去。不过,要是您想打电报,那我还可以在雅尔塔接到电报,因为我要在这儿住到四月五日。

祝您健康,安宁。您的头怎么样了?头痛比以前的次数多呢,还是少了?我头痛的次数减少了,因为我不吸烟了。

向安娜·伊凡诺芙娜和孩子们深深鞠躬。

您的安·契诃夫

一八九四年三月二十七日

于雅尔塔

三五三

致丽·斯·米齐诺娃

亲爱的丽卡,谢谢您的来信。虽然您在信上吓唬人,说您就要死了,虽然您讥诮说您被我抛弃了,可是我仍旧道谢。我很清楚您不会死,而且谁也没有抛弃您。

我在雅尔塔,而且感到乏味,甚至乏味透了。这儿所谓的贵族阶层正在排演《浮士德》,我常去看他们彩排,在那儿兴致勃勃地观赏那些黑发的、棕红色头发的、亚麻色头发的、淡褐色头发的脑袋组成的大花圃,听人唱歌,吃饭;我在女子中学校长的家里吃过羊肉馅饼和羊排粥;在贵族的家里我吃过青菜汤;我在糖果点心店里吃,在我的旅馆里也吃。我晚上十点钟躺下睡觉,早晨十点钟起床,饭后休息一下,可是我仍旧觉得乏味,亲爱的丽卡。我感到乏味倒不是因为我身边没有"我的女人们",而是因为北方的春天比此地的春天好,而且有一个念头时时刻刻萦绕在我的脑际,那就是我必须写作,非写作不可。写,写,写。我有一种看法,认为真正的幸福不可能没有悠闲。我的理想是做一个悠闲的人,爱上一个丰满的姑娘。对我来说最高的快乐就是走动或者坐着,什么事也不做;我所爱好的工作就是收集那些没用的东西(小纸片、麦秸等)和做无益的事。然而我是个文学工作者,哪怕在此地,在雅尔塔,也非写作不可。亲爱的丽卡,等您日后成了大歌唱家,挣了大薪水,那就请您赐予施舍:请您跟我结婚,用您的钱养活我,为的是我可以什么事也不做。要是您真的死了,那就让瓦莉雅·艾贝尔列①照这么办吧,您知道,我是爱她的。我由于经常想到非做不可的、无法逃避的工作而心乱如麻,因此现在我已经有一个星期心律不齐了。那可真不好受。

我把我的狐皮大衣卖了二十个卢布!它本该值六十个卢布,可是这件大衣已经磨掉了四十个卢布的皮子,所以卖二十个卢布的价钱就不算便宜了。此地的醋栗还没有熟,然而天气暖和,晴朗,树木长出叶子,海洋很像夏天的样子,姑娘们渴望爱情,不过北方仍旧比俄国的南方好,至少在春天是这样。我们那儿的自然景色凄凉,带抒情味,有列维坦的风格,而这儿的风景却什么也说不上,好比一个写得挺好、音调响亮、然而冷冰冰的诗篇。由于心律不齐,我已经有一个星期没有喝葡萄酒了;因为这个缘故,此地的环境在我的心目中就显得更贫乏了。您在巴黎怎么样?那些法国人怎么样?您喜欢他们吗?好,您就纵情玩乐吧。

米罗夫②在此地开过一次音乐会,得到纯收入一百五十个卢布。他乱叫一通,却获得了巨大的成功。我非常惋惜我没有学习唱歌;我也会叫,因为我的嗓音充满嘶哑的成分,据说我的嗓音是

---

① 瓦尔瓦拉·阿波洛诺芙娜·艾贝尔列是俄国女歌唱家,丽·斯·米齐诺娃的女友,契诃夫家的熟人。——俄文本注
② 米罗夫是俄国歌唱家维克托·谢尔盖耶维奇·米罗留包夫的艺名,俄国大剧院的演员。他的音乐会1894年3月20在俄罗斯饭店举行。——俄文本注

真正的男低音。那我就会挣到钱,受到女人的垂青。

六月间不应该由我到巴黎去,而应该由您到梅里霍沃来。对祖国的怀念会把您赶回来。不到俄国来一趟,哪怕只来一天,那可是不行的。您跟波达片科商量一下吧。今年夏天他也会到俄国来。有他在一起,路费就可以省一点。让他买火车票好了,而您就忘记把钱还给他(这在您不是头一次了)。不过,要是您不来,那我就到巴黎去。可是我相信您会来。很难设想您会没有跟萨勃林老人见面。

祝您,丽卡,健康,安宁,幸福,满意。祝您成功。您是个聪明人。

如果您愿意惠赐通信,那就请您寄到梅里霍沃去,我不久就要回到那儿去。我会赶紧给您回信。吻您的双手。

您的安·契诃夫

向瓦·阿·艾贝尔列深深鞠躬。

一八九四年三月二十七日
于雅尔塔

三五四

致亚·米·斯卡比切夫斯基

十分尊敬的

亚历山大·米哈依洛维奇:

整个三月我是在克里米亚度过的,仅仅从报上知道您的纪念会①,所以没有及时向您发出贺电。我个人同您素不相识,因而您

---

① 指斯卡比切夫斯基的文学活动二十五周年纪念会。——俄文本注

很可能没有发觉我未出席纪念会,然而我一想到我做得不对,仍旧感到不安。不管怎样,请您原谅我这种无意中的粗疏,请您不要拒绝我这迟到的庆贺。祝您再活许多年。

诚恳而深深地尊敬您的

安东·契诃夫
一八九四年四月七日
于莫斯科—库尔斯克铁路,圣洛帕斯尼亚
梅里霍沃

三五五

致阿·谢·苏沃林

我们到伏尔加河去的这次旅行,结果显得相当古怪。我和波达片科坐火车到雅罗斯拉夫尔,为的是从那儿坐船到察里津,然后到卡拉奇,再从那儿沿着顿河到塔甘罗格去。从雅罗斯拉夫尔到下诺夫哥罗德的那条路是美丽的,可是我以前看见过了。再者,船舱里很热,而甲板上却有风扑打脸。乘客都是些没有文化修养的人,惹人生气。在下诺夫哥罗德我们遇见了谢尔盖延科,他是列夫·托尔斯泰的朋友。由于天热,风燥,集市上人声嘈杂,谢尔盖延科唠唠叨叨,我忽然感到气闷,厌烦,恶心,就拿起我的手提箱,丢脸地奔跑……到火车站去了。波达片科跟着我跑了。我们坐车回到莫斯科去。然而我们不好意思一无所获地回去,就决定乘车到某个地方走一趟,哪怕到拉普兰①去也成。要不是因为妻子②

---

① 北欧地区。大部分在北极圈内,从挪威、瑞典、芬兰北部伸展到俄罗斯西北角。
② 指伊·尼·波达片科的妻子。——俄文本注

的缘故,我们就会选中费奥多西亚了,可是,唉!……我们那位妻子就住在费奥多西亚。我们想了一下,谈了一阵,数了数我们的钱,就乘车到普肖尔河,到您熟悉的苏梅去了。

我路过洛帕斯尼亚的时候,收到书店①寄来的一沓账单。我在账单上发现一个不可靠的总数,同以前的账单不符;我还发现一些遗漏。例如,漏掉了您付给《北方通报》古烈维奇女士的四百个卢布。有一些不清楚的地方。例如:

"根据一八九四年七月九日结算,圣彼得堡的'新时报'书店付出一万零六百八十八个卢布。"

"圣彼得堡的书店付出两千二百四十四个卢布。"

可是要知道,第二笔款项也是"根据结算"的,那它为什么就有所不同呢?(顺便提提,从一八九二年二月起到今年七月止,如果不把刚才提到的四百个卢布计算在内,那么我连一个子儿也没拿过,凡是"付出"的款项都用来偿还债务了。)

不管怎样,我的债务从去年八月起增加了一倍多。根据我保存着的去年的账单,到一八九三年八月十三日止我欠下五千一百五十九个卢布;应当付给我一千六百六十九个卢布。如果从五千一百五十九里扣除一千六百六十九,那就剩下**三千四百九十个卢布**。这就是一年以前我欠的债。然而一年过去,我的书②卖出去不少,我只取过三百个卢布(没有把未入账的四百计算在内),可是债务却添了四千零七十七个卢布!那么,从一八九二年我借五千卢布买庄园③的时候起,我一共只偿还了六百个卢布!实际上变成这样了:一八九二年我欠八千一百七十个卢布,而现在欠七千五百六十七个卢布。换句话说,从一八九二年二月起我的书只给

---

① 指苏沃林的书店。
② 指契诃夫在苏沃林的出版社出版的书。
③ 即契诃夫的庄园梅里霍沃。

我提供六百个卢布的收入。我给您写这些是希望会计员算错了账①,我在钱财方面的情形不致这么糟。在我到您那儿去以前请您不要破坏我这种模糊的希望,到那时候我们再一块儿来审查账目,一块儿来了解真相。不管怎样,请您不要因为表示不信任而弄得会计员发窘,因为我对算错账没有很大的把握,您的会计员是一个新人。

哦,普肖尔好得很。这地方富于诗意,真是美不胜收。天气暖和,地方空旷,有很多的水,很多的绿荫,很多的好人。我们在普肖尔住了六天,吃喝玩乐,什么事也不干。我的幸福的理想,您知道,就是闲散。现在我又到洛帕斯尼亚,在梅里霍沃了……天上下着冷雨……阴霾的天空……泥泞。我还收到一封从塔甘罗格寄来的可悲的信。我的叔叔显然没有希望了。必须到他和他的家属那儿去一趟②,为的是给他医病,安慰他。

我会从塔甘罗格到您那儿去③,不过有个条件,您不要带我到艾瓦佐夫斯基④家里去做客。请您写信到塔甘罗格去,告诉我您那儿的天气怎么样。不过,您别写信,我们互相打电报好了。

有时候有这样的事:你走过一个三等食堂,看见一条很久以前煎熟的、已经冷却的鱼,就淡漠地暗想:谁要吃这种不能引起食欲的鱼呢?可是,毫无疑问,这条鱼自有人要,自有人吃掉,而且自有人觉得它挺好吃呢。关于巴兰采维奇的作品也不妨这么说。他是一个小市民作家,为那些坐三等车的纯正读者写作。对这类读者来说,托尔斯泰和屠格涅夫太华美,太高贵,有点格格不入,难于消

---

① 经过查对,果然是算错了账,契诃夫实际上只欠大约一千卢布,请参看第三五九封信。——俄文本注
② 契诃夫在8月24日赴塔甘罗格。——俄文本注
③ 契诃夫于9月3日到费奥多西亚找苏沃林,过了几天就动身到雅尔塔、敖德萨,从那儿出国去了。——俄文本注
④ 俄国老画家;他经常居住在费奥多西亚。——俄文本注

化。这类读者津津有味地吃辣根拌咸牛肉,不承认洋蓟和芦笋①。您站在他们的立场上,想象那灰色而乏味的院子、有知识而又像厨娘一样的太太、煤油的气味、趣味和美感的贫乏,那您就会了解巴兰采维奇和他的读者了。他没有光彩;这多多少少是因为他所描写的生活本来就没有光彩。他作假(例如《好书》),因为小市民作家不能不作假。这种人是改良的庸俗作家。庸俗作家跟自己的读者一块儿犯罪,而小市民作家却跟他的读者一块儿假充正经,而且阿谀他们的狭隘的美德。

不过,再见吧,阁下,祝您健康。请您向安娜·伊凡诺芙娜转达我深深的敬意,祝愿她万事如意。

您的安·契诃夫
一八九四年八月十五日
于梅里霍沃

您从哪儿听说我喝许多白酒的?我一口气至多只能喝三杯。

三五六

致丽·斯·米齐诺娃

您固执地不答复我的信,亲爱的丽卡,可是我仍旧冒渎清听,用我这些信来纠缠您。我在维也纳。从这儿我要到阿巴齐亚去,然后到那个湖泊去。波达片科有一天对我说:您和瓦丽雅·艾贝尔列要到瑞士去。如果真是这样,那就写信告诉我,说明究竟在瑞士哪个地方我可以找到您。不消说,我会高高兴兴跟您见面的。

---

① 在俄国,辣根拌咸牛肉是粗俗的菜,洋蓟和芦笋是精致的菜。

请您按下列地址写信来：Abbazia, poste restan te①。不过，要是您已经赌咒不给我写信了，那就让瓦尔瓦拉·阿波洛诺芙娜②写吧。

我恳求您不要写信告诉俄国的任何人，说我出国了。我是悄悄走掉的，像贼一样，玛霞还以为我在费奥多西亚呢。要是他们知道我出国了，那他们会伤心的，因为我这种频繁的旅行早已惹得他们厌烦了。

我身体不大好。我几乎不停顿地咳嗽。显然，我放过了我的健康，就如同放过了您一样。

问候瓦〔尔瓦拉〕·阿〔波洛诺芙娜〕。祝您健康。

您的安·契诃夫

一八九四年九月十八日（星期日）

于维也纳

三五七

致玛·巴·契诃娃

亲爱的玛霞，我在意大利的米兰。我到过伦贝格（利沃夫），在那儿看到波兰的画展，觉得它很单薄，很渺小，给显克维奇③和伏科尔·拉甫罗夫丢了脸；我到过维也纳，在那儿吃到很可口的面包，给自己买了一个新墨水瓶，还买了一顶带护耳的骑士便帽；我到过阿巴齐亚的亚得里亚海岸，在那儿考察大雨和寂寞；到过阜姆④，到过

---

① 法语：阿巴齐亚，留局自取。——俄文本注
② 即瓦·阿·艾贝尔列。
③ 显克维奇(1846—1916)，波兰作家。
④ 南斯拉夫城市、最大港口里耶卡的旧名。

的里雅斯特①,大轮船从那儿开到世界各地去。然后,我不管三七二十一,到了威尼斯;在那儿我得了荨麻疹,至今也没有好。在威尼斯我买到一个涂上美妙的颜色的玻璃杯,还买了三个绸领结和一个佩针。目前我在米兰;大教堂和维克托·伊曼纽尔②的陈列馆都看过了,剩下的就只是到热那亚③去,那儿有许多海船和豪华的陵墓。(顺便说一句,我在米兰参观了火葬场,也就是焚化死人的墓地;我惋惜此地不把活人也烧掉,例如那些在星期三吃荤食的邪教徒。)

我大概要从热那亚到尼斯去,从尼斯直接回家去。看来我会在十月间到家,在十二日和十五日之间。不管怎样,关于我到家的日期我会打电报的。我暗想现在我们那儿的道路是多么泥泞啊!

要是你看到戈尔采夫,你就转告他说我在为《俄罗斯思想》写一部取材于莫斯科生活的长篇小说④。包包雷金的桂冠弄得我不能睡觉,我正在模仿《转变》⑤进行写作。可是,让戈尔采夫和拉甫罗夫不要指望在十二月前等到这部稿子,因为这部长篇小说篇幅很长,有六个到八个印张之多。

大概你没有钱了,或者钱很少。你忍耐一个星期吧;在尼斯我会收到《新时报》书店的详细账单,到那时我会吩咐他们给你们汇钱去。还得付给银行一百八十个卢布呢。

波达片科在干什么?他在哪儿?向他深深鞠躬。

在国外,啤酒好得惊人。看样子,要是在俄国有这样的啤酒,我就会变成酒鬼了。演员也好得惊人,这样的表演我们俄国人是

---

① 意大利北部港市,濒临亚得里亚湾。
② 可能指维克托·伊曼纽尔二世(1820—1878),撒丁-皮埃蒙特国王,意大利统一后的第一个王。
③ 意大利城市,地中海最大港口。
④ 指契诃夫的中篇小说《三年》。——俄文本注
⑤ 俄国作家彼·德·包包雷金在《俄罗斯思想》1894年第1至第6期上发表了他的长篇小说《转变》。——俄文本注

连做梦也没见到过的。

我去听过轻歌剧,看过译成意大利语的陀思妥耶夫斯基的作品《罪与罚》,想起我们的演员,我们那些受过教育的、伟大的演员,发现他们的表演里连柠檬水都没有。此地的男演员和女演员在舞台上富于人道主义精神,而我们那些男女演员却净是些下流坯。

昨天我去看过马戏。我去看过画展。

问候爸爸和妈妈。问候大家。十月间我会在家。

我咳嗽,由于荨麻疹而不时瘙痒,可是总的来说,我身体健康。

我听见人们在学唱歌。在这儿,在米兰,有许多外国女人à la 丽卡和瓦丽雅①,她们学习歌唱是指望富裕和名声。这些可怜的女人一天到晚扯开嗓门喊。

今天我要慢腾腾地到热那亚去了。

祝你健康。

你的安·契诃夫
一八九四年九月二十二日
于米兰

要是凑齐一大群人,合伙到国外来,那会很便宜。

三五八

致叶·米·沙甫罗娃

我一收到您的信,就立刻开始读《侯爵》②,发觉叶·沙甫罗夫

---

① 瓦尔瓦拉·阿波洛诺芙娜·艾贝尔列的小名。
② 叶·米·沙甫罗娃的短篇小说,发表在《艺术家》杂志 1894 年 6 月号上,署名"叶·沙甫罗夫"。——俄文本注

先生(叶里扎威特·沃罗别依①)做出了巨大的成就。这篇小说我很喜欢,其中除了那种从前就已经使人毫不怀疑的才能以外,还让人感觉到成熟。只是我觉得篇名有点矫揉造作。女主人公的形象刻画得那么朴素,因此侯爵这个诨名就显得是一种多余的装饰品了,好比您把一个金戒指穿在一个农民的嘴唇上一样。要是去掉这个诨名,要是把涅丽改名为达霞或者娜达霞,那么这篇小说的结局就会生动些,男主人公也会饱满些。您明白,这不是批评,而是很主观的论断;您有充分的权利不理睬这种论断,虽然依您看我是一个很重要的人物:您的老师。如果您希望我指出缺点,那就遵命,我可以对您指出在您所有的短篇小说里反复出现的一个缺点:在画面上占首要地位的总是很多的细节。您是个善于观察的人,您舍不得丢开那些细节,可是那有什么办法呢?为了整体必须牺牲它们。物理条件就是这样,您一面写,一面得记住:细节,即使是很有趣味的细节,也会使人的注意力疲倦。

不过,这一点您也可以不同意。

我刚从区法院回来,那儿一连审理了三个案子,我在这三个案子里都担任首席陪审员。我累得很,可能胡说八道了。

我比您更惋惜我们在雅尔塔没有机会谈一谈②。第二天我就离开雅尔塔,出国去了。

您就是杀了我,把我绞死,我这儿也没有您那些短篇小说③。我记得把它们打了邮包,寄到您指定的地点去了;至于究竟是什么地方,我就记不得了。有一个短篇,我记得发表在《每日新闻》上,

---

① 尼·瓦·果戈理的《死魂灵》中的人物。契诃夫意在取笑,因为沙甫罗娃用了男人的笔名。——俄文本注
② 契诃夫在1894年9月间离开费奥多西亚出国旅行的时候曾经在雅尔塔停留过。——俄文本注
③ 指沙甫罗娃寄给契诃夫并且请他评论的一些短篇小说。——俄文本注

稿费则送去赈济饥民了。如果这些短篇小说遗失了,那是很可惜的,然而这种损失不能说是无可挽回的。您可以根据记忆把它们重新写出来。

谢谢您惦记着我。以后也请您不要忘记人们。现在,请您容许我祝您万事如意。

您的安·契诃夫

一八九四年十一月二十二日

于谢尔普霍夫

我的住址没有变,即圣洛帕斯尼亚。

三五九

致阿·谢·苏沃林

前几天我到谢尔普霍夫去过一趟,在那儿有一个敖德萨人对我发誓说,那个请我和您听孤儿院的少女们唱歌的 И.А.卡扎利诺夫①,今年秋天死了。

我是到谢尔普霍夫去担任陪审员的。贵族地主、工厂主、谢尔普霍夫的商人,这就是陪审员的全体人员。由于一种奇怪的巧合,我参与了所有的案子,一个也没漏掉,因此到头来这种巧合甚至引起了讪笑。我在所有这些案子里都担任首席陪审员。我的结论是这样:(一)陪审员不是市井庸人,而是充分成熟以至能够体现所谓社会良知的人;(二)在我们这个圈子里,心地善良的人,不管他是贵族还是农民,受过教育还是没受过教育,都享有崇高的威望。

---

① 未查明。——俄文本注

总的来说,印象是愉快的。

我在一个名叫塔列日的村子里担任一个学校的督学。那儿的一个教员每月挣二十三个卢布,有一个妻子和四个孩子,尽管年纪只有三十岁,头发却已经花白了。他被贫困折磨得很厉害,不管您跟他谈什么,他总是把话题引到薪金上面去。按照他的看法,诗人和散文作家只应当描写加薪;当新沙皇更换大臣的时候,大概他会增加教员的薪金,等等。

我的哥哥亚历山大到我这儿来过,住了五天,十一月二十一日走了。他是个有病的、受苦的人;他喝醉酒的时候,跟他是难以相处的,可是在他清醒的时候,跟他也难处,因为他往往会为他喝醉酒时所说所做的一切害臊。

这样说来,我欠一千零四个卢布①。那么,这已经确定,记录在案了。我接受这个数字,而且向您提出下列的办法:为了勾销我的债务,而且从一月一日起重立账目,您的书店是不是认为可以现钱交易,把《形形色色的故事》按六折买进五千本?如果这是可以的,书店在一月一日之前就会消掉余下的一千零四和我私人欠您的债。我急于偿清最后这点债务,因为我打算在您那儿再借新债。

要是您有意分卷出版我的短篇小说,那就不一定要在目前实现这个想法,可以再等上一两年,只是需要说明《在昏暗中》和《闷闷不乐的人们》停止出版了。

天没有下雪,道路却坏极了。对居住在乡间的人们来说,这是个大灾难,而您是无法想象的。

我向安娜·伊凡诺芙娜、娜斯嘉、包利亚深深地鞠躬。请您写信告诉我:有什么新闻吗?出版界已经得到或者会得到什么东西吗②?

---

① 指契诃夫欠苏沃林的书店的债务,请参看第三五五封信。
② 由于加冕典礼(尼古拉二世登基),人们正在期待对于出版界的优惠政策。——俄文本注

355

莫非警告就此永不撤销了吗?

您的安·契诃夫

一八九四年十一月二十七日

于梅里霍沃

三六〇

致塔·利·谢普金娜-库彼尔尼克①

如果您到我这儿来,那我会很高兴,不过我又担心您那美味的脆骨②和嫩骨会脱臼。道路糟糕透了,马车由于痛苦不堪而不住簸动,每走一步路车轮都会掉下来。我最近这一次从火车站坐马车回来,由于一路颠簸,震得我的心都要落下来了,因此我现在已经没法谈恋爱了。

据说您的中篇小说③就要在《周刊》上发表了。我为您高兴,由衷地庆贺您。《周刊》是一个招人喜欢的大杂志。

再见,亲爱的朋友。

您的安·契诃夫

一八九四年十一月二十八日

于梅里霍沃

---

① 塔季扬娜·利沃芙娜·谢普金娜-库彼尔尼克(1874—1953),俄国女作家和翻译家。契诃夫家亲近的熟人。——俄文本注
② 这是开玩笑,契诃夫把对方比做猪了,因为在俄国的一个谚语中讲到猪脆骨是美味。
③ 《幸福》,发表在《周刊》1895年2月号至7月号上。——俄文本注

三六一

致叶·米·沙甫罗娃

我实现您的愿望,随信附上阿西克利托夫①照的相片一帧,比这再好的,我这儿就没有了。

现在我要等您的照片了。要是您用挂号信寄给我,那就请您寄到《俄罗斯思想》的编辑部去。

我完全健康。《俄罗斯思想》一月号上会有我的中篇小说:《三年》。构思是这样,而写出来却变了样子,相当萎靡,而且不像我希望的那样,如同一块绸子,却像是细亚麻布了。您是个表现主义者②,您不会喜欢它的。

老一套惹得我厌烦了,我倒想描写魔鬼,描写可怕的、火山般的女人,描写魔法师,可是,唉!人们却要求思想健康的中篇小说和短篇小说,描写伊凡·加甫利雷奇之流和他们的配偶的生活。

祝您万事如意。

您的安·契诃夫
一八九四年十二月四日
于圣洛帕斯尼亚
梅里霍沃

---

① 莫斯科的一个摄影师。
② 20世纪初流行于德国、奥国、北欧和俄国,以绘画、音乐、诗歌、戏剧为主的资产阶级文学艺术流派。强调表现自我感受、个人主观感情;认为主观是唯一真实,反对艺术的目的性,是帝国主义时期资产阶级文化危机的反映。

三六二

致阿·谢·苏沃林

刚才我为农业部编写了一份"报表"①，几乎整整写了一篇通讯稿，而现在我就用淡紫色的纸张给您写信了。

您在最近这封信里问道："当前俄罗斯人应当希望什么？"我的回答是这样：应当希望。俄罗斯人首先需要希望，气质。萎靡不振已经惹人厌烦了。

这样说来，我们从新年起要重立新账了。请您要求您的会计员加一把劲，不管多么忙，都要安排好在一月一日之前不留下任何的 saldo②。我等他赐予通知，这是他应许过我的。

由《形形色色的故事》结账而余下的一百个卢布（如果您不愿意在账上取去一千两百个卢布的话），请您派人送到《俄罗斯思想》去，托它转交我，或者，更好一点，请您允许我在莫斯科的书店里去取这笔钱。

这以后，我就答应您不再提这些旧账了。

前几天我做了教父。我去参加了小公主娜达霞的洗礼③。

光阴过得好快！我的上帝啊！我的有些大学同学已经做到五等文官。唯独我做到了……什么也不是。我连十四等文官④也没做过。

---

① 沙皇政府农业部向所有的地主分发了一份有关农业收成的调查表。——俄文本注
② 意大利语：尾数。——俄文本注
③ 12月6日契诃夫同女作家塔·利·谢普金娜-库彼尔尼克一起去参加谢·伊·沙霍甫斯基的新生的女儿的洗礼。——俄文本注
④ 俄国的等级最低的文官。

向安娜·伊凡诺芙娜、娜斯嘉、包利亚和埃米莉衷心致意。愿苍天保佑您的埃尔捷列夫巷①,您的房子,以至您的印刷厂。

我身体健康。我梦见我似乎在沙别尔斯卡雅②的肚子上贴了热罨剂。她很可爱;能为她效劳,哪怕是在梦中,我也是高兴的。

您的安·契诃夫

一八九四年十二月十二日

于梅里霍沃

三六三

致塔·利·谢普金娜-库彼尔尼克

今天早晨九点钟,我坐在新巴斯曼大街的一个冰凉的教室里③读了您的《孤独》④,原谅了您的一切罪过。这篇小说好得很;毫无疑问,您聪明而且非常机智。最使我感动的是这篇小说的艺术性。

不过,您是一点也不会理解的。

您的安·契诃夫

一八九四年十二月二十四日

于莫斯科

---

① 苏沃林在彼得堡的住址。
② A.C.沙别尔斯卡雅是俄国的一个女作家。——俄文本注
③ 契诃夫是在他的大弟伊·巴·契诃夫家里写的这封信,他的大弟在莫斯科的新巴斯曼大街的学校里做教员,住在那里。——俄文本注
④ 塔·利·谢普金娜-库彼尔尼克的短篇小说,发表在《俄罗斯思想》1894年第12期上。——俄文本注

可是,您忍不住而在第一八〇页上描写了索菲雅·彼得罗芙娜①。

三六四

致伊·伊·戈尔布诺夫-波萨多夫

十分尊敬的伊凡·伊凡诺维奇:

我把《花匠头目的故事》交给您全权处理。② 依我看,它不适合印行民众版,即使改动某些个别的字也不能使它变得容易理解。不过,这是您的事了。请您随校样把修改计划寄来,我会照您的愿望办事。

à propos③ 提到,《俄罗斯新闻》出于犹太人的恐怖心理而在花匠讲话的开端删掉了下面一段④:"相信上帝并不难。宗教裁判所的法官们⑤也好,比伦⑥、阿拉克切耶夫⑦也好,都是相信上帝

---

① 即俄国女画家索·彼·库甫希尼科娃,俄国风景画家列维坦的情妇。由于这封信上的这句话,谢普金娜-库彼尔尼克在她的回忆录《回忆契诃夫》里写道:"他不该用这句话来讥诮我;我在这篇小说里并没有描写她。过了许多年,无论是她也好,列维坦也好,库甫希尼科夫医师也好,都不在人世了,我倒确实在短篇小说《老一辈》里描写过他们的事,发表在《欧洲通报》上。"——俄文本注
② 契诃夫的短篇小说,发表在1894年12月25日《俄罗斯新闻》第356号上。在同一天,戈尔布诺夫-波萨多夫写信给契诃夫说:"我刚读完您的小说《花匠头目的故事》,为它所表达的美好思想感到高兴……我希望您务必允许我们将这篇小说印成供民众阅读的单行本。"但是这篇小说没有由"媒介"出版社印行。——俄文本注
③ 法语:顺便。——俄文本注
④ 在后来《花匠头目的故事》的新版本中契诃夫没有恢复这段文字。——俄文本注
⑤ 指中世纪天主教残酷迫害异教徒的教士。
⑥ 比伦(1690—1772),伯爵,俄国女皇安娜·伊凡诺芙娜的宠臣,"比伦苛政"反动制度的创始人。
⑦ 阿历克塞·安德烈耶维奇·阿拉克切耶夫(1769—1834),俄国国务活动家,伯爵,将军,亚历山大一世时权势极大的专横残暴的宠臣。

的。不,您得相信人!"

从一月一日到三日我都在家。四日我要到莫斯科去,在那儿住一个星期。

十二月二十三日我原打算去找列夫·尼古拉耶维奇①,可是《俄罗斯新闻》拦住我,硬叫我坐下来修改那个短篇。我指望一月十日前到他那儿去。

根据您的信不是由您亲笔写成来判断,您在害眼病。为什么您不去医治呢?现在眼病的治法极好,医学在这方面发展得很快。至少治过以后不会更坏。

祝您获得人间的和天上的一切幸福。

您的安·契诃夫

一八九四年十二月三十一日

于梅里霍沃

我为季先科向您道谢②。

---

① 即托尔斯泰。——俄文本注
② 俄国作家费·费·季先科当时景况困窘;契诃夫请求戈尔布诺夫-波萨多夫给他找工作,戈尔布诺夫-波萨多夫在写给契诃夫的信上应许为他"竭尽所能"。——俄文本注

一八九五年

三六五

致阿·谢·苏沃林

多谢您加入我们这一伙①,而且这样慷慨。我们是这样帮助那个女人的:我们每月给她四十个卢布,骗她说我们是从一个富商那儿给她借来这笔钱的,我们要过三年才还这笔债。我们接济她,她不肯要,她对任何人都怕羞,所以我们就不得不说谎了。

我到彼得堡不会早于大斋,因为我的工作多得要命,钱却没有。要是您在二十日以前到莫斯科来,我会很高兴;二十日以后我就回家去了。目前莫斯科不算特别乏味,也许您不会懊悔到这儿来一趟的。

我一定在贺词下面签名。② 其中没有什么会伤害我尊严的地方,只有一个词略为刺眼,那就是"职业"……不过,此外还能用什么词来表达呢? 拒绝是没有理由的。可惜不是由我拿着贺词来找您签名,那样的话我就会极力说服您:要是您不肯签名,那也请您对这个办法至少采取宽容的态度。

我常闹点小病,大概是感冒。该死的咳嗽给我制造了一个不健康的人的名声;不管遇到谁,人家必定要问:"为什么你好像瘦了一点?"其实大体说来,我完全健康,我咳嗽也只是咳惯了而已。

---

① 指契诃夫等用金钱接济他家熟识的一个姑娘奥·彼·昆达索娃。——俄文本注
② 不知这个贺词是写给谁的。——俄文本注

昨天我到柯尔希剧院去看《桑仁》①。这个戏布景豪华,演得不错。主角由亚沃尔斯卡雅扮演,她是个十分可爱的女人。

谢谢您的来信。再给我写点什么吧。要是您来,我们就谈一谈粮食的危机②。依我看这个危机对俄罗斯有很大的好处。马喂饱了,猪喂饱了,姑娘们快快活活,穿上胶皮套鞋,牲口昂贵了,农民甚至不卖小牛了,只有富农倒霉,而这正是理所当然的。

祝您健康。

您的安·契诃夫

一八九五年一月十日

于莫斯科大饭店五号房间

三六六

致维·维·比里宾

亲爱的维克托·维克托罗维奇,对不起,我在信纸上弄了一个墨点。

您最近这封信寄到莫斯科的时候,我不在,于是这封信按接力赛跑的方式先是给送到我的住处谢尔普霍夫城,一个星期以后又从那儿由一个乡村警察(巡警)带到乡公所去,乡公所就把它送到我家里去,而我正好不在家;最后我妹妹把它带到莫斯科来了。

您向我恭贺新禧。很好。我也照办。向您,安娜·阿尔卡季耶芙娜③和您那些尊贵的继承人致以一千个最热诚的祝愿。祝您

---

① 法国剧作家维·萨尔杜和埃·莫罗合写的喜剧《桑仁太太》,由柯尔希译成俄文;这个戏在1894年和1895年由柯尔希剧院上演。——俄文本注
② 指当时俄国粮食出口额的锐减。——俄文本注
③ 维·维·比里宾的妻子,《花絮》杂志编辑部的工作人员。——俄文本注

幸福,主要的是健康,而以前,我记得您是不断抱怨您的健康的。

目前我没写剧本,而且也不想写。我老了,已经没有火焰般的热情了。我想写一部很长的长篇小说,有一百俄里之长。等剧本写完①,请您写信告诉我;需要我到柯尔希那儿去为您疏通一下吗②?

我住在乡下,偶尔到莫斯科去一趟,吃一下牡蛎。我在苍老。没有钱。没有勋章。没有官阶。债务倒有。

我常读您的作品,常回想过去的生活;每逢我在我的道路上遇见一个年轻的幽默作家,我就把《波罗金诺》③念给他听,而且说:"您可算不得勇士!"……从前我和您都是自由主义派,可是不知什么缘故人家却把我看做保守主义者。不久以前我翻看那些差不多已经被人遗忘的旧《花絮》,暗自惊讶那时候您和我都有那么大的干劲,而如今在那些最新的天才当中没有一个还有那样的干劲了。

为什么我们不通信呢,哪怕一个月通一次也好?我的心灵仍旧像从前一样跟您贴近;自从您那么英明而宽厚地解决了您的家庭问题以后,我除了对您的尊敬以外还平添了对您的小小的嫉妒,不过,当然不是那种卑鄙的、演员式的嫉妒,而是那种抒情诗人的嫉妒。

请您把写给我的信寄到圣洛帕斯尼亚……现在,请代问候安娜·阿尔卡季耶芙娜,并且为她的问候向她道谢。

祝您健康。

  完全属于您的安·契诃夫
  一八九五年一月十八日
  于莫斯科

---

① 指比里宾的剧本,比里宾在写给契诃夫的信上说,他正在写一个五幕剧。——俄文本注
② 指设法使柯尔希剧院同意上演比里宾的五幕剧。
③ 俄国诗人米·尤·莱蒙托夫的长诗。

三六七

致亚·巴·契诃夫

人间的主宰①：

我有充分的理由不吸你的雪茄烟，而把它们扔到茅房里去，因为到现在为止我还没有办妥过一件你委托我办的事。

（一）关于《俄罗斯新闻》。② 主要的编辑是索包列甫斯基③，我跟他很熟，他出国去了。余下的是十一个非主要的编辑，跟他们是很难搞出什么结果来的。如果你把通讯稿寄去，这篇稿子就会遗失，谁也找不着，你也不会知道应该找谁去接洽。从彼得堡给《俄罗斯新闻》写通讯稿的人，除了布克瓦④以外，还有好几个。我再说一遍，目前对你唯一可行的向《俄罗斯新闻》投稿的办法就是给他们小说；顺便说说，他们付的稿酬倒是不错的。等索包列甫斯基回来，我再同他谈一谈。

（二）你的短篇小说⑤非常好，只有书名除外，那个名字是完全不行的。这篇小说使我深受感动，它非常隽永，写得也好，我所惋惜的只是你把你那些人物关在疯人院里。他们所做和所说的即使在自由的状态中也能够做到，而这样写却会比较有艺术性，因为疾

---

① 在俄国，这是对大主教的尊称。
② 契诃夫的大哥亚·巴·契诃夫于1月3日写信告诉契诃夫说，他有意把新闻稿寄到莫斯科的《俄罗斯新闻》去发表。——俄文本注
③ 瓦西里·米哈依洛维奇·索包列甫斯基（1846—1913），俄国财政法学教授，《俄罗斯新闻》的编辑。
④ 俄国小品文作家，《蜻蜓》杂志编辑伊波里特·费多罗维奇·瓦西列甫斯基的笔名。
⑤ 指亚·巴·契诃夫的短篇小说《被撤职的和被免职的》，他把手稿寄给契诃夫，要求他加以修改，以便发表。——俄文本注

病,作为疾病,在读者心目中与其说有艺术的趣味,不如说有病理学的趣味,读者在心理方面是不相信病人的。总的说来你在进步,我开始在你的身上看到一个本来很差而现在却可能很行的五年级学生了。我会把你这篇小说交给《俄罗斯思想》或者《艺术家》,而且,如果你不怕分期登完的话,那就交给《俄罗斯新闻》也行。你得想一个新的书名,少带戏剧性,短一点,朴素一点。你得给那个爱抱怨的教士(在结尾处)想出另外一些话来,要不然你就重复了老巴扎罗夫①所说的那些话了。这篇小说会在我的皮包里放到二十七日,然后我就把它交出去。各杂志的一月号、二月号、三月号已经排满了作品,反正你来不及把你的小说登在这几期上了。

我要到乡下去,在那儿住到一月二十七日。

关于"疏通",你给我讲了一番大道理。可是依我看,这是两个很好的、颇有表现力的字。甚至别墅也常常是和疏通连在一起的。要是疏通是有益的,同时又不致使人感到侮辱和委屈,那么疏通一下又何尝不可呢?疏通只有在它同不公平结合在一起的时候才是丑恶的。

一句话,你是个纽扣。

常常来信。祝你像牛一样强壮。

你的责备你的弟弟
安·陀斯托依诺夫-勃拉果罗德诺夫②
一八九五年一月十九日
于莫斯科

---

① 伊·谢·屠格涅夫的长篇小说《父与子》中的人物。——俄文本注
② 在俄语里这个姓的原义是"尊严、高贵"。

三六八

致阿·谢·苏沃林

我已经给瓦西里耶娃①写过信了。小小的短篇小说,因为它小,就常常被翻译,常常被忘掉,于是又被翻译过去,所以在法国我的东西被翻译过去的远比托尔斯泰的多。

我等了您许久而没有等到,就到乡下来了。二十七日我又要到莫斯科去;要是您来莫斯科,那我也许跟您一块儿到彼得堡去。不过您是不会来的。

等到由大喜事引起的普遍的欢欣鼓舞平息下去②,您就写信告诉我。要是能观察一下那种酒后初醒的不舒服状态,那种酒气熏人的、使人感到自己筋疲力尽、深深负疚而且模糊地体会到昨天晚上举动失礼的状态,倒是有趣的事呢。请您写信告诉我,写得详细一些,而且刻薄一些,这对您来说是容易办到的,因为您现在 volens–nolens 每天在观察,大概已经感到气愤了。

春天近了,白昼变长了。我很想写作,而且觉得今年我会写得跟波达片科一样多。况且我非常缺钱。我需要一年有两万〔……〕的收入。再者,每逢我有了钱,我就觉得自己腾云驾雾,有点飘飘然,不能不把钱浪费在种种无聊的事情上。前天我过命

---

① 奥尔迦·罗季奥诺芙娜·瓦西里耶娃是俄国的女翻译家。——俄文本注
② 1895年1月17日俄国新登基的沙皇尼古拉二世接见了地方自治局和城市的贵族代表,这些代表申请派遣人民的代表参加政府机构;尼古拉二世在接见时申明某些地方自治局会议热衷于"毫无意义的幻想",他将要"十分坚定地、始终不渝地维护君主专制制度,如同我那令人难忘的、去世的父亲一样"。但是俄国社会的自由派却由于这次接见而产生了毫无根据的希望,契诃夫在这里对自由派的欢欣鼓舞进行了讥诮。——俄文本注

名日,我期望有人送礼,结果却什么也没得到。

穷公爵阿尔古京斯基①天天到我这儿来。他想从事文学工作,可是一直没有动手。《俄罗斯思想》一月号被查禁,后来又得到赦免。书报检查官把我那篇小说②里有关宗教的文字都删掉了。要知道,《俄罗斯思想》总是把自己的文章预先送审。这就消除了自由写作的一切兴致;人一边写,一边老是觉得嗓子里卡着一块骨头。

我到列维坦的画室里去过。他是俄国优秀的风景画家,可是,您要知道,他已经失去青春了。他不再带着年轻的朝气绘画,而是以雄伟的气魄在画了。我认为女人把他害了。那些可爱的人给男人爱情,而且从男人那儿拿去的也不多:仅仅是青春。没有激情,没有兴奋是不能画风景画的,而人在吃饱了肚子的时候却不可能兴奋。假如我是风景画家,我就会过一种几乎是苦行僧的生活:一年只接近女人一次,一天只吃一顿饭。

昆达索娃在九月以前生活是有保障的。

祝您健康,顺遂。向安娜·伊凡诺芙娜深深鞠躬。我很想同她见面。

您的安·契诃夫
一八九五年一月十九日
于莫斯科

---

① 符拉季米尔·尼古拉耶维奇·阿尔古京斯基-多尔戈鲁科夫是一个大学生,1894年在敖德萨同契诃夫相识。——俄文本注
② 指契诃夫的中篇小说《三年》,发表在《俄罗斯思想》1895年第1期上,经书报检查官删略过。——俄文本注

三六九

致阿·谢·苏沃林

我一定会给您打电报。您来吧,您不必吻"库彼尔尼克的脚底"。她是个有才能的姑娘,不过,您未必会觉得她可爱。我可怜她,因为我对自己很恼火:在我的眼里她一个星期里总有三天显得讨厌。她机灵得像魔鬼一样,然而她的动机却十分渺小,因此结果就不成其为魔鬼,而像耗子了。至于亚沃尔斯卡雅,那就是另一回事了。她是个十分善良的女人和女演员,要是她不为流派所害,那她也许会有所成就的。她略略有点粗野,可是这没关系。我根本就没有打算描写昆达索娃①,愿基督与您同在吧;第一,昆达索娃对待钱财的态度完全不同;第二,她不了解家庭生活;第三,不管怎样,她有病。老商人也不像我的父亲,因为我的父亲直到他去世的那天为止会一直保持他一辈子当中的那种面目:一个缺乏雄才大略的平庸之辈。至于宗教,那么年轻的商人②是用愤慨来对待它的。要是您小时候为宗教挨过打,这对您来说就可以理解了。为什么这种愤慨就是愚蠢呢?也许它表现得愚蠢,然而它本身却不像您心目中认为的那样愚蠢。这种愤慨并不需要加以辩护,如同,比方说,对宗教的田园诗般的态度,照地主老爷那样热爱宗教、像坐在书房里热爱风雪和暴风雨那样潇洒的态度也不需要什么辩解一样。我已经写信告诉女天文学家,说您打算跟她见面。她会受

---

① 苏沃林在写给契诃夫的信上推测契诃夫的中篇小说《三年》里的拉苏季娜就是奥·彼·昆达索娃,拉普捷夫老头就是契诃夫的父亲巴·叶·契诃夫。——俄文本注
② 指契诃夫的中篇小说《三年》中年轻一代的商人。

到感动,大概会设法跟您见面的。

我寄给安德烈耶夫斯基那本书①,是因为一两年前我收到过他的演讲集②。由于您没有照您应许的那样把您的《爱情》③的精装本寄一本给我,我就有充分的权利不把我的书寄给您。况且,我知道您不大喜欢我们这班"青年作家"(不久以前您甚至发过宏论,说您不知道"他们是否有什么知识"),我自己呢,对我的书是漠不关心的,所以也就没有兴致寄出去;再者瑟京目前只寄给我十本。我不知道我的辩白是否成功。

啊,啊!女人夺去男人的青春,不过并没有夺去我的青春。我在我的生活里是伙计而不是主人,我也不是命运的宠儿。我的风流韵事很少,我可不像叶卡特琳娜,正如胡桃不像装甲舰一样。讲到绸衬衫,我只在舒适的意义理解它,让手摸着觉得软和。我对舒适有好感,然而放荡并不能引诱我;例如,我就不能尊重玛丽雅·安德烈耶芙娜④。

为了健康我得到远处什么地方去,旅行八个月到十个月。我要到澳大利亚或者叶尼塞河⑤的河口去。要不然我就会死掉。好,我到彼得堡去就是,不过我会有一个可以藏身的房间吗?这个问题非常重要,因为整个二月我得写作,以便挣出我的路费来。啊,真应该出去一趟啊!我的整个胸膛发出呼哧的响声,我的痔疮厉害得简直让人受不了,该动手术了。不,叫它,叫文学见鬼去吧,应当做医疗工作才是。不过,我不配说这种话。多亏文学,我才享受到一生中最幸福的日子,得到人们的最大的同情。

---

① 大概指契诃夫的某个短篇小说集。——俄文本注
② 指谢·阿·安德烈耶夫斯基的书《辩护词》,1891年在圣彼得堡出版。——俄文本注
③ 苏沃林的长篇小说《世纪末的爱情》,1893年出版。——俄文本注
④ 俄国作家波达片科的妻子玛·安·波达片科。——俄文本注
⑤ 俄罗斯河名,在西伯利亚。

向安娜·伊凡诺芙娜、娜斯嘉、包利亚深深鞠躬。

完全属于您的

安·契诃夫

一八九五年一月二十一日

于梅里霍沃

二十六日我要到莫斯科去。我住在莫斯科大饭店。

三七〇

致列·瓦·斯烈津①

多承您来信,并且送给我一张照片,亲爱的列昂尼德·瓦连京诺维奇,我十分感谢。您的"别列赞"②使我想起许多事情。要知道我在这条船上待过五十天啊!现在我一闭上眼睛,就会想起一切,连一丝一毫也不漏,甚至我们这条轮船上的餐厅老板,一个退伍宪兵的眼神我都记得。从香港到新加坡的那段路上,船身摇晃,把我们折腾得很厉害,而船上又没有装货,我们就以为这条空船要翻了。

我活着,而且似乎还健康。我在咳嗽,心律不齐弄得我很难受,不过对于这一点我倒已经习惯了,就像习惯了一个赘疣一样。我在工作,日见苍老,渐渐迟钝了。我的书③还没出世,放在印刷厂的仓库里,否则您早就会收到了。

---

① 列昂尼德·瓦连京诺维奇·斯烈津:俄国医师,因病住在雅尔塔。——俄文本注

② 列·瓦·斯烈津寄给契诃夫一张别列赞号轮船的照片(别列赞是俄国的一个岛名),这条轮船原名彼得堡号,1890年契诃夫从萨哈林岛回来坐的就是这条轮船。——俄文本注

③ 指契诃夫的著作《萨哈林岛》。——俄文本注

我大概不会很快到克里米亚去,我不想到那儿去。我认为我过五年才会到您那儿去,不会更早了。

米罗夫离开舞台而去做文官了。

祝您万事如意,主要的是身体健康,心情舒畅。我衷心问候您的家庭和我们共同的熟人。

过一个星期我就要到乡下去迎接春天。不久就是三月了。

您的安·契诃夫

一八九五年二月十四日

于彼得堡,埃尔捷列夫巷,六号

三七一

致丽·阿·阿维洛娃

哪怕隔壁的房间里有些马可尼①和巴蒂斯蒂尼②在唱歌,我也还是很专心地读完了您的两篇短篇小说③。《权力》是一篇可爱的小说,可是如果您写的不是地方行政长官,而简简单单是个地主,那就会更好些。至于《命名日前夕》,那么这不是一篇短篇小说,而是一种东西,并且是一种笨重的东西。您把种种细节堆积成一座大山,这座山遮蔽了太阳。应当或是把它写成一部很大的中篇小说,比方说有四个印张之多,或是把它写成一篇小小的短篇小说,从那个贵族被送回家的时候写起。

总之,您是个有才能的人,然而您迟钝,或者说得通俗一点,累赘,已经属于不成熟的文学工作者的行列了。您的语言雕琢,像老

---

①② 均为意大利的歌唱家。——俄文本注
③ 指阿维洛娃的《权力》和《命名日前夕》的手稿。——俄文本注

年人一样。为什么您的女主人公需要用手杖去试探雪地表面的硬度？而且为什么是硬度呢？好像您说的是礼服或者家具似的（应当是密度，而不是硬度）。而且雪的表面也是别扭的说法，如同面粉的表面或者沙土的表面一样。其次，常常遇到这样的句子："尼基福尔离开了门柱"，或者"他叫了一声，离开了墙"。

您写长篇小说吧。用整整一年的工夫写出一部长篇小说，然后用半年的工夫加以删削，再拿去出版。您很少修饰您的作品，可是女作家应当不是写，而是在纸上刺绣，为的是工作得精细、缓慢。

请您原谅这些教训。有的时候人会起意装出了不起的样子，教训人。今天我留在此地，或者更准确地说，被人留住了，明天我一定动身。祝您万事万事如意。

诚恳地忠实于您的

安·契诃夫

一八九五年二月十五日

于彼得堡

三七二

致阿·谢·苏沃林

您精彩地驳斥了齐翁。① 而且大臣维特②先生也应当受到申斥，哪怕是口头上的申斥，因为他以前那么高傲地鄙视一般的出版

---

① 契诃夫指的是阿·谢·苏沃林的小品文《致齐翁的公开信》，发表在1895年2月22日《新时报》第6819号上，批评法国新闻工作者齐翁的书《维特先生和俄国的财政》；齐翁在这本书里抨击大臣谢·尤·维特的财政制度。——俄文本注
② 谢尔盖·尤利耶维奇·维特(1849—1915)，1892年至1903年间俄国的财政大臣。

界,特别是俄国的出版界,而这个出版界现在却极其友善地出来保护他。不管怎样,他应当感激才是。刚才我写到最后一个字,我的母亲却跑进来说:"一只兔子在我的窗前!"我走过去一看,果然有一只大兔子坐在离窗子一俄丈远的地方,正在沉思默想;它坐了一会儿就心平气和地在花园里跑来跑去。

我变得常常头痛,眼花。这种病叫做闪光盲点①。不是畜生,而是盲点。② 现在我有时候躺着,有时候溜溜达达,不知道该拿自己怎么办才好。要医病却没有钱。跟从前一样,到处都是门铃声,惹得人腻烦;跟从前一样,从来也没有一个人送给我一个枕头、一个表坠、一条领带。大概,我至今没结婚只是因为做妻子的都有一种习惯,喜欢送给丈夫拖鞋。然而我并不反对结婚,哪怕娶一个麻脸的寡妇也未尝不可。生活变得烦闷无聊。

说来有点奇怪,我们竟然从此再也见不到列斯科夫③了。我上次同他见面,他挺高兴,不住笑着说:"布烈宁说我在吃煎牛排"④;关于他的健康,他是这样概括的:"这不是生活,而是混日子。"他不该在他的遗嘱里写道,医师们不知道他的心脏出了什么毛病。⑤ 医师们知道得很清楚,只是瞒着他不说而已。⑥ 可怜的阿塔瓦觉得怎样?大概列斯科夫的死对他发生抑郁的影响吧。如

---

① 由于视网膜疾病、视神经病变及青光眼等引起的视野局部缺损。
② 俄语中,"畜生"和"盲点"这两个词的拼法和读法都相近。
③ 俄国老作家尼·谢·列斯科夫于1895年2月21日去世。——俄文本注
④ 参看第三二六封信的注。——俄文本注
⑤ 列斯科夫死后,从他的文稿里发现一份遗嘱,注明在1892年12月2日写成,其中有一点说:"我要求在我死后务必解剖我的尸体,写出解剖报告。我所以希望这样做,是为了能够找出我长久以来所害的心脏病的病因,而医师们却一致相信我的心脏没有任何病态。"——俄文本注
⑥ 在列斯科夫的这篇遗嘱写成之前不久,1892年11月,契诃夫在彼得堡探望过害病的列斯科夫,给他听诊,发现他有器质性心脏病,而且他的肾脏活动不正常;当时契诃夫对俄国文学家和翻译家费·费·菲德列尔讲到过这件事。——俄文本注

果您见到叶里扎威特·沃罗别依①，那就请您告诉她说我本来想跟她见面，可是环境不容许。应当把她描写在一篇中篇小说或者短篇小说里，我在最近的一封信里已经把这篇小说的提纲对您讲过了。请您劝她的丈夫去做悲剧演员吧。

我头痛得很不好受。

祝您万事如意，有钱，有好的下酒菜。我们这儿天气暖和了，可是雪还有很多。

您的安·契诃夫
一八九五年二月二十五日
于梅里霍沃

像尼采②这样的哲学家，我倒愿意在火车上或者轮船上遇见，跟他谈上一个通宵。不过，他的哲学我认为是不会长久存在的。与其说它有说服力，不如说它是虚张声势。

三七三

致叶·米·沙甫罗娃

您说得对：这个题材是冒险的。我不能对您说出什么明确的意见，我只劝您把这篇小说锁在一个箱子里，压它整整一年，然后再把它读一遍。那时候您就会看明白了；反正我不敢做主，我怕出错。

这篇小说写得有点淡而无味：思想倾向倒是在横冲直撞，细节也不住扩散，像溢出来的油一样，可是人物却不大显眼。有一些多

---

① 对俄国青年女作家叶·米·沙甫罗娃的戏称，参看第三五八封信的注。——俄文本注
② 尼采（1844—1900），德国唯心主义哲学家、唯意志论者。

余的人物,例如女主人公的弟弟、女主人公的母亲。有一些多余的插曲,例如婚礼以前的事情和谈话,乃至同婚礼有关的一切。不过,如果这是缺陷,那么这还不是重要的缺陷。更重要的缺陷,依我看,是您没有把表面上的问题处理成功。为了解决退化、变态心理等问题,就必须在科学方面熟悉它们。这种病的意义被您夸大了(出于谦虚,我们姑且用拉丁语字母 S 来称呼这种病)。第一,S 病是可以医治的;第二,如果医师们在病人身上发现一种重病,例如脊髓结核(tabes①)或者肝硬化,而且如果这种病是由 S 病引起的,他们就会提出一种相当有利的预言,因为 S 病是可以治好的。讲到退化、一般的神经质、萎靡不振等,那不能单单由 S 病来负责,而要由许多因素的总和来负责:白酒、烟草、知识阶层的贪吃、恶劣的教育、体力劳动的不足、城市生活的条件等等,等等。除 S 病以外还存在一些同样严重的其他病症。例如结核病就是。我还觉得,因为人们有病就加以鞭挞,那可不是艺术家的事。莫非因为我有偏头痛就该怪我不对吗?难道因为西多尔有 S 病,因为他的体质比达拉斯容易感染这种病,就该怪他不对吗?难道因为阿库尔卡的骨头害了结核病,就该怪她不对吗?这是谁都不能负责的;如果真有该负责的人,那也只涉及防疫警察,而不是艺术家。

您的短篇小说里的医师们的举动极为恶劣。您使得他们忘记了医师的秘诀;他们不但弄得病人不愉快,而且把一个瘫痪病人送进城去了!这个不幸的、神秘的 S 病的牺牲品坐车进城的时候不会全身抽搐吗?您的短篇小说里的太太们对待 S 病就像对待地狱之火。这是不应该的。S 不是恶习,不是恶意的产物,而是一种病,得 S 病的人也需要温暖,需要热诚的照料。如果妻子借口这种病容易传染而且很糟糕就从得病的丈夫身边逃走,那是不好的。

---

① "脊髓结核"的拉丁语学名。

不过,她爱怎样对待 S 病都由她,而作者却应当完全彻底地保持人道主义精神。

顺便说说,您知道 influenza① 也在人的身体里起破坏作用,而且是在各种意义上绝非不关重要的破坏作用吗?啊,自然界很少有那种没有害处和不遗传给后代的东西。就连呼吸都是有害的。我个人抱定这样的原则:仅仅在疾病成为说明性格的范围内,或者在它构成画面的时候才描写病人。我生怕用疾病惹得读者害怕。我不承认"我们的紧张的时代",因为人类在一切时代都是神经质的。谁害怕神经质,就让谁变成鲟鱼或者刺鱼好了;如果鲟鱼做蠢事或者坏事,那也只有一件事,就是上了鱼钩,然后做成酸白菜炖鱼和大馅饼。

我希望您描写一种生气勃勃的、碧绿的、类似野餐之类的东西。至于残废人和黑修士②,您就让我们这些医生去描写吧。我不久要开始写幽默的短篇小说了,因为我的变态心理的全部材料都已经用完了。

我在造浴室。

祝您获得人间的和天上的一切幸福。请您再寄"公文"③来。我喜欢读您的短篇小说。只是请您容许我向您提出一个必须的条件:不管我的批评多么严厉,这也不是说这篇小说不适于发表。我的吹毛求疵是一回事,发表和稿费又是一回事。

您的安·契诃夫
一八九五年二月二十八日
于圣洛帕斯尼亚
梅里霍沃

---

① "流行性感冒"的拉丁语学名。
② 契诃夫的一篇中篇小说的书名。
③ 沙甫罗娃对自己的手稿的称呼。——俄文本注

三七四

致亚·符·日尔克维奇[1]

十分尊敬的亚历山大·符拉季米罗维奇：

尽管我极其珍视您的好意和盛情，然而使我大为伤心的是我不得不在一切方面拒绝您的要求。

第一，我手边没有我的照片；二月间我到彼得堡去过，在沙皮罗那儿照过相，后来没有等到照片印成就走了。如果沙皮罗把照片寄给我，我就一定寄给您（当然，是为了交换您的照片），目前只好请您原谅了。

第二，要我坦率地写出我对您的诗的意见，按您所希望的那样写出来，这对我来说是完全不能胜任的。这就是说，我也能够向您讲出许许多多的话，然而那全是胡说八道，弄得您只好甩手不干了。诗不是我的本行，我从没写过诗，我的脑子总不愿记诗；我对诗犹如对音乐一样只能心领神会，而要我明确地说出我为什么感到快乐或者乏味，我就办不到了。从前我尝试过同诗人们通信，表达我的见解，然而什么结果也没有，我不久就厌烦了，如同一个也许有很好的感觉、然而没有兴致说明自己的想法、也说不清楚自己的想法的人一样。现在我对诗照例只限于写明我"喜欢"或者"不喜欢"。您的诗[2]我是喜欢的。

至于您所写的短篇小说，那就是另一回事了；我是乐于对它进行批评的，哪怕写出二十页来也行；如果您过些时候把它寄给我，

---

[1] 亚历山大·符拉季米罗维奇·日尔克维奇是俄国作家。——俄文本注
[2] 指亚·符·日尔克维奇寄给契诃夫的诗《儿时的情景》，1890年在圣彼得堡发表，署名"亚·尼文"。——俄文本注

希望知道我的意见,那我会十分愉快地读一遍,多多少少给您写出一些明确的意见,同时我会感到无拘无束。

在《历史通报》上发表的去世的克列斯托夫斯基的信①是一封好信,我认为它在文学界会获得成功。人们在这封信里可以感觉到他是一个文学工作者,而且是个很聪明的、善意的文学工作者。

请您容许我再一次向您道谢并且紧紧地握您的手。

诚恳地忠实于您的安·契诃夫
一八九五年三月十日
于莫-库铁路,圣洛帕斯尼亚
梅里霍沃

三七五

致阿·谢·苏沃林

您来信说,您要到莫斯科来,我一直等您的电报或信件,希望能跟您见面,可是,显然您改变了您的关于莫斯科的计划。苍天没有打发您来,却把列依金打发来了,他带着叶若夫和格鲁津斯基——两个年轻的窝囊废,到我这儿来了,他们一句话也没说,却弄得整个庄园极度沉闷。列依金皮肤松弛,体力下降,毛发脱落,然而变得心善些了,热诚些了;大概他不久就要死了。我母亲向卖肉的订购牛肉的时候,说必须要好肉,因为列依金从彼得堡到我们

---

① 指1892年2月21日俄国作家符谢沃洛德·符拉季米罗维奇·克列斯托夫斯基写给亚·符·日尔克维奇的信,发表在1895年《历史通报》第59期上,讲的是艺术创作的问题。在这封信里克列斯托夫斯基回答了日尔克维奇两个问题:(一)应当事先拟定(写出)大作品的计划呢,还是只要把这计划考虑好,然后在写作的过程中加以发挥?(二)必须逼着自己不管心情如何而每天写作呢,还是必须等到心情良好的时候再写作呢?——俄文本注

这儿来做客了。"是哪一个列依金?"卖肉的惊讶地问道,"就是那个写书的吗?"结果他送来了极好的肉。可见这个卖肉的不知道我也写书,因为他给我送来的总是多筋的肉。

有一位医师①从莫斯科到我这儿来了,他是尼采的崇拜者,是个很可爱很聪明的人,同他一起度过两天是愉快的。伊瓦年科,那个吹长笛的音乐家,您以前在我家里见过,如今却害了喉结核。所有的新闻都在这儿了。

这样看来,《萨哈林岛》我们没有等到批准就在发售了。这本书很厚,加了许许多多的注解、插曲、数字……也许这样也就行了。如果不行,那也随它去,反正这本书总要渐渐化为乌有的。

您读过《历史通报》二月号上的《神秘的女记者》吗?您知道这个女人是谁吗?② 真该写一篇小说呢!可惜我不熟悉历史,要不然我就会写这篇小说了。只要她不是胡诌,她倒真是个惊人的人物。

您那封论述大学生应当从事体育运动的短信③会带来益处,前提是您日后要坚持不懈地常常谈论这个问题。运动是断然缺少不得的。这既有益于健康,又富于美感,而且还具有自由主义倾向;之所以具有自由主义倾向,是因为任何东西也不及街头的、社会的运动那样足以促使各种阶层的人等融洽无间。运动会给独身青年带来熟人;青年人就会有更多的机会恋爱。不过,创办运动事

---

① 契诃夫的大学同学尼·伊·柯罗包夫。——俄文本注
② 1895年2月至3月《历史通报》第59期上,俄国小品文作家亚·瓦·阿姆菲捷阿特罗夫发表了一篇文章《神秘的女记者》,但是没有写出她的姓名。阿姆菲捷阿特罗夫在序言中写道:"两个月以前我得到一个陌生夫人的手稿,这位夫人,像读者将要看到的那样,在三代沙皇(叶卡特琳娜二世、保罗一世、亚历山大一世)的宫廷中扮演一个奇特的角色。这篇手稿是在19世纪初叶写成的。"——俄文本注
③ 指苏沃林发表在1895年3月10日《新时报》上的小品文《短信》,论述体育锻炼对青年的必要性。——俄文本注

业至早也要在俄国大学生不再挨饿的时候。任何槌球戏,任何溜冰运动也不能使得空着肚子的大学生变得朝气蓬勃。

愿在地球上和天狼星上都能看到的苍天保佑您。请您在您的神圣的祷告里为我祈祷,并且请您来信,哪怕两三行也成。女天文学家到您那儿去过没有?

您的安·契诃夫
一八九五年三月十六日
于梅里霍沃

三七六

致阿·谢·苏沃林

我对您说过波达片科是个十分活跃的人,可是您不相信。每一个乌克兰人的内心都深藏着许多财富。我觉得等到我们这一代人苍老了,在我们所有的人当中波达片科会是一个最快乐、最精神的老人。

遵命,我结婚就是,既然您希望这样。不过我有一个条件:一切照旧,也就是说她得住在莫斯科,我住在乡下,我常去找她。至于那种天长日久、时时刻刻厮守在一起的幸福,我是受不了的。要是每天她老是跟我讲她那一套话,老是用那种腔调讲,我就会发脾气。例如,每逢我同谢尔盖延科在一起,我总是一肚子的气,因为他很像女人("聪明而富有同情心的女人"),因为有他在场,我总是不由得想到我的妻子可能就像他。我应许做一个宽宏大量的丈夫,可是请您给我一个像月亮那样不是每天在我的天空出现的妻子;我不会因为结了婚而写作得更好的。

您要到意大利去吗?好得很,不过,如果您带着米哈依尔·阿历克塞耶维奇一路去,而且抱着医疗的目的,那他就未必会感到轻松,因为他每个小时得爬二十五次台阶,跑去找 fokino① 等等。他需要在海滨找个地方安安静静地坐坐,游游泳;如果这样无济于事,那就试一试催眠术。请您代我向意大利致意。我是热爱意大利的,而您却对格利果罗维奇说,似乎我在圣马可广场上躺下来过,而且说:"现在要是能在莫斯科省内的草地上躺一躺多好啊!"伦巴第区②使我震惊,我似乎至今都记得每一棵树;至于威尼斯,我一闭上眼睛就能看见。

马明-西比利亚克是个很招人喜欢的人,而且是一个优秀的作家。人们在称赞他最近的一部长篇小说《粮食》③(在《俄罗斯思想》上);列斯科夫特别喜欢他。他有些十分好的作品,在他的最成功的小说里他把人民描写得一点也不比《老板和工人》④差。您跟他认识了,虽然相交很浅,我还是很高兴。

现在,我在梅里霍沃已经住了三年多了。我的牛犊变成了奶牛,树林长高了一俄尺。我的继承人会大做树木生意,而且骂我蠢驴,因为继承人是从来也不会满足的。

您不要太早出国;那边天气冷。等到五月份再去吧。或许我也会去;我们会在某个地方碰头的。……

请您再给我来信。在毫无意义而又非常合理的幻想⑤方面有什么新闻吗?为什么威廉召回范将军?⑥ 莫非我们要跟德国人打

---

① 意大利语:帆船。
② 意大利北部大区。
③ 发表在1895年《俄罗斯思想》杂志第1期至第8期上。——俄文本注
④ 列·尼·托尔斯泰的一篇短篇小说。——俄文本注
⑤ 参看第三六八封信的注。——俄文本注
⑥ 1895年3月21日《新时报》上刊登了彼得堡的德国国民侨居区的主席范德尔将军的演说,他在演说里声明德国皇帝威廉二世把他从俄国召回德国去了。——俄文本注

仗吗？啊,那我就得到战场去,做截肢手术,然后给《历史通报》写札记了。*

完全属于您的安·契诃夫
一八九五年三月二十三日
于梅里霍沃

* 不知能不能从舒宾斯基那儿预支这种札记的稿费？

三七七

致叶·米·沙甫罗娃

您的 cher maître① 对您万分抱愧。我早已读完这篇小说,很喜欢它,可是我迟迟没有作答,这是因为下了一场雪,这场雪不急于融化,因而弄得我心灰意懒。

您最近的这篇小说②里有很多人物;这既是优点,又是缺点。那些人物是有趣的,可是他们挤成一堆,把读者的注意力分成一千份;他们在一份不大的"公文"③的容积里变得形影模糊,不会在读者的记忆里留下鲜明的印记。二者必居其一:要么人物少一点,要么索性写长篇小说。您选择一下吧。依我看,应当写长篇小说。如果您本身虽然想写短篇小说,然而却有一大群形象开始引诱您,而您又无论如何也无法放弃把它们合在一起的快乐,那么显然命运本身就在驱使您写长篇小说了。

---

① 法语:亲爱的导师。沙甫罗娃在写作方面这样称呼契诃夫。——俄文本注
② 沙甫罗娃的短篇小说《斯芬克司》。——俄文本注
③ 参看第三七三封信的注。——俄文本注

我把自己付托给您的神圣的祷告。

忠实的、准备至死为您效劳的

安·契诃夫

一八九五年三月二十五日

于梅里霍沃

三七八

致阿·谢·苏沃林

巴诺娃①,我五六年前认识她的时候,人长得不错,然而作为演员,她却不怎么样;在《汉奈蕾》②里她会演得疲疲沓沓,萎靡不振,表现不出任何长处;不过,人们还是会赞扬她。柯尔希的剧团在复活节后的一周要到彼得堡去演出。这个用男高音讲话的剧院经理大概会去邀请您。您去看一看《Madame Sans Gêne》,注意一下亚沃尔斯卡雅吧。要是您乐意的话,就跟她结识一下。她是个有知识的女人,装束正派,有时候挺聪明。她是基辅警察局长吉别涅特的女儿,因此她的动脉里流着演员的血,而她的静脉里流着警察的血。关于这两种血液的继承性,我已经有幸向您表达过我的精神病学的见解。莫斯科的报纸记者们整个冬天像追兔子似的追捕她,然而她不应该遭到这种待遇。要不是她喜欢喊叫,而且有点装腔作势(也就是扭扭捏捏),那她就会是一个真正的女演员了。不管怎样她是个有趣的人。请您注意她。要是您

---

① 格拉菲拉·维克托罗芙娜·巴诺娃1887年起是俄国莫斯科小剧院的女演员。1895年至1897年是彼得堡话剧院的女演员。1897年告别舞台。——俄文本注

② 即德国剧作家豪普特曼在1894年所写的剧本《汉奈蕾升天记》——俄文本注

对剧本感兴趣,那就请您看一下柯尔希那儿上演的《浪漫情侣》①的第一幕。

我们这儿已经是春天了,然而白雪堆积成一座座大山,谁也不知道什么时候才能化掉。太阳刚刚躲进云层,那些雪就开始冒出寒气,讨厌极了。玛霞已经在温室里和花圃里干活,劳累不堪,经常生气,因此她不需要读斯米尔诺娃的小品文②。索菲娅·伊凡诺芙娜出了一个好主意,姑娘们读了以后会得救;只是有一件事不知该怎么办:如果庄园离城里很远,那么苹果和白菜该卖到哪儿去,而且,如果黑麦没有卖出去,家庭主妇连一个子儿也没有,那么她的连衣裙该拿什么料子去做。在庄园里,只有在一种条件下才可以凭自己双手的劳动和脸上的汗水来养活自己,那就是不管身份和性别,要像农民一样亲自干活。现在不能使用奴隶了,必须亲自拿镰刀,动斧子;如果做不到这一点,那任何果园都无济于事。在俄国,就连小规模的农业经营的成功也要付出向大自然进行残酷斗争的代价;要做到这一点,光有愿望是不够的,必须有体力和毅力,必须有传统,可是小姐们有这些东西吗?劝小姐们从事农业经营,无异于劝她们说:你们去做熊,把车辕弄弯吧。

基督复活了!我祝贺您、安娜·伊凡诺芙娜、娜斯嘉、包利亚和您的全家,衷心祝愿你们幸福。这封信会在复活节那天寄到您那儿。

我已经没有钱了。光了!不过,我住在乡下,没有饭馆,没有

---

① 法国剧作家罗斯丹的剧本,由俄国女作家塔·利·谢普金娜-库彼尔尼克译成俄文。——俄文本注
② 1895年3月28日《新时报》第6853号上发表了新闻工作者索菲娅·伊凡诺芙娜·斯米尔诺娃的小品文《怎么办?》,在这篇小品文里她主张妇女如果没有出众的才能就不必追求高等教育,而应当从事力所能及的体力劳动(农业、园艺)。——俄文本注

街头马车,于是钱也就好像没有用处了。

阿历克塞·彼得罗维奇送给我一块华丽的怀表。

祝您健康。

您的安·契诃夫
一八九五年三月三十日
于梅里霍沃

我妹妹问候您。

三七九

致亚·符·日尔克维奇

十分尊敬的亚历山大·符拉季米罗维奇,我们的这个火车站不管挂号信,所以您这封信一直存放在谢尔普霍夫县城里;要不是乡村警察每星期六进城,顺手把您的信捎来,那您还得等很久才会收到我的批评呢。

您的短篇小说①我很喜欢。这是一个文化水平极高、文学性很强的好作品。实际上简直没有什么可批评的,也许只有在一些小地方可以提出几个不重要的意见。今天是过节②的头一天,我这儿有许多人来来往往,我只得写写停停,停停写写,因此请您容许我为方便起见把我的批评意见逐条陈述如下:

(一)这篇小说的名字《违背信仰……》不妥当。它不够朴素。这两个书名号和结尾的那几个虚点使人感到一种极度的矫揉造

---

① 日尔克维奇的短篇小说《违背信仰……》,发表在《欧洲通报》1892年3月号上。——俄文本注
② 指基督教的复活节。

作,我疑心这个名字是由斯塔秀列维奇①先生本人起的。换了是我,就会给这篇小说起一个简单的名字:《树条》《中尉》。

(二)风景描写方面的陈词滥调。这篇小说应当从这句话开始:"显然,索莫夫在激动"。在这前面讲到的那些关于满天乌云、麻雀、绵延的田野等的一切话,都落了陈套。您对风景是有所感觉的,可是您没有照您所感觉的去描写。风景描写首先应当逼真,好让读者看完以后一闭上眼睛就立刻能想象出来您所描写的风景;至于把黄昏、铅色、水塘、潮湿、银白色的杨树、布满乌云的天边、麻雀、遥远的草场等因素搜罗在一起,却不成其为画面,因为尽管我十分愿意,可是无论如何也不能把这些东西想象成一个和谐的整体。在您这类短篇小说里风景描写只有在适当的时候,在它像为朗诵配上的音乐那样帮助您向读者传达这样那样心情的时候才合宜,才不致坏事。例如,在兵营里吹晚点名号,兵士们唱"我们在天上的父"的时候,在团长夜间归来的时候,以及后来在早晨他们惩罚士兵的时候,风景描写都十分恰当,在这种地方您是个能手。描写闪闪烁烁的远处亮光效果极好;关于它只要仿佛出于无意似的提一下就够了,不要屡次提到它,不然的话印象就会削弱,读者的情绪就会被冲淡。

(三)一般描写的陈词滥调:"墙边的架子上,许多书籍五光十色。"为什么不简单地说"书架"呢?普希金的集子"不连贯",《廉价丛书》的版本是"压缩的"。为什么要写这些?您抓住读者的注意力,使得他疲劳,因为您逼得他停下来想象五光十色的架子或者压缩过的《哈姆雷特》是什么样子,这是第一点;第二,这些描写不朴素,做作,而且作为描写方法来说,也有点陈旧了。

---

① 米哈依尔·马特维耶维奇·斯塔秀列维奇(1826—1911),俄国历史学家和政论家,《欧洲通报》杂志的主编兼出版人。——俄文本注

390

现在只有女士们才会这样写:"海报说","嵌在头发当中的脸庞"。

(四)土话如"挑拣""茅棚"等在篇幅不大的短篇小说里显得粗糙;不但土话是这样,就是平时少用的字眼例如"三教九流"也是如此。

(五)童年时代和基督的受难描写得十分可爱,然而就格调来说,别人却已经这样写过很多次了。

这就是我的全部意见。然而这都是无关宏旨的小节!关于每一点您都可以说:"这是口味问题",而这样说是正确的。

您的索莫夫尽管想起基督的受难,尽管有思想斗争,却仍旧惩罚了那个士兵。这是艺术的真实。总的说来,这篇小说产生了应有的影响,"又有才气,又隽永,又高雅"*。

多承以照片相赠,并且写了赞美的题词,我谨向您衷心致谢。等我收到我的照片,我就寄给您。

天气恶劣极了。

祝您万事如意,节日快乐。

您的安·契诃夫
一八九五年四月二日
于莫-库铁路,圣洛帕斯尼亚
梅里霍沃

* 这句话出自我的一部中篇小说①。人家骂我的时候,通常总要引用这句话,并且加上"但是"。

---

① 《没意思的故事》。——俄文本注

三八〇

致阿·谢·苏沃林

您问道:我收到那封信没有? 是的,我收到了,而且在彼得堡跟您讲过了。在那封信里您的思想可是有双重的危险,因为您无论对现在还是对过去都采取批判的态度。您回想一下吧,您写的是叶卡特琳娜二世和绸衬衫! 我找到了这封信,而且顺便把您所有的信都翻了一遍,稍稍整理了一下。其中有多少好东西啊! 特别是在您把《达吉雅娜·列宾娜》和我把《伊凡诺夫》搬上舞台的时期①,您的信给人印象最深刻,可以看出生活沸腾的某种迹象。

我正在吃力地看显克维奇的《波瓦涅茨基一家》。这是波兰式的加番红花的甜乳渣糕②。如果把保罗·布尔热和波达片科加在一起,洒上华沙的香水,再分成两半,那就成了显克维奇。《波瓦涅茨基一家》无疑是深受布尔热的《国际都市》、罗马、结婚(显克维奇不久以前刚结婚)等的影响;这篇小说里又有墓穴,又有追求理想主义的古怪老教授,又有成为圣徒的利奥十三世③和他那天神般的面容,又有劝人回到祈祷书上去的忠告,又有对颓废派艺术家的毁谤,说他死于吗啡中毒,而且临终前行过忏悔礼,受过圣餐,也就是尊崇教会,忏悔了自己的错误。家庭的幸福以及关于爱情的议论多得不得了,男主人公的妻子对她的丈夫忠实到极点,而且"用自己的心"极其透彻地理解上帝和生活,弄得读者到头来觉

---

① 指1889年,当时契诃夫的剧本《伊凡诺夫》在亚历山大剧院、苏沃林的剧本《达吉雅娜·列宾娜》在小剧院同时上演。——俄文本注
② 俄国人在复活节吃的一种糕点,味道甜腻。
③ 利奥十三世(1810—1903),意大利籍罗马教皇(1878—1903在位)。

得甜蜜得肉麻,不自在了,仿佛刚刚跟别人吻了很久,连口涎都流出来了似的。显然,显克维奇没有读过托尔斯泰的作品,也不熟悉尼采;他像小市民那样大谈催眠术,可是另一方面,他这本书的每一页上都要谈到鲁本斯①、博尔杰塞②、柯勒乔、波提切利③,这是为了在小市民读者面前炫耀自己的博学,并且暗地里侮辱唯物主义。这部长篇小说的目的在于安抚小市民,让他们去做他们的黄金梦。你得忠实于你的妻子,跟她一块儿按祷告书祷告,积攒钱财,喜爱运动,那么不论在这个世界也好,在下一个世界也好,你都会万事大吉。小市民很喜欢所谓的"正面人物"以及有美满结局的长篇小说,因为这些东西使得他们心安理得地认为人可以既攒大钱又保持清白,一面做野兽,一面又可以享受幸福。

我们这儿的春天可怜得很。雪仍旧布满原野,无论是坐雪橇还是坐马车都难以通行,牲口在盼望青草和流水。昨天有一个喝醉酒的老农脱光衣服,在池塘里洗澡,他那年老体衰的母亲用手杖打他,其余的人都站在一旁,哈哈大笑。那个农民洗完澡后,光着脚踩着雪走回家去,母亲跟在他后面走了。有一次这个老太婆到我这儿来医治青伤,那是她的儿子打出来的。把教育愚昧群众的事情束之高阁,那是极其卑鄙的!

亚沃尔斯卡雅没有跟柯尔希同居,不过他确实爱她很深。

文艺小组的演出④情况如何?

祝您万事如意。为日本和中国的和解⑤祝贺您。祝您很快就在东岸获得不结冰的费奥多西亚,并且修一条铁路通到那里去。

---

① 鲁本斯(1577—1640),佛兰德斯画家。——俄文本注
② 17世纪在罗马建成的一座别墅,以丰富的古罗马和近代艺术藏品而闻名。——俄文本注
③ 波提切利(1445—1510),意大利文艺复兴时期的画家。——俄文本注
④ 指德国剧作家豪普特曼的剧本《汉奈蕾升天记》的首次公演。——俄文本注
⑤ 指1894至1895年的中日战争的结束。——俄文本注

俗话说得好：花钱买麻烦，自寻苦恼。我觉得我们会为这个不冻港给自己惹出一大堆麻烦事来。这件事叫我们付出的代价不下于我们起意征服整个日本。不过，futura sunt in manibus deorum①。

米沙来过，说他得到了斯坦尼斯拉夫三级勋章。

您的安·契诃夫

一八九五年四月十三日

于梅里霍沃

三八一

致阿·谢·苏沃林

为了证明我对日本问题也不生疏，特寄上我的《萨哈林岛》的剪报一份②。关于涅韦尔斯科伊我在一八九三年《俄罗斯思想》十月号上写过，而且像女儿那样把他当作一个特殊人物推荐给读者。

假如您在四月末或者五月初到莫斯科来，那我们可以坐上马车去逛墓园、修道院、郊外的树林，或许还可以到"三位一体"③去。有一次您在信上随意说到您希望跟我一块儿坐一坐，或者同乘一辆马车逛一逛，彼此沉默不语，或者懒洋洋地谈几句话，所以我建议您到莫斯科来。如果天气好，那么我们在莫斯科以及附近一带的漫游就会获得成功，等我们上了年纪的时候回想起来会感到愉快。

您对亚沃尔斯卡雅的评论，我觉得并不尖刻。

---

① 拉丁语：未来掌握在上帝的手里。——俄文本注
② 摘自契诃夫的著作《萨哈林岛》的第十四章，发表在《俄罗斯思想》杂志上。——俄文本注
③ 指莫斯科郊外的谢尔吉圣三一大修道院。——俄文本注

这封信在这儿停了一下。我步行到村子里去看望一个黑胡子的农民,他害着肺炎。我从田野间走回来。我不常穿过这个村子,农妇们和蔼可亲地迎接我,就像迎接一个狂热的教徒一样。大家争先恐后地极力要护送我,遇到水沟就提醒我,抱怨道路泥泞,把狗赶开。田野上云雀欢歌,树林里百舌聒噪。天气暖和而令人畅快。

我会给米沙写信。剧本我是要写的,然而不会很快就动手。我不想写悲剧,可是喜剧还没想出来。今年秋天要是我不出国的话,也许我会坐下来写剧本。

我为《汉奈蕾》的成功感到十分高兴。这是文艺小组的成功,是个人设想的成功。现在您可以大胆地开始玩玛高①了;要是您的兴趣一直不冷淡下来,这个小组就会富起来。剧本和音乐会的成功,再加上盛名,是会挣到很多钱的,比起牌迷付的罚金要多得多。莫斯科没有小组,可是有几个文学工作者打算在柯尔希剧院租一个晚上,进行一次慈善性质的业余演出。演戏的人纯粹是文学工作者和那些同文学有关系的女士们。这是我的想法。我们要写信找波达片科和马明②来。我们多半会上演《教育的果实》③,我将演农民。从前有一个时期我倒善于表演,可是现在嗓音似乎够不上了。无论如何现在应该不要再装得太一本正经;如果我们搞得乌烟瘴气,那也只会惹得一些心理变态的老妇人伤心而已,因为她们以为文学工作者是用石膏做的。

女天文学家在彼得堡。我每月汇给她四十个卢布。如果您见到她,那就一个字也不要提到这件事,因为我们诓她,硬说这些钱是瑟京汇给她的,仿佛他愿意一连三年贷给她钱。我们的钱够用到九月。要是您想知道她的地址,那么她的地址如下:施吕瑟尔堡

---

① 一种冒险的纸牌赌博。——俄文本注
② 即德·纳·马明-西比利亚克。——俄文本注
③ 列夫·托尔斯泰的剧本。——俄文本注

大街,八十九号楼,三号住宅,拉莉萨·阿波洛诺芙娜·别克列米谢娃转交奥·彼·昆达索娃。您可以同她见面,可是**不要给她钱**,因为她会把钱汇给她的妹妹。要帮助她只能按照一个方式,就是每个月寄给她一笔生活费,而且要由瑟京转一转手。假如她打算到高加索去"氧化一下",我们就不动用那笔基金,而另外筹款。

当然,您是不会到我这个廉价的庄园里来的……在我的庄园里一切都变得异常可笑。就连那头严肃的公牛也可笑。

我梦见我结婚了。请您来信说明要不要我到莫斯科去等您。

您的安·契诃夫

一八九五年四月十八日

于梅里霍沃

请您把剪报寄还我,要不然那本杂志就毁掉了。

三八二

致尼·亚·列依金

亲爱的尼古拉·亚历山德罗维奇,我的妹妹已经回来了,可是我仍旧不知道我该到哪儿去,究竟是到北方去呢,还是到南方去;我不知道怎样回答您才好。我一直待在家里,常去采玫瑰花,到刈草场上去看看,不知道该往何处去,时而想到北方去,时而又起意到南方去,可是忽然间,好家伙!电报来了,我突然来到离博洛戈耶站七十至九十俄里远的一个湖泊的岸边来了①。我要在这儿住

---

① 契诃夫这次"三位一体"之行是出乎意料的,当时俄国画家列维坦自杀未遂而受了伤,他因此而被召去。——俄文本注

一个星期到一个半星期,然后回到圣洛帕斯尼亚去。

这儿,湖边的天气阴郁多云。道路泥泞,干草零落,孩子们面带病容。可是在我们谢尔普霍夫县天气暖和,在最近这一个半到两个星期里只有晚上才下雨。刈草开始倒挺顺利,至于会怎样结束,我就不知道了。不过我们收割的干草已经足够了。

请您想象一下我的困惑吧。我的花园里长出一种杂草,我们全家人和我们的熟人都把它叫做 herba sibirica ignota①,因为人家告诉我们说,似乎这种草是从西伯利亚来的。最后才算弄清楚,原来它就是萨哈林岛的荞麦。多么出人意外啊!

我家里的玫瑰花开得异常茂盛。请您原谅,我匆匆忙忙写了这封信,因为人家催得紧。明天早晨六点钟邮件要送上火车,domestique② 不住地催我。

向您全家人深深鞠躬。至于我到哪儿去,在哪儿住下,到时候您自会从我的信上知道。

您的安·契诃夫
一八九五年七月五日
于"三位一体"

三八三

致符·伊·涅米罗维奇-丹钦科

昨天,眼看要到深夜了,我读完了您的《省长的视察》③。就细

---

① 拉丁语:不知名的西伯利亚草。——俄文本注
② 法语:仆人。——俄文本注
③ 这篇中篇小说后来发表在1896年《俄罗斯思想》第3期到第6期上,同年出版单行本。——俄文本注

致来说,就润色的纯洁来说,在一切意义上说,这篇东西都比我所知道的您的一切作品好。它给人留下的印象是强烈的,只是在结尾的地方,从那段跟文书的谈话起,描写得有点陶醉的样子,可是读者却希望 piano①,因为结局是悲惨的。您的生活知识广博,而且,我再说一遍(这话我以前好像已经说过),您变得越来越好,仿佛您的才能每年加厚一层似的。

您在哪儿?我不知道您的新住处,您也没有写信告诉我。请代问候叶卡捷琳娜·尼古拉耶芙娜②。我在家里住到十月二十号为止。请来信。

紧紧地握您的手。

您的安·契诃夫
(星期五)③
于梅里霍沃

三八四

致阿·谢·苏沃林

谢谢您的来信,谢谢您的热情的话语和邀请。我会去的,然而大概不会早于十一月底,因为我的事情多得要命。第一,来年春天我要在村子④里建一所新学校,做这个学校的督学;必须预先拟计划,造预算,时而到这儿去,时而到那儿去,等等。第二,您可知道,

---

① 意大利语:(在此指)含蓄。——俄文本注
② 符·伊·涅米罗维奇-丹钦科的妻子。——俄文本注
③ 即 1895 年 10 月 6 日。
④ 塔列日村,在契诃夫的庄园梅里霍沃附近。——俄文本注

眼下我正在写剧本①，大概至早也要到十一月底才能写完。我在写它的时候不是没有感到乐趣，不过我大大地违背了舞台条件。喜剧，三个女角色，六个男角色，四幕，风景（湖上的景色），关于文学的谈话很多，行动很少，爱情却有五普特之多。

我读到奥泽罗娃②的失败③，感到惋惜，因为再也没有比挫折更大的事了。我想象得到这个犹太女人读《彼得堡报》的时候，看到人家把她的表演直截了当地称之为荒唐，她会怎样流泪、打战。我读到《黑暗的势力》在您的剧院里的成功④。当然，由陀玛肖娃⑤而不是由您十分喜爱的"小娃娃"⑥（按您的说法）来扮演阿纽特卡是对的。这个娃娃应当扮演马特廖娜。今年八月间我在托尔斯泰家里的时候，有一次他洗完脸，搓着手对我说他不会修改他的剧本。现在我想起这件事，认为他在那时候就已经知道他的剧本会 in toto⑦ 得到批准搬上舞台。我在他那儿住了一天半。印象是美妙的。我觉得像在家里一样轻松，我们同列〔夫〕·尼〔古拉耶维奇〕的谈话是轻松的。等见面的时候再对您详谈吧。

《俄罗斯思想》十一月号上会发表《凶杀》⑧，十二月号上发表另一篇小说《阿莉阿德娜》⑨。

我正在愤愤不平，原因如下。莫斯科正在出版一本《外科年

---

① 指《海鸥》。——俄文本注
② 留德米拉·伊凡诺芙娜·奥泽罗娃是文艺小组剧团的女演员。
③ 1895年10月13日《彼得堡报》第281号发表了 Homo novus（俄国的戏剧评论家亚·拉·库格尔的笔名）的剧评《戏剧的回声》，其中论到奥泽罗娃于1895年10月12日在德国作家席勒的《阴谋与爱情》一剧中扮演露易丝一角的情况。——俄文本注
④ 1895年10月20日《彼得堡报》第288号上发表了 Homo norvus 的剧评，评论在文艺小组剧团公演的列夫·托尔斯泰的剧本《黑暗的势力》的成功情况。——俄文本注
⑤ М. П. 陀玛肖娃是苏沃林的文艺小组剧团的女演员。——俄文本注
⑥ 指留·伊·奥泽罗娃。——俄文本注
⑦ 拉丁语：全部。——俄文本注
⑧⑨ 均为契诃夫的中篇小说。

鉴》，这是一份出色的杂志，甚至在国外也获得成功。主编是两位外科专家：斯克利福索夫斯基和季亚科诺夫。订户的数目逐年增长，可是到年终结算仍旧亏损。这种亏损本来一直由斯克利福索夫斯基抵偿（到一八九六年一月为止）；可是此人就要搬到彼得堡去，不再行医，不会有多余的钱了；现在，不管是他也好，世界上的任何人也好，谁都不知道一八九六年如果有债务的话，会由谁来偿还。根据过去几年的情形加以推算，大概会亏损一千到一千五百卢布。我听到这个杂志要垮台就冒火了；这件事未免太荒唐，这个杂志是缺少不得的，而且再过三四年就可以赚钱，不料就这样垮台，而且为这么一点点钱就垮台了；这件荒唐事对我无异于当头一棒，我一时冲动，答应去找一个发行人，而且完全相信一定能找到。我就热心地寻找，恳求，低声下气，东奔西走，跟鬼才知道的人物一块儿吃饭，可是一个也没找到。剩下来的一线希望是索尔达坚科夫①，然而他在国外，至早也要在十二月间回来，而这个问题却得在十一月之前得到解决。我多么惋惜您的印刷厂不在莫斯科呀！要是它在莫斯科的话，我就不会扮演这种失败的经纪人的滑稽角色了。等见面的时候我会用真实的画面把我经历到的激动向您描摹一番。要不是因为建学校而使我用去了一千五，那我就会用我自己的钱来担当这个杂志的发行，总之，我非常痛苦，很难容忍这种明显的荒唐事。十月二十二日我要到莫斯科去，向主编们建议每年申请一千五到两千的资助，作为最后一个办法。要是他们同意，我就到彼得堡去奔走一趟。这件事该怎么进行？您能教一教我吗？为了挽救这个杂志，不管什么人我都愿意去找，不管什么人家的门槛我都愿意去跨，如果我成功，我就会松一口气，心情愉快，因为挽救一个优秀的外科杂志如同做两万

---

① 库兹马·捷连季耶夫·索尔达坚科夫（1818—1898），俄国出版家，1856 年在莫斯科创办出版社，拥有一个大画廊。

次成功的手术一样有益。不管怎样,请您出一出主意,我该怎么办。

过了星期日,请您把写给我的信寄到莫斯科去。莫斯科大饭店,五号房间。

波达片科的剧本怎么样?① 总的说来波达片科怎么样？让·谢格洛夫寄给我一封灰心丧气的信。女天文学家在受穷。其他方面,一切都还顺利。到了莫斯科,我要去看轻歌剧。白天我忙着写剧本,傍晚就去看轻歌剧。

向您深深鞠躬。请写信来,我恳求您。

您的安·契诃夫
一八九五年十月二十一日
于梅里霍沃

三八五

致阿·谢·苏沃林

关于芬加尔②就是波达片科,斯塔纽科维奇③路过此地的时候已经告诉过莫斯科人了。是的,您讲得公平,说芬加尔的文章里缺乏"神经"。波达片科是个心地单纯的人,我觉得长篇大论对于他是根本不适宜的;他应当用形象写作,他在自己的小品文里越早像阿达瓦那样转到小说写法或者半小说写法,他就会越快地进入他所希望的那种佳境。

---

① 当时文艺小组剧团正准备公演俄国作家伊·尼·波达片科的剧本《外人》。——俄文本注
② 俄国作家伊·尼·波达片科在报纸上发表的论文里所用的笔名。——俄文本注
③ 康斯坦丁·米哈依洛维奇·斯塔纽科维奇(1843—1903),俄国作家。——俄文本注

不，您不要毫无必要地引诱我，在十一月以前我是不能去的。我不写完剧本①就不去。而且我去了以后也不是住在您的家里，而是住在大莫尔斯卡亚街的法兰西旅馆里，因为我的工作多得要命；要是我住在您的家里，我就会光是走来走去，找个人谈天，过不了一个星期就会为自己的闲散害怕，逼着自己离开彼得堡了。我打算在彼得堡住一个月之久。如果您坚决要我住在您的家里，那我就瞒着您，悄悄到彼得堡去，在法兰西旅馆里住上三个星期，然后搬到您那儿去，装出好像刚从火车站来的样子，在您那儿住上一个星期。

托尔斯泰的女儿们很可爱。她们崇拜她们的父亲，狂热地相信他。这就意味着托尔斯泰确实是一个伟大的精神力量，因为，假如他不诚恳，他不是无可指责，那么女儿们首先会怀疑地对待他，因为女儿好比麻雀：用谷糠是骗不了它们的……对未婚妻和情妇倒是可以尽情诓骗的，在满怀爱情的女人的眼睛里连笨驴也会成为哲学家，然而女儿就是另一回事了。

您写道："请您凭这个便条到书店里去取一百个卢布。"可是这个便条没有随信附来。再者女天文学家本人我也没有见到；据说她动身到巴统去找她的妹妹了。至于《外科年鉴》，那么它本身、所有的外科器械、绷带、装石碳酸的大玻璃瓶，通通向您叩头。当然，这是一件大喜事。我们是这样决定的：要是申请资助的想法行得通，就由我去奔走，领到资助后就把这一千五归还您②。十一月间我要同斯克利福索夫斯基见面，而且，如果可能的话，我真的会去找维特，以便挽救这些最天真的人。这些人是小孩子。很难找到比他们再不切实际的人了。不管怎样，这一千五我们迟早会

---

① 指《海鸥》。——俄文本注
② 参看第三八四和三八六封信。——俄文本注

归还您。他们为了报答我的奔走而准备免费割治我的痔疮,这个手术对我来说是不可避免的,而且已经开始使我不安了。他们会为您唱赞歌,而且等您到莫斯科来的时候带您去看新圣母修道院附近的医院。医院是值得参观的,就像墓园和教堂一样。

请您来信。那一千五请您汇给我本人,如果可能的话,不要通过邮局而通过书店汇来。波达片科的剧本演得怎么样?① 安娜·伊凡诺芙娜、娜斯嘉、包利亚近况如何?我想象得出包利亚长得多高了。问候大家,包括埃米莉小姐在内。

您的安·契诃夫
一八九五年十月二十六日
莫斯科大饭店,八号房间

三八六

致阿·谢·苏沃林

剧本《誓言》②的剧名不妥当。据我的理解,剧本的思想在于我们过分形式主义地对待生活,我们用来束缚或者催眠自己的社会习俗常常比我们的意志强大。由于这个剧名,读者和观众在《誓言》里就会过分特意地看待事情,就会解决一个问题:应该不应该信守誓言。而且他们会这样解决:作者劝我们不要信守誓言……您看得出来,这个剧名甚至危险呢。除去誓言以外,应当再写一点另外的社会习俗,例如决斗的必要性,例如轻蔑地评断人而不加以原谅的习气,只要这个人**从前**,哪怕是在摇篮里,私自动用

---

① 俄国作家波达片科的剧本《外人》自1895年10月24日起在彼得堡的文艺小组剧团上演。——俄文本注
② 苏沃林的四幕喜剧。——俄文本注

过别人的钱或者说过谎……因为这个剧本里一切都不正确,因为一切都受到束缚。可是应当再铺开些,牵连到全部人物,就连姑娘和她的哥哥也包括在内。

我的剧本①正在向前进展,目前一切都平稳,不过以后在结尾的时候会怎么样,我就不知道了。我会在十一月间写完。普切尔尼科夫②托涅米罗维奇③转告我,答应一月间给我一笔预支稿费(如果这个剧本合用的话);那么,他们打算把公演推延到下一个季节去了。大概由于写这个剧本,我心律不齐的次数增加了,我睡得迟,总的说来我觉得不舒服,其实我从莫斯科回来以后所过的生活在各方面都是有节制的。我应当洗澡和结婚才好。我怕妻子,怕家庭的秩序,这些东西使我感到拘束,不知为什么在概念里同我的散漫无秩序*格格不入,不过,这总比在人生的大海里浮沉,在放荡生活的不结实的大船里遭到风暴好。再者我也已经不喜欢情妇了〔……〕。

昨天我接到您的电报④,立刻打电报给米沙,他会非常高兴的。我的两位老人也非常高兴,虽然他们并不懂得"处长"意味着什么。光是"长"字就满足了,别的他们什么也不需要。

我没有为《外科年鉴》动用您的一千五,⑤不过这笔钱仍旧大大帮助了我。当人家知道您打算对这个刊物给予帮助,当我拿出您的信让人家看您写到一千五,写到可能资助的地方,事情就顿时办成了。瑟京承担了发行这个刊物的责任,而且条件是有利的;他担当一切开支,从每个订户的订费里付给主编两个卢布,他自己留

---

① 指《海鸥》。——俄文本注
② 俄国皇家剧院莫斯科管理处的主任。——俄文本注
③ 即符·伊·涅米罗维奇-丹钦科。——俄文本注
④ 苏沃林打电报给契诃夫说,契诃夫的小弟米·巴·契诃夫被委任为雅罗斯拉夫尔省税务局的处长。——俄文本注
⑤ 参看第三八四和三八五封信。——俄文本注

下六个卢布。

您见到波达片科没有？请您代我问候他。我想整个十二月都住在彼得堡。

为米沙，并且总的说来为所有的事向您深深道谢。

祝您万事如意。

您的安·契诃夫

一八九五年十一月十日

于梅里霍沃

＊　您破坏了我的书法。看过您的信以后，就很难写出清晰的字了。

三八七

致阿·谢·苏沃林

好，剧本①我已经写完了。这个剧本的开头是 forte②，结局却是 pianissimo③，这就违背了戏剧艺术的全部规则。结果成了中篇小说。就我来说，不满意的心情比满意的心情多；我读着我这个新脱稿的剧本的时候，再一次相信我根本算不得一个剧作家。各幕都很短，一共是四幕。虽然这还只是剧本的框架，大纲，在下一个季节以前还要改动一百万次，可是我仍旧雇人用雷明顿式打字机打了两份（这种机器一次能打出两份），我把其中的一份寄给您了。只是您不要叫别人看到。

---

①　指《海鸥》。——俄文本注
②　意大利语：强烈。——俄文本注
③　意大利语：平和。——俄文本注

您的《誓言》我没有收到,也许因为这个剧本是按挂号印刷品寄来的,于是目前存放在谢尔普霍夫城里。

有一位我不认识的女士以为关于水灾的文章①是我写的,就寄给《新时报》一封普通信,托它转交给我,信里附了五个卢布,要求我把这笔钱交给受灾的人。您的编辑部就把这封信寄到洛帕斯尼亚我的名下,现在我不知道该拿这笔钱怎么办了。请您宽宏大量,把附上的信派人送给亚历山大,并且随信附给他五个卢布;我本该自己把这封信寄给他才是,可是我吃不准他目前有没有钱,而我又不能通过邮局汇钱给他,因为我这儿没有邮局。这五个卢布等见面的时候我就还给您,这是说如果您没有预先吩咐把这笔钱送给诸如遭火灾的人或者另外一个管理孤儿和穷人的某个机构的话。假如按后一种情况办理,我就把收条给您带去。

在您的信里,那些女演员被描写得富于艺术性。我读完以后,光是干咳一声:了不起啊。我可不愿意处在您的地位。重上舞台的《伊凡诺夫》②头一次公演会收到两百八十个卢布的戏票钱,第二次会收到一百十六个卢布,第三次您就不会再公演它了。这是我的看法。换了是我,就会上演颓废派的剧本,每逢星期天和过节又为平民百姓上演《西伯利亚女人巴拉霞》③和《白色的将军》④,以及种种引人入胜的仙景剧⑤,另外还给他们上演《哈姆雷特》和《奥赛罗》,主要是注重布景。可以为老百姓上演《黑暗的势力》和

---

① 契诃夫的大哥亚·巴·契诃夫发表在《新时报》上的一篇关于彼得堡水灾的通讯稿。——俄文本注
② 契诃夫在80年代所写的剧本;这里大概指的是苏沃林建议把这个剧本交给文艺小组剧团重新排练和演出。——俄文本注
③ 俄国作家尼·阿·波列沃依的剧本。——俄文本注
④ 俄国作家E.扎列索娃的剧本。——俄文本注
⑤ 舞台剧的一种,利用各种舞台效果,表演神奇玄妙的故事。17世纪出现于意大利。

《婚事》①(按很低的票价)。这也会收到一百十六个卢布的戏票钱,然而比起把流放中的《伊凡诺夫》之类的先生们拉回舞台总要好些。您会说:在远处出主意是容易的。这是实话。

祝您健康,顺遂。每逢我失眠,一大杯啤酒就能帮我的忙。我不久就会到彼得堡去。不过,大概还是不会早于十二月初。

您的安·契诃夫

一八九五年十一月二十一日

于梅里霍沃

您那封论戈尔布诺夫的短信②很精彩。这样的笔调目前只有您一个人办得到。

---

① 果戈理的剧本。
② 指苏沃林在1895年11月15日《新时报》上发表的小品文《短信》,纪念俄国描写人民日常生活的作者伊·费·戈尔布诺夫从事艺术活动四十周年。——俄文本注

一八九六年

三八八

致符·加·柯罗连科

亲爱的符拉季米尔·加拉克季奥诺维奇,您看,我待在家里了;您写您最近这封信的时候,我已经离开彼得堡很远了。为格·伊·乌斯宾斯基的家庭募捐的晚会,我不一定会去参加,因为目前要我离开家里是不容易的,而且,一般说来我在晚会上是不朗诵的。我只要朗诵三五分钟,嘴巴就会发干,嗓音就会嘶哑,我就会开始不停地咳嗽了。

我没有到伏科尔那儿去参加盛会①。我路过莫斯科的时候到列夫·托尔斯泰家里去过,在他那儿愉快地消磨了两个小时。

《俄罗斯财富》②我收到了。多谢您。

紧紧地握您的手。心灵属于您的

安·契诃夫

一八九六年二月十九日

于莫斯科省,洛帕斯尼亚,

梅里霍沃

您打算到莫斯科去的时候,请通知我一声。

---

① 契诃夫原打算到《俄罗斯思想》主编兼出版人伏·米·拉甫罗夫那儿去庆祝《俄罗斯思想》的周年纪念,然而因为留在彼得堡而没有去成。——俄文本注
② 彼得堡出版的一种月刊,柯罗连科参加该杂志的编辑业务。——俄文本注

三八九

致阿·阿·季洪诺夫(卢戈沃依)①

十分尊敬的阿历克塞·阿历克塞耶维奇:

您不该嫉妒我。春天连影子也没有。只有雪、雪堆、皮大衣,每天早晨温度表上指着零下十一度。椋鸟还没有飞来,秃鼻乌鸦在大道上沮丧地走来走去,像是送丧的人。按照农民们的说法,今年的秃鼻乌鸦瘦得出奇;显然,它们飞来飞去却没什么东西可吃。可见南方的天气也冷。

谢谢《田地》约我写稿的盛情②,可是,唉!我已经开始感到问心有愧了。我已经应许了很久,应许得含含糊糊,这有点像是"观望政策",或者简直就像欺骗。可是,说真的,我过去不愿意,现在也不愿意欺骗您;恰恰相反,我很想在《田地》上发表作品,而不幸的是,第一,我生性行动迟缓(我是个乌克兰人),写作吃力,磨磨蹭蹭;第二,我一直在期待一个比较可爱、比较生动的题材,免得使《田地》的读者感到乏味。不过那也没关系,春天和夏天会很长,只要我活着而且健康,还来得及做成许多事,等我的工作一超过两三个印张,我绝不会忘记通知您。

符拉季米尔·阿历克塞耶维奇③在哪儿?他生活得怎么样?我上一次同他见面是在九四年春天,那时候他以为自己得了"歇斯底里"症。要是您见到他,就劳驾您问候他。

---

① 阿历克塞·阿历克塞耶维奇·季洪诺夫(1853—1914),俄国作家,笔名阿·卢戈沃依,自1895年起主编《田地》杂志。——俄文本注
② 阿·阿·季洪诺夫主编《田地》杂志后,邀请契诃夫在该杂志上撰稿。——俄文本注
③ 即俄国作家符·阿·季洪诺夫,阿·阿·季洪诺夫的弟弟。——俄文本注

马克思①真的把费特②的作品永远买去了吗？如果是真的（而且如果这不是秘密的话），那是花多少钱买去的？波隆斯基出版得不错。③

最后，请允许我祝您万事如意。由于复活节后的一周还没有结束，我就也可以向您祝贺节日。

紧紧地握您的手。

您的安·契诃夫
一八九六年三月二十九日
于莫斯科省，洛帕斯尼亚，
梅里霍沃

三九〇

致伊·尼·波达片科

英俊的伊格纳齐乌斯④：我的剧本怎么样了？⑤ 如果我的手稿得到解放，那就按挂号印刷品，照下列地址寄给我：莫斯科省，洛帕斯尼亚。这些话我是在星期一早晨五点钟写的；太阳正在我的背后升起来，椋鸟不住啼鸣。新的消息一点也没有，一切都是老一套。就连烦闷也是老样子。这三四天里我在咯血，不过现在没什

---

① 阿道夫·费多罗维奇·马克思(1838—1904)，俄国彼得堡的出版家，出版《田地》杂志。
② 阿法纳西·阿法纳西耶维奇·费特(1820—1892)，俄国诗人。
③ 雅·彼·波隆斯基的诗歌全集于1891年在圣彼得堡由阿·费·马克思出版。——俄文本注
④ 即伊格纳季·尼古拉耶维奇·波达片科。——俄文本注
⑤ 指契诃夫新写成的剧本《海鸥》，当时正在彼得堡书报检查机关的审核中。——俄文本注

么,哪怕搬一根大木头或者结婚都不碍事。我在用望远镜看鸟雀。我在为《田地》写一部长篇小说①。

好,祝你健康,顺遂。请你代我吻你的朋友菲德勒②。

你的 Antonius

一八九六年四月八日

于梅里霍沃

附言:《苏格拉底》的作者③在哪儿?关于他,什么消息也听不到。

三九一

致叶·米·沙甫罗娃

十分尊敬的叶连娜·米哈依洛芙娜,我逐条回答您的来信。

(一)《秋老虎》④我不但自己看了,还给别人看过。这是个好作品!不过,对您来说,女士,现在不是到了应该扩大您的观察范围的时候了吗?您差不多在每一篇小说里都这样那样地重复《秋老虎》里的情节,同时您所描写的那个小小的世界早已被人写过不知多少次,至少,例如萨尔蒂科夫⑤,在他那军官和母亲的来往

---

① 即契诃夫的中篇小说《我的一生》。——俄文本注
② 费多尔·费多罗维奇·菲德勒(1859—1918),俄国的文学家,把俄国诗歌译成德语的翻译家。
③ 即俄国作家彼·阿·谢尔盖延科。参看第三四七封信的注。——俄文本注
④ 沙甫罗娃的短篇小说,后来发表在 1897 年《俄罗斯思想》杂志第 3 期上。——俄文本注
⑤ 米哈依尔·叶夫格拉福维奇·萨尔蒂科夫-谢德林(1826—1889),俄国作家。

信札中(参看《安分守己的话》)和小说《信札补遗》中就已经反复写过了。您该到澳大利亚去一趟!跟我一块儿去吧!!

(二)请把您的新的短篇小说寄来。我等着它呢。由于我们这儿已经开设邮局,您就可以按挂号印刷品把它寄来了。我会带着很大的乐趣读完它。

(三)在单行本上我没有找到您的亲笔签名,而您是应该亲笔签名的,至少是出于对 cher maîtr'y 的尊敬。您另寄一本来吧。

(四)《俄罗斯思想》付给您的稿费不多,然而也不算少。通常是这么支付稿费的。"大作家"的每个印张得到一百五十到两百五十个卢布,然而付给新作家的是五十到七十五个卢布。

(五)这种信纸无论如何也叫不出名字,当然不及"运动"牌的纸好。然而这是在 Rue de la Paix① 买的,那就叫它和平纸吧!如果您觉得我在彼得堡的时候"很不和蔼",那就让这鲜艳夺目的颜色②从您的眼睛里挤出原谅的泪水吧。

(六)我的身体还不算坏。昨天我去参加地方自治局会议(我是议员),在那儿觉得自己成了一个"涅乌伐查依-柯雷托"③了。

(七)关于阁楼的事,现在也该忘掉了。④

(八)猜猜看:是谁送给我这种信纸的?

祝您万事如意,主要的是祝您精力充沛。您不停地写作吧,要不然您就一直是个新作家了。

我们这儿春天来了,雪完全没有了。大家都高高兴兴。

---

① 法语:和平街。——俄文本注
② 艳紫色的信纸。——俄文本注
③ 引自果戈理的《死魂灵》,意为"不必敬重的洗衣槽"。——俄文本注
④ 沙甫罗娃有一份手稿被契诃夫遗失,后来在梅里霍沃的阁楼里找到。——俄文本注

忠实于您的

cher maître

安·契诃夫

一八九六年四月十八日或十九日

于梅里霍沃

三九二

致叶·米·沙甫罗娃

尼克沙、托波列夫、柯舍瓦罗娃①等等,等等,要知道,这都是些不容人看清楚的 mouches volantes。叫他们到阁楼里去吧!!换了是我,就会把戈尔连科小姐也打发到那儿去,我的印象中她光是长着一个小狮子鼻。光写梅塞罗夫一家人,这岂不是一件高尚而又愉快的工作吗?而穆森卡,如果容许她在高加索不是成为偶然的事情的牺牲品,而是认真地热恋,如果在这篇小说结尾的地方不是丢开她,那么这岂不是一个有趣的人物吗?啊,不要堆满了人物!我对您说过,不要把您的短篇小说堆满了人物!

斯乔波奇卡是个生动的人物,然而写得有点公式化。换了是我,就会把他写成一个正派人,这样他的见解的偏颇就会比较明显地表露出来了。

哎呀呀!天气冷得要命。东北风刮得厉害。可是啤酒却没有,这就没有东西可喝了。在一个县辖城市里有一个警官对我说过:"我们的城市挺好,只是这儿没有什么东西可以招人喜爱。"我也要这样

---

① 沙甫罗娃的一篇短篇小说里的人物,她把这篇小说寄给契诃夫,让他提意见。——俄文本注

说:在乡下住着挺好,只是遇到坏天气没有什么东西可喝!

明天我要到莫斯科去,同时把您的短篇小说带去。也许我还来得及再读一遍。这个作品倒可以改写成一部小小的长篇小说呢。您以为如何?

祝您万事如意。冷啊!!!

您的 cher maître
安·契诃夫
一八九六年四月二十八日
于梅里霍沃

为了单行本,为了叶利扎维特·沃罗别依①,我向您叩头道谢。我们这儿已经开设邮局,可以寄挂号信了,我的地址如下:莫斯科省,洛帕斯尼亚。

三九三

致阿·谢·苏沃林

《传教士山格》②是一个动人而有趣的作品,虽然翻译得不像样,而且这个剧本写得漫不经心,显然是一口气或者至多分两次写成的,可是读起来倒还隽永。然而对剧院来说它却不合用,因为这个剧本没法表演,既没有情节,也没有生动的人物,更没有戏剧意

---

① 沙甫罗娃把自己的短篇小说《秋老虎》的一个单行本寄给契诃夫,上面有她的亲笔签名:"赠给 mon cher maître(法语:我的亲爱的导师),借以表达作者(叶利扎维特·沃罗别依)的深深敬意、感激以及其他更为热烈的感情。1896年4月24日。"——俄文本注
② 挪威作家、诗人、社会活动家比约恩斯彻纳·比昂松(1832—1910)的剧本《人力难及》。——俄文本注

味。无论作为戏剧还是作为一般的文学作品,它都没有意义,主要是因为思想不鲜明。剧本的结局简直含混,而且似乎古怪。作者自己对于奇迹尚且没有坚强的信念,那就不可能驱使自己的人物创造奇迹。

《卡尔·布林》①就是另一回事了。这完全称得起是一个剧本,又生动,又活泼,又轻松,又隽永。不过,最后一幕是例外,这一幕写得有点娘儿们气,颇有斯米尔诺娃的味道。如果您乐意,如果您将来到费奥多西亚去,那我们就一起按俄罗斯的风土人情把它重写一遍吧。不过只要三幕就足够了。剧名《女人》未免装腔作势,有思想倾向的味道;它促使观众期望剧本里所没有而且也不可能提供的东西。最好给它起名《女提琴家》或者《在海边》。多写一点海,就可以起这样的名字了。打嘴巴却大可不必,只要骂一声:坏蛋,胡说八道,也就够了。俄罗斯的公众喜欢打架,然而不能忍受或多或少的尖刻的侮辱,例如打嘴巴,当众骂人流氓等等。再者,我们的公众也不大相信那种随意打人嘴巴的高尚。

我要按挂号印刷品把剧本寄出去。

我到莫斯科去过一趟,在雅尔饭店和隐庐饭店②流连忘返,有两夜没躺下睡觉,现在感到身体不舒服了。一个人很久不睡,时间的概念就会弄混,我现在就觉得我在莫斯科近郊度过的那些潮湿阴暗的早晨是六年前的事了。

我这儿玫瑰花盛开,而且草莓不计其数,可是我仍旧想到什么地方去。我想活动一下。据说下诺夫哥罗德城有豪华的展览会③,它的阔气和庄严使人震惊,去参观这个展览会不会乏味,因

---

① 即《卡尔拉·布林》,劳里·马戈尔姆的剧本,译成俄文后改名为《女人的书》,1895年在基辅出版。——俄文本注
② 莫斯科的一个上等饭店。
③ 指在下诺夫哥罗德城举办的第十六届全俄工业技术展览会。——俄文本注

为庸俗的东西是根本没有的;我那些去参观过展览会的熟人都这样评论它,可是我仍旧不想到下诺夫哥罗德去。我生怕在那儿遇见谢尔盖延科,他会硬拉我到巴兰诺夫家里去吃早饭。

问候安娜·伊凡诺芙娜、娜斯嘉、包利亚。你们一家人我都在梦乡里见过了,我梦见我同安娜·伊凡诺芙娜和娜斯嘉谈话。

我在造一个钟楼。我们向各方面寄出募捐的呼吁书。农民们在大张的纸上签名,加盖模糊而肮脏的印章;我经邮局寄出去。好,祝您万事如意,多一点鲈鱼,少一点雨,而在特维尔省几乎每天都下雨,非常讨厌。

您的安·契诃夫
一八九六年六月二十日
于梅里霍沃

三九四

致阿·谢·苏沃林

从马克萨季哈①到雷宾斯克,一路上乏味极了,尤其因为天气炎热。从雷宾斯克到雅罗斯拉夫尔也令人不快。压倒一切的印象是风,像切尔姆内的短篇小说里一样②;所有的享乐只限于酸白菜焖鲟鱼,可是吃过以后很久都口渴。轮船上一个有趣的女人也没有,找不到一个可以谈一句话的人,都是些戴便帽的家伙,长着油光光的脏脸,还有些犯人,镣铐叮当作响,还有劣质温啤酒。要是

---

① 俄国的雷宾斯克—博洛戈耶铁路上的一个火车站名和村庄,苏沃林住在那里的一个别墅里。契诃夫在他家里盘桓了几天。——俄文本注
② 契诃夫指的是俄国作家阿·尼·切尔姆内的短篇小说集《海洋和水兵》,1891年在圣彼得堡出版。——俄文本注

您有意沿着伏尔加河到下诺夫哥罗德去,您就事先打电报给扎鲁宾或者泽韦凯①,好给您留下客舱。

请您告诉波达片科,就说我在等他到我的家里来。他能不能把他的夏天的住址告诉我?我能不能把我那个倒霉的剧本②寄给他,由他带给或者交给里特维诺夫③,对他作一些适当的解释呢?

米沙的住址:雅罗斯拉夫尔,杜霍夫斯卡亚街,舍利亚吉娜寓所。

您的短篇小说《怪事》我读过了。很有趣。看样子,您似乎是在读过陀思妥耶夫斯基的许多作品以后写这个作品的。显然,在您写这篇小说的时候,您对陀思妥耶夫斯基的手法比对托尔斯泰的手法更加赏识。

您那儿下雨了吗?从雅罗斯拉夫尔到莫斯科的路上,我遇到了乌黑的雨云。

向安娜·伊凡诺芙娜、小姐们和包利亚深深鞠躬。

您的安·契诃夫

一八九六年七月二十七日

于梅里霍沃

请您代我要求包利亚把侧屋(正面)照一张相,并且把花园画一个草图。假如他不愿意做这种乏味的工作,那也就算了。

一八九六年七月二十七日

于梅里霍沃

---

① 伏尔加河上的轮船主。——俄文本注
② 指《海鸥》。——俄文本注
③ 伊·米·里特维诺夫是俄国出版总署的戏剧检查官。里特维诺夫把由他审查的剧本《海鸥》寄给契诃夫,要契诃夫在剧本的某些地方进行修改。——俄文本注

三九五

致伊·尼·波达片科

亲爱的伊格纳齐乌斯,剧本寄出去了①。检查官用蓝铅笔标明了一些他不喜欢的地方,理由是女演员②的哥哥和儿子对女演员同小说家的恋爱关系采取漠不关心的态度。在第四页上我删掉一句话:"她公开地同这个小说家同居",在第五页上删掉"她只能爱青年人"。如果我在小纸条上所作的改动得到承认,你就把它们贴在上述地方,并且祝你永远受到祝福,儿孙满堂!如果这些改动遭到否定,那你就把这个剧本丢开,我不愿意再为它操心,而且劝你也不必操心了。

第五页上索林有一句话:"顺便提一句,请你说说看,她那个小说家到底是个什么人?"其中的"她"字不妨删掉。还有一句话(在同一页上):"我不了解他。他老是不说话",可以改成"你可知道,我不喜欢他",或者别的什么话,哪怕从塔木德③里抄一段话也成。*

至于儿子反对这种恋爱关系,从他的口气中就可以听清楚。在失宠的第三十七页上他对他的母亲说:"为什么你我之间插进这个人来呢?为什么呢?"在这第三十七页上可以删掉阿尔卡津娜的话:"我们的接近当然不可能使你满意,可是"。全在这儿了。

---

① 波达片科正在为契诃夫的剧本《海鸥》得到书报检查机关的通过而奔走。——俄文本注
② 《海鸥》中的人物。
③ 犹太教口传律法集,为该教仅次于《圣经》的主要经典。内容不仅讲律法,且涉及天文、地理、医学、算术、植物学等方面。

请注意蓝色稿本上那些画了线的地方。

你到底什么时候到梅里霍沃来?

那么,凡是可删的,你就删吧,如果里特维诺夫事先说明这样做就行了的话。

谢谢你送给我的 mignon① 牌巧克力。我正在吃它。

在六日至十七日之间我要动身到南方去,到费奥多西亚去,向你的妻子献殷勤。不管怎样,你要来信。在二十日以后我的地址如下:费奥多西亚,苏沃林寓所。

要知道还有委员会呢!!

如果今年冬天你给我找到住处,那我整个冬天就住在彼得堡。只要有一个房间和一个有抽水马桶的厕所就够了。

我们要不要一块儿到什么地方去走一走?反正时间还多着呢。到巴统或者博尔若米去都成。咱们可以大喝葡萄酒。

紧紧地拥抱你。

你的欠情人 Antonio
一八九六年八月十一日
于梅里霍沃

每个稿本的第四页都得贴上一张小纸条才成。你在第五页和第七页上只删一下。不过,你爱怎么办都随你。请你原谅我这样死乞白赖地恳求你。

在我这方面,我用绿铅笔标出了那些可以删掉的地方以及从检查官的观点看来最有害的地方。

* 或者改成另一句话:"在她这种年纪!哼,哼,多么不怕羞啊!"

---

① 法语:宠儿。

三九六

致阿·阿·季洪诺夫(卢戈沃依)

十分尊敬的阿历克塞·阿历克塞耶维奇,我把修改过的校样①,即前四个印张,寄给您了。余下的我要从家里(洛帕斯尼亚)寄出,明天我就动身回家了。

我已经把这部小说的名字《我的一生》打电报告诉您了。可是我觉得这个名字讨厌,特别是"我的"这两个字。《在九十年代》好一点吗?这还是我生平第一次体验到取名这么难。

十月初我要到彼得堡去,到那时我再详细答复您最近的这封信②;目前,大概是由于贪吃吧,我的脑子不好使,思维迟钝,我犯懒了。目前我只想说:《田地》的文学增刊在这一年中获得了成功,主要是由于那些内容严肃的论文。索洛维耶夫的论文③甚至轰动一时。您说得对,应当注意"各式各样的"读者;您发表艾利斯曼的文章④也是对的,因为俄国的各式各样的读者即使缺乏教养,也愿意而且极力想成为有教养的人;他们严肃,善于思考,不愚蠢。

---

① 契诃夫的中篇小说《我的一生》的校样。——俄文本注
② 1896年10月1日阿·阿·季洪诺夫在写给契诃夫的信上说:"……请您来信用短短的几行说一下您那边的'读者'对《田地》一般采取什么态度,他们喜欢其中的哪些作品,不喜欢哪些作品。从来年如何经营这个事业的观点来看,这件事我是很感兴趣的。我指的是各式各样的读者。"——俄文本注
③ 指俄国宗教哲学家、诗人、政论作家符拉季米尔·谢尔盖耶维奇·索洛维耶夫的论文《雅·彼·波隆斯基的诗》,发表在1896年《田地》的《每月文学增刊》第2期和第6期上。——俄文本注
④ 费·费·艾利斯曼的论文《卫生学谈话》发表在1896年《田地》的《每月文学增刊》第4、5、7、8期上。——俄文本注

那么,我的地址明天又要变了。十月五日以前请您把信寄到洛帕斯尼亚。在费奥多西亚,天气冷起来了。下水游泳的时候觉得害怕了。

祝您万事如意,祝您健康,顺遂。

您的安·契诃夫

一八九六年九月十三日

于费奥多西亚

三九七

致阿·谢·苏沃林

大概,我既不会到托尔斯泰那儿去,也不会到展览会①去,因为我们这儿的天气好得出奇,离家外出是很困难的。不过,已经有了秋意,一切变得萧索了。傍晚漫长无际,夜里猫头鹰叫唤,卢戈沃依每天都有信来。……一句话,夏天过去了!

我看完您最近的这封信,决定这样分配角色②:特烈普列夫③由阿波隆斯基④扮演,索林⑤由皮萨烈夫⑥扮演,扎烈奇纳雅⑦由萨文娜⑧扮演,总管⑨由瓦尔拉莫夫⑩扮演,玛霞⑪由契达乌⑫扮

---

① 指下诺夫哥罗德展览会。参看第三九三封信和注。——俄文本注
② 指契诃夫的剧本《海鸥》中的角色;该剧准备于1896年10月17日俄国亚历山大剧院喜剧女演员列夫克耶娃从事舞台活动二十五周年纪念日在彼得堡的亚历山大剧院演出。——俄文本注
③⑤⑦⑨⑪ 均为《海鸥》中的角色。
④⑥⑧⑩⑫ 罗曼·鲍里索维奇·阿波隆斯基、莫杰斯特·伊凡诺维奇·皮萨烈夫、玛丽雅·加甫里洛芙娜·萨文娜、康斯坦丁·亚历山德罗维奇·瓦尔拉莫夫、玛丽雅·米哈依洛芙娜·契达乌均为亚历山大剧院的演员。——俄文本注

424

演,小说家特利果林①由萨左诺夫②扮演,医师③由达维多夫④扮演。可是由谁扮演女演员⑤呢?我不了解久席科娃,我从没看过她的戏;如果您认为这个角色适合她演,而她又乐意的话,那就让她扮演女演员吧。那么阿巴利诺娃就扮演爱上医师的总管家⑥太太。要是听了波达片科的话而把这个角色交给列夫克耶娃⑦,观众也许就会在这个角色身上期望一些滑稽的东西,于是大失所望了。要知道列夫克耶娃是以最出色的喜剧女演员闻名的,这种名望却可能毁掉这个角色。教员这个角色最好交给一个善于演日常生活的、有喜剧色彩的演员去演。

米沙问起他的轻松喜剧《铃响之前的二十分钟》会不会上演。他又写了一个轻松喜剧⑧,打算把它寄给您;他请求您准许他在呈文里写明这个剧本经书报检查官通过后就寄给您。

我打算着手改编劳里·马戈尔姆⑨。为了稳妥起见必须预先征得那位女翻译家的许可。

请您吩咐人找来八月那一期《戏剧爱好者》(第八十期),读一读四十五页上的彼得堡通讯⑩,您就会知道谁跟谁同居了。从这篇写得直率而详尽的通讯稿里我才知道卡尔波夫和霍尔木斯卡雅⑪同居了。

---

① ③　均为《海鸥》中的角色。
② ④　尼古拉·费多罗维奇·萨左诺夫、符拉季米尔·尼古拉耶维奇·达维多夫均为亚历山大剧院的演员。——俄文本注
⑤　《海鸥》中的女主角阿尔卡津娜。
⑥　《海鸥》中的波里娜·安德烈耶芙娜。
⑦　叶利扎维塔·伊凡诺芙娜·列夫克耶娃是亚历山大剧院的女演员。——俄文本注
⑧　《花瓶》。——俄文本注
⑨　指改编他的剧本《卡尔拉·布林》,参看第三九三封信的注。——俄文本注
⑩　指 C.T. 的通讯稿《彼得堡》。——俄文本注
⑪　齐娜依达·瓦西里耶芙娜·霍尔木斯卡雅是亚历山大剧院的女演员。——俄文本注

425

再见！祝您万事如意，向安娜·伊凡诺芙娜、娜斯嘉、包利亚深深鞠躬。

您的安·契诃夫
一八九六年九月二十三日
于梅里霍沃

十月一日以前我大概一直在家。您什么时候寄包裹来？我会立刻寄还您。

三九八

致叶·巴·卡尔波夫①

亲爱的叶甫契希·巴甫洛维奇，如果达维多夫像您信上所写的那样看中了索林这个角色，那他会演得出色。我很高兴；就让他演索林吧。可是谁来演医师呢，谁来演呢？要知道我那剧本是由医师来结束的！谁演那个女演员呢？还有教师②呢？我不大熟悉亚历山大剧院的班子；自然，不征得您的意见我就没法

---

① 契诃夫的这封信是答复1896年9月27日卡尔波夫的来信的；卡尔波夫在那封信上说："昨天我收到阿历克塞·谢尔盖耶维奇（苏沃林）的信，他在信上讲了您分配剧本《海鸥》角色的情形。当然，萨文娜扮演海鸥，阿波隆斯基扮演年轻人，瓦尔拉莫夫扮演总管，阿巴利诺娃扮演他的妻子，可是其余的角色怎么办呢？达维多夫无论如何也不同意扮演医师，他倒很看中索林。如果把索林交给他（无论就他的身材或他的才能来说，他演索林都比演医师合适），那么把医师交给谁呢？契诃乌所演的玛霞会装腔作势，扭扭捏捏，而这未必符合您的计划。把美德威简卡和女演员交给谁呢？啊，要是您自己到彼得堡来就好了。这是一种难得的工作，必须好好地商量一下。这是一个不同凡响的剧本，老兄；表演必须细腻而准确。"——俄文本注

② 《海鸥》中的陀尔恩。

分配角色。我们得快一点见面才是,可是,唉!在下个月七日以前不可能见面。后天我要到莫斯科去,在莫斯科大饭店下榻,在那儿住到下月七日。然后我就到"北方的巴尔米拉"①去,也就是直接从大馅饼那儿到名望和缪斯那儿去;七日那天我要极力跟您见面。如果您给我写封信,寄到莫斯科大饭店去,我会感激不尽。

祝您健康和长寿。紧紧地握您的手。

一八九六年九月二十九日
于莫斯科省,洛帕斯尼亚
梅里霍沃

您打算什么时候开始彩排?

三九九

致叶·米·谢缅科维奇②

十分尊敬的叶甫盖尼雅·米哈依洛芙娜,您的雇工伤势很重,因此必须把他送到医院去,而且要在今天。

玫瑰不必剪枝。只要摘掉一些叶子,把树枝向下弯一弯,用小钩子(或者,换一种说法,用叉形装置〈一〉)把它固定起来,铺上枯叶就成了。遮盖玫瑰还为时过早,应当等到严寒季节。

剪枝在春天进行。现在必须寻找和拔掉那些由野生树苗或者

---

① 即圣彼得堡,系18世纪末以来俄罗斯文学作品中对彼得堡的美称,它在富饶美丽方面可同叙利亚的古城巴尔米拉媲美。
② 住在契诃夫的庄园梅里霍沃附近的俄国地主、工程师符拉季米尔·尼古拉耶维奇·谢缅科维奇的妻子。——俄文本注

砧木生出来的新茎。*

祝您万事如意。

真诚地尊敬您的
安·契诃夫

*　因为到春天它们同优良的枝子就难于分清了。
请看背面。

请您吩咐那个把因殴打而受伤的雇工送到医院去的人打听一下:我们的牧童安德烈①的情况如何。如果这个安德烈已经痊愈,是否可以请您的使者把他带回来,或者带到火车站或邮车上去,因为今天傍晚我们的亚历山大到火车站去乘邮车。请您原谅我用这件事麻烦您,据说那个男孩在想家,哭泣,而这儿又派不出人去接他。

一八九六年九月二十九日
于梅里霍沃

四〇〇

致玛·巴·契诃娃

亲爱的玛霞,你在哪儿,在莫斯科还是在梅里霍沃?我把信寄到莫斯科去。

我住在埃尔捷列夫巷六号苏沃林的家里②。我到亚历山大那

---

①　即安德烈·齐普拉科夫。——俄文本注
②　契诃夫在1896年10月7日到达彼得堡,为了参与《海鸥》的排演。——俄文本注

儿去过。他生活得挺好。他见老。娜达丽雅·亚历〔山德罗芙娜〕养了一条狗,起名叫谢里特拉①;他们对待这条狗像对待女儿一样地温情脉脉。孩子们都健康。

我到波达片科家里去过。他搬了新住宅,一年要付房租一千九百卢布。他的书桌上放着玛丽雅·安德烈耶芙娜的美丽的照片。这个女人一步也不离开他;她幸福到了厚颜无耻的地步。他本人却见老,不唱歌,不喝酒,觉得烦闷无聊。他要带全家人去看《海鸥》,很可能他的包厢同我们的包厢紧挨着,那样一来丽卡②可就要倒霉了。

目前《海鸥》的排演没有趣味。彼得堡很沉闷,季节③一直要到十一月才会开始。大家都憋着一肚子气,使小性儿,虚情假意,街上时而有春天的阳光,时而有迷雾。演出不热闹,而是阴沉沉的。总的说来大家情绪不佳。今天或者明天我把路费寄上,可是我不劝你来。

依我看,最好把彼得堡之行推延到冬天,到那时此地不会这么沉闷。这个问题究竟应该如何决定,谨请裁夺。如果你决定来,就打一个电报说:"彼得堡,埃尔捷列夫巷六号,契诃夫收。我们来。"如果你决定一个人来,不带丽卡,那就打电报说:"我来。"那我就会准备住处,并且到火车站去迎接。

祝你健康。问候大家。

你的安·契诃夫
一八九六年十月十二日
于彼得堡

---

① 这个名字在俄语里原义是"硝石"。
② 即丽·斯·米齐诺娃,有一个时期她同波达片科关系亲密。——俄文本注
③ 指演出季节。

四〇一

致米·巴·契诃夫

亲爱的米发①：你的剧本②不是无条件批准，而是"有例外地"批准的，《政府公报》③里这样写着。哪怕这个剧本只被删掉一个字，那就已经是"有例外"了。

苏沃林托我转告你：

（一）你以前的剧本④一定会在这个季节由巴纳耶夫剧院公演；要不是因为导演办事极端迟缓，这个剧本早就已经上演了。

（二）立刻把你新写的轻松喜剧⑤寄给他，也就是寄给苏沃林。

我的《海鸥》十月十七日上演。柯米萨尔热甫斯卡雅演得惊人⑥。新闻一点也没有。我活着而且健康。十月二十五日左右或者十月底我要回梅里霍沃。二十九日地方自治局开会⑦，我得出席，因为会上要讨论道路问题。

---

① 这是俄国画家列维坦对契诃夫的小弟米哈依尔·巴·契诃夫的称呼；米哈依尔的爱称应是"米沙"，列维坦念不好而变成"米发"了。——俄文本注
② 《浅蓝色的花结》。——俄文本注
③ 1869至1917年俄国内务部官方日报，在彼得堡出版，发表政府命令和公告。1917年3月起称《临时政府公报》。十月革命后封闭。
④ 《铃响之前的二十分钟》。——俄文本注
⑤ 《花瓶》。——俄文本注
⑥ 契诃夫的剧本《海鸥》中的尼娜·扎烈奇纳雅这个角色原定由玛·加·萨文娜扮演，萨文娜拒绝后改由薇拉·费多罗芙娜·柯米萨尔热甫斯卡雅扮演；10月14日契诃夫参与了该剧的排演。——俄文本注
⑦ 10月29日契诃夫出席了谢尔普霍夫县地方自治局会议（一连三天），这次会议讨论了从圣洛帕斯尼亚铺一条马路到梅里霍沃的问题。——俄文本注

问候和祝福我那不合法、不恭敬的女儿①。如果她品行不端，对丈夫负心，我就取消她的继承权。

你们的非血统的爸爸
安·契诃夫
一八九六年十月十五日
于彼得堡
埃尔捷烈夫巷六号，十一号住宅

四〇二

致阿·谢·苏沃林

我动身到梅里霍沃去了。祝您万事如意！如果斯达霍维奇②交还那个"公文"③，请您至少把这个文件的摘要寄给我。

剧本的排印请暂缓。④ 我永远也忘不了昨天的傍晚⑤，不过我仍旧睡得很好，动身的时候心情也十分平和。

给我来信。

您的安·契诃夫
一八九六年十月十八日
于彼得堡

---

① 指米·巴·契诃夫的妻子奥尔迦·盖尔玛诺芙娜·契诃娃，契诃夫在他们的婚礼上代替他们的父母担任主婚人。——俄文本注
② 米哈依尔·亚历山德罗维奇·斯达霍维奇是俄国地主，奥尔洛夫省首席贵族，地方自治局活动家。——俄文本注
③ 内容尚未查明。——俄文本注
④ 当时苏沃林的印刷厂里正在排印契诃夫的戏剧集。——俄文本注
⑤ 1896年10月17日契诃夫的剧本《海鸥》在彼得堡的亚历山大剧院首次公演，遭到失败。——俄文本注

我所借的三百个卢布，我会用《田地》的钱①寄还您。

我收到了您的信。我不会在莫斯科上演这个戏。我再也不写剧本，不上演剧本了。

四〇三

致玛·巴·契诃娃

我正动身到梅里霍沃去，明天午后一点多钟到达。昨天的事件没有震动我，也没有使我十分伤心，因为我看过排演，已经对这个事件有了准备②，因此我并没有觉得特别难过。

你到梅里霍沃去的时候，把丽卡带来。

你的安·契诃夫

一八九六年十月十八日

于彼得堡

四〇四

致米·巴·契诃夫

这个戏③稀里哗啦地垮下来了。在剧院里，有一种由困惑和

---

① 指《田地》的稿费，契诃夫的中篇小说《我的一生》发表在这个杂志上。
② 只有10月14日的那次排演让契诃夫满意，但10月16日的彩排就差劲了。伊·尼·波达片科回忆说："彩排时舞台上笼罩着一种不确切的气氛，好像有什么东西猝然遭到了挫折，演员们似乎在那次排练中受了内伤。灵感已经消失……演出进行得很顺利，但显得平淡乏味。"（参看《同时代人回忆契诃夫》，莫斯科，1954年版，《和契诃夫交往的几年》一文）——俄文本注
③ 指《海鸥》。——俄文本注

耻辱合成的、沉重的紧张气氛。演员们演得糟糕,愚蠢。

由此得出一个教训:不应该写剧本。

不过,话说回来,我仍旧活着,健康,胃口挺好。

你们的爸爸安·契诃夫

一八九六年十月十八日

于彼得堡

四〇五

致安·伊·苏沃林娜

亲爱的安娜·伊凡诺芙娜,我不辞而别了。您生气吗?问题在于这个戏上演以后我的朋友们都很激动①;夜里一点多钟有人到波达片科的住处去找我,到尼古拉车站去找我,第二天从早晨九点钟起人们就纷纷来看我,我随时等待着达维多夫②会带着同情的脸色来劝解我。这是动人的,然而叫人受不了。再者我事先已

---

① 1896年10月17日契诃夫的剧本《海鸥》在亚历山大剧院首次公演,在演到第二幕的时候剧本的失败已经很明显了,契诃夫就离开了剧院。另外,苏沃林的日记里有一段记载:

"今天《海鸥》在亚历山大剧院公演。这个戏没有获得成功。观众心不在焉,不听戏,不住交谈,觉得乏味。我很久没有看到过这样的演出了。契诃夫闷闷不乐。夜里十二点多钟他的妹妹到我们家里来,问契诃夫在哪儿。她很担心。我们派人到剧院去找,到波达片科家里去找,到列夫克耶娃家里去找(演员们聚集在她的家里吃晚饭)。到处都没有他。两点钟他才来。我走到他跟前去,问道:

"'您上哪儿去了?'

"'我在街上走来走去,坐一坐。我不能对这次演出一笑置之。即使我还能活七百年,我也连一个剧本也不会给剧院了。在这个领域里我不会获得成功。'

"他打算明天三点钟身动,'请您务必不要留我。这一类谈话我听不下去。'"——俄文本注

② 即符拉季米尔·尼·达维多夫,在《海鸥》中扮演索林。——俄文本注

经做了决定:不管这个戏是否获得成功,我第二天一定走。荣誉带来的热闹冲昏了我的头脑,《伊凡诺夫》公演①以后我也是第二天就走掉的。一句话,我有一种无法克制的想逃跑的渴望;下楼向您辞行就不可能不为您的殷勤所折服而留下来了。

热烈地吻您的手,希望取得您的原谅。请您记住您的箴言!②向大家深深鞠躬。我十一月间再来。

完全属于您的安·契诃夫
一八九六年十月十九日
于梅里霍沃

四〇六

致阿·谢·苏沃林

在您最近的这封信(十月十八日)里您三次骂我是娘儿们,而且说我怯懦。这样的诽谤是为了什么呢?看完戏后,我在罗曼诺夫③吃了晚饭,心平气和,然后躺下睡觉,睡得酣畅,第二天就回家去了,一句怨言也没有发。假如我怯懦,我就会跑遍各编辑部、各演员家,神经质地恳求从宽发落,神经质地加进一些无益的修改;我就会在彼得堡住两三个星期,去看我的《海鸥》,心情激动,浑身冷汗,叫苦连天……那天夜间散戏以后您到我的房间里来,您自己就说过:对我来说最好是一走了事;第二天早晨我收到您的信,在

---

① 契诃夫的剧本《伊凡诺夫》于 1889 年 1 月 31 日在亚历山大剧院首次公演。——俄文本注

② 在契诃夫写给苏沃林娜的信纸上印着:"Comprendre—pardonner"(法语:理解——原谅)。——俄文本注

③ 彼得堡的一个饭馆的名称。——俄文本注

信上您向我告别。怯懦从何说起呢?我的行动合理而冷静,犹如一个人求婚而遭到拒绝,他没有别的办法,只好一走了事。不错,我的自尊心受到伤害,可是要知道,这件事不是自天而降的;我料到会失败,已经为此做好准备,关于这一点我曾经十分诚恳地向您作过预告。

我到家后,服了蓖麻油,洗了冷水澡,现在简直可以写一个新剧本了。我已经不感到疲倦和愤懑,不担心达维多夫和让来找我,谈这出戏了。您的修改①我都同意,而且道谢一千次。只是请您不必为没有去看排演而懊悔。要知道,实际上只有过一次排演,那次排演莫名其妙;在极恶劣的表演中根本就看不到剧本。

我收到波达片科的一封电报②:那个戏获得巨大的成功。我收到我不认识的韦塞里茨卡雅(米库里奇)的一封信,她用一种沉痛的口气表达她的同情,好像我的家里死了人似的;这是十分不得当的。不过,这都是小事。

我妹妹很喜欢您和安娜·伊凡诺芙娜,为此我有说不出的高兴,因为我爱你们一家人如同爱我自己的家人一样。她匆匆忙忙从彼得堡赶回来,大概以为我悬梁自尽了。

我们这儿的天气暖和而潮湿,病人很多。昨天来了一个富裕的农民,肠子里粪便堵塞,我们就给他做了几次大灌肠。他又被救

---

① 10月18日苏沃林在写给契诃夫的信上劝契诃夫对剧本《海鸥》进行某些修改。据契诃夫的妹妹玛·巴·契诃娃说,他们曾经当着她的面讨论过这些修改。——俄文本注
② 在契诃夫的剧本《海鸥》于1896年10月22日公演以后,波达片科打电报给契诃夫说:"很大的成功。每一幕演完,观众都叫幕;在第四幕演完以后,叫幕的很多,人声鼎沸。柯米萨尔热甫斯卡雅演得很完美,她单独受到三次叫幕。观众叫作者出场。他们解释说作者不在。场内群情激昂。演员们要我把他们的喜悦转达给你。"——俄文本注

活了。对不起,我拿走了您的《欧洲通报》,这是故意拿走的;我还拿走了《菲利波夫文集》①,这不是故意的。前一本书我寄还您,后一本书等我看完再奉还。

斯达霍维奇带去的公文②请您按包裹寄来,我马上就还您。还有一个请求:阿历克塞·阿历克塞耶维奇答应把《全俄罗斯》③寄给我,请您提醒他一声。

祝您获得人间的和天上的一切幸福,我衷心感激您。

您的安·契诃夫

一八九六年十月二十二日

于梅里霍沃

四〇七

致巴·费·姚尔达诺夫④

十分尊敬的巴威尔·费多罗维奇,我又给您写信了。我执行了您的盼咐,不过,此外,我们是不是能在图书馆里设立一个 en-grand⑤ "参考书籍部"? 这个部能够把埋头工作、严肃认真的公众(塔甘罗格总该有这样的人吧?)吸引到图书馆里来,凡是需要查阅各种资料以及实际指点的人也会被吸引进来。这个部里可以收

---

① 捷尔季·伊凡诺维奇·菲利波夫是沙皇政府的国家稽查官,这个文集于1896年在圣彼得堡出版。
② 内容尚未查明。——俄文本注
③ 俄国的一种参考读物。
④ 俄国的防疫医师,塔甘罗格市参议会的议员。契诃夫自90年代中期起到去世止一直关心塔甘罗格图书馆的需要。从1895年3月起他经常给这个图书馆寄书,有些书是从他个人的藏书里选出的,有些书是为这个目的特地购买的。——俄文本注
⑤ 法语:大规模的。——俄文本注

藏普通的和专门的日历；还有语言学的辞典、百科辞典、农业辞典、医学辞典、技术辞典；还有军事条令、海事法规；还有惩罚条例、关押条例、海关法、票据规章等等，等等；还有政府印行的、与各机关人员有关的出版物；还有最著名的慈善机构和学术团体的章程；还有这些团体的报告；还有图书索引；还有一切学术机构的规划；还有旅行手册和指南；还有《全俄罗斯》；还有财贸情报、债券和彩票的中奖消息等等；还有烹饪指南、时装杂志；还有运动和游戏；还有著名商行和日用品商店的目录、价目表、广告。这是举不胜举的。在十二月以前我们能够办成这个部，十二月间您就在《塔甘罗格通报》上公布这件事，说现在请社会人士免费取得情报和参考资料，说图书馆里有某某参考读物，说图书馆打算不断地以最新的读物充实这个部。要是您愿意让图书馆承担报纸和刊物的订阅事宜，承担抄录书籍、乐谱、剧本等各种委托事项，那我就会为您效劳，为您免费找到代理机构。当然，关于抄录图书，图书馆应当略为赚一点钱，然而重要的不在这里，而在于日久天长这会使得社会人士乐于到图书馆来，图书馆对他们来说就变得不可缺少了。

在十一月中旬以前我一直在家，因此请您把信寄到莫斯科省洛帕斯尼亚。

祝您万事如意。

真诚地尊敬您的

安·契诃夫

一八九六年十月二十三日

于莫斯科省，洛帕斯尼亚，

梅里霍沃

只是，劳驾，请您不要对外人讲起我参与图书馆的事务。不久以前《每日新闻》上又发表了一篇相当令人不快的荒诞文章①。

四〇八

致尼·伊·柯罗包夫

亲爱的尼古拉·伊凡诺维奇,这几天大概会批准季亚科诺夫教授②出版《外科学》杂志③。如果你没有改变主意而仍旧参与外科学杂志出版方面的总务工作(做到按时把论文的校样送到瑟京的印刷厂,按时把稿费寄给作者们,等等,等等),那么请你挑选一个星期三,在五点到七点之间,到彼得·伊凡诺维奇·季亚科诺夫家里去一趟(特维尔街,波罗霍甫希科夫寓所)。

我的剧本的演出热闹得很,因为有的人说这个剧本莫名其妙,于是把我骂得狗血喷头,有的人却肯定这是一个"妙不可言"的剧本④。谁也闹不清这是怎么回事,可是我却像一颗炮弹似的飞出了彼得堡,目前收到大量的信以至电报⑤;剧院满座。我本想顺路到你那儿去一趟,把你带到乡下来,可是当时天气遭透了。我把这

---

① 契诃夫大概指的是 1896 年 9 月 12 日《每日新闻》第 4765 号上的塔甘罗格通讯稿,这篇稿子讲到契诃夫的"新的捐助",并且不大确切地讲到《新时报》驻巴黎记者伊凡·亚科甫列维奇·巴甫洛夫斯基参与塔甘罗格博物馆筹备工作的情况。——俄文本注
② 彼得·伊凡诺维奇·季亚科诺夫是俄国外科学家,莫斯科大学教授。
③ 1896 年 7 月间,人们为在莫斯科出版外科学杂志而重新开始奔走(1895 年 10 月间契诃夫就为这个杂志奔走过,请参看他在那时候所写的第三八四、三八五、三八六封信),契诃夫又积极参与了这一次的奔走。1896 年 10 月契诃夫在彼得堡逗留期间,曾经以季亚科诺夫教授的名义向沙皇政府的出版总署递交呈文,要求批准《外科学》的出版(契诃夫劝季亚科诺夫用《外科学》这个名字代替原名《外科年鉴》)。——俄文本注
④ 参看剧本《海鸥》的注。——俄文本注
⑤ 参看第四〇六、四〇九、四一〇、四一二封信的注。——俄文本注

个良好的心愿推延到十一月中旬去实现,那时候有了雪橇的道路,而且我也要到莫斯科去一趟。

祝你健康。问候叶卡捷琳娜·伊凡诺芙娜①。

你的安·契诃夫
一八九六年十一月一日
于梅里霍沃

四〇九

致叶·米·沙甫罗娃②

如果您,可敬的"观众之一",写的是第一次演出,那么请您容许我,啊,请您容许我怀疑您的诚恳。您急于在作者的伤口上撒一点镇痛药,认为就当前情况来说这比诚恳好,比诚恳需要。您心肠好,亲爱的玛斯卡,十分好,这给您的心灵增添了光彩。在首次公演的时候我没有从头到尾看完,然而我所看到的那一部分却演得呆板无神,单调乏味。分配角色的不是我,也没给我做新的布景,排演只有两次,演员们没有背熟台词,结果是天下大乱,六神无主;就连在有一次排演当中③演得惊人的柯米萨尔热甫斯卡雅也演得不怎么样,而在那一次排演当中她却弄得坐在池座里的看客们不住落泪,垂头丧气……

不管怎样,我十分感激,而且非常非常感动。我所有的剧本正在排印,等到这个集子问世,我就寄给您一本,只是您在改变住址的时候,要及时通知我。《海鸥》会不会在莫斯科上演,我不知道;

---

① 柯罗包夫的妻子。——俄文本注
② 答复叶·米·沙甫罗娃关于《海鸥》首次公演的信。
③ 指10月14日进行的排演。参看第四〇三封信的注。——俄文本注

我没有跟任何一个莫斯科人见面,也没收到他们的信。大概它会上演吧。

好,您近况如何?为什么您不试一试写一个剧本呢?要知道,这会使你产生一种感觉,好像头一次钻进没有加热的钠儿赞矿泉水①似的。您写吧。顺便说说,您懒了,已经什么都不写了。这是不好的。

在十一月十五日或二十日以前我一直在家。您再给我写个两三行来吧,要不然我的生活说真的,太乏味了。我有这样一种心情,好像目前一无所有,以往也是一无所有似的。

祝您万事如意,再一次向您道谢。

您的安·契诃夫
一八九六年十一月一日
于莫斯科省,洛帕斯尼亚,
梅里霍沃

四一〇

致维·维·比里宾

亲爱的维克托·维克托罗维奇,多谢您的来信②。我,当然,高兴,很高兴,可是第二次和第三次演出的成功仍旧不能抹掉第一次演出在我心里留下的印象。那次演出我没有看完,然而我所看到的那一部分却演得单调、古怪至极。演员们没有背熟台词,演得

---

① 产于高加索地区的一种用于治疗心血管系统、胃肠道及新陈代谢等病症的碳酸质矿泉水。
② 10月25日比里宾在写给契诃夫的信上讲到契诃夫的剧本《海鸥》第三次演出的成功。——俄文本注

呆板,迟疑,大家都无精打采;连柯米萨尔热甫斯卡雅都垂头丧气,演得不怎么样。而且剧院里热得像地狱一样。

似乎一切因素都在跟这个剧本作对。不过,话说回来,我仍旧能够成为青年们的一个榜样:我看过戏后就到罗曼诺夫去吃晚饭,夜里睡得很香,第二天早晨没看剧评(报纸露出一副凶险的样子),到中午就坐车到莫斯科去了。

您在莫斯科干了些什么?您喜欢莫斯科的排演吗?您到捷斯托夫去吃过大馅饼吗?您跟我们的朋友格鲁津斯基和叶若夫见过面吗?

我失去了您的住址。我把这封信寄到您的机关里去了。

问候安娜·阿尔卡季耶芙娜,祝您健康,主要的是不要认为您的心脏有病。您(但愿不要遭到毒眼才好①)是很健康的。

您的安·契诃夫
一八九六年十一月一日
于莫斯科省,洛帕斯尼亚,
梅里霍沃

带漫画的那一期《花絮》②收到了。我寄给您一本我的书③留念,这本书是 pour les enfants④。等到您的大儿子学会读书,要是他乐意的话,就让他读一遍吧。

---

① 按俄国迷信说法,人遭到毒眼就会遭到不幸。
② 1896 年《花絮》杂志第 43 期上有一张 H. H. 阿玛拉特别科夫所画的漫画:契诃夫骑着一只海鸥飞翔,而下面沼泽地里有些猎人(批评家)在射击他。——俄文本注
③ 大概是《卡希坦卡》,契诃夫描写动物生活的中篇小说。——俄文本注
④ 法语:儿童读物。——俄文本注

四一一

致达·利·托尔斯泰雅[1]

十分尊敬的塔季扬娜·利沃芙娜,您要知道我早就打算答复您的信[2]了。我是在九月下半月,从克里米亚回来以后收到信的。当时天气极好,心情也好,我就没有急于回您的信,因为我相信不是今天就是明天我就会动身到亚斯纳亚·波利亚纳去。可是信和电报陆续来了,死乞白赖地要求我到彼得堡去,我的剧本[3]正在准备上演。我就去了,这个剧本显然没有获得成功,于是现在我又在家里了。外面已经下雪,到亚斯纳亚·波里亚纳去已经嫌迟了。

您在信上问起我有没有已经写完的作品,能不能带去读一下。今年夏末,我写好了一部中篇小说,《我的一生》(我想不出另外的名字),有五个印张之多;我原想把它的校样带到亚斯纳亚·波里亚纳去。现在它刊登在《田地》的增刊上了;我对它感到憎恶,因为书报检查官把它糟蹋了一番[4],有许多地方变得面目全非了。

在彼得堡我同德·瓦·格利果罗维奇见过面。他那死气沉沉的模样使我吃惊。他脸色黄中带绿,如同害癌症的病人一样。他说他在下诺夫哥罗德的展览会上劳累了。

请您容许我为您的信,为您的和善的态度道谢;请您相信我,我对这种态度的重视是我用语言所不能表达的。问候列夫·尼古

---

[1] 列夫·托尔斯泰的大女儿。——俄文本注
[2] 托尔斯泰雅写信给契诃夫说,他们全家正在焦急地等他去亚斯纳亚·波利亚纳。——俄文本注
[3] 《海鸥》。——俄文本注
[4] 参看中篇小说《我的一生》的注。——俄文本注

拉耶维奇和您的全家,祝您万事如意。

诚恳地尊敬您的

安·契诃夫

一八九六年十一月九日

于莫斯科省,洛帕斯尼亚,

梅里霍沃

四一二

致阿·费·柯尼

十分尊敬的阿纳托利·费多罗维奇,您可知道您的信[1]使我多么高兴。我只从观众席上看过我的剧本的头两幕,后来我就坐在后台,一直感到《海鸥》失败了。散戏以后,当天晚上和第二天人们都反复对我说[2]我所写的人物都是些白痴,我的剧本从舞台

---

[1] 1896年11月7日阿·费·柯尼写信给契诃夫,讲到他对契诃夫的剧本《海鸥》的演出的印象:"我(从萨文娜那儿)听到观众对您这个剧本的态度使我很不愉快……可是请您允许观众之一(也许是文学和戏剧艺术方面的门外汉,然而从自己的司法工作中了解生活)对您说:他由于您的剧本《海鸥》所给予的极大的快乐而向您道谢。《海鸥》是一个就它的构思来说、就思想的新颖来说、就作者对日常生活情况的深思的观察来说都是出类拔萃的作品。这是把生活本身搬上了舞台,显出了它的悲剧性的联结、不假思索的雄辩、默默的受难;这是日常的生活,人人都能懂,而对于它的内在的残酷的讥刺却又几乎没有一个人能理解;这是一种对我们来说极其接近、极其亲切的生活,所以人们立刻忘了自己是坐在剧院里,能够亲自参与在他眼前进行的谈话了。还有那结局是多么好啊!这是多么忠实于生活:了结自己的生命的并不是她,那个海鸥(平庸的剧作家却一定会逼她这样做,为的是引得观众流泪),而是那个生活在抽象的未来当中的年轻人,他对于在他四周发生的一切事情究竟是由于什么原因,为了什么目的,是'一点也不了解'的。再者,这个剧本是突然中断的,让观众自己去补充描绘它那暗淡的、感伤的、不明确的未来,这一点我是很喜欢的。史诗般的作品就是这样结束的,或者更正确地说,就是这样发展变化的。……"——俄文本注

[2] 指的是报纸上对剧本的评论。——俄文本注

条件方面来看是拙劣的,它没有条理,莫名其妙,甚至毫无意义,等等,等等。您可以想象到我的处境,这是我做梦也没想到过的失败啊!我羞愧,烦恼,心里充满各种怀疑而离开了彼得堡。我暗想,既然我把一个显然满是重大缺点的剧本写出来,上演了,那我就是失掉了一切感觉,这就表明我的机器彻底毁坏了。等我回到家,彼得堡的人就给我来信,说第二次和第三次演出获得了成功;来了一些签名的和匿名的信,称赞这个剧本,诟骂那些剧评家;我呢,读得挺愉快,可是我仍旧羞愧和烦恼,不知不觉中有一种想法钻进我的头脑,我想如果连一些好人都认为有必要安慰我,那就无异于说我的局面不妙了。然而您的信对我起了决定性的作用。我早已了解您,深深地尊敬您,相信您胜过相信所有批评家的总和;这一点您在写信的时候是感觉到的,因此这封信写得那么精彩,那么有说服力。我现在才心平气和,想起那个剧本和演出的时候不再感到憎恶了。

柯米萨尔热甫斯卡雅是一个好得出奇的女演员。有一次排演的时候,许多人看着她,哭起来,说在当今的俄国她是一个最好的女演员;可是到公演的时候,她也被大家所共有的、同我的《海鸥》敌对的情绪降伏了,似乎变得胆怯,嗓音低下来了。我们的报刊对她冷淡,不公平,我为她惋惜。

请您允许我为您的信满腔热诚地道谢。请您相信我珍重那种激发您给我写这封信的感情,这种珍重是我不能用语言来表达的;至于您在信的结尾称之为"不必要的"的关切之情,那是不管发生什么事,我也永远不会忘记的。

真诚地尊敬您和忠实于您的

安·契诃夫
一八九六年十一月十一日
于莫斯科省,洛帕斯尼亚,
梅里霍沃

四一三

致符·伊·涅米罗维奇-丹钦科

亲爱的符拉季米尔·伊凡诺维奇,你看,我没有立刻答复你的信。玛霞仍旧住在去年所住的那个地方:苏哈烈甫斯基花园街的基尔赫戈夫寓所。

是的,我的《海鸥》在彼得堡的第一次演出遭到巨大的失败。剧院里弥漫着凶恶的气氛,空气由于憎恨而沉闷,我呢,按照物理学定律,像炮弹一般飞出了彼得堡。这都怪你和苏木巴托夫,因为是你们怂恿我写剧本的。

你对彼得堡的不断增长的反感,我是理解的,不过彼得堡仍旧有许多好东西,例如艳阳天的涅瓦大街,或者柯米萨尔热甫斯卡雅,我认为她就是一个出色的女演员。

我的健康状况还可以,心情也如此。不过我担心我的心情不久又会变得恶劣:拉甫罗夫和戈尔采夫坚决主张把《海鸥》刊登在《俄罗斯思想》上①,于是文学批评马上就要开始鞭挞我了。这是可憎的,仿佛爬到水洼里去了似的。

我又要惹你厌烦,拜托你一件事了:塔甘罗格市立图书馆开辟了一个参考书籍部。请你为这个部把下列的东西寄给我:你们的音乐协会②的纲领和章程、文学的信贷机构的章程以及你认为具有参考性质而且你手边就有的一般资料。请你原谅我拜托你办这么一件快活的工作。

---

① 《海鸥》发表在 1896 年《俄罗斯思想》第 12 期上。——俄文本注
② 符·伊·涅米罗维奇-丹钦科是音乐协会的话剧进修班教授。——俄文本注

问候叶卡捷琳娜·尼古拉耶芙娜,祝你健康。

你的安·契诃夫
一八九六年十一月二十日
于梅里霍沃

请你给我来信。

四一四

致叶·米·沙甫罗娃

好,十分尊敬的 collega,首先请您容许我对您进行严厉的申斥。为什么您买了薄伽丘①的作品?为什么?您这种行为我可不喜欢。

另一方面这篇短篇小说②我倒是十分十分喜欢的。这是个可爱而隽永的好作品。不过您照例把情节的进展写得有点疲沓,因此这个短篇有些地方也就显得疲沓了。请您想象一个大水池,池中的水经过很细的小水道往外流,弄得肉眼都看不出水在流动;请您想象这个池子的水面上有各式各样的杂物:木片啦,板子啦,空桶啦,树叶啦;所有这些东西由于水流得慢而似乎一动也不动,堵住了细流的口。在您的短篇小说里,情形也是这样:行动少而细节多,那些细节堆积起来了。可是由于我刚刚起床,我的脑子不好使,那就请您容许我把我的批评逐条叙述如下:

(一)换了是我,第一章就从"一辆不大的四轮马车刚刚……"

---

① 薄伽丘(1313—1375),意大利作家,人文主义者和意大利文艺复兴运动的先驱。他的作品《十日谈》有色情的描写。
② 沙甫罗娃的短篇小说《恺撒的妻子》。——俄文本注

这句话开始。这样简单些。

（二）第一章里关于钱（三百个卢布）的议论可以删掉。

（三）"在它的一切表现中"，这不必要。

（四）那对年轻的夫妇把环境安排得"像所有人一样"，这使人想起《战争与和平》里的别尔戈夫。

（五）关于孩子的议论，从"例如侄女"起到"催眠"止，是可爱的，然而有害，而且在这个短篇里碍事。

（六）两姊妹和柯利茨基必要吗？关于他们光是提了一下，仅此而已。要知道他们也碍事。如果必须让瓦瓦看见孩子，那也不必把她送到莫斯科去。她那么频繁地往莫斯科跑，弄得读者也疲于奔命了。

（七）为什么瓦瓦是公爵小姐？这只是累赘而已。

（八）像"distinguée"①这样古板的字现在已经废弃，如同"调情"一样。

（九）去参加婚礼的路上的描写不必要。

（十）教授家里的描写很好。

（十一）换了是我，这篇小说到第七章就结束，不提安德留沙，因为月光奏鸣曲的 andante② 说明了必须说明的一切。不过，假如您无论如何非要安德留沙不可，那也请您仍旧割舍第九章。这一章是累赘。

（十二）您不要叫安德留沙表演。这未免肉麻。为什么写他有勇士般的肩膀呢？这（怎么说好呢）太沙皮尔③气了？！

（十三）恺撒和恺撒的妻子，请您在正文里保留下来，可是小

---

① 法语：高贵的。
② 意大利语：行板（音乐术语）。
③ 指俄国女作家奥尔迦·安德烈耶芙娜·沙皮尔（1850—1916）。——俄文本注

447

说的名字《恺撒的妻子》不合适……是的……既不会被书报检查官通过,也不合适。

(十四)最后,请您以自己的名义把这篇小说寄到《俄罗斯思想》去,那儿的人知道您。请您把它放在信封里寄去,贴上五戈比的邮票。我会到编辑部去,打听一下它的下落。

请您记住,恺撒和他的妻子才是中心人物,不要让安德留沙和两姊妹遮住他们。斯玛拉格多娃也取消。多余的姓名反而是累赘。

我再说一遍,这是个优秀的短篇。您笔下的丈夫写得再好也没有了。可是信纸已经没有地方了。《海鸥》将要刊登在《俄罗斯思想》十二月号上。

祝您健康!!

cher maître 安·契诃夫
一八九六年十一月二十日
于梅里霍沃

四一五

致巴·费·姚尔达诺夫

十分尊敬的巴威尔·费多罗维奇,随信附上运单一张和按需排列的书目①一张。凡是标明"未买到"字样的书都将尽快地寄上,只有不多的几种是例外,下面就要谈到。

马克思没有出版但丁。他那里有弥尔顿②的《失乐园》的精装

---

① 这些书是为塔甘罗格市立图书馆采购的。
② 弥尔顿(1608—1674),英国诗人。

本,然而我故意没买。以后,如果不经您授权,我就不买昂贵的精装本,因为依我的看法,对市立图书馆来说它们无异于昂贵而悦目的家具,人们不敢使用它们,怕把它们弄坏。再者,在外省的市立图书馆里贵重书籍的硬书皮照例会因为贴了标签而变得难看。那些立在书架上睁开白色大眼睛瞧着您的书,是一种越是书皮珍贵就越令人不愉快的景象。(在京城的那些存书数以万计的大图书馆里往往不用标签,或者贴在硬书皮的环衬上)

左拉的《萌芽》的俄文本据说被查禁了。苏德尔曼①的剧本除了《故乡》以外,还寄上另外两本:《幸福乡》和《弗利茨亨》。寄上我自己收藏的列斯科夫的集子,只是请原谅,没有装订过,而且缺第六卷!这一卷被查禁了!我把这一卷另打一包,写上它属于塔甘罗格市立图书馆;这个珍品会随着时间的消逝而变得十分贵重。要是您能保证这第六卷在图书馆里的存在暂时对所有的人(除了我和您以外)都是秘密,我就准备把这个包裹寄给您,而且我会乐于这样做。

莫泊桑②的集子的售价目前高于六个卢布,但是他们按六个卢布卖给我,打九折。我不止买了这十二卷集,我要零零碎碎地购买那些译文好的和法文的莫泊桑作品。古典作家和著名的作者的作品,我认为图书馆应当也有原文本,这是为了合乎规矩,honoris causa③。再者,只有译文可读,这对塔甘罗格来说是可耻的。要知道塔甘罗格的外国人多极了,不计其数。纳扎利耶娃④的《积劳成疾》没有,而且从来也没出售过。它,也就是这部长篇小说,发表

---

① 苏德尔曼(1857—1928),德国小说家、戏剧家。
② 契诃夫极为欣赏的法国短篇小说家。
③ 拉丁语:出于尊敬。——俄文本注
④ 卡皮托丽娜·瓦列里安诺芙娜·纳扎利耶娃(1847—1900),俄国女作家,笔名 H.列文。

在《观察者》上。我给这位女作者写过一封信;她就买了杂志,把她的长篇小说抽出来,装订成书,亲笔签名,寄给我了。她还寄来另外两本她的小书。寄上涅米罗维奇-丹钦科的《雾》和《省长的视察》;顺便说说,请您预先告诉图书馆不要把符拉季米尔·涅米罗维奇-丹钦科和他的哥哥瓦西里①混成一个人。必须把他们分开,犹如要把安东·契诃夫和亚历山大分开,要把符拉季米尔·柯罗连科和拉夫尔②分开一样。现在谈一谈文盖罗夫的评传辞典③。要买它吗?要知道这本辞典只编到字母 Б……现在开始买这个温格罗夫出版的俄国自古以来直到现在出版的各种书籍的清单岂不好些吗?目前温格罗夫丢开那本辞典,出版这个清单,对它来说这个清单成为那本辞典的准备工作了。那么请您写信告诉我要不要买它。关于拉兹马塞的《伏尔加河》这本昂贵的出版物(对那些没有到过伏尔加河和没有在那儿住过的人来说它是没有多大趣味的),我所要说的如同关于弥尔顿那本书的意见一样。要买吗?

  书目中第一、二、七、九、十、十三、十九、二十二、二十五、二十七、二十九、三十三、四十、四十四、四十五、六十三、六十四、七十一、七十四等书都打了九折。凡是打了很大的折扣买来的书,它们的原价都在括弧里写明。我买书所用的钱总计八十九个卢布三十八个戈比。其中有两本不是为图书馆买的书(也打九折)。现在谈一谈十二月间开办的参考书籍部。目前请您宣布图书馆承办俄国和外国书籍乐谱的订购业务。刊物和报纸的订购业务只有到明年,等我同各编辑部商谈以后才能开办。为了图书馆的利益这种

---

  ① 瓦西里·伊凡诺维奇·涅米罗维奇-丹钦科(1848—1936),俄国作家。
  ② 拉夫尔·格利果利耶维奇·柯罗连科,一个和柯罗连科同姓的俄国作家。——俄文本注
  ③ 指文盖罗夫所编的俄国作家和学者的评传辞典。

订购是会打折扣的。关于书籍方面的需求，请您写信通知我，不过每一次都要在来信的信封上写明图书馆的名字。如果我不在家，我会预先安排一下，使得您和图书馆主管人的来信立即寄到我那里去；如果我出远门，我家里的人或者经我特意选定的人就会立刻把订购业务办妥。我们每年清理账目两三次。当然，现在也可以宣布承办订购报纸和刊物等业务，可是有一个条件：今年图书馆不能享受照例的折扣的优待。在莫斯科方面，我已经谈妥，而彼得堡方面我还不能担保，因为我不知道我什么时候到彼得堡去。

只是我又要提出一个请求：请您不要对任何人讲到我参与图书馆的事务。我不喜欢〔……〕人家常提我的名字。这是损害神经的。

我的《海鸥》在塔甘罗格上演了？可是他们从哪儿拿到这个剧本的呢？要知道这个剧本还没有在任何地方发表，一直要到十二月十五日才会在《俄罗斯思想》上问世。我只有一个稿本，而且寄到基辅去了，这个戏在那边获得了巨大的成功①。在塔甘罗格，他们是凭哪个稿本上演的呢？② 我想不出他们是怎样演的，演了些什么！

药房一案③我读过了。从中可以看出来一切都不是取决于拉果津，而是取决于军事长官。可是我同军界的大人物几乎一个也不认识。不过，关于这件事我们以后还要谈一谈。

----

① 契诃夫的剧本《海鸥》于1896年11月12日在尼·尼·索洛甫佐夫的基辅话剧院上演。11月14日《基辅言论报》上发表一篇剧评，说明这次演出获得巨大的成功。——俄文本注
② 巴·费·姚尔达诺夫回信告诉契诃夫说：《海鸥》演得"很好，而且获得很大的成功"。他们是根据从《新闻报》戏剧栏上所抄下来的稿本排演的。——俄文本注
③ 姚尔达诺夫寄给契诃夫《关于药房一案的始末》的一个副本，并且在信上写道："不管多么奇怪，图书馆的房屋问题竟然似乎完全取决于药房问题的解决。"——俄文本注

祝您万事如意。

诚恳地尊敬您的

安·契诃夫

一八九六年十一月二十四日

于梅里霍沃

寄上尼·谢·列斯科夫照片一幅供图书馆使用。

您会在箱子里找到《全俄罗斯》,这是供参考书籍部用的。箱子里还有一本不大的技术辞典。

(一)阿普赫金①。全集。以前的全集是两本,现在合成一本。售价三个卢布五十个戈比。

(二)安徒生。四本。售价八个卢布。

(三)包包雷金。他在一八九七年的作品将附在《田地》杂志上作为免费赠送的副刊。

(四)薄伽丘。《十日谈》第一卷和第二卷。Gratis②。

(五)波格丹诺夫。农业辞典。尚未买到。

(六)布尔热。《乐土》。未买到。《悲惨的田园诗》。已送去装订。

(七)布茨。《在英国的贫民窟》。售价一个卢布。

(八)韦列夏金。《童年和少年时代》。《在北德维纳河上》。以上两书均未买到。

(九)爱德华·吉本③。《罗马帝国衰亡史》。售价二十六个卢布,七本。

(十)格林。《童话》。四个卢布。

---

① 阿历克塞·安德烈耶维奇·阿普赫金(1840—1893),俄国诗人。
② 拉丁语:不收费。——俄文本注
③ 爱德华·吉本(1737—1794),英国历史学家。

（十一）但丁。《神曲》。马克思出版社。该社无此书。

（十二）杰留仁斯基。《Habeas corpus①》未买到。

（十三）德利尔。《犯罪和罪犯》。售价一个卢布二十个戈比。

（十四）叶尔帕季耶夫斯基。《西伯利亚随笔》。未买到。

（十五）左拉。《萌芽》。在俄国不出售此书。

《卢尔德》。售价一个卢布。

《罗马》。未买到。

（十六）苏德尔曼。《荣誉》。《故乡》。未买到。*

（十七）易卜生。全集。我已经订购；等到各卷出齐，我就寄上。收据暂留我处。售价四个卢布五十个戈比。

（十八）柯尔卓夫②。《诗集》。苏沃林出版社。未买到。

（十九）克雷洛夫。《寓言》。苏沃林出版社。十五个戈比。此外，寄上斯米尔京③出版社的《寓言》，珍本，gratis。

（二十）凯戈罗多夫④。《来自飞禽的王国》。《来自绿色的王国》。未买到。

（二十一）列斯科夫。全集。

（二十二）利特温斯基。《对入学儿童的家庭照管》。五十个戈比。

（二十三）列特涅夫⑤。《无形的鞭笞》。《没有面包，只有石头》。未买到。

列特涅夫。《笑里藏刀》。未买到。

《千钧一发》。未买到。

---

① 英语：《人身保护权》。
② 阿历克塞·瓦西里耶维奇·柯尔卓夫（1809—1842），俄国诗人。
③ 亚历山大·菲利波维奇·斯米尔京是俄国出版商和书商。
④ 德米特利·尼基福罗维奇·凯戈罗多夫（1846—1924），俄国物候学家，教授。
⑤ 俄国女作家 П.А.拉奇诺娃的笔名。

《现代病》。未买到。

《别人的罪行》。售价七十五个戈比(原价一个卢布五十个戈比)。

《陷阱》。未买到。

(二十四)米库里奇。《闪光》。未买到。

(二十五)莫泊桑。文集。十二卷。售价六个卢布。

(二十六)梅利申①。《在受排斥的人们中间》。未买到。

(二十七)缪塞②。《夜歌》。售价六十个戈比。

(二十八)马格里特③。《弗雷德里卡》。《痛苦》。《考验的日子》。《家庭风暴》。《为了荣誉》。未买到。

(二十九)梅列日科夫斯基。售价一个卢布五十个戈比。

(三十)穆拉夫林④。《不许杀人》。《开庭》。未买到。

(三十一)纳扎利耶娃。《积劳成疾》。Gratis。

(三十二)涅菲奥多夫⑤。文集。未买到。

(三十三)涅克拉索夫。文集,第一卷和第二卷。售价五个卢布。

(三十四)奥热什科娃⑥。《怕见生人的女人》。未买到。

《涅曼河畔》。Gratis。(由于您表示一种愿望,想得到一切已经译成俄文的作品,我就另外寄上:)《小人物》。售价四十个戈比(原价一个卢布)。《中篇小说和短篇小说》。Gratis。

(三十五)普罗托波波夫。《当代文学随笔》。未买到。

---

① 即彼得·菲利波维奇·雅库博维奇(1860—1911),俄国诗人。
② 德·缪塞(1810—1857),法国诗人。
③ 马格里特(1866—1942),法国作家。
④ 即德米特利·彼得罗维奇·戈利岑(1860—1917),俄国作家。
⑤ 菲利普·季奥米多维奇·涅菲奥多夫(1838—1902),俄国作家、民族学家。
⑥ 奥热什科娃(1841—1910),波兰女作家。

（三十六）埃·坡①。《述异集》。未买到。

（三十七）彼得松。《勃朗特一家》。未买到。

（三十八）保尔森②。《哲学概论》。未买到。

（三十九）《闪光》③。图书馆已有。

（四十）普鲁加文④。《平民和知识界责任的需求》。未买到。

（四十一）瓦·瓦·容克尔⑤。《旅行记》。售价三个卢布五十个戈比。

（四十二）雷克吕斯⑥。《地球》。未买到。

（四十三）勒南⑦。《宗教历史研究》。未买到。

（四十四）鲁巴金⑧。《俄国读者概述》。未买到。

（四十五）斯卡比切夫斯基。《文集》，第一卷和第二卷。售价三个卢布五十个戈比。

（四十六）斯宾诺莎。《伦理学》。售价一个卢布五十个戈比。

（四十七）斯塔纽科维奇。《坦率的人们》。未买到。

（四十八）斯托克姆。《产科学》。未买到。

（四十九）斯帕索维奇。《文集》。未买到。

（五十）泰纳⑨。《艺术哲学》。售价一个卢布二十五个戈比（原价一个卢布七十五个戈比）。

（五十一）沙皮尔。《合法妻子》。《付出巨大的代价》。未买到。

---

① 即埃德加·爱伦·坡(1809—1849)，美国诗人、小说家、批评家。
② 保尔森(1846—1908)，德国哲学家。
③ 俄国各作家作品集，1895年由"媒介"出版社在莫斯科出版。
④ 亚历山大·斯捷潘诺维奇·普鲁加文(1850—1913)，俄国政论家、分裂运动和宗教分化运动的研究者。
⑤ 瓦西里·瓦西里耶维奇·容克尔(1840—1892)，俄国的非洲考察家。
⑥ 雷克吕斯(1830—1905)，法国地理学家、无政府主义者。
⑦ 勒南(1823—1892)，法国历史学家、哲学家和宗教学家。
⑧ 尼古拉·亚历山德罗维奇·鲁巴金(1862—1946)，俄国图书学家、作家。
⑨ 泰纳(1828—1893)，法国哲学家、史学家、文学评论家。

(五十二)卡烈林。《文化史的带插图的读物》。未买到。

(五十三)格罗梅卡。《论托尔斯泰》。图书馆已有此书。

(五十四)季别尔①。《原始经济文化概论》。未买到。

(五十五)卡烈林。《古希腊罗马世界观的衰落》。未买到。

(五十六)贝朗瑞②。《诗歌全集》。未买到。

(五十七)涅米罗维奇-丹钦科。《雾》。《省长的视察》。未买到。

(五十八)乌赫托姆斯基。《继承王位的皇太子陛下的东方旅行记》。未买到。

(五十九)诺尔道。《论退化》。售价七十个戈比(原价一个卢布五十个戈比)。

《真理的探求》。售价五十个戈比(原价一个卢布)。

(六十)《素食烹饪法》。Gratis。

(六十一)科瓦列夫斯基。《家庭和所有制的起源概论》。未买到。

(六十二)《面对面》③。文集。未买到。

(六十三)伊凡诺夫。《屠格涅夫》。未买到。

(六十四)伊萨耶夫。《政治经济学原理》。售价三个卢布五十个戈比。

(六十五)波塔宁④。《东西伯利亚、蒙古、西藏旅行记》。售价三个卢布。

(六十六)克里文科⑤。《在十字路口》。未买到。

---

① 尼古拉·伊凡诺维奇·季别尔(1844—1888),俄国经济学家。
② 贝朗瑞(1780—1857),法国歌谣诗人。
③ 1894年由"媒介"出版社在莫斯科出版的翻译的中篇小说、短篇小说、诗歌的选集。
④ 格利果利·尼古拉耶维奇·波塔宁(1835—1920),俄国考察家。
⑤ 谢尔盖·尼古拉耶维奇·克里文科(1847—1906),俄国政论家。

（六十七）基兰德。《毒药》。《幸运》。未买到。

（六十八）狄奥涅奥。《在西伯利亚东北地区》。未买到。

（六十九）温格罗夫。《评传辞典》。未买到。

（七十）切烈文斯基。《俄国文化史概要》。未买到。

（七十一）拉兹马塞。《伏尔加河》。未买到。

（七十二）迦尔洵。《短篇小说集》第三卷。售价一个卢布。

（七十三）雪莱。未买到。

（七十四）柯尼。《近年以来》。未买到。

（七十五）库里舍尔。《离婚和妇女地位》。售价一个卢布五十个戈比。

（七十六）博布里谢夫－普希金。《俄国有陪审的审判活动的经验法则》。售价三个卢布（原价四个卢布）。

（七十七）斯塔尔切甫斯基。《字典》。售价四十个戈比。（原价？）

（七十八）米留可夫①。《俄国文化史概要》。未买到。

不是为图书馆买的书：

（一）薄伽丘。《十日谈》。十个卢布。

迦尔洵。《短篇小说集》第三卷。一个卢布。

这封信的作者是安德烈·巴甫洛维奇·叶甫图舍夫斯基②。由于信里提到您，我就把这封信寄给您了。很早以前叶甫图舍夫

---

① 帕维尔·尼古拉耶维奇·米留可夫（1859—1943），俄国政治活动家、历史学家、政论家。
② 可能是作者的笔误，应为亚历山大·巴甫洛维奇·叶甫图舍夫斯基，他是契诃夫的姊母留·巴·契诃娃的弟弟。他要求契诃夫为他"在塔甘罗格有权有势的人物面前说情，以便谋得一个职位"。——俄文本注

457

斯基似乎在市长办公厅里工作过,有官阶。目前他住在自己的房子里,非常远,靠近墓园。他是个不酗酒的、受人敬重的人,老是批评什么事,可以公正地把他叫作新出世的恰茨基①。

* 寄上《故乡》一册。Gratis。

四一六

致符·伊·涅米罗维奇-丹钦科

亲爱的朋友,我来回答你信上的主要问题,那就是为什么一般说来我们之间很少有严肃的谈话。人们沉默,可见他们无话可谈,或者他们觉得拘束。有什么可谈的呢?我们没有政治,我们没有社会生活,没有团体生活,甚至没有户外生活;我们的城市生活贫乏,单调,呆板,枯燥,因此谈这种生活是乏味的,不亚于同卢戈沃依通信。你会说我们是文学工作者,单是这一点就使得我们的生活丰富了。真是这样吗?我们深深地陷在我们的职业里,它渐渐把我们同外面的世界隔绝了,结果我们空闲的时间很少,钱很少,书很少,我们读书很少,而且读得勉强,我们听得很少,我们难得出门旅行……谈文学吗?可是要知道关于文学我们已经谈过了……每年谈的总是老一套,老一套;我们关于文学通常所谈的一切话,总是归结于某人写得比较好,某人写得比较差;可是一谈到比较普遍、比较广泛的题目,那就从来也谈不到一块去,因为既然你的四周都是冻土带和爱斯基摩人②,那么与现实格格不入的普遍的思想很快就会烟消云散,无影无踪,正如关于永恒的幸福的幻

---

① 俄国剧作家亚历山大·谢尔盖耶维奇·格里鲍耶陀夫的喜剧《聪明误》中的一个人物。
② 居住在北美沿北极圈一带地区的民族;此处指没有教养的人。

想一样。谈自己的私生活吗？不错，有时候这也许有趣味，我们或许也愿意谈，不过谈这种问题我们觉得拘束，我们不坦率，不诚恳，自我保护的本能遏制我们，我们担惊受怕。我们担心在我们谈话的时候会有一个没有教养的、不爱我们而且也不为我们所爱的爱斯基摩人把我们的话听了去；我个人呢，生怕我的朋友谢尔盖延科（你欣赏他的才智）在所有的火车厢里和房子里举起他的手指头，大声解答一个问题：为什么在甲小姐爱我的时候，我却和乙小姐姘居。我怕我们的说教，怕我们的女士……总之，你不必为我们的沉默，为我们的谈话的不严肃和没趣味而责难你自己，也别责难我，而要像批评家所说的那样责难"时代"，责难气候，责难辽阔的天地，总之爱责难什么就责难什么，听任环境沿着固有的、注定的、不可挽回的潮流发展，指望那美好的未来吧。

当然，我为戈尔采夫高兴①，羡慕他，因为我在他这个年纪②就办不到了。我很喜欢戈尔采夫，我热爱他。

我为你这封信热诚地向你道谢，紧紧地握你的手。我们会在十二月十二日以后见面，而在这个时候之前你是找不到我的。问候叶卡捷琳娜·尼古拉耶芙娜，祝你健康。要是你有兴致的话，请给我来信。我会极其愉快地答复你的信。

你的安·契诃夫
一八九六年十一月二十六日
于洛帕斯尼亚，
梅里霍沃

---

① 符·伊·涅米罗维奇-丹钦科在写给契诃夫的信上讲到《俄罗斯思想》杂志的主编戈尔采夫的私生活。——俄文本注
② 戈尔采夫比契诃夫大十岁。

四一七

致米·巴·契诃夫

十一月二十六日下午六点钟我们的房子里起火了。这场火是在过道里母亲的火炉旁边燃起来的。从午饭时候起到傍晚止一直有烟子的臭味,大家都抱怨说有煤气,傍晚有人看见那个炉子和那道墙之间的缝里有火苗。起初大家弄不明白什么地方着火:是炉子里呢,还是墙里。公爵①正好在我这儿做客,就拿起一把斧子砍墙。墙没倒,水没泼进缝里;火苗有往上蹿的趋势,可见火势正旺,并且烧着的不是烟子,而显然是木头。教堂敲钟。浓烟滚滚。人群拥挤。众狗吠叫。农民们把消防车拉进院里来。过道里人声鼎沸。阁楼上喧喧嚷嚷。水龙带咝咝作响。公爵的斧声不断。农妇举着圣像。沃龙佐夫②大发议论。结果:炉子拆毁,厕所对面的墙拆毁,母亲房间里炉子旁边的壁纸撕碎,房门拆下,地板弄脏,烟子很臭,于是母亲没有地方睡了。此外,这又给了你所知道的那个人③胡说八道和大惊小怪的新理由。

我申报损失两百个卢布。

丽卡在我们这儿。问候你们。

你们的爸爸安·契诃夫
一八九六年十一月二十七日
于梅里霍沃

---

① 指谢·伊·沙霍甫斯科依。——俄文本注
② 梅里霍沃村里的小饭馆老板。——俄文本注
③ 即契诃夫的父亲巴·叶·契诃夫。——俄文本注

那个炉子造得非常笨。

四一八

致阿·谢·苏沃林

如果春天发生战争①,我就上战场去。近一年半到两年以来,我的私生活里发生了各式各样的变故(前些日子我家里甚至发生了火灾),所以我毫无办法,只有像弗龙斯基②那样上战场了,不过,当然,不是去厮杀,而是去治疗。在这一年半到两年当中,唯一愉快的一段时间就是我到费奥多西亚去在您家里盘桓的那段时间,至于其他的一切都不值一提,糟糕得很。是哪个杜钦斯基写了一个剧本?在萨哈林岛我遇到过一个姓杜钦斯基的人,他是邮局里的文官,斯卡尔科甫斯基的亲戚,他写诗和散文。他模仿《波罗金诺》写了一篇《萨哈林诺》,他的裤袋里老是带着一把大手枪,他总是使劲地打苍蝇。这人是萨哈林岛的莱蒙托夫。莫非是他寄来的剧本吗?

附上通讯稿一篇③,如果可能的话,请您把它发表,哪怕用小号铅字排印也成。这是谢尔普霍夫的通讯。这篇东西讲的是修路的事,有人打算而且也能够取消我们的修路计划。这篇通讯稿的作者是符·尼·谢缅科维奇,费特的外甥,我的邻居。

---

① 1896年年底,由于英国的近东政策,英国和俄国之间有发生冲突的趋势。——俄文本注
② 列夫·托尔斯泰的长篇小说《安娜·卡列尼娜》中的一个人物。
③ 指俄国工程师、地主符·尼·谢缅科维奇所写的通讯稿《寄自谢尔普霍夫县》,发表在1896年12月6日《新时报》上,署名"谢尔普霍夫人"。——俄文本注

我的剧本①排印得出奇的慢,不比短篇小说集快。校样总是零零碎碎地寄给我,弄得人毫无办法,只能责怪邮局。到现在为止我只校阅了《伊凡诺夫》和轻松喜剧,剩下来还有两个没有排版的大剧本:您所知道的《海鸥》和全世界都不知道的《万尼亚舅舅》②。据说,之所以迟误,是因为我既要看版面校样,又要看拼版校样。然而要知道《闷闷不乐的人们》③只给我寄来拼版校样,可是为什么我已经看了两个多月了呢?好,现在谈一谈合同。请您不要把合同寄到办公室去。卡尔波夫根本没有对我说,要我去商量合同的事;他只打发我去在合同④上签个字;我为这个目的到办公室去了,可是那天是十月十七日,那儿正在做礼拜,顾不上合同的事,我就悄悄走了,而十月十八日我已经在柳班⑤吃午饭了。劳驾,以后您再也不要对卡尔波夫写信或者口头说起这件事了。我相信他得到百分之十的上演税。大家素来就是这样拿这笔钱的,这差不多已经成了法律。

波达片科怎么样?他照他原来的打算到赫尔松去了吗?您需要独幕剧⑥;那您就把他的《花束》⑦拿去吧,这个戏似乎还没有在彼得堡的皇家剧院里上演过,而在外省却演得很起劲。您把格涅季奇的《燃烧的信》⑧拿去也成。叶若夫有《浣熊般的哈巴狗》⑨。

---

① 指苏沃林出版社正在排印的契诃夫的《戏剧集》。
② 契诃夫的剧本《万尼亚舅舅》是在1890年写成,直到1897年才在《戏剧集》里第一次发表。——俄文本注
③ 契诃夫的短篇小说集《闷闷不乐的人们》的第7版当时正在苏沃林的印刷厂里排印。——俄文本注
④ 指为在亚历山大剧院上演《海鸥》而订的合同。——俄文本注
⑤ 火车站名,《海鸥》上演的第二天契诃夫就坐火车从彼得堡到莫斯科去了。——俄文本注
⑥ 指苏沃林的剧团(文艺小组)需要上演独幕剧。——俄文本注
⑦ 波达片科的独幕剧。——俄文本注
⑧ 俄国小说作家和剧作家格涅季奇的独幕喜剧。——俄文本注
⑨ 尼·米·叶若夫的独幕喜剧。——俄文本注

您也不妨上演已故的戈尔布诺夫的《在河上》①,只是要演得极好,由米哈依洛夫②、奥尔连涅夫③、陀玛肖娃来表演;这是个美妙的小风景画,从前在莫斯科的小剧院的舞台上这个戏获得很大的成功,人们甚至给剧团照了相。

看在上帝的面上,给我来信吧。

您的安·契诃夫

一八九六年十二月二日

于梅里霍沃

四一九

致叶·米·沙甫罗娃

十分尊敬的同行!您写道,您想望名声远远胜过想望爱情;我呢,恰好相反,我想望爱情远远胜过想望名声。不过,这是各人的趣味问题。有人喜欢教士,有人喜欢教士的女工。④

我把您的圣诞节故事寄还您。我觉得,由于这是个圣诞节故事,那就应当把它写得略略活泼一些。大夫和卡嘉一直在圣诞树旁边有点闷闷不乐的样子。现在您打算写一篇大部头的长篇小说,在那里面"专写爱情,从各个方面并且以各种形式来写"。那么岂不可以拨一个形式给大夫和卡嘉。照现在这样,他们的爱情既说不上什么方面,也说不上什么形式。

---

① 伊·费·戈尔布诺夫描写人民日常生活的一场戏。——俄文本注
②③ 米哈依洛夫和帕维尔·尼古拉耶维奇·奥尔连涅夫(奥尔洛夫)均是苏沃林的文艺小组剧团的演员。——俄文本注
④ 源出俄国谚语:"有人喜欢教士,有人喜欢教士的妻子,有人喜欢教士的女儿",意为"各有所好"。

您什么时候开始写长篇小说？我要等着。

我拿着我的表到布烈①那儿去，打算交给他修理。布烈看了看表的里面，把它放在手里转了一下，然后笑了笑，用发甜的声音说："先生，您忘了开发条了……"

我就开发条，于是表又走了。有的时候人就是这样在小事里寻找自己的灾难的原因，却忘了主要的东西。

祝您万事如意。

您的忠实的 cher maître
安·契诃夫
一八九六年十二月二日
于梅里霍沃

四二〇

致阿·谢·苏沃林

要是您累了，心绪不佳，那您就到莫斯科去休息一下。莫斯科乏味，可是如果您有两三天不看见彼得堡，这在卫生方面就已经很好了。这对身心两方面都是好的。我在星期二前夜要到莫斯科去。如果您同意去，那就请您给我打一个电报到洛帕斯尼亚。我会在莫斯科等您。

《海鸥》将发表在《俄罗斯思想》十二月号上。主编们希望这样。因此印刷厂可以不急于排版②。让它先排剧本《万尼亚舅舅》吧。难道不可以把它一次排完吗？如果我可以一次看全，那么修

---

① П.布烈是莫斯科一家钟表店的经理。
② 指苏沃林出版社正在排印的契诃夫的《戏剧集》。——俄文注

改起来就容易一点,而且也可以决定把这个剧本改写成中篇小说是否合适。唉,当初我何必写剧本而不写中篇小说啊!题材糟蹋了,白白糟蹋了,一无成效,反而闹出了笑话。

您把合同寄给办公室吧。我不预备要求追加了。① 反正这个戏已经从剧目里取消②,不值得再为它操心了。就让他们节省几个钱吧。

不久白昼就要开始延长,转入春天了。您不想到马克萨季哈去吗?

我这儿发生过火灾以后,修炉工人们就敲敲打打,扬起尘土,拥挤得很。祝您有很好的剧院收入和出色的剧本,最要紧的是身体健康和心灵安宁。

您的安·契诃夫
一八九六年十二月七日
于梅里霍沃

四二一

致阿·谢·苏沃林

我收到您的两封关于《万尼亚舅舅》的信,一封是在莫斯科收到,另一封是在家里收到的。不太久以前我还收到柯尼的一封谈《海鸥》的信③。您和柯尼用这些信给了我不少心情舒畅的时光,

---

① 指契诃夫的剧本《海鸥》上演后契诃夫应得的报酬;当时皇家剧院的经理处规定给契诃夫的报酬是剧场收入的百分之八,而一般惯例是百分之十。——俄文本注
② 契诃夫的《海鸥》在亚历山大剧院于10月17日首次公演失败,后来又公演过四次,就此停演了。——俄文本注
③ 参看第四一二封信的注。——俄文本注

可是我的心仍然像是镀了一层锡,我对我的剧本除了嫌恶没有别的感觉,我在硬逼自己读校样①。您又会说这是不聪明的,愚蠢的,这是爱面子,自尊心作怪,等等,等等。我知道,可是有什么办法呢?我乐于摆脱愚蠢的心情,可是我办不到,办不到。这方面的问题并不在于我的剧本失败了;要知道早先我的大多数剧本也都失败了,每一次我都是满不在乎的。十月十七日没有获得成功的并不是剧本,而是我本人。还在演第一幕的时候就有一件事使得我吃惊,那就是在十月十七日之前我同某些人素来和睦友好地无所不谈,毫无顾忌地在一块儿吃饭,甚至为他们发生过纠纷(例如亚辛斯基),可是这当儿这些人却有一种古怪的表现,古怪极了……一句话,当时的情况使得列依金有理由在他的信上对我深表同情,说我的朋友那么少②;并且使得《周报》有理由问:"契诃夫做了什么对不起他们的事呢?"③并且使得《戏剧爱好者》有理由发表一大篇通讯(第九十五期),说明写作的同行们似乎故意要

---

① 当时苏沃林的印刷厂正在排印契诃夫的《戏剧集》。——俄文本注
② 1896年10月27日列依金写信给契诃夫,讲到《海鸥》第二次和第三次演出的成功,并且写道:"而我们,您的朋友们,在《海鸥》首次公演期间,对那些剧评家是多么愤慨啊!第一幕刚演完,他们就立刻发出嘘声,在走廊上和小吃部里跑来跑去,极其自信地叫道:'这个戏里的情节在哪儿?这个戏里的人物在哪儿?简直空洞无物,华而不实。'这就直接促成了首次公演的失败,因为他们这些话是对捧场戏的常客们说的。在您的戏初次公演的时候,几乎所有的新闻工作者、所有的小说家都到齐了;我差不多跟这些人都交谈过几句,因而有机会发现在他们当中您的真正的朋友是不多的。"——俄文本注
③ 指1896年《周报》第43期上发表的 B. Г. 的论文《思想和际遇。第四篇》,作者针对关于《海鸥》首次公演的剧评写道:"……契诃夫究竟对谁做过什么坏事,得罪过谁,妨碍过谁,以致应当得到这种不知从什么地方突然降到他头上来的愤恨呢!难道因为有才气,被热爱,享盛名,就得遭到这种愤恨吗?"——俄文本注

在剧院里叫我出丑①。我现在心平气和,我的情绪同素常一样了,可是发生过的事我却忘不了,就好像我,比方说,挨了打,也会忘不了一样。

现在有一件事要求您。请您把每年照例给我的贿赂——您的日历②寄给我。还有,您能不能托一个同总管理处接近的人打听一下我们的《外科学》杂志③至今没有被批准出版究竟是出于什么原因,会不会批准。远在十月十五日我就以季亚科诺夫教授的名义把申请书递上去了。时间不等人,我们在遭受巨大的亏损。

瑟京在莫斯科郊外用五万买了一个庄园,离火车站十四俄里远,靠近马路。

您把剧本分成能上演的和供阅读的。那么请问,《破产》④,特别是自始至终达尔玛托夫⑤和米哈依洛夫两人专谈账目而又获得巨大成功的那一幕,该归到哪一类去,是供阅读的呢,还是能上演的?我认为如果供阅读的剧本由好演员来演,那它也会成为能上演的剧本。

我正在为一本类似《萨哈林岛》的书⑥准备材料,我要在这本书里叙述我们县里六十个由地方自治局主办的学校,专写它们的日常管理方面。这是供地方自治工作者所用的。

---

① 1896年《戏剧爱好者》第95期上发表了C.T.的《彼得堡的信。亚历山大剧院。〈海鸥〉》,作者写道:"安东·契诃夫的新喜剧《海鸥》的首次公演乃是亚历山大剧院历史上唯一的颇为特别的演出……这是对作者和演员们的一种嘲弄,这是某一部分观众的一种疯狂的幸灾乐祸,仿佛观众席上坐满的人一大半是契诃夫先生的最凶恶的敌人似的……特别幸灾乐祸的是'写作的'那班人当中的严厉的鉴赏家和法官。这是在算个人恩怨的账。"——俄文本注
② 指苏沃林每年印行的《俄罗斯日历》。——俄文本注
③ 参看第四〇八封信的注。——俄文本注
④ 挪威作家比昂松的剧本,在苏沃林的文艺小组剧院上演过。——俄文本注
⑤ 瓦西里·潘捷列伊莫诺维奇·达尔玛托夫是苏沃林的文艺小组剧团的演员。
⑥ 契诃夫的这个计划没有实现。——俄文本注

467

祝您获得人间的和天上的幸福、良好的睡眠和极佳的胃口。

您的安·契诃夫
一八九六年十二月十四日
于梅里霍沃

四二二

致弗·奥·舍赫捷利①

亲爱的弗朗茨·奥西波维奇,显然,您那儿必定是有一个待嫁的姑娘,而您又打算赶快摆脱她;可是,对不起,在目前这个时候结婚,我是办不到的,因为第一,我的身体里有杆菌②,这是一些非常可疑的住户;第二,我一文不名;第三,我仍旧觉得自己很年轻。请您容许我再晃荡两三年,到那时候再看,说不定我也真会结婚的。只是为什么您希望我的妻子"折腾"我呢?要知道就是没有她,生活本身也已经在折腾,而且折腾得够厉害的了。

我们什么时候相见?您一月七日归来;十日左右我们这儿进行人口普查③,我要参加普查,这个工作大概要拖到二月份。整个二月我得出外访问各学校(以热心的地方自治工作者的身份)。请您回来以后给我写一封短信,我要抽出一天的工夫到莫斯科去跑一趟。我要去,我非常非常想跟您见面。

您写道:"您的女使者知道了我的新地址。"请问,您指哪一个女使者?我没有打发任何人到您那儿去过(我起誓!),现在这简

---

① 弗朗茨·奥西波维奇·舍赫捷利(1859—1926),俄国建筑师,科学院院士。
② 指肺结核的病菌。
③ 1897年1月俄国举行人口普查,契诃夫主管一个区的普查工作。——俄文本注

直把我闹糊涂了。如果她再去,您就把她扣留,送到警察分局去。

祝您一路平安!!可是我不羡慕您,因为现在这时候在国外,特别是在旅馆里,是很冷的。

紧紧地握您的手,并且为您的来信道一千次谢。

您的安·契诃夫

一八九六年十二月十八日

于莫斯科省,洛帕斯尼亚,

梅里霍沃

您要到慕尼黑去吗?那儿有出色的光学仪器。要是您有机会到光学仪器商店去,您就索取一张比较详细的价目表*,上面要写着单筒望远镜、天文望远镜和显微镜的价目,然后把这张表送给我①。

现在谈一谈我的身体。我有杆菌,经常咳嗽,不过大体说来我的感觉还不错,我经常不断地活动。

传说列维坦病得很重。

*　当然,要带插图的。

---

①　这是为了送给塔甘罗格图书馆的参考书籍部。——俄文本注

一八九七年

四二三

致叶·米·沙甫罗娃

您为什么忽发奇想,说我忘了您,可敬的同行?啊,不,我的思想总是一步也不放松地紧跟着您,不亚于莫斯科那个爱上您的军官。问题在于我忙,忙得不可开交;我在写作,划掉,写作,划掉①,此外还有各式各样的"社会工作",in spe 普查②,访问,病人,多得不得了的来客……头昏脑涨啊!在这种情形下写信就困难了。

祝您新年快乐,生活幸福充满新的希望;祝您每星期有二十万收入。不过主要的是祝您在信里忘掉祝我活下去。

彼得堡有什么新闻和好消息吗?

莫非业余爱好者要演《海鸥》吗?如果要演,那么是在什么地方,什么时候?

那么,祝您健康,在业余演出里表演,听到钟声,而且像人们常说的那样,"尽情地"享受生活。不过,在这方面请您跟那个军官商量一下。

您的 cher maître
安·契诃夫
一八九七年一月一日
于莫斯科省,洛帕斯尼亚,
梅里霍沃

---

① 当时契诃夫大概在写中篇小说《农民》。——俄文本注
② 参看上一封信的注。——俄文本注

四二四

致阿·谢·苏沃林

祝您新年快乐,生活幸福,祝您健康,安宁,得到不计其数的钱。还祝您出版大量新的报纸。《俄国报》①第一号已经寄给我了。的确,不论外观也好,内容也好,都平庸。缺乏智慧,缺乏灵魂,所有的仅仅是幼稚的官吏的那种安分守己,盛气凌人地发出庸俗而恶劣的议论("政府的需要")。盖杰布罗夫叫我给那个报纸写稿,可是我含糊其词地回答他,推托说没有空,而且缺乏写政论的才能。他凭什么断定我想在新出版的报纸上显一显身手,那就只有天知道了。

您一月一日的来信直到三日傍晚才寄到;我拆开这封信看它的时候,发现这封信已经有人看过了。我收到阿赫梅洛夫②寄来的一份账单。我的书卖得很不错,像一八九五年一样,可是算一下总账,倒欠四百:在过去的一年里付给印刷厂的钱比较多,而且二月间有过预支。一千五百的贷款仍旧 in status -〔quo〕③。

我没有忘记我答应过安娜·伊凡诺芙娜把《海鸥》献给她④,可是我故意没有题献词。同我这个剧本联结在一起的是一种极不愉快的回忆,我一想起来就恶心,把这个剧本献给任何别人都不妥当,依我看简直是不通人情了。

---

① 俄国的一种具有温和的自由主义倾向的日报,自1897年1月1日起在彼得堡出版,主编兼出版人是瓦·巴·盖杰布罗夫。——俄文本注
② A.K.阿赫梅洛夫是《新时报》在彼得堡开的书店的老板。——俄文本注
③ 拉丁语:没有变动。——俄文本注
④ 指在剧本的卷首题明献给某某人。

关于《外科学》，至今杳无音信①。

长时间的昏厥是一种不好的症状；假如我在您那儿过新年，我就会劝索菲雅·伊凡诺芙娜每到傍晚坐在家里，不到剧院里去，不吃晚饭，早一点上床睡觉。非那西汀②在这方面是无济于事的。瑟京，这个您所熟悉的出版商，也离长时间的昏厥不远了。他花四万九千买下了斯维亚日斯基公爵的庄园，已经在吃苦头了。人家吓唬他，羞辱他，谩骂他，他心浮气躁，睡不好觉，已经在卖他买下的东西了。昨天他坐车到我这儿来，我就劝他打消这个念头，主张他不必听那些出主意的人的话。

您那封关于格林穆特的信③写得精彩，在我们这个地方获得巨大的成功。总的来说，九六年的年终是短信的历史上的一个幸福时期。每当您做一个自由主义者，也就是写您所想写的东西的时候，我总是无限热爱您。论学潮的那封信④也很好。

您什么时候到莫斯科去？我在整个一月里做普查工作，在那些统计员中间我要充当一个类似连长的人物。我会抽出两三天的工夫，到莫斯科去一趟。

向安娜·伊凡诺芙娜、娜斯嘉、包利亚深深鞠躬，给她们拜年。

您的安·契诃夫

一八九七年一月四日

于梅里霍沃

---

① 指该杂志至今没有得到官方的批准出版。参看第四〇八封信的注。——俄文本注
② 一种解热镇痛药。
③ 指苏沃林于 1896 年 12 月 24 日发表在《新时报》上的小品文《短信》，这篇小品文批评了由 B.A. 格林穆特主编的黑帮报纸《莫斯科新闻》的社论。——俄文本注
④ 指苏沃林于 1896 年 12 月 7 日发表在《新时报》上的小品文《短信》，这篇文章讲到"以人道主义态度对待青年"的必要性。——俄文本注

四二五

致伊·列·列昂捷夫-谢格洛夫

亲爱的让,您好!多承拜年,我和我家里的人向您道谢,我们也向您拜年,祝您万事如意。

本月十日以后我一定要到莫斯科去,但是,您可知道,十日左右要开始普查工作,我在本地的统计员当中要充当一个类似水手长的人物。普查工作要进行到二十八日。离开此地是困难的,不过我仍旧会极力抽出两三天的工夫,大约在十日到十五日左右,到莫斯科去一趟,为的是跟您开怀畅谈一番。

您又要住在科科列夫基客栈①。这个地方无异于埃斯科里亚尔②,弄到临了您会变成阿尔巴③的。论天性您是幽默作家,是个乐观愉快的自由人。您该住在一所敞亮的小宅子里,跟一个漂亮的、长着淡蓝色眼睛的女演员在一起,她成天价给您唱欢畅的歌曲,可是您正好相反,专门选择那些凄凉的地方,例如科科列夫基或者斯图焦纳亚山④(这地方不知什么缘故我觉得像是施吕瑟尔堡⑤),而且您专门同索洛维约夫⑥或者头发棕红色的福杰尔⑦之流的宗教裁判所法官们交往。

---

① 莫斯科的一个旅馆的名字。——俄文本注
②③ 德国作家歌德的悲剧《埃格蒙特》中的地点和人物。参看第九一封信的注。——俄文本注
④ 俄国的符拉季米尔城里的一条街名,列昂捷夫居住在那里。——俄文本注
⑤ 俄国彼得要塞市 1702 至 1944 年的名称,位于奥列霍维岛上,被沙皇政府用作政治犯监狱。
⑥ М. П. 索洛维约夫从 1896 年起任沙皇政府的出版总署署长。——俄文本注
⑦ 俄国的中央羁押解送犯人的监狱的教士。——俄文本注

瑟京到我家里来过,而且答应在本月十日以后再来。那么您快来吧!我们大家都会非常非常高兴地迎接您。我母亲记得您,喜欢您,至今还保存着您送给她的奶油罐(盖子上有一个爱神的)。

您在写什么作品?您该重新回到《欧洲通报》去,那是您开笔的地方。这是所有大型杂志中最好的一种。

祝您健康,亲爱的让;紧紧地握您的手,再一次为您的来信衷心道谢。

您的安·契诃夫
一八九七年一月五日
于莫斯科省,洛帕斯尼亚,
梅里霍沃

您搬到谢尔普霍夫来住吧!

四二六

致巴·费·姚尔达诺夫

十分尊敬的巴威尔·费多罗维奇,寄上书箱两个。

在您托我购买的书当中,兹寄上:

(一)左拉。《罗马》。Gratis。

(二)文盖罗夫。《俄罗斯的书》。第一卷到第六卷。售价两个卢布十个戈比。

第二种书按售价打九折。

寄上参考书籍部的一小部分①。当然,这个部门起初规模很

---

① 参看第四〇七封信。——俄文本注

小,谁也不会到我们这个参考书籍部来看一眼,然而不出四年到六年就会从很小的规模渐渐变成一种严肃而有益的东西。参考读物除了辞典和日历之外我分成下列几项:(一)行政和法律。(二)家务(其中列入建筑材料、服装、靴鞋、装饰品等)。(三)农业。(四)技术和机器。(五)贸易、保险。(六)出版、教育。(七)戏剧和音乐。(八)运动和游戏。(九)医学和自然科学。

参考书籍部无须有单独的房屋或场所。占首要地位的应当仅仅是日历和辞典,其余的一切可以藏而不用,或者同别的书混在一起;只有一件事是需要的,那就是负责人要准确地知道图书馆里各部门都有什么书,并且有一个开列着现有各书的名册供市民翻阅。参考书籍部破费不是很大,然而它可能使人疲劳和厌倦;不过,这个部如果发展起来,就会渐渐吸引市民们到图书馆里来,使得图书馆成为许多人的实际生活中的不可缺少的东西。我寄给您的只是小小的一部分,应当多一百倍才行。

祝您新年快乐,生活幸福,祝您万事如意。

诚恳地尊敬您并且忠实于您的

安·契诃夫
一八九七年一月六日
于莫斯科省,洛帕斯尼亚,
梅里霍沃

文盖罗夫的书我会继续购买。

四二七

致阿·谢·苏沃林

我们这儿在进行普查。他们发给统计员糟糕的墨水,糟糕的、粗制的、类似啤酒厂招牌的证章和装不进调查表的公文包;这种公文包给人一种印象,就像刀装不进鞘似的。真丢人。我从早晨起走遍各农舍,由于不习惯而常常把脑袋撞在门楣上,而且仿佛故意捣乱似的,我头痛得厉害;又是偏头痛,又是流行性感冒。在一个农舍里有一个九岁的姑娘,是从儿童收容所里领出来的养女,她伤心地哭着,因为这户人家的所有的姑娘都叫米哈依洛芙娜,而她随教父叫利沃芙娜。我说:"你就叫米哈依洛芙娜吧。"大家都很高兴,纷纷向我道谢。这就是所谓的用不义之财交到了朋友。

《外科学》被批准了。我们开始出版它。请您费心,帮一下忙,吩咐人把我附在信里的广告①登在头一版上,把广告费记在我的账上。这个杂志会很好;这个广告不会带来别的,只会带来明显而重大的益处。要知道,如果给人们的腿开刀的话,这会有很大的益处。

顺便谈一谈医学方面。治疗癌症的药已经找到了。差不多有一年了,以走运的俄国医师杰尼森科②为首,大家试用白屈菜(chelidonium)的汁水治癌,现在人们有机会读到那惊人的效果了。

---

① 广告上说明《外科学》杂志自1897年起出版,开始接受订户。这个广告登在1897年1月16日《新时报》上。——俄文本注
② 俄国的布良斯克城的医师,由于发现医治癌症的药而出名,可是不久俄国纪念皮罗戈夫医师协会鉴定他的医治方法无效。——俄文本注

癌症是一种严重的、不堪忍受的疾病,癌症造成的死亡是痛苦的;您可以推断,对一个献身于医学奥秘的人来说,读到这样的效果是多么愉快。

阿历克塞·彼得罗维奇节前寄给我一个座钟,用皮套子蒙着。您可知道,在路上这个钟的全部零件都变得乱七八糟,时针也掉了,现在钟表匠说修理它很贵,比这个钟本身的价钱还要贵。只是请您别告诉阿历克塞·彼得罗维奇。

白昼延长。春天快来了。

向安娜·伊凡诺芙娜、娜斯嘉、包利亚深深鞠躬,并且致意。愿上帝保佑您。

您的安·契诃夫
一八九七年一月十一日
于梅里霍沃

《光线》怎么样了①?

我已经封好这信,贴上邮票,不料彼得堡皇家剧院办事处寄来一封信,索取合同②。这个合同在您那儿,请您费心寄去,外加一个卢布二十五个戈比;这笔钱我换成邮票,寄给您。请您看在造物主的分上原谅我这种乏味的委托。

---

① 1897年1月8日《新时报》上刊登一个广告,说明有一种"不受书报检查机关审查的、政治的、文学的、社会的"新日报出版了,由符·楚依科主编;根据编辑部的通知,该报"与以前的同名报纸毫无共同之处",以前的同名报纸是由俄国政论家、小说家斯坦尼斯拉夫·斯坦尼斯拉沃维奇·奥克列伊茨发行的黑帮报纸。——俄文本注

② 参看第四一八封信的注。——俄文本注

四二八

致阿·谢·苏沃林

今天我过命名日！！

当然，永远住在巴纳耶夫剧院①是不行的，然而剧院是非常需要的，如果您不造，别人就会造，于是日后您会一辈子生自己的气，在报纸上骂这个新剧院。造剧院是不会担任何风险的。

您问我什么时候去。问题在于我目前忙极了②。像现在这么多的工作我还从来也没有过。走开是困难的，可是在春天以前我必须到彼得堡去一趟，办一件很重要的事，一件首先对我来说很重要的事③。

《俄罗斯思想》的图书生意十分兴隆。外省对严肃的科技图书的需求量很大。书店设在编辑部旁边的一个房间里，紧挨办公室，由有知识的人经销。在瑟京那儿，他那些新的、灰色封面的、模仿英国的自学读物销路很畅。

关于鼠疫，它会不会到我们这儿来，目前还说不出什么确切的话。如果它来，那也未必会很吓唬人，因为无论是居民还是医师早已由于白喉、伤寒等病症而习惯于加速的死亡率了。要知道，在我们这儿，就是没有鼠疫，一千个人当中也只有四百个人能活到五岁；在乡村，在城市的工厂和偏僻街道上您找不到一个健康的女

---

① 彼得堡的巴纳耶夫剧院的房屋当时给苏沃林的文艺小组剧院作为临时住处。——俄文本注
② 指人口普查工作。——俄文本注
③ 俄国画家姚西甫·艾玛努依洛维奇·勃拉兹准备在彼得堡为契诃夫画像。——俄文本注

人。鼠疫之所以可怕,是因为它会在人口普查以后两三个月出现;老百姓就会按自己的想法解释人口普查工作,开始痛打医生,毒死多余的人,弄得地主老爷们的土地倒更多了。检疫并不是一种严肃认真的办法。哈甫金①的疫苗倒给人某些希望,然而不幸的是哈甫金在俄国并不出名:"基督徒得提防他,因为他是犹太人。"

您给我来信,讲点什么吧。祝您万事如意。

您的安·契诃夫
一八九七年一月十七日
于梅里霍沃

阿历克塞·彼得罗维奇寄来的钟完蛋了。巴威尔·布烈昨天对我声明说已经没法修理,这个钟就此成为废物了。

四二九

致尼·米·叶若夫

亲爱的尼古拉·米哈依洛维奇,附上信一封,这是我的朋友尼古拉·伊凡诺维奇·柯罗包夫大夫(大波梁卡街,波节木希科夫寓所)寄来的。信上讲的是市立第一医院附设的慈善团体。从中可以得出这样的教训:

(一)莫斯科市立第一医院医治的主要是穷人,他们出院以后会重新得病,死掉,因为他们没有衣服;只要衣服不破,就可以在严

---

① 符拉季米尔·阿罗诺维奇·哈甫金(1860—1930),俄国医师,细菌学家,法国化学家、微生物学家路易·巴斯德的学生,1897年在孟买发明了防鼠疫的血清。——俄文本注

寒和潮湿中生活。由于同一种原因,那些因害病而衰弱的儿童和从医院出来的儿童也会死掉。由此可见,医院必须附设慈善机构,例如协会、托儿所等等,等等。

(二)慈善团体是存在的,然而它们的命运挂在一根头发丝上,因为其中每一个团体都是靠自己从两三个人那里讨来的施舍活着的,那两三个人活着,这种团体才能存在。他们死了,或者变了卦,这种团体也就不存在了。由此可见,必须使得可敬的莫斯科人以所有的人和每一个人都经常地、义务地参与这个工作来保障这些团体的生存。阔绰的莫斯科人花掉成千累万的款子,结果从小人物当中制造出极多的妓女、奴隶、梅毒患者、酒徒,那就让他们至少也拿出一点钱来治疗和减轻这些一无所有、被他们引上邪路的人们的有时难以忍受的痛苦。

我惋惜我的朋友的这封信写得太短。您是否认为您可以而且需要跟他见一见面呢?他能供给您许多关于日常生活的和数字方面的材料。他是个十分聪明的人。

他下午两点钟以后在家。顺便说一句,他的医道是高明的。

您生活得怎么样?二月间我要到莫斯科去,我们就要见面了。

祝您健康。紧紧握您的手。

您的
安·契诃夫
一八九七年一月二十三日
于莫斯科省,洛帕斯尼亚,
梅里霍沃

四三〇

致符·伊·亚科温科①

十分尊敬的符拉季米尔·伊凡诺维奇,我读完《医师报》上您的信②后,曾经写信到莫斯科去,叫人把我的《萨哈林岛》寄给您。在那本书里您会找到少许关于体罚的材料以及此外从亚德林采夫那儿摘录来的材料③;我向您推荐他的文章。如果您同阿纳托里·费多罗维奇·柯尼通信,那我认为他不会不肯告诉您他在写著名的慈善家哈兹大夫(监狱医师)的传记④的时候使用了哪些文学资料。我还要向您推荐基斯佳科甫斯基关于死刑的研究⑤,这是曾经有过的惩罚者使被惩罚者遭到折磨的历史。

顺便说一句,法学家和狱卒所谓的体罚(在狭隘的、肉体的意义上)指的不仅是树条的抽打、鞭笞或者拳殴,而且是镣铐、"禁闭室"、学校里的那种"不许吃饭""光吃粮食和喝水"、罚跪、叩头、捆绑。

普查工作使人筋疲力尽。我还从来也没有这样忙碌过。

祝您万事如意,紧紧握您的手。

您的安·契诃夫
一八九七年一月三十日
于莫斯科省,洛帕斯尼亚,
梅里霍沃

---

① 符·伊·亚科温科是俄国精神病医师。——俄文本注
② 指《写给编辑部的信》,发表在1897年4月号《医师报》上,署名德·尼·日班科夫(俄国医师,俄国纪念皮罗戈夫医师协会的领导人之一)和符·伊·亚科温科;这两个人被第六次医师大会推选加入一个"论证该大会关于废除体罚的申请"的委员会。——俄文本注
③ 指Н.М.亚德林采夫的论文《西伯利亚的流放犯概况》。——俄文本注
④ 《费多尔·彼得罗维奇·哈兹。传略》,1897年在圣彼得堡出版。——俄文本注
⑤ А.Ф.基斯佳科甫斯基的《死刑的研究》,1896年在圣彼得堡出版。——俄文本注

向娜杰日达·费多罗芙娜①和盖尼盖、瓦西里耶夫两位医师深深鞠躬。

关于体罚对身体健康发生什么样的影响,可以从医师们的报告里看出来,在有关虐待的讼案里您可以找到这类报告。

柯尼的住址:彼得堡,涅瓦大街,一百号,阿纳托里·费多罗维奇·柯尼。

四三一

致米·巴·契诃夫

扎里瓦依②咬伤了沙利克③,沙利克经受不住,一命呜呼,因而没有活到纪念日,还差一个月(三月五日是在梅里霍沃定居五周年纪念日)……我再说一遍,《树精》④不能演。当然,必须把大夫⑤演得温柔,高尚,符合索尼雅⑥的话,她在第二幕里说他心好,优雅。

我祝贺某人⑦及咖啡渣⑧。

你们的爸爸安·契诃夫
一八九七年二月四日
于梅里霍沃

---

① 亚科温科的妻子。——俄文本注
②③ 均为狗的名字。
④ 契诃夫在1889年所写的四幕喜剧,后来改名为《万尼亚舅舅》。
⑤ 《万尼亚舅舅》中的一个人物。这是契诃夫回答住在雅罗斯拉夫尔的米·巴·契诃夫关于《万尼亚舅舅》一剧在当地剧院上演的问题,他在这个剧本问世以前把它的稿本交给这个剧院了。——俄文本注
⑥ 《万尼亚舅舅》中的一个人物。
⑦ 指米·巴·契诃夫的妻子奥尔迦·盖尔玛诺芙娜·契诃娃。
⑧ 这是开玩笑。据契诃夫的妹妹玛·巴·契诃娃说,米·巴·契诃夫在雅罗斯拉夫尔的住处的邻居姓古夏,而"古夏"在俄文里的原义是"咖啡渣"。——俄文本注

四三二

致阿·谢·苏沃林

普查工作结束了。这个工作使得我相当厌烦,因为我得不断计算,写得手指头酸痛,还要教导十五个统计员。那些统计员工作出色,过于认真,到了可笑的程度。另一方面地方行政长官们受县里委托办理普查工作,他们的态度坏透了。他们什么也不干,懂的又很少,而到了最繁忙的时候却说自己病了。其中最好的也无非是些酒徒和爱说谎话的家伙,这些人倒 á la 伊·阿·赫列斯达科夫,反正至少从喜剧的角度来看不失为一些剧中人物。至于其余的人,那就鬼才知道多么平庸,跟他们打交道多么令人不快。

目前我在莫斯科,住在莫斯科大饭店。我不会住很久,也就是十天左右,然后就回家了。整个大斋以及随后的整个四月,我又得忙于跟木工、填缝工等打交道了。我又在建一个学校①。有一个农民的代表团到我家里来过,提出要求,我没有足够的勇气拒绝他们。地方自治局出一千卢布,农民们凑了三百,只有这样一些钱,而建一个学校的费用却不下三千。这就是说,我整个夏天又要考虑钱的问题,时而从这里弄一笔钱,时而从那儿弄一笔钱。一般说来,乡村的生活是忙碌的。由于目前急需的这些开支,提出下列问题是适当的:您把合同②寄给剧院办事处了吗?

我这儿有一个常客……是谁?您会怎样想?是奥泽罗娃,著

---

① 在契诃夫的庄园梅里霍沃附近的诺沃肖尔基村。——俄文本注
② 指1896年契诃夫与亚历山大剧院所订的关于上演《海鸥》包括作者报酬在内的合同。

名的奥泽罗娃-汉奈蕾。① 她来了,就在一张长沙发上一坐,把腿放在长沙发上,眼睛看着一旁,然后就动身回家,穿上她那件短上衣和她那双旧套鞋,现出一个以自己的寒酸为耻的小姑娘的尴尬神情。她无异于一个被放逐的小女皇。

女天文学家振作起来了。她跑遍莫斯科,到处授课,同克柳切夫斯基②进行辩论。她有点强壮起来,显然走上正轨了。我这儿保存着我们为她凑起来的两百五十个卢布,她已经有一年半没有动它了。

在切尔特科夫,著名的托尔斯泰主义者家里,遭到了搜查③,抢走了托尔斯泰主义者们为"反仪式派"及其宗派募集的一切,于是突然间,像施了魔法似的,一切不利于波别多诺斯采夫④先生以及他的魔鬼们的罪证就都消灭了。戈列梅金⑤到切尔特科夫的母亲那儿去过,他说:"您的儿子面临着选择,要么迁居到波罗的海沿岸各省去住,希尔科夫⑥公爵已经流放到那儿去了,要么就出国。"切尔特科夫选择了伦敦。他要在二月十三日起程。为了送他,列·尼·托尔斯泰已经到达彼得堡;昨天有人给列·尼送厚大

---

① 俄国女演员留·伊·奥泽罗娃,在德国剧作家豪普特曼的《汉奈蕾升天记》一剧中扮演女主人公。——俄文本注
② 瓦西里·奥西波维奇·克柳切夫斯基(1841—1911),俄国历史学家,莫斯科大学教授。——俄文本注
③ 1897年2月2日切尔特科夫的彼得堡寓所遭到搜查,因为他和托尔斯泰的其他追随者散播呼吁书,要求资助"反仪式派"(基督教精神基督派的一支,否定正教的一切礼仪,反对神父和僧侣),而"反仪式派"作为一个教派是受到沙皇政府镇压的。——俄文本注
④ 康斯坦丁·彼得罗维奇·波别多诺斯采夫(1827—1907),俄国国务活动家、法律家,1880至1905年任正教院总监。——俄文本注
⑤ 伊凡·洛吉诺维奇·戈列梅金(1839—1917),俄国国务活动家、内务大臣。——俄文本注
⑥ 德米特利·亚历山德罗维奇·希尔科夫是俄国公爵,托尔斯泰主义者。——俄文本注

衣去了。有许多人去送切尔特科夫,连瑟京也去了。我惋惜我不能照样做。我对切尔特科夫没有温柔的感情,可是他的遭际却使我极其极其愤慨。

您在去巴黎以前到莫斯科来吗?要是能来就好了。

您的安·契诃夫
一八九七年二月八日
于莫斯科,莫斯科大饭店,二号房间

四三三

致阿·谢·苏沃林

在莫斯科我住了二十天光景,把预支的稿费全用光了;现在呢,我住在家里,过清醒的、圣洁的生活了。如果在大斋的第三个星期您到莫斯科去,那我也去。目前我正忙于造房(不是我自己的,而是地方自治局的①),不过我走得开,只要您在两天前打电报到洛帕斯尼亚来就行了。在演员大会②上您大概会看到我们拟定的规模宏大的大众剧院的规划。**我们**也就是莫斯科知识界的代表们(知识界迎着资本走去,资本也不见外)。在一座美丽整洁的大厦里,在同一个屋顶之下,有剧场、讲堂、图书馆、阅览室、茶馆等等,等等。计划有了,章程定了,现在全部设备需钱不多,只要五十万。这要成立一个股份公司,而不要慈善性的募捐。大家指望政府会批准一百卢布一股的股份。我对这个计划非常感兴趣,已经相信这个事业,而且暗自感到奇怪,为什么您没有造一个剧院。第

---

① 指在诺沃肖尔基村建造的学校。——俄文本注
② 指全俄戏剧协会召开的"全俄戏剧工作者大会",1897年3月9日在莫斯科开幕。——俄文本注

一,这是必要的;第二,这是快乐的,会用掉一生中的两年时间。剧院,作为一个建筑物,如果造得不荒唐,不像巴纳耶夫①,那就无论如何也不会亏本。

不久以前为了给学校筹款②,我在谢尔普霍夫安排了一次演出。这次演出是由莫斯科的业余爱好者表演的。他们演得庄重,沉稳,演得比演员好。服装是在巴黎定做的,钻石是真的,可是纯收入一共只有一百零一个卢布。

新闻没有,或者虽然有,却没趣味或者可悲。许多人在议论鼠疫和战争,议论正教院和教育部合而为一。画家列维坦(风景画家)显然不久要死了。他的主动脉在扩张。

我也不走运。我写出一篇描写农民生活的中篇小说③,可是据说它没有得到书报检查机关的批准,不得不删掉一半。这意味着又要亏损。

在莫斯科,要是会有春天的好天气,那我们就坐车到沃罗比约夫山④和修道院去。然后我们从莫斯科到彼得堡去,我得到那儿去办一件事⑤。

我写信给您,您没有答复我,我已经托我的哥哥到您那儿去一趟,打听一下是怎么回事。我还托他打听一下那份寄给我的合同在哪儿,如今剧院办事处在索取这份合同了。

达维多夫脱离亚历山大剧院了吗?简直是一匹任性的河马啊。

那么,希望最近就见面。不过目前请您给我写一封短信才好。

---

① 指彼得堡的巴纳耶夫剧院。
② 指为诺沃肖尔基村的学校的筹建募集经费。
③ 《农民》。——俄文本注
④ 莫斯科的列宁山1924年前的名称。
⑤ 俄国画家姚·艾·勃拉兹要在彼得堡为契诃夫画像。

向安娜·伊凡诺芙娜、娜斯嘉、包利亚深深鞠躬。

祝您幸福。

您的安·契诃夫
一八九七年三月一日
于梅里霍沃

四三四

致叶·米·沙甫罗娃

十分尊敬的同行：阴谋家①要在三月四日中午坐十四次火车到达莫斯科，这是一定的。要是您还没动身，就给我打一个电报，只要写两个字："在家"。

"洛帕斯尼亚，契诃夫收。

"在家。"

要是您同意跟我一块儿在斯拉维扬斯基商场用早饭（中午一点钟），那您就不要写"在家"而改写"同意"。

电报员可能以为我在向您求婚，可是我们才不去管世俗的看法呢！

我只去一天，匆匆忙忙，不在任何地方住下，我要在饭店里过夜。然后到大斋的第三个星期我要再到莫斯科去多逗留一阵，大约四天，到那时我才能去拜访熟人。

祝您万事如意。

阴谋家
一八九七年三月二日（星期日）
于梅里霍沃

---

① 契诃夫对自己的戏称。

四三五

致弗·奥·舍赫捷利

亲爱的弗朗茨·奥西波维奇,星期一我到莫斯科去了一趟,到过列维坦的家里;他告诉我说巴·米·特列嘉柯夫已经同画家勃拉兹谈妥我的肖像画①,目前只要我去就行了。我得写信告诉勃拉兹我什么时候到达彼得堡(在大斋的第五个星期或者三月的下半月),可是我不知道勃拉兹的地址,也不知道该到哪儿和向谁去打听。您知道吗?或者您能在什么人那儿打听到他住在哪儿,他的本名和父名是什么等等吗?我一收到这个问题的答复,就马上写信到彼得堡去。

我给列维坦进行了一次听诊:他的情况不妙。他的心脏不是在跳动,而是在吹气。听起来不是咚咚声,而是扑扑声。这在医学上叫做"早期心脏杂音"。

您觉得斯文齐茨基②怎么样?他是个好大夫。

我会在第三个星期到达,以便在大会上跟某些人见一见面,到您那儿去跑一趟;不过目前,我紧紧地握您的手,祝您得到人间的和天上的一切幸福。

您的安·契诃夫
一八九七年三月七日
于梅里霍沃

---

① 指由画家姚·艾·勃拉兹为契诃夫画像,再由特列嘉柯夫美术馆出价收购,藏在馆内。
② 维肯季·安东诺维奇·斯文齐茨基是俄国的莫斯科大学教学医院的主治医师。——俄文本注

四三六

致丽·阿·阿维洛娃

　　生气的丽季雅·阿历克塞耶芙娜,尽管您生了气,祝我"在任何情况下"事事如意,我也还是很想跟您见面,很想。我要在三月二十六日以前到达莫斯科,多半是在星期一傍晚十点钟;我会在伊威尔①对面的莫斯科大饭店住下。说不定我还会提早去,这要在我的工作允许的前提下,而我的工作,唉!却多得要命。我在莫斯科住到三月二十八日,然后,您可知道,我要到彼得堡②去。

　　那么,再见。请您把愤怒化为怜悯,答应跟我一块儿吃晚饭或者中饭吧。真的,那会令人十分愉快。这回我无论如何不是骗您,只有疾病才会把我留在家里。

　　握您的手,深深地鞠躬。

您的安·契诃夫
一八九七年三月十八日
于梅里霍沃

　　您信上的最后一句话是:"我当然明白。"您明白什么?

---

① 莫斯科的一个教堂名。
② 阿维洛娃的家在彼得堡。

四三七

致盖·米·契诃夫

亲爱的柔尔日克①,我接到过您从阿纳帕②寄来的两封信,可是我一次也没有回信;原因在于第一,我没有空闲,各种各样的工作很多,操心的事很多,因为从年轻时候起我就有各种各样的爱好;第二,也没有什么可写的。生活过得单调,没有什么可夸耀的。

我们这儿有雪;白嘴鸦飞来了,可是椋鸟还没有来;天气潮湿,道路极坏,一句话,糟得很。可是,在塔甘罗格恐怕已经是真正的春天了吧!我羡慕你,而且会一直羡慕到四月中旬,到那时候我们这儿才会好起来。

在大斋的第六个星期我要动身到彼得堡去,这是人家叫我去的,为的是给我画一张像,供特列嘉柯夫美术馆收藏。受难周之前我会回来,在家里一直住到五月底。我这儿今年还在兴修房屋:我在为诺沃肖尔基村(这个村子坐落在从火车站到梅里霍沃的半路上)建一所学校。

新闻一点也没有。希娜下崽了,它把一只棕红色的小狗送到人间来,我们因为它风度翩翩而给它起名叫少校。前几天少校死了。如果你记得的话,我们这儿有一条挺大的看家狗沙利克。这个沙利克也死了。它被一条人家送给我们的猎狗扎里瓦依咬破了喉咙。我们所有的新闻就是这些。

---

① 盖奥尔吉的小名。
② 俄罗斯城市,位于黑海岸,是一个疗养地。

现在有一件事要托你。不久以前塔甘罗格中学庆祝一百周年纪念,校长出版了一本校史概述,我是在《世界画报》上读到这件事的。请你行行好,设法弄到这本历史,按挂号印刷品寄到洛帕斯尼亚来。最好是如果你见到校长的话,就亲自代我向他讨一本他的伟大的作品;你顺便再向他打听一下韦尼阿明·叶甫图舍夫斯基①免缴学费没有。我**秘密地**告诉你:我已经代韦尼阿明缴了上半年的学费,条件是慈善团体(中学内附设的)缴下半年的。这个条件已经由我转托 M.H.普萨尔季②提交这个中学的校务会议讨论,如果这个条件被接受,我就在以后的几年中也照此办理,请你把这些话转达给校长。至于安德烈·巴甫洛维奇③和你母亲那里,请你绝口不提这件事;当初我骗他们,说我会到校长那儿去一趟。

沃洛嘉④怎么样?他的工作和成绩怎么样?请你来信写得详细一点。向婶母和几个姐妹深深鞠躬,紧紧握你的手。祝你健康,请你原谅你的弟弟没有按时回信。

你的安·契诃夫
一八九七年三月十八日
于莫斯科省,洛帕斯尼亚,
梅里霍沃

---

① 留·巴·契诃娃的侄子。——俄文本注
② 契诃夫在塔甘罗格的熟人。——俄文本注
③ 此处可能是笔误,应为亚历山大·巴甫洛维奇·叶甫图舍夫斯基,留·巴·契诃娃的弟弟,韦尼阿明的父亲。——俄文本注
④ 盖·米·契诃夫的弟弟符拉季米尔·米特罗方诺维奇·契诃夫。——俄文本注

四三八

致彼·阿·谢尔盖延科

你的邀请是有诱惑力的,亲爱的彼得·阿历克塞耶维奇,然而接受这个邀请却毫无可能。自从我做土豪①以来,我一天空闲也没有过。造房啦②、出行啦等等,等等;除此以外,三月间还得看一个新的中篇③的校样(它会在《俄罗斯思想》四月号上发表),张罗一千个卢布④,为此大概非杀人不可,因为一切合法的途径都无济于事了;再者,至迟在大斋的第六个星期我还得到彼得堡去一趟。⑤ 好,看你怎么抽得出时间来跟朋友会谈。

当然,我会满怀喜悦地又治病,又办药房,又给有志学习的人教一教医学,而主要的是我会高兴地跟你见一见面,谈一谈,可是,工作!工作!我们等到夏天吧,目前只好请你原谅了。

好,你生活得怎么样?你在写什么作品?现在你在哪儿预支稿费?我们已经有好久没有见面了,不过我猜想,到我这儿来你是不乐意的。在复活节后的一周即多马周我将在家里。

祝你健康,顺遂。握你的手。

你的安·契诃夫
一八九七年三月二十日
于梅里霍沃

---

① 谑语,指契诃夫成为梅里霍沃的庄园主。
② 当时,契诃夫在附近的诺沃肖尔基村造一所学校。
③ 契诃夫的中篇小说《农民》。——俄文本注
④ 为造学校用。
⑤ 为了让画家勃拉兹给契诃夫画像。

四三九

致丽·阿·阿维洛娃

我比原定的日期提早来到莫斯科了①。可是我们什么时候见面呢？天气多雾，潮湿，我略微有点不舒服，我将尽量待在屋子里！您是否认为可以不等我去拜访您，就到我这儿来？

祝您万事如意。

您的安·契诃夫
（星期六）②
于莫斯科大饭店，五号房间

四四〇

致维·亚·戈尔采夫

亲爱的维克托·亚历山德罗维奇，如果舍赫捷利的设计图③在你那儿，那就请你派人把它送到我这儿来，我借用一天；我要把它拿给一个阔老④看一下。

昨天傍晚我出了丑：我刚刚坐下来吃中饭，我的肺里就涌出了血，直到早晨才停。于是这一夜就没有在家里过。

---

① 契诃夫在3月22日到达莫斯科。——俄文本注
② 即1897年3月22日。
③ 人民宫的建造设计图。参看第四三三封信。——俄文本注
④ 指苏沃林。

祝你健康,愿上帝保佑你。

你的安·契诃夫
(星期日)①
于莫斯科

四四一

致丽·阿·阿维洛娃

我给您写一个我犯罪的 curriculum vitae:星期六的前夕我开始吐血。早晨我到达莫斯科。六点钟我同苏沃林一起到隐庐饭店去吃中饭,我刚刚挨着桌子坐下,血就从我的喉咙里一汪汪地喷出来。随后苏沃林把我送到斯拉维扬斯基商场②;医师们来了;我躺了一整天,现在到家了,也就是到莫斯科大饭店了。

您的安·契诃夫
星期一③
于莫斯科

四四二

致叶·米·沙甫罗娃

呜呼!我已经到达莫斯科,为的是继续往北走④,不料我的肺

---

① 即1897年3月23日。
② 苏沃林当时住在这里。——俄文本注
③ 即1897年3月23日。
④ 指到彼得堡去。

突然出事,血从喉头冒出来,于是现在我躺在医院里①,用一张,正如您看到的那样,刚刚放过水瓶的纸在写信了。

他们会把我从这儿放出去的,不过,据说,这至早也要在复活节。请您给我来信,要不然,我就会活活闷死的。

我的地址是莫斯科,处女地,奥斯特罗乌莫夫教授诊所。

唉,唉!请您派人给我送点什么可吃的东西来吧,例如烤火鸡就行,因为他们什么都不给我吃,只给我冷的清汤喝。

向您致意,紧紧地握您的手。

您的残废人

安·契诃夫

一八九七年三月二十六日

于莫斯科

四四三

致尼·伊·扎巴文②

十分尊敬的尼古拉·伊凡诺维奇:

我到达莫斯科以后,就大口吐血;医师们就把我逮捕,关在监狱里,也就是关在医院里了。现在请您按下列地址寄信:处女地,大学教学医院,奥斯特罗乌莫夫教授主管科,安·巴·契诃夫。

要是您有机会到莫斯科来,就请您来看望这个病人。这儿是任何人也不准放进来的,不过如果您坚持要进来,而且把我随信附上的便条拿给他们看,他们就会放您进来。顺便提一句,请您带一

---

① 契诃夫在第二次肺出血以后,于3月25日被送到处女地的奥斯特罗乌莫夫教授诊所。——俄文本注

② 诺沃肖尔基村的教员;契诃夫正在动工兴建这个村子的学校。——俄文本注

些价值两个、三个和五个戈比的邮票以及三十张空白的明信片来,共合两个卢布。

我是躺着给您写信的。

这儿至早也要在受难周的星期五让我出院。他们不准我到彼得堡去。

您去打猎吧,而且要知道我对您羡慕得要命。

尊敬您的安·契诃夫
一八九七年三月二十七日
于莫斯科

请您写两句话来,要不然我就寂寞得要命。您对谁也不要提起医院,否则这消息就会传到我母亲那儿去,她会吓坏的。

〔便条〕

请准许来人尼·伊·扎巴文教员进来看我。

安·契诃夫

四四四

致莉·费·瓦舒克[1]

女士:

您的短篇小说《在病院里》我在医院里读过了,目前我就住在

---

[1] 当时这个姑娘瓦舒克正在女子高等学校里读书,准备做历史教员和文学教员,同时她又在电报局工作。她在中学时代就开始写短篇小说,这时寄给契诃夫两篇,请教他她是否值得继续写作,她有没有"显露出才华"。致莉·费·瓦舒克的信是从国家文学博物馆(莫斯科)得到的。准备给 З. А. 波洛茨卡娅博物馆的科学工作者出版和评论所用。——俄文本注

医院里。我是躺着回您的信的。这个短篇,从我用红铅笔标出的那个地方起,是很好的。可是开头却很俗气,不必要。当然,您应该继续写作,不过要有两个条件:写作使您感到快乐,这是一;第二,您还年轻,能学会正确而合乎语言规范地使用标点符号①。

至于《神话》,那我认为这不是神话,而是守护神②、菲亚③、露水、侠客之类的字眼的堆砌,这些都是假钻石,至少在我们俄国的土地上从来也没有出现过什么侠客、什么守护神,您在这块土地上未必找得到一个能够把自己设想为菲亚、以露水和阳光充饥的人。请您丢开这些吧;应当做一个真诚的艺术家,应当只写现实中存在的或者照您看必然存在的东西,应当描写情景。

我再回到第一个短篇上来:不应当多写自己;您写自己,不由自主地夸大其词,因而有完全落空的危险;要么人家不相信您,要么冷漠地对待您的表白。

祝您万事如意。

安·契诃夫

一八九七年三月二十七日
于莫斯科

处女地,奥斯特罗乌莫夫教授医院。

---

① 根据目前保存在契诃夫档案馆里的瓦舒克的信来判断,她写得粗心,有些错误。——俄文本注
② 西欧神话中守护地下宝物的侏儒,形象丑陋。
③ 西欧神话中的仙女,给人带来幸福或灾难。

四四五

致莉·费·瓦舒克[1]

您不要生气[2],而要比较仔细地看一遍我的信。我似乎写得很清楚:您的短篇小说**很好**,只有开头除外,它给人留下一种多余的建筑物的印象。允许或者不允许您写作,这不是我的事;我对您指出要年轻,是因为在三十岁到四十岁之间开始写作已经嫌迟了;我指出学会正确而合乎语言规范地使用标点符号的必要性,是因为在艺术创作中标点符号往往起着音符的作用,而靠教科书学好它是不可能的;需要的是感觉和经验。写作而感到快乐,这并不意味着游戏、娱乐。从某一种工作中体验到快乐,那就意味着热爱这种工作。

请您原谅,我写字困难,我仍旧在躺着。

请您再看一遍我的信,不要再生气。我是真心诚意的,现在我又给您写信,就是因为我真诚地希望您成功。

安·契诃夫

一八九七年三月二十八日

于莫斯科

---

① 契诃夫的这封信的结尾有几个字被涂掉,无法辨认。——俄文本注
② 瓦舒克收到契诃夫的上一封信(参看第四四四封信)后,回了一封充满责备的信,契诃夫便写了这封信答复她。她在后来写的信中请求契诃夫原谅她上一封信的"尖刻和鲁莽"。——俄文本注

四四六

致丽·阿·阿维洛娃

您的花没有谢①,而且开得越发好了。我的同行②允许我把花放在桌上的花瓶里③。总的来说您善良,很善良,我不知道该怎样感激您才是。

这儿至早也要在复活节才准我出院;这就无异于说,我不能很快地到彼得堡去了。我好了一点,血吐得少了,不过我还是躺着,就是写信也是躺着写的。

祝您健康。紧紧握您的手。

您的安·契诃夫

一八九七年三月二十八日

于莫斯科

四四七

致阿·谢·苏沃林

医师们诊断我肺尖有病,嘱咐我改变生活方式。第一点我明白,第二点我就不理解了,因为这几乎是不可能的。他们吩咐我一定要住在乡下,可是要知道,经常住在乡下就得经常为农民们奔

---

① 阿维洛娃曾于3月26日到医院探望契诃夫,送给他一束玫瑰和铃兰。——俄文本注
② 指为契诃夫看病的医师。
③ 吐血的肺结核患者本来不宜于闻花香。

忙,为牲畜和自然界的种种力量奔忙;在乡下要避开操心和劳碌,其困难不下于在地狱里要避开烫伤。不过我仍旧要极力尽可能地改变生活,已经托玛霞申明我停止在乡村里行医了。这对我来说又是减轻工作又是巨大的损失。我要丢掉县里的一切职责,买一件家常长袍,晒晒太阳,多吃东西。医师们吩咐我一天吃六次,发现我吃得极少而生气。禁止我多说话,游泳,等等,等等。

经诊查,除了肺部以外我的一切器官都是健康的。〔……〕到目前为止我本来一直以为我的酒量恰好保持在无害的限度以内,可是现在经过检查,却发现我喝的比我有权利喝的要少。多么可惜啊!

《第六病室》的作者从第十六病室搬到第十四病室来了。这儿宽敞,有两个窗子,有波达片科式的灯光,有三张桌子。血吐得不多了。自从那天傍晚托尔斯泰来过①(我们交谈很久)以后,到黎明四点钟我又大口吐血。

梅里霍沃是个有益于健康的地方;它恰好在分水岭上,地势高,因此从来也没有发生过疟疾和白喉症。大家商量下来,一致决定我哪儿也不必去,继续在梅里霍沃住下去。只是必须把住处布置得舒适一些。要是在梅里霍沃住厌了,就到邻近的一个庄园上去,那是我为兄弟们租下来,准备他们来住的。

不断有人到我这儿来,送来鲜花、糖果、吃食。一句话,我在享福呢。

我在《彼得堡报》上读到巴甫洛娃的客厅里的演出。② 请您转告娜斯嘉,要是我去看演出,我就一定会送她一个花篮。向安娜·

---

① 列夫·托尔斯泰在3月28日到医院去探望契诃夫。——俄文本注
② 1897年3月29日《彼得堡报》上刊登一个简讯,讲到3月30日在巴甫洛娃的客厅里举行文艺晚会,为患病的艺术家彼·伊·魏恩贝格募捐。——俄文本注

伊凡诺芙娜深深地鞠躬,问候她。

我已经不是躺着而是坐着写信了,不过写完以后,就立刻在我的床上躺下来。

您的安·契诃夫
一八九七年四月一日
于莫斯科,

请您来信,劳驾,我求求您。

四四八

致亚·巴·契诃夫

事情是这样的。从一八八四年起我就几乎每年春天都咯血。今年你责难我受到最神圣的正教院的祝福的时候,我为你的不信教伤心,于是,就因为这个缘故,我就当着苏沃林先生的面吐血了。我进了医院。在这儿医师们诊断我肺尖有病,也就是说承认我有权利以残废人自居,如果我愿意这样做的话。体温正常,夜间的盗汗没有了,衰弱没有了,可是梦见了修士大司祭,前途非常渺茫;虽然我这病还没发展得特别厉害,可是我仍旧必须刻不容缓地写下遗嘱,免得你夺去我的财产。他们准许我在受难周的星期三出院,到梅里霍沃去,至于以后怎样,那就走着瞧吧。他们叫我多吃东西。这就是说,应该吃吃喝喝的不是父母,而是我。家里的人关于我的病一点也不知道,所以你不要出于你那种特有的凶恶在信上泄露出去。

《俄罗斯思想》四月号上将要刊登我的中篇小说①,那里面

---

① 《农民》。——俄文本注

(局部地)描写了一八九五年你在梅里霍沃遇上的那场火灾。

向你的妻子和孩子们深深鞠躬,致意;当然,这是出乎满腔热诚。

祝你健康。

你的恩人
安·契诃夫
一八九七年四月二日
于莫斯科,
处女地,医院

四四九

致阿·谢·苏沃林

我断然不会劝您买下索洛多夫尼〔科夫剧院〕。第一,这是莫斯科最不受人欢迎的剧院之一;第二,为了叫保守的莫斯科人走进一个新剧院,就得给他们做十年的推动工作。小剧院是人们热心去的地方,因为它招人喜欢。柯尔希穷愁潦倒,因为大家只是容忍他的剧院,却不喜欢它。目前在莫斯科,对知识界和中层观众来说,剧院已经足够了,如果使人感到有所欠缺的话,那就仅仅是大众剧院了。您能够创办一个优秀的大众剧院,这个工作,我觉得,会使您十分满意,然而索洛多夫尼〔科夫剧院〕却不宜于做大众剧院;为了在莫斯科做这个工作,就得在莫斯科定居下来。我是这样认为的。

四月十日以后我就到梅里霍沃去了。我要极力多吃东西,每天在磅秤上称一称自己的体重,这是件讨厌透顶的事。如果我的体重不增加,那就得去喝马乳酒治病了。

前天我寄给您一封信,(相当)详细地描写了我的病。血已经不吐了。

如果您算出您的信会在四月十日之前寄到医院,您就把信寄到医院来;可是如果迟于四月十日,那就寄到洛帕斯尼亚去。

关于剧院最好是比较详细地谈一谈。您四月底或者五月初到莫斯科来吗?我觉得连斯坦尼斯拉夫斯基①都会劝阻您买索洛多夫尼〔科夫剧院〕。斯坦尼斯拉夫斯基自己不买这个剧院②,这就是很重要的征象。依我看,还应当考虑这样一种情形,左右这个剧院命运的是一个女经纪人,也就是到斯拉维扬斯基商场去找您的那个女人。如果一块田产不是由主人自己而是由一个经纪人出售或者出租,那就等于说这块田产不会没有毛病。

祝您万事如意,向您深深鞠躬。

您的安·契诃夫
一八九七年四月四日
于莫斯科

四五〇

致阿·谢·苏沃林

如果自我感觉是可以相信的话,那我就是十分健康的了;而且我觉得,由于躺着,什么事也不做,我发胖了。星期四中午他们准许我出院,我就动身回家去,在家里像从前那样生活下去。五月五

---

① 康斯坦丁·谢尔盖耶维奇·斯坦尼斯拉夫斯基(阿列克谢耶夫)(1863—1938),俄罗斯导演、演员、戏剧教师、戏剧理论家、人民艺术家,莫斯科艺术剧院创办人之一。
② 大概指斯坦尼斯拉夫斯基正在为"文学艺术协会"物色剧院。——俄文本注

日到十日之间我会到彼得堡去,关于这一点我已经写信告诉画家了。您写道,我的理想是懒惰。不对,不是懒惰。我藐视懒惰,如同藐视内心活动的软弱和无力一样。当初我跟您讲的不是懒惰,而是闲散,同时我还说闲散不是理想,而仅仅是个人幸福的必不可少的条件之一。

如果柯霍夫的新制剂的试验取得圆满的成果,那么,我当然会到柏林去。进食对我来说简直一点益处也没有。家里用强行军的方式叫我吃东西已经有两个星期了,可是成效不大,体重并没有增加。

应该结婚了。也许有一个凶老婆倒可以把我的宾客的人数缩减至少一半。昨天一整天来客不断,简直要命。客人总是两个人一来,每个人都要求我不要讲话,同时又提出种种问题。

那么,过了星期四您写信就寄到洛帕斯尼亚去吧。我的剧本的集子①怎么样了?好像它在什么地方卡住了。谢谢您的来信,祝您身体健康。

您的安·契诃夫
一八九七年四月七日
于莫斯科

四五一

致叶·齐·柯诺维采尔②

亲爱的叶菲木·齐诺维耶维奇,今天他们让我出院,我要动身

---

① 参看第四○二封信的注。——俄文本注
② 叶菲木·齐诺维耶维奇·柯诺维采尔是俄国律师,契诃夫的熟人。——俄文本注

走了。向您深深鞠躬,向您和叶甫多基雅·伊萨科芙娜①致以最美好的祝愿。

那些书是奥·彼·昆达索娃送到您那儿去的。祝您健康,顺遂。

您的安·契诃夫
星期四②
于莫斯科

我为那本斯帕索维奇③的书很感激您。萨尔蒂科夫也有趣味,不过,他那种单调的写法使人有点疲劳。

四五二

致巴·费·姚尔达诺夫

十分尊敬的巴威尔·费多罗维奇,我回到家,头一件事就是为您的挂念和关切赶紧向您道谢。医院里的值班住院医师把您的电报④拿给我看,我没有马上答复您,因为当时我正在养病。

我的肺有点不妙。三月二十日我动身到彼得堡去,可是半路上我开始咯血,医师就在莫斯科扣留我,把我送进医院,诊断我肺尖有病。我的未来是渺茫的,可是显然要到南方的某地去居住。克里米亚乏味得不得了,而高加索又有疟疾。至于在国外,每一次

---

① 叶·齐·柯诺维采尔的妻子。——俄文本注
② 即 1897 年 4 月 10 日。
③ 柯诺维采尔寄给契诃夫俄国作家符·丹·斯帕索维奇的书。——俄文本注
④ 4 月 3 日姚尔达诺夫打电报给奥斯特罗乌莫夫医院:"恳请告知契诃夫病况。姚尔达诺夫医师。"——俄文本注

我都受到怀念祖国的煎熬。我既是塔甘罗格人,本来倒是住在塔甘罗格最好,因为祖国的炊烟我们觉得亲切可爱①,可是关于塔甘罗格,关于那儿的气候等等,我知道得很少,几乎什么也不知道,我担心塔甘罗格的冬天比莫斯科还不如。

我一直在等塔甘罗格图书馆长寄来一张我(最近)寄去的书单。我已经搜集到好几十本书。等有了空闲我就理出来,寄出去。

您为什么不给我任务②了?现在我找到一个书店营业员,他答应给我打八五折③。

祝您节日④快乐,祝您万事如意。

您的安·契诃夫
一八九七年四月十五日
于莫斯科省,洛帕斯尼亚,
梅里霍沃

四五三

致阿·谢·苏沃林

我已经在家里,您的两封信都按时收到了。一切顺利,我的自我感觉极好,要不是我受到监督,要不是一连刮了三天风,那就会十分好了。我的杆菌显然稍稍平静些了,只有到早晨我咳嗽的时候才作怪,此外就没有什么了。

米沙恳求您把他的轻松喜剧《花瓶》寄给他。目前他就在我

---

① 喻祖国的一切亲切可爱。
② 指委托契诃夫代塔甘罗格图书馆买书。
③ 以前契诃夫代塔甘罗格图书馆买书一般打九折。
④ 指基督教的复活节。

家里,那么您就把《花瓶》寄到洛帕斯尼亚来吧。他说您手头的那个稿本是唯一的一个稿本。

您什么时候到国外去?要是我五月初到彼得堡去,我会见到您吗?如果见不到,那我就不去,推迟到秋后再去。

离我这儿十七俄里远有一个不大的剧院,有电灯照明。这剧院在波克罗夫斯科耶-梅谢尔斯科耶。六月四日各省的医师们在这儿聚会,他们的家属不算在内,就有一百个人左右。由于有电灯,我决定上演《汉奈蕾》:观众当中有八分之一是精神病学家,有二分之一是善良而敏感的人,这个剧本对他们是完全适合的。奥泽罗娃到医院里去看望过我①,我要求她在六月四日演《汉奈蕾》,她立刻答应了,可是她,作为伟大的女演员,立刻提出必不可少的条件,她要 M.M.伊凡诺娃奏乐,她已经习惯于她的音乐了。那就只好另请不那么伟大的女演员了,因为我根本没有兴致去为音乐奔忙。还有一件事:您那儿保存着什么可以借给我供演出的道具吗?例如服装和天使的翅膀……这些东西并不贵,可是在方圆五十俄里以内我的熟人们当中,却没有一个人会裁剪和糊制这类东西,而这种东西也没有现成的出售。

祝您、安娜·伊凡诺芙娜、娜斯嘉、包利亚节日快乐,祝你们万事如意。

您的安·契诃夫
一八九七年四月十五日
于梅里霍沃

---

① 4月2日柳·伊·奥泽罗娃到医院里去探望过契诃夫。——俄文本注

四五四

致米·奥·缅希科夫

亲爱的米哈依尔·奥西波维奇,我的肺部出了点毛病。三月二十日我到彼得堡去,可是在路上我开始咯血,只得在莫斯科停留下来,在医院里住了大约两个星期。大夫们诊断我肺尖有病,几乎禁止我做一切有趣的事。

请您向丽季雅·伊凡诺芙娜和亚沙①转达我热诚的问候和感激。我极其珍重这种关注和友好的同情。

今天我头痛。这一天就被破坏了,而天气却极好,花园里百鸟齐喧。客人们、钢琴声、哗笑声,这些是在房子里,房外是椋鸟。

书报检查官删掉了《农民》中的很大一部分。

非常感谢您。紧紧握您的手,祝您幸福。我的妹妹向您致意。

您的安·契诃夫

一八九七年四月十六日

于梅里霍沃

有祸必有福。列夫·尼古拉耶维奇到医院里去看望过我,我们进行了一场极其有趣的谈话,之所以对我极其有趣,是因为我听得多,说得少。我们谈的是长生不死。他按康德②的方式承认长生不死,认为我们全体(人和动物)都会在原则(理智、爱情)中生活,而这种原则的实质和目标对于我们却是个秘密。可是在我的

---

① 即缅希科夫的妻子,女作家丽·伊·韦塞里茨卡雅和儿子亚沙·缅希科夫。——俄文本注
② 康德(1724—1804),德国哲学家,德国古典唯心主义的创始人。

心目中这种原则或者力量成为一团不定形的凝胶状的东西,我的我(我的个性)、我的意识同这团东西合在一起;像这样的长生不死,我是不需要,也不理解的,列夫·尼古拉耶维奇由于我不理解而感到惊讶。

为什么到现在为止您的书①还没有出版?伊·列·谢格洛夫到医院里去看过我②。他好一点了,似乎痊愈了。他搬到彼得堡去了。

四五五

致亚·伊·埃尔杰利

亲爱的朋友亚历山大·伊凡诺维奇,目前我在家里。节前我在奥斯特罗乌莫夫医院里住了两个星期光景,咯血;大夫诊断我肺尖有病。我的自我感觉良好,什么痛苦也没有,内脏没有一点不自在的地方,可是大夫禁止我 vinum③、活动、谈话,嘱咐我多吃东西,禁止行医,于是我显得烦闷无聊了。

关于大众剧院,什么消息也没听到。在大会上④人们含混而不感兴趣地谈到它,那个草拟规章和发起这个工作的小组显然有点冷下来了。这多半是因为已经到了春天⑤。在那个小组的成员当中我只见过戈尔采夫一个人,可是没有来得及跟他谈起剧院。

---

① 指米·奥·缅希科夫的书《关于幸福的随想》当时正在排印,到 1898 年才出版。——俄文本注
② 俄国作家伊·列·列昂捷夫-谢格洛夫 1897 年 4 月 6 日到医院里去看望契诃夫。——俄文本注
③ 拉丁语:(喝)酒。——俄文本注
④ 指全俄戏剧工作者大会,参看第四三三封信的注。——俄文本注
⑤ 意为演出季节已经过去。

没有什么新闻。文学界风平浪静。在编辑部里大家喝茶,喝廉价的啤酒,其实并不觉得可口,大家走来走去也显然是因为没有事情可做。托尔斯泰在写一本论艺术的小书①。他到我的医院里去过,说他把他的小说《复活》丢开了②,因为他不喜欢它,目前专写关于艺术的论文,读了六十本有关艺术的书。他的思想并不新颖;历代一切聪明的老人都以不同的方式重复过这种思想。老人总是容易看见世界的末日,说道德已经败坏到 nec plus ultra③,说艺术正在变坏,正在衰落,说人们变得软弱了,等等,等等。列夫·尼古拉耶维奇打算在他的小书里证实当前艺术正在进入最后一个阶段,正在走进一条(前面)没有出路的死胡同。

　　我什么事也不做,用大麻籽喂麻雀,每天给一丛玫瑰剪剪枝。经我剪枝以后,玫瑰开得很盛。农事我没有管。

　　祝你健康,亲爱的亚历山大·伊凡诺维奇,谢谢你的来信和友好的关切。请你看在我有病的分上而给我来信,不要过于责怪我不按时回信。以后我要极力在看完你的信后立刻给你回信。

　　紧紧握你的手。

你的安·契诃夫
一八九七年四月十七日
于莫斯科省,洛帕斯尼亚,
梅里霍沃

---

① 即论文《什么是艺术?》,发表在《哲学和心理学问题》杂志 1897 年第 5 期和 1898 年第 1 期上。——俄文本注

② 列·尼·托尔斯泰 1897 年 1 月 5 日在日记上写道:"……我写到他(涅赫柳多夫)决定结婚,就把它厌恶地丢开了。一切都不真实,伪造,软弱……我未必会把它写完。一切都搞得很坏。"一直到 1898 年 7 月间托尔斯泰才续写和修改长篇小说《复活》。这部长篇小说发表在 1898 年《田地》杂志上。单行本在 1900 年出版。——俄文本注

③ 拉丁语:极点。——俄文本注

四五六

致费·德·巴丘希科夫[①]

费多尔·德米特利耶维奇先生：

您准备星期二到我这儿来，可是您的电报是在星期三早晨送到此地的。我推想您已经不在莫斯科，就没有打电报给您，静等维·亚·戈尔采夫来信，您在电报里说他会来信的；不过，顺便说说，他的信我还没收到。

多承约稿[②]而且总的来说多承来信，我满心感激您。我一定会寄一篇短篇小说给《Cosmopolis》，不过，什么时候呢？说真的，我不知道。在最近这段时间里我被认为是病人，医师嘱咐我要闲散，我就极力遵从这个嘱咐，极力不写东西。我比三月间好得多了，可是从健康的意义上讲，我前途未卜，所以对您也就不能应许什么明确的话。我请求您等到秋天再说。要是有机会在夏天当中写好一篇短篇小说，我就毫不耽搁地把它寄给您。这个短篇大概没有超过半个印张。一般说来我写得少，写得紧凑（在幸运的条件下每年不超过十个印张，通常不超过五个到七个印张），所以volens-nolens只得多拿点稿费。

请允许我祝您万事如意。要是您再给我写信，那就顺便写一写《Cosmopolis》的发行人奥特曼先生是个什么样的人，也就是说他是个有思想的人呢，还是个普通人？《Cosmopolis》可能在俄国

[①] 费多尔·德米特利耶维奇·巴丘希科夫（1857—1920），俄国批评家，西欧文学史家。《世界》杂志主编。——俄文本注
[②] 当时巴丘希科夫承担国际杂志《Cosmopolis》(《国际都市》)俄文版的编辑工作，向契诃夫约稿。——俄文本注

获得成功,可是在最初几年这个成功不会大。办这个事业越是稳重、严肃、合乎语言规范,就越好;老实说我因为您是学者而高兴。在西格玛①手里的这个俄文版无论是在读者那里还是在文学工作者那里都没有获得任何成功,可是在您手里却会得到发展,只是在人家责备您这个杂志乏味、枯燥的时候您得挺住,不慌张;如果奥特曼先生是个有思想的人,而不单纯是个发行人,那么《Cosmopolis》不出四五年就会站稳脚跟了。

再一次祝您获得成功和万事如意,再一次向您道谢。

一八九七年四月二十一日

于莫斯科省,洛帕斯尼亚,

梅里霍沃

四五七

致尼·亚·列依金

亲爱的尼古拉·亚历山德罗维奇:您的礼物②——《波尔康的札记》和《在土耳其人家里做客》,都收到了,我向您致以真诚的、由衷的谢意。顺便向您致以迟到的节日问候③。

我没有什么新消息,生活一如既往。同先前一样,我仍旧不富裕,没结婚,写得少。三月间我得了病,在医院里躺着,可是现在觉得身体不错,要不是大夫给我开了一些药,我就可以认为自己完全健康了。我们这儿的天气极好,炎热,偶尔下点雨;风信子、郁金香

---

① 《Cosmopolis》杂志俄文版最初的主编是俄国报刊工作者谢·尼·瑟罗米亚特尼科夫(笔名西格玛),自第二期改为巴丘希夫科夫。——俄文本注
② 列依金的书。——俄文本注
③ 这时候基督教的复活节已经过去。

开花了,明天我们要种土豆了(在田里);燕麦在过节以前就已经种下了。桦树发绿了。

您生活得怎样,有什么新消息吗? 当初我躺在医院里的时候,每天给我送来许多报纸,其中也有《彼得堡报》,我总是颇感兴趣地注意选举①,读您的短篇小说,一句话,我对您的情形是熟悉的;可是现在我又做了谢尔普霍夫的居民,而作为居民就不注意新闻,因为阅读的势必主要只是莫斯科的报纸了。

布罗姆和希娜正在纳福,由于生活闲散而发胖了。我以前有一条看家狗沙利克,是一条劳苦功高的公狗,看家护院;不久以前一条猎狗咬断他的喉咙,它死了,现在我就没有看家护院的狗了。

文学界有什么新闻吗?

您是作家协会②的成员吗? 如果是的话,那就请您来信说明我必须履行什么样的手续才能也当上这个协会的成员;我对这个协会的想法是非常同情的。我对荣誉法庭③也很同情。

请您允许我再一次向您道谢,祝您、普拉斯科维雅·尼基福罗芙娜、费佳万事如意。紧紧握您的手,请您不要忘记我。

您的安·契诃夫
一八九七年四月二十四日
于莫斯科省,洛帕斯尼亚,
梅里霍沃

现在我这里有三十六本您的书了。

---

① 指彼得堡市杜马的选举,多年以来列依金一直是这个市杜马的议员。——俄文本注
② 指"俄国作家和学者互助协会"。——俄文本注
③ 俄国军队中审判有损军人荣誉行为的法庭。

四五八

致符·尼·阿尔古京斯基-多尔戈鲁科夫

我羡慕您,十分尊敬的符拉季米尔·尼古拉耶维奇,羡慕您在英国,说英国话,羡慕您还年轻健康。

您的短篇小说①我十分喜欢,可是要知道,这不是您的创作,这是从英文翻译过来的东西。其中一句俄国话也没有,一句也没有!我读得十分愉快,而且赶紧按您的愿望办事,把它寄还您,不过,另一方面,却希望您快一些寄给我另一个短篇。我想观察一下您怎样开笔,最后达到什么成果。只是,请您务必多写一点,要知道写得太少是不会有所成就的。必须赶紧写,必须快一点得心应手,为的是在三十岁以前就站稳脚跟,在文学领域里取得一席之地。

三月间和四月初我躺在医院里。我吐血了。现在没什么了。春天十分美好,然而没有钱,真是倒霉。

那么,我等着您的短篇小说和信。祝您健康;紧紧握您的手,祝您万事如意。

您的安·契诃夫
一八九七年四月二十八日
于莫斯科省,洛帕斯尼亚
梅里霍沃

---

① 指小说的手稿。——俄文本注

问候巴尔蒙特①和他的妻子。

四五九

致娜·米·林特瓦烈娃

十分尊敬的娜达丽雅·米哈依洛芙娜,我要详细地答复您的电报。三月二十日我动身到彼得堡去,在路上开始吐血,莫斯科的医师们扣留我,把我送进医院。我在那儿躺了十五天。目前我在家里,觉得挺好;尽管我的肺尖有病(有浊音和罗音),我却只在早晨咳嗽。到冬天我大概要动身到某个地方去,到埃及或者索契②去;不过现在倒没有什么特别的必要出外,因为我的情形大体不错,体温正常,体重增加了。按照那些可敬的同事的嘱咐,我在过一种乏味的、清醒的、合乎道德的生活,如果这种情形再延续一两个月,我就会变成一只大呆鹅了。

但愿您知道我多么想到路卡去!整个五月我都走不开;第一,在五月二十五日以前我得注射砷制剂;第二,六月以前我得张罗地方自治局的一个建筑工程③。要是在五月二十五日到六月之间能抽出两三天的工夫,那我一定在五月间去一趟。六月、七月、八月我倒是空闲的。如果五月以后我到路卡去,我就见不到亚历山德拉·加甫利洛芙娜④了,那我会难过的。劳驾,请您转告她,说我对她深深鞠躬,为她的挂念和关切道谢。

---

① 康斯坦丁·德米特利耶维奇·巴尔蒙特(1867—1942),俄国诗人。
② 俄国南方的一个疗养地。
③ 当时契诃夫正在为附近的诺沃肖尔基村造一个学校。
④ 即亚·加·阿尔汉盖尔斯卡雅,俄国女教师,林特瓦烈娃家和契诃夫家的熟人。——俄文本注

目前有一个眼科医师①带着眼镜片在我家里做客。他为我配眼镜已经有两个月了。我有所谓的散光,由于这个缘故我常常闹偏头痛,此外我的右眼近视,左眼远视。您看我是个什么样的残废人啊。不过这一点我总是瞒住外人,极力装出一个朝气蓬勃的二十八岁②的青年人的样子,这方面我倒是常常做到的,因为我总是买贵重的领结,往衣服上洒"Vera-violetta"③牌香水。

我们一家人都健康。玛霞也许在六月间到克里米亚去,目前她在莫斯科。她在画画,获得巨大的成功。我们,也就是我和我家里的人,每天都打算给您写信,请求您到我们这儿来。我们这儿的天气好得很,您不会很快就住厌的。而您的光临,对于我们大家,特别是对我来说,将是一个大喜的日子。向您全家致以热诚的问候,祝你们万事如意。

您的安·契诃夫
一八九七年五月一日
于梅里霍沃

我们的通信地址是莫斯科省,洛帕斯尼亚,打电报的地址是洛帕斯尼亚契诃夫收。

四六〇

致阿·谢·苏沃林

我的电报地址短得多;只要写上洛帕斯尼亚契诃夫收就行了。

---

① 即彼得·伊格纳契耶维奇·拉德兹维茨基。——俄文本注
② 当时契诃夫三十七岁。
③ 意大利语:纯紫罗兰。

关于《农民》的事我同意①,可是要知道,这篇小说远远不止十个印张,书报检查官是不可轻视的②。要不要另外加上一个描写农民生活的短篇?这样的东西我倒是有的,譬如《凶杀》③,那里面描写了分裂派教徒或者诸如此类的东西。

我至早也要在五月底或者六月到彼得堡去,因为我仍旧没有走上正轨,而且有一项紧急的工作要求我留下。我给您打过一个电报,说我娶了一个有钱的寡妇。唉,这只是甜蜜的梦想罢了!现在是没有一个傻女人肯嫁给我了,因为我住过医院,名誉大受影响了。

您决意到哪儿去?您在哪儿过夏天?您不到费奥多西亚去吗?我简直不知道该拿自己怎么办才好,也不知道什么东西于我的健康有益:是宪法呢,还是闪光鲟鱼肉加辣根?八月以前我打算住在家里,条件是这儿的天气过得去,干燥,然后动身到俄国南方去,以后到了冬天就出国去,或者到索契去(在高加索),据说那地方冬天暖和,没有疟疾。

我的自我感觉还可以,体重没有增加,我带着希望瞩望未来。天气好极了。钱却几乎没有。

阿波克利夫④是什么人?

请您来信或者打个电报来讲点什么,要不然我太寂寞,甚至耳朵里嗡嗡直响。向安娜·伊凡诺芙娜、娜斯嘉、包利亚深深鞠躬。愿苍天保佑您。

---

① 指契诃夫的中篇小说《农民》出单行本。1897 年《农民》出单行本,书中附有契诃夫的中篇小说《我的一生》。——俄文本注
② 《农民》遭到书报检查官的大大删削。
③ 契诃夫的中篇小说,发表在 1895 年《俄罗斯思想》第 11 期上。——俄文本注
④ 俄国作家费多尔·爱德华多维奇·施佩尔克用笔名阿波克利夫在 1897 年 4 月 30 日《新时报》上发表一篇文章《摘自文学日记》。——俄文本注

前几天我见到小说家柯罗连科:他的神经出了大毛病。① 谢格洛夫到我这儿来过。他谈起他的妻子,谈起轻松喜剧,谈起他的爱国心。他在《俄罗斯通报》上发表了一个剧本②。这是一个描写俄国文学工作者生活的剧本。它渗透了思想上的仇恨精神和虚假,给人留下这样一个印象,似乎这个剧本不是幽默作家谢格洛夫写的,而是一只被文学工作者踩了尾巴的猫写的。

我收到许多信,谈及我的健康和《农民》。

您的安·契诃夫
一八九七年五月二日
于莫斯科省,洛帕斯尼亚
梅里霍沃

您五月间到莫斯科去吗?

四六一

致列·瓦·斯烈津

亲爱的列昂尼德·瓦连京诺维奇,我迟延回信是因为您的信(四月十五日)直到昨天才从医院转到我这儿。

我每年三月份都吐一点血,今年咯血却拖长了,由于我在莫斯

---

① 契诃夫于4月26日在莫斯科《俄罗斯思想》编辑部遇见柯罗连科。当时柯罗连科从彼得堡到罗马尼亚去,他同家人一起到他内兄家里去,为了调养他的过度疲劳的神经;他得病是因为在穆尔坦一案中一群沃佳克族农民被诬告用活人祭异教的神,他出庭辩护,积劳成疾。参看第五〇二封信的注。——俄文本注

② 四幕喜剧《孤立的贤哲》,发表在1897年《俄罗斯通报》第6期上。——俄文本注

科没有正式的住宅,就只好住医院。在医院里,大夫们把我从无忧无虑中拉出来了:他们发现我的两个肺尖都有罗音,右肺则有呼吸音和浊音。我在医院里躺了十五天,吐血近十天。现在我到了家里,住在乡间了。总的情况是满意的,体温正常,胃口良好,体重增加,只有早晨才咳嗽。医师们(奥斯特罗乌莫夫医院的住院医师及其助手,而奥斯特罗乌莫夫本人我却没见到,因为他到苏呼米去了)并不主张我马上动身到什么地方去;他们说我可以在乡间度过夏天,至于过了夏天该怎么办,到时候看情形再说。我想,如果我的情形不突然变坏,那么在八月以前我就听医师们的话办理,然后动身到莫斯科去开大会①,在那儿跟奥斯特罗乌莫夫见面,然后就到高加索去(到基斯洛沃茨克),或者到雅尔塔去找您,随后冬天就出国,或者如果没有钱就到索契去。据说索契那儿冬天好,而且没有疟疾。事情就是这样。目前我极力多吃东西,注射砷制剂。

我是在医院里同大学生康斯坦丁诺夫认识的,昨天甚至收到了他的信②。他的情况不是没有希望。我看过他的病历,得出这样的印象:在克里米亚他会复原,或者至少不止活一年;当然,这是说在有利的条件下。奥斯特罗乌莫夫在讲课的时候以他为例,提出十分肯定的预测,说这个病人身体结实,很有耐力,能够与杆菌抗争,说康(斯坦丁诺夫)只要在雅尔塔住几个月,他的健康状况就会急遽好转。

多承您写来这封和善的、真正能够治病的信,我不知道该怎样感激您才好。紧紧握您的手,而且,请您不必客气,我把我最近的一篇小说的印文③寄给您。今年夏天我会到雅尔塔去一趟,那我

---

① 指1897年8月间举行的第十二次国际医师大会。——俄文本注
② 康斯坦丁诺夫在1897年4月28日写给契诃夫的信上向他道谢,因为契诃夫为他张罗到一笔津贴,以便到克里米亚去就医。——俄文本注
③ 从1897年《俄罗斯思想》4月号上剪下的《农民》。——俄文本注

就会去找您,对您说各种好话;您的信我要保存起来。

向您的妻子和儿女致以热诚的问候,祝你们万事如意。

祝您健康,顺遂。

您的安·契诃夫
一八九七年五月二日
于莫斯科省,洛帕斯尼亚
梅里霍沃

我的通信地址是莫斯科省,洛帕斯尼亚。

四六二

致叶·米·沙甫罗娃

十分尊敬的同行:两三天以前我把手稿①寄给您了,现在估摸着您已经回到莫斯科,就寄给您这封信。斯乔波奇卡、穆森卡、戈尔连科等,对于我都不新奇了,我在您以前的一个手稿里已经遇见过他们,不过,话说回来,我仍旧带着极大的乐趣读完您的中篇小说。您明显地成长而且强壮起来,一次比一次写得好了。这个中篇整个儿我都喜欢,只有结尾除外,我觉得它味道有点淡,在那儿斯乔波奇卡失去他的温厚,变成 Bel-Ami② 了。

不过,这是趣味问题,这无关宏旨。如果讲到缺点,那么在小处挑剔是不应该的。您只有一个缺点,而且依我看是个大缺点,那就是您不润色您的作品,因而其中有些地方显得冗长,臃肿,缺乏

---

① 沙甫罗娃的一篇中篇小说的手稿。——俄文本注
② 法语:漂亮的朋友。指法国作家莫泊桑的中篇小说《漂亮朋友》的男主人公杜洛瓦。——俄文本注

那种使得短小作品生动活泼的紧凑。您那些小说里有智慧,有才能,有消遣的东西,然而缺乏艺术。您正确地塑造了人物,然而形象不鲜明。您不愿意或者懒得用雕刻刀剔除一切多余的东西。要知道在一块大理石上刻出一张人脸来,无非是把这块石头上不是脸的地方都剔除罢了。

不知我把我的意思表达准确没有?您能理解吗?有两三处别扭的地方,我都打上了杠子。牧师不论在彻夜祈祷的时候还是在做日祷的时候,都不读《使徒行传》。"写作狂的癖好"不合适,因为写作狂本身就包含癖好的意思在内。等等,等等。

我去主持过孩子们的考试①,回来以后觉得筋疲力尽,就像赫丘利②完成了一次最带劲的功勋似的。高等女校的学生会说:累死我了!

对不起,我不能再写下去了。我赞成剧本的选择。《手套》③十分适合谢尔普霍夫,因为来看您的都是知识分子④。

祝您万事如意。

祝您健康,顺遂。

您的安·契诃夫
一八九七年五月十七日
于梅里霍沃

关于这个中篇应当谈一谈才是。

这是一个好作品。

---

① 指契尔柯沃村学校学生的考试,契诃夫是该校督学。——俄文本注
② 罗马神话中的英雄,即希腊神话中的赫拉克勒斯。
③ 挪威作家比昂松的喜剧《挑战的手套》,沙甫罗娃主张在谢尔普霍夫上演这个戏。——俄文本注
④ 沙甫罗娃将在这个戏里担任演员;她原在戏剧学校学习表演。

四六三

致亚·巴·契诃夫

可爱的尼康诺尔·加甫利洛维奇①:

一切都顺利②,然而在去奥兰群岛之前,我觉得,应当写信告诉伏科夫,甚至告诉格利左多包夫③。我同意而且相信这会产生巨大的益处,你甚至会获得带有斯坦尼斯拉夫绦带的银质勋章,挂在脖子上,然而这要有一个条件,那就是你对这个问题不要半途而废,而要为它忙一辈子,所谓鞠躬尽瘁,死而后已。这是一个极有趣味的问题,因为从中会产生一种善意的然而主要的是聪明的举动,假如阿尔费拉基④听到这件事,恐怕连他都会赞同。你为《俄罗斯思想》写吧,我会要求他们怜悯你(你的妻子、孩子)而接受你的论文⑤;可是我在他们的编辑部里不会说出你是我的哥哥,因为那是不妥当的,他们就会以为我出身寒微了。

你那本论酒癖、疯癫、狗叫、困惑的小书⑥请你按挂号印刷品

---

① 契诃夫的大哥的名字是亚历山大·巴甫洛维奇·契诃夫,不知契诃夫为什么这样称呼他,可能是开玩笑。
② 亚·巴·契诃夫写信告诉契诃夫说,他准备同精神病学家维克托·瓦西里耶维奇·奥尔德罗格一起到奥兰群岛(在芬兰西南部,位于波的尼亚湾入口处)去为酒徒们选择医疗区的地点。——俄文本注
③ 伏科夫是塔甘罗格中学的级任教员,格利左多包夫是该校教员。这是开玩笑:亚·巴·契诃夫本人就嗜酒,如今改邪归正,应由教师改评好的品行分数了。——俄文本注
④ 塔甘罗格的一个富商。——俄文本注
⑤ 亚·巴·契诃夫在写给契诃夫的信上征询契诃夫的意见:《俄罗斯思想》是否可能刊登有关这个医疗区的论文。——俄文本注
⑥ 亚·巴·契诃夫的小册子《酒癖和可能的对它的斗争》,1897年在彼得堡出版。——俄文本注

寄来,我会把它挂在小蒲包旁边的钉子上,好让那些愿意读的人把它一张张撕下来读。

剧院办事处的报酬①我还没收到,大概永远也不会收到,不过他们打过一个电报来。〔……〕

如果尼·伊·斯威什尼科夫②再对你说他打算来找我,你就阻止他。

关于苏沃林,你听到什么消息吗?夏天他准备到什么地方去?

你与其租一条船,不如把这笔钱存在银行里,给自己买一条新裤子。

问候你的全家。

你的恩人安·契诃夫
一八九七年五月二十日
于梅里霍沃

四六四

致阿·谢·苏沃林

去年我建了一所学校③;这个建筑工程的账单已经偿清,送交地方自治局的档案室了。今年我又建一所学校④,六月底就可完工了。这个学校已经得到保障;不管怎样,如果钱不够,那么不足之数也总是远在一千五之下。还有些建筑工程,计划在不远的将来动工;那么,要是您一点也不反对的话,要是我会活下去而且健

---

① 指彼得堡的亚历山大剧院上演契诃夫的《海鸥》而应给作者的报酬。
② 彼得堡的一个旧书商。——俄文本注
③ 在契诃夫庄园附近的塔列日村。——俄文本注
④ 在契诃夫庄园附近的诺沃肖尔基村。——俄文本注

康的话,我就从您的捐款里拨给每一个新建的学校一百个卢布,这样一来您资助的学校就不是一个,而是十五个了。您同意吗?

您到底决定到哪儿去呢?而且什么时候去呢?定居在一个地方不动,已经使我十分厌烦,照南方的话来说就是十分"腻味",所以,要是您动身出国,而且您的车厢包房里有多余的空地方的话,我倒情愿送您一程,一直送到韦尔日包洛夫为止。我会直接在洛帕斯尼亚买好车票。我想活动一下,非常想活动一下。如果您打算在出国之前到莫斯科去一趟,那么我再说一遍,请您打个电报来,我好提前从家里动身。我不是在五月二十一日,而是在二十四日主持学生的考试,这以后就没事了。

您的新撰稿人恩格尔[哈特]①,毫无疑问,身上有政论家的血管在搏动,然而他的头脑却不再年轻,而且不大清楚了。他同罗扎诺夫②,就才能的所谓音色来说,是属于一个种类的。这种人没有明确的世界观,只有一种巨大的、无限膨胀的虚荣心,还有一种病态的憎恨情绪,它隐藏在灵魂的深处,好比那种沉重的、布满青苔的墓石。

小剧院怎么样了?昨天我在《新时报》上看到原来关于它的传说都是假的③。我呢,却在我的一些信上散布这种传说呢!

我什么事也不做,懒得不像样子,活像彼·彼·彼杜赫④。题材多极了,它们都在我的脑子里发霉了。天下小雨,没法出去散步……我收到柯米萨尔热甫斯卡雅的信,她到阿斯特拉罕去演戏了⑤。我接

---

① 尼古拉·亚历山德罗维奇·恩格尔哈特(1866—?),俄国批评家,政论家,文学史家,《新时报》撰稿人。——俄文本注
② 瓦西里·瓦西里耶维奇·罗扎诺夫(1856—1919),俄国唯心主义哲学家,批评家,政论家。——俄文本注
③ 1897年5月17日《新时报》上刊登一段新闻,声称:"各报所发表的传言和消息,说小剧院已经由文艺小组租下,这是缺乏任何根据的。"——俄文本注
④ 果戈理的长篇小说《死魂灵》中的一个人物。——俄文本注
⑤ 参看第四六五封信。——俄文本注

到亚历山大的信,他到奥兰群岛去了①。

《亚历山大一世》②我还没收到。

向安娜·伊凡诺芙娜、娜斯嘉、包利亚深深鞠躬,祝他们荣华富贵。向您深深鞠躬。祝您健康。

您的安·契诃夫
一八九七年五月二十日
于梅里霍沃

四六五

致薇·费·柯米萨尔热甫斯卡雅

多承您想起我,寄给我一封信,薇拉·费多罗芙娜,我十分感激。不久以前我们的共同的熟人格列博娃(她娘家姓穆辛娜-普希金娜)到我这儿来过,说起您病得厉害,准备出国到一个矿泉地去治病,不料现在您乘船到阿斯特拉罕去了。您是健康的,或者至少病得不重,您甚至在工作,为此我要从我这个荒僻的地方向您鼓掌。您平安,我高兴,可是您沿伏尔加河旅行,我却不羡慕。伏尔加河上老是刮风,有石油气味,风景单调,轮船上的乘客乏味,都是些头戴便帽、坎肩上挂着廉价表链的人,没有一个可以谈天,也没有有趣的遭遇。在海轮上就有趣多了。

我本来要到彼得堡去,打算在那儿完成许多各式各样的工作,跟您见面,可是半路上,在莫斯科害了病,在医院里躺了十五天。我的肺部出了点毛病。现在我觉得身体不错,杆菌停止了肆虐,不

---

① 参看第四六三封信的注。——俄文本注
② 尼·卡·希尔的著作,共四册,1897 至 1898 年在彼得堡出版。——俄文本注

过秋天大概得易地疗养才行。大夫们不准我工作,现在我成了一种近似剧务官员之类的人物:我什么事也不做,什么人也不需要我,而我又极力保持着在认真做事的样子。

您问起纪念章①的事。要是您讨厌它了,就请您把它寄到下列地址:莫斯科省,洛帕斯尼亚。

请您把阿斯特拉罕的《海鸥》海报②寄给我。当然,我祝您获得巨大的、经常的、像我对您卓越而可爱的才能的信心那样可靠而持久的成功。只是您千万别生病才好。请您允许我握您的手,祝您万事如意。

再一次向您道谢。

忠实于您的安·契诃夫

一八九七年五月二十日

于莫斯科省,洛帕斯尼亚,

梅里霍沃

今年夏天您会在南方某个地方表演吗?比方说,到顿河去,到亚速海和黑海的沿海各城市去?到高加索去?我在八月初要到那边去。

---

① 指以前契诃夫给柯米萨尔热甫斯卡雅,供她在亚历山大剧院演出《海鸥》时使用的纪念章。柯米萨尔热甫斯卡雅在《海鸥》中扮演尼娜,尼娜送给剧中另一个人物特里戈林一枚纪念章。——俄文本注
② 柯米萨尔热甫斯卡雅打算在阿斯特拉罕她的纪念演出中上演《海鸥》,但是这个意图没有实现。——俄文本注

四六六

致尼·亚·列依金

亲爱的尼古拉·亚历山德罗维奇,如果您肯大发慈悲的话,请您把那个小妞儿也给我吧①。我脑子里闪过一个念头:把它要来配成对,就能生小崽子了;可是我又想,这未免过分,近似"非分之想"了,我就没有敢给您写信。

我似乎已经完全复原了,因为我不感到自己有病,我的熟人跟我见面的时候没有盯着看我的脸,我走过村子的时候农妇们也不唉声叹气地议论我。咳嗽几乎没有了,好像杆菌跑到别的地方去了。我不知道秋天会怎么样,目前没有什么可抱怨的地方。

维·维·比里宾把他的书寄给我了②。这本书版本优美,售价不贵,只可惜封面上没有作者的真实姓名;我说可惜,是因为谁也不知道迪奥根,而且这本书仿佛是两个作者写的:伊·格雷克和某个迪奥根。要知道《新闻报》在俄国是没人读的,这是彼得堡的报纸,其中刊载的一切东西没有给作者造成名望,因为这个报纸没有走出彼得堡。在莫斯科,只有在各编辑部里才能看到《新闻报》,而迪奥根这个名字就连在编辑部里也没人知道。

我们这儿的天气仍旧好极了!炎热,有雨,树上软体虫很少;樱桃不计其数。芍药谢了。

---

① 列依金打算把自己的几条小狗送给契诃夫。——俄文本注
② 指《幽默和幻想》,彼得堡1897年版,笔名迪奥根和伊·格雷克(迪奥根是比里宾在《新闻报》上所用的笔名,伊·格雷克是他在《花絮》上的笔名)。——俄文本注

五月下半月我到某地去主持过小学生的考试，现在完全空闲了，什么事也不做，只有偶尔出外，到一个按我的计划兴建起来的新校舍的建筑工地去看一看。如今我在县里成了一个类似建筑师的人了。现在我在建第二所学校，造一个钟楼①。祝您健康，顺遂。问候普拉斯科维雅·尼基福罗芙娜和费佳。

您的安·契诃夫

一八九七年五月二十一日

于莫斯科省，洛帕斯尼亚，

梅里霍沃

四六七

致姚·艾·勃拉兹

十分尊敬的姚西甫·艾玛努依洛维奇，如果我不发生什么意外的话，我要在八月间到敖德萨去②。

目前，我们在信上把所有的城市都一一提到过了③，那么请您容许我邀请您到我的乡村里来。我之所以敢于邀请您，是因为通到赫尔松省去的那条铁路④经过洛帕斯尼亚，快车在我们的火车站停靠。早先我缺乏足够的勇气邀请您，因为我住的这个地方是全俄国最乏味的地方，而且在我的这所房子里一个光线充足的房间也没有。只有一个房间，北面有一排三个窗子，甚至有几个画家

---

① 契诃夫为梅里霍沃村的教堂造钟楼。——俄文本注
② 勃拉兹在写给契诃夫的信上建议到敖德萨去为契诃夫画像。——俄文本注
③ 勃拉兹在以前的信里提到对契诃夫的家乡塔甘罗格城去为他画像。——俄文本注
④ 勃拉兹打算在赫尔松省画家尼·德·库兹涅佐夫家里度过整个夏天。——俄文本注

在里面工作过,然而您恐怕是不会赞成的,因为据我了解,它那三个窗子虽然能照亮人的脸,却不合乎肖像画家的需要。可是尽管有各式各样的不利条件,我仍旧邀请您来①。谁知道我是否去得成敖德萨,我今年冬天是否能到彼得堡去呢,而此地,您对这有三个窗子的房间也许不像我这样严格地看待,您也许会同意在邻近的一个庄园里给我画像,在那儿他们会拨出一个大厅来供我们使用。您决定吧,不过,当然,请您按您的方便来决定,不要忘记我比您空闲(我现在没有任何工作)。要是您最后决定到敖德萨去,那么我每天晚上躺下来睡觉的时候就想着我必须到敖德萨去,不过,顺便说一句,这是一个最乏味的城市。我在完事以后就从敖德萨到雅尔塔去。

不管怎样,如果您坐快车到赫尔松省去,那就请您在行前两三天给我打一个电报(洛帕斯尼亚,契诃夫收),我会到洛帕斯尼亚去跟您见面。

请您允许我祝您万事如意,握您的手。

安·契诃夫
一八九七年六月七日
于莫斯科省,洛帕斯尼亚,
梅里霍沃

我的身体复原了,我的面貌复旧了。

---

① 后来,勃拉兹同意到契诃夫的庄园梅里霍沃去为他画像。——俄文本注

四六八

致阿·谢·苏沃林

您好！鄙人一直守在家里，待在我的梅里霍沃，因而渐渐变成地主柯罗包奇卡了。我常去莫斯科，可是每一次都待得不久。前几天我到百万富翁莫罗佐夫的庄园去过一趟①；那宅子好比梵蒂冈，那些仆人穿着白色凸纹布的坎肩，肚子上挂着金表链，室内陈设俗气，葡萄酒是从勒韦买来的，主人脸上什么表情也没有，于是我逃之夭夭了。

大概七月十五日以后我动身到博尔若米②去，因为显然没有别的地方可去。然后我从博尔若米到阿巴斯-图曼去。我本想出国，可是没有钱，而且一个人去也乏味。

那本书（《农民》）③出了一点小麻烦。头一批校样一直到六月十二日才寄来；在那个时候，说真的，这本书本来应当已经印好了；他们同时还寄来一些跟《农民》没有任何共同点的短篇小说（例如《带阁楼的房子》）。我发了脾气，写信给印刷厂，要他们停止排印。可是昨天康斯坦丁·谢苗诺维奇④寄来一封信，问题显然顺利解决了。

我们这儿挺冷；新闻没有，而且一时也不会有。生活无聊而乏味，因为我仍旧被看成病人，处在监视之下，有许多东西都不能享受。要是您到俄国来（像您信上所写的那样），那就请您从韦尔日

---

① 指契诃夫去拜访俄国画家伊·伊·列维坦，当时他住在俄国富商谢尔盖·季莫费耶维奇·莫罗佐夫家里，在莫斯科-布列斯特铁路线上。——俄文本注
② 俄国南方的一个疗养地。
③ 讲的是出版中篇小说的单行本。参看第四六〇封信的注。——俄文本注
④ 即康·谢·狄钦金，《新时报》出版经理。——俄文本注

包洛夫或者国境打个电报来(洛帕斯尼亚,契诃夫收);我会去迎接您。在我动身去过冬以前我得跟您见一见面,谈一谈:不是要谈什么正事,而是随便谈谈。顺便我要请求您把沙甫罗娃(女作家的妹妹①)接受到您的剧团里去,她到我们谢尔普霍夫来演过戏,演得很好。她有点娇滴滴,然而不是在声调上,而似乎是在表情上,在鼻子上,但是她文质彬彬,装束极为雅致,演戏认真,像女演员一样。至于她在您那儿,在《汉奈蕾》里初次表演而没有获得成功,那是不应该计较的。

收成不会很好;粮食和干草的价格在上涨。疾病没有。人们在大喝白酒,精神上和肉体上的肮脏事情多得要命。我越来越倾向于这样的结论:正派的、不酗酒的人在乡村里只能硬着头皮生活下去,不住在乡下而住在别墅里的俄国知识分子是有福的。

您在信上一点也没有对我讲到安娜·伊凡诺芙娜和娜斯嘉。她们在干些什么,生活得怎样?包利亚跟您在一块儿吗?劳驾,替我问候他们,对他们说我天天惦记他们。也代我问候埃米莉。

我不打算到基斯洛沃茨克去。玛霞到克里米亚去了。

祝您健康,顺遂,请您不要忘记地主柯罗包奇卡。

您的安·契诃夫
一八九七年六月二十一日
于梅里霍沃

---

① 即俄国女作家叶·米·沙甫罗娃的妹妹女演员奥尔迦·米哈依洛芙娜·沙甫罗娃。——俄文本注

四六九

致尼·米·叶若夫

亲爱的尼古拉·米哈依洛维奇,尤仁的文章①我还没有看,不过,很快就会看一遍,等到您来了,我们就可以谈一谈这篇文章。从六月二十五日起到七月一日止我不在家②,因此请您在二十五日前或者在下月一日以后到我这儿来。我看见您会很高兴。

您写道,您生活得"非常"糟。怎么这样悲观呢?大概疾病惹得您烦恼,您发脾气了;如果是这样,那就需要休息和医疗,而主要的是休息。

关于地方自治局的学校,以及总的来说关于地方自治局,我们可以谈一谈。要是您乐意的话,我能提供给您许多材料③。

那么,我等待您光临。如果您在七月一日以后来,那就请您来一封短信告知,我会派马车到火车站去接您,而且极力在七月一日以后待在家里。

好,祝您健康,祝您万事如意。

您的

安·契诃夫

一八九七年六月二十一日

于梅里霍沃

---

① 俄国剧作家和演员苏木巴托夫-尤仁的文章《全俄戏剧工作者第一次代表大会,它的决议和意向》,发表在1897年的《俄罗斯思想》第五期和第6期上。——俄文本注
② 契诃夫要到达维多夫修道院去。——俄文本注
③ 契诃夫搜集了有关地方自治局的学校的大批材料,打算写一本专著,然而这个意图始终没有实现。参看第四二一封信。——俄文本注

四七〇

致瓦·米·索包列甫斯基

亲爱的瓦西里·米哈依洛维奇,我向您提出一个很大的请求,这个请求大得很,不消说您是意料不到的。您意料不到是因为现在即使没有我的请求,您也已经有很多要操心和奔忙的事,有各式各样伤脑筋的事了。事情是这样的。我们这个教区有一个司祭,尼古拉·涅克拉索夫神父,是个可敬的、有功绩的人。他是一个可爱的人,居民们都喜欢他,在地方自治局里他被认为是最好的宗教课程教师之一。他由于工作努力而被提升,调到城里,调到谢尔普霍夫去了。可是这种提升并非有利。涅克拉索夫在城里得了病,觉得城里讨厌,于是现在呜呜痛哭,要求回到乡下来。目前村子里还没有任命新的司祭,那就可以把他调到我们这儿来;我觉得圣母安息大教堂的主持司祭米哈依尔·阿勃拉莫维奇·莫罗佐夫能给我们帮个忙。他能出主意:事情该怎么办,该找谁,等等,在必要的时候也能说一说情。由涅克拉索夫本人递一个呈文上去不妥当,这不合常规,再者也许会受到申斥,说他挑剔,而且会被撤职。请您费心跟米〔哈依尔〕·阿〔勃拉莫维奇〕通一封信,问一问他能不能接见涅克拉索夫神父,同他谈一下,如果可以的话,那么在什么时候,在什么地方谈。他的地址我不知道。您行行好,帮个忙吧;我为这个可怜的人很难过!我可以给他开一个医疗证明,可以为他找一百个人签名①。

假如米·阿不在莫斯科,或者假如他拒绝帮忙,那么您在您的

---

① 指当地居民希望他回来。

熟人当中能另外找一个同宗教界接近的好心人吗？

这几天我会收到关于牧羊犬的回信,并把它寄到克林去。短篇小说我会寄给您的。近况如何？报纸还没有从火车站送来,因此我什么也不知道。祝您健康,紧紧地握您的手。

您的安·契诃夫

一八九七年六月二十四日

于梅里霍沃

四七一

致尼·亚·列依金

亲爱的尼古拉·亚历山德罗维奇,七月十五日左右我在彼得堡,到那时,在回来的路上我会极力把小狗①带走;不管它们的毛色怎样,是纯白的还是杂色的,反正我会高高兴兴,十分感激地带走的。从彼得堡倒不妨坐车到斯德哥尔摩去看展览会,然而看来我是不会去的。斯德哥尔摩和瑞典人我倒想看一看,可是展览会对于我却没什么吸引力。所有的展览会都千篇一律,都令人厌倦。

我这儿的客人多得要命。地方不够了,床上用品不够了,至于跟他们谈话,装出殷勤的主人的样子,我的情绪也不够了。我吃得发胖,已经大大复原,自认为十分健康,不再享受病人的种种舒适,也就是我已经没有权利离开客人到我愿意去的地方去,人家也不再禁止我多说话了。

我静等动身,什么事也不做,光是在花园里溜达,吃樱桃。我摘下二十颗左右,一股脑儿送进嘴里。可好吃了。

---

① 指列依金送给契诃夫的小狗。

苏沃林在彼得堡。他写到,文艺小组租下了小剧院,为期五年。苏沃林的儿子阿历克塞害了肠伤寒。在莫斯科,什么新闻也没有,光是死命抓住和传播一种谣言,说我要出版一种报纸了①。大家赞扬新市长②。著名的出版商瑟京获得一枚斯坦尼斯拉夫③,买了一个大庄园。

我们这儿的天气好极了。草已经割完,大家在收成熟的黑麦。干旱带来许多害处,如今我们这儿每天都下雨,这种雨只能滋润大自然,可是已经无力挽回干枯的庄稼了。

好,不久再见!祝您健康,顺遂,向普拉斯科维雅·尼基福罗芙娜和费佳深深鞠躬。

您的安·契诃夫
一八九七年七月四日
于梅里霍沃

四七二

致阿·谢·苏沃林

画家在画我,而且画个没完;我不认为他会像他所应许的那样在本月十四日画完我的像。恐怕还要再忙一个星期。不管怎样,我仍旧要到彼得堡去;我已经下定决心了,只有您来信说您又要出国了,我才会放弃彼得堡之行。

---

① 1896年契诃夫就已经同《俄罗斯思想》杂志的主编戈尔采夫共同计划办报,可是没有实现。1897年11月戈尔采夫通知契诃夫说他们要办的报纸没有得到批准。——俄文本注
② 指B.M.戈利岑公爵,他的前任是K.B.鲁卡维什尼科夫。——俄文本注
③ 俄国的一种勋章。

今天我寄还《我的一生》的校样①。总之,到现在为止我都不知道他们选定了哪些小说,也就是这本书由哪些小说组成。涅乌波科耶夫前几天写信告诉我说他受到您的委托谈一谈校样;他问我应该怎样寄校样来,是版面校样和拼版校样一起寄来呢,还是只寄版面校样来。我打算既读版面校样又读拼版校样(即把书按页拼成版)。这样好些。

我的健康状况挺好,因为天热,干旱仍在继续。

我正在读梅特林克②的作品。我看完了他的《Les aveugles③》《L'intruse④》,正在看《Aglavaine et Sélysette⑤》。这都是些古怪而美妙的东西,可是给人留下巨大的印象;如果我有一个剧院,那我一定会上演他的《Les aveugles》。这个剧本里正巧又有海洋和远处灯塔的壮丽布景。观众有一半是愚蠢的,然而这个剧本的失败却可以避免,只要在海报上写出剧本的内容就成,当然要写得简短;本剧是比利时颓废派作家梅特林克写的,内容如下:有一个老人,是一群瞎子的向导,无声无息地死了,那些瞎子不知道他死,坐在那儿等着他回来。

在《世界回声》上,我每天读到关于《新时报》的文章⑥,而在《新时报》上则读到关于亚沃尔斯卡雅的文章⑦。显然她每天都在大显奇才。

---

① 苏沃林的印刷厂正在排印契诃夫的一个新的小说集,其中收入契诃夫的两部中篇小说:《农民》和《我的一生》。——俄文本注
② 梅特林克(1862—1949),比利时法语作家、诗人。
③ 法语:《盲人》。——俄文本注
④ 法语:《不速之客》。——俄文本注
⑤ 法语:《阿格拉凡和赛莉塞特》。——俄文本注
⑥ 在1897年7月5日、10日、12日《世界回声》报上发表了一些论文和随笔,揭露《新时报》,认为它是一份虚伪而反动的报纸。——俄文本注
⑦ 在1897年7月份的《新时报》上几乎每天有文章评论俄国女演员丽·包·亚沃尔斯卡雅的演出。——俄文本注

我这儿的客人不计其数,亚历山大①把他的男孩们撂在我这儿,既没留下他们的内衣,也没留下他们的外衣;他们在我这儿住下去,谁也不知道他们什么时候离开;看来,他们要住到夏天结束,甚至永远住下去也未可知。他们的父母真是太可爱了。我的堂弟②从南方来了。

叶若夫(非小品文作家③)写信来说,他打算到我这儿来,等等,等等。

我已经很久没有接到您的信了。您在哪儿?身体好吗?阿历克塞·阿历克塞耶维奇身体怎样?

祝您健康,顺遂。

您的安·契诃夫
一八九七年七月十二日
于梅里霍沃

四七三

致盖·米·契诃夫

亲爱的柔尔日克,沃洛嘉不久就会回家去,然而不会像你所希望的那么快。第一,我们不会放他走,我们需要他操持农事;第二,他在我们这儿忘了他的教职④,正在追求一个住在我们邻近的法国年轻女郎,因此,急着赶回去参加他兄长的喜庆,并不在他的计划之内。

---

① 即契诃夫的大哥亚·巴·契诃夫。——俄文本注
② 指符·米·契诃夫。——俄文本注
③ 俄国小说家尼·米·叶若夫的一个笔名。——俄文本注
④ 这是开玩笑。符·米·契诃夫正在一个宗教学校读书。——俄文本注

我们这儿干旱,炎热,像在塔甘罗格一样。已经有一个多月没下雨了。

我身体健康,那就是说相当健康;我不急于出外,因为天热。我没写东西,什么事也不做。亚历山大目前在莫斯科参加大会①,工作得挺好。供酒徒住的岛②已经买好,维特大臣答应进行最广泛的合作。伊凡在莫斯科,米沙在雅罗斯拉夫尔,玛霞在家里。我们的生活详情你会从沃洛嘉那儿知道。

向婶母和堂姊妹们深深鞠躬致意。很遗憾,在去高加索的路上③我不能到塔甘罗格去同她们见面了。我受到叮嘱要在南方过冬。要是塔甘罗格适宜于过冬,那该多好!那我就会在科姆片豪森斜坡上造一幢华丽的宅邸了。

好,祝你健康,顺遂。祝你万事如意。

你的安·契诃夫
一八九七年八月十二日
于梅里霍沃

四七四

致丽·斯·米齐诺娃

亲爱的丽卡,您的信我昨天收到了,当然很高兴。您问起我在此地觉得暖和不暖和,愉快不愉快。目前我挺好。我成天坐着晒太阳,想着您,想着您为什么那样喜欢在口头上和信上说到肋骨歪

---

① 亚·巴·契诃夫在第十二届国际医师大会上当采访记者。——俄文本注
② 参看第四六三封信的注。——俄文本注
③ 契诃夫原打算在1897年秋天到高加索去;这趟旅行没有实现;契诃夫到国外去了。——俄文本注

斜;我想了一想,断定这大概是因为您自己的肋骨就不正。您有意叫人家知道这一点,好让人家喜欢您。

这儿很暖和,甚至炎热,不过这不会维持多久,很快我就会感到像在梅里霍沃一样,也就是不知道该动身到哪儿去才好了。我一心想到巴黎去,然而潮湿的秋天不久就要在那里开始,把我从那儿赶走,所以我大概只好到尼斯或者尼斯旁边的博利厄去。如果有钱的话,我就从尼斯动身,经过马赛,到我没去过的阿尔及利亚或者埃及去。那么您什么时候到巴黎来呢?不管您什么时候来,请您无论如何通知我一声,我会到火车站去迎接您,而且会十分客气,极力不去注意您的歪肋骨,为了使您真正愉快而只跟您谈论干酪的制造。

我为了学说法国话而在这儿请了一个十九岁的法国姑娘。她叫马尔戈。这一点要请您原谅我才好。

您说得对,信件在此地给人提供不小的快乐,所以我要求您多给我写信。邮费方面的开支我会还给您,如果您想要这笔钱的话。请您相信,我对女人所看重的不仅仅是 Reinheit①,我还看重善良。据我所知,到现在为止您是极其善良的:您常给我的朋友们写温柔的长信;您把您的这种善良也扩大到我的身上来吧。我的朋友们读完您的信以后通常会产生一种抑制不住的愿望,想写一写干酪的制造,想把孩子们放在一个小小的锌浴盆里洗个澡,我都不知道这该怎样解释才好!至于我,那么您最近的这封信对我起了最能使人高尚起来的作用:我感到自己纯洁了。

您来信吧。有什么新闻吗?萨谢契卡·菲列②怎么样?留着络腮胡子(和唇髭)的沃洛嘉③和他那喜欢尖声发笑的太太怎么

---

① 德语:纯洁。——俄文本注
② 指俄国剧作家亚·伊·苏木巴托夫-尤仁。——俄文本注
③ 指俄国剧作家、导演符·伊·涅米罗维奇-丹钦科。——俄文本注

样？您常到您的女朋友①,那个摧残青年画家的女人家里去吗？令人惊奇的是经常住在消防队的瞭望台附近会受到什么样的影响啊！显然,挨近消防队就会使人的血液发热,直到年纪老了也不能免于迷恋。丽卡,要提防瞭望台啊！奥·彼·昆达索娃能够在这方面对您讲点什么；她是从弗罗林斯基医师②那儿听来的。

那么,请允许我等候您的洋洋洒洒的长信。代我问候玛霞和维〔克托〕·亚〔历山德罗维奇〕。

握您的手。我仍旧是您忠实的仰慕者和崇拜者。

安·契诃夫

一八九七年九月十八日

于比亚里茨

四七五

致阿·谢·苏沃林

关于戈烈夫③您说得不完全对。五次当中他有一次演得相当好,甚至出类拔萃。他有一种耸动肩膀和说话太急的不好的习惯,然而他有一种能力,有时候他在某些剧本中能够达到任何一个俄国演员都不能达到的激情的高潮；在剧团优秀、他周围的其他演员也演得出色的情况下,他往往演得格外精彩。

在尼斯我住在一个俄国公寓里。房间相当宽敞,窗子朝南,地上完全铺着地毯,放着一张像克莉奥佩特拉④睡的那种床,有厕

---

① 指俄国女画家索·彼·库甫希尼科娃。——俄文本注
② 契诃夫所熟识的一位医师。——俄文本注
③ 费多尔·彼得多维奇·戈烈夫是莫斯科小剧院的演员。——俄文本注
④ 古代埃及女皇,莎士比亚剧中人物。

所;早餐和午餐是丰盛的,由一个俄国的厨娘掌厨(甜菜汤和馅饼),像在 Hôtel Vendôme① 那样丰盛,也像那里那么可口。我每天付十一个法郎。这儿天气暖和;哪怕在傍晚也没有秋天的气象。海洋亲切动人。Promenade des Anglais② 两旁都长满树木,在阳光下欣欣向荣,每天早晨我总是坐在树荫里看报。我常出外散步。我认识了马克西姆·柯瓦列甫斯基,他以前是莫斯科大学的教授,根据第三款被免职。这个人高个子,胖身材,性情活泼,心地善良。他吃得多,玩笑开得多,工作就更多,跟他在一起是轻松快活的。他的笑声响亮,能感染人。他住在 Beaulieu③ 的一个漂亮的别墅里。这儿还有画家雅各比④,他管格利果罗维奇叫坏蛋、骗子,管艾瓦佐夫斯基叫狗崽子,管斯塔索夫叫白痴,等等。前天我、科瓦列夫斯基和雅各比一块儿吃午饭,吃这顿饭的时候我们一直笑个不停,笑得肚子都痛了,惹得仆人们大为惊奇。我们常吃牡蛎。

莫罗佐娃⑤来信说比亚里兹冷了,甚至有霜冻了。巴黎天气极好,这是根据《Figaro》⑥的说法。如果您到巴黎去,那我也到那儿去。只不过依我看,您应该先到尼斯来暖和一下,然后我们再一块儿到巴黎去。在尼斯,我再说一遍,天气暖和,很好。在沿岸街上坐着晒太阳,观赏大海,那是很大的享受呢。

热诚地向安娜·伊凡诺芙娜、娜斯嘉、包利亚鞠躬和致意。祝万事如意! 您不要去理会您腿上的古怪感觉。您的身体十分

---

① 法语:旺多梅旅馆。
② 法语:英国林荫道。
③ 法语:博利厄(法国地名)。
④ 瓦列里安·伊凡诺维奇·雅各比(1834—1902),契诃夫在尼斯认识的俄国画家。
⑤ 指瓦·阿·莫罗佐娃。——俄文本注
⑥ 法语:《费加罗报》。——俄文本注

健康。

Nice, Pension Russe. ①

> 您的安·契诃夫
> 一八九七年十月一日
> 于尼斯

没有俄国报纸,没有信,寂寞得很。

四七六

致丽·阿·阿维洛娃

您这封信从洛帕斯尼亚转到比亚里兹,又从那儿寄到尼斯,送到我的手里。我的地址如下:France, Nice, Pension Russe. 我的姓名是这样写的:Antoine Tchekhoff. 劳驾,再给我写点什么吧;要是您发表了什么作品,也请寄来。顺便把您的地址告诉我。这封信是托波达片科②寄出的。

您抱怨我的人物阴郁。唉,这可不是我的过错!这对于我是不期然而然的,每逢我写作时,我并不觉得自己心情阴郁;不管怎样,工作的时候我素来心情很好。人们常常发现,阴郁的人也好,忧郁症患者也好,写作时总是快快活活的,而乐天知命的人写出的作品倒往往使人忧愁。我是个乐天派;至少,在我这一生的前三十年当中③,如同常言所说,生活得无忧无虑。

每天早晨我的身体还可以,到傍晚简直好极了。我什么事也

---

① 法语:尼斯,俄罗斯公寓。——俄文本注
② 即伊·尼·波达片科,当时在尼斯居住。
③ 当时契诃夫三十七岁。

不做,不写作,也不想写。懒惰极了。

祝您健康,幸福。握您的手。

您的安·契诃夫
一八九七年十月六日
于尼斯

在国外我大概要住整整一个冬天。

四七七

致瓦·米·索包列甫斯基

亲爱的瓦西里·米哈依洛维奇,寄上短篇小说一篇①,这是我的悠闲的缪斯的产物。此地的纸张(papier écolier②)有一种引得人手发痒的模样,在这儿买钢笔也是一件愉快的事,所以很难克制住不写作。

如果这个短篇合用,您就把它发表吧。要是它显得太长,一期小品栏登不完,就请您把它转交给戈尔采夫,我另外寄给您一篇,这篇小说我明天就开始写。

天气非常好,像夏天一样;只是每天早晨八点钟光景,天气很凉,不过只是偶尔如此。蒙特卡洛我久已不去了,我不知道现在那边是否常出现开赌就赢的情况。

我仍旧住在Pension Russe,生活仍旧是那么安宁恬静,像在您那儿一样。不过,革命也是有的。我听说在这个公寓里住着一个

---

① 《在故乡》。——俄文本注
② 法语:小学生用的横格纸。

特务（原来那个华沙的青年男子就是这种人），又听说一个地方自治局长官每天付给薇拉·德〔米特利耶芙娜〕①九个法郎；我却要付十一个法郎。这件事惹得我有点不愉快，我就造反，于是给我减去了一个法郎。现在我付十个法郎了。

明天星期六，由于马克西姆·马克西莫维奇动身，Pens〔ion〕Russe要有一场宴会。赴宴的是八个俄国人。尤拉索夫②要带着自己的酒来，这是某个公爵留给他的。

我在同雅各比和柯瓦列甫斯基一起玩辟开。雅各比说瓦·涅米罗维奇-丹钦科是军事文书，坏蛋，无能之辈。您似乎是唯一的他对他加以好评的人了。

您是怎样到达那边的？您近况如何？

我要到邮局去了。向瓦尔瓦拉·阿历克塞耶芙娜和孩子们致意。

祝您健康，顺遂，紧紧握您的手。

您的安·契诃夫
一八九七年十月十七日
于尼斯

您能把校样寄来吗？我想把这篇短篇小说润色一下。反正时间还来得及，用不着赶忙。

---

① 尼斯俄国公寓的女房东。——俄文本注
② 尼古拉·伊凡诺维奇·尤拉索夫是俄国驻法国某地的领事。——俄文本注

四七八

致巴·费·姚尔达诺夫

十分尊敬的巴威尔·费多罗维奇,在巴黎我见到巴甫洛夫斯基和塔甘罗格人别列留布斯基①教授和工程师;我们谈到图书馆,谈到未来的博物馆,结果他们两个人都应许提供许多好东西。巴甫洛夫斯基已经搜集到一点东西,除了作家的手稿、绘画等以外甚至有捕鸟蜘蛛,这是我在他家里看到的。别列留布斯基可以把他收藏的东西寄给您。至于经过马赛将物品运到您那里去,那么在这方面一切都已经由巴甫洛夫斯基安排好,运费全免,而且,如果我和他张罗一下,还可以免税。您要明白,这一切是多么诱人啊!现在所缺的只是存放这些东西的地方了。搜集物品可以从现在就开始,而博物馆却要在纪念日②开馆。

您写道,等您到了彼得堡,您就去找那些大师。唉!凡是可以在大师们那儿拿到的,早已被人拿去;他们气愤地对待文集、博物馆、图书室,因为他们不得不常常把他们的作品 gratis 送给人。您不要到大师们那儿去,而要到塔甘罗格人那儿去,唤起他们对故乡的热爱。例如诺托维奇③这个又肥又富的畜生,就能为塔甘罗格做出不管是您还是我都做不到的事情,因为我们在彼得堡没有自己的报纸,也没有自己的房子。请您到歌唱演员切尔诺夫④那儿

---

① 尼古拉·阿波洛诺维奇·别列留布斯基(1845—1922),俄国工程师,交通道路学院教授。
② 指塔甘罗格二百周年纪念日,在 1898 年 9 月。——俄文本注
③ 奥西普·康斯坦丁诺维奇·诺托维奇是俄国新闻记者,自由主义的报纸《新闻报》的主编。——俄文本注
④ 即阿·亚·艾因戈恩。——俄文本注

去,他是个好心人。别列留布斯基的地址我另外写信告诉您。

在非本乡人当中,也许国家稽查官捷尔季·菲利波夫能为我们做点什么。他的集子①里有一篇论诗人谢尔比纳②(塔甘罗格人)的文章,那么(一)不妨向他索取这篇文章的原本(手稿);(二)问他可以在什么地方得到谢尔比纳的好照片;(三)概括地谈一谈谢尔比纳,如果他那儿有谢尔比纳的手稿的话,就向他索取。

我的舅母玛尔法·伊凡诺芙娜·莫罗佐娃住在洛包达③(议员)的房子里,她那里有一幅油画,画的是塔甘罗格的亚历山大一世纪念碑的揭幕典礼。这幅画虽然不大好,然而对博物馆仍旧合用;画家是塔甘罗格人,他的名字洛包达还没有忘记。

有一张民间木版画《炮轰塔甘罗格》。

您问起我的身体。谢谢您。我自我感觉良好,一切好像都顺利,可是吐血的事仍时有发生。

祝您万事如意。您什么时候到彼得堡去?您在莫斯科停留吗?请您回答最后一个问题。如果停留的话,那么有些书就可以在莫斯科交给您,您能带走吗?

祝您健康。握您的手。

您的安·契诃夫
一八九七年十月三十一日
十一月十二日寄出
于 Nice, Pension Russe

---

① 《菲利波夫文集》,圣彼得堡1896年版。——俄文本注
② 尼古拉·费多罗维奇·谢尔比纳(1821—1869),俄国诗人。
③ 伊凡·伊凡诺维奇·洛包达是塔甘罗格的商人,契诃夫家的亲戚。

四七九

致亚·亚·霍恰英采娃

那么,您到达了,伟大的俄国女画家!巴黎是一个很好的城市;很遗憾,由于迷雾和寒冷,您一开始就得到这样一个印象,好像它是一大团潮湿的、有点严峻的东西似的。可惜您住在 Rue Jac-ob① 这样一条缺乏趣味的街道上。这都无关紧要:过一两个星期您就会渐渐发生兴趣,巴黎就会招您喜欢了。

我仍旧住在这儿。这儿的天气迷人,暖和,晴朗,安静;只有今天是例外,刮起不愉快的风来了。我的身体还不错;托您的福,我慢慢好起来,没有什么不舒服的地方。吐血在前天已经停止了,它一连三个星期不断(这可不是闹着玩的啊!),血吐得虽不多,可是长久;自我感觉倒是极好的,因此我对吐血满不在乎,完全诚恳地写信告诉家里说我完全健康(顺便说一句,请您在写给那里的信上一点也不要提到我的身体)。我散步,看书,略微写一点东西,跟涅米罗维奇-丹钦科②,跟画家雅各比谈很多的话,雅各比目前就在此地,rue Jacob 就是为纪念他而命名的③。马·马·柯瓦列甫斯基已经走了;他如今在巴黎讲学。您务必跟他见面才好;就各方面来说他是一个大人物,有趣味,而且对您来说不会无益,因为他十分熟悉巴黎。他的住址是 Hôtel Foyot rue de Tournon④。劳

---

① 法语:雅各布街。
② 指瓦·伊·涅米罗维奇-丹钦科。
③ 这是开玩笑。法语中的 Jacob 同俄语中的雅各比出于同一字源。——俄文本注
④ 法语:图尔农街,富瓦约旅馆。

驾,代我问候他,告诉他说我们因为他不在而寂寞。

涅米罗维奇-丹钦科(瓦西里)会路过您那儿。

玛霞在信上写道,我那精神上的炉子①布置得很体面;我读了她的信就想家,想那个精神上的炉子了。我很久没有到那儿去了!

等到您开始厌倦巴黎,您就到尼斯来暖和一下吧。我当真的。您到了尼斯,就把行李留在火车站上(那儿有这样的一个存行李的地方),步行到 rue Gounod②来。火车站的正对面有一道有台阶的斜坡;您就走下这道斜坡,在街道上照直往前走,然后向右拐弯,随后您会看见左边有一条窄胡同,在这条窄胡同里走不到两三分钟就到了 rue Gounod,请您找到门牌九号,那就是 Pension Russe,我会在这儿给您安排得极好,每天六个法郎(住宿费、午餐费、早餐费)。谢谢您的来信!! 祝您健康,请您不要烦闷。

您的安·契诃夫
星期五③
于尼斯

四八〇

致阿·谢·苏沃林

您的信弄得我不愉快地怔住了。我本来在焦急地等您,想跟您见面,跟您谈一谈,实际上我十分需要您!我已经为谈话准备下一大筐材料,为您准备下美妙的、十分炎热的天气,不料突然来了

---

① 契诃夫对他的庄园梅里霍沃内的一所厢房里的一个小卧室的称呼,契诃夫常在这个厢房里工作和休息。——俄文本注
② 法语:古诺街。
③ 即1897年10月31日。

这封信。伤脑筋得很！

在 Pension Russe 的下面一层楼房里住着涅米罗维奇①，他也在等您。

您在为剧院忙碌；我呢，也有我的操心事。《外科学》杂志②又奄奄一息了；我又得无论如何把它救活，因为在医师们当中只有我一个人熟悉文学界和出版界，同他们有联系。这个杂志在学术方面是出色的，完全够得上欧洲的水平。请您出一出主意，怎样才能设法搞到每年三四千的资助。假如为这个缘故我必须自称发行人，那我就以发行人自居，然后我就光着脚在维特③的房子前面站上一个星期，脱掉帽子，手里举着蜡烛。您只要出个主意就行，呈文由我自己或者编辑部递上去。

我又吐血了，有三四天，现在没什么，欢蹦乱跳，觉得挺好了。我写了两个短篇，已经寄出去了④。

要是您改变主张，打算到尼斯来，那您就给我打一个电报，我会去接您。不管怎样，在离开巴黎的那天，您无论如何要打一个电报给我，让我知道我该把写给您的信寄到哪儿去，您的心情怎么样。我希望您不要忧郁。

祝您健康。向米哈依尔·阿历克塞耶维奇⑤和巴甫洛夫斯基深深鞠躬，并且致意。今天一天晴朗，炎热，安静。瞧瞧这个地方！

您的安·契诃夫

星期六⑥

于尼斯

---

① 即瓦·伊·涅米罗维奇-丹钦科。——俄文本注
② 参看第四〇八封信及注。——俄文本注
③ 指沙皇政府的财政大臣谢·尤·维特。
④ 指小说《在故乡》和《贝琴涅格人》，寄给《俄罗斯新闻》报。——俄文本注
⑤ 苏沃林的儿子。——俄文本注
⑥ 即1897年11月1日。

我每年冬天要到尼斯来住。

四八一

致丽·斯·米齐诺娃

亲爱的丽卡,您不该生气。您写信告诉我说您不久就要离开莫斯科,我不知道您到哪儿去了。瞧,我仍旧在尼斯,哪儿也不准备去,什么也不期望,一点事也不做。天气照例美妙,像夏天一样,可是今天下了大雨,尼斯像是八月底的彼得堡了。Margot从比亚里茨来到尼斯,可是渺无踪影,我没看到她。

您近况如何?有什么新闻吗?您打算到哪儿去?您想在什么时候丢开莫斯科以及它的烦闷和纪念日?顺便说说,我在报上看到不久就要举行兹拉托夫拉茨基的纪念日活动①了。您当然会参加这个纪念日的盛会;那就请您写一写您看见些什么,听见些什么。菲列光是答应写信来,可是他决不会写;您告诉我说过几天他会给我写信来,这并没有给我带来特别的快乐。顺便问一句,目前谁在追求您?

现在来谈一些希望不要张扬出去的话。我收到巴尔斯科夫②的一封很长的挂号信,我为了到邮局去取这封信而不得不走五俄里路。他写道,商人不给他钱,他就痛骂那些商人,并且说我是一个多么好的作家,如果我表示同意的话,他就应许偶尔把他自己的

---

① 指他的文学活动的三十周年纪念日,在1897年11月16日举行。——俄文本注
② 亚科甫·拉扎列维奇·巴尔斯科夫是俄国历史教员,90年代任《儿童园地》杂志的主编;他写信给契诃夫说他打算借钱给契诃夫。——俄文本注

钱寄给我,以供开支。丽卡,亲爱的丽卡,为什么那时候我听从您的劝说,给昆达索娃写了一封信呢?您夺去了我的Reinheit;要不是您再三地硬逼我,那么我敢说我无论如何也不会写那封信,如今那封信却使我的自尊心蒙受了耻辱。

在我身上,主要由于奥〔尔迦〕·彼〔德罗芙娜〕①,可能会有一种迫害狂发展起来。我还没来得及从巴尔斯科夫的那封信中清醒过来,就又收到列维坦的莫罗佐夫②寄来的两千卢布。我没有央求这笔钱,也不需要这笔钱,于是我请求列维坦允许我退还这笔钱,当然,要用一种不得罪任何人的方式退还。列维坦却不希望这样做③。可是我仍旧要退还。再等半个月到一个月,我就写一封致谢的信退还这笔款子。我有钱。

所有这些,我再说一遍,希望不要张扬出去。

请您来信谈点什么,告诉我一点什么事。我这儿什么新闻也没有,一切顺利。

您的安·契诃夫
一八九七年十一月二日
于 Nice,Pension Russe

瓦莉雅怎么样?她常在演歌剧吗?
握您的手。

---

① 即昆达索娃。——俄文本注
② 按伊·伊·列维坦的请求,谢·季·莫罗佐夫把借给契诃夫的钱寄去了。
③ 1897年10月17日列维坦在写给契诃夫的信上劝他不要拒绝这笔款子。——俄文本注

四八二

致丽·阿·阿维洛娃

啊,丽季雅·阿历克塞耶芙娜,我多么愉快地读完了您的《被遗忘的信》啊。这是一篇优美、隽永、雅致的作品。这是一个短尾巴的小东西,然而其中却有数不尽的艺术和才华,我不明白您为什么不继续按这种方式写下去。书信是一种不易写好、枯燥乏味的体裁,不过倒也容易写,然而我说的却是格调、真诚而又几乎是热烈的感情、精练的句子……戈尔采夫说得对,您有可爱的才能,如果您至今不相信这一点,那也只能怪您自己。您写得很少,很懒。我也是个懒惰的乌克兰人,不过话说回来,要是拿我跟您相比,我写出来的东西就算得上是一座大山了!除了《被遗忘的信》以外,在您所有的短篇小说里,字里行间老是露出缺乏经验、没有信心、懒懒散散的痕迹。您如同常言所说的,至今没有"得心应手",写起东西来总像是新手,好比一位在瓷器上描花的姑娘。您对风景是有所体会的,在您的作品里也描写得很好,可是您不善于剪裁,它常常在不需要它的时候出现在人的眼帘中,甚至整篇小说完全被一大堆断断续续的风景描写埋没了,这类描写堆砌起来,从小说的开头差不多一直拖到半中腰。其次,您没有在造句上下功夫,而这是应该推敲的,艺术也就在于此。您得删去多余的字,清除句子里的"鉴于"和"借助于",应当关心文字的音乐性,不能在一个句子里让"开始"和"停止"几乎并列着。亲爱的,要知道像"抓不住小辫子""精神垮台""陷入迷宫"之类的辞藻纯粹是侮辱。一句话有两个音同义不同的字并列,我倒还能容忍,可是"抓不住小辫子"却有点粗糙、别扭,只在口语里才适用;粗糙您是一定会感觉到的,因为您有音乐天赋,您敏锐,《被遗忘的信》就可以作证。我会把登载您的短篇小说的报纸保存起来,等到有机会就带给您,不过您对我的批评不要介意,您再搜集点作品寄给我吧。

遇到好天气的时候,一切都平安无事;可是现在天在下雨,气候转凉,我的喉咙就又发痒,我又吐血了,真是可恶。

我在写作,可是写了些无聊的东西。我已经寄给《俄罗斯新闻》两个短篇①了。

祝您健康。紧紧握您的手。

您的安·契诃夫
一八九七年十一月三日
Pension Russe, Nice

四八三

致瓦·米·索包列甫斯基

亲爱的瓦西里·米哈依洛维奇,我已经寄给您两个短篇,其中的第二篇在星期日发表了②,而第一篇(《在故乡》)③的命运我却一点也不知道,因为您没有写信告诉我。光阴在流逝,您既没写信来,也没寄校样来,这就打消了我写作的兴致,我心灰意懒,现在不知道什么时候才会再坐下来写短篇小说了。

我们这儿一点变化也没有,也就是说天气照旧那么好,阳光普照;游览季节开始了。已经有很多列火车开到蒙特卡洛去,所有的

---

① 《在故乡》和《贝琴涅格人》。——俄文本注
② 《贝琴涅格人》,发表在 1897 年 11 月 2 日《俄罗斯新闻》第 303 号上。——俄文本注
③ 发表在 1897 年 11 月 16 日《俄罗斯新闻》第 317 号上。——俄文本注

商店和旅馆都开张了;街心花园里到处都开满了鲜花。涅米罗维奇①已经住熟,习惯了这个地方,写了很多东西。

音乐比赛开始了,帕蒂②来了,萨拉·伯恩哈特③就要来了,还要举行嘉年华会;为了稳妥起见,请您寄给我一张记者证;在此地,有了这个东西,就到处都能进去,而且坐在头一排。当然,如果您认为这样做方便的话,您就寄来。

紧紧握您的手。问候瓦尔瓦拉·阿历克塞耶芙娜和孩子们。

您的安·契诃夫

一八九七年十一月八日

于尼斯

四八四

致瓦·米·索包列甫斯基

亲爱的瓦西里·米哈依洛维奇,您用那么阴暗的色彩描绘莫斯科以及它的天气、纪念日、葬礼;我却不能照样回报您,因为在我们的尼斯这儿,既没有纪念日,也没有人读兹拉托夫拉茨基的作品④,一切都生气勃勃,天气惊人,好比天堂里一样。涅米罗维奇⑤收拾好皮箱,看来今天就要走了。雅各比每天都来吃午饭,骂斯达索夫。尤拉索夫是一个善良温和的人,有时到这儿来;科瓦列夫斯基在巴黎讲学,获得了成功。

---

① 指瓦·伊·涅米罗维奇-丹钦科。——俄文本注
② 帕蒂(1843—1919),意大利籍西班牙花腔女高音歌唱家。——俄文本注
③ 萨拉·伯恩哈特(1844—1923),法国女演员。——俄文本注
④ 索包列甫斯基在写给契诃夫的信上讲起11月间要举行俄国作家兹拉托夫拉茨基的文学活动三十周年纪念。——俄文本注
⑤ 指瓦·伊·涅米罗维奇-丹钦科。

我不是住在原来的地方,而是住在楼下了。我是在吐血的时候搬下来的,现在已经不吐血了。

我看校样不是为了修改小说的外部;我照例在校样上最后完成我的小说,而且不妨说是从音乐性的一面来修改它。可是如果寄校样来对您来说真不方便,那就照您的意思办吧!有什么办法呢!只是,劳驾,您每一次收到我的短篇小说以后就拿一张明信片来,只要写四个字:"小说收到"。第二个短篇①我是在第一篇寄出去的八天以后寄出去的,不料您先收到了!劳驾,不要弄得我茫无所知。

十月底我收到瓦尔瓦拉·阿历克塞耶芙娜的信,给她写了一封回信。不久我还要给她写信,暂时请您代我问候她,说我由衷地祝她健康和幸福。也代我问候孩子们,谢谢他们惦记我。

《俄罗斯新闻》报我收到了。

您走后,我像是发了誓似的,除了在家里以外我在任何地方都不吃饭,而且滴酒不沾了。

祝您健康!!不要忘掉我。

您的安·契诃夫
一八九七年十一月二十日
于尼斯

四八五

致阿·谢·苏沃林

我完全健康,我的悠闲而满足的特别受优待的地位就开始使

---

① 指《贝琴涅格人》,索包列甫斯基是在小说《在故乡》之前收到的。——俄文本注

我厌倦,有的时候巴望下雪了。在此地是可以工作的,然而总好像缺少点什么,工作的时候总感到不方便,好像有一条腿倒挂起来了似的。

柯瓦列甫斯基给您留下了很好的健康的印象吗？这是我早就料到的。他比我们京城那些天天开纪念会的进步知识分子整整高出五筹。目前他在巴黎,一月间我们要一块儿到非洲去①。

我在读过去的管巴拿马运河的大臣 Charles Baïhaut② 的《Impressions cellulaires③》。但愿您吩咐人把它译出来出版才好,或者搞一个节译本,并且像您以前对待长篇小说那样发表三四篇小品文也行。这本书里有那么多的眼泪、惨事、可悲的插曲人物(妻子),同时又有那么多的虚荣心、不相干的慷慨激昂、小市民习气。这个人大发哲学议论,作出很大的牺牲,同时又有失身份地发出浅薄庸俗的责备;他不止一次为一小块面包责备他过去的朋友们:你们常到我家里来吃饭,后来却丢下我一个人受苦受难。总的来说,让人得到这样的印象:这种走在一切人前面、对欧洲文化发生影响的人怎样受苦,怎样代人受过。这种人善于运用自己的错误,他的错误没有白白过去。您读过新报纸《L' Aurore》④吗？这是一份有趣的报纸。罗什福尔⑤非常惹人讨厌,他的文章读两三次倒还愉快,往后再读就腻味了,像罗克福尔奶酪⑥一样。《La libre pa-

---

① 这个计划没有实现。
② 法语:查理·巴尤,法国政府的大臣,1893年因修建巴拿马运河而舞弊一案被判罪。——俄文本注
③ 法语:监禁随想。
④ 法国《曙光报》,巴黎的报纸,由法国政治活动家乔治·克里孟梭主办,在那些年间接近激进社会党人。——俄文本注
⑤ 安利·罗什福尔(1830—1913),法国政论家和政治活动家。——俄文本注
⑥ 一种羊奶制作的法国上等奶酪,因产于法国罗克福尔而得名;罗克福尔又与罗什福尔读音相近,含有戏谑的意思。

role》①也是一样。

涅米罗维奇②走了,只有我一个人留在寄居于 Pension Russe 里的吉尔吉斯人③和萨莫耶德人④当中。有一个萨莫耶德人,是个四等文官,前几天动身到彼得堡去了,我托他带给您一本小书,劳驾吩咐人把这本书转交给我的哥哥亚历山大。

今年秋天我写信给康德拉契耶夫,要他把我的轻松喜剧《迫不得已的悲剧演员》交给您的剧团,为期整整一年。如果米哈依洛夫⑤不在您那儿,这个轻松喜剧就没人演了;我应当给康德拉契耶夫写一封信,让它,也就是这个轻松喜剧,恢复自由才是。可是在我给他写信以前,请您写一封只有两三句话的短信来;也许米哈依洛夫还会回来。

向安娜·伊凡诺芙娜、娜斯嘉、包利亚深深鞠躬。祝您万事如意。

您的安·契诃夫
一八九七年十一月二十四日
于尼斯

四八六

致瓦·米·索包列甫斯基

亲爱的瓦西里·米哈依洛维奇,我逐条回答您的信。我搬下楼来了,因为我常要下楼,而上楼对于我却不是易事。有一次我吐

---

① 法国《自由言论报》,由罗什福尔发行。——俄文本注
② 指瓦·伊·涅米罗维奇-丹钦科。
③④ 都是俄国的少数民族;在此借喻没有教养的人。
⑤ 指文艺小组剧团的演员。

血了(不多,可是持续了三个星期),我们这些医生经过会商一致决定:在我这种情况下勉强上下楼梯与其说有益,不如说有害,我就搬下楼来了。在我的屋里早晨七点半钟就能见到太阳,直到日落;我付的费用照旧(十个法郎),如同在楼上一样,而中间一层楼的设备比楼上华丽。搬到另一个旅馆去恐怕已经迟了,因为一月间我们要动身到阿尔及利亚去。① 而一月已经不远。再者我也住惯俄国公寓了。这儿安静,伙食好,仆人心地善良而且正派,蚊子已经搬到埃及去了。

我在这儿写出来的东西远比我期望的少。在客房里用别人的桌子写作,吃过早饭或者午饭以后写作(我觉得我似乎成天不断地吃东西),而且是在天气很好,人一心想走到屋外去的时候,那是难上加难的。在此地应该看书,而不是写作。然而不管怎样,我还是在写。

沙尼亚夫斯卡雅女士②来看过我。今天我要去看望她。

我成天看报,研究德雷福斯一案③。依我看,德雷福斯没有罪。

我写信给您谈起过记者证。在举行嘉年华会的时候和在阿尔及利亚的时候,它对我会有用处。

今天是圣瓦尔瓦拉节。庆贺您过命名日。如果瓦莉雅也过命

---

① 契诃夫本来要同马·马·柯瓦列甫斯基一块儿到阿尔及利亚去旅行,可是这次旅行没有实现。——俄文本注
② Л. А. 沙尼亚夫斯卡雅是俄国 А. Л. 沙尼亚夫斯基将军的妻子,这位将军在莫斯科创办了一所以他的姓命名的人民大学,并且把它赠予莫斯科。——俄文本注
③ 指1894年法国反动的反犹太主义集团诬害法国总参谋部犹太籍军官德雷福斯的诉讼案。根据伪造的证件,德雷福斯被指控犯了间谍罪,并且被判处终身流放魔岛。1898年法国民主主义人士极力奔走而使这一案件得到重审,可是就连这一次德雷福斯也被定罪,直到1906年才被判无罪释放。——俄文本注

名日,那就双重庆贺。

天气仍旧美妙,好得不能再好了。您到此地来吗?那我就可以跟您一块儿到蒙特卡洛去,到科西嘉①去,到阿尔及利亚去。您来吧!

好,祝您健康,顺遂。不要忘掉我。紧紧握您的手。

您的安·契诃夫
一八九七年十二月四日
于尼斯

四八七

致阿·谢·苏沃林

画家雅各比今天从此地动身到彼得堡去。我给他一个包裹,他会派人把它送到您那儿去;劳驾,您把它交给我的哥哥亚历山大吧。我一直在买法国丛刊和日历。多么好的东西啊!只花一个法郎就可以买到一大本厚东西,满是漫画、各式各样有益的知识、趣闻。他们出版的东西又便宜又带劲。

新闻一点也没有。我不记得我在信上对您讲过留比莫夫医师的病没有,这个人您是认识的。他得了双侧胸膜炎而且心脏有炎症。他的病情十分严重。至于我的身体,那么我的病已经crescendo,而且显然无可救药了:我说的是懒惰。懒得出奇啊。在其他各方面我却健康得好比一头牛。工作积下了很多,题材在我的脑子里互相缠绕,然而在好天气吃饱肚子用别人的桌子写作,简直不是工作而是服苦役,我总是千方百计地躲开它。

《新时报》收到了,我衷心地感激您。只是为什么让·谢格洛夫

---

① 法属的一个岛屿,位于地中海北部。

要写那些小品文①,为什么呢?他钻进牛角尖,完全钻进牛角尖了。

莫非我该回家去了吗?我一直在等柯瓦列甫斯基,我们要一块儿到非洲去。我极力走得远些,以便使我的旅行至少略微显得像是劳动,而照现在这样,我都感到惭愧了。我看着那些居住在Pension Russe里的俄国太太们,她们的脸色烦闷、闲散,自私自利的闲散,我生怕自己跟她们一样;我一直觉得像我们(也就是我和那些太太)这样的疗养是一种极其可憎的利己主义。

关于都德的逝世②所写的和所说的一切都聪明而雅致。连罗什福尔也写得挺好。是的,我们都是大才子,我们属于全人类,我们"出类拔萃",可是如果列夫·托尔斯泰死了,便没有人会写文章。政论家们倒会写的,而以格利果罗维奇和包包雷金为首的小说家们却只会搔头皮。应该把年轻的文学工作者派到国外来学习才对;真该这样。

向安娜·伊凡诺芙娜、娜斯嘉、包利亚深深鞠躬。祝您健康,顺遂。

您的安·契诃夫
一八九七年十二月十四日
于尼斯

四八八

致玛·巴·契诃娃

只要有人到俄国去,我总是托他捎点东西去交给《新时报》,再转交你。凡是标明"П. H. C."字样(即"放在桌上")的东西,你

---

① 大概指1897年12月10日《新时报》第7827号上发表的谢格洛夫的小品文《又一个最新传说(关于文学委员会)》。——俄文本注
② 法国小说家都德死于1897年12月4(16)日。——俄文本注

就拆开纸包,把它放在我的桌子上。你把埃·左拉的那本黄色封面的小册子①放在那儿吧。除了别的东西以外,到过年的时候你会收到阿·都德的一张肖像,那是一幅不大的版画,由《Illustration②》出版社出版。说真的,这是一张极好的肖像,值得配上镜框,放在我的书房里。要是你也像我这样喜欢它,那就劳驾,到莫斯科去的时候订购一个黑镜框,把这张肖像放进去。

  日后凡是你收到的东西,你都告诉我一声,不然的话,我再说一遍,东西寄出去而不知下落,是令人气恼的。手套,一有机会就马上给你捎去;总之,我要尽力而为,使得你们大家在一个晴朗的日子里会说一句:"有个亲人在国外,那是多么愉快啊。"

  我生活得不错,天气还是那样,也就是暖和而没风,不过呢,有利必有弊。那些住在 Pension Russe 里的太太们,俄国的太太们,都是些坏女人、蠢女人。一张张丑嘴脸,心肠狠毒,挑拨是非,真该死。尼斯的好东西就是鲜花,此地各处市场上都摆满了花。一大堆的花,而又便宜得出奇。这些花特别能活,不容易枯萎。不管花怎样凋谢,只要把花茎的末端剪一下,再把它放在温水里放一会儿,花就活了。

  许多题材在我的脑子里枯萎了,我有意写出来,然而不在家里写简直是活受罪,好比你用别人的缝纫机缝衣服一样。我收到阿〔历克塞〕·谢〔尔盖耶维奇〕和玛〔丽雅〕·符〔拉季米罗芙娜〕,即基谢廖夫夫妇的来信各一封。他们都是可爱的、善良的人,然而玛〔丽雅〕·符〔拉季米罗芙娜〕在信上写到她开始有未卜先知的本领,大发哲学议论,我却不善于严肃地答复这样的信,我一想到我还没回信就着急。

---

① 《L'affaire Dreyfus. La lettre à la jeunesse》(《德雷福斯一案。致青年的信》),1897年在巴黎出版。——俄文本注
② 法语:画报。

我还接到尼·伊·扎巴文的一封信。他很喜欢那个学校和他的住处①。今天画家雅各比动身走了,而我已经跟他相处得很熟,因此他一走,我就差不多孤零零一个人留在尼斯了。这就是《田地》的增刊发表他的画(《贵客》)的那个雅各比,《冰屋》的作者。他会把他的水彩画寄到梅里霍沃去(顺便说一句,那都是不太好的作品)。问候大家,祝你健康,顺遂。过几天我再给你写信。

你的安·契诃夫

一八九七年十二月十四日

于尼斯

四八九

致维·亚·戈尔采夫

谢谢你的信以及信上的那些好话,亲爱的维克托·亚历山德罗维奇。我会寄给你一个短篇,然而恐怕不会早于二月。第一,这篇小说的题材不容易写②;第二,我懒得要命。在旅馆里,用别人的桌子,特别是在好天气,人一心想到海边去的时候,是根本不想写作的。不管怎样,我目前在写一个短篇,我会把它寄给你,而且会在寄出的一个星期以前通知你。

柯瓦列甫斯基在巴黎,我已经写信告诉他说你有意在十二月号上赞扬他一番③。他会很高兴,况且他对你热情,显然对你颇有

---

① 指契诃夫在诺沃肖尔基村建造的学校和其中的教员宿舍。——俄文本注
② 契诃夫在写小说《姚尼奇》。——俄文本注
③ 《俄罗斯思想》1897年12月号上"国外述评"栏内,有人以"В. Г."为笔名发表一篇短文,讲到马·马·柯瓦列甫斯基在巴黎的 College libre des scienses sociales(社会科学自由学院)讲学大获成功。——俄文本注

好感。顺便说说,他是个多么乐观愉快而且善于生活的人啊!他是一个就各方面来说的大人物。

你生活得怎样?给我写上两三行,而且按普通信件寄来(挂号信在此地要经过种种手续才能收到,它使得邮递员为一封信要跑五趟路)。没有信来,实在让人寂寞。再者,不知怎的信对工作都会有所补益。前天我给伏科尔寄去一封回信。请你代我问候他和我们其他的一切朋友和熟人。祝你健康。

紧紧拥抱你,祝你万事如意。

你的安·契诃夫

一八九七年十二月十五日

于尼斯

四九〇

致费·德·巴丘希科夫

十分尊敬的费多尔·德米特利耶维奇,打电报的时候只要写下列地址就够了:Nice,9 Gounond Tchekhoff。

我在为《国际都市》写一个短篇①,写得不顺利,断断续续。我照例写得很慢,很紧张;而在此地的**旅馆**里,用别人的桌子,再加上天气好,人一心想到户外去,写作效果就更差了,因此要我应许您不到两个星期就把这个短篇寄给您,我是办不到的。我会在一月一日**之前**把它寄出去,然后请您费心把校样寄来,我看这份校样不会超过一天,那么这篇小说就可以指望在二月号上发表,再早就不

---

① 《在朋友家里》。——俄文本注

行了。您看,我是个什么样的乌克兰人①啊!

多承汇来二百卢布,谢谢。您心肠很好。目前我对钱倒不太急需,这两百卢布就送进 Crédit Lionnais②,存在那儿等待领取了。为了以后不再谈稿费问题,我提出两个注意事项:(一)以后请不必由邮局汇款,而把款子交给 Crédit Lionnais,按普通汇款方式汇来,也就是说它会给您一张汇票,您就用挂号信寄来*;(二)以后,请不必把预支稿费寄来,除非我提出这方面的要求。完了。我再说一遍,谢谢您。您的关切使我很感动。

我认为不会有什么事情妨碍我按时写完和寄出这篇小说,也就是说在一月一日**之前**,像我在上面说过的那样。祝您健康,祝您成功。杂志收到了,谢谢。我还没有读它,等我读完就给您写信。我已经写信给柯瓦列甫斯基,该写的都写了。

真诚地尊敬您的

安·契诃夫

一八九七年十二月十五日

于尼斯

您在**您的一封信**上表示了一种愿望,要我从当地生活中取得某种题材,写成一篇国际短篇小说寄给您。这样的短篇小说我只能在回到俄国以后凭回忆才写得出来。我只会凭回忆写东西,从来也没有直接从外界取材而写出东西来。我得让我的记忆把题材滤出来,让我的记忆里像滤器那样只留下重要的或者典型的东西。

* 这样省钱一点,简单一点。

---

① 在此借喻"懒人"。
② 法语:里昂信托银行。

四九一

致玛·巴·契诃娃

大概在我书桌的左边中间抽屉里,一沓照片底下或者再下面,有一个大封套,里面保存着一片片剪下的信纸,上边写着一篇已经开了头而丢在一边的中篇小说;小说中的人物我记得似乎是阿辽沙、玛霞、母亲;其中有一段关于房间的描写,他们把整座房子里的可爱的家具都送到那个房间里去了。你找到这些剪纸就夹在信里寄来;如果它们不长,就把它们抄在一张薄纸上;如果太长,就按挂号印刷品寄来。不过,要是它们的重量不超过两个洛特①,那就不必誊清,干脆用挂号信寄来就成了。这些剪纸在形状上是一条条的,用剪刀从一些四开纸上剪下来的。完整的四开纸是一张也没有的。

一切都顺利,新闻一点也没有。你的喉咙怎么样?要是你病了,扁桃体化脓,那就擦柠檬汁,并且一天喝四五次柠檬汁,每次一茶匙,或者另外再吃一个柠檬。

"Même"的意思是"甚至";"de même"是"也"。"Moi-même"是"我自己"。"J'ai les mêmes livres, que vous"是"您那儿的书我这儿也有"。"也"还有另一种译法。"Ma soeur ne veut pas, et moi non plus."是:"我的妹妹不愿意,我也这样。"这是在否定的情况下。祝你健康。问候大家。

你的 Antoine

一八九七年十二月十七日

于尼斯

---

① 旧俄重量单位,等于12.8克。

四九二

致亚·巴·契诃夫

莎士比亚先生:由于你写成了《普拉东·安德烈伊奇》①,而且显然希望尝到作者的感觉的一切美味,那么,在观众给你应有的赞扬之前,我认为给你出下列的主意就不是多余的事:

(一)必须尽快地加入剧作家协会②,为此就得去同该协会派驻彼得堡的代表接洽,或者,更好一点,索性同莫斯科该协会的秘书,总督办公厅伊凡·马克西莫维奇·康德拉契耶夫大人接洽,随信附去二十五个卢布和海报一张,并且把你以往写过的剧本开列一张表;你还得说明你不但用过你父亲的姓,而且用过亚·谢多依这个姓。代表应当知道笔名。

(二)在这个季节极力不要再写剧本,要不然你的头发就会变得更白③,主要的是你既没有名,也得不到利④。

(三)把你的剧本的一个稿本寄给我,好让我鄙夷地笑一下。

(四)在莫斯科,拉索兴出版剧本(不付稿酬)。详情你可以向符·季洪诺夫打听一下。

经典剧本的作者、你的弟弟和恩人、医学博士

安·契诃夫

一八九七年十二月十七日

于尼斯

----

① 亚·巴·契诃夫的独幕喜剧。——俄文本注
② 指莫斯科的俄罗斯剧作家和歌剧作曲家协会。
③ 这是开玩笑,亚·巴·契诃夫的笔名"谢多依"在俄文里的原义是"白发"。
④ 源出俄国谚语:既不获罪,又受实惠;名利双收。

四九三

致伊·尼·波达片科

我一读完你最近的那篇小品文①就动笔写信。我是非常讨厌这个季先科的,但愿你知道才好!他是个令人生厌的、固执的、心胸狭隘的乌克兰人,极其自负。他为他那篇描写教师的短篇小说忙了很久了。有一次他到莫斯科大饭店来找我,把我叫醒,要把他的短篇小说对我读一遍。我烦恼地声明说我丢下文学职业不干了,这样才算救了我,他总算没有把他的威胁付诸实施,仅仅责备了我一通,说我没有思想,说我没有用文字振奋人心。列〔夫〕·尼〔古拉耶维奇〕藐视他的小说,然而为了惹得小说家们不痛快而赞扬他,并且显然是在心情极为不佳的时候赞扬的。

让这封信作为一个名片吧。祝你健康,快活。十二月十八日。

你的安·契诃夫

一八九七年十二月十八日

于尼斯

Pension Russe, Nice.

给我来信。我很寂寞。

---

① 指《几个个别的事实》,以芬加尔为笔名,发表在1897年12月14日《新时报》第7831号上;这篇小品文讲到俄国作家费·季先科的中篇小说《糊口之粮(关于乡村教师的灾难的真实小说)》,它发表在1897年《俄罗斯评论》第10期上,附有列夫·托尔斯泰的赞许的信。——俄文本注

四九四

致瓦·米·索包列甫斯基

恭贺新禧,亲爱的瓦西里·米哈依洛维奇:您近况如何?有什么新闻吗?在尼斯,一切都顺利,天气好极了。阿尔及利亚我是一定会去的,大概在二月初动身,我会从那儿给你寄信,说不定还会寄短篇小说。圣诞节故事我却没有寄给您,因为我不喜欢圣诞节专号,那里面装满一大堆小说、诗歌、虔诚的论调,如同卖现成衣服的铺子里堆满了裤子和背心一样。

雅各比走了,我在等马〔克西姆〕·马〔克西莫维奇〕,柯罗特涅夫①来了,从哈尔科夫来了一位眼科医师吉尔希曼②。有一个很可爱的俄国女画家③从巴黎来到此地,在俄国公寓下榻。米哈依尔·阿历克塞耶维奇④在哪儿?请您对他说我给他拜年,等着他答复我的信。向我非常尊敬的亚·伊·丘普罗夫⑤深深地鞠躬,拜年。我给沃兹德维仁卡⑥寄了一封信。祝您健康,顺遂。不要忘掉生活得寂寞和烦闷的

安·契诃夫

一八九七年十二月二十六日(星期五)

于尼斯

---

① 阿历克塞·阿历克塞耶维奇·柯罗特涅夫(1854—1915),俄国动物学家,基辅大学教授。——俄文本注
② 即列昂纳德·列奥波多维奇·吉尔希曼。
③ 指亚·亚·霍恰英采娃。——俄文本注
④ 指米·阿·萨勃林。——俄文本注
⑤ 亚历山大·伊凡诺维奇·丘普罗夫是俄国经济学教授。——俄文本注
⑥ 即瓦·阿·莫罗佐娃。——俄文本注

四九五

致丽·斯·米齐诺娃

亲爱的丽卡,对于您打算开办一个作坊的想法①,我只能举双手赞成,然而并不是因为我到您那儿去吃午饭而又照例碰不见您的时候可以向那些漂亮的女工献殷勤,而主要是因为这个想法总的来说是好的。我无意向您讲大道理,我只想说:劳动,不管从局外人看来显得多么微不足道,也不管它是作坊还是铺子,却会给您独立自主的地位、安慰以及对未来的信心。我自己也会愉快地开办一个什么东西,为的是像大家一样天天为生存而奋斗。闲散的人的特权地位归根到底只会使人疲倦和厌烦得要命。

可是我仍旧在尼斯。一月末或者二月初我要到阿尔及利亚、突尼斯去,目前我在散步,呼吸新鲜空气,挥手赶走蚊子,此地蚊子叮人痛得很。天下起雨来了。这儿有许多俄国人,然而跟他们相处,对不起,很乏味。

一切都顺利。橙子熟了;醋栗在此地是没有的。

目前在莫斯科正在互相恭贺新禧。给您拜年,祝您万事都非常如意,健康,有钱,有留着小胡子的求婚男子,有极好的心情。由于您脾气坏,这极好的心情就像空气一样缺少不得,要不然,您那个作坊里可就要闹得乌烟瘴气了。

---

① 1897年12月18日米齐诺娃在写给契诃夫的信上说:"我仍旧决定不放弃歌唱;为了能够学习歌唱,我打算在收到银行的钱后就开办一个不大的作坊,它会使我在结束学习以前能够生存下去。"——俄文本注

瓦丽雅①怎么样？她丈夫不在，她的行为如何？我从您的信里了解到她已经不在十分尊敬的萨瓦·伊凡诺维奇②那里工作了。为什么？请您给我来信详细地讲一讲。

我同巴甫洛夫斯卡娅③以前就相识，常遇见她，所以要是您乐意的话，您可以代我问候她。当初她唱得也好，演得也好。如果她年轻的时候登上话剧舞台，她就会成为一个出色的女演员。

您的表哥没有离婚就跟别人结了婚，我给他道喜。他总算没有跟您结婚。不管怎样，离开年老的妻子就跟跳出一口深井那样愉快。

请您给我来信，亲爱的丽卡，不要拘礼，不要忙于四处拜访，我求您了。我每天总是问自己为什么不见您的信。来信写得长一点吧。祝您健康，不要忧郁。不要老是像酸果似的酸溜溜。要像一块美味甜糕④一样讨人喜欢。

您的安·契诃夫
一八九七年十二月二十七日
于尼斯

---

① 即瓦·阿·艾贝尔列。——俄文本注
② 俄国的大工厂主马蒙托夫，莫斯科的第一个私营歌剧院的创办人，瓦·阿·艾贝尔列就在他的歌剧院里工作。——俄文本注
③ 3.K.巴甫洛夫斯卡娅是莫斯科大剧院的歌唱演员。——俄文本注
④ 一种东方甜食：用食糖、面粉、核桃仁、杏仁、果汁等制成。